Dezembermord

Jochen Frech, Jahrgang 1967, war Angehöriger eines Spezialeinsatzkommandos der Polizei und arbeitete mit internationalen Anti-Terror-Spezialisten. Heute ist er Leiter der Foto- und Videozentrale einer Bereitschaftspolizeidirektion und widmet sich, wann immer es ihm sein Dienst erlaubt, dem Schreiben von Kriminalromanen und Thrillern.

JOCHEN FRECH

Dezembermord

KRIMINALROMAN

emons:

Bibliografische Information der Deutschen Nationalbibliothek
Die Deutsche Nationalbibliothek verzeichnet diese Publikation in der Deutschen Nationalbibliografie; detaillierte bibliografische Daten sind im Internet über http://dnb.d-nb.de abrufbar.

FSC
www.fsc.org
MIX
Papier aus verantwortungsvollen Quellen
FSC® C083411

Umschlagmotiv: kallejipp/photocase.de
Umschlaggestaltung: Nina Schäfer, Tobias Doetsch
Gestaltung Innenteil: César Satz & Grafik GmbH, Köln
Lektorat: Susann Säuberlich, Neubiberg
Druck und Bindung: CPI – Clausen & Bosse, Leck
Printed in Germany 2017
ISBN 978-3-7408-0176-2
Originalausgabe

Dieser Roman wurde vermittelt durch die
Literarische Agentur Simon, Berlin.

Für J. C.

Jede Gesellschaft hat die Verbrecher, die sie verdient.

Alexandre Lacassagne, franz. Kriminalsoziologe (1843–1924)

Prolog

»Hass – und – Tod – dem – SV – Berlin!«

Die Zuschauerränge der Heidelberger Schwimmhalle, in denen zu Beginn eine eher leidenschaftslose Heiterkeit geherrscht hatte, verwandelten sich zusehends in einen Hexenkessel.

»S – V – Nikar – olé, olé!«

Dumpfe Trommelschläge begleiteten die Anfeuerungsrufe der heimischen Fans. Als ob sich die Rotte der Schwarz-Weißen auf eine Schlacht jenseits des Schwimmbeckens einstimmen würde.

Sie liebte diese Atmosphäre.

Trotz des Rückstands.

Wenige Minuten vor Spielende führten die Gäste aus der Hauptstadt mit einem Punkt. Von den Tribünen gellten immer düsterere Sprechchöre gegen die Schiedsrichter, das gegnerische Team und die Anhänger mit den andersfarbigen Fähnchen.

»Tod – und – Hass – dem – SV – Berlin!«

Das Vorrundenspiel um den Deutschen Wasserballpokal der Frauen war von Beginn an außergewöhnlich hart gewesen und hatte die Unparteiischen von der ersten Spielminute an dazu gezwungen, massenhaft Fouls mit Unterbrechungen, Freiwürfen und Zeitstrafen zu ahnden, was die unheilschwangere Stimmung jedes Mal von Neuem anheizte.

»Schiri, du Arschloch – Schiri, du Schwein!«

Zwei Spielerinnen waren bereits in den ersten beiden Vierteln wegen besonders grober Tätlichkeiten in die Kabine komplimentiert worden. Eine hatte ihrer Gegenspielerin während eines Eckwurfs den Arm ausgekugelt. Die andere hatte sich mit einem Ellenbogencheck den Ball erkämpft und dabei einer Verteidigerin die Nase zertrümmert. Beide Vorfälle passierten glücklicherweise direkt vor den Augen der beiden Referees. Die meisten anderen, größtenteils absichtlichen Unsportlichkeiten blieben den Augen der Offiziellen jedoch verborgen.

Genauso wie die vielen Provokationen *ihrer* Gegenspielerin.

Seit dem Anpfiff forderte Nummer acht sie bei jeder Gelegenheit heraus. Sie als »dumme Fotze« zu beschimpfen oder ihr in die Brustwarzen zu kneifen gehörte dabei zu den harmloseren Angriffen. Ein paarmal hatte sie ihr ins Gesicht gespuckt.

Der zähe Schlabber roch nach Lakritze.

Du musst dich beherrschen!

Die vielen Schläge und Tritte machten ihr nichts aus. Sie gehörten zum Geschäft.

Du kannst gut einstecken!

Ihr Trainer wusste um ihre Qualitäten.

Aus den Lautsprechern dröhnte Van Halen: *»Jump – Jump!«*

Ihr Team erhielt einen Einwurf. Im Bereich der Fünf-Meter-Linie gelang es ihr, sich mit einem harten Kniestoß in den Unterleib einer Verteidigerin von dieser zu lösen, und sie bekam prompt den Ball zugespielt. Einer raschen Körpertäuschung folgte ein knallharter Drehwurf in die kurze Ecke des Tores.

Volltreffer.

Der Ausgleich.

Keine wirft so hart wie du!

Begleitet vom frenetischen Applaus der Anhänger kraulte sie zufrieden in die eigene Hälfte zurück. Beide Teams hatten jetzt vierzehn Punkte. Die Genugtuung, Nummer acht ausgetrickst zu haben, war größer als die Freude über den Torerfolg.

Während die gegnerische Mannschaft den Ball mit kurzen, sicheren Pässen ins Spiel brachte, näherte sich ihre Widersacherin und schwamm gefährlich nahe heran. In Erwartung einer Tätlichkeit drehte sie den Kopf zu einem der Schiedsrichter, der jedoch gerade mit dem Protokollführer diskutierte. Im selben Augenblick spürte sie den Schmerz. Es fühlte sich an, als ob ihr jemand ein glühendes Brenneisen in den Oberarm gerammt hätte. Ihr Aufschrei blieb im Gejohle der Fans ungehört.

Du kannst gut einstecken!

Eine Sirene deutete die letzte Spielminute an. Sie biss die Zähne zusammen und hob den Kopf, um das Spielgeschehen zu verfolgen. Ihre Mitspielerinnen hatten sich den Ball erkämpft und befanden sich bereits wieder jenseits der Mittellinie. Sie suchte den Blickkontakt zu ihrem Trainer, aber die gesamte

Bank verfolgte mit geballten Fäusten die Bewegungen in der Angriffszone. Nummer acht hatte sich ein paar Meter entfernt, grinste sie an und lutschte provozierend an ihrem Mittelfinger. Sie unterdrückte die Schmerzen, schwamm so schnell sie konnte auf die Gegenspielerin zu und rammte ihr ein Knie in die Magengrube. Dann ein zweites und drittes Mal. Nummer acht blieb die Luft weg. Ihre Pupillen tanzten wild hin und her.

»Auf einmal so brav?«, fauchte sie.

Erst jetzt warf sie einen Blick auf die pochende Wunde an ihrem Oberarm. Deutlich waren die Abdrücke der Zähne zu sehen. Ein briefmarkengroßer Hautfetzen fehlte.

»Geschieht dir recht, Fotze!«, zischte Nummer acht.

Schließlich verlor sie die Beherrschung, packte die Angreiferin am Kopf und drückte sie unter Wasser.

Fünf … zehn … zwanzig Sekunden.

Erst als ein lauter Pfiff den Lärm durchschnitt, ließ sie alarmiert los.

Ihr Team hatte den Siegtreffer erzielt. Die Fans tobten auf den Rängen wie eine Horde wild gewordener Affen.

Wenige Sekunden später ertönte die Schlusssirene.

Nummer acht glitt unterdessen auf den fünf Meter tiefen Beckenboden, wo man sie erst einige Zeit später entdeckte. Als die Rettungssanitäter endlich den leblosen Körper geborgen hatten, befanden sich die meisten bereits auf dem Weg nach draußen.

Es war Sonntag, der 28. Juli 1996.

Samstag

Kriminalkommissar Moritz Kepplinger trat aus dem überfüllten Linienbus auf den Vorplatz des Internationalen Flughafens von Athen. Der heiße Wind raubte ihm beinahe den Atem und gab ihm das Gefühl, in einem Backofen zu stehen. Kepplinger griff nach der Wasserflasche in der Seitentasche seines Trolleys und hielt die freie Hand schützend über die Augen. Obwohl er das Getränk erst vor einer knappen Stunde auf dem Weg vom Hotel zur Haltestelle gekauft hatte, schmeckte der Inhalt warm und abgestanden. Er beeilte sich, das klimatisierte Flughafengebäude zu erreichen. Sein Körper reagierte auf den erneuten Temperaturwechsel mit einer Gänsehaut. Beim Anblick der abstehenden Härchen und pusteähnlichen Erhebungen auf seinen Unterarmen schüttelte er sich.

Kepplinger klemmte sich den Trolley zwischen die Beine und studierte die riesigen Anzeigetafeln, auf denen die Abflüge gelistet waren. Düsseldorf, Rom, Moskau, Brüssel, Stuttgart. Bis zum Check-in für seinen Flug in die baden-württembergische Landeshauptstadt war es noch mehr als eine Stunde. Er erkundigte sich an einem Infoschalter nach der Flugabfertigung seiner Airline.

Die Angestellte, deren Körpergeruch ihn augenblicklich wieder an den Gestank im Bus erinnerte, deutete in Richtung Ausgang und erklärte ihm in gebrochenem Englisch den Weg zu einem externen Abfertigungsgebäude. *»Departures for cheap flights to Germany are not in this building.«*

Kepplinger hob die Augenbrauen und überlegte, ob er sich entschuldigen und versprechen sollte, beim nächsten Mal ein First-Class-Ticket für fünftausend Euro zu kaufen. Stattdessen lächelte er freundlich und bedankte sich mit einem Nicken.

Er machte sich auf den Weg in das Nebengebäude, um sein Gepäck in einem Schließfach zu verstauen. Danach wollte er in Ruhe Kaffee trinken und das verpasste Frühstück nachholen. Wäre die Putzfrau am Morgen nicht in sein Hotelzimmer geplatzt, hätte er glatt verschlafen.

Im Ausgangsbereich fielen ihm zwei herumlungernde Jugendliche auf, die schmutzige Jeans und löchrige T-Shirts trugen. Die nackten Füße, vom Staub der Straßen schwarz gefärbt, steckten in notdürftig mit Klebeband geflickten Sandalen.

In der griechischen Metropole waren minderjährige Bettler keine Seltenheit, die beiden machten jedoch keinerlei Anstalten, von den Vorübergehenden etwas einzufordern. Scheinbar gleichgültig beobachteten sie den regen Touristenstrom. Plötzlich schnellte der Glatzköpfige wie die Zunge eines Chamäleons nach vorn, griff geschickt durch das Gewimmel von Beinen und Gepäckstücken hindurch nach einem brennenden Zigarettenstummel, den ein Tourist achtlos auf den Boden geworfen hatte, und ließ sich, die Kippe bereits im Mundwinkel, wieder in seinen Schneidersitz zurückfallen.

Kepplinger kniff ungläubig die Augen zusammen. Eine solche Behändigkeit hätte er diesem Jungen niemals zugetraut. Merkwürdig, dachte er beim Weitergehen und stellte sich auf den Backofen ein.

Im Nebengebäude gab es zu seinem Verdruss weder einen Aufzug noch Rolltreppen. Die Anstrengungen des Athen-Marathons steckten ihm noch immer in den Knochen. Treppensteigen war fünf Tage nach dem Event noch die reinste Tortur. Am angenehmsten war es, die Stufen rückwärts hochzugehen.

Die fragenden Blicke einiger Touristen ignorierte Kepplinger. Vielleicht sollte ich zur Erklärung mein Finisher-T-Shirt überstreifen, dachte er.

»Kann man dir helfen?« Die freundliche Stimme gehörte einer hübschen blonden Frau, die sich in Begleitung einer ebenso attraktiven Brünetten befand.

»Geht schon, danke.«

»Hast du dich verletzt?«, erkundigte sich die Brünette.

»So würde ich das nicht nennen. Ich bin am Sonntag den Marathon gelaufen.«

»Cool«, sagte die Blonde.

»Marathon – bei der Hitze? Das ist ja auch nicht normal, oder?«

»Was ist schon normal?« Kepplinger schüttelte sich bei der

Erinnerung an den vollgepfropften Strand von Vouliagmeni, am einzigen Badetag, den er sich während seines Aufenthaltes gegönnt hatte. »Ich laufe regelmäßig, da spielt die Hitze keine so große Rolle.«

Mittlerweile waren sie im oberen Stockwerk angekommen.

»Ich find's voll geil«, sagte die Blonde. »Ein Freund von mir läuft auch Marathon. Wie lang hast du gebraucht?«

»Knapp vier Stunden«, antwortete Kepplinger und sah sich nach seinem Schalter um.

»Ist das gut?«

»Das war mein erstes Rennen über diese Distanz. Ich bin zufrieden.«

»Wow«, bemerkte die Brünette. »Und wohin fliegste jetzt?«

»Stuttgart.«

»Echt? Wir auch. Wie heißt du eigentlich?«

»Moritz.«

»Catrin«, stellte sich die Brünette vor.

Ihre Freundin hatte sich gebückt und hantierte an einem Fußkettchen.

»Daniela«, sagte sie, nachdem der Schmuck offenbar in der richtigen Stellung drapiert war.

»Freut mich«, erwiderte Kepplinger geistesabwesend und entdeckte den Abfertigungsschalter. »Wir sehen uns später«, sagte er, unschlüssig, ob er die Frauen zum Frühstück einladen sollte.

»Bestimmt«, erwiderte Catrin augenzwinkernd.

Zwanzig Minuten später fand Kepplinger im Food Village einen reizenden Tisch mit einer ebenso charmanten Bedienung. Während er die Karte überflog, zählte sie sämtliche griechischen und zypriotischen Spezialitäten des Restaurants auf. Er bemerkte den Duft ihres Parfüms: Chloé Chloé. Valerie war verrückt danach gewesen. Kepplinger musste schlucken, als er daran dachte, dass sie seit über einem halben Jahr getrennt waren.

»Are you okay?« Die Frage der Kellnerin riss ihn aus seinen Gedanken.

»Ich möchte einfach nur frühstücken«, sagte er verlegen und bestellte Kaffee, ein Schinken-Käse-Sandwich und eiskaltes Wasser.

Die Schlagzeilen der Tageszeitung (»Edward Snowden erklärt sich bereit, in Deutschland zur NSA-Spionageaffäre auszusagen« und »Twitter startet auf dem Börsenparkett an der New Yorker Wall Street«) langweilten ihn und passten nicht zu seiner Urlaubsstimmung. Ihm fiel auf, dass er während der gesamten Reise nur einmal an seine Arbeit bei der Göppinger Kriminalpolizei gedacht hatte. An die Fälle, die ihn in regelmäßigen Abständen einholten und an denen er, wie er befürchtete, zeitlebens zu nagen hatte.

Vielleicht liegt es an der Anstrengung und der Hitze, dachte Kepplinger. Die Bedienung brachte das Frühstück. Er schüttete Zucker in den kräftigen Kaffee.

Schließlich verdrängte er die düsteren Gedanken an die Schicksale der Toten und die ihrer Mörder mit einem herzhaften Biss in das Sandwich und besann sich darauf, dass er bis Mitte der kommenden Woche freihatte.

***

Etwas mehr als zweitausend Kilometer entfernt kündigte ein wolkenloser Himmel einen freundlichen Novembertag an. Milder Herbstwind brachte das Laub in der Parkanlage hinter dem Göppinger Renaissanceschloss zum Tanzen. Die Bäume, die das fußballplatzgroße Wiesengelände säumten, warfen im Licht der aufgehenden Sonne gespenstisch lange Schatten.

Lediglich eine Handvoll Frühaufsteher durchkreuzte an diesem Samstagmorgen den Park. Eine ältere Frau mit einem Rollator, die lustvoll in eine Brezel biss. Ein Jogger, der mit starrem Blick ein Bein vor das andere setzte und den Eindruck erweckte, Selbstgespräche zu führen. Zwei schlaftrunkene Teenager, beide mit zusammengeknülltem Schlafsack unter dem Arm, in der Hand eine schwarze Dose mit der Aufschrift »Monster Energy!«.

Niemand achtete um diese Zeit auf den gusseisernen Stauferbrunnen in der nordwestlichen Ecke des sogenannten Schlosswäldchens. Das mächtige Wasserbecken ruhte auf drei Löwen, den Wappentieren der Herzöge von Schwaben. Frisches Quellwasser sprudelte aus drei gebogenen Hähnen in die Brunnenschale. Auf dem Boden ringsum lagen unzählige Bierdosen und Zigarettenstummel, gebrauchte Kondome und das zertrampelte Gestell einer Lesebrille. Wenige Meter entfernt lehnte ein verschmutzter Leinenrucksack an einer Parkbank.

Der Oberkörper des Mannes, dem der Rucksack gehörte, schaukelte auf der Wasseroberfläche des Brunnens sacht hin und her. Beide Arme, die in einer viel zu kurzen Armeejacke steckten, ruhten ausgestreckt auf dem Wasser. Seine Beine hingen leblos herab. Die Schuhspitzen der abgewetzten Turnschuhe berührten die Steinplatten.

Von Weitem sah es so aus, als ob der Mann beten oder meditieren würde. Bei genauerem Betrachten fielen an den Stellen, an denen die Haut zu sehen war, blauviolette Verfärbungen auf. Im Gesicht und an den Händen hatte sich eine feine Wachsschicht gebildet.

Aus einer Hecke hinter dem Brunnen näherte sich schnarrend eine Rabenkrähe und hüpfte zwischen die herabhängenden Beine. Mit schräg gelegtem Kopf beäugte sie neugierig die Szenerie. Dann stieß sie ihren Schnabel fest in das weiche Fleisch des Wadenmuskels.

Die Temperatur des Brunnenwassers betrug neun Grad. Dies entsprach exakt der Körpertemperatur des Toten beim Eintreffen der Polizei.

***

Kepplinger entdeckte seine neuen Bekanntschaften vor einem Souvenirladen gegenüber dem Café. Daniela winkte ihm zu. Er erwiderte ihren Gruß und deutete auf die freien Stühle an seinem Tisch.

Dann passierte es.

Catrin stürzte, von einem gellenden Aufschrei begleitet, jäh nach hinten. Geistesgegenwärtig gelang es ihrer Freundin, sie am Arm zu packen. Dabei verlor sie aber ebenfalls das Gleichgewicht und fiel neben Catrin zu Boden. Ein Gepäckwagen krachte scheppernd gegen einen Postkartenständer.

Die Umstehenden schreckten zurück, und binnen Sekunden

verwandelte sich die Shoppingmall in einen wilden Ameisenhaufen. Die meisten drängten vom Ort des Geschehens zurück, andere sensationsgierig nach vorn. Jemand rief in dem aufgeregten Stimmengewirr nach einem Arzt, der Ladenbesitzer nach der Polizei. Eine ältere Dame, die neben ihrem umgestürzten Rollator am Boden lag, schrie hysterisch um Hilfe.

Kepplinger war von seinem Platz aufgesprungen, verlor aber in dem Getümmel den Blickkontakt zu den beiden Frauen. Jedoch bemerkte er die tätowierte Hand, die blitzschnell in eine der Handtaschen am Boden griff. Er stürzte sich in die Menge und suchte fieberhaft nach dem glatzköpfigen Jungen. Zu spät sah er den Räuber geradewegs auf ihn zurennen, im nächsten Moment prallte er mit Wucht gegen ihn.

Die Kollision war so heftig, dass Kepplinger mitsamt dem Burschen nach hinten kippte. Im letzten Augenblick gelang es ihm, sich auf die Seite zu drehen und den Aufprall etwas abzudämpfen. Kepplinger stöhnte vor Schmerzen und schaffte es gerade noch, das T-Shirt des Flüchtenden zu fassen.

Unversehens schlug ihm der Dieb ins Gesicht. Kepplinger packte ihn am Handgelenk, richtete sich auf und warf sich mit seinem gesamten Gewicht auf den Unruhestifter. Sein Widersacher schnappte nach Luft, und für einen Moment ließ die Gegenwehr nach.

»Quiet!«

Als Antwort begann der Bursche, wie am Spieß zu brüllen. Rasch bildete sich eine Gruppe von Gaffern um das seltsame Paar.

Kepplinger wurde lauter. *»Quiet!«*

Der Bengel tobte weiter. Das verfehlte seine Wirkung auf die Umstehenden nicht. Einige forderten Kepplinger auf, den Jungen loszulassen. Ein älterer Herr versuchte gar, ihn mit seinem Stock von dem Delinquenten hinunterzustoßen.

Kepplinger wünschte, seine griechischen Kollegen würden bald auftauchen, und mühte sich gleichzeitig, die aufgebrachte Menge zu beruhigen. *»He is a thief. A criminal!«*

Die Umstehenden gaben sich mit dieser Erklärung nicht zufrieden. Erleichtert entdeckte er die beiden Frauen in der Menge.

»Was machst du denn da?«, brüllte Daniela. Catrin warf ihm einen vorwurfsvollen Blick zu.

Kepplinger wurde mit einem Mal unsicher, ob er den Sachverhalt richtig interpretiert hatte. »Seht in euren Handtaschen nach«, rief er unwirsch, während er alle Hände voll zu tun hatte, seinen Gegner in Schach zu halten.

Die beiden kramten in ihren Sachen.

»Hey! Meine Geldbörse fehlt!«, rief Catrin.

»Also doch«, knurrte Kepplinger und begann, die Kleidung des Jungen abzutasten. Schließlich zauberte er aus dem Hosenbund ein Damen-Portemonnaie.

Im selben Augenblick kamen zwei Uniformierte angerannt und rissen Kepplinger energisch von dem Jungen weg. Kepplinger leistete keinen Widerstand, trotzdem landete er unsanft auf dem Boden. Beiden wurden die Arme auf dem Rücken verschränkt und Handfesseln angelegt. Er versuchte zu erklären. *»I am a German police officer.«*

»Stop talking.«

Die Polizisten forderten ihn und den Jungen auf mitzukommen.

Kepplinger suchte die Reihen der Schaulustigen nach dem Komplizen ab. Einer der Ordnungshüter stieß ihn unsanft in Richtung Ausgang.

»There must be a second guy!«

»Stop talking!«

Kepplinger drehte den Kopf, um sicherzugehen, dass die beiden Frauen ihnen folgten. Daniela packte ihre völlig konsterniert wirkende Freundin am Arm und zerrte sie hinter der Gruppe her. Sie zwinkerte ihm zu, was er mit einem dankbaren Lächeln erwiderte.

Später im Flugzeug unterhielten sie sich über den Vorfall. Catrin war immer noch erschüttert.

»Ist ja auch eine üble Masche«, sagte Kepplinger. Nachdem der Sachverhalt bei der Flughafenpolizei geklärt worden war, hatten sich die griechischen Kollegen mit hochrotem Kopf für ihr rüdes Vorgehen entschuldigt und sich freundlich und zuvorkommend gezeigt. Es gab Kaffee, Blätterteiggebäck und honigsüßen Likörwein. Kepplinger wurde als Zeuge, die beiden Frauen als Geschädigte vernommen. Anschließend sahen sie sich gemeinsam die Überwachungsbänder an. Trotz der schlechten Qualität konnte man erkennen, wie der ältere der beiden Jugendlichen Catrin von hinten mit einem Gepäckwagen in die Beine fuhr und sich aus dem Staub machte, nachdem sein Opfer am Boden lag. In dem Moment, als das Chaos ausbrach, erschien der andere und angelte sich die Geldbörse.

Solche Überfälle seien in allen größeren Städten an der Tagesordnung, erklärten die Kollegen. Die beiden Jungen waren polizeibekannt, aber offenbar zum ersten Mal am Flughafen aktiv gewesen. Der ältere wurde noch während der Vernehmungen vom Sicherheitspersonal der Metro aufgegriffen. Schließlich wurden Kepplinger und seine Begleiterinnen in letzter Minute, mit Blaulicht und Martinshorn, an die Gangway gebracht.

»Wird schon wieder«, sagte Catrin. »Aber jetzt möchte ich den Held des Tages zu einer Flasche Sekt einladen.«

»Gute Idee.« Daniela winkte einer Stewardess.

***

Polizeiobermeisterin Lea Thomann ließ sich zufrieden auf ihren Bürostuhl fallen, rückte ihre Uniformkrawatte zurecht und lehnte sich zurück. Die Vormittagsschicht war bislang ganz nach ihrem Geschmack verlaufen. Zum einen hatte sie den Leichenfundort am Stauferbrunnen »schulbuchmäßig« abgesperrt, wie sich der Chef der Polizeidirektion in dem eben zu Ende gegangenen Sechs-Augen-Gespräch mit ihr und dem Streifendienstleiter ausgedrückt hatte.

»Selbstverständlich werde ich den Präsidenten darüber unterrichten.«

Zudem hatte ihr Vorgesetzter, im Hinblick auf ihre Bewerbung für die Kommissarslaufbahn, einem sechsmonatigen Vorpraktikum bei der Göppinger Kripo zugestimmt. Der Laufbahnwechsel war seit Langem ihr erklärtes Ziel, und nachdem sie vor einiger Zeit schon einmal eine Sonderkommission unterstützt hatte und maßgeblich an der Ergreifung des Täters beteiligt gewesen war, konnte es ihr nicht schnell genug gehen, die Uniform an den Nagel zu hängen.

Zuletzt freute sie sich über die Kurznachricht auf ihrem Mobiltelefon:

»HI, MISS BOND, DANKE FÜR DIE GLÜCKWÜNSCHE, BIN AUF DEM WEG ZUM FLUGHAFEN. FREU MICH, DICH ZU SEHEN ☺ GLG M.«

Moritz Kepplinger, den sie von der damaligen Arbeit in der Ermittlungsgruppe kannte, nannte sie so, seit sie ihm bei der Festnahme des Mörders mit einem gezielten Fußtritt zuvorgekommen war.

Lea bedauerte es, bislang keinen passenden Spitznamen für den sympathischen Kollegen gefunden zu haben. Seit der Zusammenarbeit im Sommer trafen sie sich regelmäßig zu gemeinsamen Unternehmungen. In manchen Nächten wünschte sie sich mehr als eine bloße Freundschaft, doch traute sie diesen Gefühlen nicht über den Weg. Noch knabberte sie schwer an ihrer letzten Beziehung, die nach einer Gewaltorgie zu guter Letzt vor Gericht geendet hatte.

Sie wusste, dass sich Moritz ebenfalls in einem ständigen Kampf mit den Dämonen seiner Vergangenheit befand, und respektierte, dass er nicht gern über solche Themen sprach. Einmal hatte er seine Gefühlswelt mit einem verletzten Adler verglichen, der sich zwar jeden Tag ein Stück näher an den Abgrund wagen, aber dessen Vertrauen in seine Schwingen für einen Sprung in die Freiheit noch nicht ausreichen würde. Seitdem mieden beide das Thema wie der Teufel das Weihwasser.

Moritz hatte sich vor seinem Marathontrip nach Athen ungewöhnlich reserviert gezeigt. Umso mehr freute sie sich jetzt über sein Lebenszeichen. Natürlich hatte sie gleich am Sonntagabend im Internet seine Laufzeit herausgefunden und ihm via Kurznachricht gratuliert. Aber eine Antwort war bislang ausgeblieben.

***

Kepplinger versuchte, einen der schneebedeckten Alpengipfel zu identifizieren, die unter dem Flugzeugrumpf wie Pilze aus dem Boden schossen. Von seinen zahlreichen Klettertouren kannte er sich in den Bergen aus. Aber aus zehntausend Metern Höhe war es beinahe unmöglich, sich zu orientieren.

Beim Anblick eines mächtigen Bergmassivs drängten sich die Erinnerungen an den Sturz an der Marmolada-Südwand in seine Gedanken. Die Bilder hatten nichts an Schärfe verloren und fügten sich zu einem jener Zeitrafferfilme in seinem Unterbewusstsein, die er nicht gern sah. Der herabsausende Felsbrocken, den er viel zu spät bemerkt hatte, bevor er ihn an der Schulter traf und aus der Wand riss. Der Schrei des Kameraden am Sicherungsseil und der scheinbar endlose Vierzig-Meter-Sturz in die Tiefe. Der dumpfe Aufprall auf dem marmorähnlichen Dolomit. Die Schmerzen und das bange Warten auf das Dröhnen der Rotorblätter des Rettungshubschraubers.

Eine Lautsprecherdurchsage des Copiloten holte ihn in die Gegenwart zurück. Das Flugzeug befand sich bereits im Landeanflug, und die Passagiere wurden aufgefordert, ihre Gurte zu schließen. Kepplinger klemmte seine zitternde Hand unter seinen Oberschenkel.

»Die aktuelle Temperatur in Stuttgart beträgt elf Grad. Wir hoffen, Sie bald wieder an Bord unserer Fluggesellschaft begrüßen zu dürfen.«

»Ich hoffe, dass *wir* uns wiedersehen«, sagte Daniela, die nachdenklich an Kepplinger vorbei aus dem Fenster blickte.

»Das lässt sich einrichten. Oberstdorf gehört zu meinen Lieblings-Kurzurlaubszielen«, erwiderte er. »Außerdem weiß ich ja jetzt, wo du dich abends rumtreibst.«

»Montag bin ich wieder auf Sendung.«

»Ich werd's mir ansehen«, versprach Kepplinger. »Aber bestimmt keine Reise buchen.«

»Ich gebe ja zu, dass die meisten Werbefilmchen ziemlich kitschig sind, aber wir haben wirklich unschlagbare Angebote.«

»Mag sein«, erwiderte Kepplinger. »Aber ich habe noch nie im Reisebüro gebucht, geschweige denn bei einem Reiseshoppingsender.«

»Hey!« Daniela mimte mit ihrer Hand eine Pistole und richtete den Zeigefinger mit einem herausfordernden Blick auf seine Brust. »Sag niemals nie.«

Kepplinger nahm schmunzelnd die Hände über den Kopf. »Überredet.«

Während des Landeanflugs dachte er an Lea. Er stellte sich vor, dass sie in der Ankunftshalle auf ihn warten und ihn dabei beobachten würde, wie er sich von seinen neuen Bekanntschaften verabschiedete. Obwohl er Lea als guter Freundin in dieser Hinsicht keine Rechenschaft schuldig war, störte ihn etwas an diesem Bild.

Über seine Gefühle zu der attraktiven Kollegin war er sich seit ihrer ersten Begegnung nicht im Klaren. Lea war ohne Zweifel eine außergewöhnliche und begehrenswerte Frau, aber vielleicht war es gerade deswegen so kompliziert. In keinem Fall wollte er die zarten Wurzeln ihrer Freundschaft leichtfertig aufs Spiel setzen. Vielleicht ging es Lea genauso. Sie hatten in aller Offenheit über ihre jeweils letzte Beziehung gesprochen, und Kepplinger begleitete seitdem das Gefühl, dass sie damit eine unsichtbare Grenzlinie zwischen sich gezogen hatten, die niemand zu übertreten wagte.

Als die Triebwerksgeräusche plötzlich verstummten und die Maschine in einen Parallelflug zum Boden überging, öffnete Kepplinger die Augen und erblickte die Silhouette des Stuttgarter Fernsehturms am Horizont.

***

»Sie nehmen also an, dass der Mann ertränkt wurde?«

Kriminaloberkommissar Markus Ackermann nickte dem obduzierenden Arzt der Ulmer Gerichtsmedizin zu, der, ohne den Kopf zu heben, über die Ränder seiner Brille von der geöffneten Leiche aufsah. »Er lag mehrere Stunden mit dem Kopf unter Wasser in einem Brunnen.«

»Wie kommen Sie darauf?«

Ackermann kramte aus seiner Jackentasche ein Polaroidbild hervor und hielt es dem Rechtsmediziner hin. »Wir haben ihn in dieser Position vorgefunden.«

»Ich wollte wissen, wie Sie darauf kommen, dass er *mehrere Stunden* im Wasser gelegen hat?«

Markus Ackermann runzelte verunsichert die Stirn. »Nun, ich dachte, die beginnende Wachshautbildung würde dafürsprechen.«

Der hagere Mediziner musterte ihn aufmerksam. Sein kritischer Gesichtsausdruck verwandelte sich in ein anerkennendes Grinsen. »Richtig, junger Mann. Richtig!« Er rückte seine Brille zurecht und wandte sich wieder dem Toten zu. »Dann untersuchen wir jetzt mal die Lunge.«

Sein Assistent setzte ein Skalpell an und entfernte mit ausholenden, aber ruhigen Schnittbewegungen ein Stück der Lunge, deren Oberfläche wie ein angeschimmeltes Rindersteak aussah.

Markus Ackermann griff nach seinem Notizblock und überflog die bisherigen Aufzeichnungen. Bislang hatten sie nicht viel über den Toten herausgefunden. Mit großer Wahrscheinlichkeit handelte es sich bei dem etwa Fünfzigjährigen um einen Franzosen namens Henry Foret. Das aufgedunsene Gesicht hatte eine gewisse Ähnlichkeit mit den Ausweispapieren in dem Leinenrucksack, der wenige Meter von der Leiche entfernt an einer Bank gelehnt hatte. Wenn er es war, hatte Foret bis zu seinem Tod in einem Ort ganz in der Nähe von Mulhouse im französischen Elsass gelebt. Ein Ermittlungsersuchen an die Kollegen jenseits des Rheins war bereits auf dem Weg.

Was Henry Foret nach Göppingen verschlagen, wie lange er sich in der Stauferstadt aufgehalten hatte und welche Gründe zu seinem Tod geführt hatten, stand in den Sternen. Von der Kleidung und den Umständen des Tatorts ausgehend, hatten sämtliche Kollegen der Inspektion darauf getippt, Foret sei der Obdachlosenszene zuzuordnen. Aber für eine solche Vermutung war es seiner Ansicht nach viel zu früh.

»Haben Sie einen Augenblick Zeit?«

Markus Ackermann erhob sich und blickte gespannt auf die Handvoll Schnittbilder auf einem Monitor, die wie bunte Röntgenaufnahmen aussahen.

»Also …« Der Chefarzt deutete mit einem Kugelschreiber auf eines der Bilder. »Die weißen Flecken sind kontrastierendes

Wasser. Dieses befindet sich nicht nur in den großen Lungengefäßen …«, der Kugelschreiber wanderte über den Bildschirm, »… sondern auch in den allerkleinsten Alveolen. Das bedeutet: Wasser wurde aspiriert.«

Der Mediziner wandte sich vom Monitor ab und ging zum Seziertisch.

»Außerdem ist das Zwerchfell, wie Sie sehen …«, der Stift deutete jetzt auf eine Stelle neben dem entfernten Lungenstück, »… gegenüber dem Normalzustand deutlich gesenkt.«

Ackermann schüttelte angewidert den Kopf.

Der Pathologe nahm seine Brille ab und sah ihm in die Augen. »Ihr Mann starb zweifelsohne durch Ertrinken.« Sein Blick wanderte jetzt zwischen dem Assistenten und dem Kriminalbeamten hin und her. »Was wir jedoch nicht wissen, ist, ob er in Ihrem Brunnenwasser ertrunken ist.«

Ackermann war kurz davor zu erklären, dass dies weder sein Mann noch sein Brunnenwasser war. Jedoch kam ihm der Mediziner zuvor.

»Dies ließe sich mittels einer Virtopsy feststellen, wenn Sie uns eine Vergleichsprobe des Wassers zukommen lassen.«

»Darum kümmere ich mich.« Ackermann kritzelte eine Notiz auf einen Schmierzettel, bedankte sich und machte sich auf den Weg zu seinem Dienstwagen.

Die frische Luft tat gut. Ich werde mich nie an den Geruch dieser Kellergewölbe gewöhnen, dachte Ackermann. An den Anblick von ausgeweideten Toten.

Auf der Rückfahrt überlegte er, ob er Kepplinger über den Vorfall informieren sollte. Er wusste, dass sein Kollege bis Mittwoch Urlaub hatte, und war nicht sicher, ob er bereits aus Griechenland zurück war.

Er beschloss, ihn vorerst nicht zu belästigen. Vielleicht würden sich die Ermittlungen als unkompliziert herausstellen, und der Fall war rasch aufgeklärt.

Die Wälder auf der Hochfläche der Schwäbischen Alb glänzten in prächtigen Herbstfarben. Ein kühler Wind trieb vereinzelt Nebelschwaden wie riesige Seifenblasen vor sich her. Unvorstellbar, dass der Wetterdienst für das kommende Wochenende einen ersten Wintereinbruch prophezeit hatte.

Markus Ackermann nahm den Fuß vom Gas und dachte an den Toten. Das Bild und der Gestank der Leiche auf dem Seziertisch passten nicht zu dem Postkartenidyll jenseits der Windschutzscheibe. Er schaltete das Radio ein, um auf andere Gedanken zu kommen.

Nach ein paar Takten summte er den Refrain des Meat-Loaf-Songs mit:

There's always something magic, there's always something new …

***

Die Menschenansammlung auf dem Göppinger Synagogenplatz war eine willkommene Abwechslung zu ihrem tristen Alltag auf der Straße, zu dem es seit Wochen keine Alternative gab. In ihre verwaschene Stola gehüllt, mischte sie sich unter das Volk. Etwa dreißig Personen standen im Halbkreis um einen riesigen Trauerkranz aus wildem Efeu, in dem Dutzende weiße Rosen steckten. Einige der Männer trugen Kippas.

Sie trat näher an die Gruppe und las die Inschrift auf den hellblauen Schleifen: »Den Toten zur Ehre, den Lebenden zur Mahnung.«

Sie lauschte der Rede des Oberbürgermeisters, der über die Deportation der Göppinger Juden im Jahre 1941 berichtete. Angeblich waren es vierzig Männer und Frauen aus der Stauferstadt gewesen, die in das Konzentrationslager Riga verschleppt worden waren. Bis auf einen einzigen Mann seien dort alle zu Tode gekommen.

Sie hatte sich nie mit jüdischem Leben beschäftigt, aber diese Gedenkfeier zum Jahrestag der Reichspogromnacht berührte sie ungewollt. Die offensichtliche Anwesenheit von Juden löste sogar Schuldgefühle in ihr aus. Am liebsten wäre sie auf einen der schwarz gekleideten Männer zugegangen, um sich für die Gräueltaten der Nazis zu entschuldigen. Eine andere Stimme sagte ihr, sie habe mit ihren dreiunddreißig Jahren nichts mit dem Unrecht des Dritten Reiches zu tun.

Ein Rabbiner stimmte ein Lied an. Sie trat einige Schritte zurück und lauschte dem melancholischen, sich ständig wiederholenden Singsang: »*Hevenue Shalom Aleichem* – Wir wollen Frieden für alle.«

Diese Musik gefiel ihr, und für ein paar Minuten musste sie nicht an die Ereignisse der vergangenen Nacht denken. Daran, dass die Wut, die in ihrem Inneren wie glühende Lava schlummerte, aufs Neue ausgebrochen war und sie dazu gezwungen hatte, einen Feuersturm der Gewalt zu entfachen.

Als ihr jemand ein Liedblatt hinhielt, suchte sie erschrocken das Weite. Während der Kehrvers immer leiser und schneller wurde, dachte sie an den Spruch auf einem Karton, den einer der Männer während der Ansprache hochgehalten hatte: »Wo Recht zu Unrecht wird, wird Widerstand zur Pflicht!«

***

Die Landung am Stuttgarter Flughafen war perfekt. Die Mehrheit der Passagiere klatschte lautstark Beifall. Kepplinger hasste diese Unsitte. Vielleicht ist es ein Ausdruck der Erleichterung, lebendig angekommen zu sein, dachte er.

Daniela lächelte ihn an. »Auf geht's, Herr Kommissar.«

Er schmunzelte und verfolgte die hektische Betriebsamkeit im Flugzeug. »Ich hab's nicht eilig.«

Tatsächlich verging über eine Stunde, bis ihr Gepäck auf die Förderbänder rollte. Sie passierten den Zoll und zwei übellaunige Beamte, die den Frauen ungeniert hinterherglotzten. Kepplinger schüttelte den Kopf.

»Wundert dich das?« Daniela hakte sich bei ihm unter. »Wir haben uns längst daran gewöhnt – Männer!«

Kepplinger versprach, die beiden in Oberstdorf zu besuchen. »Sobald es ordentlich Schnee hat, packe ich die Skier ein.«

Sie küssten sich zum Abschied auf die Wangen, dann folgte er den Hinweisschildern zur S-Bahn.

***

Zurück auf der Dienststelle, trat Markus Ackermann in das offen stehende Büro seines Kollegen Salvatore Falcone. Der gebürtige Italiener streifte gerade seine langen schwarzen Haare durch ein Gummi und war mit dem straffen Pferdeschwanz offensichtlich zufrieden.

»*Bene*«, sagte er und deutete auf den Bürostuhl gegenüber. »Was sagen die Götter in Weiß?«

Ackermann setzte sich und schleuderte seinen Notizblock auf die Tischplatte. »Foret wurde ertränkt. Die Blutuntersuchung dauert noch.«

»Nicht gerade viel für einen Vormittag in der Rechtsmedizin«, sagte Falcone und lachte.

»Die Jungs waren ziemlich begeistert und drohten damit, eine gesalzene Rechnung mit Wochenendzuschlag zu veranlassen.«

»Was dir ziemlich egal sein dürfte, *amico*.«

»Ach so, noch was. Die letzte Mahlzeit unseres Toten war ein Zwiebelrostbraten mit Bratkartoffeln, den er zwischen acht und neun gestern Abend zu sich genommen hat.«

»Teures Essen für einen Penner«, erwiderte Falcone. »Entschuldige: Obdachlosen.«

»Wie meinst du das?«

»Wir waren im Park und bei der Heilsarmee«, erklärte Falcone. »Ein paar Leute kannten ihn vom Sehen. Aber offensichtlich war er selten in der Stadt und ein unbeliebter Einzelgänger.«

»Also doch ein Clochard«, murmelte Markus Ackermann. »Und die, mit denen ihr gesprochen habt, kennen ihn unter dem Namen Foret?«

»Nur Henry«, meinte Falcone. »Niemand wusste irgendetwas über diesen Menschen zu berichten. *Niente.*«

»Irgendeine Reaktion aus Frankreich?«

»*Niente di niente.*«

»Darum kümmere ich mich.« Markus Ackermann wandte sich zum Gehen. »Für wann haben wir die Besprechung anberaumt?«

»*Alle quattro.*«

Ackermann warf einen Blick auf die Uhr. »Na dann bis in zwei Stunden.«

In seinem Büro angekommen, blätterte er gedankenverloren

in der Lichtbildmappe, die ihm einer der Kollegen der Spurensicherung auf den Tisch gelegt hatte. Er musste sich eingestehen, dass er so gut wie nichts über das Milieu wusste, in dem sich der Tote herumgetrieben hatte.

Foret war einer von den Schattenmenschen, dachte Markus Ackermann. Einer von denen, die in unserer Gesellschaft leben und die wir erst wahrnehmen, wenn sie tot in einem Brunnen liegen. Dann griff er zum Telefonhörer und wählte die Nummer der Police Municipale in Mulhouse.

***

Heute war definitiv ihr Glückstag. Lea Thomann ballte triumphierend die Fäuste. Vor wenigen Sekunden hatte ihr Vorgesetzter ihrem Wunsch entsprochen, die restlichen Überstunden abzufeiern, und versichert, dass die Schicht stark genug sei, den bevorstehenden Nachtdienst zu bewältigen. Es wäre ihre vorerst letzte Nacht gewesen, die sie sich im Streifendienst um die Ohren hätte schlagen müssen.

»Zumindest für ein ganzes halbes Jahr«, flüsterte Lea ihrem Spiegelbild zu, während sie schmunzelnd ein Haar ihrer Augenbraue wegzupfte und an den Bestseller von Jojo Moyes auf ihrem Nachttisch dachte. Insgeheim hoffte sie, nie mehr in eine Uniform schlüpfen zu müssen. In jedem Fall war das unverhoffte Dienstfrei ein willkommener Start.

Lea tänzelte in die Garderobe und packte ihre Faustschützer in die Sporttasche. Sie freute sich auf das Training in ihrem Kampfstudio, das sie, seitdem sie in den Südwesten der Republik gezogen war, wenigstens dreimal die Woche besuchte. Heute Nachmittag stand die wöchentliche Privatstunde auf dem Programm. In diesen sechzig Minuten (Mika, ihr Trainer, hängte meistens eine Viertelstunde dran) lernte sie so viel wie sonst in einem ganzen Monat. Danach würde sie eine Anfängergruppe unterrichten und anschließend nochmals eine Stunde Sparring absolvieren. Wing Chun war ein Teil ihres Lebens geworden. Das Selbstverteidigungssystem entsprach genau ihrer Vorstellung eines Kampfstils, der sich mit einem Wort zusammenfassen ließ: Effektivität.

Andere Kampfsportarten passten nicht zu ihr. Vor Jahren hatte sie in mehreren Studios Probetrainings absolviert. Lea wusste nur allzu gut, dass es in realen Auseinandersetzungen keine Regeln gab, niemanden, der sich an einen Ehrenkodex hielt, der es beispielsweise untersagte, dem Gegner in den Unterleib zu treten. Wenn es darauf ankam, seine Haut zu retten, waren für Lea die wirksamsten Techniken gerade gut genug. Leider hatte sie diese Erfahrung viel zu oft machen müssen.

Lea strich sich über die Narbe an ihrem linken Oberarm. Ein hässliches Andenken an ihren Exfreund. Viel zu spät hatte sie eingesehen, dass es sie immer unglücklich machen würde, einen Alkoholiker zu lieben. Viel zu oft hatte sie sich von ihm demütigen lassen und seinen Entschuldigungen nachgegeben. Nach ungefähr einem halben Jahr und unzähligen Versuchen, ihn von seiner Sucht abzubringen, hatte sie die Koffer gepackt und ein letztes Mal auf ihn gewartet. Als sie ihn mit ihren Absichten konfrontierte, drehte er vollends durch und drosch mit einer Whiskeyflasche auf sie ein, bis das Glas in tausend Stücke zersprang. In dem Moment, als er ihr mit dem abgebrochenen Flaschenhals eine klaffende Schnittwunde am Arm zufügte, wusste sie, dass es ums nackte Überleben ging. Zum ersten Mal ging sie ohne jede Rücksicht auf Konfrontationskurs. Ihre damaligen Kenntnisse waren völlig unzureichend, trotzdem gelang es ihr, einen weiteren Angriff abzuwehren, ihm mit aller Kraft in sein bestes Stück zu treten und die Flucht zu ergreifen. Damit war die Sache zumindest physisch erledigt gewesen.

Einige Auseinandersetzungen im Polizeidienst, bei denen sie Wing Chun angewandt hatte und unverletzt geblieben war, bestätigten sie in der Meinung, *ihr* Selbstverteidigungssystem gefunden zu haben.

Mit dem bitteren Nachgeschmack der Erinnerung verstaute Lea Mobiltelefon und Schlüsselbund in ihrer Jackentasche, knallte die Wohnungstür zu und machte sich auf den Weg zu ihrem Stellplatz.

***

Der Zug kam fahrplanmäßig in Göppingen an. Es war kurz vor vier, als Moritz Kepplinger auf den Bahnhofsvorplatz trat. Er überlegte, ob er die knapp zwei Kilometer zu seiner Wohnung zu Fuß gehen sollte. Doch die vielen Menschen, die hektisch aus den angrenzenden Straßen in Richtung Bahnhof drängten, und die anhaltende Müdigkeit in seinen Beinen hielten ihn davon ab.

Kepplinger ging zu einem Taxi, wuchtete sein Gepäck in den Kofferraum, ließ sich auf den Beifahrersitz plumpsen und nannte die Adresse.

»Ganz schön viel los«, kommentierte er das Schneckentempo, mit dem sie sich mühsam durch die Innenstadt quälten. Schließlich kam der Verkehr komplett zum Erliegen.

Sofort setzte ein wütendes Hupkonzert ein, das einem Lieferwagenfahrer galt, der in zweiter Reihe parkte und seelenruhig einen Karton nach dem anderen in einen Asia-Shop trug.

»Immer um dies' Zeit Katastrophe«, erwiderte der Taxifahrer. »Konnte meinen, ist Großstadt.«

Kepplinger dachte an das Verkehrschaos in Athen. »Eine kleine zumindest«, sagte er lächelnd.

»Okeh, miettel.« Der Taxifahrer lachte. »Abär so gefährlich wie große Stadt.«

Kepplinger musste unvermittelt an den Raubüberfall am Morgen denken und war kurz davor, dem Fahrer von diesem Erlebnis zu berichten. Stattdessen erkundigte er sich höflichkeitshalber: »Wie kommen Sie darauf?«

»Heute Morgän Leiche gefunden, von Mann. Wurde ermordet.«

Kepplinger war mit einem Mal hellwach. »Wie? Wo wurde eine Leiche gefunden?«

Der Taxifahrer genoss es sichtlich, das Interesse seines Fahrgastes geweckt zu haben. »Bei Park hinter Schloss. Bei Brunen. Viele Polizei gewesen.«

Kepplinger versuchte, sich die Örtlichkeit ins Gedächtnis zu rufen. Er wohnte seit Ende seines Studiums in Göppingen. Zu seinem Bedauern hatte er seitdem wenig Zeit damit verbracht, die Fünfzigtausend-Einwohner-Stadt näher zu erkunden. Dennoch glaubte er, die Location zu kennen. Eine andere Frage drängte sich auf. »Woher wissen Sie das?«

Der Taxifahrer zuckte mit den Schultern. »Von Kollege. Bei Taxi.«

Kepplinger sah auf die Uhr. Es war zehn Minuten nach vier. Wenn es sich tatsächlich um einen Mord handelte, wäre das komplette Ermittlerteam im Einsatz. Dann traf er seine Entscheidung.

»Fahren Sie mich zur Polizeidirektion.«

***

Franziska, die Sekretärin der Kriminalinspektion, sah ihn ungläubig an. »Moritz, was machst du denn hier? Ich dachte, du wärst in Griechenland.«

Kepplinger stellte seinen Koffer ab. »War ich auch, Franzi, bis gerade eben.«

Sie warf einen Blick auf seine Siebensachen. »Du musst uns sehr vermisst haben.«

Er lächelte. »Ehrlich gesagt habe ich nicht besonders oft an die Arbeit gedacht.«

Sie hob fragend die Augenbrauen. »Hast du von der Geschichte im Park gehört?«

»Eben im Taxi.«

»Es gibt noch nicht mal eine Pressemeldung.«

»Mund-zu-Mund-Propaganda ist schneller als jedes Fernschreiben.« Er zuckte mit den Schultern. »Wo sind die anderen?«

Sie deutete mit einer Kopfbewegung nach oben. »Im Lehrsaal. Die Besprechung hat um vier begonnen.«

Kepplinger schnappte sein Gepäck und schleppte es in sein Büro. Wie immer herrschte auf dem Schreibtisch seines Kollegen Salvatore Falcone ein heilloses Durcheinander. Er nahm sich einen Notizblock aus einer Schublade und griff nach einem Kugelschreiber. Auf dem Weg zum Besprechungszimmer kam er noch mal an Franziskas Büro vorbei.

»Übrigens, Moritz.«

»Ja?«

»Siehst gut aus. Richtig entspannt.«

»Danke.«

In der Vorahnung, dass sein Urlaub ein unerwartet jähes Ende genommen hatte, hastete Kepplinger die Treppen ins oberste Stockwerk des Gebäudes hinauf.

Der Raum war abgedunkelt. Ein Beamer projizierte Aufnahmen vom Tatort auf eine Leinwand. Markus Ackermann kommentierte die Bilder. Als er Kepplinger entdeckte, hielt er mitten im Satz inne. »Moritz!«

Die Kollegen drehten überrascht den Kopf. Jemand betätigte den Lichtschalter. Salvatore Falcone sprang von seinem Stuhl auf und umarmte ihn. *»Come va, il mio amico?«*

»Mir geht es blendend«, antwortete Kepplinger.

Brandstätter, der Inspektionsleiter, sah ihn nach einem Blick auf die Uhr vorwurfsvoll an. »Mensch, Kepplinger, wo kommen Sie denn jetzt her?«

Die Kollegen fingen an zu schmunzeln.

»Aus Athen«, antwortete er knapp.

»Stimmt ja.« Brandstätter schlug sich gegen die Stirn. »Wie dem auch sei, Sie kommen wie gerufen.«

Kepplinger berichtete, wie er im Taxi von dem Mord erfahren hatte.

»Dann beginne ich nochmals von vorn«, sagte Markus Ackermann. »Wir sind noch nicht allzu weit gekommen.«

Kepplinger machte sich eifrig Notizen, während er den Ausführungen folgte. Nach und nach bekam er ein Bild der Ereignisse. Um Viertel vor acht war der Leichenfund über Notruf beim Polizeirevier gemeldet worden. Drei Minuten später war die erste Streifenbesatzung mit Lea Thomann vor Ort gewesen. Mit Genugtuung nahm Kepplinger zur Kenntnis, dass Lea beim Absperren des Tatorts tadellose Arbeit geleistet hatte. Nach dem jetzigen Stand der Ermittlungen war der Mann am Vorabend gegen elf in dem Brunnen ertränkt worden.

»Hierzu warten wir noch das Ergebnis der Wasserprobe ab«, sagte Markus Ackermann. »Der Tote wies keine frischen Verletzungen auf, weshalb wir einen Kampf ausschließen können.«

»Bis auf die Wunde am Bein«, warf Salvatore Falcone ein.

»Hierbei handelt es sich um eine postmortale Verletzung,

vermutlich durch eine Rabenkrähe, was laut den Gerichtsmedizinern häufig vorkommt, wenn eine Leiche in dieser Jahreszeit mehrere Stunden im Freien liegt«, erklärte Ackermann.

»Das ist ja eklig«, sagte Anja Kober, die einzige Frau der Kriminalinspektion.

Kepplinger betrachtete eine Detailaufnahme der kreisförmigen Wunde, aus der ein Stück rosafarbenes Muskelfleisch, an einer einzigen Sehne hängend, hervorsprang, und gab ihr stillschweigend recht.

»Neben dem Toten wurde ein Rucksack gefunden, in dem sich ein paar gebrauchte Kleidungsstücke, zwei Wurstdosen, ein angeschimmeltes Stück Toastbrot, eine Wasserflasche und eine Geldbörse befanden«, fuhr Markus Ackermann fort. »In der Börse waren ein paar Münzen und ein Zehn-Euro-Schein, der französische Pass des Ermordeten und eine Kundenkarte einer Consorsbank, BNP Paribas. Hat das schon mal jemand gehört?«

Alle schüttelten den Kopf.

»Bei dem Toten handelt es sich um den achtundfünfzigjährigen Henry Foret, wohnhaft in der Rue Louis Blériot 26 im elsässischen Habsheim. Das liegt etwa eineinhalb Kilometer von Mulhouse entfernt.«

»Da war ich schon«, warf Christian Schwarz ein. »Das ist ganz in der Nähe vom EuroAirport Basel-Mülhausen.«

Kepplinger mochte den jungen Kommissar, der sich in seiner Freizeit mit Geschichtsbüchern und klassischer Literatur befasste, und blinzelte ihm zu.

»Ich habe Foret in sämtlichen Datensystemen überprüft«, informierte Falcone, ohne den Blick von den Händen zu nehmen, mit denen er gerade eine Zigarette drehte. »Alles negativ.«

»Die Kollegen der Police Municipal sind unterrichtet«, fuhr Markus Ackermann fort. »Allerdings wurde von deren Seite offenbar noch nichts unternommen.«

»Warum nicht?«, erkundigte sich Brandstätter.

»Wenn ich den Sergent richtig verstanden habe, steckt die örtliche Polizei noch mit der Police Nationale im Streit darüber, wer in diesem Fall zuständig ist. Beide versuchen, sich gegenseitig den Schwarzen Peter zuzuschieben.«

»Gibt es Zeugen?«, wollte Kepplinger wissen.

»Bislang nicht«, sagte Markus Ackermann. »Wir haben für morgen einen Zeugenaufruf in der Sonntagszeitung und den lokalen Radiosendern vorbereitet.«

»Vielleicht sollten wir einfach alle Obdachlosen befragen, die sich abends dort aufhalten«, schlug Falcone vor. »So viele können das ja nicht sein, oder?«

»Damit fangen wir nach der Besprechung an«, gab Markus Ackermann die weitere Vorgehensweise bekannt. »Viel mehr können wir mit unserem bisherigen Kenntnisstand am Wochenende gar nicht tun.«

Kepplinger war im Begriff, die Hand zu heben und sich für diesen Part anzubieten, zog sie aber im selben Moment wieder zurück und warf einen Blick auf die Fragen, die er sich notiert hatte. Die Sonderkommission musste bis zum nächsten Morgen ohne ihn auskommen.

Markus Ackermann teilte die Ermittler in Gruppen und Stadtgebiete ein. Als hätte er Kepplingers Gedanken lesen können, ließ er ihn außen vor.

»Du kommst erst mal hier an«, begründete er knapp seine Entscheidung und erklärte die Besprechung für beendet. Beim Verlassen des Lehrsaals klopfte er Kepplinger auf die Schulter. »Freut mich riesig, dass du wieder da bist.«

***

Lea Thomann wehrte sich mit Leibeskräften gegen eine Serie von Schlägen, die wie ein Trommelfeuer auf sie einprasselten. Sie streckte die Hände weit nach vorn und parierte die Angriffe mit den Unterarmen.

Nutze die Kraft des Gegners.

Immer wieder gelang es ihrem Trainer, die Deckung zu durchbrechen und ihr einen schmerzhaften Treffer zu verpassen. In der Vorbereitung auf die nächsthöhere Graduierung war es ihr eigener Wunsch gewesen, Mika möge sie während der Sparrings nicht schonen. Nicht selten bezahlte sie diese Entscheidung mit einer Armee von blauen Flecken oder einer angebrochenen Rippe.

Ist die Kraft des Gegners zu groß, gib nach.

Sie nahm die Schulterblätter zurück und machte einen Ausfallschritt nach hinten. Gerade so weit, dass sie sich für einen Moment außerhalb der Reichweite seiner Fäuste befand. Mika war gezwungen, ihr nachzusetzen, wollte er seinen Angriff fortführen. Lea achtete mit Argusaugen auf jede seiner Bewegungen. Da! Ein unscheinbares Zucken in der Hüfte verriet ihr die Absichten ihres Kontrahenten. Sie schnellte nach vorn und erstickte den gefährlichen Tritt im Keim.

Ist der Weg frei, stoß nach vorn.

Für den Bruchteil einer Sekunde öffneten sich seine Arme. Lea rammte ihm die Fäuste in den Solarplexus. Mika verdrehte die Augen und geriet ins Taumeln. Schließlich sackte er nach Luft ringend vornüber und deutete mit vorgehaltenen Händen eine Pause an. Lea kniete sich besorgt neben ihn und reichte ihm eine Wasserflasche.

»Gut gemacht«, keuchte ihr Coach, nachdem er sich von dem Knock-out erholt hatte.

Jetzt spürte auch Lea die Anstrengung. Ihr Herz raste. Sie ließ sich erleichtert auf die Matten fallen und atmete tief durch. »Hab ich alles von dir gelernt.«

Mika nickte grinsend. »Mag sein«, erwiderte er. »Aber um einen solchen Angriff zu parieren, braucht es mehr als Technik. Vergiss nicht, dass ich doppelt so viele Kilos auf die Waage bringe.«

»Vergiss nicht, dass ich eine Frau bin.«

Mika prustete vor Lachen. »Daran wird es wohl liegen.«

Lea rieb sich mit einem Handtuch den Schweiß aus dem Gesicht. »Das war's für heute, oder?«

Ihr Trainer sah auf die Uhr und nickte. »Noch mal würde ich heute sowieso nicht gegen dich antreten.«

»Scherzkeks.« Lea deutete einen weiteren Schlag gegen die Brust an. »Ich geh dann vor dem Kurs noch kurz unter die Dusche.«

***

Als Moritz Kepplinger den Schlüssel in die Wohnungstür steckte, wurde er von dem Gefühl übermannt, sie gerade erst verschlossen zu haben, obwohl seitdem ein Dutzend ereignisreicher Tage vergangen waren. Er erinnerte sich an jedes Detail jenes Dienstagmorgens. Wie er beim Verlassen der Wohnung die Tür etwas angehoben hatte, damit sie leiser ins Schloss fiel. Wie er zur nachtschlafenden Zeit der Nachbarin den Zweitschlüssel, auf eine Packung Merci geklebt, in den Briefkasten gelegt hatte.

Kepplinger fragte sich, ob sein Gehirn beständig mit dieser Detailversessenheit sein Leben speicherte. Wenn ja, warum geriet dann so viel in Vergessenheit? Oder bedurfte es lediglich einer Rückkehr an die Orte des Geschehens, um das Verschollene wieder an die Oberfläche zu bringen?

Rasch riss er die Fenster auf, warf einen prüfenden Blick auf seine Zimmerpflanzen und ließ sich erschöpft auf das Sofa fallen. Sofort stellten sich die Bilder des Toten im Brunnen ein. Wie von Geisterhand erschienen die Tatortfotos vor seinem inneren Auge, begleitet von den Kommentaren der Kollegen und den Fragen, die er sich während der Besprechung notiert und dick unterstrichen hatte. Gleich morgen würde er mit Markus Ackermann darüber sprechen.

Schließlich nahm ein anderer Gedanke Gestalt an. Etwas, das ihm den gesamten Nachmittag über schwer im Magen gelegen, aber in der Flut von Informationen kein klares Bild ergeben hatte. Markus Ackermann hatte von auffällig gepflegten Händen und Füßen berichtet, während man davon ausging, dass Foret ein Landstreicher war. In seinem Bauch hatten sich die Überreste eines teuren Restaurantessens befunden.

Kepplinger war sich sicher, dass hinter diesen Widersprüchen etwas verborgen lag, nach dem sie suchen mussten.

Wer zum Teufel war Henry Foret?

***

»Ich kenn den Typen.« Der Clochard tippte auf das Foto. Seine Finger waren gelb vom Tabakrauch, und unter den Nägeln ruhte eine dicke Dreckschicht. Er roch nach Alkohol und Schweiß.

Markus Ackermann rümpfte die Nase. Doch er war froh, endlich jemanden gefunden zu haben, der den Toten wiedererkannte.

»Woher kennen Sie ihn?«

Der Obdachlose kratzte sich verlegen am Kopf. Ein paar Schuppen landeten auf der Hose des Kriminalbeamten.

»Weiß nich, der war manchmal hier.« Wieder wanderte die Hand zum Kopf. Markus Ackermann trat einen halben Schritt zurück.

»Hat immer so komisch gesprochen.«

»Was meinen Sie?«

»Hochdeutsch oder wie sagt man denn? Platt. Oder? So heißt das doch?«

»Kennen Sie seinen Namen?«

Der Mann lachte spöttisch. »Nee, den haben alle nur Fischkopf genannt.« Das Lachen verstummte jäh und wich einem skeptischen Blick. »Warum fragen Sie mich das alles?«

»Er hieß Henry Foret«, sagte Markus Ackermann. »Und er wurde vorige Nacht ermordet.«

»Er war das also … hab von dem Toten gehört.« Der Obdachlose wirkte mit seinen zusammengekniffenen, rot unterlaufenen Augen mit einem Mal beinahe ängstlich. »Und jetzt verdächtigen Sie mich?«

»Nein. Ich möchte nur etwas über diesen Mann erfahren.« Ackermann ließ das Foto in seiner Jackentasche verschwinden. »Fällt Ihnen etwas ein, das mir helfen könnte?«

Der Mann dachte nach. Ackermann schätzte ihn auf etwa vierzig. Aber genau konnte man das nicht sagen. Die ungepflegte Erscheinung, der säuerliche Geruch und der rostfarbene Teint machten ihn alt.

»Nur dass der immer wieder mal hier war.« Der Obdachlose deutete mit einer weitläufigen Geste auf den Park. Hinter einer Allee von mächtigen Platanen zeichneten sich die Umrisse der Oberhofenkirche ab, des ältesten Gebäudes der Stadt.

»Ich hab den sonst nie gesehen. Der war auch nicht in der Suppenküche oder sonst wo. Weiß nich, wovon der gelebt hat.«

Ich verschwende meine Zeit, dachte Markus Ackermann.

»Und die anderen …?« Er deutete auf das halbe Dutzend Tippelbrüder, die neben einem Freiluftschachfeld auf Bänken saßen und in eine hitzige Diskussion vertieft schienen.

»Keine Ahnung«, erwiderte der Obdachlose. »Geben Sie mir mal das Bild.«

Es dauerte nicht lange, bis der Mann zurückkam.

»Die meinen, du sollst die Lilly fragen. Mit der hat er sich ab und zu verdrückt.«

»Was meinen Sie mit ›verdrückt‹?«

»Na ja, die wollten halt manchmal für sich sein … Nicht, was Sie denken. Die Lilly kommt eben auch aus dem Norden und war genauso selten da wie der Fischkopf.«

»Und wo kann ich Lilly finden?«

»Weiß nich. Die is was Besseres und tingelt immer so rum. Stuttgart, Ulm, Freiburg, was weiß ich.«

»Was Besseres?«

»Die trägt Klamotten, davon kann unsereiner nur träumen.«

»Und hat diese Dame auch einen Nachnamen?«

»Wir nennen sie nur Lilly.«

Markus Ackermann notierte sich die Personalien des Mannes und bedankte sich für die Auskünfte. Dann reichte er ihm eine Visitenkarte.

»Rufen Sie mich an, wenn Lilly in Göppingen auftaucht.«

»Wie denn?«

»Haben Sie kein Telefon?«

Der Obdachlose warf ihm einen argwöhnischen Blick zu. Ackermann bereute, die Frage gestellt zu haben.

»Wovon sollte ich das bezahlen, du Schnösel?«, giftete sein Gegenüber. »Du hast doch überhaupt keine Ahnung.«

»Meine Frage war unüberlegt«, räumte Ackermann ein. »Ich habe tatsächlich nicht die geringste Vorstellung davon, was es bedeutet, auf der Straße zu leben, und ich wollte Ihnen nicht zu nahe treten. Nur so viel: Gestern Abend wurde in dieser Stadt ein Mensch ermordet, was mir zum Teufel noch mal alles andere als egal ist. Und ich habe vor, den oder die Täter an die Wand zu nageln.« Ackermann war laut geworden, der Obdachlose einen Schritt zurückgetreten. »Dabei brauche ich Ihre Hilfe. Nicht mehr und nicht weniger. Vergessen Sie nicht, dass das noch mal passieren könnte!«

Zittrig griff der Clochard nach der Karte. »In Ordnung.«

Ackermann machte sich ohne Schwung auf den Rückweg zur Dienststelle und hoffte, seine Kollegen hätten bei ihren Ermittlungen mehr Glück gehabt. Die Informationen, dass Henry Foret im Milieu als Fischkopf bekannt war und mit einer Frau namens Lilly verkehrte, konnte man nicht gerade als Fahndungserfolg bezeichnen.

Der Abend war klar und angenehm kühl. Es tat gut, die Beine zu bewegen.

***

Das schrille Läuten der Türglocke riss ihn aus einem unruhigen Halbschlaf. Nur mit Unterwäsche bekleidet, schlurfte Kepplinger zum Eingang.

»Oh, das tut mir leid, dass ich Sie geweckt habe.« Seine Nachbarin überreichte ihm einen mit Zeitungen, Prospekten und Briefen gefüllten Karton.

»Das ist nett von Ihnen«, murmelte er verlegen.

»Da will ich nicht weiter stören. Haben Sie vielen Dank für die Schokolade, aber das wäre wirklich nicht nötig gewesen.«

Bevor Kepplinger etwas erwidern konnte, war die Dame in der gegenüberliegenden Wohnung verschwunden. Seufzend warf er die Pappschachtel auf den Esszimmertisch. Er fühlte sich wie gerädert, obwohl er mit Entsetzen feststellte, dass er über zwei Stunden geschlafen hatte. Er setzte Teewasser auf und machte sich an die Post.

Wozu habe ich einen Aufkleber auf dem Briefkasten?, dachte er, während Dutzende Werbeprospekte ungelesen in den Papiereimer flogen.

Nach einer Dusche fühlte er sich wohler, schlüpfte in einen Jogginganzug und überlegte, was er essen könnte. Den Kühlschrank hatte er vor dem Abflug geleert. Außerdem verspürte er keinen richtigen Appetit. Schließlich öffnete er eine Packung Salzbrezeln und dippte sie in Frischkäse. Dazu trank er eine

Flasche Bier. Anschließend ging er zu Bett und nahm sich vor, seinen Urlaubsroman zu Ende zu lesen. Es war angenehm, auf der eigenen Matratze zu liegen. Behaglich drehte er sich von Zeit zu Zeit auf die andere Seite, um der bleiernen Müdigkeit zu trotzen. Immer wieder musste er einen Abschnitt in James Sallis' »Stiller Zorn« von Neuem beginnen und schlief wenig später, den Kopf auf dem Ellenbogen abgestützt, ein.

Den Signalton der eingehenden Nachricht auf seinem Mobiltelefon hörte er nicht mehr.

***

Scheinbar ziellos ging sie im Schatten einer mächtigen Hecke bis zur Straßenecke und sah sich um. Es war bereits nach Einbruch der Dunkelheit, dennoch war sie zu früh. Im Lichtschein der Laternen sah sie das Heck des BMW in der Hofeinfahrt. Sie schüttelte sich vor Kälte, aber ihr blieb nichts anderes übrig, als zu warten.

Gewohnheitsmäßig warf sie einen Blick auf ihr Handgelenk, doch dann fiel ihr ein, dass sie die Uhr vor einer Woche im Pfandhaus abgegeben hatte. Der Wert war auf fünfhundert Euro beziffert worden, obwohl ihre bessere Hälfte bestimmt das Zehnfache dafür bezahlt hatte. Hoffentlich würde sie das wertvolle Geschenk innerhalb der dreimonatigen Vertragsfrist wieder auslösen können. Der Gedanke daran, dass sie den Großteil des Geldes schon ausgegeben hatte, schnürte ihr die Kehle zu.

Sie schlenderte zu einer Bushaltestelle, setzte sich auf einen der Gittersessel und zündete sich eine Zigarette an. Sie kauerte sich so eng zusammen, wie es ging, schlug den Mantel über die Knie und stellte sich vor, wie sich die Wärme der Zigarettenglut mit jedem Zug in ihrem Körper ausbreitete.

Dann dachte sie an das gestrige Gespräch mit ihrem Sachbearbeiter bei der Agentur für Arbeit. Dieser widerliche Kotzbrocken hatte ihr doch tatsächlich eine Stelle als Oben-ohne-Bedienung in einem Stuttgarter Nachtclub angeboten. Am liebsten hätte sie ihm die Faust in sein süffisantes Lächeln gerammt. Stattdessen war sie, ohne ein Wort zu verlieren, aufgestanden und hatte die Tür zugeschlagen. Später hatte er sich am Telefon halbherzig bei ihr entschuldigt und ihr erneut den Hof gemacht. »Ein wenig Aufgeschlossenheit kann bei der Suche nach einer adäquaten Stelle niemals schaden.« Mit diesem Satz versuchte er sie, seitdem sie vor Monaten ihren Job verloren hatte und auf diesen Mistkerl angewiesen war, zu einem privaten Treffen zu nötigen.

Mit der aufsteigenden Wut wich die Kälte aus ihrem Körper. Wenigstens das, dachte sie verbittert. Wie oft hatte sie darüber nachgedacht, seine zweideutigen Offerten zur Anzeige zu bringen. Aber was sollte sie der Polizei sagen? Und wem würden die Beamten glauben? Wie viele Frauen waren auf dieses Dreckschwein schon hereingefallen? Auf so ein Niveau würde sie sich niemals herablassen. Für keinen Job der Welt.

Energisch warf sie den Zigarettenstummel auf den Boden und stampfte darauf herum. Als sie ruhiger wurde, ging sie erneut zur Straßenecke. Der Wagen war weg. Sie ärgerte sich darüber, das Motorengeräusch überhört zu haben.

Es war kurz vor acht, als sie die Wohnung betrat und ihr der Geruch von gebackenem Käse in die Nase stieg. Sofort meldete sich ihr Magen. An der Durchreiche hing ein Zettel. Sie ignorierte das Hungergefühl und die Nachricht, nahm einen Apfel aus einer Obstschale und ging in ihr Arbeitszimmer. Dort schaltete sie den PC an, holte ihr Abiturzeugnis samt Belobigungen, die Diplomurkunde der Hochschule und ihre Arbeitsnachweise aus der Tasche und machte sich an die Arbeit. Später schrieb sie noch ein paar Zeilen in ihre persönlichen Aufzeichnungen, denen sie den Namen »Tagebuch des Schreckens« gegeben hatte und die sie seit jenem Tag führte, als das Unrecht begonnen hatte.

Sie begann mit den Erfahrungen, die sie an diesem Tag mit ihrer Wut gemacht hatte. Diese Angewohnheit rührte von den Gesprächen mit einer Psychologin her, der sie sich vor Jahren anvertraut hatte. »Sie müssen sich mit diesem Teil ihrer Persönlichkeit anfreunden, wenn Sie die Oberhand behalten wollen«, hatte die Ärztin erklärt, und damals wie heute erschienen ihr die Erläuterungen plausibel. »Nur dann können Sie herausfinden, welche Anteile Ihnen schaden und was Sie davon zulassen möchten.«

Die abschließenden Worte der Therapeutin würde sie niemals vergessen: »Denken Sie immer daran, dass dieser Wesenszug es gut mit Ihnen meint. Verstehen Sie dieses Phänomen als eine Leidenschaft, die Ihnen im entscheidenden Moment Mut und Kraft verleiht. Wie ein Messer in Ihrer Handtasche, das Sie dann einsetzen, wenn jemand Ihr Wohlergehen bedroht. Sie sind eine bewundernswerte Frau, die es weit gebracht hat. Versprechen Sie mir eins: Stecken Sie niemals den Kopf in den Sand.«

Seufzend brach sie den Bleistift entzwei und warf die beiden Enden gegen die Wand. Ihr Leben kam ihr zunehmend wie russisches Roulette vor, bei dem nur eine einzige Patrone aus der gefüllten Trommel entfernt worden war.

***

»Ihr steht immer frontal zum Gegner. Das Körpergewicht ruht auf dem hinteren Bein. Eurem Standbein.« Lea Thomann nahm vor ihrer Anfängergruppe die vertraute Grundhaltung ein. Die acht Frauen und fünf Männer des Abendkurses bemühten sich, es ihr nachzutun. Noch wirkten die Bewegungen ungelenk und kraftlos, wie in der ersten Tanzstunde. Lea huschte durch die Reihen und korrigierte unermüdlich mit aufmunterndem Lächeln.

»Eure Arme haltet ihr in Brusthöhe, so, nach vorn.« Ihr rechter Arm war jetzt beinahe gestreckt. Die linke Faust lauerte daneben, auf Höhe des Ellenbogengelenks des rechten Armes.

»So bilden die Arme ein Dreieck, das euren Oberkörper schützt und den Gegner auf Distanz hält. Gleichzeitig könntet ihr jederzeit einen Schlag ausführen.« Sie demonstrierte eine schnelle Rechts-links-Kombination. Die beiden Frauen, die ihr gegenüberstanden, wichen mit großen Augen zurück.

»Übt diese Stellung partnerweise und kontrolliert euch gegenseitig.« Die Teilnehmer folgten willig ihren Anweisungen.

Lea ging zu ihrer Tasche, trank einen Schluck Wasser und

warf einen Blick auf das Display ihres Mobiltelefons. Keine neuen Nachrichten. Sie warf das Handy zurück in die Tasche. Insgeheim hoffte sie noch immer mit etwas Herzklopfen darauf, Kepplinger würde sich nach seiner Ankunft bei ihr melden. Er musste doch längst zurück sein. Vielleicht war es zu einer Verspätung seines Flugs gekommen.

Sie atmete tief durch und widmete sich wieder ihrer Gruppe. Christina, ihre Zahnärztin und Freundin, die vor einiger Zeit ihrer Einladung gefolgt war, schüttelte fragend den Kopf. »Ich komme mir da so offen vor. Total ungeschützt.«

Lea kannte das Gefühl von ihren eigenen Anfängen und nahm Christinas Verunsicherung zum Anlass, eine Pause einzulegen und der Gruppe eine der Mythen über die Entstehung des Wing Chun zu erzählen.

»Der Überlieferung nach hat eine chinesische Nonne mit dem Namen Ng Mui dieses Kampfsystem entwickelt.« Lea deutete auf ein altes Schwarz-Weiß-Porträt der Shaolin-Kämpferin an der Wand. »Die Grundidee kam Mui, während sie den Kampf zwischen einer Schlange und einem Kranich beobachtete. Der Vogel wendete der Angreiferin stets seine Brust zu, wehrte die Attacken mit seinen Schwingen ab und konterte mit dem Schnabel.« Lea liebte die über zweihundert Jahre alte Geschichte, auch wenn ihr Wahrheitsgehalt umstritten war.

»Wenn ihr frontal steht, habt ihr immer den kürzesten Weg zum Gegner und könnt in beide Richtungen gleich schnell agieren.«

Christina quittierte die Antwort mit einem dankbaren Nicken. »Das leuchtet mir ein. Vielleicht muss ich mich erst daran gewöhnen.«

Lea mochte die zurückhaltende Art der gebildeten Frau. Die Ärztin strahlte eine Ruhe aus, die ihr selbst fremd war. Auf eine liebenswerte Art und Weise mischten sich bei ihr Hilflosigkeit und Selbstvertrauen.

»Mui blieb übrigens in allen Kämpfen, die sie bestreiten musste und bei denen es meist um Leben und Tod ging, unbesiegt.«

»Ich hoffe, dass ich nie in so eine Situation komme«, sagte

Christina lächelnd und wandte sich wieder ihrer Trainingspartnerin zu.

Das habe ich auch gehofft, dachte Lea.

***

Kurz nach Mitternacht erwachte Moritz Kepplinger jäh aus einem Traum. Er richtete sich blitzartig auf, strich sich mit beiden Händen über die Schläfen und wunderte sich über das Licht der Nachttischlampe. Dann sah er das zerknautschte Buch und erinnerte sich an seine Müdigkeit. Er gähnte beherzt und mühte sich aus dem Bett.

Auf dem Weg zur Toilette versuchte er, sich seinen Traum ins Gedächtnis zu rufen. Aber es gelang ihm nicht. Er wusste nur, dass etwas Aufregendes darin passiert war und er sich gegen jemanden zur Wehr hatte setzen müssen. Krampfhaft suchte er einen Zugang zu den Bildern. Nichts. Er spürte nur die Unruhe, die der Traum ausgelöst hatte.

In der Küche trank er ein Glas Wasser. Alle Müdigkeit war verflogen, und er beschloss, einen Spaziergang zu machen. Er schlüpfte in seine Kleider, die noch über der Stuhllehne hingen. Wie eine Katze schlich er durch das Treppenhaus, zog vorsichtig die Haustür zu und sog mit geschlossenen Augen die kühle Nachtluft in seine Lungen. Ziellos streifte er durch die Wohngebiete der Nordstadt. Die Gegend wirkte um diese Zeit wie ausgestorben.

Plötzlich kam ihm eine Idee. Mit beschleunigtem Schritt folgte er einer Zufahrtsstraße, die in die Stadtmitte führte. Ein kühler Wind wehte um die Häuser. In einer Parkbucht hinter ihm ließ jemand den Motor aufheulen und entfernte sich mit quietschenden Reifen. Idiot, dachte Kepplinger. Einmal glaubte er, in der Ferne das Rauschen eines vorbeifahrenden Zuges zu hören. Die dünne Sichel eines abnehmenden Mondes sorgte für spärliches Licht.

Kepplinger erreichte den Park schneller als gedacht. Erst jetzt fiel ihm auf, dass der Tatort an das Gelände der Polizeidirektion grenzte. Ganz schön mutig, kam es ihm in den Sinn. Andererseits lagen die Sitzgelegenheiten und der Stauferbrunnen geschützt in einer Ecke. Eine Handvoll Bäume und dichtes Buschwerk sorgten für nahezu völlige Dunkelheit.

Kepplinger hörte das Plätschern des Brunnenwassers, bevor er den Schattenriss des Brunnens ausmachen konnte. Er wartete, bis sich seine Augen an die Finsternis gewöhnt hatten. Die Sitzbänke waren von seinem Standpunkt aus nur schemenhaft zu erkennen. Für einen Moment glaubte er, jemand säße dort. Beunruhigt griff er nach seinem Mobiltelefon und schaltete die Taschenlampe ein. Doch die Bänke waren leer.

Ein idealer Tatort, dachte er. Dann setzte er sich auf eine Bank und malte sich einige Szenarien aus, die sich am Abend zuvor abgespielt haben könnten. Er stellte sich einen Streit unter Obdachlosen vor, in dem es um eine Wette gegangen war oder um eine Frau oder um Schulden. Betrunkene Jugendliche, die zufällig auf Henry Foret gestoßen waren und ihre pubertierende Wut an ihm ausgelassen hatten.

Kepplinger schüttelte den Kopf. So war es nicht gewesen. Die fehlenden Verletzungen passten nicht zu seinen Hypothesen. Foret war lediglich unter Wasser gedrückt worden.

Ein Mord, aber kein Kampf.

Kepplinger dachte an die Worte seines Kriminologiedozenten an der Hochschule. Dessen Leitsatz hatte sich tief in sein Gedächtnis gebrannt: *Man sieht nur, was man weiß.*

Ihm war klar, dass er über diesen Mord so gut wie nichts wusste. Außerdem musste er sich eingestehen, ebenso wenig über Obdachlose und das einschlägige Milieu zu wissen. Bislang war er im Dienst kaum mit dieser Bevölkerungsgruppe in Berührung gekommen.

Der Wind wurde stärker, und Kepplinger fröstelte vor Kälte. Er hatte die falsche Jacke aus dem Kleiderschrank genommen. Vor vierundzwanzig Stunden hatte er noch kurzärmelig in einem Café am Meer gesessen. Das Flugzeug hatte ihn binnen weniger Stunden in eine andere Welt katapultiert. Schneller, als es mir lieb war, dachte er. Dann machte er sich auf den Nachhauseweg.

Erst als er wieder im Bett lag und einen Blick auf sein Mobiltelefon warf, wurde ihm wohler. Schmunzelnd las er die eingegangene Textnachricht: »Hi unser Held ☺ sind gut angekommen glg Daniela.«

Sie hatte um halb elf geschrieben. Jetzt war es zwanzig nach eins.

Kepplinger legte das Telefon beiseite und nahm sich vor, am nächsten Tag zurückzuschreiben.

***

Es war spät geworden. Lea Thomann und Christina traten vor den Irish Pub in der Göppinger Innenstadt und hielten Ausschau nach den bestellten Taxis. Nach dem Training hatte sich beinahe die gesamte Gruppe in dem Lokal zu einem Umtrunk eingefunden. Zufälligerweise spielte an diesem Abend eine Coverband, die bekannte Folksongs anstimmte und für eine Stimmung gesorgt hatte, wie Lea sie bislang nur vom Saint Patrick's Day kannte. Selten hatte sie so ausgelassen getanzt.

»Das sollten wir öfter machen«, sagte sie.

»Am liebsten würde ich morgen in den Flieger steigen und eine Woche auf der Grünen Insel verbringen«, sagte Christina.

»Doch nicht im November. Da frierst du dir ja den Hintern ab.«

»Warst du schon mal dort?«

»Wenigstens fünfmal«, antwortete Lea. »Irland ist ein Traum.«

»Ein ziemlich feuchter Traum, oder?«

Die beiden brachen in schallendes Gelächter aus.

»So war das doch nicht gemeint.« Christina hielt sich den Bauch.

»Viel Nass, viel Grün«, sagte Lea, nachdem sie sich beruhigt hatten. »Aber es ist nicht so schlimm, wie viele denken. Oft findet man an der Ostküste ein sonniges Plätzchen, wenn es auf dem Rest der Insel gießt wie aus Eimern.«

»Curracloe Beach«, sagte Christina. »Davon hat eine Bekannte neulich geschwärmt.«

»Ich bin meist allein mit dem Rucksack unterwegs«, erzählte Lea.

»Du reist gern allein, oder?«

»Ich glaub schon«, antwortete Lea nachdenklich.

»Vielleicht gehen wir beide mal auf Tour«, sagte Christina. »Das heißt, natürlich nur, wenn du Lust dazu hättest. Ich spüre jedenfalls Fernweh, nach diesem Abend.«

»Ende Mai?«, fragte Lea.

»Ist das dein Ernst?«

»Bis dahin sollte ich auf die Zulassungsprüfung zum gehobenen Dienst lernen. Aber dann!«

Das erste Taxi bog um die Ecke.

»Das ist deins«, bot Lea an. »Du hast den weiteren Weg.«

Christina nahm das Angebot dankend an. »Lea, noch etwas.«

»Ja?«

»Hättest du die Tage ein paar Minuten Zeit für ein Gespräch?«

»Selbstverständlich.«

»Es geht nicht um mich«, fügte Christina hinzu.

»Jetzt bin ich aber neugierig.«

»Eine Freundin von mir hat ziemliche Probleme.«

»Ob ich da die richtige Ansprechpartnerin bin?«, fragte Lea verblüfft.

»Das weiß ich natürlich auch nicht«, sagte Christina. »Aber ich habe großes Vertrauen zu dir, und du bist Polizistin.«

»So schlimm?«

»Ich denke schon«, antwortete Christina. »Und ich bin sicher, dass sie nicht allein zur Polizei geht.«

Der Taxifahrer kurbelte die Scheibe hinunter.

»Gleich«, sagte Christina und wandte sich wieder Lea zu.

»Ich weiß zwar nicht, um was es geht«, sagte Lea. »Aber wenn es sich um größere Sachen handeln sollte, bin ich verpflichtet, das zu melden.«

»Ich mache mir große Sorgen um sie. Überlegst du es dir?«

»Das tue ich«, sagte Lea. »Komm gut nach Hause. Es war ein wundervoller Abend.«

»Ende Mai!«, rief Christina aus dem Taxi.

»Ende Mai«, wiederholte Lea.

***

Das Motorengeräusch riss sie aus ihrem Dämmerzustand. Der Duden auf ihrem Schoß polterte auf den Boden. Als ein Wagen in die Hofeinfahrt rollte, knipste sie das Licht aus. Zum Glück war sie bereits in ihr Nachthemd geschlüpft. Sie schlich unter ihre Bettdecke und dachte an die Bewerbungen, die sie geschrieben hatte und die jetzt verschlossen im Schrank lagen. Nur eine davon musste klappen. Dann würde alles wieder seinen gewohnten Gang gehen. Morgen würde sie die Umschläge auf die Post bringen.

Als sie das Trippeln auf der Marmortreppe hörte, drehte sie sich auf die Seite und stellte sich schlafend. Die Tür ging auf, und das vertraute Parfüm kam leise näher. Der Hauch eines Kusses berührte ihre Wange. Aber sie konnte nicht darauf eingehen. Nicht, solange ich ohne Arbeit bin, dachte sie verbittert.

Eine Zeit lang achtete sie auf die Schritte im Haus. Dann kamen ihr die Bilder der Gedenkfeier vor der ehemaligen Synagoge in den Sinn. Der Mann mit dem Plakat. Und der Spruch, der darauf gestanden hatte: »Wo Recht zu Unrecht wird, wird Widerstand zur Pflicht!«

Die Kündigung war ein großes Unrecht gewesen. Niemand im Unternehmen hatte so hart und gewissenhaft gearbeitet. Im Moment wusste sie nur noch nicht, wie ihr Protest aussehen sollte.

Wütend ballte sie die Fäuste und schlug sich so lange gegen die Stirn, bis sie vom Schlaf übermannt wurde.

Sonntag

Er schaltete den PC ein und öffnete sein Mail-Programm. Eine Computerstimme verriet ihm, dass sich fünfundneunzig neue Nachrichten in seinem Postfach befanden. Glückwunsch, dachte Kepplinger und verdrehte die Augen.

Er trank einen Schluck Kaffee und machte sich an die Arbeit. Die meisten Mails landeten ungelesen im Papierkorb. Anschließend überflog er die Vorkommnisberichte der vergangenen zehn Tage und widmete sich zuletzt seinen Ermittlungsakten, die er zum Glück vor dem Urlaub auf den neuesten Stand gebracht hatte.

Der Herbst war außergewöhnlich ruhig gewesen. Im Fall einer gefährlichen Körperverletzung, bei der ein eifersüchtiger Ehemann seinen vermeintlichen Nebenbuhler mit dem Auto angefahren und schwer verletzt hatte, stand die Gerichtsverhandlung bevor. Bei allen anderen Vorgängen handelte es sich um Routinefälle, die keine besondere Eile verlangten.

Kepplinger schob die Tastatur weg und sah auf die Uhr. Noch eine Stunde. Er war hungrig. Außer der Tasse Kaffee hatte er nichts gefrühstückt.

Auf dem Tisch seines Kollegen Falcone stand eine Tüte mit Mandelgebäck. Kepplinger verdrückte die ganze Packung und hatte danach mehr Appetit als zuvor.

Er streckte sich, stand auf und öffnete das Fenster. Auf der Straße lief ein Jogger vorbei und ließ ihn an den Marathon denken. Dabei fiel ihm auf, dass der Muskelkater in seinen Beinen verschwunden war.

Eine Woche, dachte er. Vor einer Woche um diese Zeit war ich bei der Hälfte der Strecke. Und jetzt stehe ich am Beginn einer vielleicht langwierigen Suche nach einem Mörder.

Ermittlungen in einem Mordfall sind wie Langstreckenrennen, sinnierte Kepplinger. Man weiß nie, welche Anstrengungen auf einen zukommen und ob die Kräfte reichen. Mit dem wehmütigen Gefühl, dass sein Griechenlandaufenthalt nun endgültig vorüber war, schloss er das Fenster und widmete sich dem Bericht der Spurensicherung.

Je länger er die Bilder betrachtete, umso mehr erinnerte ihn die ungewöhnliche Position des Toten an Ritualmorde, die er aus der einschlägigen Literatur kannte. Allerdings fehlten die typischen Verletzungen. Trotzdem war es nicht ausgeschlossen, dass der Mörder den Leichnam erst nach der Tat in diese Position gebracht hatte. Die weit nach vorn gestreckten Arme konnten ein Indiz dafür sein. War es denkbar, dass sie es mit mehreren Tätern zu tun hatten?

Auf einer der Fotografien glich der Ermordete einem Wettkampfschwimmer, der im Begriff war, einen Startsprung zu absolvieren. Kepplinger machte sich eine Notiz.

Man sieht nur, was man weiß.

Er betrachtete ein Foto, das aus der Vogelperspektive aufgenommen war. Hier entstand der Eindruck, Foret würde beten. Handelte es sich womöglich um eine religiös motivierte Straftat?

Oder noch einmal ganz von vorn: Was, wenn es gar keinen Mörder gab und Foret betrunken in den Brunnen gefallen war oder seinem Leben selbst ein Ende bereitet hatte? Kepplinger überlegte, ob es möglich wäre, auf diese Art und Weise Suizid zu begehen. Henry Foret könnte sich mit den Händen an dem kreisförmigen Brunnenbecken festgehalten und in dieser Position den Kopf unter Wasser gedrückt haben. Dagegen sprach, dass man annehmen konnte, dass alle Gliedmaßen nach dem Ableben kraftlos nach unten gesunken wären. Aber vielleicht führte ein dummer Zufall, ein Muskelreflex während des Todeskampfes, dazu, dass die Arme im Wasser landeten.

Kepplinger pinselte ein dickes Fragezeichen neben seine Gedanken. Dann legte er die Fotomappe beiseite und konzentrierte sich auf den Spurenbericht.

***

Das Aufsetzen der Laufschuhe auf dem weichen Schotterweg verursachte ein beruhigendes Geräusch. Chhrr – Chrrr.

Jetzt bog Lea auf das letzte Teilstück ihrer Lieblingsrunde: den »Highway«, einen schnurgeraden, endlos scheinenden Waldweg.

Kein Mensch weit und breit. Sie liebte es, am frühen Sonntagmorgen allein durch den Wald zu rennen. Ohne jede Ablenkung, nur der Geruch und die Geräusche des Waldes samt seiner Fauna. Das energische Hämmern eines Spechts. Ein aufgeregtes Rascheln im Unterholz. Der Duft der Tannen. Ein Eichhörnchen, das flugs einen Baumstamm emporhechtete.

Manchmal fand ihr Körper seine Laufgeschwindigkeit wie von selbst. Dann ließ sie dem Spiel der Kräfte freien Lauf und verfolgte fasziniert, wie Beine und Arme, Puls und Atmung einem inneren Takt folgten. Nirgendwo anders war es so leicht, zu ihrem ganz persönlichen Metrum zurückzufinden. Hin und wieder überprüfte sie dieses Phänomen auf einer abgemessenen Strecke und wunderte sich jedes Mal über den präzisen Takt, den das Unterbewusste vorgab. Genau gesagt waren es drei Meter pro Sekunde, was einer Geschwindigkeit von zehn Komma acht Kilometern pro Stunde entsprach. Ihr Herz schlug dabei exakt einhundertfünfzig Mal pro Minute. Alle null Komma fünf fünf Sekunden setzte einer ihrer Füße auf dem Boden auf. Dies entsprach einer Schrittlänge von einem Meter und fünfundsechzig Zentimetern.

Für Lea gab es kein sichereres Indiz für ihr Wohlbefinden, für Rhythmus und Struktur in ihrem Leben. Einen Zustand, dem sie viel zu lange hinterhergerannt oder vor ihm weggelaufen war.

Ganz wie man es betrachtete.

***

Kurz vor zehn legte Moritz Kepplinger den Spurensicherungsbericht zur Seite und studierte den vorläufigen Obduktionsbericht. Die meisten Details kannte er aus der Besprechung am Vortag. Zufrieden schloss er die Mappe und lehnte sich zurück. Jetzt hatte er, mit Ausnahme der Zeugenbefragungen am Vorabend, denselben Wissensstand wie seine Kollegen. Er warf einen letzten Blick auf seine Notizen, dann machte er sich auf den Weg in den Besprechungsraum.

Im Treppenhaus stieß er auf Markus Ackermann und Salvatore Falcone. Sofort erkannte Kepplinger, dass mit Ackermann etwas nicht stimmte.

»Was ist mit dir?«

»Wenn ich das nur wüsste«, antwortete der Kollege mit schwacher Stimme. »Gegen vier bin ich mit höllischen Kopf- und Rückenschmerzen aufgewacht und habe das Gefühl, dass es immer schlimmer wird.«

»*Che cazzo!* Ich habe dem sturen Esel gesagt, er soll zu Hause bleiben«, rief Falcone und warf die Hände in die Luft. »Aber auf mich hört ja keiner.«

»Es geht schon«, flüsterte Ackermann. »Ich habe mir achthundert Milligramm Ibuprofen eingeworfen.«

Sie erreichten den Lehrsaal. Besorgt beobachtete Kepplinger, wie Ackermann sich an seinen Platz schleppte. Nach und nach trudelten die anderen Ermittler ein. Franziska brachte eine Thermoskanne Kaffee und einen Stapel Sonntagszeitungen. Schließlich eröffnete Ackermann die Besprechung.

»Es geht mir nicht besonders gut, dafür bitte ich um Verständnis.« Besorgtes Nicken machte die Runde.

Franziska bat mit gestrecktem Arm um Gehör. »Ich soll den Chef entschuldigen. Er hat gerade angerufen und offenbar einen dringenden Termin im Rathaus.«

»Am Sonntag?«, fragte Falcone. »Und das fällt ihm kurz vor der Sitzung ein?«

»Manfred repräsentiert die Dienststelle beim Empfang einer Delegation aus einer unserer Partnerstädte«, wusste Wolfgang Herder, der dienstälteste Ermittler der Inspektion. »Ich habe leider vergessen, welche.«

»Und wir haben hier einen verdammten Mordfall«, ließ Falcone seinem Ärger freien Lauf. »Ich frage mich, was da wichtiger ist.«

»Was verstehst du schon von Politik?«, verteidigte Herder den Inspektionsleiter.

Falcone kniff die Augen zusammen. »Habe ich gerade richtig gehört?«

Kepplinger warf einen kurzen Blick auf Ackermann, der seine

Unterlagen sortierte. Dann rief er laut »Ruhe!« und erhob sich von seinem Stuhl.

»Mich würde interessieren, was ihr gestern Abend herausgefunden habt«, fuhr er fort und nahm wieder Platz. »Ansonsten bin ich, soweit ich es beurteilen kann, auf eurem Ermittlungsstand.«

Ackermann bat Christian Schwarz um eine kurze Zusammenfassung der Befragungen im Milieu. In wenigen Sätzen berichtete der junge Kollege von den mageren Ergebnissen der Teams.

»Ein Franzose mit norddeutschem Akzent und eine Unbekannte namens Lilly«, wiederholte die alleinerziehende Anja Kober, die sich am Vorabend um ihren Sohn hatte kümmern müssen. »Das ist nicht besonders viel, oder?«

Ackermann nickte. »Wir bräuchten jetzt vor allem ein paar Informationen zu Henry Foret selbst. Aber ohne die Unterstützung der Kollegen aus Frankreich kommen wir da keinen Millimeter weiter. Schon gar nicht an einem Sonntag.«

»Kriegen die den Arsch immer noch nicht hoch?«, erkundigte sich Herder.

»Wir sollten vielmehr überlegen, wie wir weiter vorgehen wollen«, warf Kepplinger in den Raum. »Was uns in den nächsten Stunden einen Schritt vorwärtsbringen könnte.«

Schwarz deutete auf den Zeitungsstapel. »In jedem Fall sollten wir drei Leute für die Zeugenaufrufe abstellen. Vielleicht hat jemand etwas bemerkt und ruft an.«

Anja Kober, Wolfgang Herder und Christian Schwarz selbst erklärten sich dazu bereit, den Tag über das Telefon zu bewachen.

»Gut«, sagte Ackermann. »Und wir anderen? Was tun wir?«

Kepplinger kramte seine Aufschriebe aus einem Aktenordner. »Mich beschäftigt vor allem eins: Könnte es sich theoretisch doch um einen Unfall oder gar Suizid handeln?«

»Das ist doch albern«, sagte Herder prompt. »Niemand steckt seinen Kopf unter Wasser, bis er stirbt.«

Herder war für seine mürrische Art bekannt, aber an diesem Morgen empfand Kepplinger ihn als unausstehlich.

Ackermann schüttelte den Kopf. »Mir kam während der Obduktion derselbe Gedanke. Die Mediziner meinten, es sei ausgeschlossen.« Er blätterte wie in Zeitlupe in seinen Aufzeichnungen. »Den genauen medizinischen Ablauf kann ich euch nicht mehr wiedergeben, notfalls fragen wir nochmals nach. Jedenfalls kommt es zu einem Stimmritzenverschluss am Kehlkopf, wenn Wasser in den Rachenraum eindringt. Passiert das, verliert der Betroffene das Bewusstsein. Der Verschluss löst sich erst wieder nach einer gewissen Zeit.«

»Auch wenn die Person den Kopf noch unter Wasser hat?«, wollte Kepplinger wissen.

»Davon ist auszugehen«, erwiderte Ackermann. »Es handelt sich um einen kurzfristigen Schutzmechanismus des Körpers. Wenn der Sauerstoffgehalt im Blut abnimmt, läutet das Gehirn den Atemreflex wieder ein. Wenn sich zu diesem Zeitpunkt noch Wasser im Rachenraum befindet, wird es unweigerlich in die Lunge geatmet.«

»Was zur Folge hat, dass der Betreffende erstickt«, mutmaßte Schwarz.

»Genau«, sagte Ackermann. »Das Ganze kann bis zu drei Minuten dauern.«

»Und woher wissen wir jetzt, ob Foret sich nicht doch selbst getötet hat?«, erkundigte sich Anja Kober.

»Ich nehme an, weil er im Zustand der Bewusstlosigkeit kaum in der Lage gewesen wäre, seine gebückte Position zu halten«, folgerte Kepplinger.

»In der Tat«, sagte Ackermann. »Foret wäre ohnmächtig nach hinten oder zur Seite gekippt. Sein Körperschwerpunkt befand sich vor der Tat jenseits des Brunnenrandes.«

»Weshalb lag er dann nach seinem Tod stundenlang mit dem Oberkörper im Wasser?«, fragte Nils Schubart, der junge Kommissarsanwärter, in seinem unverwechselbaren Leipziger Dialekt.

»Das ist die entscheidende Frage. Zum Glück haben unsere Leute von der Spurensicherung sauber gearbeitet.« Ackermann erweckte den Eindruck, wieder bei der Sache zu sein. »Wie schon erwähnt, befand sich der Körperschwerpunkt auf der wasserabgewandten Seite des Brunnens. Beim Anheben der Leiche stellten die Kollegen fest, dass Foret durch ein minimales Übergewicht des Oberkörpers quasi im Wasser schwebte. Wie eine Balkenwaage.« Ackermann leerte in einem Zug ein Wasserglas, bevor er fortfuhr. »Die Erklärung dafür hat die Gerichtsmedizin geliefert. Foret hat eine große Menge Wasser geschluckt. Eine weitere Menge wurde in der Folge in die Lungen aspiriert. Insgesamt sprechen wir von circa eineinhalb Litern. Dieses Gewicht genügte, den Oberkörper in exakt der Position zu halten, in der wir ihn angetroffen haben.«

»Aber das sind doch keine Argumente, die gegen einen Suizid sprechen, oder?«, merkte Anja Kober kritisch an.

»Das ist richtig. Angeblich ist jedoch kein Mensch in der Lage, sich bei vollem Bewusstsein so lange unter Wasser zu halten, bis er ohnmächtig wird.«

»Das bedeutet, man würde automatisch den Kopf heben, auch wenn man sich umbringen wollte?«, folgerte Schubart.

Ackermann nickte.

»Ergo gehen wir weiterhin von einem Mord aus«, resümierte Kepplinger.

»Ja.«

Kepplinger erhob sich und öffnete ein Fenster. Er zögerte mit einer weiteren Frage, die ihm auf der Zunge brannte, da er die Besprechung nicht unnötig in die Länge ziehen wollte. Schließlich stellte er sie doch. »Spuren an der Kleidung des Opfers, im Gesicht, unter den Nägeln?«

»Sämtliche Klamotten und Proben sind im Labor. Mitte der Woche wissen wir Bescheid«, erklärte Ackermann hustend.

»Die Wasserprobe wird morgen ausgewertet«, fügte Falcone hinzu. »Dann wissen wir, ob Foret in diesem Brunnen ertränkt wurde.«

»Jetzt würde ich doch gern eine Pause vorschlagen«, sagte Ackermann, während er sich mit beiden Händen am Tisch abstützte, um sich von seinem Platz zu erheben. »Ich sollte dringend wohin.«

Kepplinger bemerkte die Schweißflecken auf dem dunklen Hemd des Kollegen und gab vor, ebenfalls auf die Toilette zu müssen. Sein Gefühl sagte ihm, dass es wirklich schlecht um den Gesundheitszustand von Markus Ackermann stand.

***

Eine Stunde nach ihrem Lauf saß Lea frisch geduscht im Bademantel am Frühstückstisch. Natürlich interessierte sie sich brennend für den Mordfall und blätterte in der Sonntagszeitung. Neugierig las sie den Pressebericht und betrachtete das vergrößerte Passfoto. Sie erfuhr nichts Neues. Der Artikel berichtete nur, dass im Park am Schlosswäldchen eine männliche Leiche entdeckt worden war und von einem Verbrechen ausgegangen werden musste.

Lea legte das Blatt zur Seite und trank einen Schluck Tee. Plötzlich wurde sie stutzig. Das freundliche Gesicht des Mannes hatte bei genauem Hinsehen keinerlei Gemeinsamkeiten mit der Leiche. Ihr war bewusst, dass der Tod das Aussehen eines Menschen stark verändern konnte. Überdies war Forets Gesicht vom Wasser stark aufgequollen und die Augen waren geschlossen gewesen. Und dennoch: Manche unveränderlichen Details fehlten, wie zum Beispiel das Muttermal unter dem rechten Auge. Nase und Kinn hingegen wirkten ausgeprägter als bei dem Toten im Brunnen.

Lea brach ein Stück von ihrem Croissant ab und strich Orangenkonfitüre darauf. Wahrscheinlich ist das Passbild zwanzig Jahre alt, mutmaßte sie und wischte ihre Skepsis samt der Zeitung beiseite.

Sie war immer noch bester Laune und kramte in ihrem CD-Regal nach passender Musik. Die Wahl fiel auf Loreena McKennitt. Sie mochte die Mischung aus keltischen und orientalischen Klängen. Vor einigen Jahren hatten drei Konzerte der kanadischen Sängerin in der Alhambra von Granada stattgefunden. Wann immer sie die Musik hörte, ärgerte sie sich darüber, diese Auftritte versäumt zu haben. Und das nur, weil sie zu feige gewesen war, allein zu reisen, nachdem sie niemanden gefunden hatte, der ihre Begeisterung teilte und bereit war, knapp tausend Euro dafür zu berappen.

»The wind was a torrent of darkness among the gusty trees
The moon was a ghostly galleon tossed upon cloudy seas.«

Lea sang den Text von »The Highwayman« mit und drehte den Lautstärkeregler nach rechts. Anschließend kehrte sie an den Frühstückstisch zurück und nippte summend an ihrer Tasse. Gewohnheitsmäßig klappte sie ihr Notebook auf und tippte ihr Kennwort ein. Keine neuen Nachrichten.

Lea war im Begriff, den Computer wieder auszuschalten und sich Gedanken darüber zu machen, wie sie diesen wundervollen Herbsttag verbringen wollte. Sofort kam ihr der Stapel Bügelwäsche in den Sinn, der seit Tagen auf sie wartete. Alternativ käme ein Thermenbesuch in Frage. Aber dann dachte sie wieder an den Toten. Sie überlegte, Kepplinger anzurufen und ihre Unterstützung anzubieten, verwarf den Gedanken aber gleich wieder.

Schließlich tippte sie ein paar Begriffe in den Rechner. Die Suchmaschine spuckte innerhalb einer Sekunde knapp zweihunderttausend Ergebnisse aus. Lea griff nach einem Stift und begann mit der Recherche.

Nach einer Stunde schob sie das Notebook auf die Seite und überflog ihre Notizen. Es gab drei vergleichbare Tötungsdelikte an Obdachlosen in diesem Jahr. Alle im süddeutschen Raum oder im benachbarten Ausland. Der dreiundfünfzigjährige Joachim K. war im Januar in Straßburg mit einem Messer im Rücken in einem Park gefunden worden. Mitte März entdeckte ein Jogger die Leiche von Bernd Z. in einer Parkanlage in Mannheim, und Ende Juni fand die Polizei in Wetzlar den erst fünfundzwanzigjährigen Max H., ermordet in der Nähe eines Kinderspielplatzes. Die beiden letzten Opfer waren jeweils von hinten, vermutlich mit einem Strumpfband, erdrosselt worden. In allen Fällen war kein Täter ermittelt worden.

Lea Thomann fragte sich, ob die ermittelnden Dienststellen miteinander kommuniziert hatten und ob es Parallelen zum Göppinger Fall gab. Es fiel ins Auge, dass sich die Täter ihren Opfern in allen Fällen von hinten genähert hatten. Diese Vorgehensweise schien ihr auch für das hiesige Verbrechen plausibel.

Kein Mensch lässt sich ohne Gegenwehr in einem Brunnen ersäufen, dachte Lea.

»In the velvet of the darkness
By the silhouette of silent trees
They are watching, waiting
They are witnessing life's mysteries.«

Plötzlich fiel ihr etwas ganz anderes ein. Ein reines Gedankenkonstrukt, das ihr aber mit einem Mal völlig logisch erschien. Schließlich hielt sie es nicht mehr aus, und ihr war klar, dass es für den Moment nur einen Menschen gab, mit dem sie darüber sprechen konnte.

Sie griff nach ihrem Mobiltelefon und wählte Moritz Kepplingers Nummer.

***

Kepplinger stand unterdessen am Waschbecken der Toilettenräume und kämpfte gegen den aufsteigenden Brechreiz, während sich Markus Ackermann die Seele aus dem Leib kotzte. Jetzt gingen die Geräusche hinter der Toilettentür in einen beängstigenden Hustenanfall über und verstummten schließlich ganz.

»Markus?«

Keine Antwort. Kepplinger hämmerte gegen die Tür. »Markus!«

Ein leises Stöhnen.

»Ich komme jetzt zu dir rein«, rief er und stieß die Tür auf.

Ackermann lag wie zusammengefaltet neben dem Klo, den Blick starr an die Decke gerichtet. Es roch fürchterlich.

Kepplinger holte tief Luft und beugte sich über den Kranken. »Ich rufe jetzt sofort einen Arzt«, sagte er leise.

Ackermann nickte unmerklich.

Kepplinger strich mit der Hand über den glühenden Kopf. »Ich bin gleich wieder bei dir.«

Er eilte in den Lehrsaal. Die anderen saßen in kleinen Gruppen verteilt an den Tischen oder standen mit einer Zigarette am Fenster.

»Wir müssen sofort einen Krankenwagen rufen!«

»Was ist denn los?« Salvatore Falcone angelte bereits sein Mobiltelefon aus der Hosentasche.

»Vielleicht eine Lebensmittelvergiftung«, mutmaßte Kepplinger. »Er hat wahnsinnig hohes Fieber und überall Schmerzen.«

»Ich ruf an«, sagte Falcone.

»Sag ihnen, dass sie sich beeilen sollen«, rief Kepplinger und machte sich wieder auf den Weg zur Toilette. »Und informiert seine Partnerin!«

Die Vibration seines Telefons in der Hosentasche ignorierte er.

***

Elisabeth Schreiber tippelte aufgeregt auf dem vereinbarten Parkplatz hin und her. Alle paar Sekunden warf sie kopfschüttelnd einen Blick auf die Uhr. Henry war bislang nie zu spät gekommen. Zum Teufel, dass jemand heute noch kein Handy hat, fluchte sie. Außerdem knurrte ihr Magen, nachdem sie am Morgen extra auf ein Frühstück verzichtet hatte. Bestimmt wird er bald aufkreuzen, dachte sie. Niemand ließ sich ein kostenloses Essen auf Schloss Filseck entgehen. Am allerwenigsten ihr knausriger Geschäftspartner.

Das Nobelrestaurant in der restaurierten Burg aus dem 13. Jahrhundert war ganz nach ihrem Geschmack. Zum einen war die Küche ausgezeichnet, zum anderen befand sich die Lokalität weit genug von der Göppinger Innenstadt entfernt. Das bedeutete, dass sie mit ihrem Wagen fahren und schicke Kleidung tragen konnte, was in der Stadt unmöglich war, wenn sie ab und an in der Szene unterwegs sein wollte. Unterwegs sein *musste*.

Henry wusste natürlich von ihrem Doppelleben. Aber eben nur so viel, wie für ihre Geschäftsbeziehung notwendig war. Sie brauchte ihn, weil er über die notwendigen Kenntnisse verfügte und sich halbwegs geschickt anstellte. Außerdem kamen aus seinem Mund keine dummen Fragen.

Elisabeth Schreiber war sich sicher, damals den richtigen Riecher gehabt zu haben, als sie sich auf die Suche nach einem Kompagnon gemacht hatte. Er würde auch ohne Wimpernzucken akzeptieren, wenn sie ihm heute offenbaren würde, dass es bald vorbei war und mit welchem Betrag sie gedachte, ihn für seine Unterstützung abzufinden.

Als sich ein Wagen näherte, drehte sie ihm unwillkürlich den Rücken zu. Erst als das Fahrzeug in eine Parklücke bog, schaute sie sich vorsichtig um. Sie kannte das junge Paar nicht. Beruhigt griff sie nach dem Päckchen in ihrer Handtasche und zündete sich eine Zigarette an.

Ich muss lernen, in der Öffentlichkeit entspannter zu werden, dachte sie. Ihr war klar, dass ihr in Deutschland überall Gefahr drohte, entdeckt zu werden. Oder schlimmer noch, dass einer der Männer auf die Idee käme, sich der Polizei anzuvertrauen. Sie beruhigte sich mit dem Gedanken, dass die Bullen mit der Personenbeschreibung nichts anzufangen wüssten. Aber waren die Einlagen wirklich so sicher, wie Foret immer behauptete?

Es war von Beginn an ein Vabanquespiel gewesen. Damit würde mit Ablauf des Jahres Schluss sein. Endlich hatte sie eine Möglichkeit entdeckt, sich ins Ausland abzusetzen. Natürlich hatte sie alles sorgfältig geplant. Foret durfte nichts davon erfahren, und er würde nie einen Cent des in Aussicht gestellten Geldes erhalten. Sie brauchte ihn nur noch ein einziges Mal, und deswegen musste sie ihre Rolle heute verdammt gut spielen. Ihr Partner durfte auf keinen Fall misstrauisch werden.

Elisabeth Schreiber sah erneut auf die Uhr. Henry war jetzt über eine Stunde zu spät. Sie beschloss, schon einmal vorzugehen.

Als sich der Concierge freundlich nach dem Namen erkundigte, auf den der Tisch reserviert war, antwortete sie, ohne zu zögern: »Jankovic.«

***

Moritz Kepplinger saß geknickt auf einem Besuchersessel vor der Notfallambulanz der Göppinger Klinik. Er achtete nicht auf das bienenstockartige Treiben um ihn herum. Ständig wurden neue Patienten an der Anmeldung vorstellig. Eine Großfamilie begleitete wild gestikulierend einen Jungen in Sportbekleidung, der sich mit schmerzverzerrtem Gesicht den Arm hielt. Im Hintergrund weinten Babys. Eine junge Mutter, die neben ihm saß, gab ihrem Säugling die Brust.

Kepplinger hatte sich kurzerhand entschieden, mit in die Klinik zu fahren, nachdem der Notarzt ohne Umschweife eine sofortige Einweisung angeordnet hatte. Ihm war die Verunsicherung des Mediziners nicht entgangen. Der Zustand von Markus Ackermann hatte sich während der Fahrt immerhin nicht verschlechtert. Kepplinger schöpfte Hoffnung aus dem Umstand, dass der Kollege stets bei klarem Bewusstsein gewesen war. Scheinbar mühelos beantwortete er sämtliche Fragen des Arztes.

»Was haben Sie gestern Abend gegessen?«

»Etwas Wurstaufschnitt, Brot, dazu ein Glas Bier.«

»Wann sind die Symptome zum ersten Mal aufgetreten?«

»Gegen vier in der Nacht.«

»Was haben Sie gespürt?«

»Zuerst dachte ich, dass ich einen Bandscheibenvorfall hätte«, erinnerte sich Ackermann. »Ich konnte mich kaum bewegen.«

»Und weiter?«

»Dann kamen die Kopfschmerzen, als ob mir jemand mit dem Hammer auf den Schädel schlagen würde. Hier und hier.« Ackermann deutete die Stellen an.

»Und die Übelkeit?«

»Erst nachdem wir mit der Besprechung angefangen haben, so gegen halb elf.«

»Haben Sie Medikamente genommen?«

»Ibuprofen. Eine Tablette.«

»Vierhundert Milligramm?«

»Achthundert.«

Der Arzt machte eine Notiz. »Wie fühlen Sie sich jetzt?«

»Unverändert.«

»Waren Sie in den letzten sechs Wochen im Ausland?«

Ackermann lächelte und deutete auf Kepplinger. »Nein, aber der hier.«

Der Arzt ging nicht auf die Bemerkung ein. »Ist jemand in Ihrer Familie oder in Ihrem näheren Bekanntenkreis ernsthaft erkrankt?«

Ackermann dachte angestrengt nach. »Nicht dass ich wüsste.«

»Haben Sie in Ihrem Beruf Kontakt mit, sagen wir, ›infektiösen‹ Menschen?«

»Zuweilen ja«, bestätigte Ackermann. »Gestern Abend hatte ich einige Obdachlose befragt, aber das ist doch unmöglich, oder?«

»Kam es zu einem Körperkontakt, einer möglichen Tröpfcheninfektion?«

»Nein.«

»Dann haben Sie recht.«

Als der Rettungswagen ruckartig vor der Notaufnahme gehalten hatte, warteten bereits zwei Sanitäter.

Kepplinger verabscheute Kliniken. Das ungewisse Warten in fremder Umgebung. Den Geruch nach Reinigungs- und Desinfektionsmitteln. Das dumpfe Gefühl der Ohnmacht im Kampf um Leben und Tod.

Die Erinnerungen an die Katastrophe.

Als er aufwachte, spürte er zuerst die Kälte. Aber sein Körper zeigte keinerlei Reaktionen auf die frostigen Temperaturen. Dann registrierte er, dass er sich nicht bewegen konnte. Es war, als ob alles Leben aus ihm gewichen wäre. Nur sein Kopf funktionierte noch. Sein Gehirn und die Erinnerungen an das Drama in der Tankstelle.

Er war ganz allein im Raum, hatte die Stimmen der Ärzte bei der letzten Visite gehört, dass sie davon ausgingen, dass er Wochen oder Monate im Koma liegen würde. Er wusste nicht, wo er sich befand. Alles wirkte so surreal, wie in einem Science-Fiction-Film. Schließlich kam er zu dem Schluss, dass sie ihn in eine Spezialklinik gebracht haben mussten, aber er konnte sich weder an eine Fahrt noch an einen Flug erinnern.

Irgendwann war der Film gerissen, nachdem er sich wie eine brennende Fackel in die Autowaschanlage geflüchtet und die Besinnung verloren hatte. Ein unbestimmter Zeitraum seines Lebens war für immer verloren gegangen.

Später dachte er, dass sein zweites Leben mit Kälte und Einsamkeit begonnen hatte. Mit dem beängstigenden Gefühl, nur noch daliegen und in ein gleißendes Meer von Neonlichtern blicken zu können.

Als die Schmerzen wieder stärker wurden, hatte er versucht zu schreien, aber seine Stimmbänder verweigerten ihm ihre Dienste. Im Augenwinkel bemerkte er eines der Überwachungsgeräte, mit denen seine Vitalfunktionen gemessen wurden. Sein Herz schlug in diesem Moment mit zweihundertundvier Schlägen in der Minute. Auf der anderen Seite setzte sich schmatzend eine automatische Infusionspumpe in Bewegung. Wenig später ließen die Tantalusqualen wieder nach. Danach war er erneut in einen komaähnlichen Schlaf gesunken.

Später glaubten ihm die Ärzte nicht, dass er wach gewesen war, und hatten lächelnd behauptet, dass neun von zehn Patienten bei diesen Medikamenten mit Halluzinationen zu kämpfen hätten.

Aber er war sich seiner Sinneswahrnehmungen gewiss, weil er den Geruch seiner verkohlten Haut wahrgenommen und nie mehr vergessen hatte.

Den Gestank nach verbrannten Esskastanien.

Kepplinger öffnete die Augen und sah fröstelnd auf die Uhr. Das Warten kam ihm wie eine Ewigkeit vor, dabei war erst eine halbe Stunde vergangen. Als er die Frau mit den beiden strohblonden Mädchen im Schlepptau sah, erhob er sich langsam von seinem Platz.

***

Sie nippte nervös an ihrem dritten Aperitif. Obwohl der Tisch in einer Nische in den dicken Natursteinmauern des Nobelrestaurants stand, war es ihr peinlich, fortwährend den mitleidigen Fragen und Blicken des Oberkellners ausgeliefert zu sein. Schließlich tat sie so, als würde sie telefonieren, und entschuldigte die Verzögerung letztlich damit, dass ihr Begleiter einen Unfall gehabt hätte.

Ohne ein Wort zu verlieren, räumte der Kellner das zweite Gedeck ab und nahm ihre Bestellung auf. Sie entschied sich für eine Rote-Bete-Suppe mit Lachspraliné als Vorspeise. Als

Hauptgericht wählte sie Kalbsrücken mit Nusskruste an Marsalasoße mit Schupfnudeln und einer Gemüsegarnitur. Dazu trank sie eine Flasche Chardonnay. Es war ihr egal, was die Bediensteten von ihr dachten.

Nachdem sie gegessen hatte, spürte sie die Wirkung des Alkohols. Benommen suchte sie den Weg vor die Eingangstür und rauchte zwei Zigaretten. Anschließend kehrte sie ins Restaurant zurück, bat an der Theke um die Rechnung und bestellte Crème brûlée sowie einen doppelten Espresso zum Nachtisch. Mit vorgehaltener Hand schluckte sie eine Tablette gegen das aufkeimende Sodbrennen.

Allmählich verwandelte sich ihre Wut auf Foret in Sorge. Es blieb ihr nichts anderes übrig, als sich auf die Suche nach ihm zu machen.

Sie bemerkte nicht, wie der Oberkellner neben sie trat und ein Lederetui auf dem Tisch platzierte. »Bitte.«

Sie erschrak aufs Äußerste.

»Pardon. Sie hatten nach der Rechnung verlangt.«

»Schon gut.«

Sie warf einen Blick auf den Betrag, legte drei Fünfzig-Euro-Scheine in das Futteral und machte sich auf den Weg zur Garderobe. Eine Bedienstete half ihr ungeschickt in ihren Mantel. Gegenüber der Kleiderablage befand sich ein Pressesständer aus edlem Hickoryholz. Ihr Blick streifte die Schlagzeile auf der Titelseite der Sonntagszeitung. Hastig griff sie nach dem Journal. Das abgedruckte Bild kannte sie nur zu gut. Vor Schreck ließ sie die Zeitung fallen.

Das Mädchen eilte hinzu. »Alles in Ordnung?«

Elisabeth Schreiber stieß sie zur Seite und rannte ins Freie. Am Auto angekommen, wurde ihr schlecht. Wütend schlug sie mit den Fäusten auf das Wagendach ein. Schließlich erbrach sie sich über die Motorhaube.

Nachdem sie sich ein wenig beruhigt hatte, klemmte sie sich hinter das Steuer und raste wie besessen die enge Zufahrtsstraße entlang. Um Haaresbreite streifte sie einen Radfahrer, der sich geistesgegenwärtig in einen angrenzenden Acker warf.

Ein Dutzend Mal stand sie kurz davor, aus dem fahrenden

Auto zu springen und ihrem Leben ein Ende zu bereiten. Doch ihre Wut auf Foret hielt sie jedes Mal davon ab. In ihren Phantasien gab sie ihm die Schuld daran, dass alles vermasselt war. Wenn es ginge, würde ich ihn ein zweites Mal umbringen, fluchte sie.

Als sie drei Stunden später kurz vor Basel von der Autobahn abfuhr, drehte sich das Gedankenwirrwarr in ihrem Kopf nur noch um die alles entscheidende Frage: Das Geld, dachte sie fieberhaft. Wie komme ich jetzt an das verfluchte Geld?

***

Sylke Ackermann begrüßte Kepplinger stumm von Weitem. Er beobachtete, wie sie ihre Töchter anwies, auf den Besucherstühlen Platz zu nehmen. Dann kam sie langsam auf ihn zu und umarmte ihn. Er spürte ihr Herz pochen. Aus dem Augenwinkel sah er, wie die beiden Mädchen zu ihnen herüberstarrten. Die Situation war ihm zunächst unangenehm, auch weil er Sylke erst ein- oder zweimal gesehen hatte. Aber dann schloss er seine Arme um ihren Rücken.

»Was ist mit ihm, Moritz?«, fragte sie schluchzend.

Kepplinger berichtete von seinem ersten Eindruck am Morgen und wie sich der Gesundheitszustand im Lauf des Vormittags verschlechtert hatte.

Sylke Ackermann löste sich aus der Umarmung und sah ihm in die Augen. »Gestern Abend, bevor er noch mal ins Büro gegangen ist, war er völlig normal. Wie kann das sein?«

Kepplinger schüttelte hilflos den Kopf. »Ich weiß es nicht. Irgendein Virus vielleicht. Wir müssen warten, was die Ärzte sagen.«

Sylke nickte stumm. »Wollen wir uns kurz setzen?«

Sie nahmen Platz. Kepplinger spürte, dass sie etwas auf dem Herzen hatte.

»Er erzählt viel von dir«, sagte sie und zwang sich zu einem Lächeln.

Kepplinger wusste nicht, was er darauf erwidern sollte.

»Wie war es in Griechenland?«

»Ich hatte bis gestern fürchterlichen Muskelkater«, antwortete er. »Aber ansonsten schön.«

Dieses Mal wirkte ihr Lächeln echt. »Stimmt, du bist Marathon gelaufen. Respekt.« Dann brach es aus ihr heraus. »Weißt du, ich glaube, Markus ist einfach alles zu viel.«

Kepplinger hatte nicht die geringste Ahnung, worauf Sylke anspielte. Ackermann hatte trotz der anspruchsvollen und häufig zeitintensiven Arbeit in der Ermittlungsgruppe noch nie den Eindruck auf ihn gemacht, dass er sich überfordert fühlte. Ebenso wenig erinnerte er sich daran, dass Markus jemals über Stress in seinem Privatleben geklagt hätte. Stattdessen strahlte er in aller Regel eine charmante Besonnenheit aus, um die ihn Kepplinger beneidete.

»In der Arbeit habe ich davon nichts bemerkt. Er war wie immer.«

»Hat er nie mit dir darüber gesprochen?«, fragte Sylke erstaunt.

»Ich weiß wirklich nicht, was du meinst.«

Sie überlegte lange, bevor sie fortfuhr. »Es geht nicht mehr, weißt du?« Sie schluckte. »Wir denken seit Längerem über eine Trennung nach.«

Kepplinger verschlug es die Sprache. Damit hätte er niemals gerechnet. Ackermann hatte oft von zu Hause erzählt, meistens von seinen beiden Töchtern und ihren gemeinsamen Unternehmungen. Auf seinem Schreibtisch standen Fotos seiner Lieben und ein digitaler Bilderrahmen, der ständig eingeschaltet war und auf den er wöchentlich neue Schnappschüsse aufspielte.

»Das kann ich fast nicht glauben«, sagte er schließlich.

»Es fällt uns beiden schwer«, sagte Sylke. »Und wir haben keinen Plan, wie das gehen soll. Markus hängt so an den Kindern.« Sie schnäuzte sich in ein Taschentuch. »Ich natürlich auch«, fügte sie schluchzend hinzu. »Die beiden wissen übrigens nichts davon.«

Ihre Unterhaltung wurde jäh durch eine Lautsprecherdurchsage unterbrochen, die sie aufforderte, sich an der Anmeldung einzufinden. Dort erwartete sie der Chefarzt der zentralen Notaufnahme und bat sie in ein Besprechungszimmer.

Kepplinger bot sich an, mit den beiden Mädchen im Flur zu warten.

»Das ist, glaube ich, nicht nötig«, sagte der Arzt. »Kommen Sie nur.«

»Geht es ihm besser?«, wollte Sylke wissen.

»Wir werden Ihren Mann auf jeden Fall hierbehalten, viel mehr kann ich Ihnen leider gar nicht sagen.«

»Was hat Papa denn?«, fragte eines der Mädchen.

»Das wissen wir noch nicht«, antwortete der Mediziner freundlich. »Habt ihr beiden schon mal Fieber, Husten und Schnupfen gehabt?«

»Klar!«, erklang es wie aus einem Mund.

»Dann habt ihr auch schon von Bakterien und Viren gehört, die solche Krankheiten auslösen?«

»Natürlich, wir sind doch schon in der Schule.«

»Euer Papa hat jetzt eine solche Virusinfektion, wir wissen nur noch nicht genau, welche.« Der Mediziner wandte sich wieder an Sylke. »Ihr Mann hat einen um das Zehnfache erhöhten Wert an weißen Blutkörperchen.«

»Was bedeutet das?«

»Eben dass eine akute Infektion vorliegt«, erklärte der Arzt. »Wir haben ihm ein Medikament verabreicht, das die Virenvermehrung hemmt, und eine ganze Reihe von Blutuntersuchungen veranlasst. Unter anderem könnten uns Antikörper darüber Auskunft geben, um welche Spezies es sich handelt. Erst dann können wir die Symptome bekämpfen.«

»Wie lange wird es dauern, bis Sie etwas wissen?«, erkundigte sich Kepplinger.

»Im Moment stochern wir noch im Nebel, da es sich definitiv um keinen typischen Erreger handelt. Aber ich kann Ihnen versichern, dass wir die Sache ernst nehmen. Spätestens morgen früh wissen wir mehr.«

»Kann ich ihn sehen?«, fragte Sylke.

Der Arzt schüttelte den Kopf. »Er schläft, und – bitte sehen Sie es mir nach – solange wir nichts über die Erkrankung wissen, kann ich Sie nicht zu ihm lassen.«

Als Kepplinger sich später auf den Rückweg zur Dienststelle

machte, quälte ihn der Gedanke, dass er so gut wie nichts über Markus Ackermann wusste. Dabei arbeiten wir seit fast einem halben Jahr zusammen, dachte er. War es am Ende so, dass man in Wahrheit niemanden wirklich kannte? Am wenigsten sich selbst?

Unweigerlich musste Kepplinger bei diesem Gedanken an sein Verhältnis zu Lea denken. Der Umstand, dass er sich seit seiner Rückkehr noch nicht bei ihr gemeldet hatte, plagte sein Gewissen.

***

Im Treppenhaus wurde er beinahe von Franziska umgerannt.

»Sorry, ich muss zum Bahnhof, meine Eltern abholen.«

»War irgendwas?«

»Tote Hose. Geht es Markus besser?«

»Nicht wirklich.«

»Ich muss los, tut mir leid.«

»Keine Ursache.«

Die Kollegen erwarteten ihn mit großen Augen im Büro des Inspektionsleiters, der nach dem Empfang im Rathaus auf die Dienststelle zurückgekehrt war.

»Los, Kepplinger«, forderte ihn Brandstätter auf. »Erzählen Sie schon.«

Kepplinger berichtete haarklein von seinen Eindrücken während des Krankentransports bis zum Gespräch mit dem Chefarzt. Dass es in der Beziehung von Ackermann kriselte, behielt er für sich.

»Porca miseria!«, schimpfte Falcone, nachdem Kepplinger mit seinen Ausführungen am Ende war. »Ausgerechnet jetzt.«

Anja Kober warf ihm einen missbilligenden Blick zu. »Er wird sich den Zeitpunkt kaum ausgesucht haben.«

»Das habe ich nicht gemeint.«

»Trotzdem hat Falcone recht«, sagte Brandstätter. »Wir brauchen jetzt jeden Mann. Außerdem hatte Ackermann die Sachbearbeitung in diesem Fall. Wer soll das bitte übernehmen?«

»Mein Schreibtisch ist bis Weihnachten voll«, brummte Wolfgang Herder in Anspielung darauf, dass er im Rahmen der groß angelegten Polizeireform des Südweststaates ab Januar in Ulm würde arbeiten müssen. »Ich frage mich die ganze Zeit schon, wie ich das schaffen soll.«

Auch die anderen schüttelten den Kopf.

Im Büro der Sekretärin nebenan verkündete ein Signalton den Eingang einer Fax-Nachricht. Schließlich fiel Brandstätters Blick auf Kepplinger. »Sie haben doch vor Ihrem Urlaub klar Schiff gemacht, habe ich recht?«

Kepplinger gefiel weder der Tonfall noch der versteckte Appell in der Frage seines Chefs. Aber er hatte keine Lust, eine sinnlose Diskussion vom Zaun zu brechen, und nickte. »Ich übernehme den Fall. Aber wir brauchen Verstärkung, auch wenn es im Moment so aussieht, als würden wir auf der Stelle treten.«

»Richtig, Kepplinger, richtig. Jetzt müssen Sie mir nur noch sagen, wie ich das anstellen soll.« Brandstätter hob fragend die Hände. »Wir haben keine Leute mehr. Die halbe Dienststelle ist in irgendein Reformprojekt eingebunden.«

»Lea Thomann soll doch von kommender Woche an für sechs Monate bei der Kripo ein Praktikum absolvieren«, warf Nils Schubart ein.

»Wo haben Sie denn diesen Humbug her?« Brandstätter schüttelte ungläubig den Kopf.

»Sie hat es mir selbst erzählt.«

»Davon weiß ich nichts.«

»Es gab ein Gespräch mit dem Direktionsleiter und dem Leiter des Streifendienstes«, erklärte Schubart. »Gestern, nachdem der Tatort freigegeben wurde.«

»Diese Chance sollten wir in jedem Fall nutzen, findet ihr nicht?«, mischte sich Kepplinger in die Diskussion ein und erntete von allen Seiten Zustimmung.

Brandstätter blieb nach diesem geschickten Manöver nichts anderes übrig, als seine Zusicherung abzugeben, sich am nächsten Morgen darum zu kümmern. Danach sprachen sie über die dünne Ausbeute der Zeugenaufrufe im Radio und der Presse.

»Vier Anrufe«, berichtete Christian Schwarz. »Und lauter

Unsinn. Eine Frau hat behauptet, sie hätte gestern auf der Rückreise mit dem ICE von Berlin nach Koblenz im selben Abteil wie der Ermordete gesessen.«

Kepplinger sah auf die Uhr. Es war kurz nach drei. »Vielleicht tut sich ja noch was im Lauf des Nachmittags. Wir halten die Telefone auf jeden Fall besetzt.«

»Alle drei?«, erkundigte sich Anja Kober.

»Ein Apparat genügt«, entschied Kepplinger. »Bis Mitternacht, dann leiten wir die Nummer auf die Wache des Streifendienstes um und informieren die Kollegen der Nachtschicht.«

»Das übernehme ich«, bot Schwarz an und erntete einen dankbaren Blick von Anja Kober.

»Wie wollen wir weiter vorgehen?«, fragte Brandstätter.

Sämtliche Augen wanderten zu Kepplinger, der sich für den Moment überrumpelt vorkam. »Ich schlage vor, wir gehen noch mal alle Fakten der Reihe nach durch. Dann sehen wir, ob wir heute noch etwas tun können oder nicht.«

Gegen halb fünf klingelte das Telefon. Schwarz eilte an den Apparat, kehrte aber postwendend wieder in den Besprechungsraum zurück. »So ein Idiot. Hat einfach aufgelegt, nachdem ich mich gemeldet hatte.«

»Woher willst du wissen, dass es ein Mann war?«, frotzelte Falcone.

Schwarz zog nur die Mundwinkel nach unten.

»Lasst uns weitermachen«, drängte Kepplinger.

Eine weitere Stunde später waren sie am Ende angelangt. Kepplingers Fazit fiel ernüchternd aus. »Wir haben keine heiße Spur«, sagte er und verbesserte sich sogleich. »Nicht einmal eine lauwarme. Wir wissen quasi nichts über den Ermordeten, geschweige denn über den oder die in Frage kommenden Täter und noch viel weniger über ein mögliches Motiv.« Er ließ sich erschöpft auf einen Stuhl fallen. »Morgen müssen wir den Kollegen in Frankreich Druck machen, sonst kommen wir nicht weiter.«

Die Runde löste sich schweigsam auf. Kepplinger schnappte sich die Unterlagen, die auf Markus Ackermanns Tisch lagen, und entschied, den Wagen stehen zu lassen. Unterwegs dachte er an den erkrankten Kollegen und überlegte, ob er es wagen konnte, bereits jetzt in der Klinik anzurufen. Dann verwarf er den Gedanken wieder. Sylke wird mich bestimmt informieren, wenn es etwas Neues gibt, hoffte er. Im Grunde ging es den Ärzten genau wie ihnen. Beide suchten sie verzweifelt nach Übeltätern.

Viren und Mörder.

Er beschleunigte seinen Schritt.

***

»Ich soll *was* machen?« Die Stimme ihres Kollegen klang völlig entgeistert. »Bist du jetzt komplett übergeschnappt?«

»Wenn du nicht willst, ruf ich jemand anderen an«, erwiderte Lea in der Gewissheit, dass sie Adrian bereits am Haken hatte. »Ich lade dich dafür zum Nobelitaliener ein, einverstanden?«

»Weißt du eigentlich, wie kalt es draußen ist?«

»*Filetto di manzo al barolo*, Adrian. Zum Nachtisch *tartufo bianco* …«

»Hör schon auf damit. Wann und wo?«

»Um sieben am Tatort?«

»Versprich mir, dass du keiner Menschenseele von diesem Scheiß erzählst.«

»Du bist ein Schatz«, hauchte Lea ins Telefon.

»Was machen wir, wenn zufällig eine Streife aufkreuzt?«

»Das wird nicht passieren.«

»Und wenn doch?«

»An der Stelle ist es stockdunkel.«

»Du wirst dir eine Lungenentzündung einfangen, Lea.«

»So ein Quatsch.«

»Wie du meinst.«

»Wir treffen uns in einer halben Stunde.«

»Stimmt es, dass du für ein paar Monate zur Kripo wechselst?«

»Niemand wird mich vermissen, Adrian.«

»Da wäre ich mir nicht so sicher.«

»Das hast du lieb gesagt«, erwiderte Lea. »Den anderen in der Schicht wird es aber ziemlich egal sein.«

»Du siehst das alles viel zu pessimistisch.«

»Ich möchte nicht darüber reden, Adrian. In Ordnung?«

»Vielleicht beim Italiener«, sagte Adrian lachend in den Apparat. »Ich warne dich, das wird nicht billig.«

»Fünfundzwanzig Minuten.«

»Ich bin da.«

***

Zu Hause angekommen, verschwand Kepplinger zuerst unter die Dusche und genoss ausgiebig das heiße Wasser. Danach begann er damit, seinen Koffer auszuräumen, und füllte einen Korb mit Schmutzwäsche. An seinem Laufshirt befand sich noch die zerknitterte Startnummer des Marathonlaufs: 1881.

Er kramte in seinen Unterlagen nach dem Zielfoto, das er zusammen mit einer liebevoll gestalteten Urkunde erhalten hatte. Am linken oberen Rand des marmorierten Kartons klebte ein handgeflochtener Siegerkranz aus echtem Lorbeer. Er betrachtete das Foto, auf dem er lächelnd, mit gestreckten Armen über die Ziellinie lief.

Trotz aller Euphorie sieht man mir die Strapazen an, dachte Kepplinger. Er erinnerte sich, wie er wenige Sekunden nach dieser Momentaufnahme völlig erschöpft auf den schwarzen Tartanboden des Panathinaiko-Stadions am Rande des Athener Stadtzentrums gesunken war und geschworen hatte, sich nie mehr auf so eine Tortur einzulassen. Jetzt spürte er die aufkeimende Lust, sich wieder auf ein großes Rennen vorzubereiten und die Teilnahme mit einem Städtetrip zu verbinden.

Er wusste, dass in nahezu jeder Metropole traditionelle Marathonläufe stattfanden. New York, Boston, Paris, London, Wien, Prag, Berlin. Allein in Deutschland gab es jedes Jahr zweihundert Rennen über diese Distanz. Schon erwischte er sich bei der Vorstellung, beim nächsten Mal früher als in Athen ins Ziel einzulaufen. Doch dann ermahnte er sich dazu, keine allzu utopischen Ambitionen zu entwickeln.

Ich werde nie ein guter Läufer werden, geschweige denn ein Rennen gewinnen, sagte er sich. So viele Trainingseinheiten kann ich nicht absolvieren, selbst wenn ich es wollte, und am Ende würde mir mein übertriebener Ehrgeiz auch noch die Freude am Laufen zerstören. Sollte ich mich nicht einmal mit einer mittelmäßigen Leistung arrangieren können?

Später bestellte er sich eine Pizza mit Meeresfrüchten und trank dazu ein Glas Wein. Kurz nach neun meldete sich der Vibrationsalarm seines Mobiltelefons. Es war Christian Schwarz.

»Störe ich?«

»Nein, was gibt's?«

»Im Faxgerät lag eine Nachricht. Muss irgendwann heute Mittag gekommen sein.«

»Erzähl.«

»Ein Sergent der Polizei in Mulhouse schreibt, dass sie morgen früh um zehn die Wohnadresse von Foret überprüfen, und möchte wissen, ob wir dabei sein wollen.«

»Na also!« Kepplinger fiel ein Stein vom Herzen. Dann traf er eine Bauchentscheidung, ohne zu wissen, ob er die Befugnis dazu hatte. »Schreib ihm, dass wir mit zwei Ermittlern kommen und uns für die Einladung bedanken. Irgendwas in der Art.«

»Darf ich fragen, was du dir davon versprichst?«

Kepplinger hielt einen Moment inne. Die Frage hatte ihn auch schon beschäftigt, und spätestens morgen früh benötigte er eine plausible Erklärung, um sich gegenüber Brandstätter zu rechtfertigen. »Ehrlich gesagt habe ich keine Ahnung«, räumte er ein. »Nach diesem ganzen Hickhack stelle ich mir nur vor, dass die französischen Kollegen dem Ermittlungsersuchen nicht sonderlich motiviert nachgehen werden, was denkst du?«

»Kann schon sein«, antwortete Schwarz. »Im Grunde geht es uns doch genauso, wenn irgendwas aus Norddeutschland oder sonst woher kommt. Es bedeutet immer nur mehr Arbeit.«

»Deswegen fahren wir morgen nach Mulhouse«, sagte Kepplinger entschlossen.

»Wir?«

»Wenn du magst?«

»Ich überleg's mir, ja?«

»Kein Problem.«

Sie beendeten das Gespräch. Erst jetzt bemerkte Kepplinger

die vielen Anrufe in Abwesenheit. Lea hatte ein Dutzend Mal versucht, ihn zu erreichen, und Daniela hatte eine weitere SMS geschickt, in der sie sich erkundigte, ob er noch am Leben sei.

»Mist«, fluchte Kepplinger und überlegte, ob er zuerst auf die Nachricht antworten oder Lea zurückrufen sollte. Aber dann legte er das Telefon auf die Seite und blätterte nervös in den Unterlagen von Markus Ackermann. Zuallererst muss ich mich auf diese Wohnungsdurchsuchung vorbereiten, redete er sich ein.

Zu seiner Überraschung gelang es ihm, sich voll auf den Fall zu konzentrieren. Nur einmal dachte er an das, was der Arzt gesagt hatte: dass er darauf hoffen würde, über Antikörper einen Hinweis auf den Erreger zu erhalten.

Kepplinger fand diesen Ansatz interessant und zog eine Parallele zu seiner Arbeit: Manchmal verriet die Art des Widerstands eines Opfers mehr über den Täter als alle anderen Hinweise. Nach Aussage der Rechtsmediziner hatte es keinen Kampf gegeben. Foret hatte sich ergo nicht gegen seinen Mörder zur Wehr gesetzt. Das mochte daran gelegen haben, dass er stark alkoholisiert gewesen war. Das Ergebnis der Blutuntersuchung würde darüber Auskunft geben. Aber es musste noch einen anderen Grund geben, dessen war sich Kepplinger sicher. Niemand nimmt einen tödlichen Angriff widerstandslos hin, auch wenn er noch so betrunken ist.

Es war kurz nach elf, als er völlig übermüdet unter die Bettdecke kroch und auf der Stelle einschlief.

***

»Willst du es dir nicht noch mal durch den Kopf gehen lassen?« Adrian zog den Reißverschluss seines Anoraks bis unters Kinn, während er unentwegt auf der Stelle hüpfte. »Verdammt kalt, findest du nicht?«

Lea tauchte ihre Hand in den Brunnen, dessen kreisrunde Schale sie viel kleiner in Erinnerung gehabt hatte. Die Kälte bohrte sich wie Nadeln in ihr Fleisch. »Autsch!«, sagte sie. »Das wird nicht lustig. Aber wir ziehen das jetzt durch. Du weißt, was du zu tun hast.«

Adrian nickte. »Aber mir ist immer noch nicht klar …«

»Halt jetzt endlich die Klappe«, entgegnete Lea scharf. »Los!«

Adrian versetzte ihr einen zaghaften Stoß gegen die Schulter.

»Noch mal«, forderte sie ihn auf. »Fester!«

Ihr Kollege drängte ungestümer gegen sie, aber Lea schüttelte nur den Kopf. »So wird das nichts. Du schubst wie ein verspieltes Hündchen. Mein Gott, stell dir einfach vor, dass ich dich gerade aufs Übelste beleidigt hätte.«

Adrian wedelte hilflos mit den Armen. »Das kann ich nicht. Außerdem hatte der Typ keinerlei Verletzungen. Nicht mal blaue Flecken.«

»Er hatte einen Pullover und eine Armeejacke an«, erwiderte Lea und versetzte Adrian einen Stoß in die Rippen. »Los, streng dich an. Ich bin nicht aus Zucker.«

Die Attacken wurden stärker, doch für Leas Begriffe immer noch zu wankelmütig. »Fester, du Schlappschwanz!«

»Hey, nicht frech werden.«

»Ich komme mir immer noch wie im Mädchenpensionat vor.« Lea verpasste ihm einen kräftigen Schlag gegen die Brust, der Adrian ins Taumeln brachte. Er ruderte mit den Armen, und es gelang ihm nur mit Glück, auf den Beinen zu bleiben.

»Spinnst du?«, rief er erschrocken.

Sofort war Lea wieder bei ihm und verpasste ihm eine Ohrfeige. »Stell dich nicht so an, du Memme.«

Endlich hatten die Provokationen den gewünschten Erfolg.

Adrian starrte sie wütend an. »Also gut!«, rief er. »Du willst es nicht anders.«

Lea hatte jetzt Mühe, seine Attacken abzuwehren. Ihre Arme litten noch unter den Anstrengungen des Trainings vom Vortag. So gut sie es vermochte, lenkte sie ihre Rückwärtsbewegung der weit ausladenden Brunnenschale zu, die in der Dunkelheit nur schemenhaft zu erkennen war. Schließlich wandte sie Adrian den Rücken zu und mimte die Flucht.

»Lass mich doch in Ruhe, du Penner!«, rief sie und machte einen weiteren Schritt in Richtung Brunnen.

Adrian setzte ihr nach und verpasste ihr einen unerwartet wuchtigen Schlag in den Rücken. Sie kam ins Stolpern und stieß hart gegen die schmale Kante der Brunnenschale. Der Aufprall geschah knapp unterhalb ihres Beckens. Durch den plötzlichen Stopp kippte ihr Oberkörper wie ein Klappmesser nach vorn.

Lea war sich sicher, die Vorwärtsbewegung rechtzeitig abfedern zu können, doch im selben Moment glitten ihre Schuhe auf der nassen Steinplatte unterhalb des Brunnens aus. Instinktiv riss sie die Arme auf die Seite, um sich am Rand des Brunnens festzuhalten, bekam ihn aber in dieser Position nicht zu fassen. Von einem lauten Klatschen begleitet, tauchte sie der Länge nach in das eiskalte Wasser.

***

Elisabeth Schreiber riss die Klarsichtfolie von ihrer letzten Packung Chesterfield ab und zündete sich eine Zigarette an. Seit Stunden saß sie in ihrem Wagen wie auf Kohlen und wartete darauf, dass das letzte Licht im Haus gelöscht wurde. Warum konnte dieser verdammte Idiot nicht endlich die Glotze abstellen? Es war zum Verrücktwerden.

Ihr war klar, dass dies ein gefährliches Spiel war, aber sie hatte keine andere Wahl.

Um kurz nach zwei wagte sie es, sich auf die Suche nach dem Schlüssel zu machen. Foret hatte einmal in Bierlaune von dem angeblich todsicheren Versteck erzählt.

Als sie die Mülltonne öffnete, stieg ihr der Geruch von vergammeltem Fleisch in die Nase. Angewidert ließ sie den Deckel fallen, flüchtete hinter einen Busch und wartete, ob jemand auf das Klappern reagieren würde. In einiger Entfernung fuhr ein Zug vorbei. Dann war es wieder still.

Sie zündete sich eine Zigarette an und inhalierte den Rauch tief in ihre Lungen. Danach ging es ihr besser. Mit einer weiteren Zigarette im Mund ging sie wieder zu der Tonne und warf einen kurzen Blick ins Innere. Der Unrat reichte etwa bis zur Mitte. Elisabeth Schreiber atmete auf und zog die Tonne hinter die Sträucher. Dort stürzte sie den Behälter der Länge nach auf den Boden, öffnete den Deckel und verteilte den Inhalt auf dem feuchten Gras. Dann leuchtete sie mit ihrer Taschenlampe hinein.

Genau wie Foret erzählt hatte, befand sich auf dem Boden ein schwarzer Beutel, der sich kaum vom dunklen Plastik des Müllbehälters abhob. Sie suchte nach einem abgebrochenen Ast, um damit die Tüte zu angeln. Aber es gelang ihr nicht, das Zellophan von dem doppelseitigen Klebeband zu lösen. Ihr blieb nichts anderes übrig, als in den Behälter zu kriechen.

»Mir kommt gleich das große Kotzen«, fluchte sie und zündete sich eine weitere Zigarette an. Sie blies ein paar Züge in die Tonne, dann beugte sie sich hinein und riss die Tüte an sich. Einen Moment war sie versucht, sich davonzuschleichen, aber dann räumte sie alles wieder an seinen Platz. Nachdem sie fertig war, warf sie die verdreckten Handschuhe in den danebenstehenden Mülleimer.

Als sie wenig später zum ersten Mal in die Wohnung ihres ermordeten Geschäftspartners trat, zitterten ihr vor Aufregung die Knie.

***

Die Kälte lähmte sie wie ein elektrischer Schlag. Binnen Sekunden versagten ihr sämtliche Muskeln die Arbeit. Lea versuchte, mit einer Schwimmbewegung den Kopf über Wasser zu bekommen, aber ihre Arme hingen wie schwere Metallrohre an ihr. Ihre Beine suchten vergeblich Halt auf dem glitschigen Boden. Sie konnte nichts tun. Lea spürte, wie ihr Widerstand von Sekunde zu Sekunde weniger wurde.

Adrian!

Kurz bevor sie das Bewusstsein verlor, erlebte sie ein Déjà-vu. Plötzlich tauchten die Bilder aus der Tiefe des Brunnenwassers auf: der Urlaub mit der Familie ihrer Sandkastenfreundin in den Schweizer Bergen. Wie sie auf einer Passhöhe auf über zweitausend Metern Rast machten und den Ausblick genossen. Neben dem Kiosk lag ein kristallklarer Bergsee, dessen Oberfläche wie ein Smaragd in der Sonne glänzte. Sie machten sich einen Spaß daraus, wer am längsten die Hand in das eiskalte Wasser halten konnte. Nie zuvor hatte sie Kälte als einen physischen Schmerz erlebt. Dann tauchte die Familie mit den drei Buben und dem Collie auf. Einer der Jungen warf einen Ball in den See, und im nächsten Moment sprang der Hund hinterher. Die nachfolgenden Szenen waren das Schlimmste gewesen, was ihr bis dahin in ihrem Leben begegnet war. Und das erste Mal, dass sie der hässlichen Fratze des Todes unmittelbar ins Gesicht gesehen hatte.

Die Erinnerung wich einer abrupt einsetzenden, wohltuenden Wärme und Schwerelosigkeit. Während Lea müde lächelnd darüber nachdachte, wie das möglich sein konnte, verlor sie das Bewusstsein.

***

Langsam gewöhnten sich ihre Augen an die Dunkelheit. Elisabeth Schreiber tastete sich mit weichen Knien in das erste Zimmer. An den Konturen der Möbel erahnte sie die Küche. Auf leisen Sohlen ging sie zum Fenster und ließ den Rollladen Zentimeter für Zentimeter herunter. Anschließend betätigte sie den Lichtschalter. Auf dem Küchentisch stand eine halb leere Dose Ravioli, in der ein Löffel steckte, daneben eine billige Flasche Rotwein.

Elisabeth Schreiber schüttelte sich angewidert beim Anblick des dreckigen Geschirrs auf der Anrichte. Im Grunde hatte sie nichts anderes erwartet. Sie vermutete, dass nie eine Frau ihren Fuß in diese Küche gesetzt hatte. Aber deswegen war sie nicht hier.

Sie schlüpfte in ein Paar Einweghandschuhe und überlegte, wo sie mit der Suche beginnen sollte. In wenigen Stunden würde das Haus wieder zum Leben erwachen. Bis dahin hatte sie eine Menge zu tun.

Sie zündete sich eine Zigarette an und machte sich an die Arbeit.

***

Als sie wieder zu sich kam, spürte sie zuerst die klamme Feuchtigkeit, die sich wie ein erschöpfter Liebhaber an ihr festhielt. Dann fing sie an zu husten, bis sie vor Anstrengung nicht mehr konnte und ihr die Kehle brannte wie nach einem bitteren Grappa. Erst jetzt bemerkte Lea, dass Adrian die mitgebrachten Decken um sie gewickelt hatte. Dennoch zitterte sie wie Espenlaub.

Adrian starrte sie mit weit aufgerissenen Augen an. »Alles in Ordnung?«

Lea zog die Nase hoch und nickte unmerklich. »Mir ist nur kalt«, stotterte sie. »Fährst du mich nach Hause?«

Adrian schüttelte verständnislos den Kopf. »Sollten wir nicht lieber einen Arzt aufsuchen?«

Lea antwortete nicht. Stattdessen schlug sie die Decken zur Seite, mühte sich auf ihre wackligen Beine und riss sich sämtliche Kleider vom Leib.

»Lea!« Adrian schlug die Hände über dem Kopf zusammen. »Bist du jetzt völlig übergeschnappt?«

Wieder ignorierte sie seinen Kommentar, tastete nach der Decke, die am wenigsten Feuchtigkeit abbekommen hatte, und wickelte sie rasch um ihren Körper. »So!«, sagte sie. »Jetzt können wir fahren. Würde es dir etwas ausmachen, meine Klamotten mitzunehmen?«

Während Lea sich auf den Weg machte, raffte Adrian Kleider, Decken und Handtücher zusammen. Sie kamen gleichzeitig am Wagen an. Adrian warf das nasse Bündel in den Kofferraum und startete den Motor. Lea starrte reglos aus dem Fenster, während die Wärme der Heizung sich zentimeterweise wie ein sanftes Tuch über das Zittern legte.

Vor ihrer Wohnung angekommen, bat sie Adrian, noch mal eine Runde um den Block zu fahren. »Mir ist gerade nicht nach aussteigen«, sagte sie.

Adrian nickte und legte den Gang ein. Sie fuhren schweigend durch die verschlafene Stadt.

»Wie lange war ich da drin?« Lea schnäuzte sich in ein Taschentuch.

»Ich dachte, du hättest alles unter Kontrolle«, sagte Adrian leise. »Bis es mir komisch vorkam, dass du dich überhaupt nicht mehr bewegt hast.«

»Wie lange?«

»Keine Ahnung. Vielleicht zwanzig, dreißig Sekunden.«

»Es kam mir wie eine Ewigkeit vor.«

»Ich habe dich zuerst in die Seite geknufft und, als du nicht reagiert hast, sofort rausgezogen.«

Lea kniff ihre Lippen zusammen und presste ein leises »Danke« heraus.

Zu ihrer Verwunderung standen Adrian plötzlich Tränen in den Augen. »Das war eine verdammte Scheißidee, Lea.«

Sie legte ihm die Hand auf den Oberschenkel. »Beruhige dich, Adrian.«

»Du hättest …«

»Ich weiß«, unterbrach sie ihn. »Aber jetzt ist es ja vorbei. Weißt du was: Wir fahren jetzt zu mir, ich hüpf kurz unter die Dusche, und dann trinken wir noch ein Glas Wein.«

Adrian wischte sich unbeholfen über das Gesicht. »In Ordnung.«

***

Nachdem sie zweimal sämtliche Schränke, Schubladen und jede erdenkliche Nische der Wohnung durchwühlt hatte, gab sie auf. Foret musste die Unterlagen an einem anderen Ort versteckt halten, oder die Daten befanden sich auf einem der beiden Computer. Mit Technik kannte sich Elisabeth Schreiber nicht aus.

Verzweifelt suchte sie nach dem Netzschalter des Laptops. Als sie ihn endlich gefunden hatte und der Rechner hochgefahren war, verlangte der Anmeldebildschirm nach einem Kennwort. Wütend klappte sie den Deckel zu und ließ sich erschöpft auf dem einzigen Stuhl im Arbeitszimmer nieder. Sie bemerkte eine Fototasche in einem der Regale.

In dem Moment fiel es ihr wie Schuppen von den Augen. Auch die Polizei würde sich früher oder später für diese Wohnung interessieren. Kreidebleich dachte sie an das Bildmaterial, das sich auf der Kamera und den PCs befinden musste. Wieso kam sie erst jetzt darauf?

Bestürzt sah sie auf die Uhr. Es war halb fünf. Sie rannte ins Schlafzimmer und holte den schäbigen Hartschalenkoffer, den sie vorhin angeekelt unters Bett geschoben hatte. Dann kehrte sie ins Arbeitszimmer zurück und fing fluchend damit an, die Kabel aus den Rechnern zu reißen.

***

»Zum Wohl.« Lea schälte ihren Arm aus der Bettdecke und hob das Glas. »Ein Barolo, ich finde, den haben wir uns verdient.«

Adrian lächelte. »Auf deine Erkältung.«

»Nichts da!«, erwiderte Lea. »Wenn alles gut läuft, gehe ich morgen auf Täterjagd.«

»Und du glaubst allen Ernstes, dass es ein Unfall gewesen ist?«

»Das habe ich nicht gesagt«, entgegnete Lea. »Aber es besteht die Möglichkeit, dass es sich so zugetragen hat.«

»Und die Kripo sucht verzweifelt nach einem Mörder.«

»Den es vielleicht gar nicht gibt.«

»Ich bin gespannt, wie die Jungs auf deine Theorie reagieren. Oder besser gesagt auf deine Erklärung, wie du zu dieser Annahme gekommen bist.«

»Sie werden mich für verrückt erklären, nehme ich an.«

»Was ich sofort unterschreiben würde.«

»Sagt dir der Name William Turner etwas?«

Adrian schüttelte den Kopf.

»Ein englischer Maler«, fuhr Lea unbeirrt fort. »Es gibt ein Bild von ihm, auf dem ein Sturm auf hoher See dargestellt ist.«

»Sorry, aber ich interessiere mich nicht sonderlich für Kunst«, sagte Adrian.

»Wenn du dir dieses Gemälde ansiehst, hast du das Gefühl, im Auge des Orkans zu stehen.« Lea stellte ihr Glas zur Seite. »Dir wird kalt, und du bekommst nasse Füße.«

»Alles in Ordnung bei dir?«

»Du hörst das Tosen des Windes, und die salzige Gischt weht dir um die Nase.«

»Wie kommst du jetzt darauf?«

»Turner hatte sich während eines Sturms wie eine Gallionsfigur an den Bug eines Segelschiffs binden lassen und stundenlang dort ausgeharrt«, fuhr Lea unbeirrt fort. »Danach hat er dieses Bild gemalt.«

»Ich verstehe, worauf du hinauswillst«, sagte Adrian. »Trotzdem. Mir würde so etwas nicht im Traum einfallen. Dein toller Maler hätte bei dieser Aktion genauso – Verzeihung – draufgehen können wie du heute Abend.«

»Das ist richtig.«

»Vielleicht wäre sein Bild etwas weniger spektakulär geworden, aber dafür sein Leben zu riskieren – nein, danke!«

»Ich bin nicht lebensmüde, falls du das meinst. Ich gebe zu, dass ich die Situation heute unterschätzt habe.«

»Wie bitte?«

»Und ich wusste, dass ich mich auf dich verlassen kann.«

»Noch mal mache ich so etwas nicht mit, verstanden?«

Lea nickte und trank ihr Glas leer. »Ich glaub, ich würde jetzt gern schlafen. Ist das okay für dich?«

»Bin schon auf dem Weg«, sagte Adrian und erhob sich.

***

Um kurz nach fünf schleppte sie mit letzter Kraft den schweren Koffer zu ihrem Wagen. In dem Moment, als sie schweißnass ins Freie trat, radelte ein Zeitungsausträger auf das Haus zu. Elisabeth Schreiber hielt vor Schreck den Atem an.

»Guten Morgen«, rief ihr der Bote von Weitem zu und deutete mit einem Augenzwinkern auf den Koffer. »Und einen schönen Urlaub.«

»Danke.« Ihr Herz schlug bis zum Hals.

»Soll ich helfen?«

Sie schüttelte den Kopf. »Es geht schon.«

Der Mann warf ihr einen ungläubigen Blick zu, dann verabschiedete er sich mit einem Schulterzucken.

Erst als jemand im Treppenhaus den Lichtschalter betätigte, löste sie sich aus ihrer Starre. So schnell sie konnte, verstaute sie den Koffer in ihrem Wagen, wartete ungeduldig, bis ein älteres Ehepaar im Schneckentempo das Haus verlassen hatte, und schlich ein letztes Mal in die Wohnung zurück.

Sie spürte, dass sie mit den Nerven und ihren körperlichen Kräften am Ende war. Sie musste auf der Stelle von hier verschwinden und irgendwo ein paar Stunden schlafen. Aber konnte sie sicher sein, alles beiseitegeschafft zu haben?

Sie zitterte am ganzen Leib, als sie nach einem letzten Rundgang wieder in der Küche ankam. Zur Beruhigung trank sie einen Schluck aus einer Cognacflasche. Der Alkohol tat gut.

Dann warf sie nochmals einen Blick auf die Pistole, die sie, in der Küchenschublade in ein Geschirrtuch eingewickelt, bereits beim ersten Durchstöbern entdeckt hatte. Wozu hatte Henry eine Waffe gehabt?, fragte sie sich. Sie fuhr mit den Fingern über den kalten Lauf. Dann trank sie einen weiteren Schluck und überlegte, was sie mit der Pistole machen sollte. Schließlich wickelte sie das Tuch wieder um den schwarzen Stahl, nahm eine Schachtel Patronen und verstaute beides in ihrer Handtasche.

Auf dem Weg zur Toilette wurde ihr schwindelig. Mit geschlossenen Augen tastete sie sich ins Badezimmer und spritzte sich kaltes Wasser ins Gesicht. Als das Schwanken nachließ, war der Druck auf ihre Blase so stark, dass sie es gerade noch in die Duschwanne schaffte. Nachdem sie sich mit geschlossenen Augen erleichtert hatte, spürte sie die bleierne Schwere in ihren Knochen. Völlig entkräftet ließ sie sich auf den nassen Boden sinken.

»Nur eine Minute«, flüsterte sie. Dann schlief sie ein.

***

Nachdem die Wohnungstür hinter Adrian ins Schloss gefallen war, warf Lea die Bettdecke zur Seite und huschte ins Bad. Anschließend schlüpfte sie zähneklappernd in ihre Skiunterwäsche und verschwand mit ihrem Telefon wieder in den Federn.

»Nimm doch endlich ab«, fluchte sie, während das Freizeichen am anderen Ende der Leitung erklang. Nach zwei Minuten gab sie auf und löschte das Licht.

In der Nacht wachte sie verschwitzt auf. Schlaftrunken wankte sie zum Kleiderschrank, schälte sich aus den überhitzten Kunstfasern und streifte ein leichtes Nachthemd über. Anschließend wälzte sie sich bis zum Morgengrauen hin und her. Die Gedanken an das Geschehene quälten sie wie eine Horde Kobolde.

Am schlimmsten waren die Erinnerungen an den Moment, in dem ihr klar geworden war, dass sie es aus eigener Kraft nicht mehr aus dem Brunnen schaffen würde. Die lähmende Ohnmacht angesichts der Gefahr, in der sie sich befunden hatte. Bei der Vorstellung, wie dieses waghalsige Experiment hätte enden können, wurde ihr übel. Schließlich nahm sie sich fest vor, künftig bedächtiger an derartige Unternehmungen heranzugehen.

Als sie wenig später zur Toilette ging, wusste sie bereits, dass sie diesen Vorsatz bei der nächsten Gelegenheit über Bord werfen würde.

Vor dem Spiegel rang sie sich bei dem Gedanken an die Worte ihres geliebten Großvaters ein müdes Lächeln ab. Als »unverbesserlich« hatte er sie bei jeder Gelegenheit gescholten und ihr eine Wolke Pfeifenrauch ins Gesicht gepustet, als ob er ihr damit ihre Flausen austreiben könnte.

»Einfach unverbesserlich.«

Montag

Das Gebäude der Police Municipale in der Avenue du Président Kennedy wirkte aus der Distanz wie eine vergessene Kate, die zum Abbruch bereitstand. Das grüne Häuschen passte überhaupt nicht zu den übrigen, meist doppelt so hohen Renaissancefassaden des Straßenzugs mitten im Zentrum von Mulhouse. Nur die drei verspiegelten, vermutlich schusssicheren Fenster im Erdgeschoss ließen die Vermutung zu, dass es sich um eine Polizeidienststelle handeln könnte.

Moritz Kepplinger warf einen Blick auf das Fax. »Einundvierzig«, bestätigte er. »Das muss es sein.«

»Hier kann ich aber nirgends halten«, knurrte Christian Schwarz und folgte der engen Straße neben zwei Schienensträngen der städtischen Straßenbahn.

Sie umkreisten ein weiteres Mal den imposanten Europaturm und parkten den Wagen schließlich in einiger Entfernung vor einem Kinderspielplatz.

Kurz nach neun betraten sie das Polizeigebäude. Ein junger Sergent, der sich in akzentfreiem Deutsch als Gabriél vorstellte, führte sie in einen Besprechungsraum und bot Kaffee an.

Kepplinger nickte, Schwarz lehnte dankend ab

Das Gebäude wirkte wie ausgestorben. Kepplinger hatte sich eine Polizeiwache im Zentrum einer Stadt mit über hunderttausend Einwohnern anders vorgestellt, musste aber gleichzeitig eingestehen, dass er nichts über Organisation und Aufgabenverteilung von Police Municipale und Police Nationale wusste. Er nahm sich vor, den Kollegen später danach zu fragen.

Gabriél brachte den Kaffee und setzte sich ans Tischende. »Was möchtet ihr wissen?«, erkundigte er sich, nachdem Kepplinger Milch und Zucker umgerührt hatte.

»Alles, was ihr über Henry Foret in Erfahrung gebracht habt«, antwortete Kepplinger erwartungsvoll.

»*Excusez-moi*, der Name sagt mir nichts«, erwiderte Gabriél stirnrunzelnd. »Wer soll das sein?«

Kepplinger traute seinen Ohren nicht. »Du weißt nichts über unseren Fall?«

Gabriél zuckte mit den Schultern. »Ich habe nur die Nachricht bekommen, dass heute zwei deutsche Polizisten zu Besuch kommen.«

Kepplinger schluckte. »Wir ermitteln in einem Mordfall, Gabriél. Deiner Dienststelle müsste seit Samstag ein Ermittlungsersuchen in dieser Sache vorliegen. Und gestern erhielten wir ein Fax, wonach ihr heute die Wohnadresse des Opfers überprüfen wolltet.«

»Davon weiß ich nichts. Es tut mir wirklich leid.« Der Sergent hob abwehrend die Hände. »Aber vielleicht kann ich euch trotzdem weiterhelfen.«

Kepplinger berichtete in aller Kürze über den Sachverhalt und welche Informationen ihn zur Person des Ermordeten interessierten.

»Das kann nicht allzu schwierig sein. Habt ihr ein Geburtsdatum?«

Schwarz reichte ihm den Pass.

Gabriél griff zögerlich nach dem Dokument. Als ob er nicht recht wüsste, was er damit anfangen sollte. »Ich komme gleich wieder«, sagte er und verließ den Raum.

***

Der junge Sergent ließ über eine Stunde auf sich warten. Schließlich kehrte er mit einem pinkfarbenen Aktendeckel unter dem Arm zurück.

»Ich habe euren Mann überprüft. Die Meldeadresse stimmt, und es liegt nichts gegen ihn vor.«

»Und weiter?«

Gabriél zuckte mit den Schultern. »Was meinst du?«

»Lebte Foret allein? Hatte er Familie, Freunde, Kinder, einen Hund?«

»Woher soll ich das wissen?«

Kepplinger atmete tief durch. Er vergegenwärtigte sich zähneknirschend, dass Gabriél nichts für die Nachlässigkeit seiner

Kollegen konnte. Diese Standards hätte ein beflissener Ermittler bereits am Wochenende in Erfahrung bringen können.

»Foret wurde in Göppingen ermordet, und wir haben nicht die geringste Ahnung, wer das getan haben könnte, noch, aus welchem Grund …«

»Mir ist schon klar, worauf du hinauswillst«, unterbrach ihn der Sergent. »Und ich würde dasselbe tun wie ihr. Aber leider muss ich euch sagen, dass Mordermittlungen für gewöhnlich Sache der Police Nationale sind.«

»Kannst du mir dann erklären, wieso wir an dich verwiesen wurden?«, fragte Kepplinger und schob das Fax über den Tisch.

Gabriél überflog die Zeilen und schüttelte den Kopf. »Ich verstehe nicht, wie derjenige, der das geschrieben hat, auf die Idee kam …«

»Gabriél! Hör mir bitte zu.« Kepplinger nahm das Schreiben wieder an sich. »Ehrlich gesagt ist mir euer Kompetenzgerangel ziemlich egal, und mir ist klar, dass du nichts dafür kannst. Aber wir sind jetzt nun mal hier und brauchen deine Hilfe.«

Gabriél zog die Nase hoch.

»Wie wäre es, einfach mal zu dem Haus zu fahren?«, schlug Schwarz vor.

»Kein Problem«, sagte Gabriél. »Wenn ihr glaubt, dass ihr dort Antworten auf eure Fragen bekommt.«

»Bist du allein auf der Dienststelle?«

»Im Moment ja«, sagte Gabriél. »Jacques kontrolliert Falschparker rund um die Place de la Réunion. Warum?«

»Dein Kollege könnte in der Zwischenzeit ein paar Anrufe machen«, sagte Kepplinger mit Blick auf die Uhr.

»Zum Beispiel?«

»Mich interessiert, ob Foret einer regelmäßigen Arbeit nachging.«

»Das ist alles?«

Kepplinger schüttelte den Kopf. »Wenn er schon dabei wäre, könnte er bestimmt herausfinden, seit wann Foret in Habsheim gemeldet ist, wo er vorher gelebt hat, ob es lebende Verwandte, Geschwister, Eltern gibt.«

»Ich ruf ihn«, sagte Gabriél und verließ das Zimmer.

»Wie du gesagt hast«, murmelte Kepplinger schlecht gelaunt.
Schwarz nickte. »Komischer Haufen.«

»Bleibt nur zu hoffen, dass wir nicht mit leeren Händen nach Hause fahren.«

Gabriél kehrte freudestrahlend zurück. »Jacques kümmert sich um alles, wir können gehen.«

Zum ersten Mal hatte Kepplinger den Eindruck, der junge Sergent habe vielleicht etwas Blut geleckt. »Nimmst du keine Waffe mit?«

»Wozu?«, erkundigte sich Gabriél grinsend. »Wir fahren aufs Land, da tanzen die Leute noch nach unserer Pfeife.«

***

Das entfernte Aufheulen einer Polizeisirene drängte sich mehr und mehr in ihren hässlichen Traum. Die Männer, deren Gesichter und Stimmen ihr allesamt bekannt vorkamen, schwärmten plötzlich in die Zimmer der Mietwohnung, während sie mit ihrem Partner auf dem Küchentisch das Geld zählte. Immer mehr drängten mit hasserfüllten Blicken herein und forderten ihren Tribut. Zuerst griffen sie nach Foret, und sie musste hilflos zusehen, wie sie hemmungslos auf ihn einprügelten. In seiner Verzweiflung behauptete er, dass nichts mehr von dem Geld übrig sei, woraufhin sich einer der Männer die Pistole schnappte und, ohne ein weiteres Wort zu verlieren, abdrückte.

Sie brüllte wie am Spieß, während ihr Partner mit weit aufgerissenen Augen wie ein gefällter Baum nach vorn kippte. In Todesangst rannte sie zum nächsten Fenster, bereit, aus dem fünften Stock zu springen. Alles war besser, als dieser Meute in die Fänge zu geraten. Schon saß sie rittlings auf dem Fenstersims und starrte in die Tiefe. Doch einer der Männer bekam sie am Bein zu fassen, ein zweiter packte sie grob an den Haaren.

Sie zerrten sie neben den Toten auf den Boden. Aus der Kopfwunde sprudelte das Blut wie aus einem undichten Wasserschlauch. Ein paar forderten, dass sie es mit dem Toten treiben solle, und beschimpften sie als Hure, die es gewohnt sei, über Leichen zu gehen. Andere riefen, dass man sie erst einmal gründlich sauber machen sollte, da sie doch so großen Wert auf Hygiene lege. Dann öffneten die Männer der Reihe nach ihren Hosenschlitz und entleerten sich, von einem höhnischen Gelächter begleitet, auf ihre Kleidung. Sie nahm den beißenden Geruch des Urins wahr und wusste, dass sie in diesem Elend sterben würde.

***

Bei der Wohnadresse handelte es sich um einen verlassenen Bauernhof, der direkt an die Autobahn grenzte.

»Seid ihr sicher, dass Foret hier gewohnt hat?«, fragte Gabriél.

»Du hast den Pass selbst gesehen«, erwiderte Moritz Kepplinger.

Der Sergent rollte mit dem Streifenwagen durch das geöffnete Gittertor vor einen leer stehenden Stall und stellte den Motor ab.

»Na, dann sehen wir uns mal um«, sagte Gabriél. »Tiere scheint es hier nicht mehr zu geben.«

Kepplinger verstand die Andeutung erst, nachdem er ausgestiegen war. Dach und Heuboden der ehemaligen Stallungen waren in sich zusammengestürzt, an der Zugangstür befand sich ein Schild mit der Aufschrift: »Betreten verboten!«

Christian Schwarz warf einen Blick auf den verrosteten Briefkasten vor dem Hauptgebäude. »Meunier«, entzifferte er den verblichenen Namenszug.

»Vielleicht hieß seine Frau so«, mutmaßte Kepplinger. »Oder sein Onkel, was weiß ich.«

»Jedenfalls wohnt hier doch niemand mehr!«, rief Gabriél, der sich einen ausrangierten Traktor mit vier platten Reifen besah. »Was meint ihr?«

Kepplinger hielt auf ein windschiefes Ausdinghaus zu. In dem Moment stieß Gabriél einen lauten Schrei aus.

Schwarz eilte zu ihm. »Was ist?«

»Eine Ratte«, rief Gabriél. »So groß wie eine Katze!«

»Vielleicht wäre es doch besser gewesen, du hättest deine Kanone umgeschnallt«, scherzte Schwarz.

Kepplinger achtete nicht weiter auf die Kollegen und warf einen Blick auf das Türschild des kleinen Fachwerkhäuschens, in das früher vermutlich die alten Bauersleute gezogen waren, nachdem sie den Hof an die nächste Generation weitergegeben hatten. Als er den Namen an der Zugangstür gelesen hatte, schnalzte er mit der Zunge. »Kommt mal her.«

Auf dem Klingelschild befand sich ein vergilbtes Klebeetikett für Gefrierbeutel. Darauf stand in Großbuchstaben: »FORET«.

»Also doch«, sagte Schwarz.

»Worauf warten wir?«, wollte Gabriél wissen.

Kepplinger runzelte die Stirn. »Was meinst du?«

»Warum gehen wir nicht rein?«

»Hast du einen Durchsuchungsbefehl?«

Der Sergent ignorierte die Frage und rüttelte an der Klinke. Zu ihrer Überraschung ließ sich die Tür einen Spaltbreit aufdrücken. Gabriél warf einen Blick ins Innere.

Kepplinger hielt ihn am Arm zurück. »Wir können doch nicht einfach da reingehen. In Deutschland wird dir als Polizist für so eine Aktion der Kopf abgerissen.«

»Foret ist doch mausetot, hast du gesagt«, erwiderte Gabriél grinsend. »Ihn wird es nicht mehr kümmern.«

»Aber vielleicht seine Angehörigen oder den Vermieter«, erwiderte Kepplinger. »Lass es uns erst am Wohnhaus versuchen.«

»Meinetwegen.« Gabriél machte sich auf den Weg. »Das mache ich.«

Als der Sergent etwa die Hälfte der Hoffläche überquert hatte, passierte es.

»Gabriél!«, brüllte Kepplinger aus Leibeskräften, als er den herannahenden Schatten im Augenwinkel bemerkte. Der ausgewachsene Dobermann hielt mit weit ausladenden Sätzen auf Gabriél zu.

Später erinnerte sich Kepplinger daran, dass der Hund keinen Laut von sich gegeben hatte. Nicht einmal, als sich die dünne Leine aus Leder wie eine Bogensehne spannte, dem Hund im vollen Lauf die Beine wegzog und von der Masse des Tieres mit einem peitschenschlagähnlichen Schnalzen in der Mitte auseinandergerissen wurde.

Schon kam die Bestie nach einem Überschlag wieder auf die Beine und erreichte nach wenigen Metern annähernd dieselbe Geschwindigkeit wie zuvor.

Mit Entsetzen beobachteten Kepplinger und Schwarz, wie der Hund mit weit aufgerissenem Maul zum Sprung ansetzte und sich wie ein Löwe auf sein Opfer warf. Um sein Leben brüllend stürzte der junge Polizist rücklinks zu Boden.

Kepplinger näherte sich mit gezogener Waffe dem ungleichen Kampf und versuchte, die Aufmerksamkeit des Dobermanns auf sich zu ziehen. Doch der Hund reagierte nicht auf sein Rufen und Fuchteln. Indes schienen die Beißattacken, von Gabriéls Gegenwehr angestachelt, immer aggressiver zu werden.

Kepplinger, der jetzt eine Körperlänge von den beiden entfernt stand, bemerkte Dutzende Bisswunden, die das zerrissene Uniformhemd freigab. Dann feuerte er einen Warnschuss in die Luft. Der Dobermann schreckte zurück. Von seinen Lefzen triefte das Blut des Kollegen.

Einen Moment lang dachte Kepplinger, der Hund befände sich in einer Art Blutrausch. Doch die Atempause währte nur kurz, und die Bestie warf sich von Neuem auf Gabriél. Ohne zu zögern, betätigte Kepplinger ein zweites Mal den Abzug.

Der Hund ging wie von einer unsichtbaren Faust getroffen zu Boden. Einmal zuckte er mit den Vorderläufen, als wollte er sich erneut auf sein Opfer stürzen, aber dann war es vorbei.

***

Das Erste, was sie nach dem Aufwachen wahrnahm, war der Geruch ihres eigenen Urins. Offenbar hatte sie es vor dem Einschlafen nicht einmal mehr geschafft, ihre Hose hochzuziehen. Angewidert schlüpfte Elisabeth Schreiber aus der feuchten Jeans und verließ die Duschkabine. Während sie sich überlegte, was sie als Nächstes tun sollte, fiel ihr ein, dass ja jeden Moment die Polizei auftauchen könnte.

Von Panik ergriffen, grapschte sie eine fleckige Jogginghose aus Forets Wäschekorb, stopfte ihre Sachen in einen Plastikbeutel und rannte in die Küche.

Was, wenn die Ermittler just in diesem Moment vor der Tür standen?

Sie erinnerte sich an die Pistole in ihrer Handtasche. Sie wusste, wie man das Magazin einführte und die erste Kugel ins Patronenlager beförderte. Mit zitternden Händen ließ sie den Schlitten der Automatik nach vorn schnellen. Dann verstaute sie die Waffe in ihrer Manteltasche. Noch einmal warf sie eilig einen Blick in jeden Raum. Als sie das Wohnzimmer betrat, holten sie die Bilder des Traums ein.

Die Männer, wie sie sich im Halbkreis vor ihr aufgebaut hatten.

Der Tote, aus dessen Schädel das Blut spritzte.

Das war nur ein Traum, beruhigte sie sich und rieb sich die müden Augen. Keiner der Männer würde ihr jemals auf die Schliche kommen.

Sie ging auf wackligen Beinen in den Flur und warf einen Blick durch den Türspion. Als sie Schritte auf der Treppe vernahm, verließ sie erneut der Mut. Sie brauchte unbedingt einen starken Partner, der ihr wieder auf die Beine half. Jemand, der loyal und zugleich naiv war, wie Foret. Einen Komplizen, den sie, nachdem sie ihre Ziele erreicht hatte, wieder fallen lassen konnte wie eine heiße Kartoffel, ohne Konsequenzen fürchten zu müssen.

Elisabeth Schreiber wusste genau, an wen sie sich wenden würde, auch wenn sie damit ihre letzte Freundschaft aufs Spiel setzte. Es gab nur die Flucht nach vorn.

Koste es, was es wolle.

***

Kepplinger steckte die Waffe weg und eilte dem verletzten Kollegen zu Hilfe, dessen Schreien in ein leises Wimmern übergegangen war. Kepplinger fühlte den rasenden Puls und wähnte Gabriél in einem Zustand zwischen Schock und Ohnmacht. Sein Oberkörper und seine Beine waren übersät mit Biss- und Kratzwunden.

»Den Erste-Hilfe-Kasten, Christian, schnell!«, rief Kepplinger, während er vorsichtig die Knöpfe am Hemd des Verletzten löste. »Oder halt, ruf zuerst einen Krankenwagen.«

»Wir sind in Frankreich«, stammelte Schwarz.

»112«, stöhnte Gabriél und öffnete die Augen.

Kepplinger fiel ein Stein vom Herzen. »Wie geht es dir?«

»Ich glaube, die Wunden sind nicht tief«, sagte Gabriél mit schmerzverzerrtem Gesicht. »Aber es tut höllisch weh.«

Schwarz kehrte mit dem Verbandskasten zurück. Zu zweit begannen sie die Wunden zu desinfizieren und, so gut sie konnten, zu versorgen. Kepplinger war überzeugt, dass einige davon genäht werden mussten.

Plötzlich verkrampfte sich Gabriéls Oberkörper.

Schon fürchtete Kepplinger, die Verletzungen seien weitaus schlimmer und der Sergent verliere abermals das Bewusstsein, aber als er Gabriél in die Augen sah, starrte Kepplinger die nackte Angst entgegen. Als ob eine ganze Meute Dobermänner auf sie zugestürmt käme.

»Oh mein Gott!«, rief Gabriél und mühte sich vergeblich, sich vom Boden aufzurichten.

In dem Moment nahm Kepplinger die Silhouette auf der Treppe des Wohnhauses wahr. Dann fiel ein ohrenbetäubender Schuss. Kepplinger warf sich neben den Verletzten auf den Boden und tastete nach seiner Waffe.

»Verfluchtes Lumpengesindel, was macht ihr hier?«, dröhnte es über den Hof.

Als Kepplinger den Kopf hob, sah er, wie ein kauziger alter Kerl mit einer Schrotflinte im Anschlag langsam auf sie zukam. »Was habt ihr mit meinem Hund gemacht, ihr Verbrecher?«

Instinktiv ließ Kepplinger seine Pistole ins Holster gleiten und nahm die Hände im Zeitlupentempo nach oben. »Polizei«, sagte er leise. *»Police!«*

»Was redest du für einen Unsinn?«, krächzte der Alte und stieß mit dem Lauf des Gewehrs hart an Kepplingers Schläfe.

Kepplinger schloss die Augen und atmete flach in die Brust. Es war nicht das erste Mal, dass er den kühlen Stahl einer Waffe an seinem Schädelknochen spürte.

Eigentlich war alles schon vorüber gewesen. Es stank nach Katzenpisse und Blut. In der ganzen Wohnung hatten nur Glühbirnen an der Decke gehangen, und wo man hinsah, waren Wände und Boden mit Blutspritzern übersät, als ob sich ein nasser Hund die klebrige Masse aus dem Fell geschüttelt hätte. Der Mann war am Heiligen Morgen betrunken nach Hause gekommen, und als ihn seine Frau vor den Kindern zur Rede stellte, verlor er die Nerven und griff nach einem Fleischmesser. Dem jüngsten Sohn gelang, trotz zahlreicher Stichwunden, die Flucht in eine Nachbarwohnung. Als die erste Streife eintraf und die Klingel betätigte, riss der Täter die Tür auf, rammte einem der Kollegen das Messer in den Bauch und zog sich sofort wieder zurück. Wenig später traf Kepplinger mit den Kollegen des SEK ein. In einem dramatischen Notzugriff gelang es ihm, den Mann zu entwaffnen und auf den Boden zu schleudern. Als endlich die Handfesseln einrasteten, schloss er vor Erschöpfung die Augen. Im selben Moment nahm er den Geruch von Kordit wahr und spürte den zitternden Pistolenlauf an seiner Stirn. Nie würde er diese Momente vergessen: die verzweifelten Augen der Ehefrau, deren Körper mit Schnittwunden übersät war. Ihre hysterischen Aufforderungen, ihren Mann wieder loszubinden, und die vergeblichen Versuche der Kollegen, sie zu beruhigen. Die Schreie der verletzten Kinder und das hässliche Geräusch des Schlagbolzens, nachdem sie den Finger gekrümmt hatte.

Das unbeschreibliche Gefühl, in einem Nebel aus Angst in die Hölle zu fahren, und die naive Erkenntnis, dass er keine Schmerzen hatte und sich nichts um ihn herum zu verändern schien. Die plötzlichen Zweifel, ob er einen Schuss gehört hatte oder nicht. Schließlich das Gepolter der Festnahme. Die ungläubigen Blicke seines Kameraden, der ihn festhielt und ihm ins Ohr flüsterte, dass alles vorüber sei. Die Botschaft, dass die Waffe ungeladen gewesen war und alle mächtig Glück gehabt hätten. Damals war er zweimal gestorben und hatte überlebt. Mitten zwischen der Katzenpisse und den roten Farbspritzern an den Wänden und dem Teppich unter seinen blutleeren Füßen.

»Haut les mains!«

Der messerscharfe Appell Gabriéls vertrieb Kepplingers Erinnerungen. Zögerlich hob er den Kopf, öffnete die Augen und sah, wie der junge Sergent neben ihm stand, seine Pistole auf den wutschnaubenden Landwirt gerichtet. Gabriél war es irgendwie gelungen, die P 2000 unbemerkt aus seinem Holster zu reißen.

Kepplinger wagte nicht, sich zu dem Alten umzudrehen. Stattdessen beobachtete er den französischen Kollegen, den er in seiner Entschlossenheit nicht mehr wiedererkannte.

»Warum haben die keine Uniform?« Die Stimme des Bauern klang verunsichert.

»Jetez votre arme par terre!«, zischte Gabriél. »Sonst knall ich dich ab wie einen tollwütigen Fuchs.«

»Die haben meinen Hund …«

»Ich sage es dir ein letztes Mal. Dann drück ich ab.«

Kepplinger vernahm einen dumpfen Schlag hinter seinem Rücken.

»Und jetzt rüber zur Treppe!«, befahl Gabriél.

In der Ferne ertönten die ersten Sirenen.

Kepplinger löste sich schleppend aus seiner Starre. Christian Schwarz, der leichenblass neben ihm auf dem Boden lag, tat es ihm nach. Kepplinger rieb mit den Fingern über die Stelle, an der die Schrotflinte einen Abdruck hinterlassen hatte. Dann sprang er auf und nahm das Gewehr an sich.

Schwarz sah ihn nur mit großen Augen an, von einem Schüttelkrampf erfasst, als hätte er hohes Fieber.

Kepplinger drückte ihn fest an sich. »Es ist vorbei, Christian, hörst du?« Er wiederholte seine Worte so lange, bis der Kollege zögerlich nickte. Kepplinger wusste, dass er ihn in so einer Situation nicht einfach allein lassen durfte. Anderseits war er gezwungen, Gabriél zu Hilfe zu eilen. Noch war die Lage nicht unter Kontrolle.

»Würdest du vor an die Straße gehen und die Rettungskräfte einweisen?«

Schwarz löste sich stillschweigend aus der Umarmung und torkelte wie ein Betrunkener zum Tor.

»Verflucht!«, schimpfte Kepplinger. Dann wandte er sich zu Gabriél und dem Alten um.

Am Morgen war sie mit Kopfschmerzen und dem brennenden Gefühl aufgewacht, etwas tun zu müssen. Unter der Dusche hatte sie sich zum wievielten Mal gefragt, wie lange sie diesen Zustand noch ertragen würde. Die vielen Lügen in der Partnerschaft und die endlosen Tage auf der Straße, während man sie im Büro wähnte.

Das zähe Bangen, endlich eine vernünftige Beschäftigung zu finden, und die damit verbundene Hoffnung, dass danach wieder jenes Mindestmaß an Sicherheit in ihr Leben zurückkehren würde, das sie vor dem Untergang bewahren würde.

Die Angst davor, dass ihr Doppelleben durch eine dumme Zufallsbegegnung auffliegen könnte und alles mit einem Schlag vorbei wäre. Davor fürchtete sie sich am meisten: eines Tages wieder vor jenem Nichts zu stehen, aus dem sie sich in all den Jahren mühsam herausgestrampelt hatte.

Noch vor wenigen Monaten hatte sie nach einem herrlichen Tag am Badesee ein Kapitel in ihr Notizbuch geschrieben, das sie mit dem Titel »Libertas« versehen hatte. An diesem Abend war sie zum ersten Mal von dem beglückenden Gefühl der völligen Freiheit berauscht gewesen. Einem Zustand der Schwerelosigkeit, in dem sie keine Klimmzüge mehr machen musste, um einen Bruchteil ihrer Grundbedürfnisse für einen viel zu kurzen Moment befriedigen zu können.

In ihrem philosophisch anmutenden Eintrag schwärmte sie vom Glücksgefühl des Loslassens, der Freiheit, die Seele baumeln lassen zu dürfen, und dem Ende der Heteronomie. Damals hatte sie die Vorstellung, den Arbeitsplatz zu verlieren, als etwas Befreiendes empfunden, eine Chance, ihre Lebens- und Arbeitssituation sogar noch zu verbessern, und war nach zwei Anfragen von seriösen Headhuntern sicher gewesen, mit ihren Qualifikationen auf der ganzen Welt einen adäquaten Job angeboten zu bekommen. Aber jetzt hatte sich ihr Leben einmal um sich selbst gedreht und in denselben Alptraum verwandelt, der von Kindesbeinen an ihr Zuhause gewesen war.

Widerstand oder Kapitulation.

Sie hasste diesen Zustand bis aufs Blut.

Noch wehrte sich das bisschen Leben in ihr gegen das Schicksal, das wie ein Bleigürtel immer wieder versuchte, sie unter die Wasseroberfläche zu ziehen.

Vielleicht würde sie heute die erlösende Nachricht erhalten. In wenigen Stunden hatte sie einen Termin bei der Agentur für Arbeit. Dieses Mal würde sie sich nicht einfach abspeisen lassen. Wenn es sein musste, würde sie ein Gespräch mit dem Vorgesetzten ihres widerwärtigen Sachbearbeiters einfordern.

Die Zeit des Sichergebens war vorbei.

Moritz Kepplinger hatte mit Genugtuung wahrgenommen, wie nach und nach eine ganze Armee der Police Nationale auf dem abgelegenen Hof eingetrudelt war und in den darauffolgenden Stunden allerhand zu tun hatte, den Sachverhalt zur Zufriedenheit des örtlichen Polizeichefs zu klären. Anfangs herrschte ein völliges Tohuwabohu. Schließlich gelang es Gabriél, nachdem er von den Rettungssanitätern notdürftig versorgt worden war, ihnen die Umstände begreiflich zu machen. Ein herbeigerufener Jagdpächter nahm sich des toten Hundes an. Der cholerische Meunier wurde auf das zentrale Kommissariat in der Rue de la Mertzau befördert. Kepplinger und Schwarz begleiteten indes zwei Kollegen der örtlichen Kriminalpolizei bei der Durchsuchung der beiden Wohnhäuser.

Gegen halb drei wurde Kepplingers Wunsch stattgegeben, vor der Rückfahrt nach Göppingen ein paar Worte mit dem schießwütigen Landwirt wechseln zu dürfen. Meunier, der fürchterlich nach Hochprozentigem roch, gab sich wortkarg.

Der Offizier der Police Nationale, der Kepplinger zur Seite gestellt worden war, sprang plötzlich von seinem Stuhl hoch. »Hör zu, du verbohrter Esel, wenn du nicht redest, brennst du in deinem Leben keine einzige Flasche Schnaps mehr. Hast du das verstanden?«

Meunier warf ihm einen bissigen Blick zu.

»Und sprich Deutsch mit dem Kommissar!«

Von da an wurde der Alte redseliger. »Was zum Teufel wollen Sie wissen?«

»Beschreiben Sie mir Ihren Untermieter?«

»Wen?«

»Den Mann, dem Sie das kleine Haus auf Ihrem Anwesen vermietet haben.«

»Wieso, hat der Penner was angestellt?«

»Beantworten Sie meine Frage.«

Meunier gab eine dürftige Personenbeschreibung ab, die vermutlich auf die Hälfte aller Franzosen zugetroffen hätte. Schließlich reichte Kepplinger eine Vergrößerung des Passfotos über den Tisch.

Meunier betrachtete das Bild lange und gab es ihm dann zurück. »Ja, das könnte Foret sein.«

»Könnte?«

»Ich hatte nicht viel mit ihm zu tun.«

»Sie erkennen ihn also nicht wieder?«

»Es könnte Foret sein, ebenso könnte er es nicht sein«, gab der Alte mürrisch zurück.

»Sprach er Französisch?«

»Was für eine blöde Frage.«

»Antworten Sie.«

»Alle Franzosen sprechen Französisch, es sei denn, man hat ihnen die Zunge herausgeschnitten.«

»Akzentfrei?«

»Darauf habe ich nicht geachtet. Dachte immer, der käme aus Paris. Hat sich manchmal so fein ausgedrückt, wenn Sie verstehen, was ich meine?«

Kepplinger ging nicht weiter auf das Thema ein und machte sich eine Notiz. »Seit wann lebte er denn in dem Haus?«

»Acht oder zehn Jahre, was weiß ich. Vielleicht auch nur fünf.«

»Gibt es einen Mietvertrag?«

»Wozu? Das war ein anständiger Kerl, so was spürt man doch. Außerdem hat er regelmäßig seine Schulden beglichen.«

»Vorher haben Sie ihn als ›Penner‹ bezeichnet.«

»Das war nur so dahergesagt. Der war in Ordnung, glauben Sie mir.«

»Also, wie lange schon?«

»Das weiß ich nicht mehr.«

»Versuchen Sie, sich zu erinnern. 2006 war beispielsweise die Fußballweltmeisterschaft in Deutschland.«

»Meunier!«, mischte sich der Kollege der Police Nationale

mit glänzenden Augen in das Gespräch ein. »Das musst du doch mitbekommen haben, wie wir Brasilien im Viertelfinale aus dem Turnier geworfen haben und am Ende Dritter geworden sind. Denk nach!«

Meunier fasste sich an die Stirn und starrte an die Decke.

»Da hat er schon bei mir gewohnt«, sagte er endlich. »Doch, jetzt erinnere ich mich. Ungefähr ein Jahr vorher ist er plötzlich mit seinen schäbigen Koffern vor meiner Tür gestanden und hat sich für das Haus interessiert.«

»Wie hoch war die Miete?«, interessierte sich Kepplinger.

»Denken Sie etwa, ich wäre ein Halsabschneider?«

»Ich möchte nur wissen, wie viel Foret Ihnen bezahlt hat.«

»Tausend«, knurrte Meunier. »Im Jahr.«

Kepplinger machte sich eine Notiz. »Und wovon hat er gelebt?«

»Woher soll ich das wissen? Ich kümmere mich um meinen eigenen Dreck.«

»Ging er einer Arbeit nach?«, bohrte Kepplinger weiter. »Verließ er jeden Morgen das Haus und kehrte zu einer bestimmten Zeit zurück? So etwas dürfte Ihnen doch nicht entgangen sein.«

»Ich weiß wirklich nichts über den Typ. Er war selten da, kam oft tagelang nicht zurück.«

Kepplinger überflog kopfschüttelnd seine Aufzeichnungen. Die Vernehmung verlief alles andere als zufriedenstellend, und der Schnapsgeruch des Franzosen machte ihn beinahe wahnsinnig. Dennoch bestätigten ihn die Aussagen Meuniers in seinen Zweifeln zur Person des Ermordeten. Foret hatte sich wie ein Geist verhalten und ein unerklärliches Schattendasein geführt. Aber aus welchem Grund?

Kepplinger fiel eine weitere Frage ein. »Hatte Foret hin und wieder Besuch?«

Meunier grinste hämisch. »Ab und zu kam eine Nutte auf den Hof«, sagte er. »Aber sonst? Nicht dass ich wüsste.«

Kepplinger fragte sich, ob es wirklich Frauen gab, die sich freiwillig in eine derart verdreckte Wohnung begaben, selbst wenn Foret sie noch so gut für ihre Gefälligkeiten bezahlt hatte.

»Woher wollen Sie wissen, dass es sich um Prostituierte handelte?«

Der Alte setzte einen verächtlichen Kennerblick auf. »Weil ich ein paar von den hübschen Dingern auch schon gevögelt habe, mein Junge. Lange bevor sie bei Foret auftauchten, versteht sich.«

»Benimm dich, Meunier!«, zischte der Offizier der Police Nationale mit erhobenem Zeigefinger.

Der Alte ließ sich auf seinen Stuhl zurückfallen und streckte die Arme nach oben. »Er hat mich gefragt. Ich habe geantwortet.«

Kepplinger rieb sich die Stirn und warf einen Blick zu Christian Schwarz, der mit den Schultern zuckte und mit seinen Gedanken weit weg schien.

»Das wäre dann alles«, sagte Kepplinger zögernd. »Meinetwegen können Sie gehen.«

»Und wer bezahlt mir den Hund?«, empörte sich Meunier und schlug mit der Faust auf den Tisch. »Ich möchte Anzeige erstatten.«

»Halt dein freches Maul«, entgegnete der Offizier. »Darum kümmern wir uns. Hättest du ihn vernünftig angeleint …«

»Er war immer an der Leine.«

»Denk an deine Lizenz, Meunier, und halt jetzt endlich den Mund!«

Kepplinger hatte genug von diesem Gespräch und drängte zur Tür. »Ich habe bestimmt noch Fragen, aber nicht jetzt«, sagte er am Ausgang. »An wen kann ich mich wenden?«

»Ruf mich an«, erwiderte der französische Kollege und steckte ihm eine Karte zu.

»Gibt es etwas Neues von Gabriél?«, fragte Schwarz mit gebrochener Stimme.

Der Offizier wechselte ein paar Worte mit seinem Kollegen am Funktisch. »Er wurde vor ein paar Minuten aus dem Krankenhaus entlassen.«

»Bestell ihm schöne Grüße und dass wir uns bei ihm melden werden.«

Die Enttäuschung fühlte sich an wie ein Fausthieb in die Magengrube.

Es grenzte an ein Wunder, dass sie der mürrischen Sekretärin nicht an den Hals gesprungen war, nachdem sie sich über eine Stunde die Beine in den Bauch gestanden hatte. Ihr Vorgesetzter habe sich diesen Morgen krankgemeldet, lautete die lapidare Antwort, und dass im Kalender nichts von einem Termin stünde.

Sie kam erst zur Ruhe, als sie durch die halbe Stadt gerannt war und am Eingang zum Hauptpostamt nach Luft schnappen musste. Ein älterer Mann erkundigte sich, ob alles in Ordnung sei.

»Nichts ist in Ordnung«, gab sie bärbeißig zurück.

Der Rentner wandte sich kopfschüttelnd ab und beschwerte sich ganz offensichtlich bei seiner Begleiterin über ihr Verhalten. Schon wollte sie ihm nacheilen und ihn zur Rede stellen, aber dann mahnte sie eine innere Stimme zur Vernunft.

In ihrer jetzigen Situation durfte sie kein Aufsehen erregen. Sie musste sich so verhalten, dass niemand sich an sie erinnerte. Früher oder später würde die Polizei vor ihrer Tür stehen und Fragen stellen. Sie wusste nichts über das Vorgehen der Kriminalisten, aber ihr war klar, dass sie keine Spuren hinterlassen durfte, die etwas über ihre Persönlichkeit und ihr Doppelleben verrieten.

»Möchtest du nicht lieber fahren?« Christian Schwarz steckte zögerlich den Zündschlüssel ins Schloss. »Ich glaube, ich bin für heute bedient.«

Kepplinger ließ seinen Gurt einrasten. »Nein, du fährst!«

Seine Bestimmtheit fußte auf dem Wissen, das er während einer Unterrichtsreihe über posttraumatische Belastungsstörungen während seines Studiums an der Hochschule der Polizei erworben hatte. Das Dumme war, dass er unmöglich mit seinem Partner darüber sprechen konnte.

Kepplinger ahnte, dass Schwarz sein Verhalten auf dem Bauernhof als Versagen wertete. Wenn er mit seiner Vermutung richtiglag, durfte er ihn nicht mit Samthandschuhen anfassen. Eine solche Reaktion würde das Trauma verstärken. Auf dieses

Phänomen waren Psychologen erstmals während des Vietnamkriegs aufmerksam geworden, nachdem Leichtverletzte sofort aus dem Dienst entlassen und auf schnellstem Weg in die Heimat geflogen wurden. Diese Verfahrensweise stürzte die meisten Betroffenen in einen Teufelskreis aus Depressionen und mangelndem Selbstbewusstsein, der jedes Mal von Neuem in Gang geriet, wenn dem Unglücksvogel aus falsch verstandenem Mitleid eine Aufgabe abgenommen wurde.

Sie fuhren schweigend aus der Stadt. Schwarz erweckte den Eindruck, seine erste Fahrstunde zu absolvieren. Kepplinger suchte nach einem passenden Gesprächseinstieg, aber ihm fiel nichts Gescheites ein. Als im Seitenfenster das Flugfeld des Aérodrome de Mulhouse-Habsheim auftauchte, erinnerte er sich an eine Bemerkung seines Partners. »Sagtest du nicht, du seist schon mal ab Mulhouse geflogen?«

»Zehn Tage Malediven, all-inclusive, für knapp tausend Euro.« Schwarz rang sich ein Lächeln ab.

»Klingt gut«, sagte Kepplinger. »Vorausgesetzt, ihr musstet bei diesem Preis nicht im Zelt neben dem Flughafen logieren?«

Schwarz musste lachen und verneinte. »Im Gegenteil, wir hatten einen Wasserbungalow mit riesigen Sichtfenstern, die im Boden eingelassen waren. Der einzige Haken an der Geschichte waren die Flüge mit einer Billig-Airline. Durch die vielen Zwischenstopps gingen zwei komplette Urlaubstage drauf.«

»Was macht man zwei Wochen lang im Indischen Ozean?«, interessierte sich Kepplinger. »Außer faul in der Sonne liegen, sich den Bauch vollschlagen und durch eine Glasplatte den Fischen beim Liebesspiel zusehen?«

»Das weißt du nicht?«

»Nein.«

»Tauchen.«

»Okay.«

»Man fährt frühmorgens mit dem Safariboot raus und lässt sich für ein paar Stunden in eine Traumwelt entführen.«

»Taucht deine Freundin auch?«

»Wir sind nicht mehr zusammen.«

»Sorry! Ich dachte, du lebst in einer Beziehung.«

»Ich wechsle Frauen wie Handtücher«, scherzte Schwarz.

Kepplinger lachte. »Das kannst du sonst wem erzählen.«

»Vanessa kam von Anfang an nicht mit meinem Interesse für Geschichte klar. Die Malediven waren ein Kompromiss zu den vielen Städtereisen, die ich ständig geplant habe.«

»Und deine neue Partnerin?«

»Studiert Geschichte und Politikwissenschaften auf Lehramt«, sagte Schwarz grinsend. »Und sie hasst Strandurlaub.«

»Ist mir sympathisch.«

Mittlerweile hatte Schwarz zu seinem alten Fahrstil zurückgefunden. Kepplinger lenkte das Thema behutsam auf den Einsatz. »Sag mal, was dachtest du eigentlich, als wir durch dieses Haus gestiefelt sind?«

»Forets Hütte?«

»Mmh.«

»Sorry, aber der Typ war ein Dreckschwein sondergleichen«, antwortete Schwarz angewidert. »Wenn ich nur an das Badezimmer und die Toilette denke.«

»Und sonst?«

»Es war ein bisschen wie in einem Freiluftmuseum, wenn du verstehst, was ich meine?«

»Meine sehr verehrten Damen und Herren, so lebten Landarbeiter Ende des 19. Jahrhunderts«, imitierte Kepplinger einen Museumsführer.

Schwarz schmunzelte. »So was in der Art.«

»Den Eindruck hatte ich auch«, sagte Kepplinger. »In diesem Haus wurde in den letzten dreißig Jahren nichts angerührt.«

»Woran denkst du?«

»Von ein paar persönlichen Gegenständen abgesehen, haben wir nicht den geringsten Hinweis darauf, dass Foret tatsächlich in diesem Haus gelebt hat«, sagte Kepplinger nachdenklich. »Mag sein, dass er hin und wieder da gewesen ist, aber mehr auch nicht.«

»Im Schlafzimmer hingen überall Spinnweben«, erinnerte sich Schwarz. »Komisch.«

Kepplinger sah ihn fragend an.

»Das klingt vielleicht doof«, fuhr Schwarz fort. »Aber man

lebt doch nicht auf der Straße, wenn man die Möglichkeit hat, in einer warmen Stube zu sitzen.«

»Vielleicht war er ständig auf einer Art Geschäftsreise, um seinen Lebensunterhalt zu bestreiten«, mutmaßte Kepplinger.

»Wie soll ich das verstehen?«

»Die wenigen Zeugen, die ihr befragen konntet, sagten, dass Foret selten in Göppingen gewesen sei. Er sei rumgezogen, genauso wie diese mysteriöse Lilly.«

»Das stimmt. Aber warum ausgerechnet jenseits des Rheins?«

»Es könnte doch sein, dass Foret überall herumstreunte, um irgendwie an Geld zu kommen. Ich habe keine Ahnung, wie man das anstellt, aber vielleicht ist es ihm gelungen, in mehreren Ländern finanzielle Unterstützung zu beziehen.«

»Foret war Franzose. Glaubst du, dass er in Deutschland Stütze bekam?«

»Was weiß denn ich«, sagte Kepplinger. »Möglicherweise verdiente er seine Kohle auch nur so wie ein Straßenkünstler, der von einer Stadt in die andere tingelt und in der Fußgängerzone die Hand aufhält.«

»Da kommt doch nichts bei raus.«

»In Stuttgart haben Kollegen an einem Adventssamstag vor ein paar Jahren einen Clochard kontrolliert, der etwas über achttausend Euro Bettlerlohn in der Tasche hatte.«

»Das ist nicht dein Ernst? Dann hänge ich sofort meinen Job an den Nagel«, feixte Schwarz.

»Wahrscheinlich machen wir uns viel zu viel Gedanken, und er wurde das Opfer einer blöden Rangelei unter Betrunkenen.«

»Aber er hatte keinerlei Verletzungen«, widersprach Schwarz.

»Noch entscheidender ist, dass er sich augenscheinlich widerstandslos seinem Schicksal ergeben hat«, sprach Kepplinger aus, was ihn seit dem Vorabend beschäftigte. Er nahm einen Schluck aus einer Wasserflasche und reichte sie seinem Partner. »Möchtest du?«

»Gern«, sagte Schwarz. »Ich glaube, ich habe nichts mehr getrunken, seit …« Er brach mitten im Satz ab, als sei er mit seinen Gedanken in eine unsichtbare Falle getreten.

»Du kannst sie gern austrinken.«

Schwarz trank die Flasche in hastigen Zügen leer. »Danke«, sagte er außer Atem. »Siehst du, nicht einmal daran habe ich heute Morgen gedacht.«

Kepplinger sah ihn fragend an. »Ich weiß nicht, worauf du anspielst.«

»Es war doch klar, dass wir den ganzen Tag unterwegs sein würden. Jeder normale Mensch packt sich da ein wenig Proviant ein.«

»Wir waren in Frankreich und nicht in der Wüste Gobi.«

»Du weißt genau, was ich meine.«

»Meine Glaskugel ist in Reparatur«, scherzte Kepplinger. »Aber im Ernst, ich finde nichts Komisches daran, ohne Proviant ins Elsass zu fahren, wo man sich an jeder Ecke etwas kaufen kann.«

»Das meine ich doch gar nicht«, druckste Schwarz herum. Kepplinger bemerkte, dass er den Tränen nahe war. »Ich habe total versagt vorhin und keine Erklärung dafür.«

Kepplinger deutete auf ein Hinweisschild. »Fahr da mal raus. Ich muss pinkeln. Und dann sprechen wir.«

Es war nicht zu fassen. Noch einmal durchstöberte sie aufgewühlt Mantel, Hose und Ledertasche, obwohl ihr längst klar war, dass der Schlüssel fehlte. Sie lehnte sich erschöpft gegen die Postfächer. Ihr Herz schlug bis zum Hals. Der Druck in ihrer Brust verstärkte sich nach jedem Atemzug.

Verzweifelt schlug sie gegen das Türchen mit der Nummer 603, hinter dem sich ihr Leben befand und zu dem ihr der Zugang verwehrt war. Wo konnte ihr der dämliche Schlüssel abhandengekommen sein?

Sie fasste sich an die Stirn und dachte krampfhaft darüber nach, wann sie ihn zum letzten Mal in den Händen gehalten hatte. Schließlich gelangte sie zu der Überzeugung, dass es am vergangenen Freitag gewesen sein musste, nachdem sie ihre Unterlagen vor dem Besuch bei der Agentur entnommen hatte. Für gewöhnlich hütete sie den Schlüssel wie ihren Augapfel. Vermutlich waren die Ereignisse am Wochenende dafür verantwortlich. Ihr neuerlicher Wutausbruch und der Mann, der sie in diese Situation hineinmanövriert hatte, sodass ihr am Ende nichts anderes übrig geblieben war, als ihn zu töten.

Sie ging den Weg zurück, den sie gekommen war. Den Blick starr auf den Boden gerichtet. Ein paarmal stieß sie mit Passanten zusammen, die ängstlich zurückwichen, als sie bemerkten, wie sie mit stierem Blick einer unsichtbaren Fährte nachstellte.

In der Agentur wagte sie sich bis vor das Büro der Sekretärin, beschloss aber, zuerst alle anderen Möglichkeiten in Erwägung zu ziehen.

Ruhelos suchte sie Zentimeter für Zentimeter jener Wegstrecke ab, die sie den Tag über gegangen war. Sie wählte die Nummer des Busunternehmens, mit dem sie am Morgen in die Stadt gekommen war. Ein Mitarbeiter notierte sich die Uhrzeit und versprach, sich zu kümmern. Den Tränen nahe konstatierte sie, dass es nunmehr keine andere Möglichkeit mehr gab, als in der Wohnung nachzusehen. Aber dafür musste sie bis zum Einbruch der Dunkelheit warten.

Sie setzte sich auf einen kalten Steinabsatz in der Fußgängerzone und kaute an einem trockenen Brötchen. Plötzlich wurde ihr schwindelig. Zuerst vermutete sie die Ursache in der Aufregung, aber dann bemerkte sie, wie ihre Hände anfingen zu zittern. Unterzuckert! Fahrig griff sie in ihre Handtasche. Wo waren die verdammten Glukosepastillen?

Vom letzten Vorfall wusste sie, dass ihr kaum eine Minute blieb. Vor wenigen Wochen war sie in der Bahn ohnmächtig geworden. Es war reines Glück gewesen, dass ein Arzt im Abteil gesessen und sofort verstanden hatte.

Panisch riss sie das Zellophan ab, stopfte sich den Traubenzucker in den Mund und wartete mit geschlossenen Augen auf die erlösende Wirkung. Endlich ließ das Herzklopfen nach. Sie schlug die Augen auf, um sich zu orientieren. Gleichzeitig ärgerte sie sich, dass sie so nachlässig mit ihrer Krankheit umging. Ihr war klar, dass sie durch ein solches Versäumnis sterben konnte.

Sie erhob sich und atmete tief durch. Als sie an einem Trinkwasserbrunnen vorbeikam, drängte sich ein ganz anderer Gedanke auf, den sie bislang nicht in Erwägung gezogen hatte:

Was, wenn sie den Schlüssel in jener Nacht dort verloren hatte? Sofort kam ihr der Worst Case dieser Misere in den Sinn.

Wie in Trance beschleunigte sie ihre Schritte. Wenn es tatsächlich so gewesen war, wie sie sich auf dem Weg einredete, hatte sie den letzten Anspruch auf Freiheit verwirkt. Ein für alle Mal.

Als Kepplinger sich erleichtert hatte und zum Wagen zurückkehrte, war Christian Schwarz zu einem Häufchen Elend zusammengesunken. »Ich weiß nicht, was mit mir los war«, sagte er endlich. »Schon als dieser dämliche Hund angerannt kam, war ich außerstande, etwas zu tun.«

Kepplinger schwieg.

»Verstehst du? Ich war wie gelähmt!« Wieder war Schwarz den Tränen nahe. »Und als dann dieser Typ mit seiner Schrotflinte auftauchte, brannten sämtliche Sicherungen durch.« Sein Brustkorb hob und senkte sich, als ob er ein schweres Gewicht stemmen würde.

Kepplinger suchte nach den passenden Worten.

»Ich weiß gar nicht, wie du das machst«, fuhr Schwarz fort. »Ich hatte den Eindruck, dass dich das alles völlig kaltlässt. Und ich scheiß mir vor Angst in die Hosen.«

»Jetzt mach mal langsam«, entgegnete Kepplinger. »Wie oft wurdest du bislang von einem ausgewachsenen Dobermann angegangen?«

»Noch nie.«

»Und wie oft standest du einem Menschen gegenüber, der sein Gewehr auf dich gerichtet hat?«

»Das war das erste Mal.«

»Was hättest du denn gern getan?«

Schwarz überlegte. »Ich weiß es nicht. Jedenfalls nicht wie ein Kaninchen vor der Schlange in Schockstarre verfallen.«

»Und wenn es genau das Richtige war?«

Schwarz schnaubte laut durch die Nase. »Willst du mich auf den Arm nehmen?«

»Manchmal ist es gut, die Füße stillzuhalten. Das ist keine Antwort auf das, was dich quält. Aber vorhin auf dem Bauernhof hast du mit deiner Kaninchenhaltung dazu beigetragen, dass die Sache glimpflich ausging.«

»Ist das dein Ernst?«

»Es ist meine ganz persönliche Einschätzung der Begebenheit«, erwiderte Kepplinger. »Eine falsche Reaktion, und Meunier hätte ein Blutbad angerichtet. Und falls es dich interessiert: Ich hatte die Hosen gestrichen voll.«

Schwarz rang sich ein Lächeln ab. »Das glaube ich dir nicht.«

»Hör mal, glaubst du, mich lässt das kalt, wenn mir jemand eine Knarre an den Schädel hält?« Kepplinger spürte, wie ihn das Geschehen einholte. So war es immer gewesen: Die Angst kam erst später, wie ein Seebeben, das die Seismografen viel zu spät registrierten. Dann, wenn bei einem Einsatz wieder einmal alles gut gegangen war, fegte sie wie ein wütender Orkan durch sein Unterbewusstsein. Übermächtige, furchterregende Wellen, die ihm bei jedem neuen Anlauf vor Augen führten, was alles hätte schiefgehen können. Immer und immer wiederkehrende Alpträume, die sich im Lauf der Jahre miteinander vermengt und deren Intensität ständig zugenommen hatte.

Noch halten die Deiche, dachte Kepplinger. Die Frage war nur, wie lange. Das Klingeln seines Mobiltelefons riss ihn aus dem Strudel seiner wirren Gedanken. Es war Salvatore Falcone.

»Moritz, wo seid ihr denn?«

»Was gibt's?«

»Wir würden uns um fünf zu einer etwas größeren Gesprächsrunde treffen. Mit Staatsanwalt, Direktionsleiter und ein paar anderen VIPs.«

»Aus welchem Grund?«

»*Compagno*, ihr habt einen Hund erschossen! Hier laufen die Telefone heiß. Presse- und Tierschutzverbände rennen uns die Bude ein.«

»Das kauf ich dir nicht ab.«

Falcone lachte lauthals in den Apparat. »Gib wenigstens zu, dass du im ersten Moment kalte Füße bekommen hast.«

»Ich zittere wie Espenlaub.«

»Jetzt im Ernst«, sagte Falcone. »Es gibt angeblich interessante

Neuigkeiten, und das mit unseren Ehrengästen stimmt tatsächlich.«

»Na, dann schieß mal los.«

»*Merda!* Ich hab doch auch keine Ahnung, um was es geht. Niemand weiß irgendwas.«

Kepplinger sah auf die Uhr. »Wir sind pünktlich da. Könntest du uns etwas zu essen besorgen?«

»*Certo!* Was darf's denn sein?«

Kepplinger warf einen Blick auf die Fahrerseite. Schwarz zuckte nur mit den Schultern.

»Egal«, sagte Kepplinger. »Ein paar belegte Brötchen.«

»Wird gemacht.«

»Gibt es sonst etwas Neues?«

»Lea ist seit heute Mittag im Boot.«

»Gut.« Sofort meldete sich Kepplingers schlechtes Gewissen. Er hatte sich noch immer nicht bei ihr gemeldet. Spätestens morgen, oder besser nach der Zusammenkunft, musste er ihr die Funkstille erklären. »Wisst ihr was von Ackermann?«

»Sylke hat vorhin angerufen. Es geht ihm nicht besonders gut.«

»Erzähl schon.«

»Angeblich hat er sich eine Hantavirus-Infektion eingefangen.«

»Davon habe ich noch nie gehört.«

»Wenn ich sie richtig verstanden habe, wird der Erreger via Mäusekot übertragen.«

»Wie soll sich Markus bitte schön damit infiziert haben?«

»Man atmet das Virus ein«, erklärte Falcone. »Es genügt, sich im Wald zu bücken, um beispielsweise die Schuhe zu binden.«

»Das ist ja Wahnsinn«, sagte Kepplinger. »Und was passiert jetzt mit ihm?«

»Die Ärzte sagen, sie können nichts tun. Es gibt keinerlei Medikamente oder Impfstoffe. Man kann nur die Symptome bekämpfen.«

»Die da wären?«

»Keine leichte Kost, mein Freund. Dieses Drecksvirus ist in der Lage, sämtliche Organe zu zerstören. Am häufigsten sind

Schädigungen der Lunge, und in manchen Fällen kommt es zu einem Nierenversagen. Wenn es ganz blöd läuft, kann eine Infektion sogar …«

»Ich hab schon verstanden«, fiel Kepplinger Falcone ins Wort. Er konnte einfach nicht glauben, was er ihm gerade erzählte, und gleichzeitig kam es ihm völlig abwegig vor, dass man sich in Deutschland mit einer so schwerwiegenden Krankheit anstecken konnte und es keine wirksamen Mittel dagegen geben sollte. Der Umstand, dass er noch nie von diesem Virus gehört hatte, ließ ihn erneut zweifeln. »Und es ist sicher, dass es sich um genau diesen Erreger handelt?«, hakte er nach. »Das klingt doch eher nach einer seltenen Tropenkrankheit.«

»Ich weiß nur, was Sylke mir erzählt hat.«

Sie beendeten das Gespräch. Kepplinger starrte gedankenverloren aus dem Fenster. Wie oft sind wir nur die stummen Betrachter dessen, was in unserem Leben geschieht?, dachte er. In jeder Sekunde kann uns in diesem dämlichen Spiel ein Pik-Ass vor die Beine geworfen werden, und niemand interessiert sich dafür, ob man überhaupt mit von der Partie sein möchte. Heute Morgen bin ich dem Teufel mit etwas Glück zum wievielten Mal von der Schippe gesprungen? Und jetzt steht Markus auf der Planke, wegen eines Virus, an dem vermutlich einer von zehn Millionen Menschen im Jahr erkrankt. Er ärgerte sich, dass er Falcone nicht gefragt hatte, wie hoch die Heilungschancen waren.

In diesem Moment lenkte Schwarz den Wagen auf den Seitenstreifen und trat mit voller Wucht auf die Bremse.

Kepplinger schreckte aus seinen Gedanken hoch. »Was zur Hölle …?«

»Sieh dir mal die beiden an.«

Kepplinger folgte dem Blick seines Kollegen und bemerkte zwei Landstreicher, die voll bepackt auf dem Grenzstreifen, zwischen Überholspur und Mittelleitplanke, gegen die Fahrtrichtung schlenderten. Offenbar belustigt winkten sie den Fahrzeugen zu, die mit weit über hundert Stundenkilometern an ihnen vorbeibrausten.

»Die sind ja nicht ganz bei Trost«, rief Kepplinger und löste den Gurt. »Ruf die Kollegen von der Autobahn. Ich sehe zu, was ich machen kann.« Er stieg aus dem Wagen und rannte einige Meter zurück, bis er sich auf gleicher Höhe befand. Ihm kam es so vor, als ob das Verkehrsaufkommen just in diesem Moment zugenommen hätte.

Die beiden Männer reagierten nicht auf sein Brüllen. Sie befanden sich jetzt am Ende einer lang gezogenen Linkskurve, was zur Folge hatte, dass die Fahrer auf der Überholspur die beiden erst im allerletzten Moment wahrnahmen. Kepplinger blieb beinahe das Herz stehen, als er das Ausweichmanöver eines schweren SUV beobachtete, der um Haaresbreite mit einem Kleinlaster auf der rechten Spur kollidierte.

»Verdammt!«, rief er, während er zum Wagen zurückrannte. Dort angekommen, riss er den Kofferraum auf und klatschte das Blaulicht des Zivilwagens auf das Dach.

»Fahr langsam auf dem Standstreifen zurück!«, rief er erregt. »Und schalt das Horn ein. Das geht nicht mehr lange gut.«

»In Ordnung.« Christian Schwarz legte den Rückwärtsgang ein.

Kepplinger schnappte sich die Anhaltekelle und rannte dem Wagen voraus. Im Laufen streifte er sich eine Warnweste mit der Aufschrift »Polizei« über. Es dauerte eine Ewigkeit, bis sie die beiden wieder eingeholt hatten. Er ärgerte sich darüber, dass die Autofahrer weder auf ihn noch auf die Warnsignale des Wagens reagierten und stattdessen ihre Fahrt mit unverminderter Geschwindigkeit fortsetzten.

Endlich zeigten die Landstreicher eine Reaktion auf seine Bemühungen und deuteten an, die Fahrbahn überqueren zu wollen. Kepplinger kreuzte die Arme vor dem Körper und brüllte wie am Spieß, um sie von ihrem Vorhaben abzubringen. Schließlich folgten sie seinen Anweisungen und setzten sich auf die sichere Innenseite, zwischen die Leitplanken.

Kepplinger ging zum Wagen. »Los, steig aus!«, forderte er Schwarz auf.

»Was hast du vor?«

»Keine Zeit für Erklärungen«, rief Kepplinger und kletterte auf den Fahrersitz. »Bleib du hier. Die beiden sollen sich nicht von der Stelle rühren!«

Schwarz zuckte nur mit den Achseln.

»Schon wieder so ein gottverdammtes Himmelfahrtskommando«, fluchte Kepplinger, während er mit hoher Geschwindigkeit zurücksetzte. Etwa einen halben Kilometer entfernt wartete er auf eine günstige Gelegenheit, sich wieder in den Verkehr einzureihen. Dann schaltete er die Warnblinkanlage ein und drückte aufs Gaspedal.

Nachdem es die Geschwindigkeit zuließ, fing er an, zwischen den beiden Fahrspuren hin- und herzupendeln wie ein Formel-1-Fahrer, der seine Reifen in der Aufwärmrunde auf Temperatur halten will. Gleichzeitig verlangsamte er mit jedem Meter das Tempo. Ein paar Wagemutige deuteten an, ihn überholen zu wollen, brachen das Manöver jedoch ab, als sie das Blaulicht entdeckten.

Schließlich gelang es Kepplinger, wenige Meter vor Schwarz den Verkehr zum Stillstand zu bringen. Er sprang völlig nass geschwitzt aus dem Wagen und zerrte die beiden Männer auf die Rückbank. Auf der gegenüberliegenden Seite raste der Streifenwagen der Autobahnpolizei vorüber.

Schwarz lenkte ihr Fahrzeug wieder auf den Standstreifen. Zögernd setzte sich der Verkehr in Bewegung. Kepplinger bemerkte im Augenwinkel, wie der kurze Stopp einen wohl kilometerlangen Stau verursacht hatte.

»Ganz schön riskante Aktion«, kommentierte wenig später einer der Autobahnpolizisten auf einem Streichholz kauend ihr Vorgehen.

Kepplinger reagierte brüsk. »Wie hätte John Wayne denn die Situation bereinigt?«

Der Kollege zog die Augenbrauen nach oben. »Wie bitte?«

Christian Schwarz stellte sich zwischen die beiden Streithähne. »Moritz! Beruhige dich, bitte.«

»Wäre euch eine Massenkarambolage mit ein paar Toten lieber gewesen?«, rief Kepplinger wütend.

Schwarz drängte ihn zu ihrem Wagen.

Kepplinger spürte, wie das Zutun des Kollegen seine Streitlust schwächte. Gleichzeitig ärgerte er sich über seinen Aussetzer.

Für gewöhnlich hätte er völlig relaxed auf eine derartige Provokation reagiert.

Mit einem Mal hatte er das brennende Verlangen, allein zu sein. Weit weg von dem ganzen Wahnsinn, den ihm sein Berufsleben ständig bescherte. Weit weg von den Menschen, mit denen er tagtäglich zu tun und deren Gesellschaft er sich nicht ausgesucht hatte.

Er setzte sich in den Wagen, schlug die Tür zu und drehte das Radio auf volle Lautstärke. Später auf der Weiterfahrt, nachdem Schwarz die notwendigen Formalitäten erledigt hatte, sprach er lange kein Wort. Erst als sie die Autobahn verließen, bat er seinen Kollegen darum, ihm von seinen Tauchgängen im Pazifik zu erzählen.

Während Schwarz von seinen Erlebnissen schwärmte, fiel Kepplinger etwas ganz anderes ein. »Mist!«, rief er laut.

Schwarz fuhr vor Schreck über die Mittellinie. Zum Glück ohne Folgen. »Was ist los?«

»Wir haben vergessen nachzuhaken, ob Gabriéls Kollege etwas in Erfahrung gebracht hat.«

»Jacques?«

»Genau der.«

Der verdammte Schlüssel! Die Sorge, dass er womöglich doch während des Gerangels im Schlosspark verloren gegangen war, saß ihr wie ein Stachel im Fleisch, obwohl vieles dagegensprach. Wäre er der Polizei in die Hände gefallen, hätten die Ermittler längst die Besitzverhältnisse des Schließfachs in Erfahrung gebracht. Dann wäre es ein Leichtes gewesen, die Zusammenhänge zu erkennen. Konnte es einen Grund dafür geben, dass die Kripo eine solche Spur vernachlässigte?

Sie würde abstreiten, jemals in diesem Park gewesen zu sein. Es war doch denkbar, dass ihr jemand den Schlüssel gestohlen hatte. Oder besser noch den ganzen Mantel mitsamt dem Schlüssel.

Die Idee gefiel ihr. Gleich am nächsten Morgen würde sie das Kleidungsstück in der Nähe des Parks in einen öffentlichen Mülleimer stopfen oder an einer abgeschiedenen Stelle auf dem

Boden ablegen. Dann würde man annehmen, ein Penner hätte ihn geklaut. Sie wusste auch schon, wie es sich zugetragen hatte. Wie sie nach ihrem Termin bei der Agentur für Arbeit am vergangenen Freitag für längere Zeit mit einer Magenverstimmung auf der Toilette gesessen und danach vor einem leeren Garderobenständer gestanden hatte. Dass sie den Diebstahl deswegen nicht zur Anzeige gebracht hatte, weil sie den Mantel ohnehin vor dem Wintereinbruch durch einen neuen ersetzen wollte und davon ausgegangen war, dass sich keinerlei Gegenstände in den Taschen befunden hätten. Wie sie sogar froh gewesen war, dass das in die Jahre gekommene Kleidungsstück einem armen Menschen Wärme spenden würde.

Je länger sie darüber nachdachte, umso plausibler kam ihr diese Geschichte vor. Sie musste lächeln, als sie sich die verständnisvollen Gesichter der Polizeibeamten vorstellte.

Wieder drängte sich ein anderer Gedanke in ihr Bewusstsein. Was, wenn die Polizei auf die Idee kam, den Inhalt des Postfachs zu überprüfen? Gab es dafür überhaupt eine Rechtsgrundlage? Die Vorstellung schnürte ihr die Kehle zu. In den Unterlagen befanden sich ihre alten Tagebücher und damit eine Zurschaustellung ihres gesamten Daseins.

Mit einem Mal bereute sie es bis aufs Blut, jemals damit angefangen zu haben, ihr Leben mit Worten verstehen zu wollen. Wie hatte sie nur so dumm sein können?

Sie spürte, wie sich ihre Wut gegen sich selbst richtete. Würde sie am Ende in der blutigen Schlacht der Dämonen ihres Innenlebens selbst zugrunde gehen? Ihre Erbitterung steigerte sich ins Grenzenlose, ließ sie die bekannten Stimmen hören, die sie aufforderten, ihrem Leben ein Ende zu bereiten. Die weichen Töne, die sie schon immer wie Sirenen zu umgarnen versuchten und die ihr schwach und feige vorkamen. Aber an diesem Abend mühten sie sich fordernder als sonst. Verlockender. Bedeutete nicht am Ende der Tod die vollkommene Freiheit? *Libertas.* Erst recht, wenn man aus freien Stücken den Tag und die Stunde selbst bestimmte?

Dann gewann eine andere Stimme die Oberhand. Ein starker und wortgewaltiger Tenor, der eine Bestrafung forderte.

Ein Exempel, um aller Schwachheit ein für alle Mal Einhalt zu gebieten.

Entschlossen trat sie an ihren Schreibtisch und suchte nach einer Stecknadel. Anschließend verschloss sie die Zimmertür, stopfte sich einen Slip in den Mund und wickelte sich Paketklebeband um den Kopf, sodass sie gerade noch durch die Nase atmen konnte. Entschlossen folgte sie den Forderungen der Stimme.

Im Schein der Nachttischlampe positionierte sie die Nadelspitze unter ihrem linken Daumennagel, fixierte die Nadel mit den Fingern der anderen Hand und drückte den Handrücken gegen die Bettkante. Ohne innezuhalten, presste sie ihren linken Ellenbogen gegen ihr Becken. Dann stieß sie sich mit einem einzigen Ruck nach vorn.

Ihr letzter Sinneseindruck war, dass ihr jemand bei lebendigem Leib den Arm ausgerissen hatte. Dann wurde sie von einer übermächtigen Welle in ein Meer aus Schmerzen geschleudert.

Der Zwischenfall auf der Autobahn hatte ihnen eine Verspätung von knapp einer Stunde beschert, obwohl Kepplinger sämtliche Verkehrsregeln ignoriert hatte. Um Viertel vor sechs stürmten die beiden Männer die Treppen der Polizeidirektion nach oben.

Franziska passte sie im zweiten Stock ab. »Da seid ihr ja endlich. Brandstätter hat getobt wie ein Stier, obwohl der Staatsanwalt auch erst vor ein paar Minuten aufgetaucht ist.«

Kepplinger zuckte mit den Schultern. *»Shit happens!«*

Franziska reichte ihm eine Plastiktüte.

»Was ist das?«

»Eure Sandwiches, Salvatore war extra bei Subway.« Franziska klemmte sich einen ganzen Pack Stenoblöcke unter den Arm und schloss sich den beiden an.

»Hast du vor, einen Roman zu schreiben?«, fragte Kepplinger.

»Brandstätter meinte, dass es heute spät werden könnte«, erwiderte Franziska.

»Da bin ich aber gespannt.« Kepplinger drückte die Türklinke des Tagungsraums nach unten.

»Und was haben Sie bislang herausgefunden?« In der Stimme

des Staatsanwalts schwang ein vorwurfsvoller Unterton mit. »Immerhin sind seit dem Mord zweieinhalb Tage vergangen.«

Moritz Kepplinger nahm sofort die gespannte Stimmung in der Runde wahr und setzte sich leise auf einen freien Platz neben Anja Kober.

»Nun … ähh!«, antwortete Brandstätter zögerlich. »Wir dürfen nicht vergessen, dass gestern Sonntag war und die französischen Kollegen –«

»Ich war das ganze Wochenende über erreichbar«, unterbrach ihn der Staatsanwalt. »Und zufällig kenne ich ein paar führende Ermittler bei der Police Nationale. Sie hätten mich anrufen können!«

»Das war mir nicht bewusst«, entschuldigte sich Brandstätter.

»Um es kurz zu machen: Wir haben bislang keinen nennenswerten Fahndungserfolg zu verzeichnen«, mischte sich der Leiter der Göppinger Polizeidirektion in die Diskussion ein. »Was nicht zuletzt daran liegt, dass wir reformbedingt bereits jetzt viel zu wenige Leute haben.«

Brandstätter schoss das Blut in den Kopf. Kepplinger traute seinen Ohren nicht. Dieses Argument war seiner Meinung nach völlig deplatziert. Bislang war die Anzahl der Ermittler in diesem Fall das kleinste Problem gewesen. Der Umstand, dass Markus Ackermann im Krankenhaus lag, war vor allem deswegen ein schwerer Schlag für die Inspektion, weil er ein hervorragender Kriminalist war.

Kepplinger ließ seinen Blick über die versammelte Mannschaft gleiten. Alle, bis auf den erkrankten Kollegen, waren da. Auf der gegenüberliegenden Seite entdeckte er Lea und blinzelte ihr zu. Sie erwiderte seinen Gruß, richtete ihre Aufmerksamkeit aber im nächsten Moment wieder auf die Diskussion. Sie ist beleidigt, dachte Kepplinger. Gleich nach der Besprechung werde ich mich erklären.

»Für die Reformen kann ich nichts«, sagte der Staatsanwalt achselzuckend. »Aber wir haben es hier mit einem Mordfall zu tun, und wenn Sie dabei von Ihrem künftigen Präsidium in Ulm keine Unterstützung bekommen, verstehe ich die Welt nicht mehr.«

»Es ist so, wie ich es Ihnen gesagt habe«, verteidigte sich der Direktionsleiter kleinlaut.

»Ihre Sache«, antwortete der Staatsanwalt gleichgültig. »Kommen wir auf den Fall und die vermeintlichen Schwierigkeiten mit Frankreich zurück. Wo liegt denn nun der Hase im Pfeffer?«

»Soviel ich weiß, waren heute zwei Kollegen der Inspektion dort«, antwortete der Leiter der Polizeidirektion mit Blick auf Brandstätter.

»Na, dann erzählen Sie doch«, forderte der Staatsanwalt. »Lassen Sie sich doch nicht jedes Wort aus der Nase ziehen.«

Kepplinger gefiel der herablassende Tonfall des Mannes nicht. Er ärgerte sich darüber, dass er nicht die Möglichkeit gehabt hatte, seine Kollegen vor dessen Eintreffen über die Vorfälle in Mulhouse zu unterrichten. Aber dafür war es jetzt zu spät. Er meldete sich zu Wort und berichtete in knappen Sätzen von dem windschiefen Haus, das Henry Foret gemietet hatte, und dem wenigen, das sie über den Toten in Erfahrung gebracht hatten. Die Sache mit dem Hund und den Zwischenfall mit Forets schießwütigem Vermieter ließ er unerwähnt. Genauso den Vorfall auf der Autobahn.

Der Staatsanwalt sah ihn stirnrunzelnd an. »Das ist nicht viel, Herr …?«

»Kepplinger«, sagte Brandstätter.

»Wie dem auch sei, ich will Sie nicht länger auf die Folter spannen«, fuhr der Staatsanwalt fort. »Aber zuvor muss ich Sie auf Weisung meines Vorgesetzten darauf hinweisen, dass die folgenden Informationen absolut vertraulich zu behandeln sind. Habe ich mich klar und deutlich ausgedrückt?«

Niemand sagte etwas. Kepplinger fand diese förmliche Belehrung sonderbar, schließlich saßen lauter erfahrene Polizisten im Raum. Er spürte, wie sich Widerstand in ihm breitmachte, und war kurz davor, seine Missstimmung kundzutun, als der Staatsanwalt fortfuhr.

»Dann werte ich Ihr Schweigen als Zustimmung und darf Ihnen mitteilen, dass ich heute Mittag von höchster Stelle darüber informiert wurde, dass der Getötete über mehrere Wertpapierdepots mit einem Gesamtvermögen von …«, er beugte sich mit zusammengekniffenen Augen über eine Notiz, »… sage und schreibe 643.521 Euro verfügte.«

Ein Raunen ging durch den Raum wie nach einer verpassten Torchance bei einer Fußballweltmeisterschaft.

»Beruhigen Sie sich«, mahnte der Staatsanwalt mit erhobenem Zeigefinger. »Und lassen Sie mich die Umstände erläutern.«

Kepplinger malte die unvorstellbare Summe auf einen Notizzettel. Das war verdammt viel Geld für jemanden, der auf der Straße und in einer vergammelten Abbruchbude gelebt hatte. Langsam kehrte Ruhe ein.

»Wie Sie wissen, trug der Ermordete eine Kundenkarte der französischen Consorsbank und deren Mutterunternehmen BNP Paribas bei sich. Bei der Überprüfung der Kontodaten erhielten wir auf Anfrage bei der deutschen Privatkundenniederlassung in Nürnberg den vertraulichen Hinweis auf die Geldeinlagen dieses Henry Foret und einer gewissen Ella Jankovic.«

Kepplinger schrieb eifrig mit. Schon jetzt ahnte er, dass er die Tragweite des Falls unterschätzt hatte. Auf der Rückfahrt hatte er den Beschluss gefasst, die Ermittlungen auf die Obdachlosenszene zu konzentrieren. Natürlich lag es immer noch im Bereich des Möglichen, dass der Täter aus dem Milieu stammte. Aber von nun an mussten sie von einem völlig anderen Ansatzpunkt aus denken und alle bisherigen Theorien ganz neu aufrollen.

Kepplinger lenkte seine Aufmerksamkeit wieder auf die Ausführungen des Staatsanwalts.

»Beide, also Foret und Jankovic, sind zu gleichen Anteilen Verfügungsberechtigte über die Depots. Einzahlungen und Ankäufe können – Verzeihung – konnten von beiden Bevollmächtigten selbstständig getätigt werden, wohingegen Auszahlungen oder die Auflösung der Depots nur bei gemeinsamem persönlichen Erscheinen möglich war. So jedenfalls wurden die Vollmachten vor knapp acht Jahren beurkundet.«

»Was wissen wir über Ella Jankovic?«, wollte Kepplinger wissen.

»Nur dass sie bei Vertragsunterzeichnung dieselbe Wohnadresse wie Foret angegeben hat.«

»Was?« Kepplinger richtete sich schlagartig auf. »Das ist unmöglich. Meunier, der Vermieter, war überzeugt, dass Foret so gut wie nie Besuch hatte. Wenn, dann waren es Prostituierte, die ihm für ein paar Stunden Gesellschaft leisteten.«

»Dazu kann ich nichts sagen. Es ist Ihr Job, herauszufinden, was es mit dem Mord, dieser Frau und dem Geld auf sich hat«, erwiderte der Staatsanwalt lächelnd. »Und dies möglichst zügig, wenn ich bitten darf. Ich brauche Ihnen wohl nicht zu erklären, dass sich die Medien wie ein Rudel hungriger Wölfe auf diesen Fall stürzen werden.«

»Noch weiß ja niemand von dem Geld«, sagte Wolfgang Herder.

»Der Teufel ist ein Eichhörnchen«, erwiderte der Staatsanwalt grimmig.

»Lilly!«, sagte Salvatore Falcone und zog mit einem Schlag sämtliche Augenpaare auf sich. »Von ihr gibt es doch eine Personenbeschreibung.«

»Die auf ungefähr alle Frauen um die fünfzig zutrifft«, knurrte Brandstätter.

»Aber nicht auf solche, die auf der Straße leben«, erwiderte Falcone.

»Von wem reden Sie da, wenn ich fragen darf?«, erkundigte sich der Staatsanwalt.

»Forets Bekannte wurde von mehreren Obdachlosen als gepflegt, nahezu damenhaft beschrieben«, erklärte Brandstätter. »Es dürfte nicht allzu schwierig sein, sie im Rahmen einer Fahndung ausfindig zu machen.«

»Moment mal«, fuhr Kepplinger dazwischen. »Wir können doch nicht einfach voraussetzen, dass Lilly und Ella Jankovic ein und dieselbe Person sind.«

»*Madonna mia* – natürlich nicht!«, empörte sich Falcone. »Aber es wäre doch möglich. Und wenn wir herausbekommen, dass sie es nicht ist, wären wir genauso einen Schritt weiter.«

Kepplinger nickte.

Der Staatsanwalt erhob sich ungeduldig von seinem Platz. »Dann würde ich die Damen und Herren jetzt allein lassen. Es sei denn, Sie haben noch eine Frage.«

Das war nicht der Fall.

»Gut«, meinte der Staatsanwalt. »Zwei Dinge möchte ich zum Schluss klarstellen: Sämtliche Anfragen an die Bank laufen über meinen Schreibtisch, und wenn jemand in dieser Sache gegen den Grundsatz der Amtsverschwiegenheit verstößt, leite ich persönlich ein Disziplinarverfahren ein, das sich gewaschen hat. Ich hoffe, Sie haben mich verstanden.«

»Unfassbar«, entfuhr es Kepplinger.

Seine Reaktion weckte das Interesse des Staatsanwalts. »Wollten Sie etwas sagen, Herr …?«

»… Kepplinger«, entgegnete Kepplinger unerschrocken. »Ich empfinde es als unangemessen, uns zu drohen. Das habe ich gesagt.«

Der Staatsanwalt setzte ein mitleidiges Lächeln auf. »Sehen Sie es mir nach, Herr Kepplinger. Aber davon verstehen Sie nichts. Ich habe schon Pferde kotzen sehen, und ich lasse mir von Ermittlungsbeamten nicht vorschreiben, wie ich meine Arbeit zu machen habe. Sie haben nicht die geringste Ahnung, was passiert, wenn diese Information durchsickert. Und falls Sie glauben, dass ich wegen eines geschwätzigen Polizisten die Robe ausziehe, haben Sie sich getäuscht. Und jetzt würde ich vorschlagen, dass wir hier nicht unsere Zeit verplempern und Sie sich um eine rasche Aufklärung des Falls bemühen.«

Daher weht also der Wind, dachte Kepplinger, während der Staatsanwalt grußlos den Besprechungsraum verließ. Der Leiter der Polizeidirektion eilte ihm hinterher, nicht ohne Kepplinger einen missbilligenden Blick zuzuwerfen.

»Das wird ein Nachspiel haben, Kepplinger«, sagte Brandstätter, nachdem sie wieder unter sich waren. »Musste das sein?«

»Wenn er nichts gesagt hätte, wäre mir der Kragen geplatzt«, brummte Herder. »Was bildet sich dieser Schnösel eigentlich ein?«

Kepplinger hob überrascht die Augenbrauen ob dieser unerwarteten Schützenhilfe des ansonsten so konservativen Kollegen. Sofort entbrannte eine hitzige Diskussion über den Auftritt des Staatsanwalts, in der Brandstätter letztlich mit dem Rücken zur Wand stand, da er beharrlich versuchte, das Verhalten des Anklagevertreters schönzureden.

Schließlich wurde es Kepplinger zu viel. Er stand auf, öffnete ein Fenster und schlug vor, die Diskussion zu beenden und sich nach einer kurzen Pause wieder mit dem Fall zu befassen. Der Vorschlag wurde von allen dankbar angenommen.

Kepplinger verschwand auf die Toilette. Dort angekommen, musste er unvermittelt an Markus Ackermann denken. Wie hilflos und erschöpft er auf dem Boden gelegen hatte.

»Verdammt!«, fluchte Kepplinger. »Ich verschwende hier meine Zeit mit fruchtlosen Diskussionen, während er um sein Leben kämpft.« Er rannte in sein Büro und versuchte, Ackermanns Ehefrau zu erreichen, aber niemand nahm den Hörer ab. Kepplinger wählte die Nummer des Krankenhauses. Als er endlich einen Arzt am Telefon hatte, erfuhr er bloß, dass er auf diese Weise keine Auskunft erhalten würde.

»Ich weiß ja nicht, wer Sie sind«, rechtfertigte sich der Mediziner.

»Das kann ich verstehen«, entgegnete Kepplinger, wohl wissend, dass dies die gängige Praxis war. »Aber Sie könnten mich auf meinem dienstlichen Telefon zurückrufen. Nochmals, ich bin Polizeibeamter und arbeite mit Herrn Ackermann in derselben Inspektion.«

»Das darf ich leider nicht. Es tut mir leid.«

»Mir auch«, erwiderte Kepplinger und knallte den Hörer auf den Apparat.

Sie musste das Bewusstsein verloren haben. Langsam kehrten die Erinnerungen zurück. Die Nadel steckte noch immer mit der gesamten Länge im Nagelbett ihres Daumens. Die Schmerzen waren beinahe unerträglich. Sie riss sich das Paketband vom Kopf und würgte den Knebel aus dem Mund. Ihre Stirn glühte wie eine Herdplatte.

Sie stellte sich vor, wie der Kampf der Dämonen in ihrem Inneren in ein entscheidendes Finale eingetreten war. Noch wehrte sich alles Feigherzige, den Körper zu verlassen, und bescherte ihr dieses höllische Brennen, das vom Daumen ausging und bis unterhalb der Brust ausstrahlte. Jetzt nur nicht aufgeben. Bald würde es vorüber sein.

Gierig trank sie aus einer Wasserflasche und entledigte sich ihrer Kleidung. Anschließend rollte sie sich auf dem kalten Steinboden wie ein Embryo zusammen. So waren die Schmerzen am erträglichsten. Wenig später zogen sich die pulsierenden Qualen fluchtartig zurück, als ob sie einem höheren Befehl folgen würden. Sie atmete erleichtert auf. Ein Gefühl der Stärke durchflutete sie wie klares Quellwasser. Sie hatte sich selbst besiegt!

Mit einem Gefühl des Triumphes entfernte sie die Nadel und verstaute sie sorgfältig in einer Schmuckschatulle. Morgen würde sie sich des Inhalts ihres Postfachs bemächtigen und alle Tagebücher verbrennen. Sie dachte darüber nach, mit neuen Aufzeichnungen zu beginnen. Dem Tagebuch einer Kriegerin, in dem es keine Passagen der Schwäche mehr geben würde. Jetzt fühlte sie sich bereit für den Kampf gegen die Ungerechtigkeit in ihrem Leben und jeden, der es künftig wagen würde, sich ihr in den Weg zu stellen.

Wie befürchtet saßen die Kollegen bereits auf ihren Plätzen und warteten ungeduldig auf seine Rückkehr.

»Ich habe versucht, etwas über Ackermanns Gesundheitszustand in Erfahrung zu bringen«, entschuldigte sich Kepplinger. »Leider ohne Erfolg.«

Als Reaktion machte sich ein betretenes Schweigen breit.

Kepplinger nahm die Betroffenheit in der Runde wahr. Dieselbe Sorge über dieses unheimliche Virus, das sich im Körper des Kollegen eingenistet hatte. In gewisser Weise lähmt das Virus sogar unsere Ermittlungen, kam ihm in den Sinn.

Nachdem weder Brandstätter noch sonst jemand Anstalten machte, die Diskussion wieder in Gang zu bringen, sah sich Kepplinger dazu genötigt, etwas zu sagen. »Es ist tragisch, was mit Markus geschieht.« Er rang nach Worten. »Und mir ist klar, dass es schwierig werden wird, unter diesen Umständen zu arbeiten.«

Kepplinger spürte, wie wenig seine Worte die Kollegen erreichten. Aber was blieb ihnen übrig, als das Beste zu hoffen?

»Trotzdem dürfen wir den Fall, gerade jetzt, nicht aus den

Augen verlieren.« Er legte nachdenklich seinen Stift zur Seite. »Es ist doch so: Markus zieht uns das Fell über die Ohren, wenn wir ihm nach seiner Genesung einen ungelösten Fall präsentieren.«

Die Stimmung besserte sich schlagartig, einige der Kollegen schmunzelten bei der Vorstellung.

»Ebbene«, sagte Falcone. »Womit fangen wir an?«

»Ich schlage vor, dass wir uns auf die Suche nach Lilly machen«, schlug Kepplinger vor. »Und gleichzeitig müssen wir alles über diese Mitinhaberin der Depots in Erfahrung bringen. Möglicherweise handelt es sich ja tatsächlich um dieselbe Person.«

»Wissen wir, wie alt diese Ella Jankovic ist?«, fragte Lea.

Brandstätter warf einen Blick auf die Ermittlungsakte, die ihm der Staatsanwalt überlassen hatte. »Jahrgang '61.«

»Das könnte schon mal passen«, sagte Falcone. »Ihr werdet sehen, am Ende habe ich recht mit meiner Vermutung.«

In der folgenden Stunde erstellten sie einen Plan, wie die Suche nach Lilly und Ella Jankovic am effektivsten erfolgen konnte. Noch am selben Abend würde ein Fahndungsaufruf an sämtliche Dienststellen im Bundesgebiet und ins benachbarte Ausland erfolgen. Parallel hierzu würden im gesamten Stadtgebiet erneut Zeugenbefragungen im einschlägigen Milieu durchgeführt werden.

Zu Kepplingers Überraschung erkämpfte sich Brandstätter in einem hitzigen Telefonat mit dem Dienststellenleiter die Zusage, jeden verfügbaren Streifenwagen samt Besatzung dafür einsetzen zu dürfen. Christian Schwarz und Wolfgang Herder machten sich unmittelbar nach diesem Besprechungspunkt daran, Fotos und Personenbeschreibungen der Gesuchten zu vervielfältigen sowie eine sinnvolle Aufteilung der knapp dreißig erwarteten Unterstützungskräfte vorzunehmen.

Unterdessen diskutierte die Ermittlungsgruppe über den ungeheuren Geldbetrag, der aus Kepplingers Sicht eine neue, wenngleich auch noch völlig unbekannte Motivlage generierte.

»Wir müssen unbedingt herausfinden, ob Ella Jankovic nach dem Tod ihres Partners allein über die Depots verfügen kann«, sagte Kepplinger. »Wenn dem so ist, kommt sie natürlich als Täterin in Betracht, was aber aus meiner Sicht völlig dilettantisch wäre.«

»Wieso denn?« Lea sah ihn fragend an. »Angenommen, sie agiert unter falschem Namen und womöglich sogar aus dem Ausland, könnte sie doch jederzeit aus der Illegalität auf die Einlagen zugreifen.«

»Daran habe ich nicht gedacht«, räumte Kepplinger ein. »Ergo müssen wir unbedingt veranlassen, dass die Bankangestellten sofort die Polizei alarmieren, sollte sich jemand für das Vermögen interessieren oder gar eine Auszahlung verlangen.«

Brandstätter machte sich eine Notiz. »Ich werde mit dem Staatsanwalt darüber sprechen.«

»Weiß eigentlich jemand, wie das funktioniert?«, meldete sich der junge Nils Schubart zu Wort. »Ich meine, ob man solche Wertpapierdepots von jetzt auf gleich wieder für Bares verkaufen kann?«

»Davon müssen wir ausgehen«, meinte Brandstätter. »Das ist doch nichts anderes als eine Aktieneinlage.«

»Aber wir wissen es nicht«, gab Kepplinger zu bedenken. »Nils hat recht. Vielleicht sollten wir jemanden vom Wirtschaftsdezernat hinzuholen.«

»Ackermann hätte so etwas gewusst«, warf Falcone stirnrunzelnd ein.

»Markus steht uns aber im Moment nicht zur Verfügung«, entgegnete Kepplinger forsch, um die konzentrierte Atmosphäre nicht aufs Spiel zu setzen. Er entschied, ein anderes Thema anzuschneiden.

»Was haltet ihr davon, wenn wir eine Belohnung aussetzen?«, fragte er in die Runde. »Wenn der oder die Täter aus dem Milieu stammen, könnte man damit vielleicht jemanden aus der Reserve locken.«

»Gibt es unter Obdachlosen nicht so etwas wie einen Ehrenkodex?«, warf Anja Kober in die Runde. »Dass man sich beispielsweise nicht gegenseitig anschwärzt?«

»Doch nicht bei Mord und Totschlag«, meinte Falcone.

»Warum denn nicht?«, erwiderte Kepplinger. »Vor allem Polizisten sind doch die natürlichen Gegenspieler all derjenigen, die auf der Straße leben.«

»Foret war unbeliebt in der Szene«, sagte Schubart. »Welches Interesse sollte also jemand haben, einen Tatverdächtigen zu verpfeifen.«

»Eigentlich ist es doch egal, aus welchem Grund sich ein potenzieller Zeuge, falls es den überhaupt gibt, bislang noch nicht gemeldet hat«, warf Lea beschwichtigend ein. »Ich finde auch, dass Geld in diesem Fall der richtige Köder sein könnte.«

»Jedenfalls eher, als diesen Menschen zu drohen«, sagte Anja Kober.

Kepplinger forderte eine Abstimmung. Die Mehrheit schloss sich der Forderung an. Nur Herder und Brandstätter enthielten sich der Stimme.

Brandstätter versprach, sich darum zu kümmern. Kepplinger warf einen Blick auf die Uhr. Es war schon nach acht. Die meisten der Anwesenden waren seit über zwölf Stunden im Dienst. Er fragte sich, ob es sinnvoll war, die Besprechung an dieser Stelle fortzusetzen. Ganz abgesehen davon, dass ihnen im Anschluss noch eine breit angelegte Suchaktion nach Ella Jankovic bevorstand, die in einer guten Stunde beginnen sollte und gewiss bis Mitternacht dauern würde.

Er schlug vor, die Unterredung an dieser Stelle abzubrechen, und bemerkte die Erleichterung in den Gesichtern seiner Kollegen.

»Mein Magenknurren wäre euch sowieso bald auf die Nerven gegangen«, witzelte Falcone.

Die Runde löste sich, zu Kepplingers Verblüffung, in einer heiteren und zuversichtlichen Stimmung auf.

Alle wünschen sich, den Fall so schnell wie möglich gelöst zu haben, dachte er, während er seine Unterlagen mit demselben Optimismus zusammenräumte. Aber dann meldete sich eine andere Stimme zu Wort. Ein Gefühl, das ihn davor warnte, auf ein schnelles Resultat zu hoffen. Objektiv betrachtet hatten sie nicht die leiseste Ahnung von dem, was sich in der Nacht auf Samstag im Schlosspark zugetragen hatte. Die hohe Geldsumme und die wenigen schemenhaften Figuren, mit denen der Ermordete zu Lebzeiten in Berührung gekommen war, verliehen dem Fall etwas Orakelhaftes.

Kepplinger stellte sich einen Ameisenhügel vor, dessen Äußeres nichts über die verzweigten Gänge im Inneren verriet und bei dem, auch nach mehrmaligem Hinsehen, kein Eingang zu erkennen war.

Als Kepplinger in sein Büro trat, schloss er gegen seine Gewohnheit die Tür und ließ sich schwer auf seinen Stuhl fallen. Falcone, mit dem er die Schreibstube teilte, war noch nicht zurück, worüber er für den Moment froh war.

Bloß um sich etwas abzulenken, startete er den Internetbrowser und klickte sich auf die Seite des Athen-Marathons, um nach seiner Platzierung zu sehen, die ihn bislang nicht gekümmert hatte. Er staunte nicht schlecht, als er las, dass über tausend Läufer, davon mehr als sechzig Frauen, vor ihm die Ziellinie überquert hatten. Zwar hegte er nach wie vor keinerlei Ambitionen, eine gewisse Zeit oder Platzierung anzustreben, dennoch wunderte er sich über diese Masse an Teilnehmern, die schneller gewesen waren. Er war ein sehr ausgeglichenes Rennen gelaufen, ohne, wie die meisten anderen, auf den letzten zehn Kilometern völlig einzubrechen. Dann stellte er fest, dass insgesamt knapp neuntausend Läufer an dem Wettbewerb teilgenommen hatten, was sein Ergebnis sofort in ein anderes Licht rückte.

»Commissario!« Salvatore Falcone trat polternd ins Zimmer und zerrte ihn unsanft zurück in die Realität. »Wir haben in einer halben Stunde einen Termin bei einer Mitarbeiterin der SAB und um zehn eine Audienz beim Pfarrer der Stadtkirche.«

Kepplinger sah den Kollegen mit großen Augen an. »Großartig! Wenn du mir jetzt vielleicht eine Erklärung liefern könntest.«

»Signore«, sagte Falcone lachend. »Du lebst seit einem halben Jahr hier und weißt nicht, wovon ich spreche?«

»Asche über mein Haupt«, ging Kepplinger auf die Ironie des Kollegen ein. »Aber ihr Göppinger seid selbst schuld.«

Falcone fasste sich vor Lachen an den Bauch. »*Amico*, jetzt stehe ich auf der Leitung.«

»Mit einem einfachen heimatkundlichen Einbürgerungstest hättet ihr mich sofort durchschaut«, sagte Kepplinger.

»Den würdest du heute noch nicht bestehen.« Falcone warf ihm lachend eine Info-Broschüre der lokalen Arbeits- und Beschäftigungsförderung GmbH über den Tisch. »Die sind wahnsinnig engagiert«, erklärte er. »Betreiben unter anderem eine Suppenküche und einen Laden, in dem Ärmere kostengünstig essen und einkaufen können.«

»Ich verstehe«, sagte Kepplinger. »Und was machen wir beim Pfarrer?«

»Der Oberhirte öffnet jedes Jahr für sechs Wochen seine Kirchentür für Bedürftige und bietet für ein Nasenwasser Mittagessen, Kaffee und Kuchen an.«

»Das kommt mir bekannt vor«, erinnerte sich Kepplinger. »In Stuttgart hieß das Vesperkirche.«

»Ich habe mir sagen lassen, dass der Pastor seine Schäfchen alle beim Namen kennt und angeblich über ein fotografisches Gedächtnis verfügt.«

»Dann hat er eindeutig den falschen Beruf ergriffen«, scherzte Kepplinger.

Falcone brach in schallendes Gelächter aus.

»Gut gemacht«, sagte Kepplinger, nachdem sich der Kollege wieder beruhigt hatte. »Während ich hier Däumchen gedreht habe.«

Erst jetzt bemerkte er die blinkende LED an seinem Telefon. Jemand hatte seit dem Telefonat mit dem Arzt versucht, ihn zu erreichen. Er warf einen Blick auf die Nummer und raufte sich die Haare.

»Was ist los mit dir?«

»Frankreich«, antwortete Kepplinger, während er geistesabwesend die Rückruftaste betätigte und mit den Fingern auf die Tischplatte trommelte.

»Gibt es noch einen Toten?«, wollte Falcone wissen, nachdem Kepplinger das Gespräch beendet hatte. »Du siehst aus wie ein geprügelter Hund.«

Kepplinger schrieb kopfschüttelnd eine Notiz zu Ende, bevor

er sich Falcone zuwandte. »Hättest du bis gerade eben gedacht, dass der Fall noch komplizierter werden könnte als bisher?«

Falcone rückte näher an den Tisch und legte gespannt den Kopf zur Seite.

»Es gibt zwei Henry Forets«, sagte Kepplinger. »Vielmehr zwei unterschiedliche Pässe oder besser gesagt ein und denselben Pass mit verschiedenen Einträgen und zwei Passbildern von Männern, die sich in keiner Weise ähnlich sind.«

»Cazzata.« Falcone kniff ungläubig die Augen zusammen. »Noch mal von vorn. Ich habe kein Wort verstanden.«

»Okay, warte. Bei den französischen Behörden ist zwar ein Henry Foret ohne festen Wohnsitz und mit demselben Geburtsdatum wie unser Toter bekannt. Im Pass dieses Mannes ist als Postadresse jedoch ein Obdachlosenheim in Montpellier eingetragen. So weit klar?«

Falcone schüttelte den Kopf. *»Adito a confusione.«*

»Bestens. Ich bekomme in den nächsten Minuten eine Kopie dieses Dokuments zugesandt. Der Mann auf dem Bild, sagen die Kollegen in Mulhouse, ist ein anderer als derjenige, den wir ihnen gezeigt hätten. Abgesehen davon, dass in unserem Ausweis die Wohnadresse in Habsheim eingetragen ist.«

»Also doch nur ein Foret und ein gefälschter Pass?«, folgerte Falcone.

»Vielleicht«, erwiderte Kepplinger. »Oder eine Riesenschlamperei der Behörden. Der Kollege meinte, dass er so etwas schon öfter erlebt habe.«

»Wo liegt denn Montpellier?«

»Irgendwo am Mittelmeer. Aber pass auf, es kommt noch schlimmer.«

»Was denn noch?«

»Die Kollegen haben sich mit dem Wohnheim in Verbindung gesetzt. Nach deren Aussage hat dort nie ein Henry Foret gelebt.«

Falcone verdrehte die Augen. »War das alles?«

»Noch nicht. Foret wurde in Toulouse geboren, das liegt etwa zweihundertfünfzig Kilometer westlich von Montpellier. Die Eltern sind früh verstorben, woraufhin er und seine beiden Schwestern in Erziehungsheimen untergebracht wurden.«

»Das ist doch belanglos«, warf Falcone ein.

»Mag sein, aber nicht der Umstand, dass beide Frauen Anfang der siebziger Jahre nach unbekannt verzogen sind.«

»Wie lange war Foret in diesem Heim?«

»Bis zu seinem achtzehnten Geburtstag.«

»Und danach?«, fragte Falcone. »Was hat er dann gemacht? Er lebt doch nicht auf der Straße, seitdem er volljährig ist, oder?«

»Lebte.«

»*Merda!* Das meinte ich doch.«

»Über diesen Zeitraum gibt es offenbar keinerlei behördliche Dokumente.«

»Wie bitte?« Falcone sprang von seinem Platz auf. »Hat er denn keinen Führerschein gemacht oder den Wohnort gewechselt? Ein Haus oder eine Wohnung gekauft? Geheiratet, Kinder in die Welt gesetzt, sich scheiden lassen? Einen Diebstahl begangen oder jemanden zur Anzeige gebracht? Zur Hölle noch mal, es muss doch irgendetwas geben!«

»Die Polizei in Mulhouse sagt Nein«, antwortete Kepplinger.

»Das haut dem Fass den Boden aus«, fluchte Falcone und schlug mit der Faust auf die Tischplatte. »Warum wurde dieses gottverdammte Gespenst ausgerechnet in meiner Stadt um die Ecke gebracht. Das kann und will ich einfach nicht glauben.«

Kepplinger bemerkte aus dem Augenwinkel den Eingang einer Mail. »Hier«, sagte er und öffnete die PDF-Datei.

Falcone rückte einen Besucherstuhl zurecht und setzte sich neben Kepplinger an den Rechner. Kepplinger kramte den Pass, den sie im Rucksack des Toten gefunden hatten, aus einem der Aktendeckel und verglich die beiden Dokumente miteinander.

»Alle Einträge sind identisch«, stellte Falcone fest. »Nur das Bild ist ein anderes, und die Adressangaben stimmen nicht überein.«

»Der Pass wurde im Juli ’85 ausgestellt«, bemerkte Kepplinger. »Zwanzig Jahre bevor Foret in Habsheim aufgekreuzt ist.«

»Und wenn die Wohnadresse nachträglich eingetragen wurde?«

»Daran dachte ich auch schon«, sagte Kepplinger. »Aber wo ist dann der alte Vermerk?«

»In Deutschland wird einfach ein Kleber eingefügt und mit einem Stempel beglaubigt.«

»Was wir hier aber nicht haben«, sagte Kepplinger und reichte Falcone den Pass. »Warte mal!« Er vergrößerte das Dokument auf dem Rechner. »Hier, siehst du?«

Unter der Adresse des Wohnheims in Montpellier war eine Handvoll Ziffern auszumachen.

»›31 100‹«, las Falcone ab. »Was hat das zu bedeuten?«

»Vielleicht wurde auf diesem Dokument die Wohnadresse überschrieben«, vermutete Kepplinger und gab die Ziffern in den Rechner ein. Die ersten Suchergebnisse waren Unsinn. Kepplinger tippte »31 100« und »Frankreich« ein.

»Bingo!«, rief Falcone außer sich. »Die Postleitzahl von Toulouse.«

»Und was schließen wir daraus?«

»Einer der beiden Pässe wurde gefälscht.«

»So sehe ich das auch«, sagte Kepplinger. »Und ich bin mir ziemlich sicher, welcher.«

Dienstag

»Das war der berühmte Schlag ins Wasser, Kollegen«, fasste Brandstätter das Ergebnis der nächtlichen Suchaktion nach Ella Jankovic und jener Person, die im Milieu als »Lilly« bekannt war, zusammen. In seiner Stimme schwangen dieselbe Resignation und Erschöpfung mit, die in den Gesichtern seiner Mitstreiter lagen.

Vermutlich sieht man mir die Enttäuschung genauso an, dachte Kepplinger, während er damit zu kämpfen hatte, den Worten seines Vorgesetzten zu folgen. Er fühlte sich derart zerschlagen, dass er auf der Stelle hätte einschlafen können.

Zwischenzeitlich waren die Zeiger der Uhr auf halb zwei vorgerückt, und ein harter Kern des Ermittlerteams wartete auf die Rückkehr zweier Streifenwagenbesatzungen, die noch im Stadtgebiet unterwegs waren. Niemand rechnete mehr mit bahnbrechenden Neuigkeiten, nachdem sämtliche Bemühungen ohne nennenswerten Erfolg geblieben waren. Keiner der Befragten hatte auf den Namen Ella Jankovic reagiert, und beim Blick auf das Passbild der Gesuchten schüttelten alle den Kopf.

Dies stellte aus Kepplingers Sicht den einzigen brauchbaren Hinweis dar, da sie nun davon ausgehen konnten, dass Ella Jankovic und Lilly zwei verschiedene Personen waren. Allerdings war das Passbild von schlechter Qualität und wenigstens fünfzehn Jahre alt, sodass sie selbst hinter diesen Punkt keinen abschließenden Haken machen konnten.

Einzig der Pfarrer der Stadtkirche glaubte, sich daran zu erinnern, dass Foret in den vergangenen Jahren ein- oder zweimal in der Kirche eine Mahlzeit eingenommen hatte, wohingegen er Stein und Bein schwor, niemals von einer Ella Jankovic oder einer Lilly gehört zu haben, geschweige denn ihr persönlich begegnet zu sein.

»Wenn niemand etwas dagegen hat, breche ich den Einsatz jetzt ab«, murmelte Brandstätter müde.

Es gab keinen Einwand, vielleicht auch nur, weil allen die Kraft fehlte.

Kepplinger, der unter normalen Umständen nicht im Traum daran gedacht hätte, den Kopf in den Sand zu stecken, nickte resigniert. Das Bedürfnis, ein paar Stunden die Augen zu schließen, war für den Moment stärker als die Hoffnung auf einen Fahndungserfolg.

Brandstätter griff zum Funkgerät und gab die Rufnamen und das vereinbarte Kennwort in den Einsatzkanal.

Keine Antwort.

Er wiederholte seinen Appell.

Schließlich meldete sich eine mädchenhafte Stimme. »Geben Sie uns noch fünf Minuten.« Die Kollegin wirkte angespannt, beinahe ängstlich. Im Hintergrund war gespenstische Musik zu hören. Kepplinger wähnte eine Mischung aus mittelalterlichen Klängen und harten Technorhythmen wahrzunehmen.

»Wir kontrollieren gerade ein paar Gestalten, die am Tatort eine Art Mahnwache halten.«

»Brauchen Sie Unterstützung?«

»Eine zweite Streife ist bereits vor Ort. Wir kommen klar«, lautete die knappe Antwort der Kollegin.

Kepplinger war hellhörig geworden und neben Brandstätter an das Funkgerät getreten. »Können Sie uns ein paar nähere Informationen geben?«

Keine Antwort.

Indes hatte Lea das große Dachfenster geöffnet, von dem man bei Tageslicht fast den gesamten Schlosspark einsehen konnte. Jetzt drangen die schauerlichen Bässe bis in den Besprechungsraum. Kepplinger stellte sich zu ihr und warf einen Blick nach draußen. Einmal mutmaßte er, den Lichtkegel einer Taschenlampe auszumachen, ansonsten war mit Ausnahme der Baumwipfel, die den Park säumten, nichts zu erkennen. Als ob jemand ein schwarzes Tuch darübergelegt hätte.

»Einen Moment. Hier wird es gerade etwas ruppiger«, tönte es aus dem Funkgerät. Im selben Moment flammte ein mächtiger Feuerschein im oberen Bereich des Parks auf. Exakt an der Stelle, wo sich der Stauferbrunnen befand.

»Es brennt!«, rief Lea entsetzt. Die anderen sprangen von ihren Sitzen auf und drängten ans Fenster.

Kepplinger zögerte nicht lange und fischte sich seine Jacke vom Kleiderständer. »Ich sehe mir das an«, sagte er. »Hat jemand Lust mitzukommen?«

»Worauf du Gift nehmen kannst!«, rief Lea und war schon unterwegs.

Sie stürmten das Treppenhaus hinunter. Lea war um einiges schneller und hielt Kepplinger die Eingangstür auf.

»Wir müssen außenrum!«, rief er und rannte weiter zum Tor. Unglücklicherweise gab es keinen direkten Zugang vom Hof der Polizeidirektion in den Park. Sie mussten den weitläufigen Gebäudekomplex umrunden, um zum nördlichen Parkeingang zu gelangen.

Zwei Minuten später waren sie dort. Völlig außer Atem, bot sich ihnen ein bizarres Bild, das Kepplinger unvermittelt an einen Horrorfilm erinnerte. Die gesamte Wasserfläche des Brunnens brannte lichterloh. Um das Feuer tanzten schwarz gekleidete Menschen mit weiß geschminkten Köpfen und wild toupierten Haaren. Kepplinger erkannte seltsam anmutende Symbole auf Haut und Kleidung, Rosenkränze und Ketten, die an den Mündern, Nasen und Ohren befestigt waren. In ihrer wilden Verzückung gaben die Höllentänzer immer wieder gellende Schreie von sich oder murmelten etwas in einer Sprache, die Kepplinger nicht verstand.

Die Kollegen der Streife versuchten vergeblich, dem dämonischen Treiben Einhalt zu gebieten, hatten aber bislang offensichtlich vermieden, handgreiflich zu werden. Kepplinger bat einen der Uniformierten auf die Seite.

»Die Musikanlage ist unter der Brunnenschale!«, brüllte ihm der Kollege ins Ohr. Sie vereinbarten, zusätzliche Streifen zur Unterstützung anzufordern.

Nach und nach trafen vier weitere Fahrzeuge ein. Die Kollegen formierten sich in einigem Abstand um den Brunnen und sahen dem Treiben zu, ohne recht zu wissen, wie sie dem Spuk ein Ende bereiten konnten.

Kepplinger entdeckte Salvatore Falcone, Christian Schwarz

und Nils Schubart, die sich neonfarbene Polizeiwesten übergestreift hatten. Es vergingen Minuten, bis Kepplinger einen Entschluss gefasst hatte. Er bahnte sich einen Weg durch die Menge, kroch unter den Brunnen und schaltete den Ghettoblaster aus.

Mit dem, was nun geschah, hatte keiner der anwesenden Polizisten, von denen sich die meisten bereits mit Schlagstöcken in Verteidigungsstellung aufgebaut hatten, gerechnet. Die Tänzer hielten wie vom Blitz getroffen in ihren Bewegungen inne. Niemand sprach ein Wort. Es war, als würden sie aus einem Traum erwachen und langsam in die Realität zurückkehren. Wie in Trance gingen sie aufeinander zu, küssten und umarmten sich schweigend und formierten sich anschließend zu einer Reihe.

Währenddessen erloschen nach und nach die Flammen auf der Wasseroberfläche. Jemand schaltete die Scheinwerfer eines Streifenwagens an. Einer der schwarz gekleideten Männer trat mit erhobenen Armen aus der Gruppe und ging auf einen Streifenbeamten zu. Eine gespenstische Stille trat ein.

In der Ferne ertönte ein Martinshorn. Kepplinger vermutete, dass irgendwer die Feuerwehr verständigt hatte.

»Wenn Sie möchten, kann ich Ihnen alles erklären.« Die Stimme des Mannes klang ruhig und fest. »Wir haben alle unsere Ausweise dabei, wenn Sie daran interessiert sind, unsere Personalien aufzunehmen.«

Die Situation war vollkommen grotesk. Kepplinger fürchtete, dass die Lage trotz des versöhnlichen Auftretens eskalieren könnte. Es war nicht auszuschließen, dass die Gruppe im nächsten Moment einen Angriff starten würde. Vergleichbare Aktionen hatte er auf Demonstrationen häufig genug erlebt.

»Können Sie nicht sprechen?«

Kepplinger verfolgte gespannt, wie der Mann immer weiter auf den uniformierten Kollegen zuging und dieser, sichtlich verängstigt, die Hand auf das Pfefferspray an seinem Gürtel sinken ließ. Der Mann musste die Handbewegung ebenfalls bemerkt haben, er wandte sich der Gruppe hinter ihm zu und zischte: »Aufpassen!«

Kepplinger ahnte Schlimmes und entschied sich dazu, das Heft in die Hand zu nehmen. »Wir haben Sie verstanden«, sagte er ruhig. »Aber wenn Sie vielleicht die Freundlichkeit besäßen, uns zu erklären, was Sie hier gemacht haben.«

Der Mann wandte sich müde lächelnd zu ihm um. »Ich bezweifle, dass Sie das verstehen werden.«

»Das Angebot kam von Ihnen.«

Der Mann ging auf Kepplinger zu und hielt ihm einen Ausweis unter die Nase. »Mein Name ist Jan-Eric Bergmann. Wir sind eine Gruppe von interessierten Menschen, die sich – sagen wir es so – mehr als gewöhnlich mit dem gesellschaftlichen Tabuthema Tod auseinandersetzen. Darf ich Ihren geschätzten Namen erfahren?«

Kepplinger nannte seinen Namen mit dem Zusatz, dass er bei der Kriminalpolizei arbeitete.

»Dann dürfte Ihnen ja hinlänglich bekannt sein, dass hier vor zwei Tagen ein Mensch gewaltsam aus dem Leben gerissen wurde«, fuhr Bergmann fort.

Kepplinger nickte. »Ich ermittle zufällig in diesem Fall.«

»Das trifft sich gut«, erwiderte Bergmann. »Haben Sie den Täter schon gefasst?«

»Ich möchte Ihnen etwas zeigen«, entgegnete Kepplinger.

Der Anführer folgte ihm zu einem Streifenwagen.

»Hören Sie zu«, sagte Kepplinger scharf. »Ich habe nicht die Absicht, mit Ihnen über meine Ermittlungsarbeit zu sprechen. Ihr Totentanz, oder was immer das sein sollte, stellt mehr als nur eine Lärmbelästigung dar.«

»Und was sollte das sein?«, entgegnete Bergmann frech. »Ich arbeite in einer Anwaltskanzlei, falls es Sie interessiert.«

»Umso besser« sagte Kepplinger. »Dann dürfte Ihnen der Begriff Landfriedensbruch geläufig sein. Ganz zu schweigen von Ihrem kleinen Feuerwerk. Was hatten Sie hier zu suchen?«

Bergmann schnaufte laut durch die Nase.

»Was?«, hakte Kepplinger nach.

»Das ist nicht so einfach.«

»Versuchen Sie es wenigstens.«

»Kennen Sie sich in der ägyptischen Mythologie aus?«

»Ich fürchte, da müssen Sie mir auf die Sprünge helfen.«

»Wir glauben daran, dass es drei geistige und von daher unsterbliche Seiten im Menschen gibt. Das Ka, das Ba und das Ach.«

Kepplinger blickte sein Gegenüber ungläubig an. Hatte er es womöglich mit einem Geisteskranken zu tun?

»Sehen Sie. Ich wusste, dass Sie mich für verrückt erklären.«

»Zugegeben, fällt es mir schwer, Ihnen auf diesem Gebiet zu folgen«, räumte Kepplinger ein. »Aber ich höre Ihnen zu und möchte einfach nur wissen, was Sie hier veranstaltet haben.«

»Es ist ein Ritual«, fuhr Bergmann fort. »Etwas Symbolisches, verstehen Sie?«

»Ich gebe mir Mühe.«

»Das Ka verkörpert die Nahrung, die der Verstorbene im Jenseits benötigt. Das Ba ist der Teil in uns, der den Körper nach dem Dahinscheiden verlässt und nur dann zu ihm zurückkehren kann, wenn er ihn wiedererkennt. Das Ach vereinigt diese beiden Elemente, und der Tanz ermöglicht es, einem Menschen, der plötzlich und unerwartet zu Tode kam, die genannten Privilegien im Nachhinein zukommen zu lassen.«

»Und für dieses Ritual sind Sie und Ihre Begleiter eigens aus Wiesbaden angereist?«

»Wir sind im gesamten Bundesgebiet unterwegs und verstehen es als unsere Aufgabe, diesen armen Seelen zu helfen.«

»Eine Art Sekte?«

»Nennen wir es lieber eine Gruppe von Andersdenkenden.«

»Ich nehme an, dass Sie derartige Abenteuer bei der Behörde anmelden müssten«, sagte Kepplinger. »Vor allem dann, wenn sie in der Öffentlichkeit abgehalten werden.«

»Das haben wir ein paarmal versucht. Sie können sich denken, wie über die Anträge entschieden wurde.«

»Wenn sich ein Anwohner oder die Stadt genötigt fühlt, Anzeige zu erstatten, müssen Sie für Ihr Handeln geradestehen.«

»Heißt das, dass Sie uns gehen lassen?«

»Nicht, bevor wir alle Personalien aufgenommen haben«, sagte Kepplinger. »Und Sie und Ihre Leute den Park so verlassen, wie Sie ihn angetroffen haben.«

»Danke.«

Kepplinger wandte sich kommentarlos von Bergmann ab und

unterrichtete den Streifenführer über die weitere Vorgehensweise.

»Wir übernehmen das«, sagte der uniformierte Kollege. »Du und deine Leute, ihr seht ziemlich fertig aus, wenn ich mir die Bemerkung erlauben darf.«

»Diesmal ist es wie verhext. Wir bewegen uns in einem Labyrinth aus Sackgassen.«

»Manchmal befindet sich der Ausgang auf einer höher gelegenen Etage oder sogar im Untergeschoss«, sagte der Kollege. »Wie in einem Parkhaus.«

Im ersten Moment fasste Kepplinger die Bemerkung als Kritik an seiner Arbeit auf, worüber er sich im Nachhinein ärgerte. Später musste er oft an dieses Bild denken und sich eingestehen, dass er in bestimmten Situationen den Blick fürs Ganze verlor.

Kepplinger und sein Team bedankten sich für die Unterstützung und machten sich, nachdem sie sich vergewissert hatten, dass die Personenfeststellungen problemlos über die Bühne gingen, schweigend auf den Rückweg.

Zurück im Besprechungsraum, berichtete Kepplinger in wenigen Sätzen von der Unterredung mit Bergmann. Es war kurz nach drei, als sie auseinandergingen.

»Morgen um neun«, erinnerte Kepplinger zum Abschied. »Dann müssen wir uns einen neuen Plan aus den Fingern saugen.«

In seiner Wohnung angekommen, ging er geradewegs ins Schlafzimmer, streifte seine Oberbekleidung ab und ließ sich auf die Matratze fallen. Im nächsten Moment schlief er ein. In den Morgenstunden träumte er von schwarz gekleideten Menschen, die um den toten Dobermann auf Meuniers Hof tanzten.

Als Kepplinger um kurz nach sieben aufwachte, waren die Traumbilder verflogen. Er spielte mit dem Gedanken, sich noch mal umzudrehen und die Decke über den Kopf zu ziehen. Aber dann schleppte er sich ins Bad.

Nach einer ausgiebigen Dusche fühlte er sich immer noch ausgelaugt und antriebslos. Er machte sich einen starken Kaffee und aß den Rest seines Schinkensandwichs vom Vorabend.

Während er darüber nachdachte, ob er sich womöglich einen Infekt eingehandelt haben könnte, fiel ihm ein, dass er noch immer kein Lebenszeichen von Markus Ackermann erhalten hatte. Er griff zum Telefon und wählte die Nummer seiner Ehefrau. Wieder schaltete sich nur die Mailbox ein.

Mürrisch legte Kepplinger das Handy auf die Seite und überlegte, ob er sich gleich auf den Weg ins Büro machen sollte. Bis zum vereinbarten Dienstbeginn war es noch über eine Stunde. Lustlos räumte er das Geschirr in die Küche. Sein Blick fiel auf den Berg Schmutzwäsche in der Ecke der Garderobe und den halb geleerten Koffer, in dem sich immer noch seine Urlaubsklamotten befanden.

Kepplinger kam die Einladung von Catrin und Daniela in den Sinn. »Wenn ich demnächst nach Oberstdorf fahre, kann ich den Koffer gleich stehen lassen«, grummelte er. Verärgert dachte er daran, dass seine komplette Skiausrüstung immer noch im Keller seiner Exfreundin vor sich hin gammelte. Wie oft hatte er sich vorgenommen, endlich einen Schlussstrich zu ziehen, doch war ihm das bislang nur in Gedanken gelungen.

Er griff nach einem Stift und schrieb »Valerie« auf einen Zettel. Dann zerknüllte er die Notiz und notierte stattdessen »Skiausrüstung«. Anschließend tippte er demonstrativ eine Kurznachricht an Daniela in sein Telefon, in der er ankündigte, beim ersten Schneefall auf die Einladung zurückzukommen. Für einen Moment überlegte er, die SMS *versehentlich* an Valerie zu schicken, aber dann fand er den Gedanken albern. Schließlich trottete er wieder ins Badezimmer.

Beim Blick in den Spiegel kam er zu dem Schluss, alsbald einen Friseurtermin zu vereinbaren. Höchste Zeit, schimpfte er sich, und gleichzeitig überkam ihn wieder die Ahnung, dass ihn die Suche nach Forets Mörder noch lange beschäftigen würde.

Im Esszimmer klingelte das Telefon. Kepplinger verspürte nicht die geringste Lust, abzunehmen, und setzte seine Morgentoilette fort, bis ihm einfiel, dass es sich um einen Rückruf von Sylke handeln könnte. Er legte den Rasierer aus der Hand und hastete durch den Flur. Es war Lea.

»Habe ich dich geweckt?«

Kepplinger stellte sich ihr Lächeln am anderen Ende der Leitung vor. »Ich war unter der Dusche«, schwindelte er provokant.

»Oh, wie schade«, empörte sich Lea.

»Was genau?«

»Dass ich nicht persönlich bei dir vorbeigekommen bin.«

»Ich dusche nicht mit Frauen.«

»Ich auch nicht.«

Jetzt konnten beide ihr Lachen nicht mehr zurückhalten. Kepplinger gewann als Erster seine Fassung wieder. »Also, ich hätte gern zwei Butterbrezeln.«

»Was?«

»Nun, ich dachte, der Grund für deinen frühen Anruf …«

»Ich muss dringend mit dir sprechen, Moritz«, sagte Lea ernst.

Sofort meldete sich Kepplingers schlechtes Gewissen. »Ich weiß«, sagte er kleinlaut. »Aber falls dies als Entschuldigung gilt: Ich wurde quasi am Bahnhof von diesem Mordfall abgeholt. Seitdem stecke ich bis zum Hals in den beschissenen Ermittlungen. Dazu kam die Sache mit Ackermann. Ich hätte dir heute …«

»Darum geht es doch gar nicht«, unterbrach ihn Lea.

Kepplinger kratzte sich mit einem Blick auf die Uhr am Kopf. Noch zwanzig Minuten. »Um was dann?«

»Nicht am Telefon«, sagte Lea.

»Wir sehen uns doch in ein paar Minuten.«

»Ich wollte nur, dass du es weißt.«

»Sobald wir etwas Leerlauf haben, okay?«

»In Ordnung.«

»Möchtest du mir verraten, um was es geht?«

»Nicht jetzt.«

»Geht es dir gut, Lea?«

Die Antwort kam zögerlich. »Ja.«

Kepplinger empfand die Besprechung von der ersten Minute an als einen lästigen, wenngleich notwendigen Klotz am Bein. Nachdem er und Salvatore Falcone über die Ereignisse in der Nacht berichtet hatten, verloren sich die Gespräche in immer wilderen Spekulationen.

»So kommen wir nicht weiter«, unterbrach er schließlich kopfschüttelnd die Diskussion. »Ich denke, wir sollten unsere Aufmerksamkeit ganz und gar auf die Fakten richten, auch wenn wir so gut wie nichts in der Hand haben.«

»Über nichts kann man bekanntlich nicht viel sprechen«, sagte Wolfgang Herder abschätzig.

»Wir haben doch alles schon oft genug durchgekaut«, fügte Brandstätter hinzu.

»Aber wenn wir uns mit Mutmaßungen aufhalten, kommen wir keinen Schritt weiter«, gab Kepplinger zu bedenken. »Vielleicht haben wir etwas übersehen. Vielleicht müssen wir den Fall aus einer anderen Perspektive betrachten.«

»Die spannendste Frage bleibt doch, ob Ella Jankovic vom Tod Forets profitiert und damit ein Motiv hätte«, warf Anja Kober ein.

»Und ob Ella Jankovic und Lilly dieselbe Person sind«, sagte Falcone.

»Die Kontofrage wird heute Morgen über den Staatsanwalt geklärt«, sagte Kepplinger. »Und was die beiden Frauen angeht, müssen wir darauf hoffen, dass sie im Rahmen der Fahndungen ins Netz gehen. Mehr können wir nicht tun.«

»Angenommen, Forets Papiere sind tatsächlich gefälscht. Wie wollen wir jemals seine wahre Identität herausbekommen?«, fragte Christian Schwarz.

»Ella Jankovic könnte in diesem Punkt sicher etwas Licht ins Dunkel bringen«, sagte Kepplinger. »Ansonsten sind wir auch hier auf die Öffentlichkeit angewiesen.«

»Irgendwer wird doch diesen Typen wiedererkennen«, schimpfte Falcone.

»Was ist mit der Belohnung?«, wollte Nils Schubart wissen.

»Darum kümmere ich mich, wenn wir hier fertig sind«, antwortete Brandstätter.

»Was haben wir noch?«, ermutigte Kepplinger seine Mitstreiter, in ihren Überlegungen fortzufahren.

»Es könnte sich theoretisch auch um einen Serientäter handeln«, meldete sich Lea nach längerem Zögern zu Wort. »Ich bin auf drei vergleichbare Fälle gestoßen.«

Bis auf Herder horchten alle Ermittler interessiert auf.

»Erzähl.«

Lea berichtete in knappen Sätzen von ihren Recherchen. Erneut wunderte sich Kepplinger darüber, wie leicht es ihr fiel, einen Sachverhalt mit wenigen verständlichen Worten zusammenzufassen.

»Es kann nicht schaden, die Akten bei den betreffenden Dienststellen anzufordern«, sagte er, nachdem Lea mit ihren Ausführungen am Ende war.

Franziska trat auf leisen Sohlen in den Besprechungsraum und überreichte Brandstätter ein Fax.

»Foret hatte zum Todeszeitpunkt null Komma sieben Promille im Blut«, zitierte er nach einem kurzen Blick auf das Papier das Ergebnis der Blutuntersuchungen.

»Sonst nichts?«, fragte Kepplinger.

»Nein.«

»Das ist nicht viel. Jedenfalls scheint es mir nicht genug, um sich kampflos seinem Schicksal zu ergeben.« Kepplinger bemerkte, wie Lea die Stirn runzelte. »Lea?«

Sie hob abwehrend die Hände. »Nichts«, sagte sie verlegen. »Ich stimme dir grundsätzlich zu.«

»Gibt es nicht die Möglichkeit, den Fall ins Fernsehen zu bringen?«, fragte Schubart. »›Aktenzeichen XY‹ zum Beispiel?«

»Dafür ist es zu früh«, sagte Herder. »Und der Fall nicht spektakulär genug.«

»Was passiert eigentlich mit der Leiche?«, erkundigte sich Schwarz.

»Worauf willst du hinaus?«

»Angenommen, es melden sich keine Angehörigen, und Forets Identität bleibt ein Geheimnis, was dann?«

»Ich habe schon gehört, dass sich Universitäten über jeden Leichnam freuen, den sie ihren Medizinstudenten zum Präparieren zur Verfügung stellen können«, sagte Anja Kober.

»Ansonsten wird der Tote auf Staatskosten verbrannt, nehme ich an«, fügte Kepplinger hinzu.

Die Sitzung neigte sich dem Ende zu. Kepplinger fasste die wenigen Aufgaben zusammen, die sie erledigen konnten. Während er sich um eine gerechte Verteilung bemühte, nahm er die Gleichgültigkeit wahr, die sich unbemerkt in den Raum geschlichen hatte. Etwas in ihm protestierte gegen diese Haltung, und er war im Begriff, seinen Unmut in eine passende Rüge zu verpacken, als ihm klar wurde, dass ihm selbst die anfängliche Leidenschaft für den Fall abhandengekommen war. Unmerklich und schleichend, wie sich die See bei Ebbe mehr und mehr zurückzieht.

»Ich dachte, du wärst sauer auf mich«, druckste Kepplinger herum, nachdem Lea ihm ins Büro gefolgt war. »Und ich wollte …«

»Ich stand kurz davor, einen Abschiedsbrief aufzusetzen«, unterbrach ihn Lea und knuffte ihn herausfordernd in die Seite.

»So schlimm?«

»Viel schlimmer«, sagte Lea. »Aber ich gebe dir eine zweite Chance.«

Kepplinger fasste sich mit gespielter Erleichterung an die Brust. »Mir fällt ein Stein vom Herzen.«

»Du wolltest mich nach deiner Rückkehr zum Griechen einladen.«

»Heute Abend?«

»Spinnst du?« Sie musterte ihn kritisch. »Ich gehe erst wieder mit dir aus, wenn du diese Zombie-Maske abgelegt hast.«

»Ich habe kaum geschlafen.«

»Eben.«

»Innere Werte spielen für dich keine Rolle, habe ich recht?«

Lea prustete laut über den Tisch. »Herrlich!«

»War es das, worüber du mit mir sprechen wolltest?«, fragte Kepplinger, nachdem sie sich wieder beruhigt hatten.

»Klar, so eine Verabredung mit einem Polizisten sollte man nicht auf die leichte Schulter nehmen«, feixte Lea und gab sich einen Wimpernschlag später wieder gefasst. »Natürlich nicht, du Scherzkeks.«

»Sollen wir?«, fragte Kepplinger. »Bevor mein italienischer Kollege wieder hereinplatzt und …«

»Ich hab Mist gebaut«, sagte Lea. »Aber dabei etwas herausgefunden, was ziemlich wichtig sein könnte.«

Kepplinger beugte sich über den Tisch. »Jetzt bin ich aber neugierig.«

»Es bleibt unter uns?«

»Mein Wort.«

Lea berichtete von ihrem Experiment im Schlosspark und ihrer Schlussfolgerung, dass es unter vergleichbaren Bedingungen womöglich gar nicht zu einer strafbaren Handlung gekommen sein musste. »Ich möchte wissen, was du von dieser Theorie hältst«, beendete sie ihre Ausführungen. »Und ja, mir ist völlig klar, wie riskant das war.«

Kepplinger schluckte. »Gut«, sagte er nach einer Pause. »Ich denke, darüber müssten wir dringend mit den Gerichtsmedizinern sprechen.«

»Wozu?«, empörte sich Lea. »Glaubst du mir etwa nicht?«

»Das tue ich.« Kepplinger hob beschwichtigend die Hand. »Und vergiss nicht, dass ich von Anfang an die Frage nach einem Unfall gestellt habe.«

»Die Pathologen werden an ihren Einschätzungen festhalten«, entgegnete Lea.

»Und genau aus diesem Grund wird diese Möglichkeit auf offizieller Seite niemals Gehör finden.«

»Das stimmt«, sagte Lea geknickt. »Entschuldige.«

In dem Moment wurde die Tür aufgerissen. Anja Kober steckte kreidebleich den Kopf ins Zimmer. »Kommt!«

Sie folgten ihr in Brandstätters Büro, der mit hochrotem Kopf am Telefonhörer hing. Die meisten Kollegen saßen bereits um einen Besprechungstisch oder standen wie erstarrt im Raum.

Kepplinger sah sich irritiert um. Schließlich trat er neben Salvatore Falcone.

»Eine Geiselnahme«, flüsterte ihm der Kollege ins Ohr.

»Wo?«

»Consorsbank … Nürnberg«, antwortete Falcone einsilbig, während Kepplinger krampfhaft versuchte, sich einen Reim auf das Gehörte zu machen.

Brandstätter hatte sich indes bei seinem Gesprächspartner erkundigt, ob er den Apparat auf Lautsprecher umstellen durfte, und anschließend auf die entsprechende Taste gedrückt.

»Ella Jankovic und Henry Foret sind offenbar kurz vor neun aufgetaucht«, erklang eine freundliche, aber hörbar erregte Stimme mit typisch fränkischer Sprachfärbung aus der Telefonanlage. »Der dortige Sachbearbeiter wurde den wenigen Informationen nach, die wir bislang haben, sofort hellhörig, als er die Namen der beiden Kunden hörte. Er entschuldigte sich im Lauf des Gesprächs auf die Toilette und informierte von dort aus seinen Vorgesetzten, der umgehend die Polizei benachrichtigte. Was anschließend geschah, wissen wir nicht.«

Der Kollege am anderen Ende der Leitung räusperte sich. »Jedenfalls eskalierte die Situation, als der erste Streifenwagen auf den Parkplatz der Niederlassung rollte. Nachdem die Kollegen das Fahrzeug verlassen hatten, fiel ein Schuss, vermutlich aus dem Bürofenster des erwähnten Sachbearbeiters. Kurze Zeit später erschien eine Bankangestellte, die mit dem Überbringen einer Nachricht betraut worden war. Die Botschaft klingt in meinen Ohren dilettantisch, aber ich kann mich natürlich täuschen. ›Keine Polizei im Umkreis von fünfzig Kilometern, ansonsten gibt es ein Blutbad!‹ Die beiden Kollegen waren besonnen genug, nicht die Helden zu markieren, und fuhren den Wagen außer Sichtweite.«

»Woher rührte die Skepsis des Angestellten?«, fragte Brandstätter.

»Das Ersuchen eurer Staatsanwaltschaft in Ulm traf heute Morgen gegen halb acht bei uns ein. Wir haben das Schreiben sofort weitergeleitet. Ich nehme an, dass jeder Angestellte informiert war.«

»Und was geschieht jetzt?«, erkundigte sich Brandstätter.

»Wir erwarten in Kürze das Eintreffen von Spezialkräften«, informierte der bayerische Kollege. »Vielleicht könnt ihr mir noch ein paar Informationen zu den beiden Tätern und der Waffe liefern.«

»Das würde ich gern«, sagte Brandstätter seufzend. »Wie gesagt, Henry Foret wurde hier vor ein paar Tagen ermordet aufgefunden. Einer von uns beiden hat es mit dem falschen Foret zu tun. Abgesehen davon, dass wir mittlerweile davon ausgehen, dass die Papiere, die wir bei dem Toten gefunden haben, gefälscht sind.«

»Da habt ihr ja einen skurrilen Fisch an Land gezogen«, bemerkte der Kollege ohne einen Anflug von Ironie.

»Haltet ihr uns auf dem Laufenden?«

»Selbstverständlich. Also dann …«

»Nicht auflegen!« Kepplinger sprang vom Stuhl auf.

Sein Vorgesetzter murmelte ein »Moment noch« in den Apparat und presste anschließend die Hand auf den Hörer. »Was ist denn in Sie gefahren?«

»Fragen Sie, ob sich vor der Bank ein Fahrzeug befindet, das niemandem zugeordnet werden kann«, forderte Kepplinger Brandstätter auf.

»Sie meinen …«

»Irgendwie müssen sie ja dorthin gekommen sein«, fiel ihm Kepplinger ins Wort. »Zumindest besteht die Möglichkeit …«

Brandstätter nickte zustimmend und gab die Frage weiter.

»Gute Idee«, lautete die Antwort. »Daran hat in dem ganzen Chaos bisher bestimmt niemand gedacht.«

Mit Genugtuung konstatierte Kepplinger die Anerkennung in der Stimme. Das Gespräch wurde beendet.

Brandstätter stützte sich schwer auf die Tischplatte. »Jetzt heißt es Nägel kauen, Kollegen.«

Niemand erwiderte etwas darauf. Alle schienen ihren Gedanken nachzuhängen und nach einer Erklärung zu suchen. Der Fall hatte wieder einmal eine überraschende Wendung genommen.

»Hoffen wir, dass die Sache unblutig zu Ende geht«, sagte Kepplinger schließlich. Die anderen nickten betroffen.

»L'incomprensibile«, sagte Falcone. »Sie hat einfach die Nerven verloren.«

»Worauf willst du hinaus?«, fragte Herder.

»Das liegt doch auf der Hand«, erwiderte Falcone. »Ich weiß zwar nicht, wo das Geld herkommt, aber für den Rest der Geschichte muss man doch nur eins und eins zusammenzählen.«

»Wir hören dir zu.«

»Die beiden haben sich zerstritten, sie bringt ihn um oder lässt ihn umbringen und will sich mit der Kohle und ihrem neuen Partner aus dem Staub machen.«

»Wenn es nur so einfach wäre«, sagte Kepplinger. »Für mich

klingt das eher nach einer Verzweiflungstat, nachdem Jankovic vom gewaltsamen Ableben ihres … nennen wir ihn Geschäftspartner erfahren hat.«

»Das sind doch wieder alles nur Spekulationen«, mahnte Herder.

»Ganz klar«, sagte Kepplinger forsch. »Und einer der Gründe, warum ich hoffe, dass die beiden Geiselnehmer diesen Tag überleben.«

»Alles nimmt ein gutes Ende für den, der warten kann«, bemerkte Herder altklug.

»Danke für den Hinweis«, sagte Kepplinger gereizt.

»Geduld«, fuhr Herder fort. »Das müsst ihr Jungen noch lernen. Rom wurde auch nicht an einem Tag erbaut.«

»Roma non è costruita in un giorno«, äffte Falcone ihn nach.

»Tolstoi«, sagte Christian Schwarz.

»Was?«

»Das Zitat über das Warten stammt von Tolstoi.«

»Jetzt ist es aber gut«, forderte Brandstätter. »Als ob wir keine anderen Sorgen hätten.«

»Was machen wir nun?«, fragte Herder.

»Tolstois Rat befolgen«, sagte Kepplinger und verabschiedete sich mit einem Fingerzeig in sein Büro.

Kriminaloberkommissar Richard Wollin nahm seine abgegriffene Pistole vom Schreibtisch und steckte sie ins Schulterholster. Dann streifte er lässig seine Wings-Lederjacke über und verließ das Büro.

»Hi, Richy, wo geht's hin?«

»Geht dich 'n Scheiß an.«

»Zufällig arbeiten wir im selben Dezernat, falls du das vergessen hast.«

»Treff mich mit einem Informanten.«

»In welcher Sache?«

»Erzähl ich dir vielleicht, wenn an der Geschichte was dran ist.«

»Wow … Der Herr Wollin hat mal wieder mächtig gute Laune, wie's aussieht.«

»Leck mich …«

Auf dem Weg nach draußen beschloss Wollin, mit seinem Privatwagen zu fahren. Er war überzeugt, dass sämtliche Dienstfahrzeuge der Mannheimer Kripo in der Szene verbrannt waren. Zwar waren die meisten ziemlich runtergekommen, was für einen Zivilwagen grundsätzlich gut war, doch wurden die Autos regelmäßig von einem Wagenpfleger auf Hochglanz poliert. Wollin schimpfte seine Vorgesetzten aus diesem Grund Dilettanten und die Kollegen Anfänger, wenn deswegen wieder einmal ein Einsatz in die Hose ging, was immer häufiger geschah.

In seinem Ford Taunus herrschte das totale Chaos. Dutzende leere Zigarilloschachteln, Schuhe, Klamotten und Strafzettel lagen kreuz und quer auf den Sitzen. Während der Fahrt schepperten Red-Bull-Dosen gegen Bierflaschen Es roch nach Rauch und einem halben Dutzend Duftbäumchen. Der Wagen hatte seit Jahren keine Waschstraße gesehen, und das ehemals kräftige Rot erinnerte mittlerweile an eine Grundierfarbe. Aber die Karre lief, kostete so gut wie keine Versicherung und kam regelmäßig durch den TÜV.

Der größte Vorzug lag für Wollin allerdings in dem Umstand, dass er sich in dem Oldtimer nicht anschnallen musste. Gurte waren in seinen Augen etwas für Weiber, Feiglinge und Menschen, die auf der Straße nichts verloren hatten.

Wollin kaute genüsslich an einem Zigarillo, während er den Wagen durch die Mannheimer Innenstadt lenkte. Normalerweise würde er einen Teufel tun, sich am Dienstagvormittag im Schritttempo durch die Stadt zu quälen. Aber wenn er den Typen am Telefon richtig eingeschätzt hatte, würde sich der Ausflug lohnen.

Ich weiß, wer das auf dem Maimarktgelände getan hat.

Wenn nicht, werde ich ihm eine Tracht Prügel verpassen, nahm Wollin sich vor.

Wie immer verließ er sich auf seinen Instinkt. Und der signalisierte ihm, dass der Kerl tatsächlich etwas wusste. Zumal ihm der Anrufer die genaue Stelle genannt hatte, an der vor Wochenfrist ein Penner ziemlich übel zugerichtet worden war – und die genannte Uhrzeit in etwa passte.

Es hatte nicht lange gedauert, den anonymen Anrufer auf seine Art zu einem Treffen zu überreden. Das Greenhorn hatte ihm die Nummer mit »Ich hab deine Handydaten und würde dich in jedem Mauseloch finden, in das du dich verkriechst« abgenommen und sich bereits am Telefon die Hosen verpisst.

Wollin musste lauthals lachen, als er daran dachte. Bestimmt eines von diesen bescheuerten Streetkids, die nichts zu tun haben und den ganzen Tag nur herumlungern, dachte er.

Mit dieser Einschätzung lag Wollin nicht weit daneben. Während er an dem vereinbarten Schnellrestaurant zunächst einmal nur vorüberfuhr, fiel sein geübter Blick sofort auf den höchstens sechzehnjährigen Burschen, der vor dem Eingang nervös auf der Stelle trat. Er trug einen roten Strickpullover, Jeans und die unter Jugendlichen üblichen Chucks. Über seiner Schulter baumelte ein fleckiger Trekkingrucksack.

Wollin drehte eine zweite Runde, um sich zu vergewissern, dass sein Informant tatsächlich allein gekommen war. Schließlich parkte er den Taunus am anderen Ende des Parkplatzes, verließ den Wagen durch die Beifahrertür und näherte sich dem Jungen von hinten.

»Hast du mich angerufen?«

Der Bursche zuckte zusammen, drehte sich um und wich einige Schritte zurück. Wollin folgte ihm auf Armlänge.

»Sind Sie der Polizist?«

Wollin deutete mit einem Kopfnicken auf den Spielplatz des Restaurants. »Wir setzen uns jetzt dahin, und dann erzählst du mir deine Geschichte.«

Der Junge trottete wie ein geprügelter Hund neben ihm her. Wollin schubste ihn unsanft auf eine regennasse Bank, stellte ein Bein darauf ab und beugte sich, die Hände auf dem Knie abgestützt, über den Jungen. »Dann schieß mal los.«

Der Bursche rückte ein Stück von ihm ab und schlüpfte aus dem Trageriemen des Rucksacks.

»Was ist da drin?«

»Nichts.«

»Lass mal sehen.«

»Nee, Mann, da is nichts drin.«

Wollin entriss ihm den Rucksack und warf einen Blick hinein. »Du bist ein verdammter Sprayer.«

Der Junge drehte den Kopf zur Seite und schwieg.

»Hör mal, mich interessiert nicht, was du für einen Rotz an die Wände sprühst. Erzähl mir von dem Abend.«

»Kann ich meinen Eastpak wiederhaben?«

»Klar.« Wollin warf ihm den Rucksack auf den Schoß. »Und jetzt erzähl, ich hab nicht ewig Zeit.«

»Na ja.« Der Junge zögerte. »Ich war letzten Freitag beim Maimarkt draußen. An der Unterführung. Wollte da was fertig machen. Ein Symbol. Ziemlich groß, wissen Sie.«

»Du hast also ein Bild an die Wand gesprüht?« Wollin zündete sich ein Zigarillo an. »Wie spannend.«

»Na ja, als ich ankam, war da so ein Penner, auf der anderen Seite der Brücke. Zuerst wollte ich mich wieder vom Acker machen. Aber der war total besoffen, hat nur dummes Zeugs gefaselt. Und da dacht ich mir, dass der mir nichts kann. Ich hab meine Sachen ausgepackt und angefangen zu arbeiten.«

Arbeiten, dachte Wollin und musste sich verkneifen, den Jungen zu unterbrechen.

»Vielleicht 'ne halbe Stunde, dann kamen so ein paar Jungs. Russen oder Albaner, auch Deutsche – keine Ahnung.«

»Woher kamen die?«

»Von der anderen Seite, also dort, wo der Penner rumgelabert hat.«

»Wie viele?«

»Vielleicht vier oder fünf, weiß nich mehr genau. Ging dann auch ziemlich schnell alles.«

»Was ging schnell?«

»Hey, die haben den echt fertiggemacht. Zuerst haben die angefangen, ihn hin und her zu schubsen und aufs Übelste zu beleidigen. Das war echt krass. Der hat denen ja nix gemacht.«

»Und dann?«

»Die sind total abgegangen. Ich hab mich hinter so 'nem Dreckhaufen verschanzt. Hatte voll Schiss, dass die mich entdecken. Einer hat sein Ding rausgeholt und auf den Penner draufgepisst. Das fanden die anderen total lustig.«

»Weiter!«

»Plötzlich hatte der Wortführer so 'n Scheißmesser rausgeholt. Echt, das war mindestens so groß ...«, der Junge hielt seine Hände im Abstand von etwa dreißig Zentimetern auseinander, »... und damit dem Penner vor der Nase rumgefuchtelt und rumgeschrien, dass er sich aussuchen kann, ob sie ihm zuerst die Eier oder die Zunge abschneiden sollen.«

»Das hast du alles gehört?«

»Scheiße, ja. Der Neckar is an der Stelle vielleicht fünfzehn Meter breit. Kannst ja hingehen und ausprobieren.«

»Ist ja gut. Erzähl weiter.«

»Der Penner hat die ganze Zeit ›Aufhören‹ gebrüllt, und dann hat er das Messer an der Klinge erwischt und zugepackt. Da is der andere voll ausgeflippt und hat den zuerst ein paarmal angeschrien, er soll loslassen, und dann hat er das Messer einfach nach unten rausgerissen.«

Wollin schnaufte laut durch die Nase. Für gewöhnlich berührten ihn die vielen Gesichter der Gewalt nicht mehr. Er hatte tagtäglich damit zu tun. Das war sein Job, die Welt, in der er lebte und in der er seine Brötchen verdiente. Er hatte eine sehr spezielle Meinung zu Obdachlosen. »Reisende soll man nicht aufhalten«, war einer seiner Lieblingssprüche, wenn ab und an einer der Tippelbrüder bei einer Auseinandersetzung ums Leben kam oder im Winter steif vor dem Eingangsbereich eines Kaufhauses lag. Aber die Schilderungen des Jungen gingen ihm unter die Haut. Vielleicht auch deswegen, weil er ja bereits wusste, was jetzt kam.

»Und dann?«

»Ging's weiter mit Fußtritten. Immer so, wie du 'nen Elfer trittst. Ich weiß echt nich, wie lang das ging. Dachte, der wär längst kaputt, aber er hat sich immer noch gerührt und geschrien. Dann hatte der Ringertyp die Idee mit dem Wodka.«

»Der Ringer war der Wortführer?«

»Genau. Der hat ihm das Zeug über die Kleider geleert und 'nem anderen gesagt, dass der ihn anzünden soll. Mann, das war voll aggro, aber ich konnte nichts machen.«

»Darüber reden wir später«, sagte Wollin. »Erzähl fertig.«

»Der wollte dann nicht, und der Ringer hat ihn angebrüllt,

dass er ihm den Kopf abreißt, wenn er es nicht macht. Das ging 'ne ganze Weile so, und der Penner hat danebengestanden und gefroren wie ein Schwein.«

»Wie sah der aus, der ihn dann angezündet hat?«

»Weiß nich. Das war ja gar nich der, der es zuerst machen sollte. Der is dann irgendwann einfach abgehauen, und dann hat der Anführer einem anderen gesagt, dass er's machen soll.«

»Wie weit waren die zu dem Zeitpunkt vom Flussufer weg?«

»Paar Meter vielleicht, weiß nich.«

»Okay.«

»Scheiße, der Typ hat gebrannt wie 'ne Fackel. Ich hab's erst gar nicht gecheckt, dass die alle auf und davon waren. Hab nur auf den Typ gestarrt, wie er sich ans Wasser geschleppt hat. Der wurde immer langsamer und hätt's fast nich geschafft.«

»Okay. Und dann?«

»Was denkste? Hab mein Zeug geschnappt, und nix wie weg.«

»Warum hast du dich nicht um den Mann gekümmert?«

»Klar! Damit die Bullen *mich* am Arsch kriegen.«

»Wenn du so Schiss vor uns hast, warum hast du dann angerufen?«

»Hab halt gelesen, in der Zeitung. Dass ihr die Typen immer noch nich geschnappt habt. Find's ja gut, dass der Penner überlebt hat, aber das geht gar nich, oder?«

»Warum glaubst du, dass ich dir die Story abnehme?«

»Hey, Mann. Ich lüg nicht. Seh ich vielleicht aus wie jemand, der sich den ganzen Scheiß ausgedacht hat?«

»Keine Ahnung, wie so einer aussieht. Vielleicht willst du dich einfach nur wichtigmachen.«

»Was 'n Scheiß! Ich ruf die Bullen, um 'nen fetten Max zu machen.«

»Würdest du die Typen wiedererkennen?«

»Bin doch nicht bescheuert.«

»Kannst du sie mir beschreiben?«

»Kein Problem.«

»Warte.« Richy Wollin griff in seine Lederjacke und holte ein Notizbuch hervor. Währenddessen zauberte der Junge sein Mobiltelefon aus der Hosentasche und drückte ein paar Tasten.

»Ich muss sie dir nich beschreiben. Du kannst dir die Typen einfach angucken.«

Wollin sah den Jungen ungläubig an. »Zeig her.« Er riss ihm das Telefon aus der Hand.

»Wenn Sie mir das Ding nich zurückgeben, behalt ich die Tastenkombination für mich.«

»Kein Problem.« Wollin verstaute das Mobiltelefon in seiner Innentasche und erhob sich. »Dann ist es hiermit beschlagnahmt. Für meine Jungs in der Technik ist das eine leichte Übung.«

»Okay. Sie haben gewonnen.« Der Junge streckte fordernd seine Hand aus. »Geben Sie schon her. Ich zeig Ihnen, wo's gespeichert ist.«

Er reichte dem Jungen das Telefon. Der drückte in atemberaubender Geschwindigkeit einige Tastenkombinationen, stellte den Lautsprecherregler auf volle Stärke und gab es dem Polizisten zurück. »Sie müssen nur noch auf Play drücken.«

»Was du nicht sagst.« Wollin hielt seine Hand schützend über das Display und startete die Aufnahme. Die Qualität ließ zu wünschen übrig. Dennoch konnte man deutlich die von dem Jungen beschriebene Handlung erkennen.

Als der Film den angeblichen Wortführer mit dem Messer zeigte, bestätigte sich Wollins erster Verdacht. Mit neunundneunzigprozentiger Sicherheit handelte es sich um genau den Scheißkerl, den er während der Schilderungen sofort vor Augen gehabt hatte. Alles passte zusammen. Er hatte schon lange geahnt, dass diese Gang mehr als die üblichen Delikte auf dem Kerbholz hatte, aber bislang war es niemandem gelungen, der Bande etwas anderes als Diebstähle, Körperverletzungen oder illegalen Drogenbesitz nachzuweisen.

Die Aufzeichnung war Gold wert. Mit einer entsprechenden Vergrößerung würde man die übrigen Gesichter erkennen können, und dann hätte die Stadt auf einen Schlag eine ganze Handvoll nutzlosen Gesindels von der Backe.

Wollin verspürte eine Mischung aus Ekel und Genugtuung. Der Film musste so schnell wie möglich in die Technik. Mit einem Mal hatte er es eilig. Er drückte die Stopptaste und verstaute das Mobiltelefon zum zweiten Mal in seiner Jackentasche.

»Hey! Was soll das? Geben Sie mir mein Handy wieder.«

»Vergiss es. Du kannst es dir nächste Woche auf dem Präsidium abholen.«

»Aber Sie können mir das doch nicht einfach wegnehmen.«

»Und ob. Außerdem tauchst du morgen früh bei mir im Büro auf. Dann bringen wir deine Aussage zu Papier.«

»Morgens bin ich in der Schule.«

»So wie heute?«

»Dachte, das wäre wichtiger, oder hätt ich lieber die Klappe halten sollen?«

»Dann kommst du eben mittags.« Wollin erhob sich und ging in Richtung seines Wagens.

»Glauben Sie mir jetzt?«

Wollin drehte sich nochmals um. »Klar!« Er zwinkerte dem Jungen zu. »Hast du gut gemacht.«

Moritz Kepplinger saß vornübergebeugt an seinem Schreibtisch, den Kopf in den Händen vergraben. Er hatte versucht, sich durch den Stapel von Zeugenhinweisen zu arbeiten, die bislang eingegangen waren, aber auf den ersten Blick keinen brauchbaren Fingerzeig zu enthalten schienen. Es fiel ihm schwer, sich zu konzentrieren. Ständig kreisten seine Gedanken um die dramatischen Ereignisse in der Nürnberger Bank.

Noch gab es keine Neuigkeiten. Zwei Spezialeinsatzkommandos samt Präzisionsschützen standen für einen Zugriff bereit, wie der Kollege aus Bayern vor einer Viertelstunde hatte verlauten lassen. Noch hofften die Polizeiführer darauf, dass es einem eigens aus München angereisten Polizeipsychologen gelingen würde, die beiden Täter zur Aufgabe zu bewegen.

Kepplinger empfand es als unerträglich, tatenlos am Schreibtisch sitzen zu müssen. Wie alle anderen wünschte er sich ein rasches, unblutiges Ende der Geiselnahme herbei. Gleichzeitig wusste er als ehemaliger SEK-Ermittler, dass der Psychologe auf Zeit spielen würde. Darauf, dass die erste hektische Phase, in der die Gefahr einer Eskalation am größten war, vorüberging und die Anspannung der Täter nachließ.

Vieles sprach aus Kepplingers Sicht für eine Verzweiflungstat von Ella Jankovic und ihrem unbekannten Begleiter, der sich als Henry Foret ausgab. Aber was genau steckte dahinter, und vor allem: Wer waren Ella Jankovic und der andere?

Für Kepplinger war Jankovic eine Art Schlüsselfigur. Er erwischte sich bei dem Gedanken, dass er ohne ihre Aussage den Mord an Henry Foret niemals würde aufklären können. Allein deswegen musste sie die Bank lebend verlassen.

Er dachte an die drei Geiseln und seine Kollegen vom Spezialeinsatzkommando, die jetzt in voller Montur und bis an die Zähne bewaffnet bereitstanden. Er wusste, was in ihren Köpfen vorging, hatte er doch selbst oft genug vergleichbare Situationen erlebt. Jene konzentrierte Anspannung, in der Minuten zu Stunden wurden und die Ablenkung sich als größter Feind erwies. Wie man in Gedanken immer und immer wieder alle erdenklichen Szenarien durchspielte, mit denen man in der nächsten Sekunde konfrontiert werden könnte. Die Ambivalenz zwischen der antrainierten Souveränität auf der einen Seite, dem bangen Hoffen darauf, keinen Fehler zu machen, auf der anderen. Letztlich der bloße Wille, zu überleben und den Zustand der Bedrohung in ein Gefühl der Sicherheit zu kehren.

Er dachte daran, dass er selbst in derartigen Situationen nie Angst gehabt hatte. Die Angst kam später. Nur einmal war es ihm passiert, dass er beinahe die Nerven verloren hatte.

Die Meldung, dass die drei Täter mit Schweizer Sturmgewehren bewaffnet waren, kam erst, nachdem sie in der Wohnung über den Schalterräumen der Bank Stellung bezogen hatten. Das ältere Ehepaar, dem die Wohnung gehörte, saß die ganze Zeit über verängstigt auf dem Sofa. Eng aneinandergeschmiegt, als ob sie es wären, die der Tod in den nächsten Stunden ereilen würde.

Durch den Fußboden drangen die bedrohlichen Direktiven der Täter an die dreißig Geiseln, die sie in ihre Gewalt gebracht hatten. Allen war klar, dass der ballistische Schutz ihrer Westen diesen Gewehren nicht standhalten würde.

Schließlich gab der Einsatzleiter über Funk bekannt, dass es jedem freigestellt war, sich im Fall eines Notzugriffs diesem Risiko zu stellen. Sie bekamen fünf Minuten Bedenkzeit.

Im ersten Moment gab es kein Zögern, aber als einer seiner Kollegen plötzlich die Nerven verlor, überkam ihn eine Furcht, wie er sie bis dahin nicht erlebt hatte.

»Ich habe drei kleine Kinder!«, rief der Kollege, von einem plötzlichen Weinkrampf geschüttelt. Und dann immer wieder: »Ich will hier nicht sterben! Nicht jetzt!«

Die Angst erlaubte ihm nicht einmal, dem Verzweifelten zu Hilfe zu eilen und ihm die Entscheidung zu erleichtern oder gar die Verantwortung zu übernehmen. Dann der ohrenbetäubende Schuss ein Stockwerk tiefer und die panischen Schreie der Geiseln. Keiner wusste im ersten Moment, was geschehen war. Ob es sich um einen Warnschuss gehandelt hatte oder der erste Tote zu beklagen war. Schließlich die Information, dass offenbar alle am Leben waren, die Geiselnehmer aber ihren Forderungen nunmehr damit Nachdruck verliehen, alle drei Minuten einen Finger vor die Bank zu werfen, die sie ihren Opfern unter vorgehaltener Waffe abhackten.

Nachdem ein drittes Mal ein markerschütternder Schrei in die Wohnung über der Bank gedrungen war, erfolgte der Zugriffsbefehl.

Er hatte gezögert, eine Sekunde vielleicht oder zwei.

Aber dann war er den anderen hinterhergerannt.

»An was denkst du, *amico*?«

Falcones Frage riss ihn aus seinen Erinnerungen.

»Nichts«, antwortete er.

»Man kann nicht nichts denken«, sagte Falcone.

»Ich hätte ein paar Fragen an Ella Jankovic«, sagte Kepplinger. »Aus diesem Grund wünschte ich mir, dass die Kollegen den Finger nicht allzu leichtfertig am Abzug halten.«

»Du müsstest doch am besten wissen, wie es ist«, sagte Falcone. »Die beiden Täter bestimmen doch, wie es ausgeht, oder etwa nicht?«

Kepplinger nickte. »Jede Situation ist anders, aber natürlich hast du recht.«

***

Auf der Rückfahrt zum Polizeipräsidium gönnte sich Wollin ein Guinness. Unter dem Fahrersitz hortete er stets einen überschaubaren Dosenvorrat. Genussvoll legte er den Metallbügel um und nahm einen tiefen Schluck. Dann schaltete er den CD-Spieler ein, und kurze Zeit später wummerten die ersten Gitarrenriffs von Rory Gallaghers »Shadow Play« durch den Subwoofer. Wollin drehte den Lautstärkeregler nach rechts und wippte mit dem Kopf im Rhythmus der Musik.

An der nächsten Ampel zündete er sich eine Cohiba Club an. Die besten Zigarillos der Welt, wie er zu sagen pflegte. Dann fiel sein Blick auf das Mobiltelefon des Jungen auf dem Beifahrersitz. Wenn das mal kein guter Fang war, dachte er. Mit etwas Glück kann ich diese Drecksbande noch heute Abend auf dem Präsentierteller liefern.

Sein Inspektionsleiter würde nicht umhinkommen, ihn bei der nächsten Beförderung zu berücksichtigen. Wollin hatte mit Abstand die beste Fangquote, trotzdem war er vielen seiner Kollegen und den meisten Vorgesetzten ein Dorn im Auge, was ihm aber völlig gleichgültig war. Ärgerlich war nur der Umstand, dass er sich mit seiner draufgängerischen Art regelmäßig eine schlechte Beurteilung einfing und mittlerweile der dienstälteste Oberkommissar der Inspektion war. Eine Ungerechtigkeit, die nicht wenig zu seinem eigenbrötlerischen Verhalten beitrug.

»Won't you tell me how I can find my way
In this shadow play, this shadow play …«

Wollin grölte den Refrain lauthals mit. Verdammt, war das ein geiler Song. Scheiß drauf, dachte er und griff nach der Bierdose. Über Gallagher hatte er gelesen, er habe immer ein gut gefülltes Glas Guinness in der Nähe gehabt. Eine solche Lebensphilosophie imponierte ihm. Lieber ein kurzes, aber intensives Leben als hundert Jahre Langeweile.

Zu seiner Verärgerung begann sein Mobiltelefon zu vibrieren. Auf dem Display leuchtete die Nummer seines Chefs. Widerwillig drehte er den Lautstärkeregler zurück und nahm das Gespräch an.

»Wo bist du, Richy?«

»Auf der Jagd.«

»Wann bist du zurück?«
»Gibt es ein Problem?«
»Hör mal zu. Die Göppinger Kripo hat einen toten Landstreicher. Da kam grad zum zweiten Mal eine Fahndung rein.«
»Wen interessiert das?«
»Vielleicht haben unsere Fälle damit zu tun.«
»Das glaubst du doch selbst nicht.«
»Du kannst es dir ja mal ansehen.«
»So ein Scheiß!«
»Übrigens …«
»Was denn noch?«
»Die Uniklinik hat angerufen. Sie mussten ihm beide Beine abnehmen.«
»Fuck!«
Wollin warf das Telefon auf die Frontablage und drehte die Musik lauter. Was interessieren mich tote Penner?, dachte er.
»Wer Hirsche jagt, schaut nicht auf Hasen«, zitierte er eine seiner Plattitüden und drückte das Gaspedal durch.

Es gefiel ihr nicht, wie der Mann hinter dem Postschalter sie anstarrte. Immer häufiger musterte er mit gierigem Blick ihren Körper und besonders ihre Brüste. Schließlich grinste er sie herausfordernd an. Als ob sie eine billige Nutte wäre. Wenn er den Mund öffnete, konnte sie seine schief stehenden Zähne und ein halbes Dutzend Amalgamfüllungen erkennen.
Sie verspürte den Wunsch, ihm in aller Öffentlichkeit in sein unverschämtes Grinsen zu schlagen. Sie stellte sich vor, wie er winselnd auf dem Boden liegen und um Verzeihung betteln würde. Wie sie ihn vor allen Anwesenden zur Rede stellen und fragen würde, wie es jetzt um seine Geilheit bestellt sei. Ob er genug von ihren Titten gesehen habe.
Du stinkender, dreckiger Affe!
Es war immer dasselbe, und sie fühlte sich in ihrer Abneigung gegenüber dem anderen Geschlecht bestätigt. Lauter dreckige, stinkende Affen.
Dem Rat der Kriegerin in ihr folgend, wechselte sie die Reihe. Es war ihr egal, länger warten zu müssen. Sie durfte ihrer

Wut keine Nahrung mehr geben. Sie musste sich unauffällig verhalten, wie ein Schatten.

Am vorderen Ende der Schlange versah ein älterer Beamter mit stoischer Gemächlichkeit seinen Dienst. Er war harmlos. Dieser Trottel würde keine unbeherrschte Reaktion bei ihr auslösen.

Sie beobachtete das geschäftige Treiben der Menschen. Alle schienen es furchtbar eilig und gleichzeitig das Bedürfnis zu haben, sich wichtigzumachen. Da ein vorwurfsvolles Räuspern, dort eine nichtssagende Äußerung: »Wie lange dauert das denn heute?« Oder eines dieser sinnlosen Telefonate: »Du, Schatz, ich bin jetzt in der Post.«

Sie hasste diese Menschen. Sie spürte, wie sie sich von Neuem in ihre Wut hineinsteigerte, und zog in Erwägung, kehrtzumachen und die Filiale zu verlassen. Ihre Hände ballten sich zu Fäusten. So fest, dass die Knöchel weiß hervortraten.

Endlich ging ein Ruck durch die Warteschlange. Sie trat einen Schritt vor und versuchte, die Beherrschung zurückzugewinnen. Dabei dachte sie an den Kinofilm, den sie vor ein paar Wochen gesehen hatte. An die starke Jodie Foster, die in einem erbarmungslosen Rachefeldzug gegen die feigen Mörder ihres Freundes unerkannt geblieben war und dabei nie die Kontrolle verloren hatte. Genau so musste sie es anstellen.

Es ließ sich nicht vermeiden, am Alltag teilzunehmen. Sich unter diese verlogenen Kreaturen zu mischen, die sie seit der Kündigung jeden Tag mehr verabscheute. Wie verhasst waren ihr die ungeschriebenen Regeln des Miteinanders geworden, jene gespielte Freundlichkeit. Gute Miene machen zum bösen Spiel. Alles in ihr wehrte sich gegen dieses System, dessen Opfer sie geworden war und an das sie, bis auf einen letzten verzweifelten Rest, ihren Selbstwert verloren hatte.

Sie erschrak aufs Äußerste, als ihr jemand gegen die Schulter tippte. Schon war sie im Begriff, zu einem Schlag auszuholen, als sie bemerkte, dass vor ihr eine größere Lücke aufgeklafft war.

Ihr war klar, dass sie ihre Freiheit nur zurückgewinnen konnte, wenn sie sich auf all das einließ. Nur so war es möglich, an ihr Postfach zu gelangen, nachdem sie den gesamten Vormittag vergeblich nach dem Schlüssel gesucht hatte. Nur so konnte sie in Erfahrung bringen, ob jemand auf eine ihrer Bewerbungen reagiert hatte, und Klarheit gewinnen, ob jemand anderes in den Besitz des Schlüssels gekommen war und im schlimmsten Fall bereits ihre geheimen Tagebücher gefunden hatte.

Jetzt hatte sie sich wieder unter Kontrolle. Es war ein gutes Gefühl, die Wut zu besiegen, besser gesagt zu beherrschen und damit Macht über diejenigen zu gewinnen, die sie so sehr verabscheute. Jetzt war sie wieder die Kriegerin, die am Vorabend den Schmerz besiegt hatte.

Moritz Kepplinger stierte noch immer lustlos auf die eingegangenen Zeugenhinweise und wärmte sich an seiner mittlerweile vierten Tasse Kaffee. Es war einfach unglaublich, welchen Mist mancher glaubte bei der Polizei abladen zu müssen.

Jemand schrieb, dass es sich bei den Tätern um Ausländer handeln müsse, ein anderer, dass sich die Politik, in diesem Fall der Gemeinderat, zu wenig um Obdachlose kümmere. Ein Mann, der vorgab, sich im Milieu auszukennen, war überzeugt, der Täter stamme aus demselben. Eine Rentnerin mit dem seltsam anmutenden Namen Kreszentia Kotzer stellte anhand eines Bibelzitats die Frage, ob der Tod nicht der zu erwartende Sturm gewesen sein könnte, den der Ermordete mit seinem gottlosen Dasein selbst gesät habe.

Kepplinger warf derartige Mitteilungen kopfschüttelnd in einen Karton mit der Aufschrift »PRIO 4«. Die Durchsicht der Unterlagen erschien ihm als reine Zeitverschwendung. Andererseits war es nicht völlig auszuschließen, dass etwas Brauchbares darunter war.

»Irgendwas Aufschlussreiches in Erfahrung gebracht?«, fragte er, als Salvatore Falcone von einer Stippvisite bei Brandstätter zurückkehrte.

»No«, sagte Falcone und ließ sich auf seinen Stuhl fallen. »Und bei dir?«

»No«, erwiderte Kepplinger. »Das heißt, bis auf das hier.« Er kramte eine Notiz aus den Unterlagen. »Da berichtet ein älterer Herr, der in der Burgstraße, genau gegenüber dem Park, im zweiten Stock wohnt, dass er zur fraglichen Zeit vom Balkon

aus einen Streit zwischen einem Mann und einer jüngeren Frau beobachtet habe.«

»Mit einem Nachtsichtgerät?«, erkundigte sich Falcone grinsend. »Der obere Teil des Parks liegt doch völlig im Dunkeln.«

»Zu diesem Zeitpunkt standen die beiden wohl im Schein der Straßenlaternen«, zitierte Kepplinger aus dem Telefonprotokoll. »Jedenfalls passt die Personenbeschreibung auf Foret: Armeejacke, Turnschuhe und so weiter. Die Frau beschreibt er lediglich als dunkel gekleidet.«

»Lilly«, sagte Falcone. »Oder Ella Jankovic?«

»Sind beides keine jüngeren Frauen.«

»Kommt möglicherweise darauf an, wie alt der Zeuge ist?«

»Daran habe ich auch schon gedacht.«

»*Amico*, möchtest du etwa die Fahndung auf eine weitere Unbekannte ausdehnen?«

»Keine Ahnung«, erwiderte Kepplinger. »Jedenfalls werde ich mir das bei Gelegenheit genauer ansehen und dem Herrn einen Besuch abstatten.«

»Wenn du meinst.«

In dem Moment stürmte Christian Schwarz ins Büro.

»Gibt es etwas Neues?«

»Nein«, sagte Schwarz aufgeregt. »Das heißt, ja.«

»Was jetzt?«

»Nicht über die Geiselnahme.«

»Sondern?«

Schwarz reichte Kepplinger eine Kopie. »Ein Anruf eines Mitarbeiters des Klinikums in Saarbrücken.«

Im ersten Moment glaubte Kepplinger, dass der Anruf etwas mit der Viruserkrankung von Markus Ackermann zu tun haben könnte.

»Henry Foret ist dort im September 2003 als Notfall eingeliefert worden«, fuhr Schwarz fort. »Und zwar nach einer Massenschlägerei unter Obdachlosen. Über die genauen Verletzungen erhielt ich am Telefon keine Auskünfte, aber es hat ihn angeblich ziemlich …«

»Wie lange war er dort?«, unterbrach ihn Falcone.

»Lass mich doch ausreden, verdammt noch mal!«

»Ganz ruhig«, sagte Kepplinger.

»Foret ist seinen Verletzungen nach vier Tagen erlegen.«

»Was?« Falcone war aufgesprungen. »Sag das noch mal.«

»Henry Foret starb auf der Intensivstation«, wiederholte Schwarz. »Wir bekommen die Krankenakten auf dem offiziellen Weg.«

»Weiß Brandstätter davon?«, fragte Kepplinger. »Die anderen?«

»Noch nicht.«

Der ekelhafte Spießer vor ihr hatte sich im Gespräch mit dem Postbeamten als Berater einer Bausparkasse geoutet, was ihr ein müdes Lächeln abrang. Ihre Menschenkenntnis hatte sie selten im Stich gelassen. Als sie endlich an der Reihe war, wusste sie zuerst nicht, wie sie ihre Zwangslage beschreiben sollte. Der doof glotzende Beamte zuckte nervös mit den Mundwinkeln. »Wie kann ich helfen?«, fragte er.

»Es geht um mein Postfach«, sagte sie zögerlich und mit leiser Stimme.

»Was ist damit?«

»Ich habe meinen Schlüssel verlegt, müsste aber dringend einen Blick hineinwerfen.«

»Nehmen Sie doch Ihren Zweitschlüssel.«

»Meinen was?«, fragte sie überrascht. »Ich habe nur einen Schlüssel.«

»Unmöglich«, sagte der Postbeamte. »Zeigen Sie mir mal den Vertrag.«

»Die Unterlagen sind leider auch in dem Fach, aber ich bin mir sicher, dass ich keinen zweiten Schlüssel bekommen habe.«

»Wie Sie meinen.« Der Beamte schüttelte gleichgültig den Kopf und reichte ihr einen Vordruck. »Unterschrift nicht vergessen.«

Sie warf einen Blick auf das Formular. »Was soll ich damit?«

»Der Antrag für ein neues Schloss und zwei Schlüssel.«

»Was kostet das?«

»Achtundsechzig Euro und nochmals fünf für die Bearbeitung«, antwortete der Beamte. »Dauert etwa zwei bis drei Werktage.«

»Das möchte ich nicht«, antwortete sie kleinlaut. »Dann schaue ich lieber noch mal nach.«

»Wie es Ihnen beliebt.«

Sie zögerte. Was sollte sie jetzt tun? Siebzig Euro waren in ihrer momentanen Situation ein Vermögen. Seit Wochen hatte sie ihr Tagesbudget auf zehn Euro reduziert und sich bislang eisern daran gehalten.

»Noch etwas?« Der Beamte steckte sich ungeniert einen Kugelschreiber ins Ohr und bewegte ihn genussvoll hin und her.

»Gibt es nicht die Möglichkeit, dass ich kurz einen Blick hineinwerfe?«

»Wie stellen Sie sich das vor?«

»Es gibt doch bestimmt einen Generalschlüssel?«

Der Beamte lachte laut auf. »Und den soll ich Ihnen jetzt einfach geben?«

»Das habe ich nicht gemeint«, sagte sie entschuldigend, während sie die verächtlichen Blicke der Umstehenden in ihrem Rücken spürte und vor Scham die Augen schloss. Nachdem sie ein paarmal tief durchgeatmet hatte, wagte sie einen letzten Versuch. »Sie könnten doch mitgehen, meinetwegen wenn Sie nachher eine Pause haben. Ich kann auch warten, bis die Filiale schließt.« Sie sah ihn mit flehenden Augen an. »Bitte!«

Der Postbeamte nahm die Brille ab und rieb sich angestrengt die Stirn. Es war offensichtlich, dass er mit ihrem Anliegen überfordert war. Schließlich nickte er zögernd und vertröstete sie auf sein Dienstende. »Um vier«, sagte er mit vorgehaltener Hand. »Aber nur dieses eine Mal.«

»Erklären Sie mir das noch einmal, Kepplinger«, forderte ihn Brandstätter auf. »Ich verstehe nur Bahnhof wie vermutlich die meisten anderen hier im Raum.«

Sie hatten sich spontan im Büro des Inspektionsleiters eingefunden, da sie jeden Moment mit einem Anruf aus Nürnberg rechneten.

»Der wirkliche und vermutlich einzige Henry Foret, den es

jemals gab, verstarb in der Nacht auf den 24. September 2003 im Klinikum Saarbrücken an den Folgen einer Auseinandersetzung unter Obdachlosen«, wiederholte Kepplinger seine Ausführungen. »Die genaue Todesursache kennen wir noch nicht, was aber für den Moment auch keine Rolle spielt.«

»Woher wissen wir, dass er der ›richtige‹ Foret war, und wieso sind Sie so sicher, dass es keinen zweiten oder dritten gibt?«

»Christian?«, forderte Kepplinger seinen jungen Kollegen auf.

»Äh, ja. Ich habe noch mal mit dem Krankenhaus telefoniert und diese Kopie seines Reisepasses zugefaxt bekommen.« Schwarz reichte das Dokument in die Runde.

»Das hier ist eine Mehrfertigung des Passes, den wir von den französischen Behörden erhalten haben«, fügte Kepplinger hinzu und übergab es Brandstätter.

»Dasselbe Dokument«, stellte der Vorgesetzte fest.

»Und wir haben diesen Pass bei der Leiche gefunden.«

Brandstätter rückte seine Lesebrille zurecht. »Die gleiche Nummer, aber eine andere Adresse ohne Änderungsvermerk.«

»Und ein anderes Foto.«

»Richtig.«

»Ergo eine Fälschung«, sagte Kepplinger. »Der falsche Foret ist, auf welchem Weg auch immer, in den Besitz dieses Ausweises gekommen und firmiert seit Jahren unter diesem Namen.«

»Gibt es einen Anhaltspunkt, seit wann er das tut?«

»2005 hat er das Haus in Habsheim angemietet und im selben Jahr das Konto bei der Consorsbank eröffnet«, sagte Kepplinger. »Zusammen mit Ella Jankovic, über deren Identität wir genauso im Unklaren sind.«

Er hielt einen Moment inne. Krampfhaft versuchte er, den Gedanken zu fassen, der, noch während er gesprochen hatte, für den Bruchteil einer Sekunde aufgeblitzt war. Er wusste, dass es nicht unmittelbar mit dem Gesagten zusammenhing, aber doch nur einen Gedankenschritt davon entfernt war. Er kam nicht drauf. Kopfschüttelnd widmete er seine Aufmerksamkeit wieder der Konversation.

»Wie kann er in den Besitz der Papiere gekommen sein?«, fragte Herder.

»Dazu müssen wir mehr über das Prozedere in Erfahrung bringen, wenn Menschen in der Klinik sterben, die nicht krankenversichert sind und bei denen auch kein Angehöriger auszumachen ist«, sagte Kepplinger.

»War das etwa so?«

Schwarz nickte. »Die Originalakte befindet sich offenbar bei der Stadt, weil sie die Bestattungskosten übernommen hat. Wer für die Krankenhauskosten aufgekommen ist, weiß ich nicht.«

»Vermutlich das Sozialamt.«

»Möglich.«

»Bis auf den Pass«, sagte Falcone.

»Wie?«

»Ich meinte, dass sich der Ausweis in keiner Akte mehr befindet. Vielleicht hat der falsche Foret bei der Stadt oder Krankenhausverwaltung gearbeitet.«

»Darauf wollte ich mit meiner Frage hinaus«, sagte Herder.

»Scusa.«

»Wir könnten dem Klinikpersonal das Foto unseres Toten zukommen lassen«, schlug Schubart vor.

»Das Ganze liegt zehn Jahre zurück«, widersprach Herder. »Glaubst du wirklich, dass ihn jemand darauf wiedererkennt? Abgesehen davon, dass das Passbild vermutlich noch ein paar Jahre älter ist.«

»Wenn er dort gearbeitet hat, gibt es Bewerbungsunterlagen, die ebenso alt sein könnten«, konterte Schubart.

»Einen Versuch ist es in jedem Fall wert«, schlug Kepplinger vor. Er erinnerte sich an den Geistesblitz, der ihn kurz zuvor gestreift hatte. Plötzlich wusste er, dass die Eingebung mit der Identität von Ella Jankovic zusammenhing, und blätterte in der Ermittlungsakte, bis er die gesuchte Seite fand. Schließlich fügten sich die Puzzleteile ineinander.

»Wartet mal«, sagte er, während er das Blatt vorsichtig aus dem Ordner löste. »Das ist die Fotokopie des Ausweises, den Ella Jankovic bei der Vertragsunterzeichnung bei der Consorsbank vorgelegt hat.«

Kepplinger reichte das Dokument an Schwarz weiter. »Würdest du nochmals in der Klinik anrufen und dich nach ihr erkundigen?«

»Gern«, sagte Schwarz und erhob sich. »Mir ist nur nicht klar, was du damit bezwecken willst.«

Die Kollegen sahen Kepplinger fragend an.

»Ihr habt mich doch auf die Idee gebracht«, sagte er lächelnd. »Jedenfalls könnte ich mir gut vorstellen, dass auf Ella Jankovic auch schon einmal ein Totenschein ausgestellt worden ist. Und wer weiß, vielleicht hat sie ja in derselben Klinik das Zeitliche gesegnet.«

Im Raum machte sich ein anerkennendes Schweigen breit.

»Kann sein, dass ich völlig danebenliege«, schwächte Kepplinger die eingetretene Erwartungshaltung ab. »Wenn nicht, hätten wir endlich einen Berührungspunkt, vielmehr zwei.«

»Due elementi?« Falcone sah ihn fragend an.

»Eine Verbindung zwischen dem Ermordeten und seiner … nennen wir sie bis auf Weiteres Geschäftspartnerin und einen zeitlichen und räumlichen Zusammenhang, den ich spontan als Ausgangs- oder Startpunkt bezeichnen würde.«

Ein paar Sekunden sagte niemand ein Wort. Dann durchbrach das schrille Läuten des Telefons die eingetretene Stille.

Es machte ihr nichts aus, in der Kälte zu warten. Seit Stunden saß sie auf einer Bank auf dem Bahnhofsvorplatz, der unmittelbar an den Eingangsbereich zur Post grenzte. Sie durfte den Beamten auf keinen Fall verpassen. Ihr war klar, dass er keine Sekunde auf sie warten würde, falls er überhaupt sein Versprechen einlösen und ihr einen Zugriff auf ihr Postfach ermöglichen würde.

Gedankenverloren betrachtete sie die Menschenmassen. Zufrieden stellte sie fest, dass die meisten Passanten achtlos an ihr vorübergingen. Ab und an warf ihr jemand einen mitleidvollen Blick zu, was an der alten Strickmütze liegen konnte, die sie tief ins Gesicht gezogen hatte.

Sollen sie mich ruhig für eine Landstreicherin halten, dachte sie. Dabei erinnerte sie sich an den Vorfall im Schlosspark und musste sich einen Moment besinnen, ob es Freitag oder Samstag gewesen war.

Es kam ihr so vor, als läge alles weit zurück, aber es musste Freitagnacht gewesen sein. Sie dachte daran, dass ihr nicht einmal die Hände gezittert hatten, nachdem es vorüber war. Es war richtig gewesen, ihn zu töten. Vor vielen Jahren hatte es eine Zeit gegeben, in der sie sich jeden Abend vorgestellt hatte, alle drei umzubringen. Ihn, den verhassten Stiefvater und ihre eigene Mutter. Beinahe wäre sie daran kaputtgegangen, hätte sie nicht die Flucht ins Unbekannte gewagt.

Plötzlich fiel ihr Blick auf einen der Taxistände vor dem Bahnhof. Da stand er. Ihr degoutanter Sachbearbeiter aus der Agentur für Arbeit. Rasch drehte sie ihm den Rücken zu und entfernte sich mit schnellen Schritten. Erst als sie um die Ecke des Postamts gehuscht war, hielt sie inne. Sie wollte ihm auf keinen Fall auf offener Straße begegnen, andererseits durfte sie sich nicht allzu weit entfernen. In weniger als fünfzehn Minuten musste sie wieder hier sein.

Sie zog sich die Strickmütze noch tiefer ins Gesicht und beobachtete, wie er immer wieder einen Blick in ihre Richtung warf. Hatte er sie entdeckt?

Auch er schien jemanden zu suchen oder auf etwas zu warten. Jedenfalls brauchte er kein Taxi. Es standen jede Menge freier Wagen zur Verfügung.

Noch zehn Minuten.

Inbrünstig hoffte sie darauf, dass er wieder von der Bildfläche verschwinden würde. Schließlich drängte sich ihr die Frage auf, ob es nicht ihr gutes Recht war, hier zu sein? Im besten Fall würde sie ihn flüchtig grüßen und sich keinesfalls in ein Gespräch verwickeln lassen. Letztlich führte sie ihre Reaktion darauf zurück, dass sie ihn ganz einfach unausstehlich fand und seine widerlichen Avancen fürchtete.

Noch fünf Minuten.

Schließlich setzte er sich mit einem Ruck in Bewegung und hielt auf den Seiteneingang der Post zu. Auch das noch.

Wenn sie ihm jetzt hinterherging, war eine Begegnung unvermeidlich.

Aber sie hatte keine andere Wahl.

»Sie hat sich in den Kopf geschossen.« Die Stimme des bayerischen Kollegen klang gequält, als habe er diesen tragischen

Ausgang der Geiselnahme zu verantworten. »Aber sie lebt noch«, fügte er hinzu.

»Das ist schlimm«, sagte Brandstätter aufrichtig.

»Ihr Begleiter ist den Kollegen freiwillig in die Arme gelaufen«, fuhr der Kollege fort. »Wie es aussieht, hatten sie nur eine Waffe.«

»Habt ihr irgendeinen Hinweis auf ein Motiv?«

»Noch nicht«, klang es aus dem Lautsprecher. »Wir arbeiten natürlich mit Hochdruck. Im Moment werden die drei Geiseln von Notfallseelsorgern betreut, aber sobald ich etwas in Erfahrung gebracht habe …«

»Kümmert euch am wenigsten um uns«, unterbrach ihn Brandstätter. »Ihr habt genug andere Sorgen.«

»Der Komplize schüttelt nur den Kopf, wenn man ihm eine Frage stellt. Er trug nichts bei sich, nicht einmal einen Ausweis oder Führerschein. Bei ihr fanden wir einen Pass und eine Bevollmächtigung über die Depots.«

»Darüber sind wir informiert«, sagte Brandstätter.

»Wir werden sehen, was die Ermittlungen ans Licht bringen«, sagte der Kollege. »Vielleicht überlebt sie ja und erinnert sich an alles, was passiert ist.«

»Ja«, antwortete Brandstätter. »Wir wollen es hoffen. Für sie und für uns alle.«

Die beiden beendeten das Gespräch. Im Büro war es totenstill.

»Das ist das Schlimmste, was hätte passieren können«, sagte Brandstätter schließlich.

»Nein«, widersprach Kepplinger. »Das Schlimmste wäre gewesen, wenn jemand anderes zu Schaden gekommen wäre.«

In dem Moment, als sie den Nebenraum mit den Schließfächern betrat, begriff sie: Er war noch nie hier gewesen. Mit stierem Blick suchte er die Ordnung der Nummern zu ergründen. In ihrer ersten Verunsicherung hoffte sie darauf, der Postbeamte würde in der nächsten Sekunde den Raum betreten und den Mann auf ihren Zuruf hin zur Rede stellen. Aber von dem Duckmäuser war weit und breit nichts zu sehen.

Sollte sie einen der Anwesenden auf den frechen Eingriff in ihre Privatsphäre aufmerksam machen? Würde man ihr Glauben schenken, wenn der andere sie als Lügnerin darstellen würde?

Zitternd beobachtete sie, wie er sich einen Überblick über den Inhalt ihres Schließfaches verschaffte und die braune Ledermappe mit ihren Tagebüchern herauszog. Am liebsten wäre sie in diesem Moment im Erdboden versunken oder hätte sich brüllend auf ihn gestürzt. Stattdessen verfolgte sie atemlos, wie er einen Moment darüber nachzudenken schien, was er als Nächstes tun sollte. Schließlich stopfte er den gesamten Inhalt in eine große Plastiktüte, die er aus seiner Manteltasche zauberte. Ihr schlug das Herz bis zum Hals. Was hatte er vor?

Hatte er Verdacht geschöpft und nach Beweisen gesucht? Das war unmöglich. Handelte er womöglich im Auftrag der Polizei, nachdem er dort den Fund des Schlüssels angezeigt hatte? Auch das war utopisch. Immer noch starrte sie wie gelähmt auf den Alptraum, der sich vor ihren Augen abspielte. Als er den Raum mit weit ausladenden Schritten verließ, folgte sie ihm mechanisch.

Über den Besucherbalkon der Klinik fegte ein eiskalter Wind. Kepplinger fror wie ein Hund, während er mit gemischten Gefühlen auf Ackermann wartete. Zwanzig Minuten hatte ihm die Stationsschwester der Quarantänestation eingeräumt, nicht länger. Auf die Frage nach seinem Wohlbefinden hatte sie nur geantwortet, dass er sehr tapfer sei. Dann hatte sie ihn auf den Balkon vor seinem Krankenzimmer verwiesen.

Kepplinger machte ein paar Kniebeugen, fühlte sich danach aber keinen Deut besser. Er nahm sich vor, nie mehr ohne Winterjacke aus dem Haus zu gehen und ein Set lange Unterwäsche im Auto zu deponieren. Schließlich konnte es jederzeit passieren, dass er von jetzt auf gleich zu einem Tatort gerufen wurde und stundenlang in der Kälte ausharren musste.

Im Büro hatte er es nicht mehr ausgehalten und vorgegeben, dass er sich eine Stunde ausruhen wolle. Tatsächlich war er zuerst in seine Wohnung gegangen, aber dann hatte ihn die Sorge um den erkrankten Kollegen nicht mehr losgelassen.

Kepplinger warf einen Blick in das karg eingerichtete Krankenzimmer. Auf einem Nachttisch standen ein Blumenarrangement, eine halb volle Wasserflasche und ein Buch, dessen Einband und Titel er nicht erkennen konnte. Er fragte sich, welche Art von Büchern Markus Ackermann mochte.

Inzwischen war es halb sechs. Wo steckte er nur?

Kepplingers Mobiltelefon klingelte. Es war Christian Schwarz.

»Ja.«

»Wo bist du?«

»Unterwegs«, sagte Kepplinger.

»Kommst du noch mal rein?«

»Das hatte ich vor. Was gibt es?«

»Nicht am Telefon. Wie lange bist du weg?«

»Hast du dich mit dem Klinikum in Verbindung gesetzt?«

»Deshalb rufe ich an.«

Kepplinger überlegte einen Moment. »Ich bin spätestens in einer Stunde zurück.«

»In Ordnung.«

»Was Neues aus Nürnberg?«

»Nein.«

Sie beendeten das Gespräch.

Kepplinger hielt sich schützend die Hände über die Ohren und blickte über das Dächermeer. Der grimmige Nordostwind hatte an Stärke zugelegt. Plötzlich hörte er in dem Getöse jemanden seinen Namen rufen. Als er sich wieder dem Patientenzimmer zuwandte, sah er Markus Ackermann mit einem Telefonhörer in der Hand auf seinem Bett liegen. Eine Pflegerin rückte die Zudecke zurecht und betätigte die Feststellbremse.

Ackermann winkte ihm müde lächelnd zu.

Kepplinger gelang es nur mit Mühe, seinen Schreck zu verbergen. Sofort musste er beim Anblick des Kollegen an den schwer gezeichneten Tom Hanks in dem Film »Philadelphia« denken.

Ackermanns Lippen bewegten sich, und Kepplinger vernahm erneut seinen Namen. Er bemerkte, dass die Stimme aus dem Lautsprecher des Besuchertelefons kam, das in einer Kassette unterhalb des Fensterrahmens montiert war. Irritiert griff er nach dem überdimensionalen Hörer.

»Nächste Woche bin ich wieder am Start«, scherzte Ackermann, seine Stimme klang unverändert. »Das heißt, nur wenn ihr noch Unterstützung gebrauchen könnt.«

»Du fehlst hinten und vorn.« Kepplinger bereute augenblicklich seine Worte. »Aber natürlich musst du vorher gesund werden«, fügte er hinzu. »Bis dahin kommen wir schon klar.«

Ackermann deutete auf zwei Zugänge in seiner linken Armbeuge. »Dialyse«, sagte er. »Das beschissene Virus schränkt meine Leberfunktion ein.«

Kepplinger atmete tief durch. »Was sagen die Ärzte? Ich meine, wo könntest du dich angesteckt haben?«

»Weißt du noch, was du vor vier Wochen gemacht hast?«

»Nicht auf Anhieb.«

»So lange dauert die Inkubationszeit«, erklärte Ackermann. »Glaub mir, ich zerbreche mir den Kopf, seit ich hier bin, aber ich habe keine Ahnung.«

»Salvatore meinte, es genügt, sich im Wald zu bücken.«

»Das ist ja das Teuflische«, sagte Ackermann. »Sie vermuten, dass ich es mir beim Holzhacken geholt habe. Aber das mache ich seit zwanzig Jahren.«

»Schöner Mist.«

»Es hätte mich schlimmer treffen können. Meine Überlebenschancen liegen mittlerweile bei zweiundneunzig Prozent. Am ersten Tag stand es angeblich fifty-fifty.«

Kepplinger wusste nicht, was er darauf sagen sollte. Er hatte nicht gedacht, dass es so schlecht um den Kollegen gestanden hatte.

»Danke, dass du mich gleich hierhergebracht hast«, sagte Ackermann. »Ich glaube, ich wäre einfach wieder nach Hause gegangen und hätte mich aufs Sofa gelegt.«

»Das war doch selbstverständlich«, sagte Kepplinger.

»Sorry, Moritz. Ich bin so gottverdammt müde. Ich muss leider Schluss machen.«

»Ich wünsche dir, dass du rasch wieder auf die Beine kommst«, sagte Kepplinger. »Wenn du möchtest, komme ich öfter vorbei.«

»Du kannst es ja versuchen«, sagte Ackermann. »Aber die meiste Zeit schnarche ich vor mich hin.«

»Das ist doch klar.«

»Habt ihr den Fall geklärt?« Ackermann fiel es sichtlich schwer, die Augen offen zu halten.

»Noch nicht«, sagte Kepplinger. »Aber bald.«

Im nächsten Moment drang ein leises Schnarchen durch das Telefon. Markus Ackermann war mit dem Apparat in der Hand eingeschlafen.

Er ging schnell. Ohne sich einmal umzudrehen. Die Arme vor der Brust über der Plastiktüte verschränkt und den Kopf schützend darübergebeugt. An keiner Stelle zögerte er ob der Richtung, wie jemand, der denselben Weg tagtäglich zurücklegte.

Anfangs war es mühsam gewesen, ihm zu folgen, als er sich zielsicher einen Weg aus dem Stadtzentrum gebahnt hatte. Jetzt lief er parallel zum Fluss und den Gleisen von der Innenstadt weg. Eine Schulklasse kam ihnen entgegen. Ein Junge machte sich den Spaß, eine Mitschülerin in ihre Richtung zu schubsen. Das Mädchen trat ihr schmerzhaft auf den Fuß, entschuldigte sich grinsend und streckte ihr danach unvermittelt die Zunge entgegen.

Für einen Moment verlor sie ihn aus den Augen. Dann entdeckte sie ihn auf der anderen Straßenseite wieder. Noch immer stand sie unter Schock und wusste nicht, was sie tun sollte. Die Polizei zu rufen stand außer Frage. Dafür war der Inhalt der Tagebücher zu brisant, und niemand konnte garantieren, dass die Beamten nicht auf die Idee kämen, einen Blick in das Innere der Tasche zu werfen. Sie musste den gemeinen Dieb auf eigene Faust stellen. Aber wie? Und wo? Und was hatte er bloß vor?

Klar war, dass sie ihren Schlüssel bei ihrem letzten Termin in seinem Büro verloren haben musste. Wollte er sie vielleicht erpressen? Sie traute diesem geilen Sack alles zu.

Während er an einer Fußgängerampel wartete, näherte sie sich bis auf wenige Schritte. Vielleicht ergab sich die Möglichkeit, ihm die Tüte zu entreißen. Hatte sie nicht jedes Recht dieser Welt, ihr Eigentum zurückzufordern, und wenn es sein musste, mit Gewalt?

Ihre Verunsicherung wich zusehends der aufkeimenden Wut.

Sie erinnerte sich an die Worte der Psychologin: »Verstehen Sie dieses Phänomen als eine Leidenschaft, die Ihnen im entscheidenden Moment Mut und Kraft verleiht. Wie ein Messer in Ihrer Handtasche, das Sie dann einsetzen, wenn jemand Ihr Wohlergehen bedroht.«

Sie folgte ihm auf die andere Straßenseite. Zum ersten Mal verharrte er ein paar Sekunden unentschlossen auf der Stelle und sah sich um. Dann tastete er nach dem Inhalt der Tasche und setzte seinen Gang fort. Er tippelte einen schmalen Trampelpfad hinunter und verschwand in der Dunkelheit einer Fußgängerunterführung.

Plötzlich hatte sie eine Idee. Sie machte eine Kehrtwendung und rannte auf die oben liegende Straßenkreuzung zu. Der Feierabendverkehr war in vollem Gange. Sie kletterte über eine Sicherheitskette und wartete auf die erste Lücke im Verkehr. Es war ein Himmelfahrtskommando, aber irgendwie schaffte sie es, unversehrt alle sechs Fahrstreifen zu überqueren.

Sie keuchte vor Anstrengung, während sie eine Böschung hinunterhechtete. Unten angekommen, warf sie einen Blick in die Unterführung. Es dauerte, bis sich ihre Augen an die Dunkelheit gewöhnten, aber dann konnte sie seinen Schatten ausmachen, der ihr etwa auf der Hälfte der Strecke entgegenkam. Langsam, fast schleichend, als ob er auf etwas oder jemanden warten würde.

Sie verstand nicht, aus welchem Grund er es mit einem Mal nicht mehr eilig hatte. Aber ihr fiel auf, dass sich niemand sonst in der Unterführung befand.

Während sich ihr Puls wieder beruhigte, lauschte sie auf die Stimme der Kriegerin in ihr. Wie sie ihr Mut zusprach und ihre Entschlossenheit forderte. Dann hielt sie mit geballten Fäusten auf ihn zu.

Auf der Rückfahrt von der Klinik dachte er darüber nach, wie selbstverständlich er dem Krankenbesuch den Vorrang vor seiner Neugier eingeräumt hatte. Schwarz hätte ihn niemals wegen einer Bagatelle angerufen. Spätestens in diesem Moment war ihm klar geworden, dass Markus Ackermann ihm viel mehr als ein sympathischer Kollege war. Durch die zahlreichen Dienstorte, an denen er in seiner bisherigen Laufbahn seine Arbeit verrichtet hatte und die häufig mit einem Umzug verbunden gewesen waren, hatte sich sein früherer Freundeskreis mehr oder weniger in Luft aufgelöst. Ab und an gab es ein Treffen mit ein paar Kumpels, mit denen er die Schulbank gedrückt hatte, aber diese Verbindungen entbehrten seit Langem sein Verständnis von Freundschaft.

Ohne zu zögern, stellte er den Wagen im Halteverbot vor der Dienststelle ab, da er auf die Schnelle keinen Parkplatz fand. Es war kurz nach sechs. Kepplinger brannte darauf zu erfahren, was die Kollegen herausgefunden hatten.

»Gut, dass du da bist.« Schwarz erwartete ihn im Flur der Kriminalinspektion. »Wir sind nur noch zu viert. Brandstätter hat die anderen nach Hause geschickt.«

Sie traten in das Büro des Vorgesetzten. Salvatore Falcone, Lea Thomann und Brandstätter sahen ihn erwartungsvoll an.

»Ausgeschlafen, Herr Kepplinger?«, begrüßte ihn der Chef.

»Nicht wirklich.«

»Na, dann legen Sie mal los, Herr Schwarz.«

»Ich habe im Klinikum in Saarbrücken angerufen«, begann Christian Schwarz seine Ausführungen. »Um es kurz zu machen: Ella Jankovic ist nie dort gewesen. Weder als Patientin noch hat sie dort gearbeitet, zumindest nicht unter diesem Namen.«

»Fuck!«, entfuhr es Kepplinger.

Brandstätter warf ihm einen vorwurfsvollen Blick zu. »Gedulden Sie sich doch, junger Mann.«

Kepplinger hatte sein Gesicht in den Händen vergraben. Er öffnete abrupt die Augen und blickte stirnrunzelnd in die Runde.

»Ella Jankovic wurde im April 2002 in die Caritasklinik Sankt Theresia in Saarbrücken eingeliefert, nachdem sie sich eine Überdosis Heroin gespritzt hatte«, fuhr Schwarz fort. »Sie starb in der darauffolgenden Nacht an einer Lungenembolie.«

»Ist das wahr?« Kepplinger sah in die zustimmenden Gesichter seiner Kollegen. »Wer war sie?«

»Eine Serbin, die vier Jahre zuvor während der Kriegswirren

im Kosovo nach Deutschland geflohen war. Viel mehr wissen wir nicht.«

»Gibt es Berührungspunkte der beiden Krankenhäuser?«

»Mehrere«, sagte Schwarz. »Zum einen gibt es Dutzende Belegärzte, die hier wie dort ihren Dienst verrichten. Jede Menge Seelsorger und Psychologen, die in beiden Kliniken arbeiten, und nicht zuletzt eine Vielzahl von Angestellten, die unter dem Überbegriff ›Soziale Dienste‹ dort eingesetzt werden, wo sich die Akten am höchsten stapeln.«

»Über wie viele Personen reden wir, die im fraglichen Zeitraum in Betracht kämen?«, fragte Kepplinger.

»Knapp siebzig«, antwortete Schwarz.

»Mist.«

»Da wäre noch etwas«, fuhr Schwarz fort. »Salvatore hat uns darauf gebracht.«

»Ich bin ganz Ohr.«

»Im Stadtgebiet von Saarbrücken gibt es insgesamt fünf Krankenhäuser. Vier davon hatten mit einer Reinigungsfirma aus Kaiserslautern einen langjährigen Vertrag hinsichtlich der Unterhaltsreinigung. Die Firma ging aber Mitte 2006 insolvent.«

Kepplinger schlug die Hände über dem Kopf zusammen. »Daran hatte ich gar nicht gedacht.«

»Der Verwaltungsmensch, mit dem ich gesprochen habe, meinte, dass in seinem Arbeitsbereich während dieser Zeit jeden Monat wenigstens eine neue Reinigungskraft eingelernt wurde.«

»Mit anderen Worten haben wir es mit einem unüberschaubaren Personenkreis zu tun, der gegebenenfalls für den Diebstahl der Pässe in Frage kommt«, fasste Kepplinger zusammen.

»Tut mir leid«, sagte Schwarz.

»Warum einfach, wenn es kompliziert geht«, sagte Kepplinger seufzend, lehnte sich zurück und warf den Kopf in den Nacken.

»Immerhin wissen wir jetzt, woher die Pässe stammen«, sagte Falcone. »Und dass wir es weder mit Henry Foret noch mit Ella Jankovic zu tun haben.«

»Was uns aber keinen Millimeter weiterbringt«, sagte Kepplinger.

»Das finde ich nicht«, brachte sich Lea in die Diskussion ein.

»Was meinst du?«

»Es könnte doch weitere solcher Vorfälle geben«, erklärte sie. »Das ließe sich leicht überprüfen. Wenn dem so ist, bekämen wir vielleicht ein klareres Bild von den in Frage kommenden Personen.«

»Das stimmt«, sagte Kepplinger.

»Seid ihr euch darüber im Klaren, welchen Aufwand wir in diesem Fall betreiben, nur um die Identität von zwei Menschen herauszubekommen?«, warf Falcone ein. »Das ist doch ein Wahnsinn!«

»Es geht um einen Mord«, sagte Lea. »Und vielleicht noch um viel mehr. Denk nur an das Geld.«

»Frau Thomann hat recht«, sagte Brandstätter.

Kepplinger nickte. »Vielleicht sollten wir uns trotz allem noch nicht von Foret und Jankovic verabschieden. Auch wenn wir wissen, dass wir nach anderen Personen suchen.«

»Du sprichst schon wieder in Rätseln«, mahnte Falcone.

»Ich habe mir gerade vorgestellt, dass die beiden unter diesen Namen an anderen Stellen in Erscheinung getreten sein könnten.«

»Zum Beispiel?«

»Reisen, Tickets, Reservierungen, Abonnements«, führte Kepplinger aus. »Unbezahlte Hotelrechnungen. Was weiß ich.«

»Klingt auch interessant«, sagte Brandstätter. »Was genau versprechen wir uns davon?«

»Wir haben einen Mord und diese ungeheuerliche Geldsumme …«, begann Kepplinger.

»Und eine Geiselnahme«, unterbrach ihn Lea.

»Richtig«, fuhr Kepplinger fort. »Bislang gingen wir davon aus, dass das eine nichts mit dem anderen zu tun hat. Oder im besten Fall ein Motiv darstellt, stimmt's?«

Die anderen nickten zustimmend.

»Jetzt können wir davon ausgehen, dass das Geld aus einer oder mehreren Straftaten rührt.«

»Das würde ich noch nicht unterschreiben«, fiel ihm Falcone ins Wort. »Hast du schon mal an Steuerhinterziehung gedacht?«

»Das schließe ich aus und könnte auch erklären, weshalb«,

entgegnete Kepplinger. »Abgesehen davon würde deine Theorie genauso ein Verbrechen bedeuten.«

»Allerdings.«

»Ergo haben wir es, abgesehen von der Geiselnahme, mindestens mit zwei Fällen zu tun«, sagte Kepplinger. »Auch dann, wenn das Tötungsdelikt in keinem Zusammenhang mit dem Geld steht.«

»Worauf wollen Sie hinaus, Kepplinger?«, fragte Brandstätter ungehalten.

»Ich schlage vor, dass wir uns wieder ausschließlich auf den Mord konzentrieren und jemand anderes der Sache mit dem Geld auf den Grund geht. Auch wenn die Stränge am Ende wieder zusammenlaufen sollten, erfordern die beiden Sachverhalte völlig andere Ermittlungsansätze und vor allem eine Menge Personal.«

Brandstätter sah ihn nachdenklich an. »Wie stellen Sie sich das vor?«

»Darüber habe ich mir noch keine Gedanken gemacht, und das ist auch nicht mein Job«, sagte Kepplinger.

»Ich rede mit dem Staatsanwalt«, sagte Brandstätter. »Mehr kann ich nicht tun.«

»Wenn für heute nichts mehr anliegt, würde ich gern Feierabend machen«, sagte Falcone. »Sonst fragen meine *bambini* irgendwann einmal, wer der Langhaarige an der Haustür ist.«

Kepplinger verschwand mit einem unguten Gefühl in der Magengrube in sein Büro. Eigentlich hatte er vorgehabt, die Gelegenheit zu ergreifen und mit Lea ein paar Worte zu wechseln. Aber jetzt hatte er das dringende Bedürfnis, seine Gedanken zu sortieren.

Er breitete einen leeren Papierbogen vor sich aus. Vielleicht erwies es sich als hilfreich, noch mal alle Hinweise auf einem Zeitstrahl darzustellen. Er war gerade dabei, einen Brunnen am linken Rand zu skizzieren, als es an der Tür klopfte.

Lea trat ins Zimmer. »Stör ich?«, fragte sie.

»Nein«, antwortete Kepplinger und zweifelte, dass er überzeugend klang.

»Nur ganz kurz«, sagte sie.

»Setz dich doch.«

Lea blieb stehen. »Ich wollte dich nochmals darum bitten, dass du meine Theorie bis auf Weiteres für dich behältst.«

»Aus welchem Grund? Es könnte doch so gewesen sein.«

»Der Fall ist kompliziert genug«, antwortete Lea.

Kepplinger lächelte.

»Findest du das witzig?«

»Ich dachte vorhin genau dasselbe.«

»Dann lass ich dich mal in Ruhe arbeiten«, sagte Lea und trat einen Schritt zurück. »Mach nicht zu lange, du siehst müde aus.«

Kepplinger legte den Bleistift zur Seite und zuckte mit den Schultern.

Lea warf ihm eine Kusshand zu. »Bis morgen.«

»Wollen wir am Samstag zum Griechen gehen?«, fragte Kepplinger. »Ich hab's nicht vergessen.«

»Ich überleg es mir«, erwiderte Lea.

»Okay.« Kepplinger sah sie fragend an. »Hast du was anderes vor?«

»Nur mein Training«, sagte Lea.

»Wenn du magst, bestelle ich einen Tisch für halb neun.«

Lea gab sich einen Ruck: »Ich wäre sofort dabei, wenn ich nicht das Gefühl hätte, dass du mir seit deiner Rückkehr aus dem Weg gehst.«

»Das tue ich nicht!« Kepplinger sah sie überrascht an. »Wie kommst du darauf?«

»Bauchgefühl.«

Er schüttelte entschieden den Kopf. »Das ist nicht wahr. Es ist dieser Fall. Seitdem ich am Samstag hier angekommen bin, habe ich das Gefühl, hinterherzurennen. Sobald ich glaube, etwas verstanden zu haben, zerplatzt diese Erkenntnis beim nächsten Wimpernschlag wie eine Seifenblase.«

»Geht mir genauso.«

»Außerdem lässt mich die Sache mit Ackermann nicht los«, fuhr Kepplinger fort. »Ich war vorhin bei ihm. Du hättest ihn sehen sollen. Er sieht aus wie ein Gespenst.«

»Das geht mir auch an die Nieren, und ich weiß, dass du ihn sehr magst«, sagte Lea. »Die Vorstellung, dass es einen von jetzt auf gleich so übel erwischen kann, finde ich gruselig. Warum hast du vorhin nicht erzählt, dass du ihn besucht hast? Wie geht es ihm?«

Kepplinger berichtete von seinen Eindrücken.

»Das ist ja schrecklich«, sagte Lea. »Und wie stehen die Aussichten, was sagen die Ärzte?«

»Markus sagte nur, dass seine Überlebenschancen mittlerweile bei zweiundneunzig Prozent liegen.«

»Oh mein Gott. Mir war nicht klar, dass es so ernst ist.«

»Keiner wusste das«, entgegnete Kepplinger.

»Und wie geht es seiner Familie?«

»Ich habe seine Lebensgefährtin und die Kinder seitdem nicht mehr erreicht«, antwortete Kepplinger. »Keine Ahnung, was da los ist.«

»Im Sommer, als ich bei euch war, hatte ich das Gefühl, dass in seiner Beziehung irgendetwas schiefläuft«, bemerkte Lea.

Kepplinger überlegte, ob er ihr von dem Gespräch mit Sylke erzählen sollte. Gleichzeitig fragte er sich, wie es sein konnte, dass Lea in der kurzen Zeit etwas aufgefallen war, wovon er die ganzen Monate über nichts mitbekommen hatte.

»Du hast recht«, sagte er schließlich. »Seine Partnerin hat mir am Sonntag davon erzählt, dass sie über eine Trennung nachdenken.«

»Scheiße.«

»Ja, Scheiße.«

»Ich lass dich jetzt allein«, sagte Lea und drückte die Türklinke nach unten.

»Bis morgen«, sagte Kepplinger.

»Gilt die Einladung für Samstag noch?«

Kepplinger sah auf die Uhr. »Noch zehn Sekunden.«

Lea musste lächeln. »Dann würde ich hiermit verbindlich zusagen.«

»Ich freue mich.«

»Gute Nacht«, sagte Lea und verschwand in der Dunkelheit des Flurs.

Nach einer Stunde warf Kepplinger das Handtuch. Er zählte siebenundzwanzig Fragezeichen auf seiner Skizze.

»Nichts!«, fluchte er und schlug derart heftig mit der Hand auf die Tischplatte, dass der Telefonhörer aus der Halterung hüpfte. »Nichts, nichts, nichts!« Wütend knallte er den Hörer wieder auf den Apparat.

Kepplinger verspürte große Lust, den Fall abzugeben oder Brandstätter am nächsten Tag vorzuschlagen, die Ermittlungen bis auf Weiteres einzustellen. Natürlich war ihm klar, dass beides Blödsinn war. Er wusste auch, dass eine einzige Spur den Durchbruch bedeuten konnte. Ein winziger Kieselstein, der eine Lawine ins Rollen brachte. Davon fühlte er sich in diesem Augenblick jedoch meilenweit entfernt.

Zum Teufel noch mal.

Worüber er sich am meisten ärgerte, war eine Gemütsregung, die während der Arbeit an der Skizze plötzlich aus dem Nichts aufgetaucht war. Eine Apperzeption, die er, sosehr er sich bemühte, nicht mehr aus dem Kopf bekam. Wie der Refrain irgendeines bescheuerten Charthits, der alle halbe Stunde im Radio gespielt wurde.

Zum ersten Mal in seiner Laufbahn als Polizeibeamter verspürte er einen persönlichen Hass auf das Opfer einer Straftat. In diesem Fall auf den Mann, der unter dem gestohlenen Namen Henry Foret gestorben war. Und auf seine mysteriöse Partnerin, die in irgendeiner Klinik in Nürnberg um ihr Leben kämpfte. Vielmehr die Ärzte, da sie sich ja mehr oder weniger freiwillig in den Kopf geschossen hatte.

Die Aversion wurzelte in der Vorstellung, dass beide, der Tote und die Halbtote, wie er sie auf seiner Skizze betitelt hatte, ihr jeweiliges Schicksal selbst herbeigeführt haben mussten. Im Fall des Ermordeten war es zwar schwieriger, eine Selbstschuld zu konstruieren, aber dennoch wehrte sich alles in Kepplinger dagegen, ihn als Opfer zu betrachten. Nicht zuletzt hatten die beiden mit ihren dubiosen Aktivitäten dazu beigetragen, dass es der Polizei nahezu unmöglich war, den oder die Mörder zu fassen.

Im Nebenzimmer klingelte das Telefon. Kepplinger warf einen Blick auf die Uhr. Es war halb neun. Wer konnte um diese Zeit noch etwas von Anja Kober oder Markus Ackermann wollen? Er versuchte sich ein letztes Mal auf seine Skizze zu konzentrieren. Währenddessen klingelte das Telefon im angrenzenden Büro unentwegt weiter. Wurde der Anruf nach dem x-ten Läuten unterbrochen, klingelte es kurze Zeit später erneut.

Nach dem fünften Anlauf des impertinenten Anrufers ging Kepplinger auf den Flur. Zu seiner Überraschung war die Tür des Nachbarbüros verschlossen. »Dann eben nicht«, murmelte er und beschloss, für heute Schluss zu machen.

Auf der Rückfahrt zu seiner Wohnung holte er sich eine Nudelbox in einem Asia-Restaurant. Zu Hause angekommen, entpuppte sich die würzige Soße als derart scharf, dass er den ersten Bissen angewidert in den Ausguss spuckte. Anschließend trank er gierig eine Flasche Wasser und warf das gebackene Rindfleisch samt Nudeln und Gemüse in den Mülleimer.

Hungrig und in der festen Absicht, dieses Restaurant künftig zu meiden, stellte er sich unter die Dusche. Danach legte er sich ins Bett. Während er darüber nachdachte, welches Buch er als Nächstes lesen sollte, schlief er ein.

In der Nacht wurde er von einem heftigen Sodbrennen geweckt. Hustend schleppte er sich in die Küche. Als er den leeren Kühlschrank öffnete, sprang ihm ins Auge, dass er es seit seiner Rückkehr noch nicht in den Supermarkt geschafft hatte.

Schließlich fiel ihm ein, dass er in seiner Reiseapotheke ein passendes Gegenmittel vorrätig haben musste. Er schluckte eine Tablette und legte sich wieder ins Bett. Der brennende Schmerz hinter dem Brustbein wehrte sich lange gegen das Natrium.

Als er sich endlich besser fühlte und zum Einschlafen auf die Seite drehte, fragte er sich, wann er zuletzt solche Beschwerden gehabt hatte. Er konnte sich nicht daran erinnern und kam zu der Überzeugung, dass es der Fall war, der ihm sauer aufstieß.

Das darf nicht zum Dauerzustand werden, mahnte er sich. Dass mir meine Arbeit so auf den Magen schlägt.

Dann fiel er in einen unruhigen, traumlosen Schlaf.

Mittwoch

»War's das, Richy?«, fragte der Techniker. »Ich habe jetzt echt genug von dem Scheiß gesehen und bin todmüde, wobei ich mir sicher bin, dass ich nach diesem Horror kein Auge zubekomme.«

»Probier's damit«, sagte Wollin und reichte ihm einen Flachmann. »Guter schottischer Stoff.«

Der Kollege nahm einen kräftigen Schluck und warf einen genießerischen Blick auf die Gravur, die sich auf dem ovalen Metallkörper befand.

»Was heißt das?«, fragte er. *»Multae sunt causae bibendi.«*

»Es gibt viele Gründe zu trinken«, übersetzte Wollin.

»Vor allem nach so einer Nacht.« Der Techniker deutete mit einem Kopfnicken auf den gegenüberliegenden Tisch, wo ein halbes Dutzend Hochleistungsrechner wie ein aufgeschreckter Bienenschwarm vor sich hin summte. »So was hatten wir noch nie hier, oder?«

»Nicht dass ich wüsste.«

»Du hast keine Kinder, stimmt's?«

»Bist du wahnsinnig?« Wollin schüttelte angewidert den Kopf.

»Meine Jungs sind jetzt elf und vierzehn.«

»Denk nicht mal dran.«

»Tue ich aber.«

Wollin hielt dem Kollegen seine Moods-Packung unter die Nase. Der schüttelte den Kopf. »Hab aufgehört.«

»Selbst schuld.« Wollin zündete sich eines der filterlosen Zigarillos an. Die CPU-Lüfter der Rechner verwirbelten den blauen Dunst zu einer senkrechten Drehachse, die für den Bruchteil einer Sekunde vom Boden bis zur Decke reichte. Wie ein Twister, dachte Wollin. Ein verdammter Tornado.

»Ich bin immer davon ausgegangen, bei diesen Filmen handelt es sich um Fakes«, sagte der Techniker. »Abgesehen von dem Hinterhofkram, wenn die Kids 'ne Schlägerei filmen.«

»Hmm.« Wollin blies den Rauch durch die Nase.

»Wo soll das hinführen, Richy?«

»Bin ich ein gottverdammter Psychologe?« Wollin nippte an der Flasche. »Unser Job ist es, diesen Menschenmüll von der Straße zu fegen.«

»Die werden hoffentlich alle vier die Höchststrafe bekommen.«

»Glaubst du ja selbst nicht.«

»Richy, das, was da auf den Filmen zu sehen ist, reicht allemal, um ein halbes Dutzend Mordversuche nachzuweisen, und bei so was gibt es für einen Richter doch keinen Spielraum!«

»Scheiße, dass wir von dem Göppinger Fall kein Video gefunden haben«, fluchte Wollin. »Dann hätten wir sie richtig am Arsch.«

»Aber gestanden haben sie es?«

Wollin massierte sich die Stirn. »Ja.«

»Was nun?«

»Die sind alle auf Meth. Der Usbeke hat gesagt, dass er sich nicht mehr daran erinnert, verdammt noch mal!«

»Aber er war dort?«

»Hab ich doch gesagt! Die fahren regelmäßig mit einem der Löwen-Fan-Busse zu den Spielen, und anstatt in die Halle zu gehen, machen sie irgendeinen Typen platt.«

»Vielleicht ist der Film auf einem anderen Handy.«

»Daran dachte ich auch schon«, sagte Wollin. »Oder da war noch ein fünfter Drecksack dabei.«

»Das müsste man doch rauskriegen.«

»Was meinst du, was dabei rauskommt, wenn wir einen Haufen besoffener Affen befragen, die in diesen Bussen gesessen sind.«

»Ich kann dir da nicht weiterhelfen.«

Einer der Computer gab einen grellen Signalton von sich. Wollin zuckte erschrocken zusammen.

»Was ist nur mit dir los, Richy?«

»Leck mich.«

Der Techniker reichte ihm eine mobile Festplatte. »Da hast du deine Horrorsammlung.«

»Ist da alles drauf?«

»Vertraust du mir etwa nicht?« Der Kollege nahm einen weiteren Schluck aus dem Flachmann. »Alles! Die Festplatten der

Rechner, sämtliche Daten der Mobiltelefone und eine komplette Backlist aller Interneteinträge dieses Abschaums.«

»Hast was gut bei mir.«

»Was sollte das sein, Richy? Pass du nur auf, dass das Ganze nicht nach hinten losgeht.«

»Bist du bescheuert?«

»Du hast die Typen elf Stunden lang in die Mangel genommen.«

»Wenn schon.«

»Ohne Pause, ohne Anwalt …«

»Hey, die wollten keinen verdammten Federfuchser!«

»Hast du das schriftlich?«

»Hältst du mich für einen Anfänger?«

»Ich geh jetzt nach Hause.«

»Mach das.«

»Du solltest dasselbe tun.«

»Von wegen.« Wollin grinste spöttisch. »Ich werde den Typen noch mal richtig in die Eier treten.«

»Mach bloß keinen Scheiß! Mir ist klar, dass du dein eigenes Ding durchziehst, und du weißt, dass ich dir schon oft genug den Arsch gerettet habe.«

»Ich brauche kein Kindermädchen.«

»Manchmal bist du echt ein widerlicher Kotzbrocken.«

»Ich gebe mir Mühe.«

Als Moritz Kepplinger an diesem Morgen die Augen aufschlug, war es erst kurz nach fünf. Trotz der ungewohnten Zeit fühlte er sich fit und ausgeschlafen. Als sein Blick auf die Tablettenschachtel fiel, stellte er zufrieden fest, dass sich die Beschwerden in Luft aufgelöst hatten. Stattdessen verlangte sein Magen nach einem üppigen Mahl, hatte er doch seit knapp sechzehn Stunden nichts Vernünftiges mehr gegessen.

Kepplinger sehnte sich nach frischem Brot oder Brötchen, aber da um diese Zeit noch kein Bäcker offen hatte, griff er nach einer angebrochenen Packung Haferflocken und machte sich ein Müsli mit Orangensaft und einem abgelaufenen Joghurt. Dazu trank er starken Darjeeling.

Um Viertel nach sechs machte er sich auf den Weg ins Büro. Vor dem Wohnhaus war es stockdunkel. Kepplinger sah, dass die Laternen des gesamten Straßenzugs ausgefallen waren. Als er kurz danach in eine beleuchtete Straße abbog, folgte er einer Eingebung und nahm einen Umweg in Kauf.

Wenig später stand er vor dem Sechsfamilienhaus am oberen Ende des Schlossparks, von dem aus der Rentner seine Beobachtungen gemacht hatte. Schräg gegenüber befand sich die beschriebene Straßenlaterne, deren Lichtkegel eine Körperlänge in den Park hineinreichte. Der Brunnen war von hier aus nicht zu erkennen, man hörte lediglich das anhaltende Plätschern der Fontänen.

Kepplinger überquerte die Straße, trat in den Schein der Laterne und sah sich um. Die Balkone des Wohnhauses wirkten von hier aus wie Fahrradkörbe, die man über den Lenker hängt. Kepplinger schätzte die Entfernung auf zwanzig Meter und stellte sich vor, dass es über diese Distanz theoretisch möglich gewesen wäre, einen Teil des Streitgesprächs aufzuschnappen. Davon war aber in dem Zeugenhinweis nicht die Rede gewesen, was auch daran liegen konnte, dass die Kollegin, die den Anruf entgegengenommen hatte, versäumt hatte, danach zu fragen. Ebenso gut war es möglich, dass der Rentner schlechte Ohren hatte oder der Verkehr um diese Zeit stärker gewesen war als jetzt.

Kepplinger schlenderte zum Brunnen. Sofort erinnerte er sich an die Begegnung mit den Totentänzern. Von dem nächtlichen Treiben war nichts mehr zu sehen. Leas verrücktes Experiment kam ihm in den Sinn. Er tauchte seine Hand ins Wasser und zog sie auf der Stelle wieder heraus. Sollte sie am Ende recht behalten? Verliefen deshalb alle Überlegungen im Sand, weil es gar keinen Mörder gab?

Kepplinger schüttelte entschieden den Kopf. Noch war es viel zu früh, um den Toten als Unfallopfer zu den Akten zu legen.

Er zwang sich wieder dazu, seiner ursprünglichen Intention von eben nachzugehen. Das betreffende Haus war im Lichtschein der Straßenlaternen gut auszumachen. Von hier aus waren es etwa fünfzig Meter. Ich muss dringend mit dem Zeugen sprechen, dachte er.

Er ging zurück zum Eingang des Hauses. Vielleicht war es anhand der Anordnung der Klingelknöpfe oder Briefkästen möglich, auf die Etage zu schließen, in der der Rentner wohnte. In dem Moment, als er mit der Taschenlampe seines Mobiltelefons auf das Tableau leuchtete, erklang über ihm eine sonore Stimme. »Was tut er da?«

Kepplinger machte intuitiv einen Schritt zur Seite und legte den Kopf in den Nacken. »Nichts«, sagte er verlegen. »Ich suche jemanden und kam zufällig hier vorbei.«

»Ganz schön früh für einen Besuch, junger Mann. Wenn er nicht auf der Stelle verschwindet, rufe ich die Polizei.«

»Das ist nicht notwendig«, erwiderte Kepplinger und zückte seinen Ausweis. »Kriminalpolizei.«

»Warum hat er das nicht gleich gesagt?«

»Schon gut«, sagte Kepplinger. »Sie haben alles richtig gemacht.«

»Zu wem möchte er denn?«

»Ähm …« Schlagartig wurde Kepplinger bewusst, dass er sich gar nicht an den Namen des Anrufers erinnerte. Er richtete den Schein seiner Taschenlampe auf die Klingelschilder und überflog hastig die Namen. Dann fiel es ihm wieder ein. »Wenzel.«

»Ich hab der Dame am Telefon alles gesagt«, dröhnte es vom Balkon.

»*Sie* waren das?«

»Ich habe nichts zu verbergen und kenne meine Bürgerpflichten. Das sollte er sich merken.«

Kepplinger wusste nicht, ob er schmunzeln oder das Gespräch an dieser Stelle abbrechen sollte. Er entschied, nachsichtig mit dem alten Herrn umzugehen. »Sie haben mich falsch verstanden. Wir freuen uns über jeden Hinweis, vor allem wenn er sachdienlich ist.«

»Hätte wohl kaum bei der Polizei angerufen, um über meine Rente zu meckern.« Der Alte zog an seiner Zigarette und drückte die Kippe am Balkongeländer aus. »Ich komme runter.«

Nur eine halbe Minute später trat er in Badeschlappen, Schlafanzughose und einer altmodischen Trainingsjacke auf den Gehsteig. »Da drüben sind die gestanden«, kam er ohne

Umschweife zur Sache. »Haben sich ordentlich in den Haaren gelegen.«

Kepplinger stieg der Nikotingestank des Alten in die Nase, und er war froh, dass dieser ihn nicht in die Wohnung gebeten hatte.

»Woran haben Sie das gemerkt?«, fragte Kepplinger.

»Na hören Sie mal, junger Mann, so was sieht man doch.«

»Haben Sie etwas gehört?«

»Hat er eine Ahnung, was Freitagabend hier los ist?«

»Ich kann es mir vorstellen.«

»Die fahren wie die Verrückten um den Block. Musik auf voller Lautstärke, quietschende Reifen und so weiter. Da sollte mal eine Streife von euch stehen.«

»Wann genau, sagten Sie, war das?«

»Nach den ›Tagesthemen‹ im Ersten.«

»Verzeihung, ich schau kein fern.«

»Viertel nach elf.«

»Den Mann haben Sie ziemlich gut beschrieben. Können Sie mir etwas über die Frau sagen?«

»Die war jung«, sagte der Alte. »Hab mich schon gefragt, was die mit dem Plattenbruder hat. Ganz dunkel angezogen, als käme sie von einer Beerdigung. Aber das ist ja heutzutage alles Mode.«

»Wie alt etwa?«

»Schwer zu sagen«, knurrte der Rentner. »War ja dunkel.«

»Nur ungefähr.«

»Dreißig, vierzig.«

»Fünfzig?«

»Auf keinen Fall. Höchstens Anfang vierzig.«

»Wir haben einen Hinweis auf eine mögliche Begleiterin«, sagte Kepplinger. »Allerdings ist die Jahrgang ’61 …«

»Ausgeschlossen«, fiel ihm der Alte ins Wort. »Völlig ausgeschlossen.«

»Wie können Sie so sicher sein?«

»So was sieht man doch.«

»Bitte erklären Sie mir, woran.«

»Junger Mann, die war richtig sportlich und hatte mächtig Holz vor der Hütte. So was kann man nicht erklären. Aber ’ne

Fünfzigjährige kann ich wohl noch von 'nem jungen Mädel unterscheiden.«

»Wie lang ging der Streit?«

»'ne Zigarettenlänge und eine halbe.«

»Darunter kann ich mir nichts vorstellen.«

»Zehn Minuten vielleicht.«

»Und dann?«

»Verschwanden beide im Park und ich in meiner Stube.«

»Sie haben nichts mehr gehört?«

»Nee, lief doch der Fernseher.«

»Was dachten Sie?«

»Nichts. Hier ist doch fast jeden Abend die Hölle los.«

»Was meinen Sie?«

»Na Jugendliche halt, Penner, irgendwelche Deppen, die im Park Randale machen. Jetzt im Winter wird's zum Glück friedlicher.«

»Aber an dem Abend war es wohl ziemlich ruhig. Es gibt keine direkten Zeugen. Zumindest hat sich bislang niemand gemeldet.«

»War ja auch saukalt.«

»Fällt Ihnen sonst noch etwas ein?«

»Was denn?«

»Etwas, wovon Sie möglicherweise denken, dass es bedeutungslos ist.«

»Nee, im Moment nicht.«

»Hatten Sie den Eindruck, dass die beiden sich kannten?«

Der Mann schüttelte den Kopf. »Kann ich nicht sagen.«

»Als sie in den Park gingen. Liefen sie da nebeneinanderher?«

»Ich glaube, die Frau lief voraus.« Der Alte starrte auf die andere Straßenseite. »Ja genau, so war es. Meinem Gefühl nach war für sie das Gespräch beendet.«

»Er stellte ihr also nach?«

»So würde ich das nicht bezeichnen. Der hatte ja was am Bein.«

»Davon höre ich zum ersten Mal.«

»Sah so aus, als ob er 'ne Prothese hätte.«

»Welche Seite?«

»Zur Straße hin. Also rechts.«

»Würden Sie die Frau auf einem Lichtbild wiedererkennen?«

»Wohl kaum, so eingemummt, wie die war. Aber wenn Sie wollen, schau ich mir ein paar Fotos an.«

»Ich würde Ihnen auch gern Bilder des Ermordeten zeigen«, sagte Kepplinger. »Nur um sicherzugehen.«

»So viele Typen in Armeejacken laufen hier nicht rum.«

»Da haben Sie recht. Im Moment hätte ich keine weiteren Fragen. Wann wäre es Ihnen recht?«

»Ein Rentner hat immer Zeit. Wer etwas anderes behauptet, lügt. Glauben Sie mir, ich kann das Gewinsel meiner Jahrgangskameraden nicht mehr ertragen.«

»Gut.« Kepplinger reichte ihm eine Karte. »Falls Ihnen noch etwas einfällt.«

»Wie im Film«, sagte der Alte und lachte.

»Eins noch: Wie alt haben Sie ihn geschätzt?«

»Mitte fünfzig.« Die Antwort kam schnell und passte zu den bisherigen Angaben.

»Vielen Dank, dass Sie sich Zeit genommen haben.«

»Denken Sie, die hat ihn umgebracht?«

Kepplinger überlegte. »Dafür ist es zu früh, aber wir werden natürlich versuchen herauszufinden, mit wem er sich da getroffen hat.«

»Sagen Sie mir dann Bescheid? Ich meine, wenn sie es war. Krieg ich dann eine Belohnung?«

»In dem Fall würde ich persönlich bei Ihnen vorbeikommen«, sagte Kepplinger ausweichend. »Mit einer guten Flasche Wein, versteht sich.«

Der Alte lächelte und verschwand, so schnell, wie er gekommen war, wieder im Haus.

Kepplinger setzte seinen Weg zur Dienststelle fort. Er zweifelte, ob ihn dieses Gespräch weitergebracht hatte. Und er verspürte nicht die geringste Lust, sich auf die Suche nach einer weiteren unbekannten Frau zu machen.

Um Viertel nach acht betrat er das Nebengebäude der Polizeidirektion, in dem sich die Büros der Kriminalinspektion befanden.

Noch war es im Treppenhaus und in den Gängen ruhig. Die Tür des Sekretariats stand offen, und Kepplinger entschied, den Tag mit einer Tasse Kaffee und einem kleinen Plausch mit Franziska zu beginnen.

Sie schien ihn bereits erwartet zu haben und winkte ihm mit der Tagesausgabe einer überregionalen Zeitung entgegen. »Schon gelesen, Herr Kommissar?«

Kepplinger schüttelte den Kopf. »Ich komme gar nicht zum Zeitunglesen, und für dieses Revolverblatt ist mir mein Geld sowieso zu schade.«

»Solltest du aber hin und wieder«, sagte Franziska.

»Willst du damit sagen …?«

»Der Chef ist stinksauer«, flüsterte Franziska und deutete mit einem Kopfnicken in Richtung der Durchgangstür zu Brandstätters Büro.

»Gib schon her.« Kepplinger schlug die erste Seite auf. Während er die Schlagzeile und die abgedruckten Fotos betrachtete, stellten sich ihm die Haare zu Berge.

»›Hetzjagd auf Obdachlose‹«, zitierte er die Überschrift des Leitartikels. »›Polizei tappt im Dunkeln auf der Suche nach dem Vagabunden-Mörder‹. Wer schreibt denn so einen Schwachsinn?«

Franziska zuckte mit den Schultern. »Das darfst du mich nicht fragen.«

»Das Foto von mir stammt vom Sommer«, stellte Kepplinger fest. »Aber warum ausgerechnet ich?«

»Lies doch«, sagte sie. »Weiter unten steht, dass du der SoKo-Leiter bist, und gleichzeitig stellt der Verfasser die Frage, warum die Polizei keine erfahrenen Kollegen mit so einer verantwortungsvollen Aufgabe betraut.«

Kepplinger fand den Absatz und las laut vor: »›Das lässt die traurige Annahme zu, dass die Kripo diesem Mordfall den Stellenwert eines Kaufhausdiebstahls beimisst. Haben Menschen, die vom Schicksal gebeutelt ihr Leben auf der Straße verbringen müssen, nicht denselben Anspruch wie jeder andere darauf, dass ihnen posthum Gerechtigkeit widerfährt und die Täter ihrer gerechten Strafe zugeführt werden?‹« Kepplinger ließ die Arme fallen. »Ich glaub's nicht.«

»Jetzt setz dich erst mal«, bot Franziska an. »Möchtest du einen Kaffee?«

Kepplinger nickte. Sie stellte eine Tasse unter den Vollautomaten. »Du warst doch gestern ziemlich lange da?«

»Bis halb neun, warum?«

»Ganz unten steht, dass du für Fragen der Redaktion nicht zu erreichen gewesen wärst.«

»Blödsinn«, sagte Kepplinger. »Mich hat weder jemand angerufen noch in meiner Abwesenheit auf den Anrufbeantworter gesprochen.«

Während er das Getränk umrührte, erinnerte er sich an den penetranten Anrufer vom Vorabend. »In Markus' Büro hat am Abend ein paarmal das Telefon geklingelt, aber die Tür war verschlossen.«

»Hast du nicht mitgekriegt, oder?«

»Was denn?«

»Wir sind angehalten, unsere Büros abzuschließen«, erklärte Franziska. »Auch wenn man nur mal eben auf die Toilette muss.«

»Wieso das denn?«, empörte sich Kepplinger. »Hier kommt doch kein Außenstehender rein.«

»IT-Sicherheit. Demnächst müssen alle eine Online-Schulung zu diesem Thema machen.«

»Wer denkt sich nur so einen Mist aus?«, fragte Kepplinger. »Genügt es nicht, sich am Rechner abzumelden?«

»Das macht doch auch niemand.«

»Aber es geschieht nach ein paar Minuten automatisch.«

»Anscheinend sind irgendwo Daten abhandengekommen.«

»Klar, und mit Zimmerabschließen bekommt man dieses Problem in den Griff«, sagte Kepplinger. »Das ist eine reine Alibi-Maßnahme.«

»Mich brauchst du nicht anzumotzen.«

»Sorry.«

»Erzähl mal von deinem Urlaub«, forderte Franziska ihn auf. »Seit du zurück bist, hatten wir nicht eine freie Minute.«

»Wo du das Thema anschneidest, heute vor einer Woche lag ich am Strand von Vouliagmeni.«

»Das ist gemein«, sagte Franziska lächelnd.

Die Tür zum Nebenzimmer wurde geöffnet. Brandstätter betrat mit hochrotem Kopf das Büro. »Wen höre ich denn da?«, begrüßte er Kepplinger mit gequälter Miene. »Meinen Pressestar.« Er reichte ihm die Hand, was er nur tat, wenn er besonders angespannt war.

»Bekommt man eigentlich ein Honorar für so einen Zeitungsauftritt?«, fragte Kepplinger.

»Das ist nicht witzig.«

»Ganz meine Meinung«, erwiderte er. »Und ich bearbeite gern wieder Kaufhausdiebstähle, wenn Sie das wünschen.«

»Unsinn, Kepplinger«, sagte Brandstätter. »Mich ärgert nur, dass ich heute vermutlich eine Menge blöder Fragen beantworten muss. Dabei graut mir am wenigsten vor den Medien, wenn Sie verstehen, was ich meine?«

Kepplinger erwiderte nichts darauf. Er hatte sich schon viel zu oft über den vorauseilenden Gehorsam seines Chefs geärgert.

»Wir sehen uns um neun bei der Besprechung, richtig?«

»So haben wir es gestern vereinbart«, antwortete Kepplinger.

»Gibt es Neuigkeiten?«

»Das wollte ich Sie gerade fragen.«

»Äh … nein«, stammelte Brandstätter. »Sie meinen, aus Bayern?«

»Zum Beispiel.«

»Ich bin auch gerade erst gekommen.« Brandstätter zog, ohne ein weiteres Wort zu verlieren, die Tür hinter sich zu.

Franziska sah ihm hinterher. »Wow«, sagte sie schließlich.

Kepplinger zog die Augenbrauen hoch. »Manchmal frage ich mich wirklich …«

»Du brauchst nicht weitersprechen«, unterbrach ihn die Sekretärin schmunzelnd.

Kepplinger lächelte zurück. »Danke für den Kaffee.«

Der Zeitungsbericht und Kepplingers Gespräch mit dem Rentner waren die Hauptthemen der Frühbesprechung, nachdem Brandstätter zu Beginn mitteilte, dass die Ermittlungen in Nürnberg andauerten.

»Die Mail wurde um kurz nach vier versandt«, fügte der Inspektionsleiter stirnrunzelnd hinzu.

»Haben wir eigentlich ein Lichtbild des Komplizen?«, fragte Wolfgang Herder.

Brandstätter reichte ein Fax in die Runde. Der Endvierziger wirkte völlig unscheinbar. Auffällig waren nur der ängstliche, fast verstörte Blick und die biedere Kleidung des Delinquenten. Kepplinger vermutete, dass die Bilder kurz nach der Festnahme gemacht worden waren.

»Ich wette ein Gehalt darauf, dass dieser Typ nicht die leiseste Ahnung von den Absichten seiner dubiosen Begleiterin hatte«, sagte er schließlich.

»Wie kommen Sie darauf?«

»Er wirkt so einfach strukturiert«, sagte Kepplinger. »Phantasielos, gutgläubig, so was in der Art. Jedenfalls kein abgebrühter Bankräuber, und wenn ihr mich fragt, hat er noch nie mit der Polizei zu tun gehabt.«

»So ein Typ Lieblingsschwiegersohn«, sagte Salvatore Falcone.

»Da kann man sich aber mächtig täuschen, meine Herren«, warnte Brandstätter.

»Gut möglich«, räumte Kepplinger ein.

»Früher oder später werden die schon rauskriegen, wer das ist«, sagte Herder. Damit war das Thema beendet.

»Das haben Sie alle gelesen, nehme ich an?«, fragte Brandstätter in die Runde und hielt die Tageszeitung in die Höhe. »Möchte jemand etwas dazu sagen?«

Die meisten schüttelten den Kopf.

»Warum formulieren wir keine offizielle Gegendarstellung?«, schlug Kepplinger vor und erhielt große Zustimmung. Nur Brandstätter und Herder signalisierten mit erhobenem Zeigefinger ihr Veto.

»Ihr glaubt doch nicht wirklich, dass die veröffentlicht wird«, äußerte der Inspektionsleiter seine Bedenken.

»Morgen interessiert das sowieso niemanden mehr«, meinte Herder.

Kepplinger spürte, dass er die Diskussion beenden musste,

bevor ihm der Kragen platzte. Stattdessen nahm er sich vor, persönlich mit dem Pressesprecher über die Chancen eines Dementis zu sprechen. Nach einer kurzen Pause begann er, über den Verlauf seiner morgendlichen Recherchen zu berichten.

»Wissen wir eigentlich, ob Ella Jankovic einen großen Busen hat?«, fragte Salvatore Falcone. »Oder Lilly?«

»Weder noch«, antwortete Kepplinger. »Von Jankovic haben wir nur das eine Passbild, und in den Zeugenbefragungen habe ich nichts davon gelesen.«

»Stimmt«, gab Nils Schubart ihm recht. »Lilly wurde lediglich als gepflegt dargestellt.«

»Und dass sie norddeutschen Dialekt spricht«, fügte Christian Schwarz hinzu.

»Genau wie Foret«, sagte Anja Kober.

»Ergo können wir davon ausgehen, dass es sich bei der Unbekannten nicht um Lilly handelt«, folgerte Falcone.

»Hmm.« Kepplinger kniff die Augenbrauen zusammen. »Nur weil keiner der Befragten ihre Brüste erwähnt hat? Das halte ich für ein ziemlich schmales Brett.«

»Amico«, erwiderte Falcone, während er mit seinen Händen auf Gigolo-Art riesige imaginäre Brüste andeutete. »Zeig mir einen Mann, der sich nicht an dicke Titten erinnert.«

Alle mussten lachen. Sogar Herder und der Inspektionsleiter brachten ein Schmunzeln zustande.

»Vielleicht könnten uns die Bayern einen indiskreten Hinweis liefern«, schlug Kepplinger vor und sah dabei Brandstätter an.

»Ich soll was …?«, empörte der sich.

Wieder gab es Gelächter.

»Natürlich nicht so plump«, sagte Kepplinger. »Sagen Sie, dass wir einen ernst zu nehmenden Hinweis erhalten haben.«

Brandstätter machte sich kopfschüttelnd eine Notiz.

Kepplinger berichtete noch von seinem Entschluss, dem Rentner ein paar Fotos zu zeigen, und damit waren sie am Ende angekommen. Beim Hinausgehen trat Lea hinter ihn. »Was dagegen, wenn ich mitkomme?«, fragte sie.

»Was machen wir, wenn er dich als Täterin identifiziert?«

»Blödmann.« Lea versetzte ihm einen Knuff in die Nieren.

»Ich mag keine gewalttätigen Frauen«, empörte er sich.
»Ich auch nicht«, sagte Lea. »Und jetzt komm endlich.«

»Wollin, Sie Teufelskerl!« Der Mannheimer Kripochef ließ die vier Geständnisse auf den Tisch gleiten. »Wie haben Sie denn das so holterdiepolter hingekriegt?«

»Hatte die vier schon lange auf dem Schirm, und mit der Aussage des Jungen war es ein leichtes Spiel.«

»Sauber.«

»Da dürfte pressemäßig einiges auf uns zukommen.«

»Das lassen Sie mal meine Sorge sein, Wollin. Die sollen nur kommen.« Wollins Chef legte die Stirn in Falten. »Wir sollten uns lieber Gedanken machen, wie wir den Haftrichter überzeugen können, denken Sie nicht?«

»Was sollte da verrutschen?«

»Gottverflucht. Sie wissen genauso gut wie ich, dass wir uns auf verdammt dünnem Eis bewegen.«

»Die wollten keinen Anwalt«, verteidigte sich Wollin. »Wie oft soll ich das noch sagen?«

»Aber jetzt kriegen sie einen Pflichtverteidiger, und wenn das so ein übermotivierter Studienabgänger ist, zerpflückt er uns diesen ganzen Sermon innerhalb weniger Minuten.«

»Auf den Filmen sind Verbrechenstatbestände zu sehen.«

»Was uns alles nichts bringt, wenn nur ein Bruchteil dessen bekannt wird, was da im Keller gelaufen ist.«

»Sie sollten nicht auf das dumme Geschwätz der Kollegen hören.«

»Ich habe die vier Jungs vorhin persönlich in Augenschein genommen. Das hat mir gereicht.«

»Die sind doch alle stoned.«

»Woher haben sie den Stoff?«

»Keine Ahnung.«

»Wollen Sie etwa so vor Gericht argumentieren?«

»Ich lass mir was einfallen.«

»Da bin ich aber gespannt«, fluchte der Vorgesetzte. »Und ich würde Ihre Version gern vor dem Termin haben.«

»Kein Problem.«

»Warum zum Teufel haben Sie keinen zweiten Beamten hinzugezogen?«

»Ich hab's versucht. Habe ich doch vorhin schon gesagt.«

»Wen und wann?«

»Das ist doch egal.«

»Sind Sie wirklich so dumm, Wollin?« Sein Gegenüber schlug mit beiden Fäusten auf die Tischplatte. »Mensch, die reißen uns doch beiden den Arsch auf!«

»Bislang sind alle meine Kandidaten beim ersten Termin eingefahren.«

»Vielleicht hatten Sie einfach nur Glück.«

»Soviel ich weiß, ist das nicht verboten.«

»Sie kennen das Sprichwort vom Krug, der zum Wasser geht?«

»Was wollen Sie eigentlich von mir?«

»Mir gefällt nicht, wie Sie mit mir sprechen, Wollin. Verstanden?«

»Ich kann auch gehen«, schlug Wollin vor und griff nach der Packung Moods in der Innentasche. »Wollte sowieso an die frische Luft.«

»Geben Sie mir eine. Und dann verschwinden Sie und denken an den Bericht.«

»Geht klar, Boss.«

»Dann sag ich jetzt mal den Göppinger Kollegen Bescheid.«

»Ganz wie es Ihnen beliebt«, sagte Wollin, zündete das Zigarillo an und verließ das Büro.

Auf dem Rückweg stand Kepplinger die Enttäuschung ins Gesicht geschrieben. »Ich hätte den Typ am liebsten den Balkon runtergestoßen«, ließ er seinem Unmut freien Lauf.

»Ist mir nicht entgangen«, erwiderte Lea. »Aber du hast dich souverän geschlagen.«

»Danke«, sagte Kepplinger. »Das Ergebnis ist dennoch zermürbend.«

»Hattest du schon mal so einen diffizilen Fall?«

Kepplinger zuckte mit den Schultern. »Am Anfang gleichen alle Fälle einem Kreuzworträtsel«, sagte er. »Aber ich habe es nie anders erlebt, als dass man sich über kurz oder lang der Lösung nähert, wenn man damit anfängt, Buchstaben in die Felder zu setzen.«

»Selbst die schwierigsten Wörter lassen sich irgendwann durch Querverbindungen lösen«, ergänzte Lea das Bild.

Kepplinger nickte. »Ganz gleich, in welcher Reihenfolge man die Anhaltspunkte geliefert bekommt.«

»Dann war das vorhin etwa so, als ob wir uns in der Spalte geirrt hätten?«

Kepplinger musste lachen. »Genau so.«

»Dass er nach der detaillierten Personenbeschreibung plötzlich einen ganz anderen Mann gesehen haben will, kann ich nicht verstehen.«

»Die Qualität des Passbilds ist jämmerlich«, sagte Kepplinger. »Und es ist wenigstens fünfzehn Jahre alt.«

»Er hat aber steif und fest behauptet …«

»Es ist nicht auszuschließen, dass tatsächlich jemand vergleichbare Klamotten trug.«

»Der sich ganz zufällig zur Tatzeit hier herumgetrieben hat?«, entgegnete Lea. »Das glaubst du doch selbst nicht.«

»Er hat es abgestritten«, knurrte Kepplinger. »Damit hat seine Aussage den Wert einer weggeworfenen Zigarettenkippe.«

»Ist dir schon mal in den Sinn gekommen, dass er Foret auf dem Foto wiedererkannt hat und seine Kehrtwende da herrührt?«

»Das ist ein kluger, wenn auch gewagter Ansatz«, räumte Kepplinger ein.

Sie gingen schweigend durch den Park und hielten auf den Brunnen zu. Trotz der Kälte kickten ein paar Jungs auf dem Wiesengelände gegen einen zerfledderten Fußball.

»Je mehr wir uns in den Fall verstricken, umso wahrscheinlicher finde ich deine Unfalltheorie«, sagte Kepplinger und deutete mit einem Kopfnicken auf die Brunnenschale.

»Und ich glaube immer weniger daran«, erwiderte Lea.

»Aus welchem Grund?«

»Ich weiß es nicht. Vielleicht, weil sein Rucksack da drüben stand.«

Kepplingers Mobiltelefon klingelte. Das Gespräch dauerte nur wenige Sekunden.

»Was ist?«, fragte Lea.

»Die bayerischen Kollegen haben das Fahrzeug des Mittäters gefunden.«

»Dann aber nichts wie los!«

»Holger Bahlow. Vierundfünfzig Jahre. Wohnhaft in Lengfeld, das ist ein Stadtteil von Würzburg. Selbstständig. Gelernter Mediengestalter. Hat sich auf Industriefotografie spezialisiert …«

»Was soll das sein?«, unterbrach Salvatore Falcone die Ausführungen des Inspektionsleiters.

»So wie ich das verstanden habe, fertigt er Imagebroschüren für größere Firmen in der Region an«, erklärte Brandstätter. »Zweimal geschieden, keine Kinder, polizeilich noch nie in Erscheinung getreten. Das Fahrzeug befindet sich in der Spurensicherung, und die Kollegen sind auf dem Weg zu seiner Wohnadresse.«

»Chef!« Franziska steckte den Kopf in das Besprechungszimmer. »Würden Sie noch mal ans Telefon kommen – dringend!«

Brandstätter stürmte aus dem Raum. Kepplinger setzte sich an den PC des Sitzungszimmers, loggte sich ein und tippte den Namen in eine Suchmaske. Wenige Klicks später öffnete sich die Homepage des Verdächtigen.

Kepplinger schaltete den Beamer ein und warf das Bild an die Wand. »Seht mal her!«

»Exzellentes Webdesign«, urteilte Nils Schubart, der sich in der Materie auskannte. »Ich wette, die Seite hat ein Vermögen gekostet.«

Kepplinger klickte durch die Unterpunkte, unter denen jeweils acht bis zehn unkommentierte Fotografien eingestellt waren, die in einer ansprechenden Slideshow präsentiert wurden. Die beeindruckenden Bilder von Häusern, Automobilen, Maschinen und allen möglichen Industrieerzeugnissen trugen alle dieselbe Handschrift und ließen keine Zweifel aufkommen, dass Holger Bahlow ein ausgezeichneter und erfolgreicher Fotograf war, dem seine Arbeit ein lukratives Einkommen bescherte.

Kepplinger fiel es schwer, sich auszumalen, dass Bahlow sich zu so einer Aktion hatte hinreißen lassen, geschweige denn, welche Gemeinsamkeiten ihn mit dieser zweifelhaften Frau verbanden, die unter dem Namen Ella Jankovic firmierte. Er brannte darauf, die Hintergründe zu erfahren, und es gelang ihm nur mit Mühe, seine Ungeduld zu beherrschen.

Er erhob sich und öffnete ein Fenster. Ein nasskalter Windstoß wehte ihm um die Ohren. Er schloss für einen Moment die Augen und atmete die feuchte Luft in seine Lungen.

Lea trat neben ihn und starrte auf den gegenüberliegenden Turm der Stadtkirche. »Jetzt geht es los, oder?«

Kepplinger betrachtete ihre langen schwarzen Haare, wie sie im Wind durcheinanderwirbelten. Er verspürte den Wunsch, ihr übers Haar zu streichen. Trotz der stürmischen Brise roch er ihr dezentes Parfüm.

»Kann sein«, sagte er nachdenklich.

Lea wendete abrupt den Kopf und sah ihm in die Augen. »Wo bist du gerade mit deinen Gedanken?«

Er starrte auf seine Hände. »Ich weiß es nicht.«

In dem Moment wurde die Tür aufgestoßen. In Brandstätters Schlepptau betraten der Leiter der Polizeidirektion samt seinem Stellvertreter den Besprechungsraum. »Bitte setzen Sie sich«, forderte Brandstätter.

Jeder ahnte, dass etwas Außergewöhnliches vorgefallen sein musste. Die Mienen der Vorgesetzten sprachen Bände.

Kepplinger nippte an seinem Kaffee. Er war längst auf Zimmertemperatur abgekühlt und schmeckte widerlich.

»Meine Damen und Herren«, begann Brandstätter. »Wie es aussieht, sind wir einen entscheidenden Schritt weitergekommen.«

»So ist es«, bestätigte der Direktionsleiter. »Im Fahrzeug des Tatverdächtigen wurden eine Handtasche und ein Trolley der Marke ›Saxoline Iconic‹ gefunden«, zitierte er ein Fax, auf dem das bayerische Landeswappen thronte. »Tasche und Koffer konnten einer gewissen Elisabeth Schreiber zugeordnet werden. Schreiber wurde am 28. März 1965 in Würzburg geboren und wohnt aktuell in Jungingen bei Ulm.«

»Das ist direkt an der Autobahn«, flüsterte Falcone Kepplinger ins Ohr.

Der Polizeichef warf einen mahnenden Blick über die Ränder seiner Brille. »Schreiber ist seit acht Jahren arbeitslos und bezieht Hartz IV«, fuhr er fort. »Ihr wurde außerdem vor ein paar Jahren die Geschäftsfähigkeit entzogen. Den Grund dafür konnten die Kollegen bislang nicht in Erfahrung bringen, aber wir haben Namen und Telefonnummer ihres rechtlichen Betreuers. Das war es auf die Schnelle. Haben Sie Fragen?«

»Ich hätte viele«, meldete sich Kepplinger zu Wort. »Die drängendste wäre, ob dies weiterhin unser Fall bleibt?«

»Das ist in der Tat eine brisante Thematik, um die ich mich im Anschluss kümmern werde.«

»Woher stammt die Waffe?«, erkundigte sich Wolfgang Herder.

»Das ist nicht bekannt.«

»Weiß man etwas über die Beziehung zwischen Holger Bahlow und Elisabeth Schreiber?«, wollte Anja Kober wissen.

»Dazu kann ich nichts sagen.«

»Wäre es nicht einfacher, wenn *Sie* uns auf den aktuellen Stand bringen würden?«, unterbrach Kepplinger die seiner Meinung nach sinnlose Fragerunde. »Gesetzt den Fall, wir behalten die Ermittlungen, sollten wir rasch etwas unternehmen.«

»Ich glaube, ich kann Ihnen nicht folgen.«

»Denken Sie nicht, dass es zweckmäßig wäre, die Wohnung zeitnah unter die Lupe zu nehmen, bevor das jemand aus dem Bekanntenkreis der Dame tut?«

Der Direktionsleiter räusperte sich verlegen und blickte ratlos zu seinem Stellvertreter. Nach einem kurzen Tuscheln verließ er den Raum, ohne ein weiteres Wort zu verlieren.

»Sie haben vollkommen recht, Kepplinger«, sagte der Vizechef, nachdem die Tür ins Schloss gefallen war. »Das ging in der Aufregung unter. Er kümmert sich sofort um die Angelegenheit. Haben Sie sonst noch etwas?«

Es gab keine Wortmeldungen. Brandstätter schüttelte sichtlich verwirrt den Kopf. Dann waren sie wieder allein.

»Kepplinger!« Brandstätter machte ein Gesicht wie ein begossener Pudel.

»Bitte?«

»Sie wissen genau, was mir auf der Zunge liegt.«

»Nein, das weiß ich nicht.«

»Bitte kommen Sie einen Augenblick.«

Kepplinger folgte ihm auf den Flur.

»Ich bin ja froh, dass ich Sie hier habe«, sagte Brandstätter seufzend. »Sie sind ein cleveres Bürschchen, aber wenn Sie in Zukunft bitte etwas diplomatischer vorgehen würden.«

»Diplomatischer?«

»Zumindest in so einem Gespräch.«

Kepplinger zwang sich, Ruhe zu bewahren. »Ich fürchte, dass ich nicht verstehe, wovon Sie sprechen.«

»Der Ton macht die Musik, Kepplinger.«

Kepplinger atmete tief durch. »Es stört Sie also, wie ich mit anderen spreche?«

»Himmelherrgott! Sie wissen doch genau, wie es läuft.«

»Richtig. Der Rektor scheißt den Klassenlehrer zusammen, weil einer seiner Schüler Mist gebaut hat.«

»Ganz genau.«

Kepplinger war kurz davor zu explodieren. Ihm war bewusst, dass er zuweilen provokant auftrat, aber nur dann, wenn er das Gefühl hatte, von seinem Umfeld nicht ernst genommen zu werden, sei es aus Arroganz, Dummheit oder Gleichgültigkeit. Er trat ans Fenster und starrte auf den Innenhof der Polizeidirektion. Ein Streifenwagen donnerte mit Blaulicht und Sondersignalen auf die Ausfahrt zu.

Vielleicht sollte er künftig sorgsamer mit seinen Worten umgehen. Letztlich war es wenig zielführend, ständig mit seinen Vorgesetzten zusammenzustoßen. Wie so oft galt es, einen Mittelweg zu finden. Eine stille Übereinkunft, bei der man sein Gesicht wahrte und keine sinnlosen Energien verschleuderte.

»Ich bin der Meinung, dass wir alle im selben Boot sitzen und es immer um die Sache gehen sollte«, sagte er schließlich. »Es gibt ein paar Dinge in diesem Geschäft, die mich regelmäßig zur Weißglut treiben.«

»Nennen Sie mir ein Beispiel«, forderte Brandstätter.

»Falsch verstandenen Korpsgeist hätte ich anzubieten. Hierarchisch begründete Eitelkeiten und Vorbehalte gegenüber

Mitarbeitern, die weniger Sternchen auf der Schulter haben. Vorauseilenden Gehorsam gegenüber nächsthöheren Instanzen und die panische Angst davor, Fehler zu machen.« Kepplinger wandte sich wieder seinem Vorgesetzten zu. »Mit alledem tue ich mich schwer, Herr Brandstätter. Aber ich kann Ihnen versprechen, dass ich mich künftig bemühen werde, mit meiner Wortwahl den Betriebsfrieden zu wahren.«

Brandstätter grinste breit. »Das haben Sie gut gesagt, Kepplinger.«

Kepplinger verkniff sich eine weitere Bemerkung, obwohl er befürchtete, dass Brandstätter weder zugehört noch verstanden hatte. Im Treppenhaus hallten schwere Schritte. Die beiden Männer sahen gespannt zum Ende des Flurs, wo ein mächtiger Schatten den Besucher ankündigte.

»Warum geht denn hier niemand ans Telefon?«, empörte sich der Leiter der Polizeidirektion, während er auf die beiden zuhielt. Brandstätter machte eine entschuldigende Geste.

»Ist jetzt auch egal«, knurrte der oberste Chef und drückte Brandstätter eine Telefonnotiz in die Hand. »Wir bleiben bis auf Weiteres an der Sache dran. Die Bayern machen ihre Geiselnahme und die Wohnung des Komplizen, und wir kümmern uns um die Aktivitäten der Dame in Baden-Württemberg und den Mord an Foret.«

»Gut«, sagte Brandstätter.

»Sie arbeiten Hand in Hand mit der Kripo Nürnberg zusammen, verstanden?«

Brandstätter nickte.

»Sehen Sie zu, dass Sie so schnell wie möglich in diese Wohnung kommen, und mich halten Sie auf dem Laufenden.«

»Selbstverständlich.«

»Meine Herren.« Der Direktionsleiter tippte sich an die Stirn und wandte sich zum Gehen. »Ach, da wäre noch etwas.«

»Ja?«

»Ich erhielt vorhin einen Anruf aus Mannheim, aus dem ich auf die Schnelle nicht schlau wurde. Jedenfalls haben die Kollegen eine Bande Jugendlicher festgenommen, die angeblich etwas mit unserem Mord zu tun haben könnten.«

»Wie bitte?«

»Jetzt lassen Sie mich erst mal ausreden.«

»Verzeihung.«

»Der Kollege klang nicht wirklich überzeugend und meinte, dass er mich nach dem bevorstehenden Haftprüfungstermin auf Ballhöhe bringt.«

»Wann wird das sein?«

Der oberste Chef warf einen Blick auf die Uhr. »Das Gericht tagt in einer knappen halben Stunde.«

»Das bedeutet, wir können den Fall gegebenenfalls heute Mittag zu den Akten legen?«

»Falsch«, sagte der Direktionsleiter und klopfte Brandstätter auf die Schulter. »Bestenfalls bekommen Sie die Namen der Tatverdächtigen und müssen ein paarmal nach Mannheim fahren. Die Endsachbearbeitung in der Mordsache Foret bleibt bei uns.«

»Verstanden.«

»Übrigens, Kepplinger.«

»Ja.«

»Sie behalten den Fall. Was die in der Presse schreiben, kann uns egal sein. Ich zähl da auf Sie.«

»Gut«, sagte Kepplinger in Erwartung einer Fortsetzung. Aber sein Gegenüber warf ihm nur einen prüfenden Blick zu, gab Brandstätter mit einem Nicken zu verstehen, dass alles gesagt war, und entfernte sich mit weit ausladenden Schritten.

»Also dann …«, stotterte Brandstätter.

»… machen wir uns an die Arbeit«, sagte Kepplinger und schenkte ihm sein freundlichstes Lächeln.

»Ruhe im Saal!«, brüllte der Vorsitzende Richter, während er sich mit einem Tuch den Schweiß von der Stirn tupfte. »Und Sie kommen bitte nach vorn!« Der Appell galt dem jungen Pflichtverteidiger des vermeintlichen Rädelsführers, der gegen Ende des Haftprüfungstermins vor dem Mannheimer Amtsgericht um ein kurzes Vieraugengespräch gebeten hatte. Der Anwalt trat vor den mächtigen Eichentisch.

Kriminaloberkommissar Richard Wollin bemerkte von

seinem Platz aus, wie ihn der Richter während der kurzen Unterredung immer wieder kritisch musterte. Was zur Hölle heckten die beiden aus? Bislang war er mit dem Verlauf der Anhörung mehr als zufrieden gewesen. Zwar hatte es ein paar kritische Fragen gegeben, die er aber seiner Meinung nach gut pariert hatte. Ebenso hätte er bis vor wenigen Minuten Stein und Bein geschworen, in dem altgedienten Richter, den er aus zahlreichen Verhandlungen mit jugendlichen Intensivtätern kannte, einen Verbündeten zu haben. Ein Hardliner, der nicht lange fackelte und sich vor Kurzem vor laufenden Kameras zu einem Zitat hatte hinreißen lassen, in dem er die Bestrafung von Heranwachsenden mit der Erziehung von Hunden verglichen hatte.

»Nur harte Strafen, die der Tat auf dem Fuß folgen, sind zielführend«, hatte er in dem Interview gesagt. »Es bringt nichts, mit verweichlichten Sanktionen zu beginnen und die Härte schrittweise zu steigern. In so einem Fall gewöhnen sich Hunde wie Straftäter eher an die Schmerzen, als das unerwünschte Verhalten abzulegen.«

Wollin war oft dabei gewesen, wie er den Delinquenten, einem altertümlichen Volksschullehrer ähnlich, hart ins Gewissen geredet und sich in den meisten Fällen am oberen Strafmaß orientiert hatte. Mit wachsender Sorge beobachtete er jetzt, wie der Vorsitzende mit strengem Blick zwei Justizwachtmeister zu sich beorderte und diese nach kurzer Anweisung eilig den Saal verließen.

Was ging da vor?

Wollin warf einen Blick über die Schulter zu seinem Kripochef, aber der zuckte nur mit den Achseln.

»Herr Wollin.« Die Stimme des Richters klang scharf. »Würden Sie mir freundlicherweise sagen, wo die Vernehmungen seines Mandanten stattgefunden haben?« Er deutete mit einem Kopfnicken auf den Strafverteidiger an seiner Seite.

Wollin wusste nicht, worauf die Frage abzielte. »In meinem Büro«, antwortete er zögerlich. »Warum wollen Sie das wissen?«

»Die Fragen stelle ich. Sind wir uns da einig?«

Wollin schluckte. »Ja.«

Der Vorsitzende ließ seinen Adlerblick über die Köpfe der Anwesenden gleiten. »Ich unterbreche hiermit die Sitzung bis auf Weiteres und ordne an, dass niemand den Saal verlässt.«

Wollin konnte sich nicht daran erinnern, jemals von einer solchen Entscheidung gehört zu haben. Ihm fehlte jedwedes Verständnis für dieses außergewöhnliche Prozedere, aber er wagte auch nicht, noch mal nachzuhaken. Wenn er nur wüsste, worauf das Ganze hinauslaufen sollte.

Der Song von Rory Gallagher kam ihm in den Sinn.

»I feel a little strange inside
A little Mr. Jekyll, a little Mr. Hyde.«

Er griff verstohlen nach seinem Flachmann. Nach dem zweiten Schluck ging es ihm besser.

»I can't run away from this shadow play
Shadow play, this shadow play.«

***

Kepplinger hatte sich während der Fahrt nach Ulm auf alle möglichen Szenarien vorbereitet, nur darauf nicht. Sie standen vor einem etwa zweieinhalb Hektar großen Grundstück mit imposantem Garten, einer reizvollen Melange aus alten Baumbeständen und asiatisch anmutenden Bepflanzungen. Soweit er von außen erkennen konnte, befanden sich zwei Teiche sowie ein etwa fünf Meter hoher Wasserfall auf dem nach hinten ansteigenden Gelände.

Wie es aussah, war der Garten in zwei Themenbereiche unterteilt. Der obere Bereich bestach durch eine ruhige, fast meditative Atmosphäre. In seiner Mitte befand sich ein pagodenähnliches Bauwerk. Der Garten rund um die zweistöckige Villa im klassischen Baustil hingegen wirkte unruhiger, was nicht zuletzt auf das dumpfe Rauschen des Katarakts zurückzuführen war.

Auch das unübersichtliche Wegekonzept unterstrich die unterschiedlichen Ansätze. Waren die vielen verzweigten, schmalen Trittwege im oberen Bereich in organischen Formen in die Landschaft eingebettet, bestachen die befahrbaren, breiteren Wege rund um das Wohnhaus durch Symmetrie.

Keiner aus Kepplingers Team hatte je zuvor eine solche Anlage gesehen. Wie erstarrt standen er, Lea Thomann, Salvatore Falcone und Christian Schwarz auf dem Gehsteig vor dem Anwesen.

»Und jetzt?«, fragte Falcone, ohne den Blick von dem Märchengarten abzuwenden.

»Gute Frage«, erwiderte Kepplinger. »Laut ihrem Betreuer handelt es sich um eine der beiden Einliegerwohnungen.«

»Und wem gehört dieses Schmuckstück?«

»Einem Unternehmer aus Ulm, der das ganze Jahr unterwegs ist«, antwortete Kepplinger. »Angeblich kümmerte sich Schreiber um die Wohnung.«

»Für umme?«, fragte Lea. »Ich dachte, sie bezieht Hartz IV.«

»Das tut sie auch«, sagte Kepplinger und warf einen Blick in seine Notizen, die er während des Telefonats auf der Herfahrt angefertigt hatte. »Der Deal ist völlig legal, habe ich mir erklären lassen. Der Vermieter gibt sich mit dem Höchstsatz der staatlichen Leistungen für Unterkunft und Heizung zufrieden. Überdies beschäftigt er Schreiber für einen anerkannten Einkommensfreibetrag von knapp dreihundert Euro.«

»Das klingt ganz nach einem Sechser im Lotto«, sagte Lea.

»Oder nach moderner Sklavenhaltung«, sagte Kepplinger.

»Du denkst, dass sie ihm nicht nur die Wohnung sauber hält?«, fragte Falcone.

»Mich würde einfach interessieren, wie es zu diesem Arrangement gekommen ist«, sagte Kepplinger. »Nicht mehr und nicht weniger.«

Sie folgten Lea zu einer halbkreisförmig angelegten Einfahrt, von der ein gepflasterter Fahrweg und ein schmaler Pfad zum Haupteingang führten. Das Anwesen war in diesem Bereich von einer hohen Sandsteinmauer eingesäumt. Die bogenförmigen Zugänge waren, wie bei einer mittelalterlichen Festung, mit gusseisernen Toren verschlossen.

Kepplinger drückte den größten der vier Klingelknöpfe, die sich oberhalb eines in den Stein eingelassenen Löwenornaments befanden.

Nichts rührte sich.

Kepplinger unternahm einen weiteren Versuch. Schließlich drückte er mehrmals alle zur Auswahl stehenden Knöpfe.

Nichts.

»Toll!«, sagte Lea. »Und was jetzt?«

»Wurden in ihren Sachen keine Schlüssel gefunden?«, erkundigte sich Schwarz.

Kepplinger schüttelte den Kopf. »Ich habe zweimal nachgehakt.«

»Wenn der Besitzer ständig unterwegs ist, muss es doch jemanden geben, der außer ihr Zugang hat«, sagte Lea. »Gärtner, Handwerker oder eine Sicherheitsfirma, meint ihr nicht?«

»Wissen wir, ob jemand in der anderen Einliegerwohnung wohnt?«

»Nein.«

»Mannaggia!«, fluchte Falcone.

Kepplinger zog sein Mobiltelefon aus der Jacke. »Wartet mal.« Während des Telefonats schlenderte er den Bürgersteig bis ans andere Ende des Grundstücks entlang und zählte einhundertneunzig Schritte. Dann kehrte er zu den anderen zurück.

»Die Ulmer Kollegen statten der Firma einen Besuch ab«, berichtete er. »Dann wissen wir hoffentlich mehr.«

»Warum hast du nicht gleich dort angerufen?«, fragte Falcone.

»Jetzt, wo du es sagst«, entgegnete Kepplinger und grinste. »Die hätten mir am Telefon bestimmt verraten, wo der Notschlüssel versteckt ist.«

»Porca Madonna«, sagte Falcone und schlug sich gegen die Stirn. »Ich Idiot.«

»Wir könnten uns in der Zwischenzeit ein wenig in der Nachbarschaft umhören«, schlug Kepplinger vor.

Sie trafen einige Absprachen und verteilten sich auf die angrenzenden Häuser. Kepplinger wählte auf dem Weg zum Nachbarhaus die Nummer seines Vorgesetzten, um ihn über die Verzögerung zu informieren. Als das Besetztzeichen ertönte, steckte er das Gerät wieder in die Tasche und legte sich in Gedanken ein paar Fragen für das bevorstehende Gespräch zurecht.

Nach einer halben Stunde trafen alle wieder vor dem Eingangsportal der Villa ein. »Wartet ihr schon lange?«, rief Salvatore Falcone von Weitem, nachdem er als Letzter um die Ecke bog. »Ich habe gerade einen hervorragenden Cappuccino getrunken.«

»Du weißt schon, dass du im Dienst keine Geschenke annehmen darfst?«, provozierte Kepplinger.

»Spielverderber«, sagte Falcone grinsend. »Die Dame war ausgesprochen nett, wir haben uns auf Anhieb verstanden.«

»Ich dachte, du wärst verheiratet«, sagte Lea augenzwinkernd.

»Was habt ihr denn alle mit mir?«, beschwerte sich Falcone mit gespielter Entrüstung. »Man darf sich doch wohl ein wenig Appetit holen …«

»Habt ihr nebenbei auch über Frau Schreiber und ihren Hausherrn geklatscht?«, unterbrach ihn Kepplinger.

»Logico!«, erwiderte Falcone. »Nur leider hat meine Gastgeberin die beiden erst ein paarmal gesehen, seit sie hier wohnt.«

»Dieselbe Auskunft habe ich gleich zweimal erhalten«, berichtete Schwarz. »Beide würden zwar nett grüßen und einen anständigen Eindruck erwecken, aber sie seien so gut wie nie da.«

»D'accord«, sagte Lea. »Ich habe mit einem älteren Ehepaar gesprochen, die nicht einmal wussten, wer genau in dem Haus lebt. Sie sprachen nur vom ›Parvenü‹, da der Eigentümer offenbar recht jung ist.«

»Und Schreiber?«

»Hielten sie für eine Zugehfrau«, antwortete Lea. »Beide waren überrascht, dass sie dort wohnt.«

»Die Nachbarn hier kannten zumindest den Hausherrn ein wenig besser«, erzählte Kepplinger. »Er war angeblich mit einer japanischen Unternehmerstochter verheiratet, die vor ein paar Jahren bei einem Bootsunfall ums Leben kam. Bis dahin tauchte einmal im Jahr die gesamte Verwandtschaft während der Weihnachtsfeiertage hier auf. Allein für diesen Zweck wurden die Einliegerwohnungen gebaut. Bei der Pagode handelt es sich um ein traditionelles Tee- und Gästehaus.«

»Was hast du über unsere Dame in Erfahrung gebracht?«, fragte Lea.

»Nicht wirklich viel«, sagte Kepplinger. »Die Frau hat sie als freundlich, aber unnahbar beschrieben. Sie sei jedem Gespräch aus dem Weg gegangen. Jedenfalls wohnt niemand sonst in dem Haus, darüber waren sich beide einig.«

Kepplingers Mobiltelefon klingelte. Ein Kollege der Ulmer Kripo unterrichtete ihn über den Besuch in der Firma.

»Der Eigentümer ist zurzeit in Brasilien«, fasste Kepplinger zusammen, nachdem das Telefonat zu Ende war. »Aber die Firma schickt einen Mitarbeiter einer Sicherheitsfirma, die für die Liegenschaften verantwortlich ist.«

»Darf ich euch solange zu einem Kaffee einladen?«, scherzte Falcone. Während sich die anderen über seine Bemerkung amüsierten, bog am Ende der Straße ein schwarzer Wagen um die Ecke.

»Das ging aber schnell«, begrüßte Kepplinger den Mitarbeiter des Sicherheitsunternehmens, der mit einiger Anstrengung aus dem Fahrzeug kletterte.

»Laut Vertrag müssen wir bei einem Alarm innerhalb von fünf Minuten vor Ort sein«, erklärte der untersetzte Mann, der eine gewisse Ähnlichkeit mit Danny DeVito aufwies. »Dürfte ich bitte Ihre Dienstausweise sehen?«, forderte er etwas kleinlaut. »Ist nur wegen der Vorschriften.«

Kepplinger und seine Kollegen kamen der Aufforderung nach.

»Wollte auch mal zur Polizei«, sagte der Mann, nachdem er sich von der Echtheit der Dokumente überzeugt hatte. »Hat aber irgendwie nicht geklappt.«

»Sie machen doch etwas ganz Ähnliches wie wir«, sagte Kepplinger beschwichtigend, obwohl er nicht die geringste Lust auf Small Talk hatte.

»In gewisser Weise schon«, erwiderte der Mann sichtlich stolz. »Immerhin bezahlt er gut.«

Kepplinger beobachtete, wie der Mann einen Transponder in den Bereich des Löwenmauls hielt. Schlagartig begannen die tonnenschweren Tore auf die Seite zu rumpeln.

»Der Garten hat fünf Millionen gekostet«, erzählte »Danny DeVito« auf dem Weg zum Eingang. »Und ich will nicht wissen, was der Unterhalt von diesem ganzen Klimbim schluckt.«

Kepplinger ging nicht auf ihn ein. »Kannten Sie Frau Schreiber?«, erkundigte er sich stattdessen. »Die Untermieterin?«

»Nicht wirklich«, antwortete der Security-Mann. »Im Grunde waren wir ja nie hier, einfach weil es keine Alarme gab. Einmal im Monat wird die Anlage getestet. Bei so einer Gelegenheit habe ich sie vielleicht zwei- oder dreimal getroffen. Einmal hat sie mich an der Biegung da vorn beinahe über den Haufen gefahren.«

»Können Sie etwas über die Dame sagen?«

»Nun, sie sieht gut aus, und wir in der Firma dachten uns schon das eine oder andere.«

»Worauf spielen Sie an?«

»Na ja, dass sie etwas mit ihm hat.«

»Aber das waren nur Spekulationen?«

»Natürlich. Abgesehen davon ist er ja ständig unterwegs.«

Sie erreichten das Hauptportal. Kepplinger warf einen Blick auf seine Schuhsohlen, bevor er den weißen Marmor betrat.

»Wollen Sie nur in ihre Wohnung oder auch ins Haus?«

»Wir schauen uns erst mal bei ihr um. Vielleicht komme ich später auf Ihr Angebot zurück.«

Sie folgten dem Mann auf die Rückseite der Villa. Er reichte Kepplinger einen Schlüssel.

»Worum geht es überhaupt, wenn ich fragen darf?«

»Sie dürfen«, antwortete Kepplinger. »Nur darf ich Ihnen zum jetzigen Zeitpunkt nichts darüber sagen.«

»Verstehe«, sagte der Mann. »Ich warte draußen. Wie lange wird es dauern?«

»Sie kommen mit«, sagte Kepplinger entschieden. »Ich brauche Sie als Zeugen. Dafür, dass wir uns anständig benehmen.«

Der Mann grinste ihn ungläubig an. »Ist das Ihr Ernst?«

»Selbstverständlich.« Kepplinger streifte ohne nachzudenken die Schuhe ab, nachdem sie die Eingangstür passiert hatten. Vor ihren Augen breitete sich eine verträumte Wohnlandschaft aus, die überwiegend mit japanischem Interieur bestückt war.

Mit Ausnahme der Garderobe war der gesamte Fußboden mit Tatamis ausgelegt.

Vorsichtig trat Kepplinger auf eine der Binsenmatten, die einen federweichen Reisstrohkern hatte. Es roch angenehm nach Lavendel und Zitronengras. In der Mitte des Wohnbereiches plätscherte bedächtig Wasser aus einem kindsgroßen Findling, der sich in einem zengartenähnlichen Arrangement aus Steinen befand.

»Willkommen in Japan«, sagte Lea. »Herrlich ist das, findet ihr nicht?«

Alle nickten sichtlich beeindruckt.

»So etwas habe ich noch nie gesehen«, sagte Falcone andächtig.

»Zauberhaft«, sagte Kepplinger gedankenverloren. »Irgendwie passt hier nichts zusammen. Überhaupt nichts.«

Ihm kam das verkommene Haus in Habsheim in den Sinn. Eine Frau, die hier gelebt hatte, wäre nie auf den Gedanken gekommen, einen Fuß in Forets verdreckte Bruchbude zu setzen. Was zur Hölle haben diese beiden Menschen miteinander zu tun?, fragte er sich. Oder befinden wir uns schon wieder auf einem Weg, der im Nirwana enden wird?

»Machen wir uns an die Arbeit«, forderte er ungeduldig.

»Nach was suchen wir überhaupt?« Falcone zuckte fragend mit den Schultern.

»Nach einem Menschen namens Elisabeth Schreiber«, sagte Kepplinger. »Nach Tausenden Fragezeichen, die zusammengesetzt vielleicht ein Bild ergeben.«

Die anderen nickten. Der Wachmann sah ihn an, als hätte er Chinesisch gesprochen.

»Und wir suchen Hinweise auf einen Mann, dessen Leiche wir gefunden haben und der ein gemeinsames Konto mit ihr hatte.«

»Mein Gott, das ist ja schrecklich«, flüsterte der Wachmann. »Ist sie auch tot?«

Kepplinger schüttelte den Kopf und streifte sich Einweghandschuhe über.

»Wenn Sie bitte auch Ihre Schuhe ausziehen würden.«

Sie machten einen Rundgang durch die über zweihundert Quadratmeter große Wohnung. Niemand sprach ein Wort. Als sie wieder in der Garderobe ankamen, teilte Kepplinger die Suite in vier Bereiche ein. Dann begannen sie, das Interieur akribisch auf den Kopf zu stellen.

Nach zwei Stunden gaben sie auf.

»Ich kann nicht glauben, dass hier jemand gewohnt hat«, fasste Lea ihre Eindrücke zusammen. »Auf mich wirkt das Ganze wie ein modernes Museum oder der Showroom eines Fachgeschäfts für japanischen Lebensstil.«

Die anderen stimmten ihr zu. Nirgends waren private Fotos oder andere persönliche Gegenstände zu finden gewesen.

»Mich irritiert auch, dass es, abgesehen vom Haustelefon, keine Verbindung zur Außenwelt zu geben scheint«, sagte Schwarz.

»Kein Fernseher und kein Computer«, fügte Falcone hinzu.

»Leere Mülleimer in Küche und Bad, keine Schmutzwäsche und in der gesamten Wohnung nicht der Hauch eines Staubkörnchens«, komplettierte Schwarz die Aufzählungen.

Kepplinger zuckte mit den Mundwinkeln und wandte sich an den Wachmann. »Ich glaube, wir würden doch gern einen Blick in die andere Wohnung, das Haus und die Pagode werfen.«

Der Angestellte nickte stirnrunzelnd. »Dürfen Sie das überhaupt?«

»Sie können gern meinen Chef anrufen.«

»Wenn Sie es sagen.«

»Gehen wir«, sagte Kepplinger.

Auf dem Weg um das Haus wählte er erneut die Nummer seines Vorgesetzten. Wieder besetzt. Kopfschüttelnd tippte er auf den roten Knopf.

Ein ungutes Gefühl beschlich ihn, wusste er doch, dass der Durchsuchungsbeschluss ausschließlich den Räumlichkeiten galt, die Elisabeth Schreiber genutzt hatte. Andererseits war es gut möglich, dass sie die Einliegerwohnung nur auf dem Papier bewohnt und tatsächlich Quartier bei ihrem Vermieter bezogen hatte. Ein zweites Mal herzukommen hielt er für Zeitverschwendung, abgesehen davon, dass kein Richter ihm in Abwesenheit des Hausherrn eine Durchsuchung genehmigen würde.

Seine Neugierde behielt die Oberhand, doch bot sich in den anderen Häusern dasselbe Bild: imponierendes japanisches Interieur ohne den geringsten Hinweis auf menschliches Leben.

»Hier kommen wir nicht weiter«, sagte Kepplinger, nachdem sie einen abschließenden Blick in das Tee- und Gästehaus geworfen hatten. »Wenn ihr mich fragt, sieht es ganz danach aus, dass Elisabeth Schreiber sich für alle Zeiten von diesem Haus verabschiedet hat. Wann immer sie zum letzten Mal hier gewesen sein mag.«

»Und zuvor alle Spuren verwischt hat, die einen Rückschluss auf ihre Existenz zugelassen hätten.«

»Was ihr verdammt gut gelungen ist.«

»Dafür dürfte es in der Bank weniger nach ihrem Geschmack gelaufen sein«, sagte Falcone.

Kepplinger warf ihm einen strafenden Blick zu und deutete mit einem Kopfnicken auf den Wachmann.

»Mit den paar Euronen, die Sie abgehoben hat, wird sie nicht weit kommen«, versuchte Falcone seinen Fauxpas wieder wettzumachen.

Unter einem riesigen, in japanischem Baustil gehaltenen Carport stand ein brauner Jaguar XJR, an dessen Felgen Kepplinger Ansätze von Moos entdeckte. »Ist das der Wagen des Hausherrn?«

»Anzunehmen«, sagte der Wachmann. »Da steht jedes Mal eine andere Luxuskarosse.«

Sie gingen den Fahrweg hinunter zum Tor. Plötzlich fiel Kepplinger etwas ein. »Sagten Sie vorhin, dass Frau Schreiber Sie beinahe überfahren habe?«

»Und ob!« Der Wachmann schlug sich gegen die Brust. »Die kam um die Ecke geschossen wie eine Verrückte. Wenn ich nicht in dieses beschissene Katzenminzebeet gehüpft wäre, hätte sie mich glatt umgemäht.«

»Sie kennen sich aber gut aus«, bemerkte Falcone.

»Von wegen auskennen«, schimpfte der Wachmann. »Ich musste später für den Schaden aufkommen, daher weiß ich den Namen dieses Unkrauts.«

»Wann war das?«

»Im Frühjahr. Anfang April.«

Kepplinger zog Lea auf die Seite. »Darf man Auto fahren, wenn einem die Geschäftsfähigkeit entzogen wurde?«

Lea zuckte mit den Schultern. »Eher nicht, oder?«

»Das kriegen wir raus. Ich spreche noch mal mit ihrem rechtlichen Betreuer.«

Sie folgten den anderen zum Tor.

»Erinnern Sie sich zufällig an den Fahrzeugtyp?«

»Natürlich«, entgegnete der Wachmann, während er einen Notizblock aus der Gesäßtasche zog und die betreffende Seite aufschlug. »Hier, Dienstag, 9. April, zehn Uhr vier. Ein roter Audi A3 Coupé. Wollen Sie das Kennzeichen?«

Kepplinger notierte sich eifrig die Daten. Anschließend griff er zum Telefon und wählte die Nummer der Nürnberger Polizei.

»Die Polizeiführung hat einen Riesenfehler gemacht, Ihre Bewerbung abzulehnen«, schmeichelte Kepplinger dem Wachmann zum Abschied.

Der strahlte wie ein Honigkuchenpferd und reckte die Brust in die Höhe. »Ich habe schon mal darüber nachgedacht, eine Privatdetektei zu eröffnen. Denken Sie, ich hätte das Zeug dazu?«

»Bestimmt«, erwiderte Falcone, der Kepplinger mit einem Augenzwinkern signalisierte, dass er verstanden hatte, worauf dieser hinauswollte. »Das war vorbildlich eben.«

»Meinen Sie wirklich?«

»Wenn Sie jetzt noch bis zur Gerichtsverhandlung Stillschweigen bewahren könnten.«

»Von was sprechen Sie?«

»Frau Schreiber hat großen Mist gebaut, und es wäre möglich, dass Sie in den Zeugenstand gerufen werden.«

»Aber ich habe doch nichts mit der zu tun!«

»Sie waren heute der gesetzlich vorgeschriebene Zeuge einer Wohnungsdurchsuchung.«

»Verstehe«, sagte der Wachmann. »Ich werde schweigen wie ein Grab.«

Auf der Rückfahrt wählte Kepplinger die Nummer des rechtlichen Betreuers.

»Ich habe damit gerechnet, dass Sie nochmals anrufen«, meldete der sich nach dem zweiten Klingeln. »Waren Sie in der Wohnung?«

»Ja, und wir sind ziemlich beeindruckt.«

»Seit dem Tod seiner Frau hat ihr Vermieter seine soziale Ader entdeckt. Frau Schreiber gehörte zu den glücklichen Gewinnern dieses Wandels, mehr kann ich nicht dazu sagen. Alle Verträge entsprechen den geltenden Vorschriften.«

»Daran zweifle ich nicht«, erwiderte Kepplinger. »Waren Sie selbst mal dort?«

»Ein-, zweimal. In der Regel kam Frau Schreiber in mein Büro.«

»Wir kamen uns vor wie in einem Showroom. Alles wirkte so arrangiert. Und unbewohnt.«

»Frau Schreiber hat einen pedantischen Ordnungssinn, was nicht ungewöhnlich ist bei Alkoholikern, die ihre Sucht vor einer Autoritätsperson verbergen wollen.«

»Da kann ich Ihnen nicht folgen.«

»Ihr Vermieter wusste nichts von ihrer Krankheit, geschweige denn ihrem Vorleben. Er wollte das auch gar nicht wissen. Frau Schreiber war klar, dass sie so eine Chance nie wieder bekommen und sofort rausfliegen würde, wenn er eine Nachlässigkeit im Haus entdeckt hätte.«

»Aus welchem Grund wurde ihr denn die Geschäftsfähigkeit entzogen?«, fragte Kepplinger.

»Das wissen Sie nicht?«

»Dazu war bislang keine Zeit.«

»Wollen Sie die ganze Geschichte hören?«

»Eine Zusammenfassung wäre mir lieber.«

»Ich gebe mir Mühe.«

»Danke.«

»Frau Schreiber war bis zu ihrer Scheidung mit einem Pfarrer verheiratet, der in der Klinikseelsorge tätig war. Die beiden mussten häufig umziehen, und sie arbeitete während dieser Zeit als Sterbebegleiterin.«

»Wissen Sie zufällig, ob die beiden auch im Raum Saarbrücken tätig waren?«, unterbrach ihn Kepplinger.

»Da müsste ich nachsehen. Ist das dringend?«

»Nein, Verzeihung. Erzählen Sie weiter.«

»Ich will nicht lange um den heißen Brei herumreden. Frau Schreiber hat ihre Tätigkeit schamlos ausgenutzt und wurde, nachdem die Sache aufflog, in acht Fällen des Betrugs und der Nötigung schuldig gesprochen.«

»Was hat sie denn getan?«

»Man könnte ihre Aktivitäten unter dem Begriff Erbschleicherei zusammenfassen, wobei sie sich ziemlich dämlich angestellt hat, wenn ich mir diese Bemerkung erlauben darf.«

»Inwiefern?«

»Sie hat ihre Opfer mit Drohungen dazu genötigt, sie im Testament mit einem Vermächtnis zu berücksichtigen.«

»Wo liegt da die Betrugshandlung?«

»Schreiber wurde durch diese Form der Erwähnung nicht automatisch Miterbin, sondern musste ihren Anspruch bei den gesetzlichen Erben einfordern, und das ging dann eben mächtig in die Hose.«

»Und weiter?«

»Frau Schreiber hat in allen Fällen keinen Cent von dem Geld gesehen und wurde zu einer Bewährungsstrafe verdonnert, die Ehe ging in die Brüche, sie landete auf der Straße, es kam zu Körperverletzungsdelikten, Diebstählen, Trunkenheitsfahrten, und immer wieder landete sie vor Gericht und in der Psychiatrie, wo ihr regelmäßig eine akute manische Phase attestiert wurde. Daraufhin wurde ihr die Geschäftsfähigkeit entzogen, und seitdem ist nie mehr etwas vorgefallen, was mich stark gewundert hat, wenn ich ehrlich bin.«

»Aus welchem Grund?«

»Wie soll ich sagen, man konnte den Eindruck gewinnen, sie hätte sich vom Saulus zum Paulus bekehrt. Zumindest wirkte ihr Verhalten nach außen hin so.«

»Sagt Ihnen der Name Henry Foret etwas?«

»Nie gehört. Sollte er?«

»Der Mann, mit dem sie das Bankkonto teilte.«

»Auf dem sich ein Vermögen von einer knappen Dreiviertelmillion befindet. Ich kann das immer noch nicht glauben.«

»Hatten Sie nie das Gefühl, dass mit ihr etwas nicht stimmte?«

»Wie denn? Ich habe Frau Schreiber viermal im Jahr gesehen. Manchmal hat sie angerufen, um zu fragen, wie es mir geht, oder um einfach ein wenig zu plaudern. Jetzt sehe ich das natürlich in einem anderen Licht.«

»Das war kein Vorwurf«, sagte Kepplinger.

»So habe ich das auch nicht aufgefasst.«

»Wussten Sie, dass Elisabeth Schreiber unter dem Pseudonym Ella Jankovic Auto fährt?«

»Ihr wurde vom Gericht der Führerschein entzogen, um ihre Bewegungsfähigkeit einzuschränken. Sie reiste damals ruhelos von einem Ort zum anderen und verursachte zwei oder drei Verkehrsunfälle unter Alkoholeinfluss innerhalb kürzester Zeit.«

»Sie fährt einen Wagen mit Würzburger Kennzeichen, der auf einen gewissen Holger Bahlow zugelassen ist.«

»Der Name sagt mir nichts.«

»Wie es aussieht, ein Jugendfreund von ihr, der im Übrigen mit in der Bank war.«

»So etwas hätte ich ihr niemals zugetraut«, sagte der Sachbearbeiter betroffen. »Dafür wandert sie doch ins Gefängnis?«

»Wenn sie überlebt, ja«, sagte Kepplinger.

»Wollen wir es hoffen.«

»Würden Sie mir eine Auflistung der Wirkungsstätten von Frau Schreiber zukommen lassen?«

»Selbstverständlich.«

Sie beendeten das Gespräch. Kepplinger gab die Informationen an seine Mitfahrer weiter. Währenddessen klingelte sein Telefon aufs Neue. Es war Brandstätter.

»Kepplinger, wo sind Sie denn?«, rief er aufgebracht in den Apparat.

»Ich habe ein paarmal versucht, Sie zu erreichen«, entgegnete Kepplinger. »Wir sind in einer knappen Stunde zurück.«

»Kleben Sie das verdammte Blaulicht aufs Dach und geben Sie Gas!«

»Was ist denn passiert?«

»Wir haben eine zweite Leiche.«

»Was?«

»Sie haben doch gehört, was ich gesagt habe.«

»Jemand aus dem Milieu?«

»Nein. Ein Angestellter der Bundesagentur für Arbeit.«

»Und wo?«

»Kindergartenkinder haben den Toten heute Morgen im Bereich einer Fußgängerbrücke über die Fils entdeckt. Seitdem laufen die Ermittlungen auf Hochtouren und die Telefonleitungen heiß. Der Fundort ist jedoch nicht gleich Tatort, so viel kann man jetzt schon sagen.«

»Mord?«

»Davon müssen wir ausgehen. Dem armen Teufel wurde der Schädel eingeschlagen, bevor er im Wasser gelandet ist.«

»Und seit wann ist er tot?«

»Kepplinger, der Anruf ging vor gerade einmal zwei Stunden ein.«

»Wir kommen.«

***

Sie hatte sich ein Kopftuch umgewickelt und gewartet, bis die Zahl der Schaulustigen groß genug war, bevor sie näher an die Absperrbänder herangetreten war. In den Gesichtern der Polizisten spiegelte sich Ratlosigkeit. Ständig griff einer von ihnen zum Telefon oder Funkgerät. Ein hinzugekommener Arzt schüttelte verständnislos den Kopf. Es würde nicht schwer sein, herauszufinden, wer der Tote war. Vielleicht würden die Ermittler seine Akten durchsehen, aber ihr Name war nur einer von Hunderten. Selbst wenn die Kripo alle befragen würde, bekäme sie doch keinen Hinweis darauf, was sich am vergangenen Abend abgespielt hatte.

Sie schloss aus, dass er mit irgendjemandem über den Schlüssel, geschweige denn seine feigen Absichten gesprochen hatte. Dieses perverse Schwein hatte es nicht anders verdient. Sie hatte nicht vorgehabt, ihn zu töten, aber jetzt war sie froh, dass es so gekommen war.

»Du bekommst die Unterlagen wieder«, hatte er gesagt und dabei süffisant in ihrem Tagebuch geblättert.

»Geben Sie mir sofort die Tasche«, hatte sie ihn aufgefordert.

»So einfach geht das nicht, Schätzchen.«

»Ich rufe die Polizei.«

»Dann lesen die Bullen dein Tagebuch, möchtest du das?« Nie würde sie sein dreckiges Lachen vergessen, wie es scheinbar endlos von den Wänden der Fußgängerunterführung widerhallte.

»Geben Sie mir auf der Stelle meine Unterlagen wieder!«

»Entspann dich ein bisschen, hier sind wir doch ungestört. Oder magst du mitkommen, zu mir nach Hause?«

»Ich werde nirgendwohin gehen.«

»Wir könnten einen Film schauen, um ein wenig in Stimmung zu kommen.«

»Ich will die Tasche, sofort!«

»Machst du es nur mit Frauen?«

Sie schämte sich, da er offensichtlich schon einen Blick in ihre intimen Aufzeichnungen geworfen hatte.

»Bist du nicht ein bisschen bi? Ab und zu mal einen richtigen Schwanz in der Hand halten?«

»Hören Sie auf damit!«

»Wusste ich es doch. Immer nur Gummispielzeug reicht dir nicht, habe ich recht?«

»Mein Privatleben geht Sie nichts an.«

»Wir wollen doch Arbeit für dich finden. So wird das nie etwas.«

In dem Moment kam ihr die Idee mit dem Telefon. Sie schaltete die Kamera ein und forderte ein weiteres Mal ihr Recht.

»Was soll das werden, du Schlampe?«, hatte er gebrüllt und versucht, ihr das Handy zu entreißen. Dabei fielen die Unterlagen auf den Boden. Ein paar Blätter wehte der Wind davon, andere landeten im Fluss, dessen Ufer bis an den Weg reichte. Dann hatte sie nach dem Elektroschocker gegriffen und zugeschlagen und war erst wieder zur Besinnung gekommen, als ihr Kontrahent winselnd am Boden lag. Das Loch an seinem Hinterkopf hatte sie später bemerkt, nachdem sie die Unterlagen in ihrer Reichweite aufgelesen hatte.

Irgendwie hatte es lustig ausgesehen, wie der Körper von der Strömung mitgerissen wurde und sich bäuchlings in den Wellen auf und ab bewegte. Als ob er ficken würde, war ihr in den Sinn gekommen, und dann hatte sie ihm nachgerufen: »Fick den Fluss, du verdammte Drecksau.«

Anschließend hatte sie die Blutlache mit dem eisigen Wasser weggespült und den spitzen Stein in den Fluten versenkt. Am Morgen war sie noch mal hergekommen, um nachzusehen, ob alle Spuren beseitigt waren.

Er hat es verdient, dachte sie, während die Leichenbestatter den massigen Leib auf eine Bahre stemmten. Jetzt würde sie einem anderen Sachbearbeiter zugeordnet werden. Der Gedanke stimmte sie hoffnungsvoll.

Vielleicht jemand, der sich ehrlich kümmert, dachte sie. Jemand, der mir zu meinem Recht verhilft.

***

Als sie nach haarsträubender Fahrt endlich den Leichenfundort erreichten, schlossen die Bestatter gerade den Zinksarg. Kepplinger sprang aus dem Wagen und hielt auf Nils Schubart zu, der mit zwei schwarz gekleideten Männern in ein Gespräch vertieft war.

»Möchtest du ihn kurz sehen?«, fragte Schubart, nachdem er die Absperrung passiert hatte.

Kepplinger nickte. Der Deckel wurde abgenommen und der Leichensack geöffnet. Er schluckte beim Anblick der vielen Verletzungen. Einige davon waren zweifelsohne durch das Treiben im Wasser entstanden, vor allem die Schürfwunden an beiden Handrücken und an den Knien.

»Er lag bäuchlings im Wasser, oder?«

Schubart nickte. »Die ganze Zeit. Der Rücken weist keinerlei postmortale Verletzungen auf. Sollen wir ihn drehen?«

»Brandstätter sprach von einer Kopfwunde?«

»Das ist stark untertrieben.« Einer der Bestatter zog Plastikhandschuhe über und drehte den Kopf des Toten etwas zur Seite. Beim Anblick des faustgroßen Loches in der Schädeldecke wurde Kepplinger beinahe schlecht.

»Das reicht«, sagte er leise.

Im selben Moment trat ein Mann aus dem Schatten des Leichenwagens, richtete seine Kamera auf den Toten und betätigte den Auslöser. Niemandem war aufgefallen, wie er sich aus der Gruppe der Pressevertreter gelöst und unauffällig genähert hatte.

Kepplinger sprang auf und hielt die Hand vor das Objektiv, während das Auslösegeräusch unablässig weitersurrte.

»Was soll das?«, empörte sich der Journalist.

»Den Finger vom Auslöser!«, befahl Kepplinger. »Vorher lasse ich nicht los.«

Hinter dem Absperrband blitzten die ersten Kameras auf. Ein gefundenes Fressen für die gelangweilten Kollegen des Paparazzos.

»Nehmen Sie endlich Ihre Pfoten weg!«

»Erst löschen Sie die Bilder.«

»Sie spinnen wohl. Schon mal was von Pressefreiheit gehört?«

Kepplinger atmete tief durch. »Entfernen Sie die Bilder, sonst nehme ich Ihnen die Kamera ab.«

»Das dürfen Sie doch gar nicht. Ich werde Sie anzeigen.«

»Entscheiden Sie sich.«

»Was?«

»Löschen oder Kamera weg.« Kepplinger hielt das teure Objektiv immer noch fest in der Hand.

Der Journalist umklammerte vehement das Gehäuse der Kamera.

»Tun Sie, was ich sage.«

»Und wenn nicht?«

»Bringe ich Sie zur Anzeige, und Sie verlieren Ihre Akkreditierung.«

»Dass ich nicht lache. Wegen was wollen Sie mich denn belangen?«

»Das hier ist keine juristische Lehrstunde für das, was Sie in Ihrer Ausbildung versäumt haben«, antwortete Kepplinger. »Störung einer Amtshandlung und Verletzung des höchstpersönlichen Lebensbereichs durch Bildaufnahmen, reicht Ihnen das fürs Erste?«

»Verdammte Kacke, lassen Sie endlich los.«

»Löschen!«

»Mach ich doch.«

Kepplinger verfolgte mit Argusaugen die Handgriffe des jungen Fotografen, schließlich überzeugte er sich eigenhändig davon, dass sämtliche Bilder des Toten gelöscht worden waren. Anschließend gab er das Gerät zurück.

»Schöne Kamera«, sagte er.

»Wollen Sie mich verarschen?«

»Gehen Sie zurück hinter die Absperrbänder.« Kepplinger wandte sich wieder Schubart zu.

»Noch mal aufmachen?«

»Schon gut«, antwortete Kepplinger und wies die beiden Bestatter an, den Toten so rasch wie möglich an das gerichtsmedizinische Institut zu verbringen. »Sonst verwandelt er sich in ein Monster.«

»Wieso das?«, fragte der Jüngere der beiden.

»Das geht schnell«, erklärte Kepplinger. »Nach der Bergung aus dem Wasser setzt die Fäulnis rasanter ein, als uns allen lieb ist.«

Der Bestatter verzog angewidert das Gesicht.

Während der schwarze Mercedes mit dem charakteristischen Aufbau eines Coleman Milne vom Parkplatz rollte, berichtete Schubart über den Sachstand. »Wir vermuten einen Zusammenhang mit einem anonymen Notruf gestern Abend. Eine Frau meldete über 110 eine Schlägerei in einer Fußgängerunterführung ganz in der Nähe. Als die Kollegen dort eintrafen, war weit und breit niemand mehr zu sehen.«

»Was hat das damit zu tun?«

»Der dortige Fußweg führt direkt am Ufer der Fils entlang.«

»Das habe ich nicht gewusst. Wie weit ist es bis dahin?«

»Etwa sechshundert Meter.«

»Wo lag die Leiche genau?«

Schubart deutete auf einen Uferbereich unterhalb eines kleinen Wehrs, in dem eine stromaufwärts gerichtete Wälzbewegung des Wassers auszumachen war. »Er hat sich gedreht wie ein Grillhähnchen«, sagte Schubart.

»Woher wusstet ihr so rasch, um wen es sich handelt?«

»Er hatte alles bei sich«, sagte Schubart. »Seine Geldbörse mit über dreihundert Euro Bargeld, Handy, eine teure Uhr der Marke Nomos, ein Freundschaftsarmbändchen, zwei Kondome, einen Penisring und einen kleinen Flakon mit Spanischem-Fliegen-Extrakt.«

»Mit was?«

»Wir mussten auch erst nachfragen.« Schubart lachte. »Angeblich ein extravagantes Potenzmittel für beide Geschlechter.«

Kepplinger ging nicht weiter darauf ein. Ihn beschäftigte eine ganz andere Frage. »Bedeutet das, wir können einen Raubmord ausschließen?«

»Wenn er nichts anderes bei sich hatte, ja«, bestätigte Schubart seine Annahme. »Eher ein Racheakt, würde ich vermuten. Du hast ja den Kopf gesehen.«

»Wie geht das, jemandem so ein Loch in den Schädel zu stanzen?«

»Der Chef der Spurensicherung meinte, es könnte sich um einen Zimmermannshammer gehandelt haben.«

»Was hat die anonyme Anruferin noch gesagt? Kann man den Anruf zurückverfolgen?«

»Ich weiß nicht mehr darüber«, sagte Schubart. »Es kann auch sein, dass die beiden Vorfälle nichts miteinander zu tun haben.«

»Natürlich«, sagte Kepplinger, den Blick starr auf die Wasseroberfläche gerichtet. Ihm war ein weiterer Aspekt in den Sinn gekommen, aber er konnte den Einfall nicht zu Ende denken. Sein Telefon vibrierte. Es war Brandstätter.

»Kepplinger, kommen Sie sofort auf die Dienststelle!«

»Ich habe gerade erst hier angefangen«, erwiderte Kepplinger. »Was gibt es?«

»Überlassen Sie das Herder und Schubart, die kriegen das schon hin.«

»Wo brennt's denn?«

»Die Bayern haben Elisabeth Schreibers Habseligkeiten entdeckt. In der Garage von diesem Bahlow.«

»Wenigstens das.«

»Die Nürnberger Staatsanwaltschaft schlägt vor, dass wir den

Krempel übernehmen«, fuhr Brandstätter fort. »Was halten Sie davon?«

Kepplinger brauchte nicht lange zu überlegen. »Immer her damit.«

»Fahren Sie nach Würzburg?«

»Wenn es sein muss.«

»Dann leite ich das in die Wege und …«

»Warten Sie«, unterbrach ihn Kepplinger. »Schlagen Sie den Kollegen vor, dass wir uns auf der Hälfte treffen. In Heilbronn zum Beispiel.«

»Das ist eine gute Idee«, sagte Brandstätter. »Aber haben wir es wirklich so eilig?«

»In unserer Stadt laufen zwei Mörder herum«, antwortete Kepplinger.

»Da haben Sie auch wieder recht. Noch etwas, Kepplinger. Wie es aussieht, verfügt Bahlow in seinem privaten Fotolabor über Materialien und Gerätschaften, die typischerweise von Fälschern verwendet werden.«

»Zum Beispiel?«

»Buchbinderzubehör, einschlägige Druckfarben, Kunststofffolien und sogar eine elektrooptische Kamera, mit der Hologramme erstellt werden können.«

»So etwas Ähnliches dachte ich mir schon«, murmelte Kepplinger. »In welcher Beziehung standen die beiden zueinander?«

»Darüber wissen wir noch nicht allzu viel«, antwortete Brandstätter. »Nur dass sie dieselbe Schule besucht haben und sich demzufolge seit über dreißig Jahren kennen.«

Kepplinger informierte seine Kollegen über die Neuigkeiten. Sie vereinbarten, dass er und Lea sich sofort auf den Weg machen und die Details der Übergabe auf der Fahrt klären würden.

»Wenn wir Glück haben, präsentieren wir euch den Täter noch auf der Rückfahrt«, sagte Falcone. »Kann ja nicht schon wieder so kompliziert sein.«

Seine Zuversicht wirkte ansteckend. Kepplinger lächelte. »Wollen wir es hoffen.«

»Vom Rumstehen ist noch kein Verbrechen aufgeklärt

worden«, brummte Wolfgang Herder, wandte sich, ohne ein weiteres Wort zu verlieren, von der Gruppe ab und bot einem Kollegen der Spurensicherung seine Hilfe an. Die anderen tänzelten hin- und hergerissen auf der Stelle.

»Er hat recht«, sagte Kepplinger beschwichtigend. »Vergesst nicht die anonyme Anruferin.«

Sie verabschiedeten sich und vereinbarten, noch am selben Abend mit der Untersuchung von Elisabeth Schreibers Habe zu beginnen. »Macht eine Pause, wenn ihr hier fertig seid«, sagte Kepplinger. »Oder wechselt euch ab, es könnte spät werden.«

Kepplinger warf einen letzten Blick auf das Szenario am Fluss. Die vielen Gaffer jenseits des Absperrbands und die übrig gebliebenen Journalisten. Er entdeckte den jungen Fotografen, der sich an einer Thermoskanne wärmte und ihm einen grimmigen Blick zuwarf. Mit einem Mal war sich Kepplinger gar nicht mehr so sicher, ob sein Vorgehen rechtmäßig gewesen war.

Das sollte im Moment meine kleinste Sorge sein, beruhigte er sich.

»Komm!«, forderte ihn Lea auf und hakte sich bei ihm unter. »Worauf warten wir?«

Kepplinger riss sich los und folgte ihr zum Wagen.

»Ich fahre«, sagte Lea.

»Das klingt nach ›Traust-du-dich!‹«, zitierte Kepplinger aus einem Film mit Jim Carrey und ließ sich auf den Beifahrersitz fallen.

»Blödmann«, sagte Lea schmunzelnd und bog mit quietschenden Reifen auf die Hauptstraße ein.

***

Sie hatte alles genau beobachtet. Den Kriminalbeamten und seine attraktive Kollegin, die später hinzugekommen waren. Wie er die Tatortarbeit hinterfragt, Kommandos erteilt und den Fotografen zurechtgewiesen hatte. In Gedanken stellte sie sich bereits darauf ein, von ihm vernommen zu werden.

Ein Gefühl sagte ihr, dass sie bei diesem Kriminalisten nicht mit ihren Lügen durchkommen würde. Dass er sie mit seiner

Unerschrockenheit und seinem kritischen Blick auf der Stelle durchschauen würde. Hinzu kam diese Frau, die ihm ebenbürtig schien und mit demselben Ehrgeiz zu Werke gegangen war. Vor diesen beiden musste sie sich in Acht nehmen. Gegebenenfalls sogar etwas unternehmen, dass es erst gar nicht zu einer Konfrontation kam.

Noch wusste sie nicht, wie sie das anstellen sollte. Wie es möglich sein könnte, an die beiden heranzukommen, den Feind zu studieren. Dazu würde sie auf die Stimme der Kriegerin in ihr warten müssen, die sie rechtzeitig warnen, Tag und Stunde des Widerstands und vor allem den Schlachtplan bestimmen würde.

***

Nach der kurzen Unterredung mit dem Staatsanwalt war Richard Wollin klar, dass er in wenigen Minuten in der Hölle braten würde. Sein Flachmann war leer und die Wirkung des Scotch längst einem unheilvollen Grollen in der Magengrube gewichen. Was zum Henker war nur schiefgelaufen?

Noch befand er sich im Unklaren darüber, was genau hinter vorgehaltener Hand gesprochen worden war. Der Anklagevertreter hatte nur kopfschüttelnd angedeutet, dass der Fall gelaufen sei, und gefragt, ob er noch alle Tassen im Schrank habe.

Die schwere Tür, deren Rahmen so in die Holzvertäfelung des Gerichtssaals eingelassen war, dass man sie nur an dem messingfarbenen Knauf erahnen konnte, wurde – von einem hässlichen Knarzen begleitet – geöffnet. Der Richter trat hinter seinen Tisch.

Wollin erhob sich widerwillig und versuchte, einen Hinweis darauf zu erhaschen, was als Nächstes folgen würde.

»Funktioniert die Technik?«, erkundigte sich der Vorsitzende. Die Frage galt einem Hausangestellten, der den Daumen hob.

»Setzen Sie sich«, forderte der Richter und wandte sich an Wollin. »Ist Ihnen Paragraf 136a der Strafprozessordnung ein Begriff?«

»Selbstverständlich«, antwortete Wollin.

»Und?«

»Ich verstehe die Frage nicht.«

»Können Sie sich an Inhalte dieser Vorschrift erinnern?«

Wollin atmete tief durch. »Was soll das werden, wenn ich fragen darf?«

»Jetzt stelle ich die Fragen – niemand sonst!« Die Stimme des Richters fegte wie ein Blizzard durch den Saal.

Wollin zuckte unmerklich zusammen, wich dem strengen Blick aus und sah betreten zu Boden.

»Antworten Sie gefälligst!«

»Darin geht es um verbotene Vernehmungsmethoden und die daraus resultierenden Beweisverwertungsverbote.«

»Wenigstens das.« Der Richter stützte seinen Kopf auf den Handteller.

»Hätte ich sie mit Samthandschuhen angefasst, säßen wir nicht hier.«

»Das mag sein, Herr Wollin.«

»Was immer diese Verbrecher behaupten, ich kann es widerlegen.«

»Da wäre ich mir an Ihrer Stelle nicht so sicher.«

»Verdammt noch mal, das Gesetz erlaubt mir, Zwangsmaßnahmen im Rahmen der strafverfahrensrechtlichen Bestimmungen anzuwenden.«

»Darüber reden wir auch gar nicht«, entgegnete der Richter und hob ein Mobiltelefon in die Luft. »Sondern über das hier.«

Wollin verstand noch immer nicht. Bei dem Handy handelte es sich um ein älteres Modell, das er noch nie gesehen hatte.

»Schließen Sie das Telefon an und öffnen Sie die betreffende Aufzeichnung«, wies der Richter den Hausangestellten an.

Wollin bemerkte, wie der Staatsanwalt das Gesicht in den Händen vergrub, als habe er gehofft, dieser Kelch würde an ihm vorübergehen.

»Dieses Handy, geschätzter Herr Wollin, trug der vermeintliche Haupttäter in der Ärmeltasche seiner Jacke, die Sie ihm abgenommen haben. Das Sprachmemo lief im Übrigen von der Festnahme bis vorhin, als die Jacke aus dem Vernehmungszimmer geholt wurde.«

Wollin durchfuhr ein eiskalter Schauer. Wie hatte er dieses

verdammte Ding übersehen können? Die unsichtbare Schlinge um seinen Hals zog sich fester zusammen. Er erschrak, als seine eigene Stimme urplötzlich aus den Lautsprechern des Gerichtssaals plärrte. Die Aufnahmen waren um einiges klarer, als er bis zum letzten Moment gehofft hatte. Selbst das Flüstern des Delinquenten war bei entsprechender Lautstärke deutlich zu vernehmen.

»Sie dürfen mich nicht schlagen, ich kenne meine Rechte.«

»Wenn ich wollte, könnte ich dir auf der Stelle eine Kugel in deinen verdammten Russenschädel jagen.«

»Ich bin kein Russe.«

»Halt die Fresse.«

»Was tun Sie da?«

»Nimm sie in den Mund, du kleiner Scheißer.«

»Nehmen Sie die Pistole weg, das können Sie doch nicht tun!«

»Mach's Maul auf.«

Aus den Lautsprechern hallte das Echo zweier Ohrfeigen und die lauten Schreie des Jungen. Schließlich das Klicken des Schlagbolzens auf das leere Patronenlager und ein letztes Stöhnen des Gequälten.

Eine gespenstische Stille trat ein. Auf dem Band wie im Saal. Wollin wusste, was jetzt kommen würde. Warum brach der Richter diese demütigende Zurschaustellung nicht endlich ab?

»Das nächste Mal führe ich das Magazin ein. Möchtest du dir eine aussuchen?« Das Geräusch der Patronen, die er neben dem stöhnenden Tatverdächtigen auf den Boden geworfen hatte.

An dieser Stelle wurde die Aufzeichnung angehalten.

»Möchten Sie etwas dazu sagen, Wollin?«, fragte der Richter.

»Nein.«

»Das habe ich mir gedacht. Stimmt es, dass Sie dem Betroffenen sein Methadon vorenthalten haben?«

»Ja.«

»Trotz Entzugserscheinungen?«

»Das ist richtig.«

»Die vier Delinquenten erhielten weder Essen noch Trinken über einen Zeitraum von vierzehn Stunden?«

Wollin nickte müde.

»Damit sind sämtliche Vernehmungsprotokolle, die Geständnisse eingeschlossen, vollkommen wertlos. Ich nehme an, das ist Ihnen klar?«

»Ja.«

»Sie haben sich strafbar gemacht und damit vermutlich das Ende Ihrer Karriere eingeläutet.«

Wollin deutete an, dass er verstanden hatte.

»Bitte erheben Sie sich!« Der Richter warf einen letzten abschätzigen Blick auf Wollin, der sich wie ein alter Mann erhob. »Im Namen des Volkes ergeht folgende Entscheidung: Die Beschuldigten werden bis auf Weiteres auf freien Fuß gesetzt. Für mich steht außer Zweifel, dass alle vier Beschuldigten die ihnen vorgeworfenen Taten begangen haben oder zumindest daran beteiligt waren, doch fehlen mir zu diesem Zeitpunkt die notwendigen und legalen Argumente, dies zu beweisen, was auf das unentschuldbare und strafbare Verhalten der Kriminalpolizei in der Person des hier anwesenden Richard Wollin zurückzuführen ist. Staatsanwaltschaft und Polizei fordere ich hiermit auf, den Fall unter den geltenden Bestimmungen neu aufzurollen. Damit ist die Sitzung geschlossen.«

Wollin bahnte sich wie ein geprügelter Hund den Weg ins Freie. Dabei dachte er nicht mehr an den Fall oder die üblen Beschimpfungen, die ihm an den Kopf geworfen wurden. Vielmehr dachte er daran, was ihn nach diesem Debakel erwarten würde. Er hatte erst den Vorhof der Hölle erreicht.

***

Primetime. Im großen Lehrsaal der Polizeidirektion herrschte lange nach dem üblichen Feierabend eine außerordentliche Betriebsamkeit. Kepplinger hatte für jeden der fünf Umzugskartons sowie für den Koffer und die beiden Sporttaschen einen separaten Tisch bereitstellen lassen und jeweils zwei Beamte samt Protokollführer für die Durchsuchung der Habseligkeiten von Elisabeth Schreiber eingeteilt. Ebenso standen jedem Team ein Fotoapparat und Diktiergerät sowie Tüten und Einweghandschuhe zur Verfügung. Zwei Kollegen der Spurensicherung hatten sich bereit erklärt, den gesamten Zeitraum der Durchsuchungsaktion zur Verfügung zu stehen.

Kepplinger hatte während der Rückfahrt sogar an einen Hundeführer gedacht und den Kollegen am Telefon mit Engelszungen aus einer Kinovorstellung gelockt. Der belgische Schäferhund beobachtete schwanzwedelnd das hektische Treiben. Franziska, die Sekretärin, verteilte Protokolllisten und nummerierte Schnellhefter mit Effektenverzeichnissen. Kepplinger erteilte die letzten Anweisungen, während Brandstätter ihn wie ein lästiger Schatten verfolgte.

»Lasst euch Zeit«, mahnte Kepplinger. »Ihr wisst alle, um was es geht. Jedes noch so kleine Detail kann von Bedeutung sein. Lea und ich agieren als Springer. Meldet euch bitte sofort, wenn ihr etwas Außergewöhnliches entdeckt. Wir kommen dann an euren Tisch.«

»Vergesst nicht, den Spürhund mit einzubinden«, fügte Lea hinzu. »Vor allem bei geschlossenen Behältnissen.«

»Müssen die Kartons später wieder genauso bestückt werden, wie sie eingeräumt waren?«

»Das wäre ideal«, sagte Kepplinger. »Damit sparen wir uns Missverständnisse und Ärger mit ihren Anwälten.«

»Ich dachte, sie liegt im Koma.«

»Wünschen wir uns, dass sie überlebt und sich an alles erinnert«, sagte Kepplinger und erntete dafür Zustimmung. »Gibt es sonst noch Fragen oder Anmerkungen?«

Niemand sagte etwas. Alle erweckten den Eindruck, an der imaginären Startlinie eines großen Rennens zu stehen und auf den erlösenden Schuss zu warten.

»Dann wünsche ich uns viel Erfolg«, sagte Kepplinger und warf einen Blick auf die Uhr. Es war fünf Minuten nach acht.

Es dauerte nicht lange, bis Nils Schubart Kepplinger mit großen Augen an seinen Tisch rief. Als Kepplinger einen Blick in den alten Koffer warf, erübrigte sich die Frage nach dem Grund. In einem Gewirr aus Handtüchern lagen darin kreuz und quer verteilt drei hochwertige Laptops, eine Canon-Spiegelreflexkamera mit einem lichtstarken Porträtobjektiv sowie ein Proficamcorder von Sony und eine Action-Kamera der Marke »GoPro«.

Schubart machte eine Übersichtsaufnahme des geöffneten Koffers und entnahm anschließend einen schwarzen Müllsack. Darin befand sich eine Handvoll externer Festplatten unterschiedlichster Hersteller.

»Wie kann man derartiges Material einfach so da reinstopfen?«, empörte sich Schubart. »Das Zeug kostet gut und gern zwanzigtausend Euro.«

Kepplinger hatte den Kopf nachdenklich in den Nacken gelegt und massierte seinen Kehlkopf. »Vielleicht, wenn man es verdammt eilig hat«, sagte er schließlich.

»Du denkst an Diebesgut?«, fragte Schubart. »Hehlerware?«

»Ich dachte eher an einen fluchtartigen Aufbruch.«

Schubart runzelte die Stirn.

»Ich kann die Zusammenhänge noch nicht greifen«, erklärte Kepplinger. »Aber ich denke an die leer geräumte Wohnung, das plötzliche Auftauchen von Elisabeth Schreiber in der Bank unmittelbar nach dem Tod ihres Kompagnons und letztlich diesen dilettantischen Versuch, an das Geld zu kommen.«

»Bahlow hat doch mit Fotografie zu tun«, fiel Schubart ein. »Das ganze Zeug lag in seiner Garage.«

»Vielleicht weiß er tatsächlich, was dies alles zu bedeuten hat«, sagte Kepplinger. »Früher oder später wird er reden.«

»Was machen wir mit dem Krimskrams?«

»Du dokumentierst alles sorgfältig, und dann ab damit in die Kriminaltechnik«, sagte Kepplinger. »Das ist deren Job.«

Schubart nickte und hielt eine der externen Festplatten in die Luft. »Das kann Wochen dauern, wenn mehrere Terabyte Daten darauf gespeichert sein sollten.«

»Wir wollen eher hoffen, dass die Speichermedien nicht allzu kompliziert verschlüsselt sind«, sagte Kepplinger und entschuldigte sich, nachdem er aus dem Augenwinkel verfolgt hatte, wie Lea an einen anderen Tisch gerufen wurde. Als er sah, was die Kollegen aus dem Umzugskarton gezaubert hatten, entfuhr ihm ein Pfiff. Vor ihm lagen anreizende Kostüme, kurze Röcke in den schillerndsten Farben, pink, rosa, violett, schwarz mit glitzernden Pailletten, dazu ein gutes Dutzend Nylonstrümpfe, Korsette, Strapse, Push-up-Büstenhalter, aufreizende Hemdchen und Babydolls, durchsichtige Blusen, Lederjäckchen, kniehohe Lederstiefel und Latexhandschuhe, diverses SM-Spielzeug wie Handschließen, eine Lederpeitsche und verschieden lange Seile.

»Ziemliches Kontrastprogramm zu Kimono und Futon«, sagte Lea. »Findest du nicht?«

»Du meinst, ihr barmherziger Hausherr stand auf so etwas?«

»Was denn sonst?«

»Verzeihung, aber das sieht doch eher aus wie die Ausstattung einer Professionellen, oder täusche ich mich da?«

»So weit habe ich nicht gedacht, aber du könntest natürlich recht haben«, erwiderte Lea. »Denkst du, sie hat auf diese Weise ihr Geld verdient?«

»Alles möglich«, sagte Kepplinger. »Allerdings erscheint es mir unwahrscheinlich, in diesem Gewerbe ein derartiges Vermögen anzuhäufen.«

»Und welche Rolle hätte dann der Ermordete gespielt?«, fügte Lea hinzu. »Er wird wohl kaum ihr Zuhälter gewesen sein.«

»Wieso nicht?«

»Hast du jemals von einer Prostituierten gehört, die ein gemeinsames Konto mit ihrem Zuhälter hat?«

»Ehrlich gesagt habe ich überhaupt keine Ahnung, wie es in diesem Milieu zugeht.«

»Vielleicht finden wir sie im Internet und erfahren auf diesem Weg etwas über die Preise, die sie verlangt hat.«

»Du denkst an eine Art Escort?«

»Möglich.« Lea nickte und fischte einen BH aus dem Kleiderhaufen. »Jedenfalls hat sie große Brüste«, sagte sie. »Vorausgesetzt, dieses neckische Teil gehört ihr.«

Kepplinger verstand zuerst nicht, worauf Lea anspielte. Dann erinnerte er sich an den Zeugenhinweis des Rentners. »Gut, dass du daran gedacht hast«, sagte er. »Was kann ich mir unter 80E vorstellen?«

Lea brachte ihre Hände kichernd mehr als eine Faustbreit vor ihrem eigenen Busen in Position. »Etwa so.«

»Oh mein Gott«, entfuhr es Kepplinger. »Wenn klar ist, dass

dies ihre Sachen sind, müssen wir unbedingt noch mal mit dem Zeugen sprechen.«

Plötzlich fiel ihm etwas ganz anderes ein. »Wirft man eigentlich seinen Büstenhalter nach jedem Tragen in die Waschmaschine?«

»Ich schon«, antwortete Lea. »Aber da bin ich wohl eher die Ausnahme. Ich denke, die meisten Frauen tragen ihn zwei- bis dreimal, bevor er im Wäschekorb landet.«

Kepplinger beugte sich vor und roch an dem Seidenstoff. »Riecht das nach Parfüm oder Weichspüler?«

Lea tat es ihm nach. »Eher nach einem herben Duftwasser, würde ich sagen. Worauf willst du hinaus?«

Er winkte den Hundeführer zu sich. »Wie lange kann dein Hund die Witterung eines Menschen bei diesem Wetter aufnehmen?«

Der Kollege lachte. »Meiner taugt dazu überhaupt nicht, aber Mantrailer-Hunde schaffen das bis zu einer Woche.«

»Woher bekommt man so einen Hund?«

»Stuttgart, Ulm, Tübingen«, gab der Hundeführer zur Antwort. »Es dürfte kein Problem sein, einen aufzutreiben.«

»Tu das bitte«, bat Kepplinger. »So schnell es geht.«

Der Kollege griff zum Telefon, während sein Hund an Kepplingers Hose schnupperte.

Lea warf Kepplinger einen anerkennenden Blick zu. »Das wäre der Hammer, wenn wir herausfinden würden, dass sie im Park war.«

Er nickte. »Mich würde vor allem anderen interessieren, ob wir unsere Ermittlungen auf eine dritte Frau ausweiten müssen oder nicht.«

»Ein Team aus Ulm kommt her«, unterbrach der Hundeführer seine Überlegungen.

Kepplinger bedankte sich und machte sich auf den Weg zu Brandstätter, um ihn in seine Pläne einzuweihen und weiteres Personal einzufordern. Entgegen seinen Befürchtungen zeigte der sich kooperativ und setzte alle Hebel in Bewegung, um den Suchhundeeinsatz in die Wege zu leiten.

Drei Stunden später hatten sie die Gewissheit: Die Frau, deren Kleider in den Umzugskartons lagen, hatte sich in den vergangenen zehn Tagen weder am Tatort selbst noch in der näheren Umgebung des Stauferbrunnens aufgehalten. Auf diesen Zeitraum legte sich der erfahrene Führer eines Labradorrüden fest, nachdem er noch einmal einen Blick auf die Wind- und Klimadaten der lokalen Wetterstation geworfen hatte.

»Eher länger«, fügte er am Ende hinzu.

»Wie ist das möglich?«, erkundigte sich Kepplinger kopfschüttelnd. »Dass Hunde tausendmal besser riechen als wir, leuchtet mir ein, aber was lässt ein Mensch zurück, das sich nicht innerhalb kürzester Zeit mit hundert anderen Gerüchen vermischt?«

»Eine Million mal besser«, korrigierte ihn der Hundeführer. »Und viele Hunderassen haben bis zu vierzigmal mehr Riechzellen als der Durchschnittsmensch. Nicht zuletzt verwenden diese Tiere mehr als zehn Prozent ihrer Gehirnleistung ausschließlich für die Verarbeitung von Gerüchen.«

»Unfassbar.«

»Du verlierst in jeder Sekunde Tausende Hautschuppen, die sich den Witterungsbedingungen entsprechend in der Umgebung verteilen. Solange die vorhanden sind, kann der Hund sie riechen.«

»Selbst bei starkem Wind oder Regen?«

»Auch dann. Wenn eure Tatverdächtige Blut am Tatort zurückgelassen hätte, könnte der Hund es nach einem Jahr noch wittern.«

Kepplinger war fasziniert und hätte dem Hundeführer gern länger zugehört, aber er musste zurück in den Durchsuchungsraum. »Vielen Dank, dass du gekommen bist«, sagte er. »Es hört sich für dich vermutlich unbefriedigend an, wenn ich dir sage, dass wir jetzt mehr wissen, aber gleichzeitig keinen Schritt weitergekommen sind.«

»Keine Ursache.« Der Hundeführer nickte verständnisvoll. »Ist es nicht in den meisten Fällen so, dass wir die Täter deshalb fassen, weil wir jeden Tag einen guten Ermittlungsansatz begraben und am Ende nur noch eine Möglichkeit offenbleibt?«

Kepplinger quittierte diese rhetorische Frage mit einem dankbaren Lächeln. Dann machte er sich auf den Rückweg zur Dienststelle. Ein dünner Schneeregen setzte ein. Kepplinger erinnerte sich daran, wie er Weihnachten im Vorjahr bei seinen Schwiegereltern in spe verbracht hatte. Nun waren er und Valerie seit über sechs Monaten getrennt und viele Erinnerungen in Vergessenheit geraten.

Wehmütig dachte er daran, dass er nicht die geringste Idee hatte, wie er die Feiertage zubringen sollte. Am besten übernehme ich freiwillig Bereitschaftsdienst, dachte er. Es war ohnehin fraglich, ob sie diesen Fall bis dahin gelöst hatten, aber noch waren es über vier Wochen bis Heiligabend. Kepplinger verdrängte die Gedanken und beeilte sich, ins Trockene zu gelangen.

Im Lehrsaal bahnte sich das Ende der nächtlichen Durchsuchungsaktion an. Zu Kepplingers Bedauern waren keine weiteren Puzzleteile aufgetaucht, die das Bild von Elisabeth Schreiber vervollständigt hätten. Lea führte ihn von Tisch zu Tisch und kommentierte den jeweiligen Inhalt der Kartons.

»Habt ihr alles sorgfältig dokumentiert?«

»Was denkst du? Interessant finde ich, dass die Sachen offenbar wahllos verpackt wurden. Was wiederum auf einen übereilten Aufbruch hindeuten könnte.«

Kepplinger nickte. »So muss es gewesen sein.«

»Es gibt so gut wie nichts Persönliches von ihr«, fuhr Lea fort. »Jeder Mensch hat doch zumindest ein paar Fotos von sich und seiner Familie oder Freunden.«

»Vielleicht gibt es noch andere Kartons«, mutmaßte Kepplinger. »Oder sie hat mit ihrer Vergangenheit gebrochen.«

»Hast du auf dem Gelände der Villa irgendwo eine Mülltonne rumstehen sehen?«

Kepplinger fasste sich kopfschüttelnd an die Stirn. »Jetzt, wo du es sagst.« Er machte sich eine Notiz. »Das lassen wir in jedem Fall überprüfen.«

Lea versprach, sich darum zu kümmern. Anschließend richtete Kepplinger seine Aufmerksamkeit wieder auf die Gegenstände, die vor ihnen lagen. »Möglicherweise befinden sich ihre persönlichen Erinnerungen auch sämtlich auf den Rechnern. Hat Nils die Computer in die Technik gebracht?«

Lea nickte und sah auf die Uhr. »Gleich nachdem du mit dem Hundeführer losgezogen bist.«

Kepplinger ging in die Ecke des Lehrsaals und griff nach dem Telefonhörer der Hausanlage. Schubart meldete sich nach wenigen Sekunden.

»Wisst ihr schon etwas?«

»Nur dass sämtliche Datenträger mit Passwörtern geschützt sind.«

»Wie lange wird es dauern?«

»Die Kollegen haben die Rechner an verschiedene Passwortscanner gehängt. Wenn es dumm läuft, kann das mehrere Tage in Anspruch nehmen.«

»Eine andere Möglichkeit gibt es nicht?«

»Keine Chance.«

»Und wenn sich heute Nacht etwas rührt?«

»Ein Kollege bleibt hier.«

»Er soll mich auf meinem privaten Handy anrufen, falls …«

»Klar«, unterbrach ihn Nils Schubart. »Hab ich doch längst in die Wege geleitet.«

Sie beendeten das Gespräch.

Kepplinger stellte erneut fest, wie motiviert alle Kollegen der Ermittlungsgruppe bei der Sache waren. Ganz gleich, zu welcher Tages- oder Nachtzeit sie gefordert waren. Obwohl die meisten von ihnen in einer festen Beziehung lebten und Kinder hatten, war sich niemand zu schade, eine Zusatzschicht einzulegen. Ungeachtet dessen, dass alle einen riesigen Berg an Überstunden vor sich herschoben.

Er kehrte zu Lea zurück. Wenig später wurde die Durchsuchungsaktion beendet und sämtliche Gegenstände wieder fein säuberlich verpackt.

»Was machen wir mit den Erotik-Klamotten?«, fragte Lea.

»Das wäre doch was für unseren Inspektionsleiter«, scherzte Kepplinger.

Lea schmunzelte.

»Für den Moment neige ich dazu, die Sache nicht weiter zu verfolgen«, sagte Kepplinger. »Was denkst du?«

»Ich würde zumindest wissen wollen, wie viel man theoretisch damit verdienen kann«, antwortete Lea. »Es soll ja Edelhuren geben, die zigtausend Euro die Nacht kosten.«

»Wie passt das dann in das Arrangement mit Henry Foret?«

»Vielleicht spielte er doch die Rolle eines Impresarios, der über entsprechende Kontakte verfügte.«

»Foret lebte auf der Straße und hin und wieder in einer verkommenen Bruchbude.« Kepplinger fasste sich an die Stirn. »Das stimmt doch hinten und vorne nicht!«

»Wissen wir, ob Foret nicht auch einen luxuriösen Zweitwohnsitz hatte?«

»Du kennst unseren aktuellen Ermittlungsstand«, sagte Kepplinger. »Natürlich können wir das nicht ausschließen. Meine Hoffnungen ruhen im Moment auf den Daten der Rechner und Festplatten.«

»Was ist mit dem Mord an dem Sachbearbeiter?«

»Herder und Schwarz arbeiten daran«, sagte Kepplinger. »Brandstätter hat ihnen für morgen Verstärkung zugesichert.«

»Denkst du, die Fälle haben miteinander zu tun?«, fragte Lea.

Kepplinger schüttelte den Kopf. »Heute Mittag dachte ich kurz daran, dass beide im Wasser gestorben sind. Aber wenn man genauer hinsieht, gibt es aus meiner Sicht keine Gemeinsamkeiten, weder was das Motiv angeht noch im Hinblick auf den oder die möglichen Täter.«

Lea schien angestrengt über seine Worte nachzudenken. Kepplinger beobachtete schweigend, wie die letzten Kartons aus dem Lehrsaal gebracht wurden. Dann waren sie allein.

»Bist du müde?«

Leas Frage überraschte ihn. »Sehe ich so schlimm aus?«

»Ganz und gar nicht. Wollen wir noch etwas trinken gehen?«

»Warum nicht.«

»Moritz«, seufzte Lea.

»Was denn?«

»Nichts.«

»Verzeih. Ich würde *gern* noch mit dir etwas trinken gehen.«

Sie fanden einen Platz in einer Weinstube und bestellten nach kurzem Hin und Her eine Flasche der Hausmarke.

»Damit bin ich morgen aus dem Rennen«, feixte Lea, nachdem sich der Wirt außer Hörweite befand.

»Du hast doch gehört, dass man keine Kopfschmerzen davon bekommt«, sagte Kepplinger. »Erst recht nicht, wenn man dieselbe Menge Wasser dazu trinkt.«

»Hört, hört, der Fachmann spricht«, erwiderte Lea. »Nur blöd, dass ich dann auf der Toilette übernachten muss.«

»Wir könnten auch einfach bis zum Frühstück hierbleiben«, schlug Kepplinger vor.

»Genau.« Lea lachte lauthals auf. »Wer braucht heutzutage noch Schlaf.«

»Was die Schönheit angeht, haben wir das beide nicht nötig.«

»Wie süß! Herr Kepplinger verteilt Komplimente«, sagte Lea. »Aber ich muss dir leider widersprechen.«

»So?«

»Was mich angeht, magst du recht haben ...«

Kepplinger griff nach ihrer Hand. »Hey!« Er hob lehrerhaft den Zeigefinger. »Noch mal so eine Unverschämtheit, dann ...«

Lea beugte sich herausfordernd über die Tischplatte. »Dann was?«

Kepplinger roch ihr Parfüm. Ihre Lippen waren nur eine Handbreit von seinen entfernt. Sie sah ihm geradewegs in die Augen. Es war ausgeschlossen, dass sie seinen Blick auf ihren Mund nicht bemerkt hatte, dennoch war sie keinen Millimeter zurückgewichen. Kepplinger schloss für einen Moment die Augen.

»Verzeihung, die Herrschaften.«

Weder er noch Lea hatten den Wirt bemerkt. Betreten wichen sie zurück und sahen zu, wie er die Flasche öffnete und Lea einen Fingerbreit eingoss. Sie nippte an dem pokalförmigen Glas und nickte stillschweigend. Der Kneipier füllte beide Gläser bis zur Hälfte und empfahl sich.

Lea gewann als Erste die Fassung wieder, hob den Weinkelch und prostete Kepplinger verlegen zu. »Na dann, zum Wohl.«

Sie tranken. Der Bordeaux Cuvée im Stil eines Medoc schmeckte vorzüglich.

Kepplinger wusste nicht, was er sagen sollte. Sie schwiegen lange und hielten sich an ihren Gläsern fest.

»Du hast mir noch überhaupt nichts von Griechenland erzählt«, unterbrach Lea plötzlich die Stille.

»Wann denn?«

»Stimmt auch wieder.«

Kepplinger berichtete von der Reise und seinem Marathonerlebnis. Mit jedem Satz fanden sie weiter in die bekannte Vertrautheit zurück. Weder er noch Lea sprachen den knisternden Moment noch einmal an. Kepplinger wusste nicht, ob er darüber glücklich sein sollte. Schließlich verdrängte er den Gedanken und bemühte sich, die Zweisamkeit zu genießen. Es gelang ihm nur zum Teil.

Als Kepplinger nachschenken wollte, hielt Lea lächelnd die Hand über ihr Glas und kam im selben Atemzug auf die beiden Mordfälle zu sprechen. »Wir haben nicht wirklich etwas Brauchbares vorzuweisen, oder?«

»Wir bewegen uns in jedem Fall langsamer als unsere Wahrnehmung«, sagte er nach einer längeren Pause.

»Das verstehe ich nicht.«

»So wie man das Wachstum einer Pflanze mit dem bloßen Auge nicht erkennen kann, wie lange man auch hinsieht.«

»Dann wird es Jahre dauern, bis wir die Täter gefasst haben.«

»Manchmal öffnet sich eine Blüte über Nacht«, erwiderte Kepplinger.

»Du denkst an die Computer?«

»Das war eher symbolisch gemeint«, sagte er. »Aber ja, vielleicht verbergen sich hinter den Passwörtern die Schlüssel zu allem. Wollen wir aufbrechen?«, fragte er mit einem Blick auf die Uhr. Es war kurz vor zwei.

»Frühstückszeit?«

»Beinahe.«

Sie lachten, tranken aus, bezahlten und machten sich schweigend auf den Rückweg. Die Straßen wirkten ausgestorben.

Lea hakte sich wieder bei Kepplinger unter. Ihre Nähe tat

gut. Es war kalt, aber der Regen hatte aufgehört. Plötzlich trat sie einen Schritt zur Seite.

»Was ist?«

»Meinst du nicht, Schreibers Ex könnte uns etwas über sie erzählen?«

»Der Pfarrer?«

»Genau.«

»Das ist eine ausgezeichnete Idee.«

»Ich würde gern bei der Vernehmung mit von der Partie sein.«

Sie trennten sich an Leas Wagen, der unweit der Polizeidirektion stand. Unter dem Scheibenwischer steckte ein Strafzettel.

»Das ist das dritte Mal in diesem Monat«, schimpfte Lea und warf das aufgeweichte Ticket ins Wageninnere. »Das Geld hätte ich lieber in eine gute Flasche Wein investiert.«

»Diese beschissene Parksituation ist einer der Gründe, weshalb ich lieber zu Fuß gehe.«

»Von mir aus ist es viel zu weit.«

»Wir könnten eine WG gründen.«

»Brauchst du jemanden, der dir deine Wäsche macht?«

»Auch das.«

»Soll ich dich nach Hause fahren?«

Kepplinger verneinte.

»Dann bis morgen.«

»Schlaf gut.«

Lea hauchte ihm einen Kuss auf die Wange und schlüpfte hinter das Lenkrad. »Danke für den schönen Abend.«

Kepplinger sah ihr nach, bis die Rücklichter des Wagens um eine Ecke verschwanden. Dann machte er sich auf den Nachhauseweg. Bereits an der nächsten Straßenlaterne stoppte ein Gedanke seinen Schritt. Er machte kehrt und hielt mit weit ausladenden Schritten auf den Eingang der Polizeiwache zu.

Der diensthabende Beamte saß gelangweilt am Funktisch und verfolgte eine Fernsehserie. Als er Kepplinger erkannte, richtete er sich auf und betätigte den Türöffner.

»Leidest du unter Schlafstörungen?«

Kepplinger lächelte. »Noch nicht.«

»Was gibt's?«

»Erinnerst du dich an den Anruf gestern?«, fragte Kepplinger. »Wegen der angeblichen Schlägerei in der Fußgängerunterführung.«

»Jebenhäuser Brücke?«

»Genau.«

»Klar, war ja noch im Spätdienst.«

»Hast du den Anruf entgegengenommen?«

»Nee, das war vermutlich der Schtenzi.«

»Wer?«

»Kollege Dietl. Aber nicht der Helmut.« Kepplingers Gegenüber lachte lauthals. »Kennst du nicht, oder?«

Kepplinger schüttelte den Kopf. »Kann ich mir das Band anhören?«

»Klar. Setz dich.«

Kepplinger trat hinter die Theke und nahm Platz.

»Weißt ja, wie es geht?«

»Wann war das genau?«

»Kurz vor sieben.«

Kepplinger fand die Audiodatei, stülpte sich einen Kopfhörer über und drückte auf Start.

Ein sphärisches Knistern setzte ein. Dann die Stimme des Kollegen. »Polizeinotruf.«

»Da schlagen sich zwei die Köpfe ein.« Das war eindeutig eine Frauenstimme. Kepplinger schätzte die Anruferin auf Mitte dreißig.

»Mit wem spreche ich, bitte?«

»Kommen Sie schnell!« Plötzlich übertönten die lauten Bremsgeräusche eines Lastwagens die Aufzeichnung.

»… schlägt den noch tot, wenn niemand kommt. Ich misch mich da nich ein.«

»Wo soll das sein?«

»Unter der Eisenbahnbrücke, wo's zu der Psycho-Klinik geht.«

»Sie meinen die Jebenhäuser Brücke?«

»Wenn die so heißt …«

»Wir schicken …« Die Leitung wurde unterbrochen, bevor der Kollege zu Ende gesprochen hatte.

Kepplinger hörte sich das Band ein zweites und drittes Mal an. Vor allem interessierte er sich für die Stelle, an der der Lärm des Lastwagens den exakten Wortlaut übertönte. Er drehte den Lautstärkeregler hoch und wiederholte den Ausschnitt so oft, bis ihm die Ohren klingelten. Schließlich reichte er den Kopfhörer an den Kollegen weiter.

»Was sagt sie da?«, fragte er.

»Ist das wichtig?«

»Vielleicht schon«, erwiderte Kepplinger. »Ich bilde mir ein, dass sie ›die‹ sagt. ›Die‹ und noch ein weiteres Wort.«

»Eine Frau, meinst du?«

Kepplinger nickte. »Die mhmm schlägt den noch tot und so weiter.«

»Kann sein«, sagte der Kollege, nachdem er die Aufzeichnung angehört hatte, und griff nach einer Kaffeetasse.

»Das Band muss zu einem Spezialisten beim Landeskriminalamt«, sagte Kepplinger. »Morgen kommt jemand vorbei.«

Eine Nebentür wurde aufgestoßen. »Verdammt kalt draußen.« Ein junger Polizist betrat die Wache und steckte sein Walkie-Talkie in ein Ladegerät. »Wir sind dann unten.«

»Klar«, antwortete der Wachbeamte und wandte sich wieder an Kepplinger. »Du meinst heute?«

»Natürlich«, sagte Kepplinger. »Seid ihr rausgefahren, oder hat das die Folgeschicht erledigt?«

»Die beiden eben waren das«, antwortete der Kollege und deutete mit einem Kopfnicken zur Tür.

Kepplinger erhob sich. »Ich sprech kurz mit ihnen, ja?«

»Tu dir keinen Zwang an.«

»Was bedeutet *unten*?«

»Einfach dem Kaffeeduft nach.«

Kepplinger folgte einem Hinweisschild mit der Aufschrift »Schwabenkeller« und stellte sich dem jungen Kollegen und seiner Streifenpartnerin vor. Dann lenkte er das Gespräch rasch auf den Vorfall unter der Brücke.

»Da war weit und breit niemand zu sehen oder zu hören«, erklärte die Kollegin.

»Wir sind alles abgegangen, haben zwei Runden um den

Block gedreht und sind erst dann wieder abgezischt«, fügte der Polizeimeister hinzu.

»Ist euch gar nichts aufgefallen, was auf eine Auseinandersetzung hingedeutet hätte?«

»Nee!« Der junge Mann schüttelte den Kopf. »Wie gesagt, da war nichts. Sonst hätten wir ja mehr unternommen.«

»Stimmt nicht ganz«, widersprach die vielleicht fünfundzwanzigjährige Kollegin. »Da flogen so ein paar Zettel durch die Luft, als wir die Unterführung betraten, und an einer Stelle war der Asphalt nass, als ob von der Brücke das Regenwasser abgelaufen wäre. Aber vorgestern hat es ja den ganzen Tag nicht geregnet.«

»In Unterführungen ist es doch immer feucht«, widersprach der Kollege.

»Was für Zettel waren das?«, fragte Kepplinger.

»Keine Ahnung. Als wir den Weg zurückgingen, war da nichts mehr.«

»Da unten weht winters wie sommers eine steife Brise«, meinte der Kollege. »Die haben vermutlich in der Mülltonne gelegen.«

»Habt ihr einen Blick hineingeworfen?«

Beide schüttelten den Kopf. »Es ging doch um eine Schlägerei, was hätten wir dort finden sollen?«

»Das weiß ich nicht«, antwortete Kepplinger. »Zwölf Stunden später wurde ein paar hundert Meter von der Stelle entfernt eine Leiche in der Fils entdeckt.«

»Das haben wir mitbekommen.«

»Wir untersuchen, ob die beiden Vorfälle vielleicht zusammengehören«, sagte Kepplinger.

Er bedankte sich und trat wieder ins Freie. Mittlerweile waren die Zeiger seiner Uhr auf halb drei vorgerückt. Noch spürte er keinen Anflug von Müdigkeit.

Auf dem Nachhauseweg war er hin- und hergerissen, ob er auf der Stelle zu der Unterführung fahren und die Örtlichkeit in Augenschein nehmen sollte. Im Besonderen quälte ihn der Gedanke an die Beobachtungen, die die Kollegin ins Spiel gebracht hatte. Außerdem fragte er sich, warum Wolfgang Herder und Christian Schwarz bislang auf eine Befragung der Streifenpolizisten verzichtet hatten. Ebenso hegte er den Verdacht, dass niemand versucht hatte, die anonyme Anruferin ausfindig zu machen.

Doch er rief sich zur Raison. Der tote Sachbearbeiter war nicht sein Fall, und es war nicht auszuschließen, dass Wolfgang Herder seine nächtlichen Ermittlungen als Einmischung in seine Arbeit auffassen würde.

Zu Hause angekommen, ging er sofort ins Bett. Er schlief beinahe auf der Stelle ein. Aber gegen Morgen schlichen sich die Toten in einen quälenden Traum.

Donnerstag

Kurz nach sechs wachte Kepplinger verschwitzt und mit hämmernden Kopfschmerzen auf. Mühsam quälte er sich ins Bad und suchte nach einer Schmerztablette. Schließlich fand er eine halb leere Packung, deren Haltbarkeitsdatum seit Jahren überschritten war. Er schluckte zwei der Kapseln und trank aus dem Wasserhahn. Anschließend stand er so lange unter der kalten Dusche, bis die Schmerzen nachließen.

Später verließ er die Wohnung, ohne einen Bissen gegessen zu haben. Unterwegs kaufte er sich in einer Bäckerei ein Stück Hefezopf und einen doppelten Espresso to go, obwohl er Pappbecher verabscheute. Der Kaffee schmeckte widerwärtig.

Kepplinger warf das Getränk in eine Mülltonne, die vergessen in einer Hofeinfahrt stand. Dabei erinnerte er sich an die herumfliegenden Blätter in der Fußgängerunterführung und bereute, nicht sofort nachgesehen zu haben. Vielleicht gab es noch ausreichend Zeit vor der Frühbesprechung. Zuvor wollte er sich unbedingt von Christian Schwarz auf deren aktuellen Ermittlungsstand bringen lassen.

Die Rechner und Festplatten kamen Kepplinger in den Sinn. Er dachte an Markus Ackermann und nahm sich vor, ihn im Lauf des Tages zu besuchen, was immer auch geschehen würde.

Er fischte sein Telefon aus der Innentasche und warf einen Blick auf das Display. Kein Anruf, dafür eine Kurznachricht. Warum und vor allem wann hatte er den Klingelton überhört?

Die Nachricht stammte von Daniela. Sofort meldete sich Kepplingers schlechtes Gewissen. Wenn er sich weiterhin so träge zeigte, würde der Kontakt bald wieder einschlafen.

Er berührte das Symbol und öffnete die Datei.

»Schnee ☺«

Darunter ein Bild, vermutlich vom Bahnhofsplatz in Oberstdorf aus fotografiert.

Kepplinger wurde warm ums Herz, während er die mit Zuckerguss verzierten Dächer des Skiorts betrachtete. Im Hintergrund der Gipfel des Nebelhorns, im Schein der aufgehenden Sonne. Einer plötzlichen Laune folgend, drückte er auf das Anrufsymbol. Daniela ging sofort an den Apparat.

»Da bist du ja endlich.«

»Danke für das Bild.«

»Es ist ein Traum. Wir fahren am Samstag. Kommst du?«

»Nichts lieber als das, aber wir haben zwei große Fälle. Es tut mir leid.«

»Hast du nicht gesagt, du hättest noch Urlaub?«

»Als ich am Samstag hier ankam, wurde mir postwendend eine Leiche präsentiert.«

»Wie kann man das nur aushalten?«

»Irgendjemand muss ja die Drecksarbeit verrichten.«

Daniela lachte. »So etwas gibt es hier in Oberstdorf nicht.«

»Sei froh.«

»Moritz, ich muss wieder an die Arbeit, sorry. Kannst dich ja melden.«

»Sobald es hier etwas ruhiger wird.«

»Pass auf dich auf.«

Kepplinger war im Begriff, etwas zu erwidern, als er merkte, dass Daniela aufgelegt hatte. Verärgert steckte er das Telefon wieder an seinen Platz.

Er schimpfte sich einen Idioten. Es war dumm gewesen, so spontan am frühen Morgen anzurufen. Er fragte sich, was er erwartet hatte, und fand keine Erklärung. Kopfschüttelnd zwang er sich, wieder Polizist zu sein, und betrat wenig später das Dienstgebäude.

In dem Moment, als er den Schlüssel in seine Bürotür steckte, trat Franziska auf den Gang. »Moritz, du sollst gleich zum Chef.«

»Was gibt's?«

»Keine Ahnung. Herder ist auch da. Sie warten auf dich.«

»Na, dann.« Kepplinger folgte der Sekretärin in ihr Büro.

»Möchtest du Kaffee?«

»Später«, sagte Kepplinger. Dann klopfte er an die schwere Eichentür.

Brandstätter begrüßte ihn mit vorwurfsvollem Blick. Kepplinger begann den Grund der Unterredung zu ahnen.

»Guten Morgen«, sagte er freundlich. »Womit kann ich dienen?«

»Setzen Sie sich«, sagte Brandstätter. »Wolfgang, bitte.«

Der Angesprochene wandte den Blick von Kepplinger ab und rückte seine altmodische Brille zurecht. »Mich würde interessieren, was du heute Nacht auf dem Revier zu suchen hattest?«, fragte er herablassend.

»Nachtigall, ick hör dir trapsen«, murmelte Kepplinger spöttisch.

»Kepplinger, reißen Sie sich zusammen«, mahnte Brandstätter.

Herder zuckte nervös mit den Mundwinkeln und fuhr mit demselben trotzigen Unterton fort. »Kommt man sich ziemlich dämlich vor, wenn einen die Kollegen wie Kühe anglotzen und einem nach jeder Frage unter die Nase reiben, dass sie das alles schon dem Herrn Kepplinger erzählt hätten.«

Kepplinger hatte damit gerechnet, dass der ältere Kollege ihm seine nächtlichen Ermittlungen zum Vorwurf machen würde, aber dass er sich derart auf den Schlips getreten fühlte, wäre ihm nicht in den Sinn gekommen. Hinzu kam der Umstand, dass er mit seinem Anliegen gleich zum Chef gerannt war.

Kepplinger verspürte große Lust, Herder in Brandstätters Beisein sämtliche Nachlässigkeiten in dessen Ermittlungen um die Ohren zu hauen. Aber dann besann er sich eines Besseren und entschied, die Missstimmung nicht unnötig zu schüren.

»Seit wann ist es verboten, einen Bekannten aufzusuchen und im Laufe des Gesprächs das Thema auf einen aktuellen Mordfall zu lenken?«, fragte er.

»Mitten in der Nacht?«, fragte Herder mit hochrotem Kopf.

»Dafür brauche ich mich wohl kaum zu rechtfertigen«, erwiderte Kepplinger.

»Er kann den Fall ruhig haben«, sagte Herder halsstarrig.

»Wolfgang, bitte!«, beschwichtigte Brandstätter. »Du hast es doch jetzt gehört. Damit ist die Sache erledigt, schließlich sitzen wir alle im selben Boot.«

Kepplinger hielt an sich und schwieg. In seinen Augen waren derartige Animositäten einer der Gründe dafür, dass viele Fälle ungelöst blieben oder die Ermittlungen sich unnötig in die

Länge zogen. Denselben Futterneid gab es nicht selten zwischen Schutz- und Kriminalpolizei, unter Dezernaten und Inspektionen, innerhalb von Polizeidirektionen und Behörden. Ihm war nie klar geworden, wieso es immer wieder zu solchen Konkurrenzen innerhalb der Polizei kam, obwohl Fallkonstellationen und Fallzahlen so gut wie nie miteinander verglichen werden konnten. Er gestand sich ein, dass er genauso wenig wusste, wie diesem Phänomen beizukommen war. Vielleicht verbargen sich hinter der bevorstehenden Reformierung der Polizeistruktur, entgegen seinen Befürchtungen, ein paar wundersame Begleiterscheinungen, die das Geschwür der Eitelkeit heilen würden. Doch vermutlich würde das ein frommer Wunsch bleiben.

»Dieses Gespräch bleibt unter uns«, forderte Brandstätter.

Kepplinger nickte. Herder ebenso.

»Dann reden wir in der Teamsitzung weiter«, sagte Brandstätter mit einem Blick auf die Uhr. »Und betrachten die beiden Fälle bis auf Weiteres als zwei getrennte Delikte, einverstanden?«

»Natürlich«, sagte Kepplinger. »Wie sieht es mit Verstärkung aus?«

»Darum kümmere ich mich jetzt.«

Kepplinger trat wieder in das Vorzimmer der Sekretärin, die ihm mit einer leeren Tasse zuwinkte.

»Kaffee?«

»Unbedingt«, sagte Kepplinger, als ob er geahnt hätte, dass ihm und der Ermittlungsgruppe eine Marathonsitzung bevorstehen würde.

Kepplinger drängte zu Beginn der Besprechung darauf, eine Zusammenfassung aller Fakten in beiden Fällen zu erarbeiten und als Mindmap auf einem Whiteboard grafisch darzustellen.

»Wozu soll das gut sein?«, fragte Herder.

»Ich denke, dass wir an einem Punkt angekommen sind, wo nicht mehr jeder auf Ballhöhe ist«, erwiderte Kepplinger, darum bemüht, Gelassenheit zu bewahren. »Und Ermittlungsansätze womöglich unter den Tisch gefallen sind, weil es phasenweise so hektisch zuging.«

»Was sollte das sein?«, empörte sich Herder.

»Uns fehlt beispielsweise jegliches Hintergrundwissen zu dem gemeinsamen Konto von Schreiber und Foret«, führte Kepplinger aus. »In welchen Abständen und von wem oder von wo aus Zahlungen eingingen, Aktien und Wertpapiere gekauft oder gewechselt wurden und so weiter.«

»Ganz toll«, brummte Herder. »Das wäre wohl der Gipfel der Pietätlosigkeit gewesen, im Kontext einer Geiselnahme derartige Fragen zu stellen.«

»Darum geht es doch nicht.« Kepplinger spürte, wie er zornig wurde. Das beleidigte Schülerverhalten des Kollegen drohte das Klima gleich zu Beginn der Besprechung zu vergiften. Noch mehr ärgerte ihn, dass Brandstätter der Diskussion bislang nur als Zaungast gefolgt war. Es war seine Aufgabe, derartige Anfeindungen im Keim zu ersticken.

»Hand aufs Herz – wer von euch hat diese Thematik heute Morgen noch auf dem Schirm gehabt?«, fragte Kepplinger in die Runde.

Niemand hob die Hand. Er atmete erleichtert auf.

»*Amico*, wir kommen doch ständig vom Regen in die Traufe«, sagte Salvatore Falcone schulterzuckend.

»Das ist genau der Punkt«, entgegnete Kepplinger. »Ich habe auch niemals behauptet, dass etwas absichtlich vergessen wurde.«

»Verschwenden wir keine wertvolle Zeit und fangen an«, sagte Brandstätter energisch. »Beginnen Sie mit dem Fall Foret, Kepplinger?«

Kepplinger nickte und bat Lea darum, den Part an der Tafel zu übernehmen.

»Ihr könnt mich jederzeit unterbrechen, etwas hinzufügen oder in Frage stellen«, sagte er. »Nur wünsche ich mir, dass wir erst im Anschluss in eine inhaltliche Diskussion einsteigen. Zumindest halte ich diese Vorgehensweise für effektiver, einverstanden?«

Aus den Reihen erfolgte kein Widerspruch. Kepplinger ignorierte Herder, der seinen Ausführungen mit verschränkten Armen gefolgt war.

Der hat nachher noch genug zu schlucken, wenn es um den Fall des toten Sachbearbeiters geht, dachte Kepplinger. Dann nahm er seine Uhr ab und legte sie vor sich auf den Tisch. Das tat er stets, wenn er vor einer Gruppe sprach. Das unkorrumpierbare Fortschreiten der Zeiger hielt ihn dazu an, sich auf den Kern zu konzentrieren.

»Vergangenen Samstag entdeckte ein Spaziergänger die Leiche eines Mannes, den wir lange Zeit für Henry Foret gehalten haben, da er einen gefälschten Pass bei sich trug. Da wir seinen wirklichen Namen nicht kennen, nenne ich ihn bis auf Weiteres so. Aufgrund seiner Kleidung und Aufenthaltsorte gehen wir bis heute davon aus, dass er dem Obdachlosenmilieu zuzuordnen ist. Erste Befragungen bestätigen diese Annahme. Menschen, die ihn kannten, charakterisieren ihn als einsamen Wolf, der ferner nicht Französisch als Muttersprache, wie aufgrund der Papiere zu vermuten war, sondern einen norddeutschen Dialekt sprach.«

Kepplinger wagte einen Blick in die Runde. Es schien, als würden ihm alle aufmerksam zuhören und das Geschehene vor dem inneren Auge Revue passieren lassen. Dieser Eindruck verlieh ihm zusätzliche Energie.

»Aufgrund des gerichtsmedizinischen Gutachtens gehen wir von einem Mord aus, dennoch …« An dieser Stelle legte er erneut eine kurze Pause ein und suchte den Blickkontakt zu Lea, die unmerklich den Kopf hin- und herbewegte.

»Verzeihung, Foret war gepflegt und hatte wenige Stunden vor seinem Tod ein mehrgängiges Menü zu sich genommen, was auf den ersten Blick untypisch erscheint, woraus wir aber keine falschen Schlüsse ziehen dürfen. Eine Durchsuchung der Wohnadresse, die im Pass eingetragen ist, ergab lediglich, dass Foret regelmäßig seine Miete bezahlte. Sein Vermieter behauptet, dass er selten zu Hause war. Zudem fanden wir in den Wohnräumen keinen Hinweis auf die Anwesenheit einer Frau. Aus diesem Grund sind wir überrascht, dass dort eine gewisse Ella Jankovic leben soll, die zusammen mit Foret über ein Vermögen von beinahe einer Dreiviertelmillion Euro verfügt. Jankovics Pass stellte sich im weiteren Verlauf ebenfalls als Fälschung heraus. Von und über Foret wissen wir – Stand heute – nicht mehr und nicht weniger als das, was ich gerade erwähnt habe.«

»Er hat sich doch in der Tatnacht mit einer unbekannten Frau gestritten«, unterbrach Falcone.

»Das ist richtig«, korrigierte sich Kepplinger. »Die Personenbeschreibung des Rentners passte anfänglich haargenau auf das spätere Mordopfer, zudem stimmte die Uhrzeit mit dem Ergebnis der Gerichtsmedizin überein.«

»Was wissen wir über diese Frau?«

»Nur dass sie dunkel gekleidet war und laut Aussage des Zeugen einen großen Busen hatte.«

»Führen wir sie als dritte Frau im Schaubild?«, fragte Lea.

Kepplinger nickte. »Lilly, von der wir noch weniger wissen als von Foret, Elisabeth Schreiber alias Ella Jankovic und diese Frau, der Foret nach dem Streit in den Park folgte.«

»Wir benötigen dringend aktuelle Bilder von Elisabeth Schreiber«, sagte Falcone. »Um herauszubekommen, ob es sich bei ihr und Lilly um ein und dieselbe Person handelt.«

Lea vermerkte diesen Punkt als Arbeitsauftrag am unteren Ende der Tafel.

»Über Elisabeth Schreiber wissen wir zwischenzeitlich sehr viel mehr«, fuhr Kepplinger fort. »Sie war mit einem Pfarrer verheiratet, den wir zeitnah als Zeugen befragen sollten. Schreiber missbrauchte ihre Tätigkeit als Sterbebegleiterin, um ihren Schäfchen einen Teil des Erbes abzuringen. Sie wurde ertappt, verurteilt, und ihr Leben glich von diesem Tag an einem Sturz in den Abgrund. Die Ehe wurde geschieden, Schreiber reist und trinkt viel, verursacht Verkehrsunfälle mit anschließender Fahrerflucht, verbringt wiederkehrend Wochen und Monate in der Psychiatrie, wo ihr mehrfach eine akute manische Phase attestiert wird. Aufgrund dieser Vorfälle, in Kombination mit ihrer Alkoholkrankheit, werden ihr vom Gericht die Geschäftsfähigkeit und die Fahrerlaubnis entzogen. Schreiber lebt von der Sozialhilfe und kommt durch uns unbekannte Umstände bei einem wohlhabenden Geschäftsmann unter. In diesem Zeitraum verändert sie sich dahingehend, dass es zu keinen weiteren Vorfällen mehr kommt, die Polizei, Gerichte oder ihren rechtlichen Betreuer auf den Plan rufen.«

Kepplinger kratzte sich an der Stirn. »Bis vorgestern zumindest«, korrigierte er sich. »Am Dienstagmorgen betritt sie mit einem gewissen Holger Bahlow, der sich als Henry Foret ausgibt, die Consorsbank-Niederlassung in Nürnberg und verlangt die Auszahlung eines Teilbetrags des Vermögens, das auf sie und den ermordeten Foret lautet. In der Folge kommt es zu einer Geiselnahme, da ein aufmerksamer Sachbearbeiter misstrauisch wurde. Schreiber schießt sich in den Kopf und liegt seitdem im Koma. Bahlow wird festgenommen. In seinem Wagen finden wir Hinweise auf den Wohnsitz von Elisabeth Schreiber und in seiner Garage einige Umzugskartons, unter anderem mit einer auffälligen Garderobe sowie hochwertigen Computern und einer professionellen Film- und Fotoausrüstung.«

An dieser Stelle machte Kepplinger eine längere Pause und ließ das Gesagte wirken. Gleichzeitig nutzte er die Gelegenheit, selbst noch mal alle Fakten vor seinem inneren Auge ablaufen zu lassen.

»Ich möchte hinzufügen, dass ich das zweifelhafte Geständnis der Jugendbande in Mannheim bis auf Weiteres als gegenstandslos betrachte. Wir haben keinerlei Hinweise darauf, dass Foret einem sogenannten ›Happy Slapping‹ zum Opfer gefallen ist. Hinzu kommt, dass ausgerechnet von dieser Tat kein Video existiert. Sieht das jemand anders?«

Niemand legte ein Veto ein.

»Was ist mit dem Toten im Fluss?«, wollte Anja Kober wissen. »Könnte er etwas mit Foret zu tun haben?«

»Nichts weist bislang darauf hin«, antwortete Kepplinger. »Aber auf diese Frage würde ich gern später eingehen, um Wolfgang, der die Ermittlungen leitet, nicht vorzugreifen.«

Herder schien aus seiner teilnahmslosen Starre zu erwachen, als er seinen Namen hörte, und nickte verlegen.

»Was haben wir noch im Fall Foret?«, fragte Kepplinger in die Runde.

»Die Totentänzer lassen wir auch außen vor, oder?«, erkundigte sich Christian Schwarz.

»Ja«, sagte Kepplinger. »Gibt es noch eine Wortmeldung?«

Das war nicht der Fall.

»Gut«, fuhr Kepplinger fort. »Dann möchte ich noch kurz

über diejenigen Hinweise sprechen, die wir nicht haben und die mir gerade deshalb bedeutend vorkommen.«

»*Perdono!* Das verstehe ich nicht«, rief Falcone dazwischen.

»Niemand hat sich auf die bundesweiten Zeugenaufrufe gemeldet«, sprach Kepplinger unbeirrt weiter. »Die Fingerabdrücke des Toten ergaben keinen Treffer. Es existiert keine Vermisstenanzeige. Mit Ausnahme der schemenhaften Beschreibungen aus dem Göppinger Obdachlosenmilieu und dem Mund seines Vermieters haben wir keine Hinweise auf den Ermordeten. Das erscheint mir sonderbar. Mir kommt Foret wie ein Geist vor, wie jemand, der gar nicht existiert hat, und doch haben wir seine Leiche gefunden.«

»Und was schließen wir daraus?«, fragte Brandstätter.

»Ich weiß es nicht«, erwiderte Kepplinger. »Mein Gefühl sagt mir, dass sich hinter diesen Leerstellen unter Umständen eine Tür befindet, die wir bislang übersehen haben.«

»Was sollte das sein?«, wollte Herder wissen.

»Ich sehe das ähnlich«, sagte Anja Kober. »Die Tatsache, dass wir bislang nicht die leiseste Ahnung über ein Motiv haben, passt genauso in diese Schublade.«

»Und wenn es doch nur ein Streit unter Obdachlosen war und alles nur so kompliziert aussieht?«, warf Falcone in die Runde.

»Leider haben wir hierfür keinerlei Indizien«, sagte Kepplinger. »Auch wenn ich diese Variante schon oft in Erwägung gezogen habe, gehört sie in die Kategorie der Spekulationen.«

»*Merda!*«, sagte Falcone. »Da kann ich nicht widersprechen.«

»Was ist aus der Belohnung geworden?«, erkundigte sich Anja Kober. »Ohne einen Anreiz werden wir aus der Szene nie einen Hinweis bekommen.«

Kepplinger warf ihr einen dankbaren Blick zu.

»Das ist vermutlich untergegangen«, sagte Brandstätter zerknirscht. »Ich hake nachher noch mal nach.«

Kepplinger nahm diese Steilvorlage zum Anlass, das Thema zu wechseln.

»Kümmern wir uns um die Dinge, die sonst noch anstehen, und verteilen die Aufgaben gleich jetzt«, schlug er vor.

Als sie nach über einer Stunde am Ende dieses Parts angekommen waren, starrte Kepplinger hier wie dort in verblüffte Gesichter. Mehr als vierzig offene Fragen und Aufträge prangten an der Tafel. Als Kepplinger den Vorschlag machte, die Punkte via Abstimmung mit einer Priorität zu versehen, war selbst Wolfgang Herder mit Feuereifer bei der Sache.

»Das haben wir noch nie so gemacht«, murmelte Brandstätter anerkennend.

Nachdem alle drängenden Aufgaben verteilt waren, schlug Kepplinger eine Pause vor. »Danach setzen wir uns mit dem anderen Fall auseinander.«

Als er von der Toilette zurückkehrte, stand Lea am anderen Ende des Besprechungsraums und telefonierte. Ohne es zu wollen, empfand er ein Gefühl der Eifersucht. Irritiert wandte er sich zum geöffneten Fenster und warf einen Blick auf die vertraute Umgebung.

Ein grauer Himmel kündigte den ersten Schneefall an. Über dem Grün des angrenzenden Schlossparks hielt sich hartnäckig eine mannshohe Nebeldecke. Kepplinger beobachtete eine Spaziergängerin, deren Körper von jetzt auf gleich von den zähen Schwaden verschluckt wurde.

Was weiß ich schon von Lea?, dachte er. Mit wem sie sich trifft oder telefoniert oder ob sie kurz davor steht, sich auf eine Beziehung einzulassen. Geht es mich überhaupt etwas an? Dann dachte er an seine Urlaubsbekanntschaften. Daran, dass er kurz davor gewesen war, das Wochenende mit den beiden Mädels auf Skiern zu verbringen. Er ertappte sich bei dem Gedanken, dass er Lea nichts davon erzählt hätte.

Zum wiederholten Mal dachte er über diesen Schwebezustand nach, der zwischen ihm und der Kollegin vom ersten Tag an geherrscht hatte. Zeitweise war er überzeugt gewesen, Lea verlange mehr als ein freundschaftliches Miteinander. In diesen Phasen war er mehr oder weniger unbewusst auf Distanz gegangen. War es am Ende so, dass die Angst vor dem Scheitern solche unsichtbaren Brandmauern errichtete, um das Wagnis von vornherein zu unterbinden?

Gestern Abend hätte ich sie beinahe geküsst, erinnerte er sich wehmütig. Was konnte schon passieren?

Falcone trat neben ihn. »Das war gut vorhin«, sagte er und klopfte Kepplinger auf die Schulter.

Kepplinger kehrte dem Fenster den Rücken zu. »Mit solchen Techniken habe ich fürs Examen gelernt«, erklärte er geistesabwesend. Lea saß an ihrem Platz und tippte eine Kurznachricht in ihr Telefon. »Nichts Besonderes, aber effektiv«, fügte er hinzu.

»*Allora* – ich bin gespannt, was jetzt kommt«, sagte Falcone.

»Erwarten wir nicht allzu viel«, erwiderte Kepplinger. »Aber lass uns im Hinterkopf behalten, dass wir auf derselben Seite des Taus ziehen.«

»Corretta.«

Sie nahmen Platz. Kepplingers Mobiltelefon vibrierte. Rasch ließ er es in seine Tasche gleiten. Brandstätter bat Wolfgang Herder um eine Zusammenfassung seines Falls. »Am besten, wir machen das genauso wie vorhin«, schlug er vor.

»Das halte ich für maßlos übertrieben«, widersprach Herder. »Die Fakten kann man an einer Hand abzählen.«

»Wenn du meinst.«

»Raimund Vogel, sechsundfünfzig Jahre, Sachbearbeiter im gehobenen Dienst bei der Agentur für Arbeit«, begann Herder seinen Report. »Zweimal geschieden, keine Kinder, lebt allein in einer kleinen Zweizimmerwohnung in der Südstadt. Pflegte so gut wie keine sozialen Kontakte. Einmal im Vierteljahr gibt es einen Kollegenstammtisch und vor Weihnachten eine Jahresabschlussfeier, zu denen Vogel regelmäßig erschien und, laut Aussage der Kollegen, nur durch seine anzüglichen Bemerkungen aufgefallen ist. Etwa ein Drittel der Belegschaft seiner Abteilung, inklusive seines Vorgesetzten, bezeichnen ihn als gewissenhaften und kompetenten Mitarbeiter, der Rest teilt sich in eine Gruppe, die so gut wie nichts über ihn weiß, und die Übrigen halten ihn für einen pedantischen Griffelspitzer mit sexistischen Tendenzen, allerdings nur gegenüber seinen Klientinnen. Unter den weiblichen Angestellten wurde darüber kein Wort verloren.«

»Wie kommt man zu so einer Behauptung?«, fragte Kepplinger dazwischen.

»Es gab offenbar Vorfälle, bei denen sich Frauen über Kommentare von ihm beschwert haben. Sein Vorgesetzter meinte aber, dass das bei Vogel nicht öfter als bei anderen Mitarbeitern vorgekommen und dies mit der Natur der Tätigkeit zu erklären sei.«

»Wie bitte?«

»Was kann man daran nicht verstehen?«, rief Herder. »Es ist doch völlig klar, dass das Verhältnis zwischen Angestellten dieser Behörde und ihren Kunden einem Pulverfass gleicht. Die einen wollen arbeiten, sind aber mit nichts zufrieden, und die anderen lehnen jedes Angebot ab, weil es bequemer ist, sich mit Hilfe des Staates den Arsch auf dem Sofa breit zu drücken.«

»Aha«, sagte Anja Kober. »Damit hätten wir mit einem Streich sämtliche Klischees bedient.«

»Das ist doch mir egal«, wehrte sich Herder mit hochrotem Kopf. »Ich gebe nur das wieder, was uns erzählt wurde. Stimmt's, Christian?«

Schwarz rieb sich verlegen die Nase. »Manche der Befragten haben sich tatsächlich so geäußert«, sagte er schließlich und erntete dafür einen bösen Blick des älteren Kollegen.

»Was wissen wir sonst über ihn?«, fragte Brandstätter. »Seid ihr in der Wohnung gewesen?«

Herder nickte. »Das kann ja Christian erzählen. Bevor ich wieder ein Klischee bediene.«

Kepplinger tippte sich an die Stirn, unterließ es aber, einen Kommentar abzugeben. Christian Schwarz hatte sich bereits vom Platz erhoben.

»Vogels Wohnung besticht durch langweilige Möbel, die wie zufällig darin verteilt stehen. Auffällig ist, dass es weder Pflanzen noch Bilder, Nippes oder sonstige Dekorationen gibt. Interessant und passend zu dem, was er in der Tatnacht an Accessoires bei sich trug, ist seine DVD-Sammlung, die fast ausschließlich aus Pornofilmen besteht. Etwa fünfhundert Kauf-DVDs und in der Schlafzimmerschublade etwas Sexspielzeug und ein Vibrator für Männer. Vogel hat überdies in den Jahren 1992, 1999 und 2006 begleitete Sexreisen nach Thailand unternommen, was bedeutet, dass er rund um die Uhr von einer Escortdame betreut wurde. Das war's im Großen und Ganzen.«

»Wie sahen seine finanziellen Verhältnisse aus?«

»Als Beamter verfügte er natürlich über ein regelmäßiges Einkommen«, antwortete Herder. »Keine Schulden, dafür drei Sparbücher und ein Girokonto bei der Volksbank. Insgesamt ein Vermögen von knapp neunzigtausend Euro.«

»Die üblichen Versicherungen«, fügte Schwarz hinzu. »Seine Lebensversicherung hat er nach der letzten Scheidung beitragsfrei gestellt.«

»Angehörige?«

»Außer den Exfrauen: einen Bruder, der ein Hotel auf der Insel Juist betreibt, und eine Schwester, die als Kundenberaterin bei einer Bank in Düsseldorf arbeitet. Beide Eltern sind tot.«

»Woher stammt Vogel?«

»Aus Wuppertal. Er zog nach dem Verwaltungsstudium und der Heirat mit seiner ersten Frau hierher. Das war 1982.«

»Und sonst?«

»Das war alles.«

»Verzeihung, wenn ich das so sage, aber wer zum Teufel bringt so einen langweiligen Menschen um?«, fragte Falcone. »Mit Ausnahme vielleicht einer seiner Klienten, vielmehr Klientinnen.«

»Vogel hat im Schnitt über dreihundert Menschen gleichzeitig betreut, deren Namen selbstredend ständig wechseln«, sagte Schwarz.

Kepplinger wandte sich an Herder. »Haben wir eine aktuelle Liste?«

»Nein«, knurrte der. »Noch nicht.«

»Aber genau dort müssen wir doch den Hebel ansetzen, wenn es keine offensichtlichen Feindschaften gab«, sagte Anja Kober.

»Das sehe ich genauso«, meinte Brandstätter.

»Wer hat ihn denn zuletzt gesehen?«, wollte Kepplinger wissen.

»Seine Kollegin«, antwortete Schwarz. »Am Freitagabend. Montagfrüh hat er sich krankgemeldet. Niemandem ist in der letzten Zeit etwas Außergewöhnliches an ihm aufgefallen.«

»Wann war der vermeintliche Todeszeitpunkt?«

»Dienstagabend, zwischen sieben und Mitternacht.«

»Das mit den Namenslisten dürfte ja wohl nur einen Anruf kosten«, sagte Kepplinger. »Ebenso wird es möglich sein, die aktuellen Daten herauszufiltern.«

»Wenn wir uns das antun wollen«, antwortete Herder schulterzuckend.

»Natürlich machen wir das«, sagte Brandstätter nach einigem Zögern.

»Bitte sehr.«

Kepplinger warf einen Blick auf seine Unterlagen, bevor er die nächste Frage stellte. »Was ist mit der Auseinandersetzung in der Fußgängerunterführung?«

»Was meinst du?«

»Gibt es einen Zusammenhang?«

»Aus unserer Sicht nicht«, antwortete Herder.

»Habt ihr das Band angehört?«

»Welches Band?«, kam Brandstätter den anderen zuvor.

»Es gibt eine Aufzeichnung des Notrufs«, erklärte Kepplinger. »Und ich bin mir nicht sicher, ob die anonyme Anruferin von einer Frau spricht.«

»Was hat das mit der Sache zu tun?«

»Ich dachte dabei an den anderen Fall«, erwiderte Kepplinger.

»Das verstehe ich nicht.«

»Lasst uns erst über diese Begebenheit sprechen«, bat Kepplinger. »Irgendwo muss es ja einen Tatort geben und eine Stelle, an der Vogel in den Fluss geworfen wurde.«

»Wir haben uns, wie du auch, mit den beiden Streifenbeamten unterhalten, die nach dem Anruf dort waren«, sagte Schwarz. »Die beiden sprachen von Papieren oder Blättern, die bei ihrer Ankunft unter der Brücke herumwirbelten, und von einer ungewöhnlich feuchten Stelle am Boden.«

»Davon wissen wir nichts«, sagte Herder.

»Konnte man den Anruf zurückverfolgen?«

»Eine Telefonzelle gegenüber der Unterführung, direkt neben dem naturwissenschaftlichen Gymnasium«, erklärte Schwarz.

»Gibt es noch Telefonzellen?«, fragte Schubart amüsiert.

»Mist!«, fluchte Kepplinger. »Trotzdem sollten wir das Band vom LKA untersuchen lassen.«

»Was versprichst du dir davon?«

»Ich habe doch gesagt, dass dort möglicherweise von einer Frau gesprochen wird«, sagte Kepplinger. »Die Stimme der Anruferin geht stellenweise im Verkehrslärm unter.«

»Kann eine Frau einen ausgewachsenen Mann im Zweifelsfall so übel zurichten?«, fragte Anja Kober.

»Wenn sie gut trainiert ist«, sagte Lea. »Warum denn nicht?«

»Doch nicht allein«, sagte Herder. »Jedenfalls habe ich in meinen fünfunddreißig Dienstjahren noch nie etwas Vergleichbares gehört.«

»In dem Notruf ist nur von zwei Menschen die Rede«, sagte Kepplinger.

»Wolfgang, was habt ihr noch?«, fragte Brandstätter.

Herder schüttelte den Kopf. »Das war alles.«

»*Minchione* – aber dann sollten wir doch den Vorfall in der Unterführung genauer untersuchen«, sagte Falcone.

»Und was genau möchtest du da tun?«, erkundigte sich Herder.

»Zum Beispiel die Spurensicherung dorthin schicken«, schaltete sich Kepplinger erneut in die Diskussion ein.

»Sechsunddreißig Stunden nach einem Vorfall, der vielleicht gar nicht stattgefunden hat«, sagte Herder. »Die Jungs werden sich bedanken.«

»Oder noch mal einen dieser Mantrailer-Hunde«, fuhr Kepplinger unbeeindruckt fort.

»Da rennen jeden Tag tausend Schüler durch die Unterführung«, warf Schwarz ein.

»Was dem Hund ziemlich egal sein dürfte, nach dem, was ich über die Tiere erfahren habe«, entgegnete Kepplinger.

»Gut, dann werde ich das veranlassen«, sagte Brandstätter beschwichtigend. »Hund oder Spurensicherung?«

»Beides.«

»Einverstanden. Sonst noch etwas?«

»Nur dass ich es richtig verstehe«, mischte sich Herder in das Zwiegespräch ein. »Wessen Fall ist das jetzt?«

»Himmelherrgott noch mal!«, fluchte Brandstätter, während er von seinem Platz aufsprang. »Es ist *unser* Fall, an dem wir *alle* gemeinsam arbeiten und bei dem *du* die Fäden in der Hand behältst. Und zwar so lange, bis wir den Täter gefasst haben, ist das klar?«

Herder erhob sich wie vom Blitz getroffen von seinem Stuhl und machte sich auf den Weg zur Tür. »Verstanden!«, knurrte er im Tonfall eines Gefreiten.

»Wo willst du hin?«, rief ihm Brandstätter hinterher.

»Auf die Toilette«, antwortete Herder. »Muss ich da auch um Erlaubnis fragen?«

Die Tür fiel ins Schloss.

Brandstätter schüttelte verständnislos den Kopf. »Was soll man dazu sagen?«

In diesem Moment klingelte das Telefon im Lehrsaal.

»Einer der Techniker«, erklärte Falcone, nachdem er den Hörer zurückgelegt hatte. »Sie kommen hierher. Wir sollen schon mal den Beamer hochfahren.«

»Heißt das, sie haben die Computer geknackt?«, erkundigte sich Kepplinger.

»Sieht so aus. Er sagte, dass er ein paar nette Filmchen für uns hätte«, sagte Falcone.

Kurze Zeit später betraten die beiden Kollegen den Raum, die Kepplinger als verlässlich und überdurchschnittlich motiviert kannte und schätzte. Sie grüßten freundlich in die Runde und brachten mit wenigen Handgriffen die mitgebrachte Hardware zum Laufen.

»Rechner und externe Festplatten waren alle mit demselben Kennwort geschützt, insofern hatten wir leichtes Spiel«, erklärte der ältere der beiden. »Das Datenmaterial ist im Übrigen überschaubar. Auf Rechner eins befinden sich ausschließlich Filmdateien. Auf Computer zwei findet ihr ungefähr zehntausend Fotos, und der dritte Laptop diente als Arbeitsstation mit den üblichen Softwareanwendungen.«

»Zwei der externen Festplatten sind mit Filmen bestückt und die anderen beiden mit Bildern«, fügte der zweite Techniker hinzu.

»Wir haben die Hardware farblich markiert und euch hier eine komplette Ordnerstruktur ausgedruckt«, sagte der Ältere und überreichte Brandstätter einen prall gefüllten Leitz-Ordner. »Solltet ihr technische Fragen haben, helfen wir natürlich gern, ansonsten wünsche ich euch viel Spaß.«

Indes kehrte Wolfgang Herder in den Besprechungsraum zurück und sah sich irritiert um.

»Was sind das für Filme und Bilder?«, wollte Brandstätter wissen, ohne auf Herders fragenden Blick einzugehen.

»Landläufig würde man sie als Schmuddelfilmchen bezeichnen. Aber bei dieser Anzahl und den dazugehörigen Dateien wird schnell klar, dass es sich vermutlich um eine groß angelegte Betrugsmasche gehandelt haben muss.«

»Nun macht es doch nicht so spannend«, sagte Kepplinger. »Uns läuft doch ohnehin die Zeit weg.«

»Eins muss klar sein«, begann der Ältere. »Was wir euch erzählen, entspricht lediglich einem ersten Eindruck. Zu Ende ermitteln müsst ihr. Und ich kann jetzt schon versprechen, dass da eine Menge Arbeit auf euch zukommt. Im Großen und Ganzen geht es um intime Treffen mit ein und derselben Frau, die allerdings unter verschiedenen Nicknames in Erscheinung tritt. Zum Beispiel Victoria, Estelle, Lilith, Scarlett und so weiter. In der Regel geht es um Sex auf Parkplätzen, in größeren Stadtgärten oder leer stehenden Fabrikhallen. Die Annoncen wurden auf diversen Internetplattformen über einen Provider in Holland eingestellt, mehr können wir dazu noch nicht sagen.«

Der jüngere der beiden Techniker ergriff das Wort. »Um es kurz zu machen, sämtliche Treffen wurden gefilmt, wobei der Fokus der Kamera stets auf den Kunden gerichtet ist. Gleiches gilt für das Bildmaterial, auf dem der jeweilige Freier unmissverständlich und in eindeutigen Positionen abgelichtet wurde. Etwa eine Woche nach diesem Stelldichein erhielten die Freier eine Nachricht auf ihrem Mobiltelefon, in der sie aufgefordert wurden, einen Betrag X auf ein Bankkonto, ebenfalls in den Niederlanden, mit dem Verwendungszweck ›Fotoshooting Business‹ zu überweisen. Der Kurznachricht war jeweils ein eindeutiges Foto beigefügt.«

Der Ältere tippte auf seinen Presenter und öffnete in der Bibliothek einen Ordner, der mit einem Datum versehen war. »Wir sind hier auf dem Arbeitsrechner. Dies ist die letzte von knapp vierhundert Dateien, die allesamt eine vergleichbare Struktur der Unterordner aufweisen.«

Kepplinger notierte sich den Tag im Oktober und stellte fest, dass es ein Samstag gewesen war. Vier Wochen vor dem Mord an Henry Foret.

»Unter ›Kunden‹ finden sich Namen, Telefonnummern und Autokennzeichen. Im Unterordner ›Kommunikation‹ eine lückenlose Dokumentation der Kurznachrichten, die alle vom Rechner aus verschickt wurden, und unter ›Rechnungen‹ sämtliche Schritte ab dem Zeitpunkt der Zahlungsaufforderungen, die im Übrigen mit dem liebevoll umschriebenen Satz enden: ›Sollte unser Preis-Paket nicht Ihren Wünschen und Vorstellungen entsprechen, senden wir Ihnen gern eine alternative Bildauswahl an Ihre Privatadresse.‹«

»Über welche Geldforderungen sprechen wir?«, wollte Kepplinger wissen.

»Fünf- bis dreißigtausend Euro.«

»Worauf lassen sich die unterschiedlichen Beträge zurückführen?«

»Das war auf den ersten Blick nicht erkennbar.«

»Mit anderen Worten, die Freier wurden erpresst?«

»Ja und nein. Wir haben natürlich darüber diskutiert, aber für uns ist der Tatbestand der Drohung ziemlich abgeschwächt.«

»Aus welchem Grund?«

»Es ist unklar, was passiert, wenn man nicht bezahlt, und die Ankündigung, dass eine Bildauswahl an die Privatadresse versandt wird, muss man nicht zwingend als eine Drohung mit einem *empfindlichen Übel* ansehen, wie es der Gesetzestext fordert.«

»Wenn der Betroffene in einer festen Beziehung lebt und die Partnerin nichts von seinen Outdooraktivitäten weiß, vielleicht schon«, sagte Falcone.

Es entbrannte eine heftige Diskussion darüber, um welchen Straftatbestand es sich handeln könnte. Kepplinger, der lediglich einen Verstoß gegen das Recht am eigenen Bild vermutete, hielt sich zurück. Ihn beschäftigten ganz andere Fragen im Zusammenhang mit den Dateien auf den Computern. Schließlich wurde er die Streitgespräche leid.

»Seid mal still!«, rief er laut. »Überlassen wir diese Fragen der Staatsanwaltschaft und dem Gericht, falls es überhaupt zu einer Verhandlung kommt. Ich hätte eine Reihe anderer Fragen.«

»Schießen Sie los, Kepplinger«, forderte ihn Brandstätter auf.

»Wer ist die Frau auf den Filmen?«, fragte er an die Techniker gerichtet. »Elisabeth Schreiber?«

»Moment.« Der ältere Kollege öffnete eine der Bildserien, in denen ein Liebespaar in eindeutigen Positionen zugange war. Schließlich zeigte er eine Detailaufnahme, auf der die Frau im Profil zu erkennen war, wie sie in einem schwarzen Lederkostüm rittlings auf ihrem Partner saß.

Zweifelsohne handelte es sich um Elisabeth Schreiber. Lea erkannte sogar das Kostüm wieder und blätterte in der Fotomappe vom Vorabend. Als sie das Bild gefunden hatte, reichte sie den Ordner in die Runde. »Da gibt es nicht viel zu diskutieren.«

»Dann wissen wir das«, sagte Kepplinger. »Gehören ihr die Rechner? Und wer hat die Fotos und Filme gemacht? Tritt hier der Name Henry Foret in Erscheinung?«

»Immer der Reihe nach«, mahnte der jüngere Techniker. »Der Name Henry Foret taucht tatsächlich auf, und zwar als Inhaber eines Fotostudios mit dem Namen ›Photostyle-DenHaag‹, einer Briefkastenfirma, wie wir annehmen. Da müsst ihr weiterbohren.«

»Und weiter?«

»Wem die Computer gehören, können wir nicht sagen, aber wir haben natürlich eine ganze Litanei an IP-Adressen, von denen die meisten auf einen Standort in Weil am Rhein schließen lassen.«

»Könnt ihr keine genaue Adresse herausbekommen?«

»Du weißt genau, dass das nur über den Provider und mit Gerichtsbeschluss geht.«

»Dann frage ich eben anders«, sagte Kepplinger. »Wäre es theoretisch möglich …«

Der ältere der beiden Techniker fing lauthals an zu lachen.

»Ich habe gerade eine Wette gewonnen. Mir war klar, dass du nicht lockerlassen würdest, aber ich kann dir vermutlich eine ganz andere Frage beantworten, die bisher niemand gestellt hat und bei der wir nicht in den Knast wandern.«

Mit einem Mal war es still im Raum. Kepplinger wartete gebannt auf eine Fortsetzung. Auf der Leinwand erschien eine Telefon- und Internetabrechnung des vergangenen Monats.

»Hagen Gebhardt«, las Falcone laut. »Oberbaselstraße 7, Weil am Rhein.«

»Haben wir dich endlich«, murmelte Kepplinger zur allgemeinen Verwunderung.

»Kann mir mal irgendjemand erklären, was hier vor sich geht?«, empörte sich Brandstätter.

Kepplingers Blick streifte die ahnungslosen Gesichter seiner Kollegen. »Ich würde Gift darauf nehmen, dass wir gerade Henry Foret kennengelernt haben.«

Ein überraschtes Raunen ging durch den Raum, als ob jeder krampfhaft versuchte, dem Gedankengang zu folgen. Dann die ersten Zustimmungen, bis schließlich die Mehrheit überzeugt war, Kepplinger könne mit seiner Vermutung ins Schwarze getroffen haben.

»Wer ist der Mann?«

»Grundsätzlich wäre das ja euer Job, oder etwa nicht? Aber wir haben uns selbstverständlich die Mühe gemacht. Kostet natürlich was.«

»Alkohol im Dienst ist strengstens untersagt«, sagte Kepplinger grinsend.

»Bei uns herrscht seit Längerem eine andere Währung.«

»Die da wäre?«

»Gummibärchen im Ein-Kilo-Vorratsbehälter.«

»Ich bringe dir morgen zehn Dosen vorbei.«

»Hagen Gebhardt, neunundfünfzig Jahre, geboren in Kiel. Nach dem Studium zog er nach Heidelberg, wo er bis vor elf Jahren als Prokurist einer bekannten Druckmaschinenfabrik tätig war. Aus einem uns nicht bekannten Grund wird ihm unmittelbar nach einer Geschäftsreise nach China gekündigt, und er erhält eine Abfindung in Höhe von hundertzwanzigtausend

Euro. Gebhardt war unverheiratet, hat keine Kinder und gehört zu der Kategorie unauffällig. Das war alles.«

»Schon wieder so ein langweiliger Typ«, bemerkte Falcone.

»Allein deswegen ist es hochinteressant«, sagte Kepplinger. »Woher habt ihr das mit der Chinareise?«

»Telefon«, antwortete der jüngere Techniker. »Der Personalchef kann die Entscheidung des Aufsichtsrats bis heute nicht nachvollziehen. Er war nicht zuletzt deshalb so gesprächig, weil der Beschluss hinter seinem Rücken gefasst worden war.«

»Irgendeinen Grund muss es wohl gegeben haben«, sagte Kepplinger und machte sich eine Notiz. »Aber das bringt uns jetzt nicht weiter. Können wir uns einmal einen kompletten Vorgang ansehen?«

»Selbstverständlich.«

Der Techniker öffnete eine Datei von Mitte August und zeigte zuerst mehrere Kurznachrichten, in denen es zu einer Kontaktaufnahme mit einem gewissen »Hans56« gekommen war. Dann einige Screenshots eines geschlossenen Chats, in dem Elisabeth Schreiber ihrem späteren Freier geschickt Details aus seinem Privatleben und zu seinen Neigungen entlockt hatte. Schließlich die Verabredung auf einem Waldparkplatz in der Nähe des Karlsruher Flughafens.

Auf den dazugehörigen Fotos erkannte man zuerst einen Mercedes-Benz Kleinbus der V-Klasse mit verklebten Seitenscheiben und Hamburger Kennzeichen. Kepplinger mutmaßte, dass es sich um einen Wagen des Autoverleihers Europcar handelte. Elisabeth Schreiber wartet leicht bekleidet davor. Raucht eine Zigarette. Korrigiert ihre Schminke an einem Seitenspiegel. Dann fängt der Sucher der Kamera einen schwarzen Nissan Qashqai ein. Schließlich den Fahrer. Momentaufnahmen eines ersten Gesprächs. Einmal lacht Schreiber, ein anderes Mal der Kunde, manchmal beide. Das Pärchen verschwindet im Bus. Dann wieder Bilder vom Verlassen des Fahrzeugs. Der Mann, wie er sich mit großen Schritten entfernt, als ob er es mit einem Mal eilig hätte. Damit endet die Fotoserie.

Der jüngere Techniker hantierte an der Switch-Box und startete das dazugehörige Video. Die Kamera musste im Bereich der Kopfstützen montiert gewesen sein. Es folgte ein unspektakulärer Geschlechtsakt. Er oben, sie unten. Elisabeth Schreiber schmeichelt ihrem Freier, fordert ihn mehrfach dazu auf, sich gehen zu lassen. Nach zehn Minuten ist es vorbei. Sie hilft ihm beim Anziehen, sucht nach einer Socke. Ihm ist das peinlich. Schreiber entspannt die Situation, indem sie sagt, dass sie solche Männer wie ihn möge. Dann verabschieden sie sich. Schreiber hält sich ein Handtuch vor die Brust und geht auf die Kamera zu. Die Aufnahme endet.

»Hans56 hat die Zahlungsaufforderung nach zwei Tagen beglichen«, erklärte der jüngere Techniker und warf einen Blick auf seine Notizen. »Fünfzehntausend Euro.«

»Teurer Spaß für ein bisschen Missionarsstellung«, sagte Falcone.

»Wäre es einem Freier möglich gewesen herauszufinden, mit wem er es zu tun hatte?«, fragte Kepplinger.

»Schwierig«, antwortete der jüngere Techniker. »Er hatte nur die Handynummer und eine Mailadresse. Im besten Fall das Kennzeichen des Mietwagens. Wie es aussieht, wurde während der gesamten Kommunikation sogar ein IP-Verschleierungsprogramm verwendet.«

»Ist das legal?«, warf Anja Kober dazwischen.

Der Techniker nickte. »Das ist sogar empfehlenswert.«

»Wie lautet nun die Antwort auf meine Frage?«, drängte Kepplinger.

»Vom Grundsatz her – nein. Aber nichts ist unmöglich, Moritz. Ein Hacker bekommt das sicherlich hin oder auch ein Kollege auf anderen Wegen.«

»Das verstehe ich nicht«, warf Brandstätter ein.

»Indem er sich bei einschlägigen Mietwagenfirmen nach dem geliehenen Fahrzeug erkundigt«, schlug Kepplinger vor.

»Zum Beispiel.«

»Aber ein Polizist würde vermutlich keinen Mord begehen, wenn er sicher sein kann, dass irgendwo seine Daten gespeichert sind.«

»Gehen wir jetzt vom Racheakt eines erpressten Freiers aus?«, fragte Anja Kober in die Runde.

»Das wäre doch naheliegend«, antwortete Kepplinger. »Oder jemand, der davon wusste und an das Geld ranwollte.«

»Oder Elisabeth Schreiber selbst, die aus irgendeinem Grund vorhatte, auszusteigen und sich von Foret, vielmehr Hagen Gebhardt, zu trennen.«

»Holger Bahlow hat doch auch mit Film und Foto zu tun«, meinte Schubart.

»Wer?«, fragte einer der Techniker.

»Der Komplize, mit dem Schreiber in der Bank war.«

Kepplinger atmete seufzend aus. »Irgendwie habe ich das Gefühl, dass wir innerhalb der letzten Stunde an den Anfang zurückkatapultiert worden sind.«

»Gehe zurück zur Badstraße«, zitierte Falcone eine Ereigniskarte des bekannten Spiels um Häuser und Hotels.

Kepplinger war nicht nach Späßen zumute. »Wie viele Freier wurden mit einer Zahlungsaufforderung konfrontiert?«

»Knapp vierhundert in den letzten sieben Jahren. Aber das muss man noch mal genau untersuchen.«

»Und wie viele von denen haben tatsächlich bezahlt?«

»Soweit wir das bisher überblicken können, etwa dreißig Prozent.«

Kepplinger zog sein Handy aus der Tasche und tippte ein paar Zahlen in das Rechenprogramm. »Wenn jeder von denen sechstausend Euro abgedrückt hätte, entspräche das bereits einem Betrag von siebenhundertzwanzigtausend.«

»Cazzo!«, rief Falcone.

Die Ermittlungsgruppe wirkte mit einem Mal wie erschlagen. Als ob ein Murgang über den Besprechungsraum hinweggefegt wäre, dachte Kepplinger. Im Grunde war es auch so gewesen, führte er seinen Gedanken fort: eine regelrechte Info-Lawine.

Mittlerweile war es halb zwei. Seit viereinhalb Stunden saßen sie zusammen. Kepplinger schlug eine längere Pause vor.

Brandstätter versicherte, auf der Stelle eine spurentechnische Untersuchung des Tatorts unter der Brücke und einen Spürhundeeinsatz zu veranlassen. Sie beschlossen, um vier weiterzumachen.

»Ich fürchte, dass uns nichts anderes übrig bleiben wird,

als alle Freier ausfindig zu machen und jeden Einzelnen zum Sachverhalt zu befragen«, deutete Kepplinger in einem letzten Appell an. »Natürlich mit Unterstützung der jeweils zuständigen Polizeidienststellen.«

Alle nickten zustimmend und verließen außergewöhnlich schweigsam den Besprechungsraum. Kepplinger war hin- und hergerissen, wie er die zwei Stunden verbringen sollte, und beschloss, Lea zum Essen einzuladen.

»Tut mir leid«, sagte sie. »Ich muss ein paar Besorgungen machen und treffe mich mit einer Freundin. Wenn du magst, kannst du gern mitkommen. Vielleicht reicht es noch für einen Imbiss.«

Er schüttelte den Kopf. »Lieber nicht«, sagte er entschuldigend.

»Kein Problem.«

Kepplinger sah ihr die Enttäuschung an. »Ein andermal vielleicht«, sagte er. Dann ging er in sein Büro. In seinem Kopf herrschte ein heilloses Durcheinander. Es gelang ihm nicht, einen klaren Gedanken zu fassen.

Schließlich angelte er einen Fahrzeugschlüssel vom Haken und machte sich auf den Weg, um Markus Ackermann einen Besuch abzustatten und sich in den Wäldern rund um die Klinik den Kopf freizulaufen.

***

Unterwegs hielt Kepplinger an einer Imbissbude und bestellte ein Cheeseburger-Menü. Dazu trank er eine eiskalte Cola. Bereits nach dem ersten Bissen bereute er seine Entscheidung. Die Pommes waren labberig und das Fleisch lauwarm und wenig schmackhaft. Trotzdem verschlang er die Mahlzeit bis auf den letzten Happen. Mit einem Kloß im Magen setzte er seine Fahrt fort.

Kurz vor zwei betrat er den Besucherbalkon der Infektionsstation. Markus Ackermann war in das Zimmer an der äußersten Gebäudeecke verlegt worden. Kepplinger hoffte, dass dies ein gutes Zeichen war. Die Stationsschwester war ihm die Antwort auf die Frage schuldig geblieben. Dafür hatte sie hinter vorgehaltener Hand erzählt, dass die Nierenfunktion des Kollegen wieder in Gang gekommen sei und am Abend die letzte Dialysebehandlung stattfinden solle.

Ackermann schlief mit dem Gesicht zum Fenster. Seine Körperhaltung und sein Gesichtsausdruck wirkten entspannt. Kepplinger überkam ein Gefühl der Erleichterung. Am liebsten hätte er gegen die Scheibe geklopft oder wäre ins Zimmer des Schlafenden gerannt.

Er hat zugenommen, dachte Kepplinger beim Anblick der Wangen und bemerkte gleichzeitig, wie sich die Farbe der Haut seit seinem letzten Besuch verändert hatte. Das fahle Weiß war einem alabasterfarbenen Teint gewichen. Auf dem Nachttisch lag dasselbe Buch, das er bei seinem ersten Besuch entdeckt hatte.

An der Wand ein Bild eines abgetakelten Fischerboots in einem kleinen Hafen irgendwo in Südostasien. Darunter ein Sinnspruch, den Kepplinger nicht entziffern konnte. Erst jetzt realisierte er, dass er mit zugekniffenen Augen die meisten Zahlen auf der Überwachungseinheit neben dem Krankenbett erkennen konnte. Soweit er es beurteilen konnte, lagen alle Werte im Normbereich. Das Fieber war einer Körpertemperatur von knapp unter siebenunddreißig Grad gewichen. Ob das an den Medikamenten lag?

Eine Zeit lang betrachtete er den Schlafenden, dann kam ihm plötzlich ein Gedanke. Wie hatte er das nur vergessen können? Er wählte die Nummer seines Vorgesetzten. Der Apparat war belegt. Er rief Franziska an.

»Was kann ich für dich tun?«

»Sag Brandstätter, dass er einen Durchsuchungsbeschluss für die Wohnung in Weil am Rhein organisieren soll. Ich möchte da heute Abend noch rein.«

»Sonst noch etwas?«

Kepplinger überlegte. »Er sollte in diesem Zusammenhang anstandshalber die örtliche Kripo informieren.«

»Geht klar.«

»Gibt es etwas Neues?«

»Die Spurensicherung ist unterwegs, und soweit ich es verstanden habe, gilt dasselbe für einen Spürhund. Diesmal aus Tübingen.«

»Hoffentlich baut er keinen Unfall«, scherzte Kepplinger.

»Wer?«

»Der Hund.«

»Du Spaßvogel, nimm dich in Acht.«

»Ich bin bei Markus.«

»Wie lieb von dir. Bestell ihm schöne Grüße.«

Ackermann schlief noch immer tief und fest, und Kepplinger beschloss, sich die Beine zu vertreten und danach wiederzukommen. Er hauchte mehrmals gegen die Scheibe, bis eine Fläche in der Dimension eines TV-Bildschirms von der feuchten Atemluft beschlagen war. Anschließend schrieb er mit dem Finger »!kcüruz redeiw hcielg niB« darauf.

Dann machte er sich auf den Weg nach unten.

***

Lea ordnete rasch ihre Haare, während sie das Lesecafé der Stadtbibliothek betrat und nach ihrer Freundin Ausschau hielt. Schließlich entdeckte sie die smarte Zahnärztin, die an einem der Tische in ein Gespräch mit einer anderen Frau vertieft war. Dann trafen sich ihre Blicke. Christina kam ihr freudestrahlend entgegen.

»Hast du meine Nachricht gekriegt?«, fragte Christina nach der Begrüßung. »Ich habe Jana einfach mitgebracht.«

»Kenne ich sie?« Im selben Moment erinnerte sich Lea an ihr Gespräch vor der irischen Gaststätte. »Jetzt verstehe ich«, sagte sie, bevor Christina eine Erklärung abliefern konnte.

»Es tut mir leid, wenn ich dich überrumpelt habe«, sagte Christina mit vorgehaltener Hand. »Aber es hat einiges an Überredungskunst gekostet, dass sie hiergeblieben ist.«

»Sie weiß, dass ich Polizistin bin?«, fragte Lea vorsichtig.

Christina nickte. »Ich habe ihr von unserem Gespräch erzählt.«

»Ich habe nicht allzu viel Zeit«, sagte Lea mit einem Blick auf die Uhr.

»Nur ein paar Minuten«, bat Christina. »Lass es uns wenigstens versuchen.«

»Also gut«, sagte Lea und fragte sich, worauf die Begegnung hinauslaufen würde.

»Christina hat mir viel über Sie erzählt«, sagte die Fremde zur Begrüßung.

»Ich hoffe, nur Gutes«, erwiderte Lea und setzte sich ihr gegenüber.

»Sie vertraut Ihnen, das wiegt aus meiner Sicht mehr als alles andere.«

Lea hielt dem bohrenden Blick stand, bis Christina sich wieder in das Gespräch einmischte. »Jana und ich kennen uns seit der Oberstufe«, erklärte sie. »Ich habe damals freiwillig die zwölfte Klasse wiederholt. Im Klassenzimmer gab es nur noch einen freien Platz, und nach ein paar Tagen waren wir unzertrennlich.«

»Zumindest bis zum Abitur«, fügte Jana hinzu.

»Das stimmt«, bestätigte Christina. »Jana hat in Stuttgart studiert, und ich war ja lange in München. Trotzdem haben wir Kontakt gehalten, und nach etwas mehr als zehn Jahren hat uns das Schicksal wieder in der Provinz zusammengeführt.«

»Das ist eine schöne Geschichte«, sagte Lea. »Leider hat sich keine meiner Sandkastenfreundinnen für den Südwesten entschieden.«

»Woher kommen Sie, wenn ich fragen darf?«

»Können wir uns nicht duzen?«, schlug Lea vor.

»Doch, natürlich.«

»Aus Hamburg«, antwortete Lea. »Uhlenhorst, um es genau zu sagen. Das liegt direkt an der Außenalster.«

»Eine wundervolle Stadt«, sagte Jana. »Ich war einmal dort.«

»Ich vermisse den Geruch des Wassers«, sagte Lea. »Hast du eine Hafenrundfahrt gemacht?«

Jana schüttelte den Kopf. »Wir hatten ganz viel geplant. Aber dann gab es wie so oft Streit, und wir sind früher abgefahren.«

»Das ist schade«, sagte Lea. »Du solltest noch mal hin und dir alles in Ruhe ansehen.«

»Im Moment ist mir nicht nach Reisen«, erwiderte Jana.

»Wollen wir darüber sprechen, oder weswegen bin ich hier?«

»Du kannst deinen Beruf einfach nicht verleugnen«, sagte Christina grinsend. »Es geht tatsächlich um Janas Beziehung. Vielmehr um ihre Partnerin.«

Lea wartete geduldig auf eine Fortsetzung. Christina nahm die Hand ihrer Freundin. »Erzähl es ihr, bitte.«

»Es wird sich ja doch nichts ändern«, flüsterte Jana. »Ich weiß nicht, was ich hier mache.«

»Reden wir von häuslicher Gewalt?«, wagte Lea einen Vorstoß, nachdem sie langsam ein Bild davon bekam, worauf die Geschichte hinauslaufen würde.

»Auch das«, sagte Christina, den Blick fest auf ihre Freundin gerichtet. »Sprich mit ihr!«

»Dann bringt sie mich um«, sagte Jana und begann zu schluchzen, die Hände zu Fäusten geballt.

Lea spitzte die Ohren. »Wie bitte?«

»Das ist eine der Drohungen, mit denen Jana seit Wochen konfrontiert wird«, erklärte Christina. »Für den Fall, dass sie sich von ihr trennt.«

»Bestimmt hat sie das nur so gesagt. Das würde sie niemals tun.«

»Aber sie hat dich geschlagen.«

»Das war nur ein Schubs«, entgegnete Jana kleinlaut. »Es war meine Schuld, dass ich gestürzt bin.«

»Unsinn!«, rief Christina.

Lea spürte, wie sich ein Knoten in ihrem Bauch zusammenzog. Die Frau tat ihr leid. Es war nicht das erste Mal, dass sie mit Opfern von häuslicher Gewalt zu tun hatte, und häufig bot sich dasselbe Bild: Die Betroffenen trugen durch ihre Schönrederei und indem sie sich selbst Schuld zusprachen einen Großteil dazu bei, dass sich die Gewaltspirale munter weiterdrehte. Allerdings sah sich Lea zum ersten Mal in einer gleichgeschlechtlichen Beziehung mit diesem Phänomen konfrontiert. Nicht zuletzt fiel es ihr schwer, sich Jana als promovierte Diplom-Ingenieurin und Abteilungsleiterin in einem der weltweit größten Unternehmen für Maschinenbau vorzustellen. Christinas Erzählungen zufolge trug Jana die Verantwortung für knapp fünfhundert Mitarbeiterinnen und Mitarbeiter. Im Moment sah Lea lediglich ein verängstigtes Tier.

»Dann erzähl Lea von der Uhr«, drängte Christina.

Jana schüttelte den Kopf. »Ich möchte zuerst mit ihr darüber sprechen. Dafür gibt es bestimmt eine Erklärung.«

»Warum hast du es dann nicht längst getan?«

»Halt«, sagte Lea. »Das führt doch zu nichts.«

»Du hast recht«, sagte Christina. »Es tut mir leid.«

Sie schwiegen. Jana schnäuzte sich zitternd die Nase. Ihre geröteten Augen starrten ins Leere.

Lea fragte sich, ob bei Jana die Gefahr eines Suizids im Raum stand, und nahm sich vor, mit Christina darüber zu sprechen.

»Jana«, sagte sie schließlich. »Ich weiß nicht viel von dir, aber mir ist in den letzten Minuten klar geworden, dass es dir im Moment nicht besonders gut geht. Ich bin überzeugt, dass es für alles eine Lösung gibt, und ich bin ebenso gewiss, dass man in manchen Fällen für sein Wohlergehen kämpfen muss. Nicht mit Händen und Füßen, sondern mit einem unsichtbaren Schwert, das wir Frauen am liebsten unangetastet mit uns herumtragen.«

Jana schien ihr aufmerksam zuzuhören.

»Und doch gibt es Situationen, in denen uns das Leben dazu auffordert, dieses Schwert in die Hand zu nehmen und laut ›Stopp‹ zu rufen«, fuhr Lea fort. »Das ist schwer und verlangt allen Mut und volle Aufmerksamkeit.«

Lea schob ihren Ärmel ein Stück zurück und deutete auf die Narbe, die ihr Exfreund ihr mit der abgeschlagenen Flasche zugefügt hatte. »Manchmal bleibt so etwas zurück«, sagte sie und fuhr mit dem Finger über die ledrige Schwäre. »In den meisten Fällen handelt es sich jedoch um unsichtbare Narben. Etwas, das in uns drin kaputtgeht. Aber das ist der Preis, um seine Freiheit zurückzugewinnen und ein Leben ohne Angst führen zu können. Du kannst mir glauben, dass ich weiß, wovon ich spreche.«

Jana brach in einen Weinkrampf aus und klammerte sich an Christina. Lea wartete geduldig, bis sie sich wieder gefasst hatte.

»Jetzt hast du mich kennengelernt«, fuhr sie fort. »Wenn du möchtest, kannst du es dir gern überlegen, ob du ein weiteres Mal mit mir sprechen möchtest.« Lea reichte ihr eine Visitenkarte. »Du kannst mich jederzeit anrufen, oder wir treffen uns nochmals zu dritt.«

Jana nahm die Karte entgegen und nickte. »Danke.«

»Zwei Dinge noch«, fügte Lea hinzu. »Bei den Vorfällen, über die wir gesprochen haben, handelt es sich um sogenannte Antragsdelikte, was bedeutet, dass sie nur dann polizeilich verfolgt werden, wenn du Anzeige erstattest.«

»Das möchte ich nicht«, sagte Jana.

»Weiterhin will ich dir raten, die Vorfälle nicht auf die leichte Schulter zu nehmen oder gar zu entschuldigen.«

»Ich muss zurück in die Firma«, sagte Jana. Sie verabschiedeten sich.

Beim Verlassen der Bibliothek gab Christina Lea ein Zeichen. Lea verstand, bog um die Ecke und ging durch den Seiteneingang zurück ins Café.

***

Während seines Spaziergangs machte Kepplinger eine seltsame Entdeckung. Auf einem Trampelpfad durch einen dicht bewachsenen Mischwald versperrte ihm ein umgestürzter Baum den Weg. Das wuchtige Astwerk bot keine Möglichkeit eines Durchschlupfes und zwang ihn dazu, um das Hindernis herumzugehen, wollte er seinen Weg fortsetzen.

Bis zu diesem Zeitpunkt war er davon ausgegangen, ein heftiger Windstoß habe den Baum entwurzelt. Nachdem er sich jedoch ein paar Schritte dem Stammende genähert hatte, bemerkte er, dass der Baumstrunk fest in der Erde verwurzelt war und der Stamm, etwa einen Stiefel hoch darüber, kegelförmig abgenagt war. Jenseits der Bruchstelle dasselbe Bild. Deutlich waren die kleinfingergroßen Abriebe von Zähnen auf dem Holz erkennbar.

Ein Biber, kam es ihm in den Sinn. Aber das war unmöglich. Die sympathischen Nager lebten an Fließgewässern und größeren Seen. Soweit Kepplinger wusste, gab es auf der Hochfläche rund um die Klinik weder das eine noch das andere.

Faszniert betrachtete er die präzise Symmetrie des Verbisses und die feuerzeuggroßen Späne auf dem Boden ringsum. Schließlich machte er ein paar Aufnahmen mit seiner Handykamera und öffnete den Internetbrowser. Auf einer einschlägigen Seite erfuhr er, dass sich Biber durchaus an ungewöhnlichen Plätzen, zuweilen sogar inmitten von Ortschaften, ansiedelten, wenn ihnen ansonsten nur mangelhafte Lebensräume zur Verfügung standen. In diesen Fällen dienten dem pflanzlichen Allesfresser Gehölzpflanzungen als wichtigste Nahrungsquelle.

Als Kepplinger das Telefon wieder wegstecken wollte, bemerkte er die eingegangene Nachricht. Die Kurzmitteilung stammte von Lea: »Interessante Lehrstunde in Sachen Effektivität und Konfliktmanagement ☺.«

Er sah auf die Zeitangabe: Lea hatte die Nachricht bereits während der Sitzung geschickt. Schmunzelnd setzte Kepplinger seinen Weg fort.

Unterwegs dachte er wieder über den Fall nach. Am Vormittag waren sie ein großes Stück vorangekommen. Die Daten auf den Rechnern boten eine völlig neue Motivlage. Ein geprellter Freier womöglich, der damit rechnete, dass der ersten Zahlungsaufforderung eine zweite folgen würde. Ein Geschäftsmann, der fürchtete, die Bilder und Videos würden trotz des Schweigegelds an die Öffentlichkeit gelangen. Den Bildern nach zu urteilen, hatten Schreiber und Gebhardt ihre Opfer sorgfältig ausgewählt. Männer mit großen Limousinen und teuren Maßanzügen.

Wer war Hagen Gebhardt? Jemand, der über weitreichende Kenntnisse im Umgang mit Geld, der Erotikszene, dem Internet und nicht zuletzt der Film- und Fotobearbeitung verfügte. Wo hatte er dieses Wissen erworben, und aus welchem Grund und zu welchem Zeitpunkt hatte er beschlossen, auf so halbseidene Weise damit Geld zu verdienen? Und welche Rolle spielte der Industriefotograf Holger Bahlow?

Noch fehlten Hunderte von Puzzleteilchen. Noch hatten sie erst die Spitze des Eisbergs entdeckt. Noch lagen die Zusammenhänge im Verborgenen.

Ein Spaziergänger mit einem Irish Setter im Schlepptau kam Kepplinger entgegen. Das satte kastanienbraune Fell des Jagdhunds glänzte schweißnass. Der stolze Rüde machte sich offenbar einen Spaß daraus, immer wieder einen Steinwurf weit davonzupreschen, um nach einer raschen Wende wieder zu seinem Herrchen zurückzufliegen.

Kepplinger hielt inne und erwartete die üblichen Floskeln des Hundebesitzers.

»Keine Sorge«, begrüßte ihn der Mann. »Er jagt nur die Plüschtiere meiner Enkelkinder und zernagt vorzugsweise Ledersofas.«

Kepplinger grüßte lächelnd zurück. Der Setter schnupperte neugierig an seiner Hand. Erst jetzt erkannte Kepplinger am Ärmel seines Gegenübers das Abzeichen des staatlichen Forstamts. »Darf ich Ihnen eine Frage stellen?«

»Nur zu, junger Mann.«

»Ich habe vorhin einen umgestürzten Baum entdeckt, der meines Erachtens von einem Biber gefällt wurde, und frage mich, ob das möglich ist.«

»Wo war das?«

Kepplinger deutete in die Richtung, aus der er gekommen war. »Etwa einen halben Kilometer von hier.«

»Das werde ich mir gleich mal ansehen«, erwiderte der Mann. »Ab und an tauchen welche hier auf und richten immensen Schaden an.«

»Wirklich?«

»Normalerweise bevorzugen die Biester junge Bäume, aber es kommt vor, dass sie ausgewachsene Buchen, Eichen und Pappeln fällen, und dann wird's fünfstellig.«

»Und was macht man dagegen? Biber stehen doch gewiss unter Artenschutz.«

»Um Gottes willen! Gegen die Tiere dürfen Sie nichts ausrichten. Wir befestigen Drahtmanschetten an den Stämmen. Außerdem verschwinden die meisten wieder so schnell, wie sie gekommen sind. Es lohnt sich gar nicht erst, die Fährte im Umfeld der Biberverbisse aufzunehmen.«

Kepplinger bedankte sich und ging weiter. Erneut drängten die Ermittlungen stroboskopartig in sein Bewusstsein. Ein ständiges wellengleiches Kommen und Gehen von Fragen und den wenigen Erkenntnissen, die er dagegensetzen konnte. Und plötzlich glaubte er, einem spontanen Einfall folgend, eine Erklärung entdeckt zu haben, vielmehr eine Symptomatik ihrer bisherigen Nachforschungen erkennen zu können.

Die Erkenntnis nahm rasch an Form und Gewicht zu. In seinem Kopf entbrannte eine Gedankenschlacht, ein Kampf zwischen Für und Wider. Kepplinger schwitzte vor Anstrengung, obwohl er seit Minuten auf der Stelle stand. Nicht alles würde er mit dem heutigen Stand erklären und beweisen können, und doch war dieser vorläufige Befund so klar, dass er dem kritischen Gegenfeuer ungebeugt standhielt.

Kepplinger hatte es plötzlich sehr eilig, zum Krankenhaus zurückzukehren.

Markus Ackermann schlief noch immer. Kepplinger sah auf die Uhr: zwanzig Minuten vor vier. Eine freundliche Pflegerin teilte ihm mit, dass in Kürze eine Visite stattfand, in deren Verlauf der Kollege sicherlich aufwachen würde, und bot ihm derweil an, mit ihr im Schwesternzimmer einen Kaffee zu trinken.

Der Not gehorchend, schlug Kepplinger die Einladung aus. »Ich muss leider zurück auf die Dienststelle«, sagte er. »Um vier ist Besprechung. Sonst gern.«

»Ich sehe schon«, sagte die Krankenschwester lächelnd. »Mit einem Polizisten kommt man erst ins Gespräch, wenn man eine Bank überfällt.«

»Oder wenn wir uns eine seltene Virusinfektion einhandeln«, gab Kepplinger zurück.

Sie lachte. »Das stimmt. Aber tun Sie mir bitte den Gefallen und bleiben Sie gesund.«

»Ich arbeite daran«, erwiderte Kepplinger amüsiert. »Wenn es geht, komme ich morgen wieder.«

Sie verabschiedeten sich. Während er auf den Aufzug wartete, fiel ihm etwas ein. Rasch machte er sich auf den Rückweg zur Station und klopfte an die Tür der Pflegeleitung.

»Haben Sie es sich anders überlegt?«, begrüßte ihn die Krankenschwester erfreut.

»Würden Sie das bitte meinem Kollegen geben?«, sagte er und reichte ihr ein Foto, das er in seiner Geldbörse gehabt hatte.

Zögernd nahm sie das Bild entgegen, auf dem er und Ackermann abgelichtet waren. Wie sie am Sporttag der Polizeidirektion auf dem Gipfel des Hohenstaufens auf den Rest der Mountainbikegruppe gewartet und *heimlich* ein Radler getrunken hatten.

»Sie mögen ihn sehr, habe ich recht?«

Mehr als ich es bislang vermutet habe, durchfuhr es Kepplinger schmerzlich. »Ja«, antwortete er knapp.

Die Schwester griff nach einem Briefumschlag und steckte das Foto geflissentlich hinein. »Ich gebe es ihm. Darf ich fragen, wie Sie heißen?«

»Natürlich«, sagte Kepplinger und nannte ihr seinen Vornamen. »Sagen Sie ihm, dass ich morgen wiederkomme.«

»Ich heiße Iris. Passen Sie auf den Blitzer am Ortseingang von Jebenhausen auf.«

»Wie?«

»Sprachen Sie nicht davon, dass Sie um vier eine Besprechung hätten?«

»Das stimmt.«

»Dann haben Sie noch genau sieben Minuten.«

Erschrocken sah Kepplinger auf die Uhr und machte auf der Stelle kehrt.

Während der Rückfahrt dachte er lange über die letzten Worte des Försters nach: »Außerdem verschwinden die meisten wieder so schnell, wie sie gekommen sind. Es lohnt sich gar nicht erst, die Fährte im Umfeld der Biberverbisse aufzunehmen.«

***

Christina kehrte wenig später in das Lesecafé zurück. Auf den ersten Blick wirkte sie erleichtert. »Ich glaube, das Gespräch hat ihr gutgetan. Es war wichtig, dass du so klar mit ihr gesprochen hast. Das habe ich bislang versäumt.«

»Das ist ein Fehler«, sagte Lea. »Du darfst sie in keinem Fall in ihrem Selbstmitleid und den Vorwürfen, die sie sich macht, bestärken.«

»Ich weiß.«

»Ihr kennt euch eben schon lange.«

»Das mag ein Grund sein«, sagte Christina. »Aber keine Entschuldigung.«

»Jetzt fang du nicht auch noch an«, mahnte Lea und gab ihr einen Stups.

»Du hast recht. Wollen wir noch einen Kaffee trinken?«

»Gern.«

»Ich lade dich ein.«

Sie gingen gemeinsam zu einem Kaffeeautomaten, der in einer Ecke stand, und warfen die passenden Münzen ein.

»Willst du mir von ihr erzählen?«, fragte Lea. »Ich meine, von der Partnerin.«

»Eigentlich habe ich versprochen, den Mund zu halten.«

»Dann kann ich nicht helfen.«

»Das stimmt«, sagte Christina. »Du musst mir aber versprechen …«

»Mit solchen Zugeständnissen wandern Geheimnisse für gewöhnlich um die Welt«, unterbrach Lea schmunzelnd. »Ich werde schweigen wie ein Grab.«

Christina lächelte zurück. Sie rührten Milch in den Kaffee. Lea nahm ein Stück Zucker, nachdem sie zum ersten Mal genippt hatte.

»Ich kenne sie kaum«, begann Christina. »Wir sind uns am Anfang ihrer Beziehung ein paarmal über den Weg gelaufen. Das war vor sechs Jahren. Seitdem hat Jana keinen Geburtstag mehr gefeiert, dabei liebten wir diese Feste, zu denen sie immer den halben Jahrgang eingeladen hatte.«

»Wie heißt sie überhaupt?«, fragte Lea dazwischen.

»Klim«, antwortete Christina. »Ihre Großeltern stammen aus dem Allgäu.«

»Ich meinte die Freundin.«

»Das behalte ich nun wirklich für mich.«

»Wohnen sie zusammen?«

»Ein kleines Haus in Manzen«, antwortete Christina. »Jana hat es von ihren Eltern geerbt.«

»Warum schützt sie ihre Partnerin so sehr?«

»Wie das halt so ist«, sagte Christina. »Liebe.«

»Darunter verstehe ich etwas anderes.«

»Ich auch.«

Sie schwiegen. Lea sah auf die Uhr. Noch eine halbe Stunde, dann musste sie wieder im Sitzungszimmer sein. Sie dachte an Kepplinger und war froh, dass er nicht mitgekommen war und dieses Drama miterleben musste. Irgendwie schmeckte ihr der Kaffee nicht. Sie hielt ein zweites Stück Zucker in das Getränk und beobachtete, wie die Flüssigkeit nach oben wanderte.

»Ihre Partnerin ist wahnsinnig ehrgeizig«, fuhr Christina fort. »Jana hat immer ganz begeistert erzählt, dass sie genau der richtige Gegenpart für sie sei, weil sie in ihrer Freizeit vorher am liebsten auf dem Sofa gelegen habe. Seitdem sie zusammen sind, macht Jana wieder Sport, und sie reisen viel. Einmal die Woche gehen sie gemeinsam schwimmen. Ich glaube, ihre Partnerin war mal Leistungsschwimmerin.«

»Und wann hat sich das Blatt gewendet?«, fragte Lea.

»Irgendwann im Sommer, glaube ich«, sagte Christina. »Nach den Ferien hat sie zum ersten Mal davon erzählt. Aber ich muss dazusagen, dass es immer wieder mal Knatsch gab und eine Trennung im Raum stand. Nur dieses Mal ist es irgendwie anders. Schlimmer.«

»Inwiefern?«

»Sie sei wie ausgetauscht, sagt Jana. Ein völlig anderer Mensch. Und es seien nicht nur die Drohungen und gelegentlichen Grobheiten. Jana hat mir erzählt, dass sie tagelang kein Wort mit ihr spreche, ohne einen Grund zu nennen. Das tut ihr, glaube ich, viel mehr weh als alles andere.«

»Was vermutet Jana dahinter?«

»Zuerst dachte sie, dass eine andere Frau im Spiel sei. Aber seit ein paar Wochen ist sie ziemlich sicher, dass ihre Partnerin ihren Job verloren hat. Trotzdem geht sie wie gewohnt vor sechs aus dem Haus und kommt erst am späten Abend wieder.«

»Wie bitte?«

»Sie hat in einem Ingenieursbüro in Stuttgart gearbeitet. Soweit ich weiß, hat sie Kraftfahrzeugtechnik studiert. Mitte Oktober hatte Jana beruflich dort zu tun – und wie es der Teufel wollte, wurden ihr in der S-Bahn Geldbörse und Handy geklaut. Nachdem sie den Diebstahl bei der Polizei angezeigt hatte, suchte sie in ihrer Verzweiflung die Firma ihrer Partnerin auf, obwohl sie das eigentlich nicht durfte.«

»Wie soll ich das verstehen?«

»Sie wollte das einfach nicht, Jana sollte auch nicht anrufen, und wenn, dann nur auf dem Handy und nach vorheriger SMS. Die Begründung lautete, dass sie an geheimen Forschungsprojekten für Porsche und Daimler arbeiten würde.«

»So ein Quatsch, oder?«

»Ganz meine Meinung, aber Jana hat das akzeptiert. Jedenfalls erfuhr sie, dass ihre Partnerin das Unternehmen bereits Ende Mai verlassen hatte.«

»Hat Jana sie nicht zur Rede gestellt?«

»Zu diesem Zeitpunkt war sie bereits so eingeschüchtert, dass sie nichts mehr in Frage stellte, sondern nur noch darauf hoffte, alles möge wieder ins Reine kommen.«

»Für mich ist es unbegreiflich, wie gebildete Menschen sich derart verrennen können«, sagte Lea.

»Vielleicht sind gerade dies die subtilen Waffen der Intellektuellen«, sagte Christina. »Man streitet nicht, schon gar nicht in der Öffentlichkeit. Stattdessen stellt man sich gegenseitig kalt. Man redet nicht mehr miteinander und bestraft den anderen mit Liebesentzug. Wobei ich Jana in diesem Fall nur bedingt Vorwürfe machen könnte.«

»Das sehe ich anders«, sagte Lea.

»Ich weiß«, antwortete Christina. »Darum habe ich dich um diesen Gefallen gebeten.«

»Wie haben die beiden denn früher Streitigkeiten gehandelt?«

»Jana sagt, dass ihre Partnerin vormals zugänglicher gewesen sei, auch wenn es zuweilen richtig geknallt habe. Du darfst nicht glauben, dass in einer Frauenbeziehung immer eitel Sonnenschein herrscht.«

»Das kann ich mir gut vorstellen«, sagte Lea.

»Vorige Woche hat sie Janas Uhr verpfändet«, berichtete Christina. »Ein Erbstück, das sie ihr quasi geschenkt hatte. Der Pfandschein ist unter die Waschmaschine gerutscht.«

»Ich wollte schon fragen, wie das funktionieren kann, wenn

ihre Partnerin kein Einkommen mehr hat beziehungsweise Arbeitslosengeld bezieht.«

»Getrennte Konten. Getrennte Geldbörsen. So haben sie es von Anfang an gehalten.«

Lea trank den letzten Schluck Kaffee.

»Musst du wieder los?«

Lea nickte. »Um vier geht es weiter, und ich möchte mir noch einen Mantel ansehen, auf den ich vorige Woche ein Auge geworfen habe.«

»Habt ihr denn wirklich keine Spuren?«, fragte Christina. »Ich verfolge das natürlich in der Zeitung.«

»Man könnte sagen, dass wir uns im Schneckentempo durch ein Labyrinth bewegen«, sagte Lea. »Oder heißt es Irrgarten?«

»Ich verwechsle das auch ständig«, sagte Christina. »Ich glaube, in einem Labyrinth gibt es nur einen Weg, der letztlich auch ans Ziel führt.«

»Dann Letzteres.«

»Ich wünsch dir viel Glück, und hoffentlich können wir uns bei unserem nächsten Treffen wieder über angenehmere Dinge unterhalten.«

Sie umarmten sich. »Bestell Jana herzliche Grüße«, sagte Lea zum Abschied. Dann gingen sie auseinander.

***

Als Kepplinger eine Viertelstunde nach dem vereinbarten Besprechungstermin auf den Hof der Polizeidirektion fuhr, sah er zu seiner Erleichterung, dass sein Vorgesetzter im Beisein von Wolfgang Herder und Christian Schwarz vor dem Nebeneingang in eine Unterredung verwickelt war. Kepplinger vermutete, dass es sich bei dem Gesprächspartner um den gerade eingetroffenen Suchhundeführer aus Tübingen handelte. Er parkte den Wagen und gesellte sich zu der Gruppe.

Aus der Reaktion der Kollegen folgerte er, dass ihn niemand vermisst hatte. Fasziniert beobachtete er, mit welcher Begeisterung sich der Malinois-Rüde auf die Geruchsproben des ermordeten Sachbearbeiters stürzte. Der Hund zitterte vor

Erregung, als er zurück in seine Fahrzeugbox sprang. In wenigen Minuten durfte er eine Suchpartie spielen, bei dem für das Tier die zu erwartenden Leckereien im Vordergrund standen.

Wenn die Hunde wüssten, welchen unermesslichen Wert ihr Spürsinn und Spieltrieb für die Arbeit der Polizei bedeutet, würden sie bestimmt einen höheren Lohn einfordern, dachte Kepplinger.

Sie vereinbarten, dass Christian Schwarz bei der Suche als Guide fungieren sollte und weitere Kräfte auf Anforderung bereitgehalten würden. Dann machten sie sich auf den Weg in den Besprechungsraum, wo der Rest der Mannschaft ungeduldig wartete.

Kepplinger nahm Platz und deutete Lea mit einem Blick auf sein Mobiltelefon an, dass er ihre Kurznachricht erhalten hatte, woraufhin sie eine prall gefüllte Einkaufstasche in die Höhe hielt. Kepplinger lächelte und richtete seine Aufmerksamkeit wieder auf die Ausführungen seines Vorgesetzten.

»Die Spurensicherung ist bereits zugange und der Hund unterwegs«, berichtete Brandstätter. »Außerdem warten wir noch auf den Durchsuchungsbeschluss für Gebhardts Wohnung in Weil am Rhein.«

»Das würde ich übernehmen«, sagte Kepplinger. »Heute noch.«

»Wenn Sie meinen«, entgegnete Brandstätter. »Das könnte ein langer Abend werden, denken Sie nicht auch?«

»Ich komme mit«, schaltete sich Nils Schubart in die Diskussion ein.

»Ich auch«, sagte Lea.

Die anderen sahen betreten zur Seite.

»Mi scusi, Commissario«, sagte Salvatore Falcone mit flehentlichem Blick.

»Spricht etwas dagegen, dass wir zu dritt dahin fahren?«, fragte Kepplinger.

»Nur dass Sie dann unter Umständen die ganze Nacht unterwegs sind«, erwiderte Brandstätter.

»Morgen ist Freitag«, sagte Kepplinger. »Uns läuft die Zeit davon.«

»Wenn Ihre beiden Mitstreiter einverstanden sind.«

Nils Schubart und Lea Thomann bekräftigten ihren Entschluss. Kepplinger warf ihnen einen dankbaren Blick zu. Damit war dieser Punkt abgeschlossen.

In der folgenden Stunde einigten sie sich auf eine Verfahrensweise, wie die Ermittlungen im Hinblick auf das Datenmaterial auf Gebhardts Computern geführt werden sollten. Schließlich kam es auf Kepplingers Drängen zu einem Mehrheitsentscheid, wonach zunächst nur die Affären des laufenden Jahres untersucht werden sollten.

»Das sind knapp vierzig Freier, die uns lange genug beschäftigen werden«, appellierte Kepplinger vor der Abstimmung. »Denkt daran, dass der Täter – sollte er aus den Reihen der Erpressten stammen – geahnt haben muss, dass uns der Datenverkehr sowie die Bilder und Filme früher oder später zur Verfügung stehen würden.« Er legte eine kurze Pause ein. »Und damit auch sein Name.«

»Das klingt nicht besonders zuversichtlich«, sagte Brandstätter. »Waren nicht Sie es, der …«

»Darum geht es nicht«, unterbrach ihn Kepplinger. »Vielmehr darum, dass ich nicht an einen späten Racheakt glaube. Soweit wir wissen, gab es in keinem Fall eine zweite Geldforderung, noch wurden tatsächlich kompromittierende Fotos nach einer Zahlungsverweigerung an die Betroffenen versandt.«

Um kurz nach sechs nahm Kepplinger die wachsende Unruhe im Raum wahr. Die Kollegen gaben sich wortkarg und drängten auf einen Beschluss, obwohl die verschiedenen Punkte aus seiner Sicht nicht zu Ende besprochen waren. Schließlich bat er ein letztes Mal um Aufmerksamkeit.

»Ich möchte euch noch kurz von einem Eindruck berichten, der mich seit unserer Unterbrechung heute Mittag beschäftigt. Nach diesem Besprechungsmarathon verlange ich nur, dass ihr mir zuhört und euch im Lauf der nächsten Tage darüber Gedanken macht.«

Kepplinger spürte, wie ein Ruck durch die Reihen ging.

»Ihr werdet lachen«, begann er seine Ausführungen, während er um passende Worte rang. »Aber letztlich haben mich die Begegnung mit einem Biber und ein Gespräch mit einem Forstangestellten zu diesen Folgerungen gebracht.« Er berichtete von seinem Besuch im Krankenhaus und dem Erlebnis im Wald. »Worauf ich hinauswill, ist der Umstand, dass wir uns, seitdem die Leiche im Brunnen entdeckt wurde, mit einem selten komplizierten Fall konfrontiert sehen.«

»Komm auf den Punkt«, forderte Herder mit gequältem Gesichtsausdruck.

»Alles, was wir bislang in Erfahrung gebracht haben, weist eine gewisse Logik auf und bringt uns den Beteiligten und dem, was sie getan haben, ein Stück näher. Und seit heute haben wir auch eine ungefähre Vorstellung davon, wie es zu dem Vermögen kommen konnte. Aber nichts weist aus meiner Sicht auf einen Mörder hin noch auf die Tat und noch weniger auf einen handfesten Beweggrund. Versteht ihr, was ich meine?«

»Nicht ganz«, sagte Salvatore Falcone.

»Ich bin überzeugt«, fuhr Kepplinger fort »dass wir über kurz oder lang ein vollständiges Bild von Hagen Gebhardt und Elisabeth Schreiber vor uns liegen haben. Wie sie einander begegnet sind, welche Umstände dazu geführt haben, auf diese Art und Weise den Traum vom großen Geld zu leben. Wir werden herausfinden, welche Rolle Holger Bahlow in diesem Spiel gespielt hat, wie es zu den Passdiebstählen und Fälschungen kam, und vielleicht auch erfahren, aus welchem Grund die beiden hin und wieder in Göppingen auftauchten.«

Immer noch starrte Kepplinger in die ratlosen Gesichter seiner Kollegen.

»Vielleicht drücke ich mich nicht klar genug aus«, sagte er kopfschüttelnd und rang nach Worten. »Stellt euch doch einen Wald vor, den ihr zum ersten Mal betretet. Es braucht Zeit, bis man sich zurechtfindet, und doch stößt man in den meisten Fällen auf Vertrautes: Bäume, Lichtungen, Jägerstände, ein umgestürzter Baum, ein totes Tier, Pflanzen, Pilze, Wild, einfach alles, was unserem Wissen und Erfahrungsschatz nach in einen Wald gehört. Und jetzt stellt euch vor, dass ihr plötzlich mit etwas konfrontiert werdet, das eurer Vorstellung nach nichts in einem Wald zu suchen hat. Zum Beispiel ein rotes Fahrrad, was weiß ich denn, obwohl dies auch noch zu erklären wäre. Oder eben ein Biberverbiss, obwohl Biber für gewöhnlich nicht in Wäldern ohne Gewässer leben. Versteht ihr jetzt, worauf ich hinauswill?«

»Ich denke schon.« Anja Kober nickte. »Der Mord an Hagen Gebhardt und die Tötungsart passen nicht in das Bild, von dessen Oberfläche wir gerade die Patina entfernen. Ein unbekannter Maler hat nachträglich einen Pinselstrich daraufgesetzt.«

»Genau.« Kepplinger fiel ein Stein vom Herzen. »Ein Gefühl sagt mir, dass wir den Mörder nicht in der Nähe des Brunnens finden werden.«

»Wird das jetzt die Story vom großen Unbekannten?«, brummte Herder verächtlich.

»Überhaupt nicht«, entgegnete Kepplinger. »Jeder von uns weiß, wie ein Biber aussieht, nur vermuten wir ihn nicht in einem Wald in Göppingen.«

»Worauf wollen Sie denn dann hinaus, Kepplinger?«, fragte Brandstätter.

»Vielleicht darauf, dass wir in unseren künftigen Ermittlungen mehr auf jene Dinge achten sollten, die nicht ins Bild passen«, sagte Kepplinger. »Die wir bislang ignoriert haben, weil sie uns gänzlich unpassend vorkamen.«

»Was du sagst, leuchtet mir ein, aber kannst du mir erklären, wie ich das in die Tat umsetzen soll?«, fragte Falcone.

»Ich habe keinen Masterplan in der Tasche«, räumte Kepplinger ein. »Wir sind alle hervorragende Ermittler, und ich denke, dass es genügt, diesen Ansatz im Hinterkopf zu behalten.«

»So sehe ich das auch«, fügte Anja Kober hinzu. »Der Tausendfüßler, der darüber nachdenkt, welches Bein er wann bewegen muss, stolpert.«

Die gesamte Mannschaft brach in schallendes Gelächter aus. Kepplinger nutzte diese Gelegenheit, die Besprechung zu beenden.

Am Ausgang erwartete ihn Franziska und überreichte ihm den Durchsuchungsbeschluss für Hagen Gebhardts Wohnung. »Die Schlüssel werden von einem Hausverwalter auf dem Polizeirevier hinterlegt.«

»Du bist ein Schatz«, sagte Kepplinger.

»Solange du nicht Moneypenny zu mir sagst, lasse ich mir das gefallen«, erwiderte Franziska.

»Wir fahren gleich los«, rief Kepplinger Lea und Nils Schubart zu. »Ich muss nur rasch ein paar Unterlagen holen.«

Im Büro angekommen, bemerkte Kepplinger die rote LED des Anrufbeantworters. Beiläufig drückte er auf Wiedergabe und hörte das Band ab. »Volkmann, Gerichtsmedizin Ulm. Herr Kepplinger, ich sollte dringend mit Ihnen oder dem Kollegen Herder sprechen. Rufen Sie mich zurück.«

Kepplinger betätigte die Rückruftaste, während er sämtliche Ordner in eine Stofftasche packte. Das Freizeichen wechselte jäh in das schrille Pfeifen eines Faxgeräts.

»Verdammt!«, rief Kepplinger, knallte den Hörer zurück auf den Apparat und verließ das Zimmer. Er informierte Herder, der versprach, sich um einen Rückruf zu kümmern.

»Viel Glück«, wünschte Herder.

Kepplinger bedankte sich verwundert. »Hat Christian sich noch nicht zurückgemeldet?«

Herder schüttelte den Kopf. »Ich sag ihm, dass er dich anrufen soll.«

Als Kepplinger in Begleitung seiner Kollegen ins Freie trat, tanzten die ersten winzigen Schneeflocken im Schein der Straßenlaternen über den Innenhof der Dienststelle. Noch waren es so wenige, dass man geneigt war zu glauben, man könne sie zählen.

Das kann ja heiter werden, dachte Kepplinger im Hinblick auf die lange Fahrt an die Schweizer Grenze. Er war froh, als Schubart um den Autoschlüssel bat, und ließ sich auf den Beifahrersitz fallen.

»Dreihundert Kilometer«, sagte Schubart, nachdem er das Navi programmiert hatte. »Wir werden kurz vor zehn dort sein.«

»Hoffen wir, dass es sich lohnt«, bemerkte Lea, die auf der Rückbank Platz genommen hatte.

Sie schwiegen, bis am Horizont die Leuchtfeuer des Stuttgarter Flughafens auftauchten.

»Warum fliegen wir eigentlich nicht?«, fragte Schubart. »Mit einem Polizeihubschrauber, meine ich.«

»Gute Idee«, sagte Kepplinger. »Soll ich mal bei der Staffel anrufen?«

»Du willst mich auf den Arm nehmen.«

»Nein«, erwiderte Kepplinger und angelte sein Mobiltelefon aus der Tasche. »Man kann es ja zumindest versuchen.«

Das Gespräch dauerte nur wenige Minuten.

»Sie streiken«, sagte Kepplinger schmunzelnd. ›Keine Flüge mehr für einfach gelagerte Mordfälle.«

»Du hast doch nicht im Ernst damit gerechnet, dass deine Kumpels eine Maschine für uns anwerfen?«

»Natürlich nicht, aber es war ein schöner Anlass, alte Kontakte wieder aufleben zu lassen.«

»Wäre das keine adäquate Anschlussverwendung für dich gewesen? Ich meine, nach dem SEK?«

»Ich habe deswegen tatsächlich ein paar schlaflose Nächte gehabt«, antwortete Kepplinger. »Aber dann hat sich der Traum sehr schnell zerschlagen, als ich erfuhr, dass das Höchstalter dreißig Jahre beträgt. Inklusive abgeschlossenes Studium, versteht sich.«

»Upps.«

»Sie sagten, dass der Flugwetterdienst für heute Nacht einen heftigen Wintereinbruch vorhergesagt habe.«

»Warum erfahren wir das erst jetzt?«, fragte Lea. »Wäre es da nicht besser, umzudrehen?«

»Der Wagen hat Winterreifen, und wir bewegen uns fast ausschließlich auf der Autobahn«, sagte Kepplinger.

»Wenn du meinst.«

Sein Telefon klingelte. Es war Christian Schwarz.

»Moritz, seid ihr wahnsinnig?«

»Was für eine nette Begrüßung.«

»Ihr werdet im Schnee ersaufen.«

»Ich schalte meine Handyortung ein«, scherzte Kepplinger. »Rufst du im Auftrag von ›wetter.com‹ an?«

»Natürlich nicht«, antwortete Schwarz. »Wir sind zurück, mit dem Hund.«

»Erzähl schon.«

»Vogel war dort. Die Jungs von der Spurensicherung haben sogar Blutantragungen entdeckt, dreimal darfst du raten, wo.«

»Ich war nie in dieser Unterführung, Christian.«

»An der Stelle, an der die Kollegin die feuchte Stelle ausgemacht hatte.«

»Der Täter hat versucht, das Blut wegzuspülen«, folgerte Kepplinger.

»Wir haben auch ein paar von diesen Zetteln entdeckt, die sich in einem Strauch verheddert hatten.«

»Und, was sind das für Papiere?«

»Irgendwelche technischen Zeichnungen mit ein paar handschriftlichen Notizen drauf. Keine Ahnung, ob uns das weiterhilft.«

»Fingerabdrücke?«

»Eher nicht.«

»Mist.«

»Wir haben noch viel mehr herausgefunden, dieser Hund ist einfach unglaublich.«

»Was denn?«

»Der Malinois hat wie blöd an der Leine gezogen und rannte zuerst am Fluss entlang in die Stadt, unter der Eisenbahn durch und dann geradewegs ins Hauptpostamt neben dem Bahnhof.«

»Das sagt mir etwas.«

»Die Witterung hat ihn in einen Nebenraum geführt, in dem sich Postfächer für Privatkunden befinden.«

»Und?«

»Vogel hat weder ein Schließfach noch ein Sparkonto bei der Postbank.«

»Das ist allerdings interessant. Und weiter?«

»Die Spur verlor sich vor dem Postamt. Das war alles.«

»Vogel geht also, obwohl er sich im Krankenstand befindet, zur Post, wo er eigentlich nichts zu suchen hat, läuft dann durch die halbe Stadt und wird anschließend ermordet?«

»So in etwa muss es gewesen sein«, antwortete Schwarz.

»Wie verlässlich ist diese Annahme?«

»Wenn du den Hundeführer fragst, tausendprozentig.«

»Okay.«

»Ich kann dir sogar die Stelle in dem Raum zeigen, an der Vogel mutmaßlich gestanden hat.«

»Wie viele Postfächer gibt es dort?«

»In der Ecke etwa zweihundert.«

»Verdammt.«

»Wir können morgen in Erfahrung bringen, ob Vogel eventuell als Zweitschlüsselinhaber in einem der Verträge aufgeführt wird.«

»So etwas gibt es?«

»In der Tat. Ganz ähnlich einem Bankkonto«, sagte Schwarz. »Eine Art Verfügungsberechtigung.«

»Vielleicht haben wir Glück.«

»Wann seid ihr zurück, Moritz?«

»Keine Ahnung. Irgendwann heute Nacht.«

»Kommt ihr morgen in den Dienst?«

»Was denkst du? Wir sind heute gefahren, um Zeit zu gewinnen.«

»Dann bis morgen, und seid vorsichtig.«

»Keine Sorge, Nils fährt.«

»Das meinte ich nicht.«

»Sondern?«

»Die Wohnung. Ihr wisst ja nicht, was euch da erwartet.«

Daran hatte Kepplinger bislang nicht gedacht. Er bedankte sich bei seinem Kollegen. Dann fiel ihm noch etwas ein. »Hat Herder in der Gerichtsmedizin angerufen?«

»Da geht niemand mehr ans Telefon.«

»Zu blöd aber auch«, ärgerte sich Kepplinger. »Es klang ziemlich wichtig.«

»Ich versuche es noch mal«, versprach Schwarz. Dann legten sie auf.

***

Kepplingers erster Gedanke beim Betreten von Gebhardts Wohnung war, dass sie eins zu eins der Beschreibung entsprach, die Schwarz vom Zuhause des ermordeten Sachbearbeiters abgeliefert hatte. Dieser Eindruck verwirrte ihn, und er suchte krampfhaft nach Zusammenhängen. Zwei alleinstehende Männer, geschieden oder getrennt lebend, die so gut wie keinen Wert auf die Gestaltung der eigenen vier Wände gelegt hatten und beide kurz hintereinander im Stadtgebiet von Göppingen einem Tötungsdelikt zum Opfer gefallen waren. Weitere Gemeinsamkeiten konnte Kepplinger auf die Schnelle nicht ausmachen. Falls es welche gab, sollten sie hier zu finden sein, führte er seinen inneren Monolog fort und behielt seine Gedanken vorerst für sich.

»Das dürfte nicht allzu lange dauern«, meinte Schubart, nachdem sie mit der gebotenen Vorsicht einen Blick in jedes Zimmer geworfen und sich überzeugt hatten, dass niemand sonst hier war.

»Habt ihr die vielen Handtücher in der Badewanne gesehen?«, fragte Lea.

»Vielleicht sammelte er darin seine Schmutzwäsche«, mutmaßte Schubart.

Sie verteilten die Verantwortlichkeiten für die Räume, steckten die Waffen weg und streiften sich Einweghandschuhe über.

»Dann mal los«, sagte Kepplinger und machte sich auf den Weg ins Wohnzimmer. Lea nahm sich das Badezimmer vor, und Schubart verschwand in der Küche.

Den Ermittlern wurde rasch klar, dass Hagen Gebhardt sich in allen Lebensbereichen auf das Nötigste beschränkt hatte. An der Garderobe und in den Kleiderschränken befand sich eine bescheidene Auswahl an Hosen, Hemden, T-Shirts, Socken und Unterwäsche, die allesamt in die Jahre gekommen waren und in einen einzigen Reisekoffer gepasst hätten. Eine Sommer- und eine Winterjacke sowie vier Paar Schuhe vervollständigten dieses Bild.

Im Badezimmer fanden sich die allernotwendigsten Hygieneutensilien. Ein Stück Seife, ein Rasiermesser mit nur einer Ersatzklinge, eine Zahnbürste, deren Borsten in alle Himmelsrichtungen abstanden, eine ungebrauchte Dose Nivea, eine Packung Kondome, deren Verfallsdatum fast zwanzig Jahre überschritten war. Ein Päckchen Aspirin und eine halb volle Flasche Listerine.

Hagen Gebhardt schien im Allgemeinen keinen Sinn für Vorratshaltung besessen zu haben, was sich auch in der Küche widerspiegelte. Die vorhandenen Lebensmittel im Kühlschrank und auf den Regalen entsprachen einer Tagesration für einen erwachsenen Menschen.

Die Wohnung war weder besonders gepflegt noch auffällig schmutzig. Den einzigen Bruch bot die pedantische Aktenhaltung in den wenigen Unterlagen, die Kepplinger im Wohnzimmer und an einem provisorischen Arbeitsplatz im Schlafzimmer entdeckte. Hier bemerkte er auch die vielen herausgerissenen Datenkabel.

»Wieder ein hektischer Aufbruch«, sagte Kepplinger, nachdem er die beiden Kollegen ins Zimmer gebeten hatte.

»Was wohl der Grund dafür war?«, fragte Lea. »Und weshalb nimmt er die Computer mit und überlässt sie seiner Komplizin?«

»Ob er geahnt hat, dass er sterben und die Polizei früher oder später hier auftauchen würde?«, überlegte Schubart.

»Es könnte doch auch sein, dass Elisabeth Schreiber nach seinem Tod hier gewesen ist«, sagte Kepplinger. »Um, wie in ihrer Wohnung, sämtliche Spuren zu verwischen, was ihr im Nachhinein natürlich nicht gelungen ist. Für mich wirft diese auffällige Hektik viele Fragen auf. Wer immer die Computer mitgenommen hat, hatte es verdammt eilig, und mich würde brennend interessieren, was er noch eingepackt hat.«

»In der Esstischschublade liegt ein Päckchen Munition im Kaliber 7,65 Millimeter«, sagte Schubart. »Wollt ihr das sehen?«

Sie gingen in die Küche. Kepplinger betrachtete nachdenklich die Patronen. »Elisabeth Schreiber ist mit einer passenden Pistole in die Bank in Nürnberg marschiert«, sagte er.

»Und hat sich damit in den Kopf geschossen«, fügte Lea hinzu.

»Folglich war sie nach Gebhardts Tod hier«, sagte Schubart. »Vorausgesetzt, es handelt sich wirklich um seine Waffe.«

»Das ist weit hergeholt«, widersprach Kepplinger. »Wer sagt denn, dass nicht beide Zugriff auf die Pistole hatten.«

»Ich könnte mir vorstellen, dass sie die Waffe bei ihren amourösen Treffen mitgeführt haben«, sagte Lea. »Letztlich konnten die beiden ja nie wissen, wer sich hinter den Nicknames verbirgt.«

»Das ist richtig«, sagte Kepplinger.

Schubart packte die Patronenschachtel in eine Plastiktüte und vermerkte Fundort, Datum und Zeit darauf.

»Habt ihr sonst etwas Aufschlussreiches entdeckt?«, fragte Kepplinger.

Die beiden schüttelten den Kopf.

»Dann könntet ihr mich nachher bei der Aktendurchsicht unterstützen«, sagte Kepplinger. »Aber zuvor werfen wir einen Blick in den Keller.«

Es war leicht, Gebhardts Parzelle auszumachen. Das Gatter war als einziges mit einem zusätzlichen Vorhängeschloss gesichert und trug kein Namensschild.

»Mist!«, fluchte Schubart. »Was machen wir jetzt?«

Kepplinger nahm das Schloss genauer unter die Lupe und erinnerte sich daran, dass im Rucksack des Toten ein Schlüsselbund gefunden worden war, der jetzt irgendwo im Verwahrraum der Polizeidirektion vor sich hin schlummerte.

»Wie viele Parteien leben hier?«, erkundigte er sich bei den Kollegen. »Acht?«

»Acht«, bestätigte Lea.

»Dann muss dieser hier Gebhardt gehören«, folgerte Kepplinger. »Obwohl ich die Geheimnistuerei mit dem fehlenden Namensschild nicht nachvollziehen kann, schließlich prangt sein Namenszug auf Klingelschild und Briefkasten.«

»Vielleicht nur eine Nachlässigkeit«, sagte Lea.

»By the way …«, sagte Kepplinger, »lasst uns nachher den Briefkasten und seinen Mülleimer nicht vergessen.«

Schubart leuchtete mit seiner Taschenlampe durch eine Lücke in der Holzlattung. Im hinteren Bereich konnte man verstaubte Umzugskartons entdecken. Davor stand ein altes Fahrrad auf Sattel und Lenker gestützt, daneben eine Werkzeugkiste.

»Wir könnten jemanden fragen, der im Haus wohnt«, schlug Lea vor.

»Um diese Zeit?«, erwiderte Kepplinger mit einem Blick auf die Uhr. Es war fast Mitternacht.

»Was willst du sonst tun?«

»In jedem Fall nicht unverrichteter Dinge wieder dreihundert Kilometer zurückfahren«, antwortete Kepplinger und verschwand im Treppenhaus. Kurz danach kehrte er mit einer Schneeschaufel zurück.

»Jetzt wird's SEK«, sagte Schubart grinsend und trat einen Schritt zurück.

»Hilf mir«, sagte Kepplinger, nachdem er die Schaufel knapp unterhalb des Vorhängeschlosses angesetzt hatte. Mit vereinten Kräften stemmten sie sich gegen den Stiel. Das Kiefernholz stöhnte unter dem heftigen Druck. Schließlich brach das gesamte Rahmenholz mit einem Ruck aus der Verankerung. Kepplinger und Schubart stürzten jäh zu Boden.

»Habt ihr das immer so gemacht?«, fragte Schubart, während er sich den Staub von Hose und Jacke schüttelte.

»Meistens«, sagte Kepplinger lachend und stellte die Schneeschaufel in die Ecke.

In dem Moment, als sie den Verschlag betraten, wurde die Kellertür aufgerissen. Zwei Männer in Jogginganzügen stürmten in den Raum und bauten sich mit erhobenen Fäusten vor ihnen auf. »Was ist hier los?«

»Polizei«, sagte Kepplinger gelassen und fingerte seine Marke aus der Hosentasche.

»Was machen Sie hier?«

»In jedem Fall keinen mitternächtlichen Boxkampf veranstalten«, entgegnete Kepplinger, der am liebsten vor Lachen losgebrüllt hätte. Die beiden Männer erinnerten ihn mit ihrem primitiven Gehabe und ihrem äußeren Erscheinungsbild spontan an Dick und Doof. »Wohnen Sie hier?«

»Was für eine dämliche Frage.«

»Wir interessieren uns lediglich für einen Ihrer Mitbewohner.«

»Wer soll das sein?«

»Hagen Gebhardt.«

»Hat der Fatzke was ausgefressen?«

»Der Grund spielt keine Rolle. Wieso nennen Sie ihn so?«

»Weil das ein eingebildeter Arsch ist«, schimpfte der Dicke. »Grüßt nicht mal auf der Treppe.«

»Wir würden dann gern weitermachen.«

»Dürfen Sie das überhaupt um diese Zeit?«, wollte der Lange wissen und tippte auf seine billige Armbanduhr.

»Sie können den Hausverwalter anrufen.«

»Das werde ich tun«, sagte der Untersetzte. »Darauf können Sie Gift nehmen.«

»Wenn Sie was von Gebhardt wollen, was tun Sie dann hier?«, fragte der Lange, dessen Hände mittlerweile friedlich in den Hosentaschen ruhten.

»Einen Blick auf seine Habseligkeiten werfen, weiter nichts«, antwortete Kepplinger. »Und jetzt dürfen Sie gern wieder in Ihre Wohnungen zurückgehen.«

»Das ist aber nicht sein Lager.«

Kepplinger stutzte. »Wessen dann?«

»Soviel ich weiß, gehört diese Parzelle dem Hausmeister«, brummte der Dicke.

Kepplinger biss sich auf die Zunge.

»Hatte Gebhardt keine Abstellkammer?«, schaltete sich Lea in die Diskussion ein.

»Der ist doch was Besseres«, schimpfte der Lange. »Zumindest glaubt er das. Hat einen eigenen Raum angemietet.«

»Wo?«

»Neben der Heizung«, sagte der Dicke und deutete mit einem Fingerzeig an, ihm zu folgen. Er führte sie durch einen verwinkelten Gang zu einer Brandschutztür, die mit einem BKS-Schloss gesichert war.

Kepplinger steckte auf gut Glück den Wohnungsschlüssel hinein. Die Tür ließ sich ohne Schwierigkeiten öffnen.

»Verzeihen Sie die Störung«, sagte Kepplinger an die beiden Männer gerichtet. »Und vielen Dank für den Hinweis.«

Die beiden verstanden und machten sich widerspruchslos auf den Weg ins Treppenhaus. Kurz danach fiel eine Wohnungstür ins Schloss. Dann war es wieder still.

Später, als sie darüber sprachen, was sie eigentlich erwartet hatten, fiel es allen dreien schwer, ihre Gedanken in Worte zu fassen. Aber in einem Punkt waren sich Lea, Kepplinger und

Schubart einig: Selbst in ihren kühnsten Vorstellungen hätte niemand mit einem derart bizarren Fund gerechnet.

Der Kellerraum glich einem Märchenzimmer, einem Exil, für eine Prinzessin aus Tausendundeiner Nacht. Rosafarbene Wände, ein Plüschteppich, ein Himmelbett, ein verzierter Wandschrank, Duftkerzen, Lampions und allerlei Nippes. Der Geruch von Sandelholz haftete an den Wänden und einem seidenen Raumteiler.

Das Interieur war zweifelsfrei für einen Erwachsenen gedacht, wirkte aber gleichzeitig unschuldig und verspielt, sodass Kepplinger seinen allerersten Gedanken an eine weitere sexuelle Komponente des Falls wieder verwarf.

Lea war die Erste, die ihre Sprache wiederfand. »Irgendwie ganz schön kitschig«, sagte sie. »Aber auf eine gewisse Weise auch nett.«

Der Schrank und sämtliche Schubladen waren leer, das Bett unbenutzt, die hellblaue Seife in Form eines Delphins auf einem melonengelben Waschbecken noch in Zellophan verpackt.

Schubart stellte sich mit der Spiegelreflexkamera in die Raummitte und knipste eine Panoramaserie. Kepplinger ließ sich zögernd auf einem Stuhl nieder. »Hat jemand eine Idee, was das hier soll?«

»Vielleicht das Gästezimmer von Elisabeth Schreiber«, mutmaßte Lea.

»Oder ihr und Gebhardts ganz persönliches Liebesnest«, sagte Kepplinger. »Aber …«

»… es passt nicht zu dem, was wir in Ulm gesehen haben«, führte Lea seinen Gedanken fort.

»Die Frau mit den vielen Gesichtern«, bemerkte Schubart.

»Es passt im Übrigen auch nicht zu der Wohnung oben und noch viel weniger zu dem, was wir in Mulhouse gesehen haben«, fügte Kepplinger hinzu. »Mir kommt das Ganze langsam wie ein verdammtes Lateral-Rätsel vor.«

»Ein was?« Schubart sah ihn mit großen Augen an.

»Kennt ihr nicht diese Ja/Nein-Rätsel? Ein nackter Mann liegt tot in der Wüste mit einem abgeknickten Streichholz in der Hand. Was ist passiert?«

»Nie gehört.«

»Ich habe diese Denkspiele geliebt«, sagte Lea. »Und hör auf zu jammern, schließlich gab es für alle eine logische Erklärung.«

»Die gibt es sicherlich auch hier«, sagte Kepplinger und ließ seinen Blick durch den Raum schweifen. »Aber wenn ich ehrlich bin, habe ich langsam keine Lust mehr, ständig auf ›Nein‹ oder ›Irrelevant‹ zu stoßen.«

Lea klopfte ihm auf die Schulter. »Gehen wir zu deinen Ordnern, ich denke, diese Märchenhöhle gehört tatsächlich zur letzteren Kategorie.«

Als sie wieder in der Wohnung ankamen, war es kurz vor eins. Kepplinger sah nachdenklich auf die Uhr. »Am besten, wir packen die ganzen Akten in eine große Kiste und nehmen alles mit auf die Dienststelle.«

»Gute Idee«, sagte Schubart. »Nur dass wir keine große Kiste haben.«

»Ich organisiere ein Leintuch«, schlug Lea vor und machte sich auf den Weg ins Schlafzimmer. Wenig später hörten Kepplinger und Schubart einen lauten Aufschrei und stürmten ihrer Kollegin hinterher.

Lea stand, die Hände über dem Kopf zusammengeschlagen, am Fenster. »Seht euch das an.«

Kepplinger warf einen Blick nach draußen und zuckte zusammen. »Das darf ja wohl nicht wahr sein.«

Im Schein einer Straßenlaterne peitschte ein orkanartiger Wind Heerscharen dicker, fester Schneeflocken hin und her. Auf der Straße hatte sich eine zentimeterdicke Schneedecke gebildet, und die völlig zugeschneiten Fahrzeuge sahen aus wie eine Reihe überdimensionaler Hühnereier.

»Lasst uns die Sachen einpacken und uns auf den Weg machen«, rief Kepplinger und eilte ins Wohnzimmer. »Die einzige Rettung ist die Autobahn.«

So schnell sie konnten, rafften sie alle Gegenstände, die irgendwie bedeutsam erschienen, in Leintücher. Schließlich bot sich Kepplinger an, den Wagen freizuschaufeln und vor den Hauseingang zu fahren. Er schnappte sich Wintermantel, Hut und Handschuhe aus Hagen Gebhardts Garderobe und verschwand im Treppenhaus.

Zwanzig Minuten später krochen sie im Schritttempo durch die Stadt. Sie brauchten über eine Stunde für die knapp drei Kilometer bis zur Autobahn. Ein Mercedes war kopfüber in einem Graben gelandet, und der Fahrer hatte sich offensichtlich aus dem Staub gemacht. Sicherheitshalber meldete Kepplinger den Vorfall der örtlichen Polizei. Während des Telefonats fiel ihm ein, dass er noch den Schlüsselbund in seiner Tasche hatte, und er nahm sich vor, dem Hausverwalter die Schlüssel auf dem Postweg zukommen zu lassen.

Zum Glück funktionierte die Heizung. Kepplinger streifte seine Jacke ab. Gebhardts völlig durchnässte Kleider warf er kurzerhand in den Kofferraum.

Der Schneesturm wütete noch immer in voller Stärke und gewährte eine Sicht von gerade einmal einer Autolänge. Unter der dicken Schneedecke hatte sich Eis gebildet. Schubart saß schwitzend hinter dem Lenkrad und hatte alle Hände voll zu tun, den Wagen in der Spur zu halten.

»Wie viel Sprit haben wir?«, erkundigte sich Kepplinger, als sie endlich den Zubringer auf die A 5 erreicht hatten.

»Halb voll«, antwortete Schubart.

»Das müsste reichen.«

»Wenn nichts dazwischenkommt«, sagte Lea.

»Wir sind fast zu Hause«, sagte Kepplinger schmunzelnd.

Im nächsten Moment sah er, dass der Schnee auf der Autobahn genauso hoch lag wie in der Stadt. Er biss sich auf die Unterlippe.

Außer ihnen waren kaum Fahrzeuge unterwegs. Noch bahnte sich der Passat tapfer seinen Weg durch die stiefelhohe Schneedecke. Schubart hielt sich genau in der Mitte der beiden Fahrspuren, von denen fast nichts mehr zu sehen war. Immer wieder gerieten sie an Stellen, an denen der Sturm mannshohe Schneeverwehungen geformt hatte. Noch war es mit gewagten Manövern möglich, auf der windabgewandten Seite daran vorbeizuschleichen.

Als sie gegen vier die Raststätte Breisgau erreichten, schlug Kepplinger vor, die Autobahn zu verlassen. »Wenigstens so lange, bis endlich die Räumfahrzeuge auftauchen.«

Ein paar Fernfahrer lehnten an der Theke und diskutierten darüber, was mit der Ladung geschehen sollte, die sie an Bord hatten. Offenbar stellten sie sich bereits auf ein verlängertes Wochenende auf dem Rasthof ein.

Kepplinger bestellte Kaffee, während Schubart den Wagen volltankte, und setzte sich mit Lea an einen freien Tisch.

»Was machen wir, wenn wir hier nicht wegkommen?«, fragte Lea gähnend.

»Ein Hotelzimmer buchen«, antwortete Kepplinger.

»Und wie kommen wir zum Hotel?«

»Keine Ahnung.«

Schubart setzte sich zu ihnen. Sie schwiegen.

»Das hat nicht viel gebracht heute, oder?«, sagte Lea nach ein paar Minuten.

Kepplinger kratzte sich am Kopf. »Mich beschäftigt im Moment nur eine Frage.«

»Das Märchenzimmer?«

»Nein«, entgegnete Kepplinger. »Was veranlasste Hagen Gebhardt und vermutlich auch Elisabeth Schreiber dazu, immer wieder im Obdachlosenmilieu auf- oder unterzutauchen?«

»Das verstehe ich auch nicht«, sagte Schubart.

»Stimmt«, sagte Lea. »Sie hatten Geld, Wohnungen und ihre zweifelhaften Geschäfte.«

»Was ich mir vorstellen könnte, wäre, dass sie sich so eine Art Alibi verschafft haben, über kein geregeltes Einkommen zu verfügen«, mutmaßte Kepplinger. »Andererseits muss man sich dann fragen, ob die zuständigen Behörden überhaupt Wind davon bekommen haben.«

»Das dürfte doch leicht zu überprüfen sein.«

Kepplinger nickte. »In Göppingen wusste jedenfalls niemand etwas von den beiden.«

»Nicht von Henry Foret und Ella Jankovic«, erinnerte ihn Lea.

»Stimmt auch wieder«, räumte Kepplinger ein. »Vielleicht

erfahren wir etwas mehr über Gebhardt, wenn wir seine Akten durchgesehen haben.«

»Denk dran: Es gibt für alles eine logische Erklärung«, sagte Lea schmunzelnd.

»Was war jetzt eigentlich mit dem Toten in der Wüste?«, erkundigte sich Schubart.

»Du musst raten«, witzelte Lea.

»Nicht um diese Zeit«, sagte Schubart gähnend.

»Die Jungs waren im Ballon unterwegs und bekamen ein Leck in der Hülle«, erklärte Kepplinger. »Zuerst warfen sie allen Ballast aus dem Korb, auch die Kleider, und als der Ballon weiter sank, wurde mit Streichhölzern gelost, wer springen muss.«

»Das hätte ich mir ja gleich denken können«, sagte Nils Schubart grinsend.

»Möchtest du noch eins hören?«

»Bitte nicht!« Schubart hielt abwehrend die Hände nach vorn. »Aber ich hätte eines für euch.«

»Schieß los.«

»Ein Mann liegt, ohne Spuren von Gewaltanwendung, ertränkt in einem Brunnen. Was ist passiert?«

»Sehr witzig«, sagte Kepplinger.

»Ich finde die Idee gut«, sagte Lea.

»Nils müsste die Lösung kennen«, entgegnete Kepplinger. »Und da er sie nicht hat, ergibt das Spiel keinen Sinn.«

»Ich weiß aber, was vorgefallen ist«, sagte Schubart augenzwinkernd.

»Also gut«, sagte Kepplinger. »Dann mal los.«

»Es gab einen Streit unter Obdachlosen, Gebhardt ist gestolpert, in den Brunnen gefallen, erlitt einen Kälteschock und ertrank, bevor jemand etwas davon mitbekommen hat«, eröffnete Lea die Rätselrunde.

»Nein«, sagte Schubart.

»Der Mann wurde unverhofft Zeuge einer anderen Straftat und wurde daraufhin vom Täter ertränkt.«

»Nein.«

»Seine Partnerin wollte sich mit dem gemeinsamen Vermögen aus dem Staub machen und engagierte einen Auftragsmörder.«

»Nein.«

»Er hatte eine Geliebte?«

»Irrelevant.«

»Suizid?«

»Nein.«

»Ein russischer Spion?«

Schubart schüttelte lachend den Kopf. »Ich dachte, bei dem Spiel sammelt man Indizien, ihr präsentiert mir stattdessen lauter abschließende Erklärungen.«

»Du hast recht«, sagte Lea. »Vielleicht liegt es daran, dass wir so viel über den Fall wissen und alles schon zigmal durchgekaut haben.«

»Vom Prinzip her finde ich dieses Spiel gar nicht so schlecht«, sagte Kepplinger. »Ich frage mich nur, welche Lösung du dir zurechtgelegt hast.«

»Ich habe keine«, gab Schubart offen zu. »Meine Antworten kommen sämtlich aus dem Bauch.«

»Wollen wir weiterfahren?«, fragte Kepplinger mit einem Blick auf den Parkplatz. »Gerade ist eine ganze Armee von Räumfahrzeugen vorbeigerauscht.«

Freitag

Es war kurz nach sechs, als sie den Rastplatz verließen. Gegen halb acht setzte die Morgendämmerung ein und gewährte einen Blick auf die Ausmaße des Blizzards. Links und rechts der Autobahn lagen dicke Äste, die der Schneelast nicht standgehalten hatten. Auf dem Standstreifen tauchten in regelmäßigen Abständen havarierte Lastwagen auf, die bis zum Führerhaus im Schnee steckten. Kepplinger bemerkte eine umgeknickte Scheune auf einem Feld. Auf dem heil gebliebenen Rest des Daches türmte sich eine knapp meterhohe Schneedecke. Die Landstraßen längs der Autobahn konnte man größtenteils nur an den Leitpfosten erahnen, die kaum eine Handbreit aus dem Weiß herausragten.

Immer wieder gerieten sie in zähen Stop-and-go-Verkehr. Im Radio wurden die Sendungen alle paar Minuten für Verkehrsmeldungen unterbrochen. Kurz vor Karlsruhe wurde eine Vollsperrung der A 8 bekannt gegeben. Zwei Lastwagen mit Sommerreifen hatten sich an einer Steigung, quer über die Fahrbahn hinweg, ineinander verkeilt. Kepplinger fluchte, nachdem klar war, dass sie einen Umweg von knapp einhundert Kilometern in Kauf nehmen mussten.

Gegen halb neun klingelte sein Mobiltelefon. Es war Brandstätter. »Wo stecken Sie denn?«

»Laut Navi sind wir in zwei Stunden zu Hause«, sagte Kepplinger. »Also vermutlich früher Abend.«

»Machen Sie keine Witze«, brummte der Chef.

»Das war nicht spaßig gemeint«, entgegnete Kepplinger. »Die Straßenverhältnisse lassen zu wünschen übrig.«

»Was gab's da unten?«

Kepplinger berichtete über den Zustand der Wohnung und den rätselhaften Kellerraum.

»Magere Ausbeute, Herr Kommissar«, bemerkte Brandstätter am Ende seiner Ausführungen. »Und wo haben Sie übernachtet?«

Kepplinger lachte lauthals in den Apparat. »Es gab nur noch

Vier-Sterne-Häuser, da haben wir uns für den Passat entschieden.«

»Sie wollen mir doch nicht weismachen, dass Sie …«

»Haben Sie heute schon Radio gehört?«, unterbrach ihn Kepplinger.

»Kommen Sie mir bloß wieder gesund hierher. Ich gebe Ihnen jetzt mal den Kollegen Herder, es gibt Neuigkeiten.«

»Moritz!« Die Stimme des Kollegen überschlug sich beinahe.

»Was ist denn los?«

»Ich hatte vorhin ein Gespräch mit Ulm.«

»Könntest du etwas langsamer sprechen, ich versteh dich kaum.«

»Hör doch zu!«

So hatte Kepplinger den älteren Kollegen noch nie erlebt.

»Du hattest recht mit deinen Vermutungen«, fuhr Herder fort.

»Kannst du bitte etwas konkreter werden?«

»Ich hatte das nie für möglich gehalten«, stammelte Herder.

»Würdest du mir jetzt bitte sagen, um was es geht?«

Kepplinger vernahm ein Seufzen am anderen Ende der Leitung, dann wieder Brandstätters Stimme.

»Kepplinger! Beide Mordopfer erhielten vor Eintritt des Todes einen Stromstoß mit einem Elektroschockgerät«, sagte er. »Ich glaube, dass ich Ihnen nicht zu sagen brauche, was das bedeutet.«

Kepplinger spürte, wie sich sein Herzschlag von jetzt auf gleich verdoppelte. »Sagen Sie das noch mal.«

Brandstätter wiederholte den außergewöhnlichen Tatumstand.

»Warum erfahren wir das im Fall Gebhardt erst jetzt?«

»Sie meinen Foret?«

»Nein, ich meine Gebhardt, verdammt noch mal. Es gibt keinen Foret!«

»Sie haben recht«, entschuldigte sich Brandstätter. »Es ist nur so, dass es im Bericht noch nicht geändert wurde.«

»Also«, sagte Kepplinger. »Wieso erst so spät?«

»Der Pathologe meinte, dass sie bei der Obduktion von Vogel zufällig darauf gestoßen wären.«

»Und dann haben sie Gebhardt noch mal ausgegraben? Wo liegt die Leiche überhaupt?«

»Zum Glück immer noch im Keller der Gerichtsmedizin.«

»Ergo haben wir es mit einem Täter zu tun«, murmelte Kepplinger. »Wo ist die Verbindung?«

»Das weiß ich nicht. Aber ich habe noch etwas.«

»Ich höre.«

»Vogel ist ebenfalls ertrunken.«

»Wie bitte?«

»Er hat wie Gebhardt Wasser in die Lunge geatmet, und es ist nicht auszuschließen, dass der Täter nachgeholfen hat.«

»Wie kann man das erklären?«

»Die Blessuren waren mit Ausnahme der Kopfverletzung nicht so gravierend, als dass er sich in Ufernähe nicht wieder an Land schleppen oder zumindest den Kopf über Wasser hätte halten können.«

»Das verstehe ich nicht«, entgegnete Kepplinger. »Vogel hatte ein beinahe faustdickes Loch in der Schädeldecke. Reicht das nicht zum Sterben?«

»Offenbar nicht«, erklärte Brandstätter. »Zumindest nicht an dieser Stelle und nicht mit sofortiger Wirkung.«

»Er war also die ganze Zeit bei Bewusstsein?«

»Fest steht, dass er gelebt hat«, meinte der Vorgesetzte. »Um das festzustellen, wurde dieselbe Methode angewandt wie bei Gebhardt.«

»In jedem Fall eine groteske Art und Weise, jemanden umzubringen«, sagte Kepplinger.

»Ohne Zweifel.«

»Wir müssen diese Anruferin ausfindig machen, die den Vorfall unter der Brücke gemeldet hat.«

»Wie wollen Sie das anstellen?«

»Veranlassen Sie heute noch einen Zeugenaufruf in der Zeitung«, forderte Kepplinger.

»In Ordnung.«

»Wir sind so schnell es geht zurück.«

»Fahren Sie lieber vorsichtig«, mahnte Brandstätter.

»Selbstverständlich.«

Just in dem Moment, als Kepplinger das Telefon in der Jackentasche verstaute, fiel ihm etwas ein. Ohne zu zögern, wählte er erneut Brandstätters Nummer. Nach dem vierten Klingeln meldete sich Franziska.

»Wo ist der Chef?«, fragte Kepplinger.

»Keine Ahnung.«

»Mist! Gerade habe ich noch mit ihm telefoniert.«

»Kann *ich* dir helfen?«

»Mir sind noch zwei Dinge eingefallen, die wir vor dem Wochenende abklären sollten.«

»Schieß los.«

»Es muss einen Berührungspunkt zwischen Vogel und Gebhardt geben«, mutmaßte Kepplinger. »Mich würde interessieren, ob Gebhardt Geld vom Staat erhalten hat und welche Behörde in seinem Fall die Akten bearbeitete. Irgendjemand soll bei der Agentur für Arbeit in Göppingen und beim Sozialamt nachhaken, ob Gebhardt zu Lebzeiten dort vorstellig geworden ist.«

»Das war alles?«

»Nein. Ich möchte wissen, aus welchem Grund Gebhardt damals so überraschend gekündigt wurde.«

»Notiert«, sagte Franziska.

»Noch etwas.«

»Raus damit.«

»Mittlerweile dürften die Vernehmungen der Bankangestellten in Nürnberg abgeschlossen sein. Sag Brandstätter, dass wir unbedingt die Akten brauchen, um uns ein klareres Bild von Schreiber und ihrem Komplizen machen zu können.«

»Wird gemacht.«

»Du bist ein …«

»Ich weiß«, unterbrach ihn Franziska lachend.

»Hört mal zu«, sagte Kepplinger, nachdem er aufgelegt hatte. Schubart legte einen Zeigefinger auf seine Lippen und deutete mit einem Kopfnicken nach hinten.

Kepplinger warf einen Blick über die Schulter und sah, dass Lea während der Telefonate auf der Rückbank eingeschlafen war. »Dann eben später«, murmelte er.

Schubart nickte und summte weiter den Guns-'n'-Roses-Song, der gerade im Radio lief.

»So if you want to love me
Then darlin' don't refrain
Or I'll just end up walkin'
In the cold November rain.«

Kepplinger starrte aus dem Seitenfenster und versuchte, die neu gewonnenen Erkenntnisse in sein bisheriges Wissen einzuordnen. Der Beweis, dass sie es mit *einem* Mörder zu tun hatten, kam einem Quantensprung in ihrer Ermittlungsarbeit gleich. Hinzu kam das Wissen über die auffällige Tötungsart und die Verwendung des Elektroschockgeräts. Kepplinger war überzeugt, dass dieser Modus Operandi den Täterkreis auf eine überschaubare Anzahl einschränken würde. Vielleicht gab es vergleichbare Fälle in der Datenbank des Bundeskriminalamts.

Immer wieder dachte er mit einer gewissen Befriedigung an seine Hypothese, die er nach seiner Entdeckung im Wald entwickelt hatte. Zum ersten Mal gab es einen Ankerpunkt außerhalb der Routen, auf denen Hagen Gebhardt und Elisabeth Schreiber sich bewegt hatten. Kepplingers Bleistift tanzte über den Notizblock und füllte Seite für Seite. Immer wieder kehrte er zu der Frage nach einem Berührungspunkt der beiden Opfer zurück. Es musste ihn geben, dessen war er gewiss. Der biedere Beamte mit seinen sexuellen Neigungen und der ehemalige leitende Angestellte.

Manches deutete darauf hin, dass sich gerade hier der gemeinsame Nenner verbarg. Allerdings schied die einfachste aller Erklärungen aus, dass Vogel nämlich zum Kreis der erpressten Freier gezählt und sich auf seine Weise an Gebhardt gerächt hatte. Weder er selbst konnte der Täter gewesen sein noch ein mysteriöser Auftragsmörder, an den Kepplinger sowieso nicht glaubte. Schließlich war Vogel auf dieselbe Art und Weise getötet worden. Das Motiv musste folglich ein anderes sein.

Womöglich hatte Vogel bei den Erpressungen die Hand mit im Spiel gehabt. So wie der Industriefotograf, mit dem Elisabeth Schreiber in der Bankfiliale aufgetaucht war. Nicht zuletzt bedeuteten die Sextreffen und die darauf folgenden Geldforderungen einen enormen organisatorischen Aufwand.

Andererseits gab es bislang keinen einzigen Hinweis, der diese These untermauerte. Das Prinzip Zufall konnten sie ergo getrost über Bord werfen, und die Mannheimer Jugendgang war mit dieser zweiten Tat aus Kepplingers Sicht komplett aus dem Rennen. Ihm kamen zum x-ten Mal die Worte seines früheren Kriminologiedozenten in den Sinn: *Man sieht nur, was man weiß.*

Schlussendlich kam Kepplinger zu der Überzeugung, dass ihm immer noch der Blick auf das Wesentliche verbaut war. Ebenso konstatierte er, dass mit einem Mal eine Vielzahl von Beweggründen von jetzt auf gleich außer Frage stand. Im Grunde konnten sie die Vernehmungen der erpressten Freier einstellen, es sei denn, Vogel hätte tatsächlich zu der Gruppe um Hagen Gebhardt gehört.

Kepplinger schüttelte entschieden den Kopf. Hätte dann nicht viel eher Elisabeth Schreiber auf der Todesliste des vermeintlichen Täters ganz oben gestanden? Er versuchte sich auszumalen, wie er auf eine derartige Geldforderung nach einem Stelldichein mit einer Prostituierten reagiert hätte. Es gelang ihm nicht. Der Gedanke, mit einer fremden Frau gegen Bezahlung ins Bett zu steigen, überstieg sein Vorstellungsvermögen. Vielleicht konnte man die Erpressten auf diesen Punkt ansprechen. Kepplinger machte sich eine Notiz.

Schließlich ging er in Gedanken die beiden Taten durch. Versuchte, in die Rolle des Täters zu schlüpfen, wie er sich den beiden Männern näherte. Wie er den Opfern den Elektroschocker an die Brust setzte, den Auslöser betätigte und die Männer, von dem Stromstoß gelähmt, zu Boden gingen.

Während sich diese Szenen in seinem Kopf abspielten, kam ihm ein Gedanke, den er zunächst nicht fassen konnte. Kepplinger zog sein Mobiltelefon hervor und brachte sich auf einschlägigen Internetseiten auf den neuesten Stand. Klar war, dass diese Geräte in Deutschland nur mit einem entsprechenden Prüfsiegel und an Erwachsene verkauft werden durften. Die

Bestimmungen verboten unter anderem solche Geräte, die aus der Distanz eingesetzt werden konnten.

Er legte das Telefon auf die Mittelkonsole. Ergo musste der Mörder beim Einsatz des Schockers mit seinen Opfern auf Tuchfühlung gewesen sein. Sollte dieser Umstand bedeuten, dass sich Täter und Opfer in beiden Fällen gekannt hatten? Die Frage beschäftigte Kepplinger, bis sie um die Mittagszeit endlich auf den Hof der Polizeidirektion fuhren.

Lea schlug in dem Moment die Augen auf, als Schubart den Wagen abstellte.

»Oh mein Gott!«, rief sie und massierte sich verschlafen Augen und Stirn. »Wie lange habe ich gepennt?«

»Wir haben alle geschlafen«, beruhigte sie Kepplinger. »In gewisser Weise jedenfalls.«

»Habe ich was verpasst?«

Kepplinger schmunzelte. »Eine ganze Menge.«

»Du willst mich auf den Arm nehmen.«

»Ausnahmsweise nicht«, sagte Kepplinger. »Ich hoffe, die ganze Mannschaft steht noch für eine Besprechung zur Verfügung.«

»Jetzt sag schon«, drängte Lea.

Im Treppenhaus berichtete er knapp von den Geschehnissen, die sich, während sie geschlafen hatte, zugetragen hatten. Lea hörte mit offenem Mund zu.

Als sie sich kurze Zeit später auf den Weg ins Sitzungszimmer machten, nahm Lea ihn zur Seite. »Weißt du, woran ich vom ersten Satz an denken musste, als du vorhin über den Fall berichtet hast?«

Kepplinger schüttelte den Kopf. »Sag es mir.«

»Du behältst es erst mal für dich?«

»Wenn du das möchtest.«

Lea beugte sich nach vorn und flüsterte ihm etwas ins Ohr. Danach sah sie ihn prüfend an.

Kepplinger erwiderte ihren Blick, zeigte sich aber wenig überrascht. »Mit diesem Phantasiegebilde habe ich mich die letzten beiden Stunden im Auto herumgequält«, sagte er leise. »Es ist alles andere als abwegig.«

»Meinst du, die Theorie wird auf Widerstände stoßen?«

»Ich denke, dass wir damit einen Krieg anzetteln«, sagte Kepplinger. »Aus diesem Grund werde ich das Thema heute gar nicht erst anschneiden.«

»Was willst du dann tun?«

»Darüber habe ich mir noch keine Gedanken gemacht.«

Als sie den Konferenzraum betraten, waren alle Plätze belegt. Mit gemischten Gefühlen realisierte Kepplinger, dass neben Brandstätter sowohl der leitende Staatsanwalt wie auch der Leiter der Polizeidirektion und dessen Stellvertreter saßen. Unter den drei neuen Gesichtern, die die Ermittlungsgruppe seit dem Vormittag unterstützten, erkannte Kepplinger den Kollegen wieder, der in der Nacht, als die Totentänzer den Brunnen im Schlosspark belagert hatten, der verantwortliche Einsatzleiter gewesen war.

Nach der Sitzung musste sich Kepplinger eingestehen, dass seine Befürchtungen ausgeblieben waren und die Besprechung von Beginn an strukturiert über die Bühne gegangen war. Die Riege der Vorgesetzten hielt sich während des gesamten Verlaufs gebührend zurück und lobte am Ende sogar das Engagement der Kollegen und den Fluss der Ermittlungen. Kepplinger konnte sich nicht daran erinnern, wann er dies zum letzten Mal erlebt hatte.

Den größten Anteil am Gelingen der knapp dreistündigen Sitzung hatten jedoch die Kollegen, die mit Feuereifer bei der Sache waren. Kepplinger gewann den Eindruck, die neu erlangten Erkenntnisse wirkten wie unsichtbare Flügel. Alle waren sich einig, dass der Vorsprung des Täters auf ein Minimum zusammengeschmolzen war.

Nachdem Kepplinger kurz von der Wohnungsdurchsuchung berichtet hatte, leitete Brandstätter zum Hauptthema der Sitzung über, indem er Passagen aus dem Gutachten der Gerichtsmedizin zitierte. Im Raum wurde es mucksmäuschenstill, als Christian Schwarz eine Reihe von Bildern an die Wand warf, die den Verlauf der Obduktion dokumentierten. Schließlich gelangte Brandstätter an den Punkt, der den letzten Skeptiker verstummen ließ: Den Pathologen war es gelungen, die mikroskopisch kleinen Verbrennungen auszumachen, die bei der Abgabe eines Stromstoßes durch einen Elektroschocker auf der menschlichen Haut entstanden. Und zwar an der Stelle, wo sich die Elektroden befanden, unbenommen davon, ob die Opfer Kleider getragen hatten. Sowohl bei Gebhardt als auch bei Vogel betrug der Elektrodenabstand exakt sechs Komma vier Zentimeter.

»Damit steht im Grunde fest, dass wir es mit einem Täter beziehungsweise einem Gerät zu tun haben«, besiegelte Brandstätter seine Ausführungen.

Keiner der Anwesenden zweifelte an dieser Manifestation.

»Wo genau befinden sich die Stellen, an denen das Gerät angesetzt wurde?«, wollte Kepplinger wissen.

Brandstätter blätterte in dem Gutachten, bis er den Absatz fand. »Bei beiden Opfern knapp unterhalb des Sternums«, zitierte er die Ausführungen der Gerichtsmediziner. »Der Taser wurde mit der rechten Hand des Täters vermutlich in einer Art Aufwärtshaken geführt.«

»Woraus wir schließen können, dass Täter und Opfer sich in beiden Fällen direkt gegenüberstanden«, führte Kepplinger seine Überlegungen fort. »Oder der Täter plötzlich und unerwartet nach vorn preschte.«

»Worauf wollen Sie hinaus?«, fragte der Staatsanwalt.

»Wenn wir davon ausgehen, dass der Elektroschock jeweils zu Beginn der Tötungshandlung erfolgte, um das Opfer kampfunfähig zu machen, würde ich daraus folgern, dass sowohl Gebhardt als auch Vogel nicht mit einem Angriff gerechnet hatten, was wiederum den Schluss zulassen könnte, dass beide den Täter gekannt haben.«

»Das verstehe ich nicht«, sagte der Staatsanwalt stirnrunzelnd. »Und wie kommen Sie darauf, dass der Stromstoß gleich am Anfang erfolgte?«

»Natürlich kann ich mich irren«, entgegnete Kepplinger. »Aber für mich ist es eine Frage der Logik. Zum einen muss man sich fragen, wer ein solches Gerät einsetzt. Sicherlich kein kaltblütiger Mörder, der seinen Opfern körperlich überlegen ist. Vergessen wir nicht, dass ein Elektroschockgerät im Grunde eine

Selbstverteidigungswaffe ist, ähnlich einem Pfefferspray oder einer Signalwaffe. Mit dem feinen Unterschied, dass eine Wirkung nur dann erzielt wird, wenn beide Elektroden des Geräts den Körper der Zielperson berühren.«

»So weit kann ich Ihnen folgen.«

»Warten Sie«, sagte Kepplinger. »Ich will Ihnen das demonstrieren.«

Er bat Schwarz, einen Angriff mit der Fernbedienung des Beamers nachzuahmen. Schwarz stellte sich geschickt an, und es wurde allen rasch klar, dass Täter und Opfer sich so nahe gestanden haben mussten wie ein Tanzpaar beim langsamen Walzer. Anschließend forderte Kepplinger seinen Sparringspartner dazu auf, die Fernbedienung so am Körper zu platzieren, dass er rasch darauf zugreifen konnte.

Schwarz steckte sich das Gerät in die Gesäßtasche seiner Jeans. Ohne weitere Absprache simulierte Kepplinger fünf typische Angriffe und forderte den Kollegen zuvor auf, während der Kampfhandlung nach der Fernbedienung zu greifen und die Abgabe eines Stromstoßes zu imitieren.

Es war unmöglich.

Nach dem letzten Angriff schlug Schwarz beinahe mit dem Kopf gegen eine Tischplatte. Kepplinger konnte ihn im letzten Moment auf die Seite ziehen, und beide landeten auf dem Fußboden.

»Das reicht, Kepplinger!« Der Staatsanwalt hob die Hand. »Sie haben mich überzeugt.«

»Das soll der Beweis dafür sein, dass Täter und Opfer sich gekannt haben?«, hinterfragte der Leiter der Polizeidirektion die Vorführung. »Wenn jemand mit so einem Ding umgehen kann, ist es doch ein Leichtes, jemandem, beispielsweise im Vorübergehen, einen Stromstoß zu verpassen, oder sehe ich das falsch?«

»Alles ist möglich«, antwortete Kepplinger. »Genauso wäre es denkbar, den Schocker am Rücken oder hinterrücks im Genick anzusetzen. Dann wäre das Überraschungsmoment größer.«

»Auch dann wäre man gezwungen, sehr nahe an das Opfer heranzutreten«, warf Falcone dazwischen.

»Das ist richtig.« Kepplinger nickte. »Aber darüber müssen

wir nicht spekulieren. In beiden Fällen kam der Angriff von vorn, und dieser Umstand spricht eindeutig für die genannte These.«

»Ich denke, dass kein Mensch ein höheres Risiko in Kauf nimmt, als es die Situation erfordert«, schaltete sich Lea in die Diskussion ein. »In unseren Selbstverteidigungskursen zeigt sich immer wieder, dass es den Leuten ungeheuer schwerfällt, frontal auf jemanden zuzugehen. Nicht zuletzt, weil dies eine höhere Abwehrbereitschaft beim jeweiligen Gegenpart provoziert.«

»Ganz gleich, ob die Vermutung zutrifft oder nicht, kann es doch nicht schaden, den Fokus der Ermittlungen nochmals auf das persönliche Umfeld der beiden Mordopfer zu lenken«, sagte Kepplinger. »Irgendwo muss es auch dort einen Berührungspunkt zwischen Gebhardt und Vogel geben.«

»Ganz recht, Kepplinger«, sagte Brandstätter.

»Haben wir schon etwas aus Bayern?«, fragte Kepplinger.

»Mir wurde ein Fax versprochen«, sagte Brandstätter. »Franziska meldet sich, sobald etwas kommt.«

»Was haben wir noch?«, fragte Kepplinger in die Runde.

Schwarz hob die Hand. »Hier ist eine Liste der Inhaber der Postschließfächer.«

»Wie viele sind das?«

»Knapp siebenhundert.«

»Vogel selbst besaß kein Schließfach?«

»Nein. Und er ist auch nirgends als Zweitschlüsselinhaber eingetragen. Das habe ich überprüft. Die Liste mit Vogels aktuellen Klienten kriegen wir frühestens am Montag«, führte Schwarz weiter aus.

»Dann ruf nochmals an und sag, dass wir die Namen vor dem Wochenende brauchen«, drängte Kepplinger.

»Ich kann es versuchen«, sagte Schwarz. »Aber der Abteilungsleiter meinte, es könne dauern.«

»Vielleicht würde ein Anruf der Staatsanwaltschaft die Agentur etwas auf Trab bringen«, sagte Kepplinger an den Anklagevertreter gerichtet.

Der Staatsanwalt reagierte wider Erwarten kooperativ. »Geben Sie mir die Telefonnummer«, sagte er lächelnd.

»Wissen wir schon Näheres über die Kündigung von Hagen Gebhardt?«

»Dazu war noch keine Zeit«, entschuldigte sich Brandstätter. »Nach der Sitzung rufe ich persönlich dort an.«

»Fest steht, dass Hagen Gebhardt bis zu seinem Tod keine Sozialhilfe beantragt hat«, sagte Herder, der diesen Part übernommen hatte.

»War er krankenversichert?«

»Das haben wir noch nicht überprüft.«

»Gebhardt hatte zeitlebens ein Konto bei der Commerzbank«, führte Herder weiter aus. »Die gesamten Spareinlagen belaufen sich auf knapp neunzigtausend Euro.«

»Wie hoch war gleich die Abfindung der Firma gewesen?«

»Einhundertzwanzigtausend.«

»*Mi complimento!* Ein sparsamer Mensch«, sagte Falcone.

»Wir wissen ja nicht, wie hoch sein Vermögen vor der Kündigung war«, gab Kepplinger zu bedenken.

»Stimmt auch wieder.«

»Mich interessiert vielmehr, wie er sich als ehemaliger leitender Angestellter zu einer so zweifelhaften Geschäftsidee mit Elisabeth Schreiber hat hinreißen lassen«, sprach Kepplinger weiter.

»Weiß man, wie es ihr geht?«, fragte der Staatsanwalt dazwischen.

Brandstätter schüttelte den Kopf. »Nur dass sie weiterhin im Koma liegt und der Anwalt von Holger Bahlow eine schriftliche Äußerung angekündigt hat.«

»Was haben wir noch?«, drängte der Staatsanwalt mit Blick auf die Uhr.

»Im Laufe des Vormittags sind drei Vernehmungsprotokolle eingetrudelt«, sagte Schwarz und hielt einen Aktendeckel in die Höhe. »Ehemalige Freier von Elisabeth Schreiber, die eine Zahlungsaufforderung erhalten und den geforderten Betrag überwiesen haben.«

»Und?«

»Der Tenor ist jedes Mal derselbe: Alle drei hoffen, dass die Ermittlungen keine Wellen schlagen. Sie räumen gelegentliche

Besuche in entsprechenden Etablissements und Rendezvous mit Prostituierten ein, waren natürlich überrascht vom bitteren Nachspiel in diesem besonderen Fall und haben nach der Zahlung nie mehr etwas von der Liebesdame und ihrem Partner gehört.«

»Wie charakterisieren sie Elisabeth Schreiber?«

»Als attraktiv und charmant«, antwortete Schwarz. »Einer hat sogar vergeblich versucht, sie ein zweites Mal zu kontaktieren. Bevor er den netten Brief bekam, versteht sich.«

»Aber es gibt keine Verdachtsmomente?«

»Das sind alles wohlsituierte und verheiratete Geschäftsleute.« Schwarz schüttelte den Kopf. »Wie wir bereits festgestellt haben: Schreiber und Gebhardt haben ihre Opfer sorgfältig ausgewählt.«

»Dann können wir davon ausgehen, dass diese Spur ins Leere führt«, meinte Herder.

Kepplinger war anderer Meinung, sagte aber an dieser Stelle nichts dazu.

Nachdem für den Moment scheinbar alle Themen abgearbeitet waren, einigten sich die Ermittler darauf, die Aufgaben für das bevorstehende Wochenende neu zu verteilen. Im Anschluss fielen Kepplinger noch weitere Punkte ein.

»Gibt es Neuigkeiten hinsichtlich einer Belohnung für sachdienliche Hinweise?«, fragte er. »Schließlich haben wir es mittlerweile mit zwei Mordfällen zu tun.«

»Ein entsprechender Antrag liegt bei meinem Chef«, antwortete der Staatsanwalt. »Mehr kann ich dazu leider nicht sagen.«

»Wie sieht es mit dem Zeugenaufruf zu der unbekannten Anruferin aus?«

»Darum kümmert sich die Pressestelle«, versicherte Brandstätter.

»Die Sprachanalyse des LKA?«

»Noch keine Rückmeldung.«

»Könnten wir nicht ihre Stimme im Radio veröffentlichen?«, schlug Falcone vor.

»Das wäre völlig unverhältnismäßig aus meiner Sicht«, warnte der Staatsanwalt.

»Und wenn es eine dritte Leiche gibt?«, fragte Kepplinger.

»Jetzt malen Sie doch den Teufel nicht an die Wand.«

»Es gibt nicht den geringsten Hinweis darauf, dass es zu Ende ist.«

»Aber auch keinen für eine Serie.«

Eine betretene Stille trat ein. Offenbar hatte bislang niemand im Raum an diese Möglichkeit gedacht.

»Wir dürfen nicht vergessen, dass sich die beiden Fälle trotz vieler Parallelen auch voneinander unterscheiden«, sagte Anja Kober. »Ein Umstand, der sowohl dafür als auch dagegen spricht.«

»Was meinst du genau?«

»Bei Gebhardt wurden keinerlei Verletzungen festgestellt, wohingegen Vogel aufs Übelste traktiert wurde. Als wäre der Täter in eine Raserei gefallen.«

»Du denkst an einen Racheakt?«

»Vielleicht.«

»Aber angenommen, der Mord an Vogel war tatsächlich von Hassgefühlen begleitet, welches Motiv verbirgt sich dann hinter dem – sagen wir – konzilianten Tod Gebhardts?«

»Darauf habe ich keine Antwort«, sagte Anja Kober.

Kepplinger sah an ihrem Gesichtsausdruck, dass ihr noch etwas auf der Zunge lag. Er warf ihr einen ermutigenden Blick zu, aber die Kollegin schüttelte unmerklich den Kopf.

Brandstätter schlug nach einer kurzen Unterredung mit dem Staatsanwalt eine Pause vor, die der Anklagevertreter nutzte, um sich zu verabschieden. »Ich bin zuversichtlich, dass wir die Fälle bald aufgeklärt haben, nachdem ich mich jetzt von der Qualität Ihrer Arbeit überzeugen konnte. Machen Sie weiter so, meine sehr verehrten Damen und Herren.«

Dann verließ er zusammen mit dem Direktionsleiter den Raum.

Kepplinger verschwand auf die Toilette und hielt sein Gesicht unter das kalte Wasser des Waschbeckens. Seine Arme und Beine fühlten sich bleischwer an. Am liebsten hätte er sich einfach auf den Boden gelegt. Gleichzeitig wusste er, dass er jetzt nicht schlappmachen durfte. Er kramte eine Koffeintablette aus seiner Tasche und spülte sie mit einem ausgiebigen Schluck Wasser hinunter.

Anschließend brachte er seine Haare in einen akzeptablen Zustand und erinnerte sich für den Moment nicht mehr daran, ob er bereits einen Friseurtermin vereinbart hatte oder nicht. Wenn es sich einrichten ließ, würde er nach der Sitzung ein oder zwei Stunden im Büro schlafen. Dabei fiel ihm ein, dass er sich fest vorgenommen hatte, Markus Ackermann zu besuchen. Er fragte sich, wie er das alles schaffen sollte. Von der üblichen Freitagslaune war nichts zu spüren, an ein freies Wochenende ohnehin nicht zu denken.

Auf dem Weg zurück in den Besprechungsraum musste er an seine Urlaubsbekanntschaften denken: Daniela und Catrin. Wie sie die beiden kommenden Tage auf Skiern zubringen würden. Der Gedanke weckte eine gewisse Schwermut in Kepplinger, und er fragte sich, ob es jemals zu einem Wiedersehen kommen würde.

Im Sitzungssaal hielt er Ausschau nach Anja Kober, konnte sie aber nicht entdecken. Erst als Brandstätter dazu aufforderte, erneut die Plätze einzunehmen, betrat sie mit dem Telefon in der Hand den Raum. Kepplinger spürte, dass etwas nicht in Ordnung war.

Anja Kober wechselte ein paar Worte mit Brandstätter und verließ daraufhin wieder den Lehrsaal. Kepplinger entschuldigte sich und eilte ihr hinterher.

»Es tut mir leid«, sagte Anja Kober, nachdem er sie im Treppenhaus eingeholt hatte. »Mein Sohn hat hohes Fieber, und ich habe niemanden, der nach ihm sieht.«

»Mach dir keine Gedanken«, beruhigte Kepplinger sie. »Das geht natürlich vor.«

»Wenn es möglich ist, komme ich später wieder.«

»Wir sind doch genug«, sagte Kepplinger. »Bleib zu Hause, und morgen früh können wir telefonieren. Eine Frage noch: Du hattest vorhin nicht zu Ende gesprochen.«

»Es war nur ein Bauchgefühl«, sagte Anja Kober ausweichend. »Und vor versammelter Mannschaft …«

»Völlig klar«, unterbrach sie Kepplinger. »Mich würde es trotzdem interessieren.«

»Also gut. Ich glaube auch, dass wir es mit nur einem Täter zu tun haben, und gerade deshalb halte ich die genannten Unterschiede während der Tatausführung für bedeutsam.«

»Was siehst du?«

Anja Kober zögerte. »Ich sehe eine Frau, Moritz«, begann sie endlich. »Eine Frau, die beide Männer gekannt hat. Und ich glaube, dass diese Taten nicht geplant waren. Dass sie aus der jeweiligen Situation entstanden sind. Dass es einen Auslöser gab, etwas, was diese Frau zum Äußersten getrieben hat. Auf beiden Fällen lastet etwas Schweres, etwas Emotionales. Ein übler Beigeschmack. Ein Odium, wie man im Lateinischen sagen würde. Mehr fällt mir dazu nicht ein. Nur dass ich mich da drin nicht zum Affen machen wollte.«

Auch Kepplinger hatte, wie Lea, seit dem Vormittag verstärkt darüber nachgedacht, ob sie es möglicherweise mit einer Täterin zu tun haben könnten. Aber ihn hatten ganz andere Überlegungen zu dieser Annahme gebracht. Der Einsatz des Tasers, die außergewöhnliche Tötungsart des Ertränkens und nicht zuletzt der Umstand, dass es sich bei den Opfern um Männer gehandelt hatte, die weder durch ihr Leben noch durch ihr äußeres Erscheinungsbild ein offensichtliches Tatmotiv geboten hatten.

Anja Kobers Argumentation wog um einiges schwerer als die seine. Noch wusste er nicht, wo Leas Vermutung herrührte, aber Kepplinger spürte, wie seine Ahnung zusehends Gestalt annahm. Er bedankte sich bei Anja Kober für ihre Offenheit und erklärte mit wenigen Worten, dass er und Lea denselben Verdacht hegten.

»Gute Besserung für deinen Jungen«, sagte er zum Abschied.

Er sah ihr nach und überlegte, was er über die Kollegin wusste. Nur die Geschichten, die hinter vorgehaltener Hand erzählt wurden. Dass sie nach einem abgebrochenen Jurastudium bei der Polizei angefangen und einen etwa achtjährigen Sohn hatte, dessen Vater ebenfalls Polizist war und der in einer Nacht-und-Nebel-Aktion aus der gemeinsamen Wohnung geflüchtet war, nachdem er von der Schwangerschaft erfahren hatte. Dass sie viel las und angeblich selbst an einem Roman arbeitete. Dass sie vegan lebte und, soviel er wusste, weder Kaffee noch Alkohol trank.

Auf dem Weg nach oben dachte Kepplinger über die Besprechungskultur innerhalb der Inspektion nach. Und darüber, wie viele wertvolle Ideen von Kollegen vielleicht unausgesprochen blieben aus Angst vor den Reaktionen der anderen. Er dachte an Wolfgang Herder, der zuweilen ungehalten sein konnte, und an Salvatore Falcones oftmals spöttische Kommentare. Gleichzeitig kam er ins Grübeln, ob er nicht selbst einen Teil der Verantwortung für diese Stimmung trug.

Achte ich mit dem erforderlichen Respekt auf die leiseren Stimmen in der Gruppe, zu denen Anja Kober, aber auch Nils Schubart und Christian Schwarz zählen? Während er den Sitzungsraum betrat, nahm er sich vor, künftig genauer hinzuhören.

»Da sind Sie ja endlich«, begrüßte ihn Brandstätter ungehalten. »Die Vernehmungsprotokolle aus Nürnberg sind da.«

Kepplinger nahm Platz und rückte seinen Notizblock zurecht. Anfangs fiel es ihm schwer, der monotonen Stimme des Vorgesetzten zu folgen, mit der er die wesentlichen Passagen vortrug. Er hatte Kopfschmerzen, und die Müdigkeit breitete sich wie ein Fieber in ihm aus. Schließlich drückte er energisch sein Kreuz durch und zwang sich, wieder Polizist zu sein.

»›Ella Jankovic wirkte vom ersten Moment an fahrig‹«, zitierte Brandstätter den Sachbearbeiter der Bank. »›Sie nestelte ständig an ihrem Mantel, den sie, wie ihr Begleiter, unbedingt anbehalten wollte. Ich bot Getränke an, was beide ebenfalls ablehnten. Kurz nachdem sich das Paar legitimiert hatte, entschuldigte ich mich auf die Toilette und informierte den Abteilungsleiter, der uns zu Dienstbeginn in die polizeiliche Fahndung eingeweiht hatte. Danach kehrte ich in mein Büro zurück. Jankovic verlangte eine Sofortauflösung eines kleineren Depots und eine Barauszahlung in Höhe von dreißigtausend Euro. Des Weiteren verlangten beide eine Änderung der Verfügungsberechtigung, die gesamten Einlagen betreffend. Der Weisung meines Vorgesetzten gemäß ging ich auf diese Forderungen ein und begann mit der Bearbeitung der dafür notwendigen Vorgänge. Frau Jankovic erkundigte sich in immer kürzeren Abständen, ob das Ganze nicht schneller gehen könnte, was ich wahrheitsgemäß verneinte. Ich bemerkte, wie sie ständig auf die Uhr sah. Ihrem Begleiter traten währenddessen Schweißperlen auf die Stirn, woraufhin er darum bat, das Fenster öffnen zu dürfen. Ich nehme an, dass in diesen Augenblicken der erste Streifenwagen auf den Innenhof der Bank fuhr. Jedenfalls flüsterte er ihr etwas ins Ohr. Jankovics erste Reaktion war ein regelrechter Schreianfall, der sämtliche Kollegen der Abteilung auf den Plan rief. Drei oder vier stürmten sogar ins Büro, erkundigten sich, was los sei, und boten ihre Hilfe an. Hätte ich gewusst, dass sie bewaffnet war und unter welchem Druck sie stand, wäre in diesem Durcheinander der beste Zeitpunkt gewesen einzugreifen. Plötzlich hatte sie die Pistole in der Hand und feuerte einen Schuss ab. Je öfter ich darüber nachdenke, desto mehr komme ich zu der Überzeugung, dass dies unabsichtlich geschah. Ich hatte mich auf den Boden geworfen, und als ich mich wieder aufrichtete, sah ich, wie Jankovic die Waffe kreidebleich vom Boden auflas. Dann erteilte sie völlig unverständliche Anweisungen. Zuerst forderte sie alle auf, den Raum zu verlassen, und als wir noch zu fünft waren, sollten wir die Tür schließen und mit dem Interieur verbarrikadieren.«

Brandstätter nestelte an seiner Brille, bevor er fortfuhr. »Jetzt folgen einige Antworten auf die Fragen der Vernehmungsbeamten. Ich zitiere: ›Auf Frage: Zu diesem Zeitpunkt befanden sich Jankovic und ihr Begleiter, ich und meine beiden Kolleginnen Sylvia Dennenmoser und Brigitte Cappelo im Büro. Auf Frage: Jankovic sprang in diesen ersten Minuten ständig zwischen Fenster, Tür und meinem Arbeitsplatz hin und her und verlangte, dass ich das Geld aus dem Kassenraum anfordern solle, was ich dann auch tat. Ich versuchte ständig sie zu beruhigen, hatte aber das Gefühl, dass sie mir nicht zuhörte. Ich kann gar nicht verstehen, wie ich so gelassen bleiben konnte. Irgendwie kam der Zusammenbruch erst viel später. Auf Frage: Bahlow verhielt sich in dieser Zeit völlig passiv. Ich gewann den Eindruck, dass er selbst Angst hatte und mit der Situation restlos überfordert war. Auf Frage: Bahlow hat meiner Erinnerung nach einmal mit ihr darüber gesprochen, was sie eigentlich bezwecken wolle, woraufhin Jankovic ihm zu verstehen gab, dass er den Mund halten solle. Auf Frage: Bevor das Geld im Büro abgeliefert werden konnte, erfolgte die Erstansprache der Polizei über Telefon. Jankovic brüllte in den Apparat, dass alle sterben würden, wenn ihren Forderungen keine Folge geleistet würde. Ab diesem Zeitpunkt wirkte sie – verzeihen Sie den Ausdruck – wie eine Geistesgestörte, und ich bekam es richtig mit der Angst zu tun. Auf Frage: Das war ungefähr eine Stunde, nachdem sie und ihr Begleiter in mein Büro gekommen waren. Es folgten Ansagen über Lautsprecher oder Megafon, wobei diese im Büro kaum zu verstehen waren. Ella Jankovic weigerte sich beharrlich, ans Telefon zu gehen. Schließlich wurde mir aufgetragen, ihr auszurichten, dass sie freies Geleit bekäme, wenn sie die Bank ohne Geiseln verlassen würde. Daraufhin sagte Jankovic, dass sie sich dann ja gleich erschießen könne. Kurz danach verlor ihr Begleiter die Nerven, brüllte herum, dass er nicht mehr mitmachen würde, und begann damit, die Möbel von der Tür wegzurücken. Jankovic drohte ihm mit vorgehaltener Waffe, woraufhin Bahlow wie von Sinnen schrie, sie solle ihn doch abknallen. Auf Frage: In diesem Tohuwabohu gelang es ihm, die Tür einen Spaltbreit zu öffnen und zu fliehen. Jankovic forderte ihn auf zurückzukehren, und als keine Reaktion erfolgte, hielt sie sich die Waffe an die Stirn und drückte ab. Auf Frage: Sie stand zu diesem Zeitpunkt genau hinter der Tür. Ich und meine Mitarbeiterinnen kauerten in der gegenüberliegenden Ecke des Raums auf dem Boden. Auf Frage: Sie ging im Moment der Schussabgabe auf die Knie und stürzte dann auf die türabgewandte Seite, die Pistole immer noch fest umklammert. Im ersten Moment fürchtete ich, dass sie uns alle mit in den Tod reißen wollte. Auf Frage: Jetzt, wo Sie fragen, erinnere ich mich: Als sie die Waffe gegen sich selbst richtete, rief sie einen sonderbaren Satz: ›Unglücklich bist du schon, willst du es auch noch verdienen?‹ Genau dies waren ihre letzten Worte, bevor sie den Schuss abgefeuert hat.«

Nachdem Brandstätter die Akte beiseitegelegt hatte, hielt die eingetretene Grabesstille noch minutenlang an. Jeder schien auf seine Art abwesend zu sein. Kepplinger konstatierte, dass derartige Schilderungen auch erfahrenen Polizisten an die Nieren gingen.

»Vergessen wir nicht, dass Elisabeth Schreiber noch lebt und niemand sonst bei dieser Aktion verletzt wurde«, unterbrach Falcone das Schweigen.

»Warum redet Bahlow nicht?«, wollte Herder wissen. »Wo er doch offensichtlich kalte Füße bekommen hat.«

»Das läuft bestimmt darauf hinaus, dass er behauptet, von nichts gewusst zu haben«, sagte Falcone.

»Was vermutlich auch stimmt«, sagte Kepplinger.

»Mitgefangen – mitgehangen«, sagte Herder.

»So einfach ist das wahrscheinlich nicht«, mahnte Kepplinger. »Bahlow muss sich in jedem Fall für Passfälscherei verantworten, wenn er es denn war, der Schreiber und Gebhardt zu ihren falschen Identitäten verholfen hat. Aber was die Geiselnahme betrifft, gehe ich davon aus, dass seine ehemalige Schulfreundin ihn in ihrer Verzweiflung gebeten hat, ihr aus der Patsche zu helfen, und er selbst nicht die geringste Ahnung davon hatte, worauf das Ganze hinauslaufen könnte.«

»Von welcher Verzweiflung sprichst du?«

»Seht ihr das denn nicht?«, sagte Kepplinger. »Dieser Bankangestellte beschreibt meinem Verständnis nach vom ersten Satz an eine ganze Reihe von Kurzschlusshandlungen. Schreiber erfuhr vom Tod ihres Geschäftspartners und wusste ganz genau, dass sie aufgrund der Vollmachten nur mit erheblichen Schwierigkeiten an das Geld kommen würde. Ich weiß nicht, wie die vertraglichen Regelungen lauten, wenn einer der beiden Geschäftspartner stirbt oder gar ermordet wird, aber Schreiber muss klar gewesen sein, dass Gebhardts Tod die Polizei auf den Plan rufen wird. Ergo versucht sie zu retten, was zu retten ist, bevor womöglich ihre falsche Identität auffliegt und ihr, der vor Jahren die Geschäftsfähigkeit entzogen wurde, am Ende kein Cent mehr bleibt. Ich sehe einfach nur eine Frau, deren Leben von jetzt auf gleich wie ein Kartenhaus zusammenfällt, und von daher scheidet sie für mich auch als Tatverdächtige aus.«

»Für den zweiten Mord kommt sie ja ohnehin nicht in Frage«, fügte Falcone hinzu.

»Sie persönlich natürlich nicht«, entgegnete Kepplinger. »Ich dachte auch nie daran, dass sie selbst Hand angelegt haben könnte, sondern vielmehr an jemanden, der in ihrem Auftrag gehandelt hat.«

»Wer sollte das sein?«

»Niemand«, sagte Kepplinger unwirsch. »Vergesst das wieder. Schreiber hat weder mit der Tötung von Hagen Gebhardt noch mit dem feigen Mord an Raimund Vogel etwas zu tun.«

Die Mehrheit der Kollegen stimmte ihm zu.

»Wie versteht ihr dieses Zitat?«, fragte Brandstätter in die Runde.

»Ist das wichtig?«, fragte Kepplinger.

»Nur interessehalber.«

»Wenn ich mich nicht irre, stammt es aus Schillers ›Kabale und Liebe‹«, meldete sich Christian Schwarz zu Wort.

»Wer liest denn so etwas?«, lästerte Falcone.

»Tausende von Oberstufenschülern. Jedes Jahr aufs Neue«, sagte Schwarz amüsiert. »Und mehr oder weniger freiwillig.«

»Worum geht es in der Geschichte?«

»Es ist ein Drama«, erklärte Schwarz. »Eine Affäre zwischen einem bürgerlichen Mädchen und dem Sohn des Präsidenten, der eine Heirat mit allen Mitteln zu verhindern sucht und das Liebespaar letztlich in den gemeinsamen Suizid treibt.«

»*Geniale!*«, rief Falcone. »Jetzt weiß ich sicher, wer mein Telefonjoker sein wird, wenn ich mir demnächst meine Million bei Günther Jauch abhole.«

Seine Bemerkung sorgte für schallendes Gelächter. Kepplinger gab seinem Vorgesetzten einen Wink.

»Wir haben alle genug zu tun. Wenn nichts Außergewöhnliches passiert, schlage ich vor, dass wir uns morgen früh um neun wieder hier einfinden«, sagte Brandstätter.

Alle nickten. Zum wiederholten Mal fiel Kepplinger die Selbstverständlichkeit auf, mit der die Kollegen ihre Wochenendpläne verwarfen. Er dachte an Anja Kober und ihren kranken Sohn. Und an Markus Ackermann, dem er einen Besuch versprochen hatte, von dem er aber nicht wusste, wann und wie er sich die Zeit dafür herausschwitzen sollte.

Nach dieser Flut von Informationen benötigte er Zeit, sich zu sortieren. Er beschloss, im Lehrsaal zu bleiben. Mit Lea vereinbarte er, später bei ihr vorbeizuschauen, da er dringend mit ihr über das sprechen wollte, was Anja Kober ihm gesagt hatte. Er versprach, nicht länger als eine Stunde in Klausur zu gehen.

Nachdem er sämtliche Notizen überflogen hatte, tat er etwas, das er bis dahin noch nie getan hatte. Er legte sich vor die Heizung auf den Boden, formte seine Jacke zu einem Kopfkissen und schloss die Augen. Wenige Atemzüge später fiel er in einen tiefen, traumlosen Schlaf.

***

Ihre Wut breitete sich aus wie ein Buschfeuer. Ein unkontrollierbarer Brand in ihrer Brust. Je mehr sie um Haltung rang, desto entsetzlicher wurde der Schmerz. Seit Stunden streunte sie ruhelos im Flur auf und ab, den Blick auf die Eingangstür gerichtet, durch die die Verräterin kommen musste.

Oder die Polizei.

Oder beide.

Sie würde sich der Situation stellen. Nicht davonrennen wie ein feiger Dieb. Die entscheidende Frage war, was ihre Partnerin herausbekommen und der Polizei erzählt hatte. Aber warum war nicht längst etwas geschehen? Darauf konnte sie sich keinen Reim machen. Die Visitenkarte mit dem Logo der örtlichen Kripo war aus der Gesäßtasche der Hose gefallen, die Jana am Vortag getragen hatte. Warum zögerte die Polizei, worauf warteten die Ermittler? War es möglich, dass Janas Anschuldigungen nicht für eine Verhaftung ausreichten? Vielleicht trugen die Verschwörer ja nur noch die passenden Puzzleteile zusammen. Versuchten, die Zusammenhänge zu verstehen und die Beweiskette zu schließen.

So musste es sein. Eine andere Erklärung gab es nicht.

Wütend riss sie ein gemeinsames Bild von der Wand und schleuderte es auf den Boden. Warum wirkte das verdammte Zeug nicht? Um die Situation erträglicher zu machen, hatte sie eine der Ampullen genommen, die ihr die Ärztin damals verschrieben hatte und die seit Jahren in einem der Umzugskartons vor sich hin gammelten. Aber das Diazepam wirkte nicht. Oder nicht mehr. Oder ihr Hass übertönte den Wirkstoff. Eine zweite wagte sie nicht zu schlucken. Die Gefahr, die Handlungsfähigkeit zu verlieren oder gar einzuschlafen, war zu groß.

Die Wut muss dorthin, wo sie hingehört, hatte ihr die Psychologin eingeschärft. Sie würde nicht noch einen Tag warten können.

Nicht in diesem Zustand.

Nicht mit dieser Ungewissheit.

Nicht mit diesem unsäglichen Zorn.

***

Seine erste Sinneswahrnehmung war der intensive Duft von Blumen. Vielmehr der Geruch eines frisch geschnittenen, üppigen Bouquets, als ob er sich in einer Floristenwerkstatt befinden würde.

Irritiert schlug Kepplinger die Augen auf und sah sich um. Neben ihm am Tisch saß Lea und blätterte in einem Ordner. Er streckte alle viere von sich und rieb sich die Augen. Als er die Hände aus dem Gesicht nahm, blickte er in das strahlende Lächeln der Kollegin.

»Gut geschlafen?«

»Ich fühle mich wie gerädert.«

»Hast dir auch die bequemste Stelle ausgesucht«, sagte Lea grinsend.

»Ich konnte nicht mehr«, brummte Kepplinger. »Wie spät ist es?«

»Halb sechs.«

»Oh Gott!« Er sprang auf. »Hattest du vorhin nicht …?«

»Ich war kurz zu Hause und habe mich frisch gemacht«, erklärte Lea. »Seitdem sitze ich hier und sehe mir die Unterlagen durch.«

»Habe ich geschnarcht?«

»Im verträglichen Rahmen«, scherzte Lea. »Ich würde sagen, WG-tauglich.«

»Warum hast du mich nicht geweckt?«

»Du warst über dreißig Stunden auf den Beinen, und es gab keine Notwendigkeit.«

»Verdammt!«, fluchte Kepplinger.

»Krieg dich wieder ein«, sagte Lea. »Auch Helden brauchen ab und an ihren Schlaf.«

»Sehr witzig.«

»Bist du jetzt etwa sauer?«

»Ich ärgere mich nur über mich selbst«, entgegnete Kepplinger.

Lea deutete auf die Ordner, die sie aus Gebhardts Wohnung mitgenommen hatten. »Ich verstehe zwar nichts von Buchführung, aber Hagen Gebhardt war ein Pedant sondergleichen.«

Kepplinger warf einen Blick über ihre Schulter. »Was sind das alles für Posten?«

»Hier ist jede Transaktion haarklein aufgelistet, alle Einnahmen, Ausgaben, Abhebungen und so weiter.«

»Fehlt nur noch, dass er die doppelbödigen Gewinne versteuert hätte.«

»Wer weiß«, sagte Lea. »Hätte sich die Bank eigentlich nicht dafür interessieren müssen, woher das Geld kommt?«

»Keine Ahnung«, sagte Kepplinger. »Die beiden haben doch unter dem Deckmantel einer Fotoagentur firmiert. Darum sollen sich andere kümmern. Ich bin mir ziemlich sicher, dass uns die Antwort darauf keinen Deut weiterhilft.«

»Wollen wir über unseren gemeinsamen Verdacht reden?«

Kepplinger berichtete ihr von dem Gespräch mit Anja Kober.

»Besser hätte es wohl niemand ausdrücken können«, sagte Lea, nachdem er zu Ende gesprochen hatte. »Was machen wir nun?«

»Mit den bisherigen Argumenten können wir niemanden überzeugen«, murmelte Kepplinger. »Wir müssen irgendwie Fleisch an diesen Knochen bringen.«

»Und wie?«

»Bevor ich mich ins Land der Träume verabschiedet habe, kam mir ein Gedanke«, sagte Kepplinger. »Aber dafür ist es jetzt vermutlich zu spät.«

Lea folgte ihm in sein Büro und ließ sich auf Falcones Stuhl fallen, während Kepplinger im Polizeiadressbuch die gesuchte Telefonnummer ausfindig machte.

»Muss man da nicht irgendwelche Dienstwege einhalten?«, erkundigte sie sich, als er zum Hörer griff.

Er zuckte mit den Schultern und tippte die Nummer ein. »Bestimmt.«

Die nachfolgenden Minuten empfand Kepplinger als ähnliche Tortur wie einen Anruf bei der Hotline eines Mobilfunkanbieters. Ungefähr ein Dutzend Mal schilderte er irgendwelchen Telefonistinnen und Mitarbeitern sein Anliegen und war kurz davor aufzugeben, als er durch einen offensichtlichen Fehler einer Angestellten beim Leiter des Kriminalistischen Instituts des Bundeskriminalamtes landete.

»Da sind Sie bei mir falsch«, dröhnte es aus dem Apparat.

»Das ist mir klar«, erwiderte Kepplinger. »Aber den vielen Mitarbeiterinnen und Mitarbeitern Ihrer Behörde, mit denen ich bereits gesprochen habe, offensichtlich nicht.«

»Mit wem, sagten Sie ...?«

»ZD«, sagte Kepplinger.

»Warten Sie, ich gebe Ihnen die Durchwahl ...«

»Können Sie mich nicht einfach verbinden?«

Es klickte in der Leitung. Schon bereute Kepplinger seinen Fehler, als sich eine freundliche Männerstimme meldete. »Zentrale kriminalpolizeiliche Dienste.«

Kepplinger atmete durch und formulierte sein Anliegen.

»Da sind Sie bei uns richtig. Ich gebe Ihnen einen Fallanalytiker.«

Zu seiner Überraschung meldete sich eine Frau, die sich gleich nach der Vorstellung für seine Unannehmlichkeiten entschuldigte. »Das ist seit Langem ein Riesenproblem, und wir haben nicht die geringste Ahnung, wie man es lösen kann«, sagte sie. Dann fing sie mit einem Mal lauthals an zu lachen. »Verzeihen Sie«, sagte sie nach einer Weile. »Aber das muss sich ziemlich dämlich anhören, wenn ausgerechnet ich Ihnen so etwas sage.«

»Ich verspreche Ihnen, es für mich zu behalten«, sagte Kepplinger scherzhaft. »Solange Sie mich nicht weiterverbinden.«

Sie lachten beide. Damit war das Eis gebrochen.

Die Analytikerin bat ihn darum, die Taten ausführlich zu schildern. Zum ersten Mal, seit er den Telefonhörer in die Hand genommen hatte, lehnte sich Kepplinger zurück, nachdem er das Telefon auf laut gestellt hatte.

»Ein interessanter Fall«, urteilte seine Gesprächspartnerin am Ende seiner Ausführungen. »Und ich teile Ihre Schlussfolgerungen. Natürlich kann es sich auch um einen männlichen Täter handeln. Denken Sie beispielsweise an jemanden mit starken Minderwertigkeitskomplexen und/oder geringen Körperkräften. Oder an jemanden, der möchte, dass wir denken, es handle sich um eine Täterin.«

Daran hatte Kepplinger bislang nicht gedacht. »Gibt es solche Fälle in der Bundesrepublik?«

»Durchaus, aber natürlich äußerst selten. Wir reden vermutlich auch nicht von einem hartgesottenen Killer, der mit der Polizei ein Katz-und-Maus-Spiel spielt. Ich denke, so wie sich Ihre Kollegin ausgedrückt hat, kommt das der Realität sehr nahe.«

Kepplinger machte sich eine Notiz. Gleichzeitig dachte er daran, dass es gut gewesen wäre, wenn er den Hörer an dieser Stelle an Anja Kober hätte weiterreichen können.

»Noch etwas«, klang es aus dem Lautsprecher. »Worüber ich mir die ganze Zeit den Kopf zerbreche, warten Sie …«

Kepplinger trank einen Schluck Wasser.

»Abgesehen von der Vorgehensweise …«, fuhr die Analytikerin fort, »… könnte man aus den Taten eine gewisse Signatur herauslesen. Wissen Sie, was ich meine?«

»Nicht ganz«, räumte Kepplinger ein.

»So etwas wie ein Leitmotiv des Täters oder vielmehr einer möglichen Täterin. Etwas, das uns einen Einblick in die Phantasien oder die Erlebniswelt des Mörders gibt.«

»Woran denken Sie da im Speziellen?«

»An das Wasser, Kollege Kepplinger.«

»Das verstehe ich nicht.«

»Ich auch nicht«, sagte die Analytikerin und lachte erneut in den Apparat. »Zumindest noch nicht. Da müssen Sie und Ihre Leute sich auf die berühmte Suche nach der Stecknadel machen. Natürlich kann es Zufall sein, dass beide Opfer im finalen Akt der Tötung ertränkt wurden. Gleichzeitig könnte es auch die erwähnte Signatur darstellen.«

»Das würde heißen, dass die Örtlichkeiten bewusst gewählt wurden«, folgerte Kepplinger.

»Entweder das oder dass das zufällige Vorhandensein von Wasser den Tötungsakt in letzter Konsequenz initiiert hat. Aber das ist natürlich weit hergeholt. Wobei ich mir ziemlich sicher bin, dass die Morde nicht um des Tötens willen geschehen sind.«

»Sie spielen auf die Gruppe-eins-Merkmale an? Mordlust oder andere niedrige Beweggründe.«

»Ganz genau.«

»Nach wem suchen wir also?«, fragte Kepplinger, wohl wissend, dass diese Frage nicht zu beantworten war.

»Ich hoffe, dass Sie nicht dem modernen Mythos des Profilings verfallen sind, wobei ja der Begriff schon irreführend ist. Wir stehen beide quasi mit leeren Händen da, und von daher kann ich Ihnen nicht mehr sagen.«

»Diese Antwort habe ich befürchtet«, sagte Kepplinger. »Ich weiß so gut wie Sie, dass dieser ganze Hollywood-Krimskrams kompletter Unsinn ist.«

»Man darf nicht alles verteufeln. Die Amis, im Besonderen das FBI, sind uns immer einen Schritt voraus, aber das liegt vor allem daran, dass die Jungs und Mädels täglich massenhaft Kapitalverbrechen auf den Tisch bekommen. Allein in Chicago gab es im vergangenen Jahr über vierhundert Mordfälle.«

»Unglaublich«, sagte Kepplinger.

»Da haben Sie recht. Wir können uns das gar nicht vorstellen. Über das 4.-Juli-Wochenende gab es im Stadtgebiet zweiundachtzig Schießereien mit insgesamt sechzehn Toten. Das hat zwar nichts mit Ihrem Fall zu tun, zeigt uns aber die etwas anderen Dimensionen auf.«

»Ich verstehe«, sagte Kepplinger. »Und ziehe meine Bewerbung zur Chicagoer Mordkommission zurück.«

Sie lachte. »Hauptsache, Sie bewahren sich Ihren Humor. Wenn Sie möchten, schicke ich Ihnen eine Übersicht aller Fälle der vergangenen fünfzehn Jahre, die mit Tod durch Ertränken zu tun hatten.«

»Das wäre sehr hilfreich.«

»Erwarten Sie nicht zu viel. Vermutlich können Sie die Delikte an einer Hand abzählen.«

»Was ein Vorteil sein kann.«

»Auch wieder wahr. Jedenfalls wünsche ich Ihnen viel Glück, und rufen Sie mich gern jederzeit an.«

»Schön, dass Sie sich die Zeit genommen haben.«

»Keine Ursache. Meine Schicht hat erst begonnen, und die Fälle, die ich zu bearbeiten habe, klingen weitaus weniger spektakulär als der Ihre.«

»Das BKA bearbeitet langweilige Vorgänge?«, wunderte sich Kepplinger.

»Durchaus.« Sie lachte. »Meistens liegt es daran, dass die Dienststellen viel zu spät auf uns zukommen und an den Hinweisen, Spuren und Zeugen bereits das Verfallsdatum knabbert.«

»Niemand gesteht sich gern ein, dass er allein nicht weiterkommt«, sagte Kepplinger.

»Was aber völliger Quatsch ist, da wir alle im selben Boot sitzen. Warum haben Sie angerufen, wenn ich mir die Frage erlauben darf?«

»Vermutlich, da ich bereits zu Beginn unserer Ermittlungen mit meinem Latein am Ende bin.« Kepplinger schmunzelte. »Und weil ich die Boots-Philosophie mit Ihnen teile.«

»Wenn Sie Zeit und Lust haben, kommen Sie doch einfach mal bei uns in Wiesbaden vorbei.«

»Klingt verlockend«, antwortete Kepplinger. »Ist die Behörde etwa auf der Suche nach unerfahrenen Kriminalkommissaren?«

»Immer. Nach einer gründlichen Gehirnwäsche schicken wir Sie so lange auf Fortbildungen, bis Sie es mit jedem FBI-Agenten aufnehmen können.«

»Ich komme auf Ihr Angebot zurück«, sagte Kepplinger schmunzelnd. Schließlich notierte er sich ihre Durchwahlnummer und verabschiedete sich.

Als er den Hörer zurück auf die Gabel legte, musste Kepplinger laut gähnen.

»So müde kannst du ja nicht mehr sein«, sagte Lea, den Kopf zur Seite geneigt.

»Wie kommst du darauf?«

»Du hast geflirtet wie ein Weltmeister.«

»Ich war nur nett. Leider hat es sich nicht ausgezahlt.«

»Das war nur eine Feststellung«, erwiderte Lea. »Du brauchst dich nicht zu rechtfertigen. Was machen wir jetzt?«

»Wir besorgen uns etwas zu essen, und danach suchen wir eine Frau, die gern mit Wasser spielt.«

»Das ist nicht dein Ernst.«

»Was denn sonst?«, rief Kepplinger.

»Hey, komm mal wieder runter. Vielleicht kommen wir über die Modus-Operandi-Dateien weiter.«

»Sag mal, kapierst du es denn nicht? Du hast sie doch gehört!«

»Moritz, ich habe keine Ahnung, was dich gerade so sauer macht, aber so möchte ich keine Unterhaltung mit dir führen.«

»Da gibt's ja auch nichts mehr zu sagen, oder?«

Lea erhob sich von ihrem Platz und begab sich zur Tür. »Ich gehe wieder hoch zu den Ordnern.«

»Viel Spaß.«

Sie verließ, ohne ein weiteres Wort zu verlieren, den Raum und knallte die Tür zu.

In seinem Zorn fegte Kepplinger sämtliche Akten vom Tisch. Er wusste selbst nicht, was ihn so in Rage gebracht hatte, und ihm war klar, dass er sich Lea gegenüber wie ein Idiot benommen hatte. Sie konnte am wenigsten dafür, dass der Fall immer undurchsichtiger wurde und sie die Ermittlungen quasi von vorn beginnen mussten. Vermutlich war ihm das am Ende des Telefonats bewusst geworden.

Kepplinger trat auf den Flur und klopfte an die Tür seines Vorgesetzten. Keine Reaktion. Er blickte auf die Uhr: zehn vor sieben.

»Mist!«, fluchte er und klapperte sämtliche Türen der Kollegen ab. Wolfgang Herder war der Einzige, der über eine Liste gebeugt an seinem Schreibtisch saß.

»Gibt es etwas Neues?«

Herder schüttelte den Kopf. »Vogels Klientinnen und Klienten der vergangenen vierzehn Monate«, sagte er und deutete auf den Wust aus Faxpapier. »Über sechshundert Namen. Ich weiß nicht, worauf ich mein Augenmerk legen soll.«

»Auf Frauen vielleicht«, sagte Kepplinger.

»Willst du mich auf den Arm nehmen?«

»Keineswegs. Es zeichnet sich ab, dass es sich eventuell um eine Täterin handeln könnte.«

»Wie kommst du auf dieses schräge Brett?«

»Ach, vergiss es«, sagte Kepplinger und spürte, wie sein Groll zurückkehrte.

»Was jetzt?«

»Ich sagte: Vergiss, was ich gerade erwähnt habe.« Er wandte sich zum Gehen.

»Übrigens, Kepplinger!«

»Ja.«

»Brandstätter meinte, dass wir uns morgen nur dann treffen, wenn irgendetwas Bahnbrechendes geschieht.«

»Meinetwegen«, sagte Kepplinger müde und ohne Ehrgeiz, diese Entscheidung in Frage zu stellen.

»Er lässt sein Handy die Nacht über eingeschaltet.«

»Ist gut.«

Er trottete in das Büro der Sekretärin und holte sich eine Tasse Kaffee. Anschließend ging er lustlos zurück in sein Büro, schaltete das Radio ein und zappte durch die Sender. Schließlich zog er den Stecker aus der Wand und fuhr den PC hoch.

Bei der Durchsicht der eingegangenen Mails weckte nur eine Nachricht sein Interesse. Beinahe stieß er beim Griff nach der Maus seine Tasse um. Elisabeth Schreibers rechtlicher Betreuer hatte ihm eine Auflistung der Städte übersandt, in denen das Pfarrehepaar tätig gewesen war.

»Bingo!«, rief Kepplinger, als sein Blick auf den vorletzten Wirkungsort fiel: Saarbrücken, 2001 bis 2003.

Danach hatten Schreiber und ihr Mann noch ein paar Monate im Evangelischen Diakoniekrankenhaus in Freiburg gearbeitet. Schließlich erfolgten Festnahme, Verurteilung und Scheidung. Schreibers Exmann verbrachte sein Leben, den Angaben der Mail zufolge, als Frühpensionär in einem Teilort von Kirchzarten mit dem romantisch klingenden Namen Burg am Wald.

Sein Telefon klingelte. Es war Lea.

»Hast du dich wieder beruhigt?«

»Ja, ich …«

»Schon gut«, unterbrach sie ihn. »Kommst du hoch? Ich habe etwas Interessantes gefunden.«

»Was denn?«

»Jetzt beweg deinen Hintern.«

Lea hatte bereits aufgelegt. Kepplinger griff nach seiner Kaffeetasse, informierte Herder und machte sich auf den Weg. Als er den Besprechungsraum betrat, sprang Lea von ihrem Platz auf.

»Dieser Ordner gehört zu der Kategorie Biberverbiss«, sagte sie aufgewühlt. »Etwas, das nicht in die Landschaft passt, die wir bislang gezeichnet haben.«

»Da bin ich aber gespannt.«

Die Sammelmappe, die geschlossen vor Lea auf dem Tisch lag, unterschied sich äußerlich nicht von den anderen, die sie in Hagen Gebhardts Wohnung beschlagnahmt hatten.

»Hast du schon alle durch?«, fragte Kepplinger.

»Ungefähr die Hälfte. In jedem dieselbe bürokratische Aktenhaltung, wie ich dir gezeigt hatte. Nur nicht in diesem.«

»So spannend?«

»Das nicht«, sagte Lea. »Aber der Inhalt passt nicht zu dem, was wir bisher entdeckt haben. Mit Ausnahme des Märchenzimmers im Keller vielleicht.«

Kepplinger warf einen Blick auf das leere Rückenschild, dann schlug er den Ordnerdeckel auf. Lea folgte gespannt seiner Reaktion.

»Eva«, las Kepplinger laut die handgeschriebene Überschrift auf der ersten Seite. Es folgte eine Bildersammlung mit etwa fünfzig Fotografien, die in hochwertigen, eigens dafür vorgesehenen Hüllen aus dickem Plastik steckten, wie Kepplinger sie von Lichtbildmappen der Tatortgruppe kannte.

Teilweise klebten kleine Notizzettel in den Hüllen, oder es fanden sich knappe Randbemerkungen, die mit bunten, wasserfesten Stiften daraufgeschrieben waren. Die Fotos zeigten ausnahmslos eine bestimmte Frau, vielmehr zu Beginn ein Mädchen, das im chronologischen Verlauf der Sammlung älter und reifer wurde, und endeten schließlich mit einem Bild von ihr, das auf September datiert war. Die vielleicht Mittdreißigerin saß auf einer Parkbank, war gerade mit ihrem Mobiltelefon beschäftigt und schien einen für die Jahreszeit ungewöhnlich warmen Mantel zu tragen. Neben ihr lehnte eine Einkaufstasche einer Göppinger Papeterie.

»Eva also«, sagte er, nachdem er einen ersten Eindruck gewonnen hatte. »Die vierte unbekannte Frau in unserem Fall.«

»Wieso die vierte?«, fragte Lea überrascht.

»Falsch«, korrigierte sich Kepplinger. »Die dritte, nachdem wir das Geheimnis von Ella Jankovic gelüftet haben.«

»Lilly. Die Unbekannte mit der großen Oberweite, die der Rentner beobachtet hat, und jetzt Eva.«

»So sieht es aus.«

»Gebhardt war unverheiratet und kinderlos«, fuhr Lea fort.

»So lauten die bisherigen Informationen«, sagte Kepplinger.

»Schon klar«, entgegnete Lea. »Aber wenn er ein Kind gezeugt hat und Eva den Nachnamen ihrer Mutter trägt, steht trotzdem in irgendeinem Stammbuch der Vatername.«

»Eva könnte auch eine Nichte sein«, sagte Kepplinger.

»Gebhardt hatte keine Geschwister, falls du dich erinnerst.«

»Oder die Tochter einer Freundin, mit der er sich gut verstanden und vielleicht sogar eine Patenschaft übernommen hat.«

»Aber wir haben bislang keine Hinweise auf eine Freundin, geschweige denn auf ein Mädchen namens Eva«, sagte Lea. »Wir wissen nur von Elisabeth Schreiber und, wenn dieser Vermieter in Frankreich die Wahrheit sagt, dass Gebhardt ab und an eine Nutte in die dortige Wohnung bestellt hat.«

»Korrekt«, sagte Kepplinger. »Aber wer sollte diese Frau sonst sein? Wohl kaum seine Partnerin.«

»Du hast die Bilder gesehen«, fuhr Lea fort. »Kein normaler Mensch hortet Babyaufnahmen seiner Lebensgefährtin oder schreibt ›Einschulung‹ oder ›Erstes Auto‹ neben die Fotografien.«

»Vielleicht gehört ihm das Album gar nicht.«

»Aber es ist seine Handschrift.« Lea öffnete zum Vergleich einen der anderen Ordner und deutete auf einen Notizzettel.

Kepplinger musste ihr recht geben. Er betrachtete die Bilder von Neuem. »Ist dir das aufgefallen?«, fragte er schließlich.

»Was meinst du?« Lea sah ihn fragend an.

»Es wirkt beinahe so, als seien die Bilder sämtlich aus der Distanz aufgenommen. Als ob ›Eva‹ im jeweiligen Moment gar nicht wusste, dass sie fotografiert wird.«

Lea nahm die Fotos unter diesem Aspekt nochmals unter die Lupe und stimmte zu. »Hagen Gebhardt, ein Paparazzo?«

Kepplinger wusste nicht, was er darauf erwidern sollte, und blätterte abermals durch die Sammlung. »Er hat sie in völlig unspektakulären Alltagssituationen abgelichtet«, stellte er fest. »Auf dem Schulhof, vor einer Universität, beim Shoppen und in diesem Park.«

»Was ist das hier?« Lea tippte mit dem Finger auf eine unkommentierte Momentaufnahme in einem Hallenbad.

»Sieht aus wie eine Siegerehrung nach einem Schwimmwettkampf«, meinte Kepplinger.

Lea blätterte wieder ans Ende der Sammlung. »Das letzte Bild wurde in Göppingen aufgenommen«, bemerkte sie. »Ob Eva womöglich hier lebt?«

»Das könnte eine Erklärung für Gebhardts Aufenthalte sein«, sagte Kepplinger. »Aber wer zum Teufel ist sie, und was wollte er von ihr?« Er griff zum Telefon und wählte Wolfgang Herders Nummer, der das Gespräch auf der Stelle annahm.

»Arbeitest du noch an diesen Listen?«

»Warum willst du das wissen?«

»Lea und mich würde interessieren, ob eine Eva unter Vogels Klientinnen war.«

»Wie kommt ihr darauf?«

»Die Dame taucht in Gebhardts Unterlagen auf.«

»Ich kann nachsehen«, sagte Herder. »Muss das heute sein?«

»Wir könnten dir helfen.«

»Ich ruf zurück.«

Lea sah Kepplinger nachdenklich an. »Was hältst du davon, wenn wir den Rentner einen Blick auf die Bilder werfen lassen?«

»Hat Eva einen großen Busen?«

»Man sieht es nicht genau auf den Fotos, aber der Typ hat ja hoffentlich nicht nur darauf geachtet.«

»Wir können es versuchen«, sagte Kepplinger. »Klingt jedenfalls vielversprechender als das, wofür Kollege Herder mich gerade verflucht.«

»Du hast mich am Telefon mit ins Spiel gebracht.«

»Okay. Er verwünscht uns beide.«

»Danke, Herr Kommissar.«

»Hast du schon etwas gegessen?«

»Ich könnte eine Partypizza verdrücken.«

»Das trifft sich gut«, sagte Kepplinger und griff nach seinem Mobiltelefon.

Sie bestellten Pizza und Salat. Der Bote versprach, in einer halben Stunde zu liefern.

Kurz darauf meldete sich Herder wieder. »Es gibt drei Evas, zwei Eva-Marias und jeweils eine Eva-Marlies, Susanne-Eva, Victoria-Eva, Eva-Regine und Eva-Marzella«, sagte er übellaunig.

»Wie alt sind die Damen?«

»Zwischen zweiunddreißig und siebenundfünfzig.«

»Und die Nachnamen?«, fragte Kepplinger. »Nur die Jüngeren, wenn es geht.«

»Warte«, brummte Herder. »Eva Blumberg, Eva-Maria Thurig, Eva-Marzella Czemmel und Victoria-Eva Zijlstra, wenn ich das richtig entziffert habe.«

Kepplinger notierte sich die Namen und legte anschließend den Hörer auf die Seite.

»Das war wohl ein Schuss in den Ofen«, sagte er zu Lea.

»Das kannst du jetzt noch nicht sagen.«

»Es müsste doch möglich sein, diese Dame ausfindig zu machen«, grübelte Kepplinger. »Wenn sie in Göppingen oder Umgebung wohnt, erst recht.«

»Wolltest du dich nicht in der Geduld Tolstois üben?«

»Nicht mit hungrigem Magen«, sagte Kepplinger.

***

Das Geräusch eines Schlüssels ließ sie aus ihrem Halbschlaf hochschrecken. Irgendwann hatten ihr die Beine ihren Dienst versagt. Sie war zu Boden gegangen wie ein Boxer, ohne etwas dagegen tun zu können. Dabei hatte sie sich den Kopf an der Telefonablage angeschlagen und sich eine Platzwunde zugezogen. Sie hatte keinen Schmerz gespürt. Nicht das leiseste Pochen, obwohl die halbkreisförmige Platzwunde der Größe eines Tischtennisballs entsprach. Auf dem Boden hatte sich eine purpurfarbene Blutpfütze in der Form eines Spiegeleis gebildet.

Sie hatte die Wirkung des Psychopharmakons unterschätzt. Hinzu kam, dass etwas mit der Einstellung des Insulins nicht mehr passte. Womöglich gab es eine Wechselwirkung der beiden Medikamente.

Jana stieß einen gellenden Schrei aus, als sie in den Flur trat. »Was ist passiert?«

»Bist du allein?«

»Ja natürlich.«

»Und deine Bullenfreundin? Warum hast du sie nicht mitgebracht?«

Da war es. Dieses verräterische Zucken ihrer Augenlider. Wie gut sie die Körpersprache ihrer Partnerin verstand. Jetzt würde die Unschuldstour folgen.

»Ich verstehe nicht, wovon du sprichst«, sagte Jana. »Ich weiß nur, dass du einen Arzt brauchst oder ins Krankenhaus musst.«

»Möchtest du mich nicht küssen?«, fragte sie. »Einen deiner Judasküsse. Wie wär's?«

»Mein Gott«, stammelte Jana. »Was redest du da? Was habe ich dir nur getan?«

»Das weißt du nicht?«

»Nein, um Himmels willen …«

»Fickst du mit ihr?« Sie warf ihr die Visitenkarte vor die Füße. »Antworte gefälligst! Leckt dir die Kripo-Tussi die Muschi?«

»Das ist völlig verrückt!« Jana fasste sich an die Stirn. »Du spinnst vollkommen. Was denkst du nur?«

»Dann erklär's mir!«, brüllte sie zurück. »Und wehe, du lügst mich an.«

»Ich habe die beiden in der Stadt getroffen. Da war nichts, hörst du? Überhaupt nichts.«

»Beide?«

»Christina«, sagte Jana. »Christina und diese Polizistin.«

»Und da tauscht man Visitenkarten aus? Bei einem zufälligen Treffen?«

»Himmel … Lea Thomann gibt Kurse … Selbstverteidigungskurse … Christina geht dahin. Und sie haben mich eingeladen.«

»Selbstverteidigungskurse also«, sagte sie. »Wozu brauchst du das? Um dein kaputtes Ego wieder aufzurichten?«

»Du tust mir weh. Warum sagst du so etwas?«

»Ich glaube dir nicht.«

»Ich kann dir leider auch nicht mehr alles glauben«, flüsterte Jana.

»Wovon sprichst du?«

»Ich möchte jetzt nicht darüber reden«, erwiderte Jana. »Du musst unbedingt zum Arzt, die Wunde sieht fürchterlich aus. Wie ist das überhaupt passiert?«

»Darüber möchte ich jetzt nicht reden«, äffte sie ihre Partnerin nach. »Hör mir genau zu: Ich brauche keinen Arzt. Es geht mir gut. Ich kann klare Gedanken fassen.«

»Vielleicht könnte Christina sich die Wunde ansehen.«

»Deine Zahnärztin kann mir gestohlen bleiben. Wer weiß, was du mit ihr alles anstellst.«

»Sie ist verheiratet. Ich betrüge dich doch nicht, und das weißt du.«

»Woher soll ich das so genau wissen?«

»Hör endlich auf damit.«

»Es hat gerade erst begonnen.«

»Was meinst du?«

»Unser Gespräch.«

»Soll das etwa eine Unterhaltung sein?«

»Was sonst?«

»Da gibt es nicht mehr zu besprechen als das, was ich bereits gesagt habe.«

»Und Christina?«

»Was hat *sie* damit zu tun?«

»Das weiß ich nicht. Noch nicht. Aber du wirst mir sicher alles erzählen.«

»Nein«, sagte Jana entschlossen. »Ich habe dir alles gesagt. Deine Eifersucht ist völlig unbegründet, und über die Polizistin brauchst du dir keine Gedanken zu machen.«

»Gut gebrüllt, Löwe.« Sie klatschte zynisch in die Hände. »Hat dir das Superwoman Lea Thomann beigebracht? Dass du mir mit Ich-Botschaften gegenübertreten und deine Bedürfnisse einfordern sollst?«

»Ich gehe jetzt ins Bad.« In Janas Stimme hatte sich ein trotziger Unterton geschlichen. Schließlich wagte sie einen Schritt nach vorn.

Der Schlag traf sie mit voller Wucht ins Gesicht. Augenblicklich schoss Blut aus Mund und Nase.

Dann verlor sie das Bewusstsein.

***

»Was wollen Sie denn schon wieder?« Die Stimme des Rentners klang verwaschen. »Ich habe doch alles gesagt.«

»Leider lässt es sich nicht vermeiden, dass Sie sich noch mal ein paar Bilder ansehen.«

»Kommt die Polizei immer zu solchen Unzeiten?«

»Wir haben die Fotos erst vorhin erhalten.«

»Gleich fängt mein Film an. So lange haben die Herrschaften Zeit.«

Der Türöffner summte. Moritz Kepplinger und Lea Thomann betraten das Treppenhaus. In einer Ecke stand eine Kehrschaufel, auf der eine tote Maus lag.

»Lecker«, murmelte Kepplinger.

Der Alte trug denselben altmodischen Trainingsanzug wie zwei Tage zuvor. Aus der Wohnung strömte der Geruch nach Mottenkugeln, leeren Bierflaschen und Zigarettenqualm. Lea rümpfte die Nase.

»Möchten Sie Kaffee?«, fragte der Alte, nachdem sie an einem schmalen Esstisch Platz genommen hatten. Es war offensichtlich, dass er getrunken hatte.

Kepplinger warf einen Blick auf die Glaskanne der Filtermaschine, die von einer dunklen Patina überzogen war, und lehnte entschieden ab. »Wenn Sie einfach nur einen Blick auf diese Bilder werfen könnten.«

»Wegen Ihnen verpasse ich jetzt die Nachrichten«, brummte der Rentner. »Dürfen Sie das überhaupt: zu jeder Tages- und Nachtzeit zu den Leuten gehen?«

»Wenn es sich um die Befragung eines wichtigen Zeugen in einem Mordfall handelt, dürfen wir fast alles«, sagte Kepplinger. »Wir können den Abend auch gern auf dem Revier verbringen, ganz wie es Ihnen beliebt.«

Kopfschüttelnd warf der Alte einen Blick auf die Bilder. »Warten Sie, ich hole meine Brille.« Er verschwand im Wohnzimmer.

Kepplinger meinte, das Geräusch eines Korkens zu hören. Schließlich kam der Rentner zurück. Er blätterte die ausgewählten Bilder rasch durch. Kepplinger war im Begriff, ihn darum zu bitten, die Fotos sorgfältiger zu betrachten, als der Mann für einen Moment innehielt. Es handelte sich um das letzte Bild: Eva auf einer Bank im Park vor der Stadthalle.

Der Alte kniff die Augen zusammen. Schließlich legte er das Foto zu den anderen und schüttelte den Kopf. »Ich kann Ihnen beim besten Willen nicht helfen«, sagte er.

»Was war mit diesem Foto?« Kepplinger tippte auf den Abzug. »Sie haben es länger angesehen als die anderen.«

»Es könnte sein, dass sie so einen Mantel getragen hat. Aber dieses hier wurde bei Tag aufgenommen. Vermutlich sehen nachts alle Mäntel gleich aus. Was weiß ich denn.«

»An das Gesicht können Sie sich nicht erinnern?«, fragte Lea.

»Beim besten Willen nicht.«

»Und die Schuhe«, fuhr Lea fort. »Welche Schuhe trug die Frau?«

»Ich weiß nur, dass alles dunkel war«, erwiderte der Alte. »Und ich habe nicht auf die Füße geachtet.«

Kepplinger fasste sich vergrämt an die Stirn. »Vielen Dank, dass Sie sich Zeit genommen haben«, sagte er. »Jetzt reicht es ja doch noch zum Film.«

»Das will ich hoffen.«

»Was läuft denn?«, erkundigte sich Kepplinger höflichkeitshalber.

»›Lohn der Angst‹. Ein Klassiker«, schwärmte der Alte. »Aber so was kennt ihr jungen Leute ja nicht mehr.«

»Haben Sie einen schönen Fernsehabend«, sagte Kepplinger und wandte sich zur Tür. »Hoffentlich wird die Originalfassung gezeigt. Henri-Georges Clouzot würde sich im Grab umdrehen, wenn er wüsste, dass der Film für das deutsche Kino um zwanzig Minuten gekürzt wurde.«

»Woher wissen Sie das?«, fragte der Alte mit großen Augen.

»In meinem Wohnzimmer hängt ein Bild von Yves Montand«, antwortete Kepplinger. »Ich habe den Film schon als Zehnjähriger gesehen.«

»Was der Herr Kepplinger alles weiß«, stichelte Lea, während sie zur Dienststelle zurückschlenderten.

»Blödsinn«, sagte Kepplinger. »Ich kann nur dieses dumme Geschwätz nicht mehr hören.«

»Auf mich hat das jedenfalls zugetroffen«, sagte Lea. »Ich kannte den Film nicht.«

»Ich wüsste, wie man diese Wissenslücke schließen könnte.«

»Du hast ihn?«

»In Originallänge.«

»Morgen Abend«, sagte Lea. »Nach dem Griechen.«

»Einverstanden.«

Sie kehrten ins Büro zurück. Kepplinger warf einen Blick auf die eingegangenen Mails. Noch keine Antwort vom BKA.

»Wie wäre es, wenn wir heute ausnahmsweise um halb neun Feierabend machen?«, fragte Lea zynisch.

»Spricht nichts dagegen«, sagte Kepplinger. »Ich wollte unbedingt noch ins Krankenhaus.«

Er griff zum Telefon und ließ sich mit der Pflegegruppe verbinden. Zu seiner Überraschung meldete sich dieselbe Pflegerin, der er am Vortag das Foto überreicht hatte.

»Waren Sie rechtzeitig bei Ihrer Besprechung?«, fragte sie.

»Natürlich nicht«, antwortete Kepplinger. »Aber immerhin wurde ich nicht geblitzt.«

»Verraten Sie niemandem, dass ich Ihnen den Tipp gegeben habe.«

Kepplinger teilte ihr sein Anliegen mit. Wider Erwarten stimmte sie einem Besuch zu. »Sie gehen einfach auf den Balkon. Ihrem Freund geht es übrigens ziemlich gut. Vor wenigen Minuten hat er noch vergnügt in seinem Thriller gelesen und wollte mich auf ein Bier einladen.«

»Soll ich welches mitbringen?«

»Wir sind ein Krankenhaus und keine Trinkhalle. Aber Sie schulden mir nach dieser Vorzugsbehandlung natürlich einen Kaffee.«

»Aber nicht im Krankenhaus«, erwiderte Kepplinger.

Sie beendeten das Gespräch. Lea warf ihm einen eindeutigen Blick zu.

»Was?«

»Man spürt es einfach, dass du Single bist«, sagte Lea. »Sogar am Telefon.«

»Und?«

»Nichts«, sagte Lea. »Gehen wir?«

***

Zur Begrüßung absolvierte Markus Ackermann zehn Liegestütze, bevor er zum Hörer griff und Hallo sagte. »Zieht euch warm an«, sagte er. »Morgen komme ich auf Station, und nächste Woche werde ich entlassen.«

»Wir können dich auch gleich mitnehmen«, scherzte Kepplinger.

»Gute Idee, ich pack rasch meine Sachen zusammen.«

»Oder ich bringe dir die Akten vorbei«, rief Lea über Kepplingers Schulter in den Hörer.

»Das war ja klar, dass ihr den Fall ohne mich nicht löst.«

»Du bist einfach unentbehrlich.«

Kepplinger freute sich, Ackermann derart ausgelassen anzutreffen. Er strotzte vor Energie und zurückgewonnener Lebensfreude. Es war unfassbar, wie rasch die Genesung voranschritt.

Kepplinger wollte nicht über den Fall sprechen, aber Markus

Ackermann bat darum, in aller Ausführlichkeit auf den neuesten Stand gebracht zu werden. Kepplinger und Lea wechselten sich in der Darlegung der Fakten und Vermutungen ab.

Ackermann hörte aufmerksam zu und entwarf währenddessen eine Übersichtsskizze, auf der er alle wichtigen Aspekte vermerkte, Querverbindungen und Zusammenhänge mit Pfeilen und gestrichelten Linien zusammenführte.

»Interessant«, sagte er, nachdem sein Blick minutenlang auf der Zeichnung hin und her gewandert war. »Interessant«, sagte er noch einmal, die Lippen aufeinandergepresst.

»Was denkst du?«, fragte Kepplinger.

»Ich hätte viele Fragen. Aber für den Moment beschäftigt mich nur ein Gedanke.«

Kepplinger beobachtete Ackermann, wie er nachdenklich an seinem Bleistift kauend in die rechte Ecke des Zimmers starrte.

»Welches der beiden Verbrechen erzählt uns mehr über den Täter?«, murmelte Markus Ackermann in den Telefonhörer. »Oder meinetwegen über die Täterin.«

»Diese Frage haben wir uns bislang nicht gestellt«, sagte Kepplinger.

»Sind die Taten nicht in der Summe aussagekräftiger?«, fragte Lea.

»Gut möglich«, erwiderte Ackermann. »Ebenso kann es genau umgekehrt sein.«

»Dann würde ich spontan auf die Ermordung Vogels tippen«, sagte Kepplinger.

»Warum?«

»Die exzessive Gewalt. Der Umstand, dass er oder sie das Opfer danach noch ertränkt hat. Da sehe ich jedenfalls ein Kalkül, fern jeglichen Affekts.«

»Etwas von langer Hand Geplantes?«

Kepplinger schüttelte den Kopf. »Eher eine halb geöffnete Tür, hinter der sich eine geballte Ladung Wut und Hass verbirgt.«

»Ein Racheakt?«, bohrte Ackermann weiter. »Eine Bestrafung?«

»Auch das meine ich nicht«, widersprach Kepplinger. »Vielleicht war es so, dass Vogel unbewusst eine Zündschnur in Brand gesetzt hat. Ohne zu ahnen, welch verheerende Sprengkraft sich an deren Ende befand.«

»Könnte es sich dann nicht doch um eine zufällige Begegnung gehandelt haben?«, fragte Lea dazwischen.

»Natürlich ist das möglich«, sagte Ackermann. »Ein Psychopath, der sich bedroht fühlt und Stimmen hört, sobald sich jemand in seine Nähe begibt. So etwas Ähnliches hatten wir schon einmal. Auf der gegenüberliegenden Seite der Unterführung befindet sich im Übrigen eine psychiatrische Klinik, wie ihr wisst, aber dennoch glaube ich nicht an einen Zufall. Denkt an die beiden Submerkmale, die in beiden Fällen vorherrschen.«

»Elektroschock und Ertränken«, sagte Lea.

»Die mögliche Signatur«, sagte Kepplinger.

»Wann bekommst du die Modus-Operandi-Dateien aus Wiesbaden?«, fragte Ackermann.

»Die Kollegin hat versprochen, sich auf der Stelle an die Arbeit zu machen.«

»Ruf noch mal an und sag ihr, dass du alle Fälle brauchst, in denen der Täter völlig ausgerastet ist und dennoch eine Struktur der Tat erkennbar war.«

»Ist das nicht ein bisschen weit hergeholt?«

»Ich bin überzeugt, dass er oder sie das schon einmal getan hat«, sagte Markus Ackermann. »Vielleicht hat es sich beim ersten Mal tatsächlich um eine Handlung im Affekt gehandelt, aber nicht mehr bei diesen Fällen.«

»Wie kommst du darauf?«

»Ich sehe keine Fehler mehr. Obwohl es sich um ungewöhnliche Tatorte handelt, finden wir keinerlei Anhaltspunkte. Im letzten Fall wurden Spuren nachweislich beseitigt.«

»So habe ich das noch nicht gesehen«, räumte Kepplinger ein.

»Dann ruf jetzt an.«

Kepplinger nahm sein Mobiltelefon, wählte die Nummer des BKA und schlenderte auf dem Besucherbalkon auf und ab. Wenig später kehrte er zurück.

»Und?«

»Sie stimmt dir zu«, sagte Kepplinger. »Und hat sich hundertmal entschuldigt, diese Möglichkeit nicht in Betracht gezogen zu haben.«

»Dann warten wir darauf«, sagte Ackermann und gähnte. »Ich würde mich solange um meinen Schönheitsschlaf kümmern. War nett, dass ihr mich besucht habt.«

Kepplinger irritierte das jähe Ende des Gesprächs. Gleichzeitig bemerkte er, wie Ackermann mit einem Mal völlig erschöpft wirkte, und bereute, ihn derart in den Fall involviert zu haben. Er ist noch lange nicht wieder der Alte, dachte er.

Als sie sich verabschieden wollten, war Ackermann bereits eingeschlafen. Vor dem Verlassen der Klinik wandte sich Kepplinger besorgt an die Pflegerin.

»Das ist völlig normal«, beruhigte sie ihn. »Ich habe mich schon gewundert, wie lange er durchhält. Morgen früh ist er wieder quietschfidel.«

Schweigsam ging er mit Lea zu den Aufzügen. Das Thermometer am Ausgang zeigte zwei Grad minus.

»Mal sehen, ob der Schnee bis Weihnachten hält«, sagte Kepplinger.

»Wohl kaum«, erwiderte Lea.

Auf der Rückfahrt fuhren sie an einem Reiterhof vorbei.

»Markus ist so ein Typ zum Pferdestehlen«, sagte Lea. »Findest du nicht?«

Kepplinger schmunzelte. »Wahrscheinlich sogar Dinosaurier.«

»Es fällt mir schwer, zu glauben, dass seine Beziehung im Begriff ist, auseinanderzubrechen.«

»Vermutlich hat das eine nichts mit dem anderen zu tun.«

»Kennst du ein Paar, das, sagen wir, länger als fünf Jahre zusammen ist und dessen Beziehung noch Spuren der anfänglichen Verliebtheit aufweist?«, fragte Lea.

»Auf Anhieb nicht wirklich viele«, antwortete Kepplinger.

»Gestern habe ich in der Stadt eine Bekannte und deren Freundin getroffen, die mit einer Frau liiert ist«, erzählte Lea. »Beides studierte und hochintelligente Menschen, aber wie es scheint, steht die Beziehung kurz vor einem Waterloo. Das fand ich ziemlich schockierend.«

»Was ist daran so außergewöhnlich?«

»Nichts, es ist krasser als in den meisten Fällen. Die eine droht der anderen, sie umzubringen, für den Fall, dass sie sie verlässt.«

»Das ist allerdings starker Tobak«, sagte Kepplinger.

Sie erreichten die Polizeidirektion. Es war kurz nach elf.

»Ich würde dann verschwinden«, sagte Lea. »Was machst du?«

»Kurz die Mails checken«, antwortete Kepplinger.

»Morgen trinken wir eine Flasche mehr als sonst«, sagte Lea. »Einverstanden?«

»Einfach so?«

»Einfach so.«

Gespannt kehrte Kepplinger in sein Büro zurück und loggte sich in den PC ein. Seine gute Laune verflog schlagartig, als er feststellte, dass er keine neuen Mails erhalten hatte. Um sicherzugehen, dass kein Übertragungsfehler vorlag, startete er Rechner und Nachrichtenprogramm neu und überprüfte die Internetverbindung.

Er überlegte, die Analytikerin nochmals anzurufen. Die Vorstellung, ein weiteres Gespräch mit der sympathischen Kollegin zu führen, war verlockend. Schließlich verwarf er den Gedanken wieder. Sie hatte versichert, ihm die Daten so schnell es ging zukommen zu lassen.

Während er lustlos auf den Monitor starrte und über den Besuch bei Markus Ackermann nachdachte, kehrte die Müdigkeit zurück. Die Galgenfrist, die ihm der Nachmittagsschlaf im Lehrsaal gewährt hatte, war aufgebraucht. Er war seit einundvierzig Stunden auf den Beinen. Er beschloss, so rasch wie möglich nach Hause zu gehen und sich auszuschlafen.

Beim Verlassen des Gebäudes fiel ihm ein, dass der Mord an Hagen Gebhardt exakt eine Woche zurücklag. Er nahm einen kleinen Umweg in Kauf und spazierte durch den verschneiten Park. Die Göppinger Innenstadt hatte im Vergleich mit dem Wintereinbruch im Südschwarzwald nur einen Bruchteil der Schneemassen abbekommen.

Die Anlage hinter dem Göppinger Schloss wirkte friedlich, beinahe wie ein Postkartenmotiv. Nichts erinnerte an das Geschehen vor Wochenfrist. Die Absperrbänder der Spurensicherung waren längst entfernt. Keine Blumen oder Grablichter am Brunnen, wie Kepplinger es in anderen Fällen oft erlebt hatte. Er fragte sich, ob es überhaupt jemanden gab, der um Hagen Gebhardt trauerte. Der Gedanke daran, dass ein Mensch zu Tode kam und von niemandem vermisst wurde, stimmte ihn nachdenklich. Für die zeitunglesende Bevölkerung war Gebhardt oder Foret ein Obdachloser gewesen, dessen Tod man beiläufig bei einer Tasse Kaffee wahrgenommen hatte oder auch nicht.

Kepplinger fiel die Gruppe um Jan-Eric Bergmann ein, die einen immensen Anfahrtsweg in Kauf genommen hatte, um dem Ermordeten mit einem Totentanzritual eine Wiedervereinigung mit seiner Seele in der jenseitigen Welt zu ermöglichen.

Er selbst konnte dem Tod nichts Faszinierendes abgewinnen. Er hatte während seiner beruflichen Tätigkeit viele Leichen gesehen und war stets erschrocken gewesen über das jähe Ende des Daseins. Meist hatte er versucht, sich die letzten Stunden und Minuten der Verstorbenen vorzustellen. Ob es so etwas gab wie eine Ahnung, die einen vor solch einem Ereignis überfiel? Er hatte nie eine Antwort darauf bekommen.

Am schlimmsten fand er die Vorstellung, von jetzt auf gleich aus dem Leben gerissen zu werden. So wie die meisten Toten, mit denen er als Polizist zu tun gehabt hatte. Seinem Verständnis nach wurden die Opfer nicht nur ihres Lebens beraubt, sondern auch der Möglichkeit, sich auf ihr Ende vorzubereiten. Was von beidem das schlimmere Verbrechen war, konnte er nicht sagen.

Als er auf die Türschwelle seiner Wohnung trat, versuchte er, die düsteren Gedanken zu verdrängen. Doch nach der Dusche musste er an die Geschehnisse auf Meuniers Hof denken. Das Schrotgewehr an seiner Stirn. Der Umstand, dass er sich nicht mehr daran erinnern konnte, was ihm in diesen Momenten durch den Kopf gegangen war.

Im Bett las er noch ein paar Seiten aus »Man tut, was man kann« von Hans Rath und kringelte sich vor Lachen. Schließlich schlief er vor Erschöpfung ein.

***

So musste es in der Hölle sein.

Jana wurde diesen Gedanken nicht mehr los, während sie zitternd auf dem Stuhl saß, auf dem sie vor Stunden wieder zu sich gekommen war. Nackt. An Händen und Füßen festgebunden wie eine Verbrecherin, zwang ihre Lebensgefährtin sie, eine Frage nach der anderen zu beantworten. In ihrer Angst und Scham und dem sehnlichen Wunsch, dieser Alptraum möge endlich ein Ende finden, hatte sie nicht mehr gewagt zu widersprechen.

Immer wieder verfiel sie in einen bitteren Weinkrampf und flehte Eva an, endlich von ihr abzulassen. Sie beschwor ihre Liebe, da sie keinen anderen Ausweg sah und es bis zum Abend noch ihre Wahrheit gewesen war. Trotz der Streitigkeiten, der Gräben und der Kälte in ihrer Beziehung. Immer wieder versprach sie, niemandem von den Vorfällen zu erzählen. Während sie sich selbst immer und immer wieder dieselben Fragen stellte. Konnte es sein, dass sie nichts über ihre Partnerin wusste? Gar nichts? Dass sie ihr Leben mit einem Wolf im Schafspelz geteilt hatte? Lag es an Evas Krankheit oder daran, dass sie ihre Arbeit verloren hatte?

Jana hatte sich nichts vorzuwerfen, als mit ihrer besten Freundin die Sorge über das drohende Ende der Beziehung geteilt zu haben. Dafür, dass Christina jene Polizistin ins Spiel gebracht hatte, konnte sie nichts. Eva hatte ihr ein ums andere Mal vorgeworfen, dass sie sich zu dem Treffen hatte überreden lassen.

»Das war ein Fehler, für den ich mich entschuldige«, lautete ihre Antwort, die Eva auch nach dem tausendsten Mal nicht zu genügen schien.

Zweimal hatte sie darum gebeten, auf die Toilette zu dürfen, worauf ihre Partnerin nur stumm den Kopf geschüttelt hatte und sie gezwungen gewesen war, ihr Wasser auf dem Stuhl zu lassen. Drohte sie von der bleiernen Müdigkeit übermannt zu werden, stach Eva ihr mit einer Nadel in Oberschenkel und Arme. Ihr Körper war zu einer einzigen schmerzenden Wunde geworden, und in ihrem Innersten brannte ein Feuer der Verzweiflung, das ihr alle Widerstandskräfte geraubt hatte.

Eva drang mit ihren Fragen wie ein Berserker in sie ein. Es fühlte sich an, als würde sie mit Worten vergewaltigt.

Fragen nach früheren Partnerinnen, ob sie es jemals mit einem Mann getan hatte, wie oft sie masturbieren und woran sie dabei denken würde. Details über Details. Unter ständiger Androhung von Gewalt war sie gezwungen, ihre intimsten Geheimnisse preiszugeben. Mitunter ging es so weit, dass sie Dinge einräumte, die sie nie gedacht oder getan hatte, die zu gestehen aber den einzigen Hoffnungsschimmer bot, dass es endlich aufhören würde.

Unterdessen war es halb vier. Sie konnte nicht mehr. Die Furcht davor, dass Eva ihre Drohungen wahr machen würde, wurde immer stärker. Irgendwann würde das Verhör zu Ende sein – und dann? Die Angst vor dem Tod, oder vielmehr dem Sterben, hielt sie wach und ließ sie bereitwillig Frage um Frage beantworten. Solange die Inquisition andauerte, war sie am Leben, und es bestand ein letzter Rest Hoffnung.

Kurz vor fünf war es plötzlich vorbei. Eva war gezwungen, eine Dosis Insulin zu spritzen. Danach verzehrte sie vor ihren Augen ein Butterbrot. Schließlich löste sie die Fesseln und sagte, dass sie für heute fertig seien.

»Du schläfst im Keller«, sagte Eva und führte sie in den einzigen fensterlosen Raum des Hauses. Auf dem Boden lag eine Matratze samt Wolldecke.

Alles ist geplant gewesen, dachte Jana.

»Morgen reden wir weiter«, sagte Eva. Ihre Stimme klang so, als ob nichts vorgefallen wäre. So, wie sie sich am Tag zuvor voneinander verabschiedet hatten.

Teilnahmslos.

Kalt.

Distanziert.

Nachdem die Tür hinter Eva ins Schloss gefallen war, ließ sich Jana auf die Matratze fallen und hielt sich an der rauborstigen Decke fest.

Dem einzigen Halt, der ihr geblieben war.

Samstag

Der Gedanke, etwas Wichtiges versäumt zu haben, schreckte ihn aus einem unruhigen Schlaf. Kepplinger wagte nicht, sich zu bewegen, um die Eingebung nicht zu verscheuchen. Woher die Befangenheit rührte, wusste er nicht.

Schließlich kehrten Fragmente eines Traumes zurück, und er fragte sich, ob ein Zusammenhang bestand. Er war auf der Rückfahrt von einem Besuch gewesen, bei einer Frau in seinem Alter und ihrem Sohn, der gerade erst in die Schule gekommen war. Er erinnerte sich daran, dass er unangemeldet vor der Tür gestanden hatte. Sie hatte über sein unverhofftes Erscheinen Freudentränen vergossen und war ihm um den Hals gefallen. Er wusste nicht mehr, wer die Frau war. Nur dass er sie gekannt haben musste und dass sie schön gewesen war.

Krampfhaft versuchte er, sich an das Gesicht zu erinnern, an ihre Stimme, ihren Namen, ihren Geruch oder irgendetwas, das die Erinnerung zurückbringen würde. Aber er fand keinen Zugang.

Während des Abschieds, als sie ihm aus der Distanz zuwinkte, bemerkte er, dass ihre freizügig geschnittene Sommerbluse verrutscht war und einen unverhüllten Blick auf ihre Brüste gestattete. Er war außerstande, sie auf diesen Missstand hinzuweisen. Stattdessen sah er betreten zu Boden. Als sie es bemerkte, korrigierte sie den Fauxpas mit einer raschen Handbewegung. Auf der Weiterfahrt begleitete ihn eine unterschwellige Erregung, die mit dem Wunsch einherging, diese Frau berühren zu dürfen.

Dieses Gefühl war auch jetzt noch vorhanden.

Wie zum Teufel gelangten derart phantastische Bilder ins Unterbewusstsein?

Kepplinger quälte sich aus dem verknautschten Kissen und warf einen Blick auf die Uhr. Es war halb neun. Er hatte verschlafen.

In diesem Moment klingelte sein Telefon. Es war Brandstätter.

»Kepplinger, wir verschieben die Besprechung auf Montag, es sei denn, Sie haben etwas Weltbewegendes herausgefunden.«

»Guten Morgen. Damit kann ich leider nicht dienen. Ich werde dennoch ins Büro gehen.«

»Wir sehen uns dann spätestens übermorgen, falls nichts dazwischenkommt«, sagte Brandstätter.

»Haben Sie jemanden in der Firma erreicht?«

»Ich hatte Ihnen eine Gesprächsnotiz auf den Schreibtisch gelegt.«

»Die muss ich übersehen haben«, entgegnete Kepplinger.

»Gebhardt wurde vorgeworfen, Schmiergelder in Höhe von einer Million Euro entgegengenommen zu haben.«

»In welchem Zusammenhang?«

»Die Geschäftsreise nach China diente unter anderem dazu, ein verlässliches Unternehmen für den Bau eines neuen Standorts zu gewinnen. Dabei ging es um ein Bauvolumen von eins Komma drei Milliarden US-Dollar.«

»Eine stattliche Summe«, sagte Kepplinger. »Sind die Vorwürfe nicht vor Gericht gelandet?«

»Genau das sollte unter allen Umständen vermieden werden«, antwortete Brandstätter. »Die Gesellschafter haben entschieden, das Problem ohne größeres Aufsehen aus der Welt zu schaffen. Den Personalunterlagen nach gab es nie einen Hagen Gebhardt dort, verstehen Sie?«

»Hat er das Geld tatsächlich genommen?«

»Der Personalratsvorsitzende, mit dem ich gesprochen habe, streitet das entschieden ab. Gebhardt wäre der gewissenhafteste Mitarbeiter gewesen, den die Firma je in einer gehobenen Stellung beschäftigt hat.«

»Dann muss es andere Gründe geben.«

»Von denen wir nie erfahren werden«, entgegnete Brandstätter. »Es sei denn, Sie bringen die damaligen Vorstandsmitglieder oder einen chinesischen Baulöwen zum Sprechen.«

»Ich wahrscheinlich weniger«, sagte Kepplinger. »Aber vielleicht der zuständige Richter am Landgericht.«

»Kepplinger«, erwiderte Brandstätter. »Gebhardt selbst hat um einen Widerruf der Prokura gebeten.«

»Wie bitte?«

»Sie haben es doch gehört. Wenn es eine andere Wahrheit geben sollte, hat Gebhardt sie mit ins Grab genommen.«

»Die entscheidende Frage lautet ja, ob diese krummen Geschäfte etwas mit unserem Fall zu tun haben.«

»Die Verantwortlichen würden uns eine Version präsentieren, die kein Mensch mehr überprüfen kann.«

Kepplinger musste seinem Vorgesetzten recht geben, auch wenn ihn ein solcher Klüngel zuverlässig auf die Palme brachte. Bei der Gelegenheit fiel ihm ein Zitat eines Strafrechtsdozenten von der Hochschule ein: »Die größten Verbrecher tragen Maßanzüge und weiße Handschuhe.«

Vermutlich war es so. Kepplinger wusste, dass die Kriminalstatistik für den Bereich der Wirtschaftskriminalität in Deutschland vernichtende Zahlen ans Tageslicht brachte. Obwohl nur jeder fünfte Fall bekannt wurde, betrug der Anteil dieses Kriminalitätszweiges am wirtschaftlichen Gesamtschaden rund fünfzig Prozent, was einer Summe von vier Milliarden Euro entsprach.

»Übrigens geht es Ackermann besser«, fiel Kepplinger ein.

»Das freut mich natürlich.«

Sie beendeten das Gespräch. Kepplinger verfasste eine Kurznachricht an Anja Kober und bat um Rückruf. Anschließend sprach er Lea eine Nachricht auf ihre Mailbox. Danach verschwand er im Bad, frühstückte Knäckebrot mit Honig und trank dazu eine Flasche Wasser. Gegen halb zehn machte er sich auf den Weg ins Büro.

Über Nacht hatte es ein paar Zentimeter Neuschnee gegeben, der im Laufe des Morgens zu einem hässlichen Matsch zusammengeschmolzen war und die Bürgersteige nahezu unbegehbar machte. Trotzdem ließ Kepplinger den Wagen stehen und kam mit nassen Schuhen und Socken auf der Dienststelle an.

Wie vermutet glänzte sein Zimmernachbar durch Abwesenheit, was Kepplinger ausnahmsweise gelegen kam. Er schloss die Tür, entledigte sich seiner Schuhe und legte die Strümpfe auf den Heizkörper. Zu seiner Verwunderung hatte er noch immer keine Nachricht aus Wiesbaden erhalten, und er nahm sich vor, bis zur Mittagszeit mit einem Rückruf zu warten.

Um kurz nach elf meldete sich Anja Kober. Kepplinger berichtete von den Gesprächen mit der Analytikerin beim BKA und Markus Ackermann. Anja Kober hörte aufmerksam zu. Gegen Ende gewann er den Eindruck, dass ihre Fragen und Anmerkungen mutiger wurden. Überhaupt wirkte sie wie ausgetauscht.

»Hast du heute schon einen Blick in die Zeitung geworfen, Moritz?«

»Sollte ich das?«

»Der Zeugenaufruf ist so bescheuert platziert, dass ihn vermutlich kein Mensch zur Kenntnis nehmen wird.«

»Verzeih, aber ich stehe gerade irgendwie auf der Leitung.«

»Wir suchen doch die Anruferin …«

»Jetzt«, unterbrach Kepplinger.

»Der Text wurde in der Kolumne ›Vermischtes‹ platziert. Ohne Überschrift.«

»Verdammt!«, rief Kepplinger. »Ich werde Brandstätter auf die Füße steigen, damit er sich dafür einsetzt, dass die Fahndung morgen in die Sonntagszeitung kommt.«

»Na dann, viel Erfolg.«

»Wie geht es deinem Sohn?«

»Er hat immer noch Fieber. Trotz der Medikamente.«

»Ich rufe dich an, wenn es etwas Neues gibt«, versprach Kepplinger.

Nachdem er aufgelegt hatte, holte er sich eine Tasse Kaffee. Zurück im Büro, klingelte erneut das Telefon. Es war Lea.

»Hast du die Unterlagen?«

»Um zwölf ruf ich an«, sagte Kepplinger. »Bis dahin gebe ich ihr Zeit.«

»Die Kollegin wird im Wochenende sein.«

»Dann muss sich eben jemand anderes kümmern«, brummte Kepplinger.

»Schlecht gelaunt?«, fragte Lea. »Vergiss nicht, dass wir heute Abend ein Date haben.«

»Wann?«

»Nach dem Training. So gegen halb neun.«

»Ich bestelle einen Tisch.«

»Für vier Personen bitte.«

»Wieso das denn?«

Lea kicherte. »Ich habe jetzt schon einen Bärenhunger.«

»Ich bezahle nur die Getränke«, scherzte Kepplinger.

»Das trifft sich gut«, entgegnete Lea. »Ich hatte vor, eine Flasche METAXA AEN mit dir zu trinken.«

»Was soll das sein?«

»Eine limitierte Auflage anlässlich des hundertzwanzigsten Geburtstags. Die Flasche kostet läppische tausend Euro, was dir der Abend sicher wert ist.«

»Da müsste ich vorher meinen Bankberater konsultieren.«

»Übrigens habe ich eine Überraschung.«

»Wenn du mir jetzt schon davon erzählst, ist es keine Überraschung mehr.«

»Ich meine dienstlich«, erwiderte Lea.

»Ich bin ganz Ohr.«

»Erinnerst du dich daran, wie wir vergessen haben, nach einem Mülleimer an Schreibers Wohnadresse zu sehen?«

»Darauf bist du gekommen«, sagte Kepplinger. »Klar weiß ich das noch.«

»Ich habe mit einem Kollegen der Kripo Ulm darüber gesprochen, und der hat sich gestern auf dem Anwesen umgesehen. Heute Morgen rief er zurück.«

»Jetzt erzähl schon.«

»Hinter dem Carport, unter dem diese Nobelkarosse stand, befindet sich ein Müllcontainer. Der war allerdings leer, da am Donnerstag die Abfuhr erledigt wurde.«

»Und das nennst du eine Überraschung?«

»Warte doch, du ungeduldiger Esel«, schimpfte Lea. »Daneben steht ein mit Ketten gesicherter, halb so großer abschließbarer Behälter, eine sogenannte Datenschutzbox.«

»Und weiter?«

»Die Box war unverschlossen, um es genau zu sagen, steckte der Schlüssel. Als ob ihn jemand in aller Eile dort vergessen hätte.«

»Elisabeth Schreiber«, brummte Kepplinger.

»Ganz richtig«, bestätigte Lea. »In der Box befanden sich

allerlei Papierabfälle und ein dicker Umschlag, in dem sich wiederum zwei Packen Briefe befanden, jeweils etwa fünfundzwanzig Stück.«

»Die alle an Elisabeth Schreiber adressiert waren«, riet Kepplinger.

»Und von zwei Absendern stammten«, fügte Lea hinzu. »Dreimal darfst du raten.«

»Hagen Gebhardt.«

»Bingo. Und der zweite?«

»Von ihrem millionenschweren Kosmopoliten?«

»Falsch!«

»Sag schon.«

»Der verschwiegene Holger Bahlow.«

»Da schau her«, sagte Kepplinger. »Und, weißt du schon etwas über den Inhalt?«

»Der Kollege hat am Telefon ein paar Zeilen angelesen«, berichtete Lea. »Es steht überall dasselbe drin.«

»Jetzt bin ich aber gespannt«, sagte Kepplinger.

»Liebesbriefe, Moritz. Richtig schnulzige Liebesbriefe, in denen beide über Jahre hinweg ihre Gefühle für diese Frau beteuern.«

»Das ist ja unfassbar«, sagte Kepplinger. »Eine romantische Dreiecksbeziehung.«

»Wenn ich es richtig verstanden habe, sieht es so aus, als ob Schreiber die Jungs an der langen Leine gehalten hat.«

»Wo sind die Briefe?«

»Mit der Dienstpost unterwegs.«

»Das darf ja wohl nicht wahr sein«, fluchte Kepplinger. »Dann bekommen wir sie erst am Montag.«

»Ist das so?«

»Natürlich«, schimpfte Kepplinger.

»Ich kann versuchen, den Ulmer Kollegen nochmals zu erreichen.«

»Das wäre gut«, sagte Kepplinger. »Notfalls hol ich mir diese Episteln höchstpersönlich dort ab.«

»Ich melde mich«, versprach Lea.

»Kommst du heute noch auf die Dienststelle?«

»Sollte ich?«

»Das musst du entscheiden.«

»Bei mir ist so viel liegen geblieben«, sagte Lea. »Ich überleg es mir, ja?«

»Klar.«

»Wenn etwas Dringendes ansteht, bin ich natürlich da.«

»Ich lass mir was einfallen«, sagte Kepplinger.

»Wir sehen uns heute Abend.«

Kepplinger legte den Hörer auf und überlegte, was er als Nächstes angehen wollte. Vermutlich bin ich der Einzige, der heute hier die Stellung hält, dachte er. Als ob es nichts zu tun gäbe.

Unentschlossen suchte er das Büro der Sekretärin auf und bereitete sich eine weitere Tasse Kaffee zu.

***

Sie war zu weit gegangen. In der Rückschau auf die vergangene Nacht wurde ihr klar, dass sie mit ihrer Wut und ihrem Hass ihren letzten Rückzugsort zerstört hatte. Ganz zu schweigen von dem Gedanken an das, was passieren würde, wenn Jana sich ihrer Freundin anvertrauen und über kurz oder lang die Polizei auf den Plan rufen würde.

So weit durfte es nicht kommen, aber was sollte sie tun? Einen Unfall vortäuschen? Auch dann wäre sie gezwungen, den Behörden gegenüber unangenehme Fragen zu beantworten. Christina und die Polizistin würden sofort Verdacht schöpfen nach allem, was sie schon wussten. Selbst wenn sie den Kopf aus der Schlinge bekäme, würde sie mit einem Schlag alles verlieren. Es gab keinen Vertrag zwischen ihnen, keine Vereinbarungen über das, was sie über die Jahre in die Beziehung mit eingebracht hatte. Das Haus gehörte Jana, und sie hatte sich nur hälftig an den laufenden Haushaltskosten beteiligt. Einmal hatte sie eine Handwerkerrechnung begleichen wollen, aber Jana hatte das Angebot rigoros abgelehnt und einen heftigen Streit vom Zaun gebrochen.

Eine Zeit lang hatte sie den Verdacht gehegt, Jana würde

ihre Beziehung als einen Kompromiss zum Alleinsein verstehen. Aber natürlich war es von Beginn an genau umgekehrt gewesen.

Jetzt hatte sie alles zerstört, vielmehr ihre unbezähmbare Wut. Nach dem, was in den vergangenen Tagen geschehen war, kam es ihr wie ein Wunder vor, dass die Fremde in ihr Jana nicht kurzerhand totgeschlagen hatte. Etwas hatte sie zurückgehalten, aber das Ergebnis war unterm Strich dasselbe. Sie hatte den Ast, auf dem sie saß, so weit angesägt, dass er in Kürze brechen würde.

Als sie den Kellerraum aufschloss und Jana wie ein verletztes Tier aus dem Schlaf hochschreckte, wusste sie, dass ihr beider Leben an einem seidenen Faden hing. Im selben Atemzug wurde ihr klar, dass sie nicht die geringste Ahnung hatte, wie sie es anstellen konnte, ihrer Partnerin die Situation zu erklären. Sich womöglich für alles zu entschuldigen. Die Kriegerin in ihr schlief, als ob sie das alles nichts anginge, dabei trug sie maßgeblich die Verantwortung an dem, was geschehen war.

Mit einem Mal kehrte ihre Angst zurück.

***

Gegen elf klopfte Christian Schwarz an die Tür und legte Kepplinger den Bericht der Spurensicherung auf den Tisch.

»Das ging aber flott«, sagte er und warf einen Blick auf das Dokument. Dann hatte er eine andere Idee. »Hättest du Lust, mir die Fußgängerunterführung zu zeigen und die Strecke abzugehen, die der Hund euch geführt hat?«

»Deswegen bin ich hier«, sagte Schwarz. »Aber es wäre ratsam, wenn du Schuhe anziehen würdest.«

Kepplinger lachte. »Meine Winterstiefel liegen fein verpackt im Keller meiner Exfreundin.«

»Upps.«

»Vermutlich werde ich mir neue kaufen«, sagte Kepplinger augenzwinkernd.

Sie machten sich mitsamt dem Bericht auf den Weg.

»Ein idealer Tatort«, sagte Kepplinger, nachdem sie den gesamten Unterführungskomplex inspiziert hatten. »Hier liegen jede Menge Steine. Womöglich wurde Raimund Vogel mit einem besonders spitzen Exemplar der Schädel eingeschlagen.«

»Die Jungs von der Spurensicherung sehen das ähnlich.«

»Wie kalt war das Wasser gestern Abend?«

»Sechs Grad.«

»Zeigst du mir die Telefonzelle?«

Sie befand sich neben der Zufahrt zum angrenzenden Gymnasium und war nur durch einen Windfang geschützt, was die lauten Verkehrsgeräusche auf dem Band erklärte.

»Ich kann mich nicht daran erinnern, wann ich so ein Ding zuletzt gesehen habe«, sagte Kepplinger.

»Man beachtet sie im Zeitalter des Handys nicht mehr«, sagte Schwarz. »Ich habe mich gewundert, dass es im Stadtgebiet noch zehn öffentliche Fernsprecher geben soll. Frag mich aber bitte nicht, wo.«

»Können wir annehmen, dass die Zeugin kein Mobiltelefon besitzt?«, fragte Kepplinger. »Oder wollte sie einfach nur anonym bleiben?«

»Darüber habe ich lange nachgedacht«, erwiderte Schwarz.

»Und?«

»Was tut jemand, der unverhofft Zeuge einer brutalen Auseinandersetzung wird?«

Kepplinger zwang sich dazu, Schwarz in seinem Gedankengang nicht zu unterbrechen.

»Die meisten würden sich vermutlich wegdrehen und das Weite suchen. Die übrigen schreiten entweder ein oder setzen einen Notruf ab. Sie entscheidet sich, warum auch immer, für Variante zwei. Vielleicht kennt sie das Opfer und ist gar nicht zufällig dort, oder sie kommt einfach ihrer Bürgerpflicht nach, was die Frage aufwirft, weshalb sie anonym bleiben möchte. Dafür gibt es aus meiner Sicht zwei Erklärungen: Erstens, sie fürchtet, ihre Identität würde im Zusammenhang mit den Ermittlungen bekannt werden, und/oder sie hat schlechte Erfahrungen mit der Polizei gemacht. Vielleicht hat sie schon einmal einen Vorfall gemeldet und wollte den Unannehmlichkeiten der Zeugenvernehmung und einer möglichen Gerichtsverhandlung aus dem Weg gehen. Zuletzt vermute ich, dass sie in der Gegend wohnt oder sich aus anderen Gründen gut auskennt.«

»Weil sie von der Existenz der Telefonzelle wusste?«

»Die Anlage ist unbeleuchtet«, sagte Schwarz. »Wir sind gestern zweimal daran vorbeigegangen, obwohl wir geflissentlich danach gesucht haben.«

»Sie könnte auch Schülerin am Gymnasium sein«, folgerte Kepplinger.

»Jedenfalls verfügt sie über die nötige Ortskenntnis.«

Kepplinger merkte, dass sich Schwarz viel intensiver mit der Situation auseinandergesetzt hatte als er. Alles klang plausibel und bot dennoch keinerlei Ansatzpunkte für die Suche nach der unbekannten Anruferin. Gleichzeitig begann er, den Sinn des Zeugenaufrufs in der Presse in Frage zu stellen.

Sie folgten in umgekehrter Richtung dem Weg, den Vogel zuletzt gegangen war. Schließlich erreichten sie das Postamt. Schwarz führte Kepplinger über eine Seitentreppe in den gesonderten Bereich, in dem sich die Postfächer befanden.

»Hier hat er sich wohl die meiste Zeit aufgehalten«, sagte Schwarz und deutete auf eine Stelle an der Fensterseite.

»Was hat er hier gewollt?«, fragte Kepplinger. »Wenn er doch selbst über kein Postfach verfügt.«

»Wie wäre es mit: Post für einen Bekannten holen«, mutmaßte Schwarz. »Vielleicht wollte er sich aber auch nur aus bloßer Neugierde einmal umsehen oder hatte eine Verabredung.«

»Zufällig kommt hier jedenfalls niemand rein«, sagte Kepplinger.

»Möglicherweise hat er jemanden begleitet, der ein Postfach gemietet hat.«

»Gibt es Überwachungskameras?«

»Nein.«

»Habt ihr den Angestellten Bilder von ihm gezeigt?«

»Niemand hat ihn je gesehen«, sagte Schwarz. »Hier sowieso nicht. Die Fächer werden von innen befüllt.«

»Wer mietet sich überhaupt ein Postfach?«

»Überwiegend Geschäftsleute«, erklärte Schwarz. »Die meisten holen ihre Sendungen frühmorgens auf dem Weg zur Arbeit hier ab. Was Privatkunden angeht, kannst du deiner Phantasie freien Lauf lassen.«

»Der brave Ehemann lässt sich seine Beate-Uhse-Bestellung lieber hierher schicken als an die Privatadresse.«

»Zum Beispiel.«

»Hier kommen wir nicht weiter«, schimpfte Kepplinger.

Sie traten auf den Bahnhofsvorplatz. Sofort erinnerte sich Kepplinger daran, wie er vor einer Woche hier angekommen und in ein Taxi gestiegen war. Obwohl erst sieben Tage vergangen waren, lag die Rückkehr unterdessen so weit zurück wie der Studienbeginn vor drei Jahren oder sein Auszug aus der gemeinsamen Wohnung mit Valerie. Wie ein Traum, dachte Kepplinger und musste augenblicklich an die Frau denken, wie sie mit entblößter Brust vor ihm gestanden hatte.

»Die Spur hat sich genau hier verloren?«, fragte er.

Schwarz nickte. »Der Malinois hatte zwar eine Witterung in der Nase, konnte sich aber für keine Richtung entscheiden.«

»Was bedeutet das?«

»Die naheliegendste Erklärung ist die, dass Raimund Vogel vor dem Betreten mehrmals um das Postgebäude herumgegangen ist«, zitierte Schwarz die Einschätzung des Hundeführers. »Zudem gibt es hier offensichtlich eine ganze Menge sogenannter Verleit- und Störgerüche, was aber normalerweise kein Problem für das Tier ist.«

»Aber?«

»Nichts aber. Vogel könnte auch mit dem Taxi gekommen und direkt hier ausgestiegen sein.«

Kepplinger schüttelte resigniert den Kopf. »Also wieder etwas für den Mülleimer.«

Sie kehrten auf die Dienststelle zurück.

***

Sie hatte Evas Schritte auf der Kellertreppe gehört, und mit dem näher kommenden Widerhall der Clogs war ihre Angst zurückgekehrt.

Jana hatte kein Auge zugetan, aber die Stille des Raumes und das winzige Gefühl von Geborgenheit, das die Wolldecke, in die sie sich eingegraben hatte, ihr geboten hatte, waren mehr gewesen, als sie sich während des Verhörs – einen anderen Begriff gab es aus ihrer Sicht nicht – hatte vorstellen können.

Einmal hatte sie austreten müssen und beinahe eine Stunde dafür gebraucht, die trügerische Sicherheit der Decke zu verlassen. Nachdem sie in einen alten Putzeimer gepinkelt hatte, ging es ihr besser. Immer wieder musste sie an die ermutigenden Worte der Polizistin denken. Noch war sie nicht vollends gebrochen. Noch rührte sich Widerstand in ihr, der bereit war, ein Wagnis einzugehen, auch wenn es in den Augen Dritter lächerlich erscheinen musste, wenn man sich kaum traute, unter einer Decke hervorzukriechen.

Als der Morgen angebrochen war, hatte sie damit begonnen, ihre Chancen abzuwägen. Auch darauf war sie stolz gewesen, dass sie trotz der Gefahr, in der sie sich befand, klare Gedanken fassen konnte. Sie wusste nicht, wie spät es war, nur dass sie um diese Zeit für gewöhnlich längst auf den Beinen war. Aber was blieb ihr anderes, als zu warten.

In der Abstellkammer gab es nichts, womit sie sich hätte verteidigen oder gar einen Angriff wagen können. Keine Fluchtmöglichkeit oder irgendein Medium, um mit der Außenwelt in Kontakt treten zu können. Um eine solche Chance zu bekommen, musste sie eine neuerliche Begegnung mit ihrer Peinigerin durchstehen.

Das war ihr Plan: Eva keinen Angriffspunkt mehr zu bieten und sich so zu verhalten, als ob nichts Schlimmes passiert wäre. Sie in Sicherheit zu wiegen und, wenn es nötig sein sollte, Verständnis für ihre Wut und Eifersucht aufzubringen. Einmal hatte sie sogar versucht, die Mundwinkel nach oben zu ziehen, um ein verzeihendes Lächeln einzustudieren. Doch musste sie diese irrwitzige Probe auf der Stelle abbrechen. Die Schmerzen in ihrem zerschlagenen Gesicht waren beinahe nicht auszuhalten.

Als die Türklinke wie in Zeitlupe nach unten gedrückt wurde, kehrte das Entsetzen zurück und verdrängte mit einem

Schlag alles, was sie sich vorgenommen hatte. Der letzte Rest an Wärme und Geborgenheit, den ihr die Decke geboten hatte, wich einer frostigen Enge, die ihr die Kehle zuschnürte.

»Guten Morgen, Jana.« Sie vernahm die Stimme ihrer Partnerin, die ihr bekannt vorkam und doch einer Fremden zu gehören schien. Sosehr sie sich bemühte, es gelang ihr nicht, zu antworten. Stattdessen krampfte sich ihr Körper immer mehr zusammen.

»Ich habe ein Frühstück vorbereitet, möchtest du vorher duschen?«

Erst am späten Nachmittag, nachdem sie in ihrem Schweigen nicht ein einziges Mal von Eva bedrängt worden war, wagte sie, einen Fuß auf das dünne Eis zu setzen.

»Ich möchte schlafen«, sagte sie leise, ohne den Blick von der Glasfront zu nehmen, die das Wohnzimmer von einer groß angelegten Veranda trennte und vor der sie den ganzen Morgen über bewegungslos gesessen hatte. Immer mit dem dumpfen Gefühl in der Magengrube, dass im nächsten Moment alles von vorn beginnen würde.

Aber Eva hatte entweder geduldig auf dem Sofa gesessen oder die Küche aufgeräumt. Ein paarmal hatte sie ihr Tee und Brote gebracht und sich nach ihrem Wohlergehen erkundigt. Sie hatte nur genickt, womit Eva sich zufriedengab.

»Natürlich sollst du dich ausruhen«, erwiderte Eva und begleitete sie bis vor die Tür ihres Schlafzimmers, das bis vor wenigen Monaten noch ihr gemeinsames gewesen war. Eva war von einem Tag auf den anderen ins Gästezimmer gezogen, angeblich wegen ihres Schnarchens. Die Vorwürfe hatten sie derart beschäftigt, dass sie sich einer aufwendigen Untersuchung in einem Schlaflabor unterzogen hatte, nach der die Ärzte sie anschließend kopfschüttelnd wieder nach Hause geschickt hatten.

»Ruh dich aus«, flüsterte die Stimme in ihrem Nacken. »Ich bin unten, falls du etwas brauchst.«

***

Zurück im Büro, suchte Kepplinger nach der Nachricht vom BKA. Dann griff er zum Telefonhörer und wählte die Nummer der Analytikerin. Ein Kollege meldete sich und informierte ihn darüber, dass ihre Schicht erst um sechs beginnen würde.

»Können Sie mir vielleicht weiterhelfen?«

»Worum geht es denn?«

Kepplinger schilderte auf die Schnelle sein Anliegen.

»Ah! Der Göppinger Fall«, sagte der Sachbearbeiter. »Wir haben bei der Übergabe kurz darüber gesprochen.«

»Ich bräuchte die Daten unbedingt«, sagte Kepplinger.

»Ich kann Ihnen die Fälle herausfiltern, aber das würde mindestens so lange dauern, bis meine Kollegin hier wieder aufschlägt.«

»Können Sie sie nicht privat erreichen?«

»Ist es wirklich so dringend?«

»Ganz wie man es betrachtet«, antwortete Kepplinger verdrossen. »Übers Wochenende hätte ich die Zeit, mir die Dateien in Ruhe anzusehen.«

»Das verstehe ich. Es ist nur so, dass wir generell …«

»Lassen Sie es«, unterbrach ihn Kepplinger. »Ich warte.«

»Sie wird sich bestimmt sofort melden.«

»Danke«, sagte Kepplinger und warf resigniert den Hörer auf den Tisch. Sekunden später trat Christian Schwarz ins Zimmer. »Warst du das eben?«

Kepplinger hob beschwichtigend die Hand. »Alles in Ordnung.«

»Nicht mit deinem Telefon«, erwiderte Schwarz.

Erst jetzt bemerkte Kepplinger, dass ein streichholzschachtelgroßes Stück der Abdeckung abgesplittert war. Er hielt den Hörer ans Ohr. »Scheint noch zu funktionieren«, sagte er knapp.

»Hier sind die Papiere, die wir in der Unterführung entdeckt haben.« Schwarz reichte ihm einen Aktendeckel.

»Was steht da drauf?«

»Sieht aus wie eine Stichwortsammlung für ein Referat.«

Kepplinger warf einen Blick auf die Unterlagen. »Irgendwas Technisches«, sagte er. »Hier geht es um den Wirkungsgrad von Motoren.«

»Da kenne ich mich leider nicht besonders aus«, sagte Schwarz. »Abgesehen davon wissen wir ja nicht, ob diese Unterlagen etwas mit dem Mord zu tun haben.«

»Natürlich nicht«, sagte Kepplinger. »Ich sehe sie mir nachher in Ruhe an.«

***

Sie fand keine Ruhe. Die neuerliche Veränderung Evas stand der nächtlichen Peinigung in nichts nach. Mit dem feinen Unterschied, dass die Gefahr ihr seit dem Morgen nicht mehr offen gegenübertrat und die Zähne fletschte. Noch vermutete sie eine kurze Feuerpause und begann, sich vor dem Einbruch der Dunkelheit zu fürchten. Noch wagte sie keinen Gedanken daran zu verschwenden, ob es möglich sein würde, ein Telefongespräch zu führen oder gar das Haus zu verlassen. Was sollte sie tun, wenn dieser unheilvolle Waffenstillstand bis Montag andauern würde und sie in die Firma musste?

Plötzlich schreckte sie von einem dumpfen Schlag auf. Was war das? Ein leises Stöhnen drang an ihr Ohr, das im nächsten Moment wieder verstummte. Vorsichtig verließ sie das Bett und öffnete die Schlafzimmertür.

Im Haus war es still.

Einmal wagte sie es, flüsternd Evas Namen zu rufen.

Keine Antwort.

Auf leisen Sohlen schlich sie die Treppe hinab. Es war bereits dunkel, aber sie wagte nicht, Licht anzumachen. Aus der Küche drang der schmale Schein der Straßenlaternen. Vorsichtig lugte sie um die Ecke.

Eva lag regungslos am Boden.

Jana war sofort klar, dass sie einen Insulinschock erlitten haben musste. Schon kniete sie neben ihr, tastete fahrig nach dem Puls und überlegte, wo der nächste Vorrat an Glucagon bereitlag, als sie plötzlich in ihrer Anstrengung innehielt.

Sie eilte in den Flur, griff nach ihrem Mobiltelefon und rannte die Treppe hinauf. Wenige Minuten später kehrte sie mit einer notdürftig gepackten Tasche zurück ins Erdgeschoss.

Einer inneren Stimme folgend, wagte sie sich noch einmal in die Nähe ihrer Partnerin, die unverändert dalag, und tastete nach dem Puls.

Eva war am Leben.

Sobald sie in Sicherheit wäre, würde sie einen Notarzt verständigen.

Jana rannte in den Flur, schlüpfte in Mantel und Stiefel und tastete nach dem Schlüsselbund in ihrer Handtasche, konnte ihn aber nicht finden. Wo hatte sie ihn nur hingelegt? Panisch suchte sie danach. Für einen Moment kam ihr in den Sinn, das Haus zu Fuß zu verlassen. Aber dann erinnerte sie sich an die Box, in der die Zweitschlüssel verstaut waren. Endlich hielt sie das gesuchte Utensil in der Hand und drückte die Türklinke nach unten.

Jana stockte der Atem.

Die Tür war verschlossen.

Das konnte unmöglich sein.

Zitternd wagte sie einen zweiten Versuch.

»Wo willst du hin?« Evas Stimme klang wie ein Donnergrollen. Heiser und geschwächt von ihrer vorübergehenden Ohnmacht. Aber dennoch schärfer als in der Nacht. Wie ein Samuraischwert, das zum tödlichen Hieb ansetzte.

Jana glitt kraftlos zu Boden. Den Blick ungläubig auf den Türgriff gerichtet.

***

Gegen halb fünf meldete sich sein Magen. Rasch streifte er den Mantel über und besorgte sich ein Thunfischsandwich in einem Schnellrestaurant. Es war kälter geworden. Über der Stadt hing eine dicke Wolkenschicht, die den nächsten Schneefall ankündigte. Kepplinger beeilte sich, zurück auf die Dienststelle zu kommen.

Nachdem er das halbe Sandwich verschlungen hatte, fiel ihm ein, dass er am Abend mit Lea zum Essen verabredet war. Er packte die andere Hälfte in eine Spurensicherungstüte und verstaute das Brötchen im Kühlschrank. Danach rief er in dem griechischen Restaurant an und bestellte einen Tisch. Anschließend nahm er sich zum zweiten Mal die Unterlagen vor, die Christian Schwarz vorbeigebracht hatte. Er kam mit dem Fachchinesisch genauso wenig klar wie zuvor, entdeckte aber eine Telefonnummer auf einem der Papiere. Ohne ernsthaft an einen Erfolg zu glauben, tippte er die Ziffern ein.

»Stumpenhagen«, meldete sich eine klangvolle Männerstimme.

Kepplinger schilderte sein Anliegen und wie er auf den Anschluss gekommen war.

»Wie kann ich sichergehen, dass Sie wirklich von der Kripo sind?«

»Indem wir jetzt auflegen, Sie die Göppinger Polizei anrufen und sich verbinden lassen.«

Wenig später rief Stumpenhagen zurück.

»Man kann heutzutage nicht vorsichtig genug sein«, sagte er.

»Ich hätte es genauso gemacht«, sagte Kepplinger.

»Wie, denken Sie, kann ich Ihnen helfen?«

»Vielleicht verraten Sie mir ein wenig über Ihre Person und Tätigkeit«, schlug Kepplinger vor.

»Gut. Ich bin vierundsechzig Jahre alt und Professor an der Universität Stuttgart«, erklärte Stumpenhagen. »Wenn ich Sie richtig verstanden habe, sind Sie an irgendwelche Notizen eines Studenten geraten.«

»Welche Fächer unterrichten Sie?«

»Technische Strömungslehre in den Studiengängen Fahrzeug- und Motorentechnik.«

»Sehen Sie irgendeine Möglichkeit herauszufinden, wem diese Unterlagen gehören?«

»Das könnte schwierig werden, Herr Kepplinger. Ich bin seit über zwanzig Jahren an dieser Einrichtung, und unsere Studenten kommen von überall her. Übrigens auch aus Göppingen.«

»Seit wann haben Sie diese Festnetznummer?«

Stumpenhagen lachte in den Hörer. »Welcher Jahrgang sind Sie, wenn ich fragen darf?«

»'72.«

»Dann ist die Leitung fünf Jahre älter, als Sie es sind.«

»Mist«, sagte Kepplinger leise. »Ist es üblich, dass ein Dozent seine Privatnummer herausgibt?«

»Was stört Sie daran?«

»Vielleicht habe ich mich falsch ausgedrückt«, sagte Kepplinger. »Mich interessiert lediglich, ob es sich vielleicht um einen erlauchten Personenkreis handeln könnte.«

»Meine sämtlichen Adressdaten befinden sich auf jedem Unterrichtsskript und als Signatur am Ende jeder Mail. In der Regel rufen nur höhersemestrige Studenten kurz vor den Prüfungen oder im Rahmen ihrer wissenschaftlichen Arbeiten an.«

»Sagen Ihnen die Namen Hagen Gebhardt, Elisabeth Schreiber, Holger Bahlow oder Raimund Vogel etwas?«

»Ehemalige Studenten?«

»Eher nicht.«

»Angestellte der Hochschule?«

»Das kann ich mir nicht vorstellen.«

»Woher sollte ich diese Personen sonst kennen?«

»Das weiß ich nicht.«

»Ich erinnere mich an keinen der Namen«, sagte Stumpenhagen. »Aber das will nichts heißen. An unserer Hochschule herrscht ein ständiges Kommen und Gehen, da ergibt es keinen Sinn, sich Namen einzuprägen. Wenn Sie mir Fotos zeigen würden, könnte ich Ihnen eine verlässlichere Antwort geben.«

»Alle vier sind um die fünfzig«, gab Kepplinger zu bedenken.

»Dann lautet meine Antwort Nein«, sagte Stumpenhagen. »Nennen Sie mir doch lieber ein paar Details dieser Aufzeichnungen.«

Kepplinger mühte sich, die Kritzeleien zu entziffern. Schließlich unterbrach ihn der Professor. »Das scheint der Aufbau einer Diplomarbeit zu sein, und zwar von jemandem, der vor dem Wintersemester 2008/2009 seinen Abschluss gemacht hat. Danach wurde auf Bachelor und Master umgestellt.«

»Wie können Sie das so genau sagen?«

»Die Hälfte der genannten Themen wurde aus dem Studienplan gestrichen.«

»Wäre es möglich, anhand der Gliederung herauszufinden,

um welche Diplomarbeit es sich gehandelt hat?«, fragte Kepplinger. »Beziehungsweise wer sie verfasst hat?«

»Ein schwieriges Unterfangen, aber nicht ausgeschlossen«, antwortete Stumpenhagen.

»Würden Sie sich die Notizen einmal ansehen?«

»Wenn Sie meinen, dass es Ihnen weiterhilft.«

»Diese Aufschriebe bedeuten in diesem komplexen Fall einen weiteren Strohhalm, und im Vertrauen gesagt, habe ich Stand heute höchstens fünf davon. Nicht mehr und nicht weniger, und mir bleibt nichts übrig, als mich an ihnen festzuhalten.«

»Vielleicht erinnere ich mich auch an die Handschrift. Ich bin diesbezüglich mit einem fotografischen Gedächtnis gesegnet, was sich in meinem Beruf nicht immer als Vorteil erwiesen hat.«

»Dann schicke ich jemanden vorbei, wenn es Ihnen recht wäre«, sagte Kepplinger mit einem Blick auf die Uhr. »Leider habe ich selbst um sechs einen Termin.«

»Heute?«, rief Stumpenhagen in den Hörer.

»Es tut mir leid, aber …«

»Verzeihen Sie, wenn ich unterbreche, aber meine Frau und ich sind auf dem Sprung zu einer goldenen Hochzeit in Baden-Baden. Langsam komme ich in ein Alter, in dem man den Freundeskreis entweder bei einer solchen Veranstaltung oder auf dem Friedhof trifft.«

»Das geht natürlich vor«, gab Kepplinger klein bei. »Darf ich fragen, wann Sie zurückkommen?«

»Morgen Abend, schätze ich«, antwortete der Professor. »Reicht es nicht am Montag?«

»Sicher«, antwortete Kepplinger resigniert.

»Kommen Sie am Nachmittag an die Uni.«

Dieses Mal bemühte sich Kepplinger, den Hörer so abzulegen, dass er nicht vollends zu Bruch ging, obwohl seine Stimmung am Tiefpunkt angelangt war. Er fühlte sich kraftlos und stapfte zur Toilette.

Als er zurückkehrte, bemerkte er, dass er im Verlauf des Nachmittags zwei Kurznachrichten und einen Anruf auf dem Mobiltelefon erhalten hatte. Sofort musste er daran denken, wie rigoros er Kollegen kritisierte, wenn sie an ihrem Telefon die

Stummschaltung aktivierten und in dringenden Fällen nicht zu erreichen waren, dabei passierte ihm selbst dieses Missgeschick immer häufiger.

Lea hatte ihn in der Zeit versucht zu erreichen, in der er mit Christian Schwarz unterwegs gewesen war. Danach teilte sie in ihrer Kurznachricht mit, dass die Ulmer Kollegen sich kooperativ gezeigt hätten und die Briefe an Elisabeth Schreiber unterwegs seien.

Wenigstens das, dachte er und warf einen Blick auf die Uhr. Noch eine knappe Stunde, bis sich die Kollegin vom BKA melden würde.

Die zweite Kurznachricht kam von Daniela. »PUDER PUR – Magst du es dir nicht doch überlegen? ☺« Darunter ein Schnappschuss, auf dem eine Skifahrerin bis zur Hüfte im Pulverschnee einen Hang hinunterbrauste. Im Hintergrund ein Bilderbuchhimmel.

Für einen Moment war Kepplinger geneigt, die Arbeit einfach hinzuwerfen und alles stehen und liegen zu lassen. Vermutlich würde es nicht einmal auffallen, wenn ich erst am Montag wieder im Büro auftauchen würde. Der Gedanke war verlockend.

Dann fiel ihm die Verabredung mit Lea ein.

***

Es war Glück gewesen. Oder Pech. Ganz wie man es betrachtete.

Am Morgen, als sie über alles nachgedacht hatte, war ihr ein paarmal der Gedanke gekommen, sich eine Überdosis Insulin zu spritzen. Damit wäre allen geholfen gewesen. Aber dann hatte sie die feigen Gedanken an einen Selbstmord wieder verworfen. Gleichzeitig war ihr klar geworden, dass Jana ihr diesen Ausrutscher nie verzeihen würde und ihn, sobald sich die Gelegenheit böte, bei der Polizei zur Anzeige bringen und sie aus dem Haus werfen würde. Noch hielt sie die Angst vor einem solchen Vorstoß zurück. Noch wagte Jana nicht, den unausgesprochenen Kontrollbereich zu verlassen. Noch wahrte sie eine vorsichtige Objektivität, wie eine Geisel, die wohlwollend mit den Absichten ihres Kidnappers sympathisierte.

Nachdem Jana sich schlafen gelegt hatte, hatte sie sich jedoch eingestehen müssen, dass sie über keinen Plan verfügte, die Situation wieder geradezubiegen. Schließlich legte sie ein Ultimatum für Montag, sechs Uhr, fest. Das war die Zeit, zu der Jana für gewöhnlich das Haus verließ. Bis dahin musste etwas geschehen. Ansonsten würden sie zusammen in die Hölle fahren.

Kurz bevor ihr die starke Unterzuckerung die Sinne vernebelt hatte, war ihr klar geworden, dass es keinen anderen Ausweg gab. Es musste schön sein, zusammen mit einem Menschen, der einen liebte und den man einmal geliebt hatte, dieses Leben zu verlassen. Nackt vielleicht und eng umschlungen. Sich gegenseitig Halt bietend. Zusammen waren sie in diesen Schmelztiegel geraten, zusammen würden sie ihn wieder verlassen – und die Nachwelt würde annehmen, dass es sich um einen Akt der Liebe gehandelt hatte, was es ja im Grunde genommen auch wäre.

Während sie diesen Gedanken nachgehangen hatte, war es passiert. Viel zu spät hatte sie die Warnsignale bemerkt und die Schuld zuerst auf das Diazepam geschoben. Sie konnte sich nicht daran erinnern, wie sie an den Traubenzucker geraten noch wie es ihr gelungen war, zwei Stücke davon in den Mund zu schieben. Aber als sie wieder zu sich gekommen war, hatte sie zuerst das Zellophan in ihrer Faust und dann die aufgeregten Geräusche im Haus wahrgenommen. Das Rascheln und Knistern eines eiligen Aufbruchs. Einer Flucht.

Sie war stolz darauf, dass sie ihre Wut so rasch unter Kontrolle gebracht und Jana ohne größere Verletzungen in den Kellerraum gesperrt hatte. Natürlich wusste sie, was sie erwarten würde, und es war sinnlos, sie länger leiden zu lassen als notwendig. Fast gewann sie den Eindruck, als wäre eine große Last von ihren Schultern gefallen, als hätte Jana ihr mit ihrem Fluchtversuch die Entscheidung abgenommen, die sie in ihrer Sehnsucht nach Harmonie auf Montag vertagt hatte und die zweifelsohne auf dasselbe Ergebnis hinausgelaufen wäre.

Eine seltene Klarheit begleitete sie bei den letzten Vorbereitungen für ihre gemeinsame Reise in die Dunkelheit. Sie ging ins Badezimmer, schaltete den Temperaturregler nach oben und öffnete den Wasserhahn der Duo-Badewanne. Das Geräusch des sprudelnden Wassers löste ein vertrautes Wohlbehagen aus.

Das Element ihres Lebens.

Sie stellte Kerzen auf, ließ die Jalousien nach unten und mühte sich, eine würdige Atmosphäre zu schaffen. Sie wusste, was zu tun war, als ob sie sich seit Langem auf diesen Augenblick vorbereitet hätte. Vielleicht war dieser Akt derjenige, an dem sie nie gezweifelt und der sie wie eine Vorsehung begleitet hatte: dass sie die Welt durch das Wasser verlassen würde. Die einzige chemische Verbindung auf diesem Planeten, die in der Natur als Flüssigkeit, Festkörper und gasförmig existierte, und ihrem Dafürhalten nach die einzige gangbare Brücke ins Jenseits.

***

Kepplinger hatte sich gerade ins Internet eingeloggt, um nach einer Übernachtungsmöglichkeit in Oberstdorf zu sehen, einfach nur mal so, als das Telefon klingelte.

»Ich habe soeben festgestellt, dass Sie die Dateien nicht erhalten haben«, begrüßte ihn die Analytikerin des BKA. »Das tut mir leid, aber ich habe die Mail heute früh gegen fünf abgeschickt.«

»Hier ist nichts angekommen«, sagte Kepplinger.

»Ihr Postfach ist voll«, sagte sie. »Leider kam die Meldung erst, nachdem ich mich in den Feierabend verabschiedet hatte.«

»Verdammt!«, rief Kepplinger, wohl wissend, dass er in den vergangenen Tagen immer wieder eine entsprechende Benachrichtigung erhalten hatte, in der er aufgefordert worden war, sein Postfach aufzuräumen. »Warten Sie, ich werfe ein wenig Ballast über Bord.«

»Ich bleibe in der Leitung«, sagte sie. »Gibt es schon etwas Neues?«

»Heute war eher so ein Tag, an dem ich am besten im Bett geblieben wäre«, antwortete Kepplinger.

»So schlimm?«

»Ich habe seit Tagen das Gefühl, durch eine Wüste zu wandern und immer wieder am Ausgangspunkt anzukommen. Mit mehr oder weniger leeren Händen. Und bei Ihnen?«

»Ganz ähnlich, heute Nacht bin ich beinahe vom Glauben abgefallen. Sie können sich nicht vorstellen, wie dilettantisch teilweise ermittelt wird, und wenn das Kind dann in den Brunnen gefallen ist, bittet man das BKA um Hilfe.«

»Mein Chef würde mir jetzt sagen, ich möge dies als Herausforderung betrachten«, sagte Kepplinger.

»Das sagt meiner auch ständig«, sagte sie lachend. »Haben Sie Platz für acht Megabyte?«

»Ich denke, ja«, antwortete Kepplinger. Im selben Moment kündigte ein Signalton den Eingang der Mail an.

»Viel Spaß damit«, sagte sie. »Es ist nicht viel, und die meisten Fälle können Sie vermutlich gleich auf die Seite legen. Einen Vorfall fand ich ganz interessant, aber ich will nicht zu viel verraten.«

»Vielen Dank erst mal«, sagte Kepplinger.

»Keine Ursache«, sagte sie. »Übrigens fehlen technisch bedingt auf den Modus-Operandi-Dateien die Personenangaben der Beteiligten. Wenn Sie Fragen haben, können Sie jederzeit anrufen. Ich bin die ganze Nacht erreichbar.«

»Hoffentlich mit interessanteren Fällen als gestern.«

»Schön wär's«, entgegnete sie. »Apropos, das, was ich vorhin gesagt habe, war nicht auf Ihren Fall gemünzt.«

»Mir fällt ein Stein vom Herzen«, sagte Kepplinger.

»War nett, mit Ihnen zu telefonieren.«

»Ganz meinerseits.«

Nach dem Gespräch realisierte Kepplinger, wie seine Laune wieder erträglicher geworden war. Er schaltete das Radio ein und begann damit, die Dateien auszudrucken. Der Stapel war überschaubar, und er nahm sich für die Zeit bis zu seiner Verabredung mit Lea vor, zuerst einen Gesamtüberblick über alle Fälle zu bekommen.

Er kam schneller voran als gedacht. Um kurz vor sieben steckte Christian Schwarz für einen Moment seine Nase ins Büro und verabschiedete sich in den Feierabend. »Arbeitest du noch länger?«, erkundigte er sich.

»Noch eine Stunde«, antwortete Kepplinger. »Ich habe noch ein Rendezvous.«

Schwarz zog schmunzelnd die Augenbrauen nach oben. »Na dann, viel Erfolg.«

Eine halbe Stunde später hatte Kepplinger bis auf einen Fall alle Geschehnisse überflogen und mehr als die Hälfte auf die Seite gelegt, da er entweder keinerlei Parallelen zum Göppinger Fall erkennen konnte oder der Täter längst verurteilt in irgendeinem Gefängnis sein Dasein fristete.

Am meisten berührten ihn jene Geschichten, in denen Kinder zu den Opfern zählten, wie im Fall einer Mutter aus der Nähe von Berlin, die ihre drei Kinder im Alter von zwei, drei und fünf Jahren der Reihe nach in der Badewanne ertränkt hatte. Für ihn war es unvorstellbar, was einen Menschen zu einer solchen Tat treiben konnte. Die Frau hatte sich im Anschluss bei der Polizei gemeldet, und als die Kollegen eintrafen, lag sie neben ihren toten Kindern auf dem Boden des Badezimmers, wo sie mit einem Küchenmesser in der Brust und einer Christusfigur in der Hand röchelnd ein Geständnis ablegte.

Kepplinger legte die Akte auf die Seite und trat ans Fenster. Nachdenklich blickte er in den Nachthimmel. Ein kühler Wind wehte ihm um die Nase. Noch hatte es nicht geschneit. Er schätzte die Temperatur auf knapp über null Grad. In der Nacht würde der vorzeitige Wintereinbruch einen zweiten Anlauf wagen.

Mit einer Gänsehaut auf den Unterarmen wandte er sich vom Fenster ab und ging auf die Toilette. Auf dem Rückweg holte er sich eine Tasse Kaffee und begann anschließend damit, sich mit einem Fall in einer türkischen Hotelanlage zu beschäftigen. Gerade als er angefangen hatte zu lesen, klingelte sein Mobiltelefon. Es war Lea, deren Stimme etwas belegt klang.

»Was ist denn los?«, fragte Kepplinger.

»Vermutlich reicht es mir nicht auf halb neun«, sagte Lea. Im Hintergrund brummte ein Motor.

»Bist du unterwegs?«, fragte Kepplinger. »Ich dachte, du wärst beim Training.«

»War ich auch«, sagte Lea knapp. »Aber es ist etwas dazwischengekommen.«

»Darf ich fragen, was?«

»Ich kann nicht lange telefonieren, Moritz.«

»Du klingst ziemlich aufgeregt.«

»Erinnerst du dich daran, wie ich dir von diesem Paar erzählt habe?«

»Die beiden Frauen?«

»Christina hat vor wenigen Minuten angerufen, dass etwas vorgefallen sein muss. Jana, ihre Freundin, hat sich am späten Nachmittag bei ihr gemeldet. Ihre Partnerin hat sie angeblich gestern Abend niedergeschlagen, regelrecht gefoltert und über Nacht in einen Kellerraum gesperrt. Dabei ging es wohl darum, dass ihre Lebensgefährtin davon Wind bekommen hat, dass Jana sich mit uns getroffen hat. Kannst du mir folgen?«

»Bisher ja.«

»Jana fürchtet ernsthaft um ihr Leben.«

»Warum geht sie nicht zur Polizei?«, unterbrach Kepplinger.

»Himmelherrgott, woher soll ich das wissen?«, rief Lea. »Sie hat Angst, und gleichzeitig sind da offenbar noch Gefühle.«

»Und was hast du jetzt vor?«

»Unterbrich mich doch nicht ständig«, sagte Lea. »Christina hat ihrer Freundin angeboten, bis auf Weiteres bei ihr zu wohnen, und Jana hatte geschworen, sofort aufzubrechen. Wie du dir denken kannst, ist sie nicht erschienen und weder über Handy noch Festnetz zu erreichen. Ich treffe mich jetzt mit Christina, und dann gehen wir dorthin.«

»Macht das«, sagte Kepplinger. »Soll ich den Tisch abbestellen?«

»Nein«, erwiderte Lea. »Ich hoffe, dass sich alles klärt, und vielleicht kann ich sogar pünktlich sein. Das Restaurant liegt im Übrigen auf halbem Weg, habe ich vorhin festgestellt. Die beiden haben ein Häuschen in Manzen.«

»Meldest du dich wieder?«, fragte Kepplinger. »Dann bleibe ich noch eine Zeit lang im Büro.«

»Natürlich«, sagte Lea. »Moritz, es tut mir echt leid, aber Christina macht sich große Sorgen und wollte mich auf jeden Fall dabeihaben.«

»Kein Problem«, erwiderte Kepplinger. »Wirklich nicht.«

»Du bist ein Schatz.«

Kepplinger legte sein Mobiltelefon auf die Seite und widmete sich wieder den Akten.

Der knapp zehn Jahre zurückliegende Vorfall in dem türkischen Hotel hatte sich den Unterlagen nach kurz vor Mitternacht in der weitläufigen Poollandschaft der Anlage ereignet. Eine Touristin beschuldigte gegenüber der Polizei eine jüngere Frau, ihren Lebensgefährten ertränkt zu haben. Die Leiche des Zweiundvierzigjährigen wies zahlreiche Blutergüsse, vorwiegend im Genitalbereich, und einen Biss in der Nase auf.

Blöderweise war der Sachverhalt schlecht übersetzt und Kepplingers Einschätzung nach lückenhaft. In einer Zeugenvernehmung räumte die Lebensgefährtin ein, dass sie und ihr Partner eine zweite Frau für ein nächtliches Abenteuer gesucht hätten. Sie habe beobachtet, wie er im Pool mit einer Frau, deren entstellte Ohren ihr bereits am Nachmittag aufgefallen waren, einen Small Talk gehalten habe und im weiteren Verlauf hinter einer der künstlichen Palmeninseln verschwunden sei. Als sie Minuten später nach dem Verbleib der beiden sehen wollte, trieb er leblos im Wasser.

Gespannt las Kepplinger den Vermerk eines türkischen Kollegen aus Kuşadası, demzufolge eine Vernehmung der beschuldigten Frau stattgefunden habe, sich aber keinerlei Verdachtsmomente ergeben hätten. Bereits eine Woche nach dem Vorfall wurde der Fall zu den Akten gelegt, und da es sich bei der Beschuldigten um eine Deutsche gehandelt hatte, wurde der Vorgang dem BKA zur Kenntnisnahme übersandt.

So interessant der Fall auch war, Kepplinger ärgerte sich, dass ihm etliche Details fehlten oder schlampig dokumentiert waren. Ihm würde nichts anderes übrig bleiben, als nochmals mit Wiesbaden in Verbindung zu treten. Er versuchte abzuwägen, wie relevant der Fall für seine Ermittlungen war. Ohne Zweifel gab es einige Parallelen, und der Umstand, dass der Todesfall ungeklärt zu den Akten gelegt worden war, weckte zunehmend sein Interesse. Andererseits lag der Mord lange zurück, und die von der Lebensgefährtin des Mannes beschuldigte Frau war vernommen und als unverdächtig eingestuft worden.

Kepplinger versuchte sich darüber klar zu werden, wie diese

Aussage zu bewerten war. Vom Grundsatz musste er darauf vertrauen, dass die türkischen Kollegen sorgfältig gearbeitet hatten, auch wenn die Aktenführung eine andere Sprache sprach. Überdies kannte er die Originalakte nicht. Ob es möglich war, mit dem zuständigen Sachbearbeiter in Kontakt zu treten?

Er tippte den Hotelnamen in die Suchmaschine. Die Bilder weckten auf der Stelle sein Fernweh und die Erinnerungen an den Griechenlandaufenthalt. Das Hotel grenzte an die türkisfarbene Ägäis und bot allen erdenklichen Luxus. Kepplinger stellte sich vor, in einem der Liegestühle den Tag zu genießen, ein Buch in der einen und einen Mai Tai in der anderen Hand.

Auf den nächsten Fotos gewann er einen Eindruck der verspielten Poollandschaften, die das Hotel bot, und versuchte sich beim Anblick des lagunenfarbenen Wassers die damalige Situation vorzustellen. In den Becken befanden sich zahlreiche Palmeninseln, die zu der Sachverhaltsbeschreibung passten.

Zu seinem Bedauern fand Kepplinger kein Bild, das die Beleuchtungssituation der Bassins bei Nacht zeigte. Trotzdem kam er zu dem Schluss, dass es nahezu unmöglich war, einen Menschen in dieser Szenerie unbemerkt zu töten. Jemand musste etwas gesehen oder zumindest gehört haben. Von allen Balkonen und Fenstern der Zimmer mit Meerblick konnte man die komplette Poollandschaft einsehen.

Je mehr er über den Todesfall nachdachte, umso größer wurden seine Zweifel daran, dass die Kollegen mit Nachdruck an einer Aufklärung gearbeitet hatten. Noch einmal kämpfte er sich Wort für Wort durch die Unterlagen und markierte alle Textstellen, hinter denen sich aus seiner Sicht ein Fragezeichen verbarg. Schließlich griff er zum Telefon und wählte die Nummer des Bundeskriminalamtes.

***

Lea war die ganze Fahrt über gefordert, ihre Freundin zu beruhigen. Christina war völlig aus dem Häuschen und vermutete das Schlimmste. »Du hättest ihre Stimme hören sollen«, betonte sie aufs Neue. »So habe ich Jana noch nie erlebt.«

»Wir sind gleich da, Christina«, sagte Lea. »Ich bin sicher, dass wir alles klären können.«

»Ich nehme sie mit zu mir«, sagte Christina entschlossen. »Egal, ob sich die Lage zwischenzeitlich wieder beruhigt hat.«

»Lass uns doch erst einmal schauen«, sagte Lea.

»Hast du deine Waffe mit?«, fragte Christina aufgeregt.

»Natürlich nicht«, entgegnete Lea. »Wir jagen doch keine Verbrecherin.«

»Da wäre ich mir nicht so sicher.«

Lea sagte nichts darauf. Kurze Zeit später erreichten sie das Grundstück. Sie parkte den Wagen auf der gegenüberliegenden Straßenseite.

»Der Streit beruht sicherlich nicht auf finanziellen Schwierigkeiten«, sagte Lea, nachdem sie einen Blick auf das Gebäude und den dazugehörigen Garten geworfen hatte.

»Jana hat das Haus von ihren Eltern geerbt, und in ihrer Stellung hat sie natürlich ein ordentliches Einkommen«, sagte Christina. »Bei einer Siebzig-Stunden-Woche, versteht sich. Das vergessen die meisten.«

»Und ihre Partnerin?«

»Verdient als Ingenieurin sicherlich auch gut«, mutmaßte Christina. »Aber wissen tue ich es nicht.«

»Wie heißt sie überhaupt?«, fragte Lea. »Die Freundin.«

»Du mit deinen Tricks.« Christina rang sich ein Lächeln ab. »Andererseits kann ich es dir jetzt genauso gut sagen. Jana nennt sie Mary. Ich glaube, sie heißt Eva-Maria.«

Im fahlen Licht der Straßenlaternen traten sie unter das Vordach des Hauses. Hier herrschte nahezu völlige Dunkelheit.

»Schön«, sagte Lea und drückte auf die Türklingel. »Dann statten wir den beiden Streithähnen jetzt einen Besuch ab.«

***

»Ich wusste, dass Sie noch mal anrufen würden«, begrüßte ihn die Analytikerin. »Und ich ahne den Grund.«

»So?«

»Der Fall in der Türkei, habe ich recht?«

»Ich würde gern einen Blick auf die gesamte Akte werfen«, sagte Kepplinger.

»Damit kann ich leider nicht dienen. Ich habe gestern Abend selbst recherchiert, aber unsere Kollegen dort haben dem Fall offenbar wenig Aufmerksamkeit gewidmet.«

»Keine Details?«, fragte Kepplinger enttäuscht. »Keine Namen?«

»Nichts.«

»Der Name des Sachbearbeiters?«

»Tut mir leid«, sagte sie. »Ich könnte Ihnen vielleicht eine Telefonnummer der dortigen Polizei ausfindig machen.«

»Das wäre eine Idee«, sagte Kepplinger.

»Bleiben Sie am Apparat.«

Er vernahm im Hintergrund das Klappern der Tastatur. Schließlich kehrte sie ans Telefon zurück und nannte ihm eine Fernsprechnummer.

»Ich habe keine Ahnung, wo Sie da rauskommen, aber es ist die einzige Nummer der Polizei in Kuşadası, die ich habe.«

»Wenn Sie möchten, halte ich Sie auf dem Laufenden«, schlug Kepplinger vor.

»Das wäre eine willkommene Abwechslung.«

***

Nach dem vierten Klingeln öffnete sich die schwere Holztür. Lea, die sich im Hintergrund hielt, war überrascht von der Größe und Athletik der Frau, deren Gesicht in der Dunkelheit des Flurs schwer auszumachen war.

»Hi«, grüßte Christina verlegen.

»Was willst du?«

»Ich möchte Jana einen Besuch abstatten«, sagte Christina verunsichert.

»Jana ist nicht da.«

»Wo ist sie?«

»Woher soll ich das wissen? Vielleicht ist sie deiner Einladung gefolgt und besucht diesen Selbstverteidigungskurs.«

»Das kann ich mir nicht vorstellen«, erwiderte Christina.

»Sie war aber ganz angetan von der Idee und meinte, ihr würde das guttun.«

»Heute findet kein Anfängertraining statt. Darf ich dich mit der Übungsleiterin höchstpersönlich bekannt machen? Lea Thomann.«

»Angenehm«, erwiderte die Stimme im Halbschatten des Hauseingangs. »Dann weiß ich nicht, wo sie ist, tut mir leid.«

»Jana hat mich vorhin angerufen«, sagte Christina entschlossen. »Ich weiß, dass ihr euch gestritten habt.«

»Das hat sie dir auf die Nase gebunden? Ja, wir haben uns gestritten. Vielleicht hat sie mir deswegen nicht gesagt, wo sie hingeht.«

Christina warf einen hilfesuchenden Blick über die Schulter.

Lea spürte, wie ihrer Freundin die Argumente ausgingen. Etwas stimmte nicht. Aber was nur? Und gab ihnen dieses Unbehagen das Recht, die Fragerei nach Jana endlos fortzusetzen?

»Dann will ich euch nicht länger aufhalten«, klang es aus dem Flur.

»Warten Sie«, sagte Lea, unschlüssig, wie sie sich verhalten sollte.

»Sie sind die Kriminalbeamtin, von der Jana erzählt hat?«

»Vermutlich bin ich das«, erwiderte Lea. »Ich weiß ja nicht, wie viele Polizistinnen Ihre Freundin sonst kennt.«

»Da haben Sie recht. Aber jetzt möchte ich euch wirklich nicht länger aufhalten. Ich werde Jana ausrichten, dass ihr hier gewesen seid.«

In diesem Moment flammte vor der Garage ein Strahler auf. Eine Katze jagte über den Innenhof und verschwand mit einem kräftigen Satz über den angrenzenden Zaun. Lea wunderte sich, dass die Lampe über dem Eingangsbereich nicht auf den Bewegungsmelder reagiert hatte. Jetzt fiel ihr auch auf, dass sie während des ganzen Gesprächs im Halbdunkel gestanden hatten.

»Ich glaube, Christina und ich würden gern im Haus warten«, sagte sie einem Bauchgefühl folgend. »Natürlich nur, wenn Sie nichts dagegen haben.«

»Wenn ich ehrlich bin, ist mir das nicht recht. Ich wollte gerade in die Badewanne.«

»Ist Jana eigentlich zu Fuß gegangen?«, fragte Lea. Zum ersten Mal nahm sie ein Zögern wahr, den Anflug einer Verunsicherung.

»Wieso?«

»In beiden Garagen stehen Fahrzeuge, soweit ich das gerade sehen konnte. Ich weiß ja nicht, wie groß Ihr Fuhrpark ist.«

»Der Polizistin entgeht offensichtlich nichts«, klang es spöttisch von der Tür. »Aber ich glaube, dass Sie das gar nichts angeht. Im Übrigen: Jana hat sich ein Taxi gerufen.«

»Das macht sie nur, wenn sie etwas getrunken hat«, empörte sich Christina an Lea gewandt. »Und am Telefon vorhin war sie alles andere als beschwipst.«

»Ich habe mich auch gewundert«, tönte es aus dem Hintergrund. »Vielleicht hat sie ja doch etwas getrunken.«

»Bestimmt«, murmelte Christina.

Leas Misstrauen wuchs mit jedem Satz. Ihr war klar, dass sie nicht überfallartig in das Haus eindringen und jedes Zimmer nach Jana durchsuchen konnten. Sosehr sie die Sorge ihrer Freundin teilte, es war nicht ausgeschlossen, dass die Frau die Wahrheit sagte. Noch fehlte ihr ein letzter Beweis dafür, dass Christina die Situation richtig eingeschätzt hatte. Andererseits wollte sie nicht einfach von hier verschwinden, ohne Gewissheit über Janas Verbleib zu haben.

Während ihr derartige Gedankensplitter durch den Kopf schossen, wurde ihr plötzlich der Widerspruch der Situation bewusst: die gespielte Höflichkeit und das zögerliche Warten ohne den Anflug einer Sorge über den Verbleib der Freundin. Janas Lebensgefährtin war nicht einfach nur darauf aus, sie und Christina loszuwerden. Ihre Antworten und ihr Gehabe zielten darauf ab, keinen Verdacht zu wecken und damit Zeit zu gewinnen, wozu auch immer. Anders konnte Lea sich diese Inszenierung nicht erklären. Allerdings fehlte dieser Einsicht immer noch die zündende Idee, wie sie in das Haus gelangen konnten. Jeden Moment würde die Tür ins Schloss fallen, und das würde die Situation um ein Vielfaches komplizierter machen. Schlimmstenfalls drohte Jana nach diesem Zwischenspiel eine Verschlimmerung der ohnehin angespannten Misere.

Ein anderer Gedanke drängte sich immer heftiger in den Vordergrund. Lea hatte von Beginn an das Gefühl gehabt, die Frau schon einmal gesehen zu haben. Aber sie konnte sich keinen Reim darauf machen, wo und in welchem Zusammenhang. Verzweifelt ballte sie die Fäuste. Was sollte sie tun?

Die Geschichte Ng Muis kam ihr in den Sinn, der Kampf des Kranichs mit der Schlange. Sie musste mit ihren Flügeln schlagen, um ihre Gegenspielerin aus der Reserve zu locken.

Langsam näherte sie sich dem ersten Treppenabsatz. »Machen Sie sich denn keine Sorgen?«, fragte Lea und betrat die erste Stufe. »Wollen wir uns nicht kurz zusammensetzen und gemeinsam überlegen, wohin Jana gegangen sein könnte?«

»Sie ist eine erwachsene Frau und kann tun und lassen, was sie will.«

»Vielleicht gelingt es Ihnen, sie ans Telefon zu bekommen«, sprach Lea unbeirrt weiter.

»Ich glaube kaum, dass Jana heute noch mit mir sprechen will«, klang es zögerlich von der Tür. »Sie war furchtbar wütend auf mich.«

Lea war nicht entgangen, wie ihr Gegenüber einen winzigen Schritt zur Seite getreten war, sodass sie jetzt beinahe aus dem Blickfeld der Tür verschwunden war.

»Nicht dass Jana noch eine Dummheit begeht, das wäre doch schlimm, oder?«

»Sie wird sich wieder beruhigen und zurückkommen.« Die Stimme der Frau klang immer drängender und bestärkte Lea in ihrer Mutmaßung.

»Lassen Sie es uns versuchen«, sagte sie, als sie auf der obersten Stufe angekommen war.

»Gehen Sie jetzt, bitte!«

Lea bemerkte, wie die Tür langsam geschlossen wurde. »Aber wenn ihr etwas zugestoßen ist?«

»Das glaube ich kaum. Lassen Sie mich jetzt in Frieden. Ich werde Jana ausrichten, dass sie sich unverzüglich bei Ihnen meldet.«

Lea zögerte für den Bruchteil einer Sekunde. War es möglich, dass sie sich geirrt hatte? Noch prallten ihre Zudringlichkeiten am Panzer der anderen ab. Noch hatte ihre Kontrahentin keine Drohhaltung eingenommen. Sie wagte einen letzten Versuch.

»Vielleicht sollten wir auf dem nächsten Revier anrufen und eine Suchmeldung absetzen.«

»Was für ein Unsinn«, zischte es aus dem Dunkel. »Sind Sie jetzt völlig übergeschnappt?«

»Doch«, fuhr Lea fort und machte sich auf einen Angriff gefasst. »Ich denke, das ist eine gute Idee.«

»Jana geht es gut, verdammt noch mal!«

»Woher wollen Sie denn das wissen?«

»Verschwinden Sie endlich!« Der Schatten schlüpfte vollends hinter die Tür.

»Sind Sie noch da?« Lea legte die Hand an das Holz und schob die Tür einen Spaltbreit auf.

»Lassen Sie das gefälligst!«

Lea spürte, wie sich ihre Opponentin von innen gegen die Tür stemmte und schließlich mit voller Kraft dagegenwarf. Blitzartig setzte sie einen Fuß auf die Schwelle. Als das Türblatt gegen die weiche Sohle ihrer Chucks federte, hörte man im Inneren einen dumpfen Schlag, dann einen bösen Fluch. Einen Sekundenbruchteil später wurde die Tür aufgerissen, und Janas Lebensgefährtin baute sich bedrohlich vor ihr auf. »Was zum Teufel fällt Ihnen ein?«

»Verzeihen Sie«, sagte Lea, dem giftigen Blick standhaltend. »Da bin ich wohl einen Schritt zu weit gegangen.«

In dem Moment erkannte sie die Frau wieder.

»Verlassen Sie auf der Stelle dieses Haus!«

Lea verlagerte ihr Gewicht auf das hintere Bein. Der Angriff der Schlange stand unmittelbar bevor.

»Nein!«, sagte Lea, entschlossen, der Sache auf den Grund zu gehen.

»Dann rufe ich die Polizei!«

»Das hatten wir doch schon«, sagte Lea. »Ich bin da, und außerdem glaube ich, dass wir uns kennen. Wenn Sie uns jetzt bitte eintreten lassen, mir ist nämlich kalt.«

Wider Erwarten trat Janas Partnerin einen Schritt zur Seite.

Lea war im Begriff, Christina mit einem Kopfnicken dazu

aufzufordern, ihr zu folgen, als sie ihren Fehler bemerkte. Der gesamte Eingangsbereich tauchte von jetzt auf gleich in das gleißende bläuliche Licht des Elektroschockers. Lea spürte einen heißen Schmerz in ihrer Brust, dann versagten ihre Muskeln. Sosehr sie sich bemühte, sie konnte dem Sturz nichts entgegensetzen.

***

Nachdem er das Gespräch mit der sympathischen Fallanalytikerin beendet hatte, sah Kepplinger auf die Uhr. Es war Viertel nach acht. Lea hatte sich noch nicht wieder gemeldet. Er griff erneut zum Telefon und rief in der griechischen Gaststätte an. Sofort meldete sich der freundliche Wirt und versprach, den Tisch bis zu ihrem Eintreffen frei zu halten.

Anschließend wählte er die Nummer der Polizei in Kuşadası. Bevor er die Ziffernfolge fertig gewählt hatte, ertönte bereits das Besetztzeichen. Zunächst vermutete er, dass für den Moment keine Verbindung in die Türkei möglich sei, und versuchte es mehrmals hintereinander. Das Ergebnis war jedes Mal dasselbe. Endlich kam er darauf, dass das Besetztzeichen bereits nach der Ländervorwahl einsetzte, und mutmaßte, die Telefonanlage der Polizeidirektion blockiere die Fernverbindung.

»Dann eben so«, murmelte Kepplinger und nahm sein Mobiltelefon zur Hand. Die Verbindung kam nach wenigen Sekunden zustande. Begleitet von einem düsteren Rauschen.

Eine rauchige Stimme meldete sich. *»Merhaba!«*

Kepplinger grüßte auf Englisch und nannte seinen Namen.

»Alo!«

Er wagte einen Vorstoß auf Deutsch.

»Kiminle konuşuyorum?«

Kepplinger war am Verzweifeln und startete einen letzten Versuchsballon mit seinen übrig gebliebenen Französischkenntnissen.

»Alo?« Der Apparat wurde auf die Seite gelegt.

Kepplinger folgte gespannt einer hitzigen Diskussion im Hintergrund. Danach war es am anderen Ende der Leitung lange still, sodass er glaubte, der andere habe ihn einfach vergessen. Das wird mich ein Vermögen kosten, dachte er.

Nach fünf Minuten gab er entnervt auf und war im Begriff, die Austaste zu drücken, als er aus der Distanz eine Stimme wahrnahm. Sofort führte er das Telefon wieder ans Ohr.

»Mit wem spreche ich?«

»Yasar«, sagte sein Gegenüber. »Und du?«

Kepplinger fiel ein Stein vom Herzen, als er feststellte, dass der türkische Kollege ein makelloses Englisch sprach. Bereits nach wenigen Sätzen empfand er eine große Sympathie für ihn.

Yasar erkundigte sich nach dem Wetter in Deutschland. Kepplinger erzählte von dem Wintereinbruch und dem eisigen Ostwind, der über die Stadt fegte.

»Wir hatten heute einen richtigen Sommertag mit knapp siebenundzwanzig Grad im Schatten«, erzählte Yasar. »In der Nacht sind es selten weniger als fünfzehn. Du solltest während dieser Jahreszeit bei uns arbeiten.«

Kepplinger beneidete ihn um diese Bedingungen. Der Small Talk weckte einen lang gehegten Traum, nach seiner beruflichen Laufbahn die Wintermonate in einer Quinta in Portugal verbringen zu können.

»Ich habe von dem Fall gehört«, sagte Yasar, nachdem Kepplinger den Grund seines Anrufs genannt hatte. »Aber damals war ich noch auf der Polizeischule.«

»Hast du die Befugnisse und Möglichkeiten, an die Akte zu kommen?«

»Bin schon dabei«, sagte Yasar. »Nur scheint der Computer keine Lust zu haben bei diesem Wetter.« Er erzählte derweil von seinem Schwager, der in Köln lebe und den er bislang nur einmal besucht habe. »Wenn ich das nächste Mal nach Deutschland reise, komme ich nach Stuttgart. Dann gehen wir ins Porsche-Museum, einverstanden?«

»Sehr gern«, erwiderte Kepplinger.

»Da haben wir es«, sagte Yasar wenig später. »Aber wie es scheint, sind die Dokumente genauso unvollständig, wie du sie mir geschildert hast.«

»Gibt es keine Originalakten?«

Yasar stieß einen lauten Fluch aus. Kepplinger zuckte am Telefon zusammen. »Was ist los?«

»Das macht mich rasend!«, rief Yasar. »Ich hasse es, wenn so stümperhaft gearbeitet wird. Aber du kannst sicher sein, dass ich den Verantwortlichen in den Hintern trete. Hier sind wenigstens die Namen des österreichischen Toten und seiner Freundin«, sagte Yasar unvermittelt. »Die hast du nicht?«

»Nein«, antwortete Kepplinger überrascht.

»Kai-Uwe Haas«, las Yasar vor. »Und Pia Nowak. Das war die Begleiterin.«

»Und die Verdächtige?«, fragte Kepplinger gespannt, nachdem er sich Namen, Adressen und Geburtsdaten der beiden notiert hatte.

»Da finde ich nichts«, fluchte Yasar. »Kein Vernehmungsprotokoll. Nichts.«

»Mist!«

»Das kann man wohl sagen«, erwiderte Yasar. »Aber warte mal, ich glaube den Grund für dieses Chaos zu erahnen.«

Kepplinger spitzte die Ohren.

»Der Vorfall ereignete sich am 15. Juli, kurz vor Mitternacht.«

»Ein Freitag, genau.«

»Einen Tag später gab es hier im Stadtzentrum einen Bombenanschlag auf einen Kleinbus«, berichtete Yasar. »Dabei wurden fünf Menschen in Stücke gerissen und dreizehn schwer verletzt. Hast du davon gehört?«

»Nein«, gab Kepplinger zu.

»Der Anschlag wurde der PKK zugeschrieben, und du kannst dir vorstellen, dass hier der Teufel los war.«

»Natürlich.«

»Außerdem ist Samstag für gewöhnlich der An- und Abreisetag«, sagte Yasar. »Ich glaube, die Kollegen haben deshalb so lückenhaft gearbeitet.«

»Das verstehe ich«, sagte Kepplinger.

»Dennoch stehst du mit leeren Händen da, und ich schäme mich, dir nicht helfen zu können«, sagte Yasar.

»Das ist doch Unsinn«, sagte Kepplinger. »Du kannst nichts dafür.«

»Was, wenn ich in das Hotel gehe und mich umhöre?«, schlug Yasar vor. »Vielleicht erinnert sich jemand der Angestellten, oder es gibt Gästelisten von damals.«

»Das ist nett von dir«, sagte Kepplinger. »Aber denkst du, dass wir dann mehr wissen als jetzt?«

»Hast du nicht gesagt, dass jemand etwas gesehen haben muss?«

»Yasar, der Vorfall liegt neun Jahre zurück, und was damals verständlicherweise versäumt wurde, kann nicht mehr repariert werden.«

»Ich würde es an deiner Stelle versuchen. Es kostet nichts, und wenn ich tatsächlich mit leeren Hosentaschen zurückkehre, dann wissen wir wenigstens das.«

»Du hast recht«, sagte Kepplinger.

Sie tauschten ihre Mobilnummern aus. Yasar versprach, sich noch am selben Abend zu melden.

»Eine letzte Frage hätte ich noch«, sagte Kepplinger. »Was könnte die Zeugin oder derjenige, der den Bericht verfasst hat, mit dem Begriff ›entstellte Ohren‹ deiner Meinung nach gemeint haben?«

»Wo steht das?«

»Auf Seite zwei, oben.«

»Ich hab's«, sagte Yasar und lachte. »Das wurde wirklich schlecht übersetzt.«

»Wieso?«

»Sagt dir *Yağlı Güreş* etwas?«

»Sollte es?«

Wieder lachte Yasar in den Apparat. »Das ist unser Nationalsport, der Öl-Ringkampf. Die beiden Kontrahenten tragen spezielle Lederhosen und reiben sich von Kopf bis Fuß mit Olivenöl ein. Das mag in deinen Ohren albern klingen, aber *Yağlı Güreş* zählt zu den schwierigsten Kampfsportarten.«

»Ich wusste, dass die Türkei gute Ringer in den klassischen Stilarten hat«, sagte Kepplinger.

»Unsere Athleten, die bei den Olympischen Spielen Medaillen abräumen, stammen alle aus den traditionellen Schulen des türkischen Ringkampfes.«

»Und die Übersetzung. Was ist daran falsch?«

»Entschuldige«, sagte Yasar. »Gemeint sind Ringerohren, oder vielleicht sagt ihr auch Blumenkohlohren dazu.«

»Das ist mir natürlich ein Begriff«, sagte Kepplinger.

»An der Polizeischule habe ich einige Kampfsportler kennengelernt, deren Knorpelgewebe zerstört war«, erzählte Yasar. »Sieht nicht schön aus, aber eine Frau kann ja ihre Haare darüber drapieren.«

»Das stimmt.«

Sie beendeten das Gespräch. Kepplinger warf einen Blick auf das Display. Er hatte vierzig Minuten mit Yasar telefoniert. Er ging auf die Toilette und wusch sich das Gesicht. Lea wird sicherlich wieder über meine Augenränder schimpfen, dachte er beim Blick in den Spiegel. Er freute sich auf den gemeinsamen Abend und die willkommene Abwechslung zu diesem eher frustrierenden Tag. Ich habe mich wieder nur im Kreis gedreht, dachte er. Und dabei ein Vermögen an Telefongebühren verbraten.

Das kalte Wasser tat gut. Für ein paar Sekunden hielt er den Kopf unter den Strahl und schüttelte sich vor Kälte wie ein nasser Hund. Als er genug hatte, griff er zum Handtuch. Während er sich abtrocknete, streifte er seine Ohren und erinnerte sich an das, was Yasar am Ende des Gesprächs gesagt hatte. Kepplinger betrachtete seine Ohrmuscheln, über die sich einige Haarspitzen gelegt hatten, was er partout nicht ausstehen konnte. Er musste dringend zum Friseur.

Plötzlich hielt er in der Bewegung inne. Der Gedanke traf ihn wie ein Schlag in die Magengrube. Zögerlich wandte er sich zur Tür. Die Hände auf die Schläfen gepresst, die Augen geschlossen. Konnte es möglich sein?

Schließlich rannte er zurück in sein Büro und schnappte nach dem Ordner, den Lea am Abend zuvor auf Falcones Schreibtisch hatte liegen lassen. Fahrig riss er eine um die andere Folie auf die Seite, bis er jenes Bild vor Augen hatte, an das er sich wenige Augenblicke zuvor erinnert hatte. Zitternd kramte er in seinen Schreibtischschubladen nach einer Lupe.

Endlich fand er das gesuchte Utensil und starrte fassungslos auf das Foto.

Eva!

Auf dem Bild blickte sie gebannt nach oben, irgendwo auf einem Messegelände. Ihre Haare waren in den Nacken gefallen und gaben den Blick auf ihr linkes Ohr frei. Ein Blumenkohlohr. Das konnte kein Zufall sein.

Noch verstand Kepplinger nichts von einem möglichen Zusammenhang. Noch gab es keinerlei Verbindungen zwischen den Ereignissen in der Türkei und dem Tod von Hagen Gebhardt, dem diese Bildersammlung gehört hatte. Dennoch ahnte er, dass er auf etwas Wichtiges gestoßen war. Er spürte sein Herz rasen und atmete tief durch.

Was sollte er jetzt tun?

Was konnte er tun?

***

Als Lea nach dem Taserangriff wieder zu sich kam, spürte sie in ihrer Armbeuge einen brennenden Schmerz wie von einem Wespenstich. Sofort stellten sich die Erinnerungen an ihren Fauxpas und den unfairen Kampf ein. Schließlich bemerkte sie die Fesseln an Händen und Füßen. Zuletzt den Umstand, dass sie in einem dunklen Raum lag.

Das Herz schlug ihr bis zum Hals, als sie in einiger Entfernung ein Atemgeräusch wahrnahm und wenig später aus einer anderen Richtung ein leises Stöhnen.

»Hallo«, sagte sie flüsternd. »Ist da jemand?«

»Ich bin's«, vernahm sie die Stimme von Christina.

»Und ich hier«, sagte Jana weinerlich.

»Wo sind wir?«, fragte Lea.

»In einem Kellerraum«, antwortete Jana.

»Seit wann?«

»Noch nicht allzu lange. Vielleicht zehn oder zwanzig Minuten.«

»Und du?«

»Kurz nachdem ich bei Christina angerufen hatte.«

»Geht es euch beiden gut?«, fragte Lea.

Aus Janas Ecke hörte sie ein leises Wimmern.

»Ich bin okay«, sagte Christina. »Sie hatte leichtes Spiel mit mir. Es tut mir so leid, aber ich konnte nichts tun.«

»Seid ihr auch gefesselt?«

»Ja«, erwiderte Christina.

»Ich nicht«, sagte Jana.

»Versuch, uns loszubinden«, forderte Lea sie auf. »Los, komm schon. Wer weiß, wie viel Zeit wir haben.«

»Das kann ich nicht«, sagte Jana schluchzend.

»Schon gut«, beruhigte sie Lea. »Bitte versuch, leise zu sprechen.«

Im nächsten Moment wurde die Tür aufgestoßen.

»Jana, mein Schatz, verzeih mir, dass ich dich so lange mit diesen unverschämten Eindringlingen allein gelassen habe. Komm mit nach oben und lass uns in Ruhe sprechen.«

Lea traute ihren Ohren nicht. Was für ein groteskes Schauspiel wurde hier geboten?

»Hören Sie, Eva, ich kenne Sie«, sagte sie bestimmt. »Und meine Kollegen bei der Göppinger Kripo ebenso. Binden Sie uns los, bevor Sie alles noch schlimmer machen.«

»Was reden Sie nur für dummes Zeug. Komm, Jana.«

Im Schein der Taschenlampe sah Lea Janas verschwollenes Gesicht. Eva hatte ihr übel zugesetzt. Die Situation war so vertrackt wie gefährlich. Sie bereute, Kepplinger nicht die Adresse mitgeteilt zu haben. Niemand außer Christinas Mann wusste, wo sie waren. Und der würde sich in den nächsten Stunden keine Gedanken über ihren Verbleib machen. Lea ahnte, dass ihre Karten schlecht aussahen.

Jana humpelte aus dem Raum. Eva folgte ihr auf dem Fuße.

»Hagen Gebhardt!«, brüllte Lea den beiden hinterher. »Haben Sie ihn umgebracht?«

»Halten Sie den Mund!«

»Aus welchem Grund, frage ich mich«, fuhr Lea unbeirrt fort. »Wo er Sie doch so geliebt und diese aufwendige Fotosammlung von Ihnen angelegt hat.«

»Wovon sprechen Sie da?«

Der Schein der Taschenlampe wanderte direkt in Leas Augen. Blinzelnd versuchte sie, ihre Gegnerin auszumachen.

»Wollen Sie mir etwa weismachen, Sie wüssten nichts von den Bildern?«

»Sie versuchen doch nur, Ihre Haut zu retten. Jana! Glaub ihr kein Wort.«

»Eva bei der Einschulung. Eva vor der Universität. Eva im Park vor der Stadthalle. Er hat Ihr ganzes beschissenes Leben dokumentiert, Eva, und Sie wussten nichts davon?«

»Ich glaube Ihnen nicht.«

»Wollen Sie die Bilder sehen? Soll ich das Album holen?« Lea versuchte sich aufzurichten, aber die Fesseln ließen es nicht zu. »Binden Sie mich los. Vergessen wir den kleinen Zwischenfall und reden über die wichtigen Dinge.«

»Das würde Ihnen so passen.«

»Soll ich von den peinlichen Aufnahmen erzählen«, setzte Lea ihr gewagtes Spiel fort. »Vielleicht interessiert sich Jana für Ihre dunklen Geheimnisse, zum Beispiel das Verhältnis zu Ihrem Sachbearbeiter auf dem Arbeitsamt. Wie Sie seiner perversen Sexspielchen überdrüssig geworden sind und ihn auf brutalste Weise umgebracht haben.«

»Da war nichts, du dumme Fotze«, zischte Eva.

»Aber Sie haben ihm den Schädel eingeschlagen, stimmt's?«

»Wenn du nicht augenblicklich dein verlogenes Maul hältst …«

»Was ist mit Ihren Ohren, Eva. Wollen Sie mir erzählen, wie es dazu gekommen ist?«

Der Lichtkegel der Taschenlampe tanzte wild hin und her. Lea sah den Schlag kommen und ließ sich auf die Seite fallen. Im nächsten Moment traf sie Evas Schuhspitze mit voller Wucht in die Magengrube.

Lea rang keuchend nach Luft.

»Bullenschlampe!«, raunzte ihre Kontrahentin und trat einen Schritt zurück. »Mit dir bin ich noch lange nicht fertig.«

Dann wurde die Tür zugeschlagen.

***

Kepplinger griff zum Telefon und wählte die Handynummer von Yasar.

»Du schon wieder.«

»Bist du im Hotel?«, fragte Kepplinger, ohne auf die Bemerkung einzugehen.

»Ich war gerade auf dem Sprung. Ist etwas passiert?«

»Ja und nein«, antwortete Kepplinger.

»Erzähl.«

Kepplinger berichtete, worauf er gestoßen war.

Yasar versprach, umgehend das Hotel aufzusuchen. »Also suchen wir nach Eva mit den Blumenkohlohren?«

»Wenn sie unter diesem Namen eingecheckt hat, ja«, antwortete Kepplinger. »Ich muss unbedingt wissen, wer sie ist und was damals geschah.«

»Ich ruf dich an, sobald ich etwas in Erfahrung gebracht habe.«

Als sie aufgelegt hatten, wählte Kepplinger die Nummer des BKA. Wieder kam er ohne Umschweife zur Sache.

»Ich habe Ihnen doch gesagt, dass in der Akte keine Namen auftauchen«, erwiderte die Analytikerin reserviert. »Wie sollte ich Ihnen helfen können?«

»Wenn ich das nur wüsste«, seufzte Kepplinger.

»Es wird Ihnen nichts anderes übrig bleiben, als die Ermittlungsergebnisse Ihres türkischen Kollegen abzuwarten«, sagte sie. »Ich nehme an, dass es in jedem Hotel eine entsprechende Buchführung gibt, in der die Gästedaten archiviert sind.«

»Ich hoffe es«, sagte Kepplinger.

»Weiterhin viel Glück.«

Kepplinger legte den Hörer zurück und warf einen Blick auf sein Mobiltelefon. Lea hatte sich noch immer nicht gemeldet. Dann fiel ihm etwas ein. Er öffnete die Kurznachricht von Daniela und drückte auf das Telefonsymbol.

Während das Freizeichen ertönte, klopfte Kepplinger nervös auf die Tischplatte. Endlich ging Daniela an den Apparat.

»Moritz, unser Held aus Athen«, brüllte sie in den Hörer.

Im Hintergrund vernahm Kepplinger laute Schlagermusik, das Klirren von Gläsern und Flaschen. Eine Menge grölte in den abenteuerlichsten Tonlagen den Partykracher von Helene Fischer.

»Atemlos durch die Nacht
Spür, was Liebe mit uns macht.«

»Wo bist du?«

»Ich kann dich nicht verstehen, warte.«

Kepplinger hörte, wie sie sich einen Weg durch die Menge bahnte. Schließlich wurden die Hintergrundgeräusche leiser.

»Moritz, du musst unbedingt herkommen«, meldete sie sich zurück. »Wir müssen feiern.«

Kepplinger merkte, dass sie betrunken war. »Wo bist du?«

»Auf der geilsten Après-Ski-Party der Welt, hier geht's voll ab.«

»Das glaube ich gern«, sagte Kepplinger. »Aber im Moment habe ich ein ganz anderes Problem und dachte, du könntest mir helfen.«

»Ich kann alle deine Probleme lösen«, sagte Daniela und kicherte albern.

»Ich brauche eine Auskunft über ein Hotel. Vielmehr eine Frau, die dort zu Gast war.«

Daniela lachte lauthals in den Apparat. »Wie bitte?«

»Das ist mein voller Ernst.«

»Du hast dich in eine Frau verknallt, und jetzt soll ich …«

»Sie hat etwas mit den beiden Mordfällen zu tun, in denen ich gerade ermittle.«

»Du suchst eine Killerin?«

»Vielleicht.«

»Wie sollte ich dir da helfen können?«

»Du hast mir doch erzählt, dass ihr mit mehreren Reiseanbietern zusammenarbeitet.«

»Allerdings.«

»Auch in der Türkei?«

»Natürlich.«

»Werden die Buchungen gespeichert?«

»Was denkst du?«

»Wie lange?«
»Woher soll ich das wissen?«
»Mehrere Jahre?«
»Kann sein. Was soll die ganze Fragerei, Moritz? Ich will feiern.«
»Schon klar«, sagte er. »Eine letzte Frage: Hast du Zugriff auf diese Datenbanken?«
»Selbstverständlich. Ich verschicke regelmäßig Newsletter, Weihnachts- und Geburtstagskarten an unsere Kunden …«
»Ich weiß, dass meine Bitte äußerst ungelegen kommt, aber wäre es denkbar …«
»Warum drückst du dich so geschwollen aus«, unterbrach ihn Daniela. »Ich weiß, was du willst, aber ganz bestimmt nicht heute Abend. Ruf mich morgen noch mal an, wenn ich ausgeschlafen bin.«
»Daniela!«
»Moritz, mir ist saukalt. Ich gehe jetzt wieder rein.«
Kepplinger war im Begriff, einen schärferen Ton anzuschlagen, als er merkte, dass sie aufgelegt hatte. Wütend pfefferte er das Handy auf den Tisch.
»Verdammter Mist!«, rief er laut und trat mit dem Fuß gegen den Papierkorb, dessen Inhalt sich gleichmäßig über den Boden verteilte. Von lauten Flüchen begleitet, kroch Kepplinger unter den Tisch und raffte den Unrat wieder zusammen.

Als er sich beruhigt hatte, wagte er einen zweiten Versuch. Dieses Mal war es Catrin, die das Gespräch annahm. »Sie will nicht mit dir sprechen. Zumindest nicht heute Abend. Was ist denn mit dir los?«
Sie hörte aufmerksam zu, während Kepplinger die Ereignisse der vergangenen Woche in wenigen Sätzen zusammenfasste und am Ende von seiner jüngsten Entdeckung berichtete.
»Ich glaube, alles verstanden zu haben, Moritz«, sagte Catrin. »Und ich merke auch, dass dich der Fall wahnsinnig beschäftigt. Trotzdem frage ich mich, ob das Ganze nicht bis morgen warten kann. Daniela wird dir sicher helfen, schließlich schulden wir dir ja noch einen Gefallen.«

»Catrin!«, erwiderte Kepplinger. »Da draußen läuft eine Mörderin frei herum. Ich kann nicht warten.«

»Ist es nicht utopisch, anzunehmen, dass sie es ist, nach der du suchst, und ausgerechnet Daniela ihre Adresse auf dem Rechner hat?«

»Es ist so wahrscheinlich oder unwahrscheinlich wie die Möglichkeit, auf irgendeinem Flughafen von einer Diebesbande niedergeschmettert und ausgeraubt zu werden«, sagte Kepplinger wütend.

»Das meinst du nicht im Ernst.«

Kepplinger atmete tief durch. »Zugegeben, das war zynisch«, räumte er ein. »Aber im Grunde ist es so. Manchmal gleicht Ermittlungsarbeit eben einer verdammten Tombola. Ob ein Los etwas taugt, erfährt man erst, wenn man die Rubbelfläche freigekratzt hat.«

Am anderen Ende der Leitung wurde es still. Kepplinger fürchtete, Catrin habe das Gespräch ebenso unvermittelt beendet wie zuvor ihre Freundin. Im Hintergrund krakeelte die Menge: »Ein Stern, der deinen Namen trägt …«

Ein Wagen fuhr vorüber. Catrin musste im Freien stehen.

»Gut«, erklang ihre Stimme. »Ich spreche mit ihr und rufe zurück.« Dann wurde die Verbindung unterbrochen.

Kepplinger starrte auf das Bild vor ihm, nahm es aus der Hülle und blätterte weiter, bis er auf der letzten Seite angekommen war. Eva, auf einer Bank sitzend, vor der Göppinger Stadthalle. Sein Blick fiel auf die Tasche. Ob sich eine der Verkäuferinnen der Papeterie an die Kundin erinnern würde und Eva womöglich mit Kreditkarte bezahlt hatte? Das würde er frühestens am Montag in Erfahrung bringen können.

»Wer zum Teufel bist du?«, murmelte er.

Dann fiel ihm ein, dass Yasar oder Lea versucht haben könnten, ihn während der beiden Telefonate zu erreichen, aber das Display zeigte weder einen Anruf noch eine Kurznachricht an, dafür einen bedenklichen Ladezustand des Akkus. Kepplinger stöpselte das Kabel ein, aktivierte die Anklopffunktion und wählte Yasars Nummer. Eine Computerstimme meldete, dass der Teilnehmer nicht erreichbar sei.

Dasselbe geschah, als er versuchte, Lea zu erreichen.

Mittlerweile war es nach neun.

Kepplinger versuchte sich Lea vorzustellen, wie sie in der Beziehungskrise der beiden Frauen als Vermittlerin zur Hochform auflief. Bestimmt würde es ihr gelingen, den Seelenfrieden wiederherzustellen.

Obwohl er sicher war, dass Eva bislang nirgends sonst in den Ermittlungen aufgetaucht war, machte Kepplinger sich daran, alle Unterlagen noch mal zu durchforsten.

Gegen halb zehn riss ihn das Klingeln seines Telefons aus seiner Erinnerung an den Hund auf Meuniers Hof, wie er sich auf Gabriél geworfen und ihn schwer verletzt hatte. Es war Daniela, deren verwaschene Aussprache sich in einen missbilligenden Tonfall verwandelt hatte. »Dafür schuldest du mir eine Nacht mit Robbie Williams, verstanden?«

»Ich ruf ihn nachher gleich an«, ging Kepplinger auf die Forderung ein. »Allerdings war er letzte Woche um diese Zeit schon ziemlich …«

»Rück schon raus, ich will wieder auf die Party«, unterbrach sie ihn etwas freundlicher. »Hotelname und Datum.«

Kepplinger nannte die gewünschten Daten.

»Den Reiseanbieter kennst du nicht?«

»Nein.«

»Wenn sie bei ›Öger‹ oder ›TUI‹ gebucht hat, kannst du's gleich vergessen.«

Kepplinger spürte, wie sein Puls anfing zu rasen.

»Dir ist schon klar, dass ich das nicht darf?«

»Wir haben nie miteinander gesprochen.«

»Einhundertfünfundvierzig Frauen«, sagte Daniela. »Wie hieß die Dame gleich?«

»Ich weiß nur den Vornamen und bin nicht mal sicher, ob sie wirklich so heißt«, sagte Kepplinger. »Eva.«

»Du bist der durchgeknallteste Typ, den ich kenne, warte.«

Kepplinger lauschte gespannt dem Brummen ihres Rechners.

»Alter?«, fragte Daniela.

»Ende zwanzig, vermute ich.«

»Du Glückspilz.«
»Wie bitte?«
»Hast du was zum Schreiben?«
»Natürlich.«
»Die Reise wurde bei FTI gebucht. Eva-Maria Thurig, wohnhaft in Leimen. Kam da nicht unser Boris her?«
»Kann gut sein.«
Daniela nannte ihm die komplette Anschrift und das Geburtsdatum. »War das alles?«
»Ich denke schon«, sagte Kepplinger.
»Vergiss nicht, dass du mir einen Gefallen schuldest.«
»Ich lass mir was einfallen.«
»Da bin ich aber gespannt«, sagte Daniela. »Wehe, du rufst heute Abend noch mal an.«
Sie beendeten das Gespräch. Ohne Zögern griff Kepplinger zum Hörer seines Festnetzanschlusses. Das Gespräch wurde nach endlosem Klingeln von einer Frau angenommen, deren Stimme gebrochen klang.
»Thurig.«
»Spreche ich mit Eva-Maria Thurig?«
»Wer bitte ist am Apparat?«
Kepplinger stellte sich vor und entschuldigte sich für den späten Anruf.
»Ich war schon im Bett«, erklärte seine Gesprächspartnerin. »Eva ist meine Tochter. Sie lebt nicht mehr hier. Warum will die Polizei etwas von ihr? Sie wird wohl kaum etwas angestellt haben?«
»Das glaube ich auch nicht«, sagte Kepplinger. »Ihr Name ist in einem aktuellen Fall aufgetaucht, und ich hoffe, dass sie mir bei der Klärung einiger Fragen behilflich sein könnte. Als Zeugin, versteht sich.«
»Samstagabends, um diese Zeit?«
»Sie können mir glauben, dass ich den Abend auch lieber woanders verbringen würde als im Büro.«
»Was für Fragen sollen das sein?«
»Das würde ich gern mit ihr besprechen«, sagte Kepplinger.
»Wie sind Sie überhaupt an diese Nummer gekommen?«

»Das habe ich Ihnen doch vorhin gesagt«, erwiderte Kepplinger, der sich über den übertriebenen Argwohn der Mutter wunderte.

»Und Sie arbeiten bei der Göppinger Kriminalpolizei?«

»Möchten Sie meine Durchwahlnummer?«

»Hat es etwas mit diesem Mord zu tun?«

Kepplinger zögerte. In seinem Bauch begannen die ersten Alarmglocken zu klingeln. »Wie kommen Sie darauf, wenn ich fragen darf?«

»Ich lese Zeitung«, sagte sie. »Ist das verboten?«

»Natürlich nicht«, antwortete Kepplinger. »Ich habe mich nur gewundert.«

»Haben Sie den Mörder gefasst?«

»Wir haben einige brauchbare Spuren.«

»Und deswegen rufen Sie an?«

Kepplinger merkte, dass er in eine Falle getappt war, die seine Gesprächspartnerin vermutlich gar nicht beabsichtigt hatte. »Wir haben Fotos gefunden«, sagte er zögerlich. »Von Ihrer Tochter.«

»Warten Sie.«

Den Geräuschen nach hielt sie ihre Hand auf den Apparat gepresst und stieg eine Treppe hinunter. »Sind Sie noch dran?«

»Ja.«

»Früher oder später würden Sie es ja doch erfahren«, flüsterte sie in den Apparat.

»Was meinen Sie?«

»Sie hat ihn gehasst«, sagte sie nach einigem Zögern. »Aber sie war es nicht, glauben Sie mir. Eva würde so etwas nie tun.«

Kepplinger wartete, bis das Schluchzen weniger wurde. »Verzeihen Sie, aber ich kann Ihnen nicht folgen.«

»Es geht doch um Hagen, oder etwa nicht?«

»Das ist richtig«, antwortete Kepplinger und hielt den Atem an.

»Mein Mann darf das niemals erfahren, hören Sie!«

Kepplinger verstand noch immer nicht, worauf ihre Anspielungen hinausliefen. Das Gespräch kam ihm wie ein Seiltanz vor. Eine falsche Frage oder Antwort, und die Frau würde einhängen.

»Ich verspreche es Ihnen«, sagte er.

Das Jammern begann von Neuem. »Das war eine schwierige Zeit damals.« Sie sprach so leise, dass Kepplinger beinahe nicht verstand. Im Hintergrund brummten die Lüfter der Rechner. Kurzerhand riss er die Kabel aus der Steckdosenleiste und presste den Finger auf sein freies Ohr.

»Mein Mann war ständig unterwegs«, fuhr sie fort.

Langsam dämmerte es Kepplinger, und er musste sich zwingen, die Füße stillzuhalten.

»Hagen und ich kannten uns aus der Gemeinde.« Wieder entstand eine längere Pause. Kepplinger machte sich ein paar Notizen.

»An jenem Donnerstag ist es einfach über uns gekommen«, erzählte sie gebrochen. »Der Teufel!«, rief sie erschrocken. »Der Teufel«, flüsterte sie ein zweites Mal. »Ich ahnte vom ersten Tag an, dass diese Sünde nicht ungestraft bleiben würde, aber ich konnte mit niemandem darüber reden. Am allerwenigsten mit meinem Mann. Er hätte so eine Schande niemals verwunden.«

»Und Eva?«

»Sie hat es selbst herausbekommen. Als sie fünfzehn war, hat sie mich zur Rede gestellt. Sie wusste es einfach. Ich konnte sie nicht anlügen. Ich habe sie damals bei meiner Seele darum gebeten, es für sich zu behalten. Und jetzt kommt doch alles ans Tageslicht.«

Sie schnäuzte sich in ein Taschentuch. »›Es ist nichts verborgen, was nicht offenbar wird, und nichts geheim, was man nicht wissen wird‹«, zitierte sie einen Vers aus der Bibel. »Matthäus zehn, Vers sechsundzwanzig.«

»Wie hat sie reagiert?«, fragte Kepplinger.

»Sie hat mich geohrfeigt, eine dreckige Hure genannt und ist gegangen«, schluchzte es in den Hörer. »Für immer.«

»Mit fünfzehn?«

»Sie fuhr zu einer Tante nach Speyer und zwang mich, einen Schulwechsel zu veranlassen. Andernfalls würde sie allen verraten, wer ihr wirklicher Vater war.«

»Niemand hat Verdacht geschöpft?«

»In unserer Gemeinschaft ist es nicht unüblich, dass Kinder während der Ausbildung oder des Studiums für längere Zeit bei Verwandten oder Bekannten wohnen.«

Kepplinger dachte an die vielen Fotos, die Gebhardt gemacht hatte. »Wie war der Kontakt zu ihrem leiblichen Vater?«

»Sie hat nie mehr ein Wort mit ihm gesprochen, geschweige denn einem Treffen zugesagt, worum Hagen zeitlebens gebeten hat.«

»Wie können Sie da so sicher sein?«

»In ihren Augen war er ein jämmerlicher Versager, ein Feigling und Verbrecher. Ihm und mir gibt sie die Schuld, jedweden Glauben an eine höhere Macht verloren zu haben.«

»Pflegen Sie noch Kontakt zu ihr?«

»Einmal im Jahr ruft sie an. An meinem Geburtstag. Wir wechseln ein paar Worte, dann ist es vorbei. Wir sind uns fremd geworden, und ich trage die Schuld an alledem. Aber Sie müssen mir dennoch glauben, dass sie nichts mit dieser Sache zu tun hat. Wenn sie die Absicht gehabt hätte, ihn umzubringen, dann wäre das schon viel früher geschehen.«

»Das glaube ich auch«, log Kepplinger.

»Ich habe Hagen nie gesagt, was sie macht oder wo sie lebt, obwohl er ständig danach gefragt hat.«

»Wann haben Sie Hagen Gebhardt zuletzt gesehen?«

»Wir haben uns aus den Augen verloren, nachdem er seine Stellung aufgegeben hatte, was damals niemand verstanden hat. Ab und zu rief er an und erkundigte sich nach meinem Wohlergehen. Und nach Eva.«

»Hat er Ihnen erzählt, womit er seinen Lebensunterhalt bestreitet?«

»Das war nie ein Thema.«

»Und Ihr Mann?«, fragte Kepplinger.

»Er weiß von nichts«, antwortete sie. »Die beiden hatten ohnehin kein gutes Verhältnis.«

»Und Ihrer Tochter geht es gut?«

»Sie arbeitet, wie ich glaube, viel zu viel. Deshalb findet sie auch keinen Mann, zumindest behauptet sie das immer.«

»Wissen Sie, wo Eva derzeit beschäftigt ist?«

»Nicht genau. Das letzte Mal sprach sie von einem Ingenieursbüro in Stuttgart.«

Kepplinger schluckte. »In welcher Branche?«

»Das durfte sie mir nicht sagen. Ich weiß, dass sie zuvor eine Zeit lang im Versuch bei Daimler gearbeitet hat. Einmal hat sie voller Stolz davon erzählt, wie sie maßgeblich an der Entwicklung von Seitenairbags beteiligt gewesen war.«

Die Papiere in der Unterführung, dachte Kepplinger. Seine Hand begann zu zittern.

»Würden Sie mir bitte Evas aktuelle Adresse und Telefonnummer geben?«

»Das hat sie mir verboten.«

»Sie würden mir meine Arbeit erleichtern«, sagte Kepplinger.

»Das kann ich nicht.«

»Aber Sie möchten doch auch, dass meine Suche nach ihr so wenig Aufsehen wie möglich erregt. Wenn ich mich an das Einwohnermeldeamt wende, bin ich gezwungen, den Grund meiner Anfrage zu nennen.«

»Gibt es keine andere Möglichkeit?«

»Eva wird nie erfahren, woher ich ihre Adresse habe.«

»Wirklich?«

»Wozu auch?«

»Sie wohnt bei einer Freundin, ganz in der Nähe von Göppingen …«

Während Kepplinger die Adresse notierte, lief ihm ein eiskalter Schauder über den Rücken. So schnell es ging, beendete er das Gespräch, holte seine Waffe aus dem Tresor und rannte zu den Einsatzgaragen. Seine Sorge galt von diesem Augenblick an nur noch einer einzigen Person: Lea!

***

Alle würden sterben!

Zuerst hatte sie in Erwägung gezogen, die beiden Frauen im Keller zurückzulassen und ihren ursprünglichen Plan mit Jana in die Tat umzusetzen. Aber nachdem die Polizistin sie vor ihrer Partnerin derart provoziert hatte, war sie gezwungen, ein Exempel zu statuieren. Alle sollten verstehen, dass man sie nicht zum Narren hielt.

Sie wusste nicht, wie viel Zeit ihr noch zur Verfügung stand. Deshalb musste sie sich beeilen. Wenn nur ein Bruchteil dessen, was die Polizistin gesagt hatte, der Wahrheit entsprach, würde es nicht lange dauern, bis eine ganze Heerschar von Gesetzeshütern über das Haus herfiel.

Sie schätzte, dass ihr noch eine Stunde Zeit blieb. Das war genug, um die restlichen Vorbereitungen zu treffen und den letzten Akt wie geplant über die Bühne zu bringen. Die Polizei würde nur noch einen Schutthaufen vorfinden und niemals erfahren, was sich hier abgespielt hatte. Es war ihre Inszenierung, ihr Plan, und er war genial. Das perfekte Drehbuch einer modernen Tragödie, in der sie Autorin, Regisseurin und Hauptdarstellerin war.

Sie suchte sämtliche Einwegspritzen zusammen, die sie auf die Schnelle finden konnte, und studierte den Beipackzettel der Ampullen. Für jedes ihrer Opfer galt es, die richtige Dosierung zu finden. Christina und die Polizistin durfte sie nur so sedieren, dass sie alles bei vollem Bewusstsein erleben und gleichzeitig keinen Widerstand leisten konnten. Vor allem durfte es zu keinem Kampf mit der Polizistin kommen. Jana brauchte für den zweiten Akt eine Dosis, die sie in einen Zustand der Willenlosigkeit versetzen würde. In eine Art Todesschlaf.

Sie zog eine ausreichende Anzahl an Ampullen auf und notierte darauf die Namenskürzel. Danach warf sie einen Blick ins Badezimmer. Jana hatte sich nicht von der Stelle gerührt. Sie gab ihr mit einem Kopfnicken zu verstehen, dass sie zufrieden war. Jana lächelte zurück.

Braves Mädchen, dachte sie und machte sich auf den Weg in den Keller.

***

Kepplinger jagte den Dienstwagen wie ein Rallyefahrer durch die Stadt, ignorierte rote Ampeln, wurde geblitzt und streifte am Ortsausgang um Haaresbreite einen Lieferwagen in einem Kreisverkehr. Nach einer Schrecksekunde setzte er seine rasante Fahrt fort. Erst als der immer lauter werdende Klingelton seines

Telefons das Gebrüll des Motors übertönte, nahm er den Fuß vom Gas.

Es war Yasar. »Sie heißt Eva Thurig!«, rief er in den Apparat.

»Ich weiß«, brüllte Kepplinger zurück. »Und ich bin schon auf dem Weg dorthin.«

»Passt bloß auf!«

Die Verbindung wurde immer schlechter. »Was?«

»Du und deine Kollegen, ihr solltet euch …«

»Ich bin allein, Yasar«, gab Kepplinger zurück. »Ich habe keine Zeit, dir das zu erklären.«

»Bist du wahnsinnig?«, dröhnte es aus dem Hörer. »Sie hat …«

Dann brach die Verbindung vollends ab. Kepplinger warf das Telefon auf den Beifahrersitz und bemerkte in letzter Sekunde, wie er auf eine Verkehrsinsel zusteuerte. Er riss das Lenkrad auf die Seite und trat auf die Bremse. Im nächsten Moment brach das Heck des Wagens aus. Kepplinger nahm den Fuß vom Pedal und lenkte gegen. Das Fahrzeug schoss quer über die Fahrbahn und knallte unsanft gegen den Bordstein einer Haltestellenbucht. Ein Taxifahrer fuhr hupend vorüber und zeigte ihm einen Vogel. Kepplinger legte den Rückwärtsgang ein und testete die Fahrtauglichkeit des Wagens, der offenbar heil geblieben war.

Von hier aus waren es weniger als fünf Kilometer. Kepplinger versuchte sich auszumalen, was ihn dort erwartete. Konnte es möglich sein, dass Eva Thurig ihren leiblichen Vater umgebracht hatte? Und Raimund Vogel, den Sachbearbeiter bei der Bundesagentur für Arbeit? Aber aus welchem Grund und warum erst jetzt?, fragte er sich.

Vielleicht war sie aber auch nur ein zweites Mal und zufällig in den Fokus polizeilicher Ermittlungen geraten, und er würde, nachdem er mit ihr gesprochen hatte, wieder unverrichteter Dinge abrücken müssen. So wie seine türkischen Kollegen vor neun Jahren in Kuşadası. Einen Tag bevor der Kleinbus in der türkischen Hafenstadt explodiert war.

Plötzlich überfielen Kepplinger Zweifel. Er lenkte den Wagen auf einen Firmenparkplatz und spürte dem Missklang in seinem Inneren nach. Schließlich raufte er sich die Haare. Warum kam er erst jetzt darauf? Wenn es sich bei Eva Thurig tatsächlich um jene Lebensgefährtin handelte, derentwegen Lea am frühen Abend ihr Training abgebrochen hatte, hätte sie die Frau aus der Fotosammlung erkannt und ihn längst informiert. Wie hatte er nur in so eine Raserei verfallen können?

Mit einem Mal fiel die Anspannung der vergangenen Minuten von ihm ab. Er griff zum Telefon und wählte Leas Nummer. Wieder meldete sich die Computerstimme des Anbieters. Vermutlich gab es im Haus keinen Empfang, oder ihr Akku war leer.

Mittlerweile waren die Zeiger der Uhr auf halb elf vorgerückt. Mit jeder Sekunde, die verstrich, reifte in Kepplinger der Entschluss, den Besuch bei Eva Thurig auf den nächsten Tag zu verschieben und die Kollegen einzuweihen. Unter den neuerlichen Voraussetzungen bestand kein Grund mehr zur Eile. Evas Mutter würde einen Teufel tun, ihrer Tochter von dem Gespräch mit der Polizei zu erzählen.

Kepplinger ärgerte sich über seine Kurzschlusshandlung und beschloss, zur Dienststelle zurückzukehren und sich um die Nachwehen seiner rasanten Fahrt zu kümmern. Bestimmt fahndeten die Kollegen des Streifendienstes längst nach dem nächtlichen Raser.

Zerknirscht legte er den Gang ein und wendete den Wagen.

***

»Was haben Sie vor?« Lea wand sich wie ein Aal, um der Injektionsnadel zu entkommen, aber die Fesseln ließen ihr keine Chance. Ihre Widersacherin schlug ihr grob ins Gesicht und kniete sich anschließend mit ihrer ganzen Körperfülle auf Hals und Schulter. Dann spürte sie die beiden Stiche in ihrem Gesäß.

»Was zur Hölle haben Sie mir da gegeben?«

»Halt den Mund!«

»In wenigen Minuten wird es hier von Polizisten wimmeln.«

Lea erhielt keine Antwort und beobachtete, wie Christina sich widerstandslos eine Spritze in den Oberschenkel verpassen ließ.

Verzweifelt suchte Lea nach einem Ausweg, aber ihr war klar, dass ihre Chancen gleich null waren. »Du feiges Miststück!« Was blieb ihr anderes, als Eva in der Hoffnung zu provozieren, dass ihr in einer überzogenen Reaktion ein Fehler unterlief? Aber der Gegenschlag blieb aus.

»Was nimmst du für Drogen, bevor du deine hinterfotzigen Taten begehst?«, brüllte sie.

Keine Antwort.

»Du bist zu feige, um Rede und Antwort zu stehen!«, rief Lea. »Gott, was bist du für ein peinliches Miststück!«

»Lea!«, flehte Christina. »Hör doch auf.«

»Wieso sollte ich das tun?« Lea redete sich immer weiter in Rage. »Wegen dieser Ratte?«

Eva trat ihr hart in den Unterleib. Lea schrie vor Schmerzen auf.

»Jetzt ist es genug«, hörte sie ihre Widersacherin sagen. »Und du kommst mit.«

Aus dem Augenwinkel verfolgte Lea, wie sie Christina grob am Arm packte und vor sich herstieß.

Die Dunkelheit machte sie beinahe wahnsinnig. Sie war außerstande, etwas zu tun. Langsam spürte sie eine Benommenheit, die von dem Medikament rühren musste, das ihr verabreicht worden war. Noch wehrte sich alles in ihr, dieses Schicksal auf Janas und Christinas Weise hinzunehmen. Gleichzeitig war Lea sich ihrer Ohnmacht bewusst.

Noch einmal versuchte sie, der Fesselung beizukommen, aber die Schnüre waren so festgezurrt, dass sie bald aufgab. Zentimeterweise und unter höllischen Schmerzen robbte sie an der Wand entlang. Aber da war nichts. Nur die stinkende Matratze, auf der Jana gelegen hatte. In einer Ecke roch es nach Urin. Lea unterdrückte einen Brechreiz.

Schließlich fiel ihr ein, dass Christina die Fußfesseln abgenommen worden waren. Lea traute sich zu, diese Wahnsinnige mit den Beinen kampfunfähig zu machen, wenn sie nicht weiter an Kräften verlieren würde. Vielleicht war das ihre Chance.

Sie kroch zurück an ihren Platz und suchte eine Stellung, die eine ausreichende Blutversorgung ihrer Beine zuließ. In kurzen Abständen bewegte sie ihre Knie und wackelte mit den Zehen.

Dann wurde die Tür geöffnet.

***

Auf der Rückfahrt begleitete Kepplinger das unbestimmte Gefühl, etwas übersehen zu haben. Schließlich bog er auf den hell erleuchteten Hof einer Tankstelle und stoppte aufs Neue. Er warf einen Blick auf den Zettel, auf den er die Adresse von Eva Thurig geschrieben hatte. Selten hatte in seinem Kopf eine solche Verwirrung geherrscht. War es möglich, dass es zwei Frauen mit demselben Namen gab? Daniela hatte von einer Eva-Maria gesprochen, Yasar hingegen nichts von einem Beinamen erwähnt. Auch ihre Mutter hatte nur von Eva gesprochen. Warum nur hatte er es versäumt, nach dem Geburtsdatum oder den Blumenkohlohren zu fragen?

Kepplinger hätte sich am liebsten geohrfeigt für diese Nachlässigkeit. Konnte er es wagen, sie noch einmal anzurufen?

Andererseits bestand zweifellos eine Verbindung zu Hagen Gebhardt. Kepplinger spürte, dass er nicht mehr in der Lage war, einen klaren Gedanken zu fassen. Was war mit den Aufzeichnungen aus der Unterführung? Der Professor kam ihm in den Sinn. Auch ihn und sein fotografisches Gedächtnis würde er an diesem Abend nicht mehr erreichen. Er dachte an Markus Ackermann, der ihm diesen ganzen Leichtsinn mit einem Anflug von Ironie um die Ohren schlagen würde.

Ihm würde nichts anderes übrig bleiben, als sich zu vergewissern, und für den Fall, dass er sich geirrt hatte, seine nächtlichen Eskapaden so gut es ging unter den Teppich zu kehren. Noch wusste außer Yasar niemand etwas davon, wie amateurhaft er sich verrannt hatte. Vielleicht würde ihm das Klingelschild an der Tür Aufschluss geben oder ein Fahrzeugkennzeichen im Hof, das sich ohne Weiteres an Ort und Stelle überprüfen ließ. Möglicherweise würde er einen Blick durch ein Fenster erhaschen können, um sicherzugehen, dass keine Verwechslung vorlag.

Auf der Weiterfahrt empfand er es als Erleichterung, dass er mit niemandem über seinen Verdacht und seinen unüberlegten Aufbruch gesprochen hatte.

Als er wenig später das Einfamilienhaus erreichte, überfiel ihn dieselbe Angst wie im Büro.

***

Eva hatte ihr tatsächlich die Schnüre von den Fußgelenken und oberhalb des Knies entfernt, aber sie war übervorsichtig, als würde sie jeden Moment mit einem Angriff rechnen. Den ganzen Weg durch das Haus presste sie ihr den Elektroschocker in die Seite und führte sie hart an einer selbst gebastelten Garrotte, sodass Lea beinahe keine Luft bekam. Trotz der Müdigkeit und des Schwindels, der stetig zunahm, konstatierte Lea, dass ihre Beine die bisherigen Misshandlungen am besten überstanden hatten.

Im Badezimmer angekommen, glaubte sie sich im falschen Film wiederzufinden. Der Raum war feierlich geschmückt, überall brannten Kerzen, es roch nach ätherischen Ölen. Nach Zypresse, Sandelholz und Nelkenblüten. Lea kannte die Gerüche und ihre Wirkungen. Diese Duftnoten hatten drei gemeinsame Nenner: Sie wirkten reinigend, aphrodisierend und schmerzlindernd. Letzteres bereitete Lea das größte Kopfzerbrechen, während sie mit Argusaugen die Bewegungen Evas verfolgte.

Die beiden anderen Frauen saßen nackt am Boden, den Rücken gegen die Wand gelehnt. Christina starrte apathisch an die Decke, wohingegen Jana zu lächeln schien.

»Hinsetzen!«, befahl ihre Peinigerin und deutete auf einen Stuhl.

Lea kam der Aufforderung nach und spürte erleichtert, wie sich der dünne Draht um ihren Hals Stück für Stück löste und ihr das Atmen bei jeder Drehung leichter fiel. Gierig saugte sie Luft in ihre Lungen.

»Ausziehen!«, lautete der nächste Befehl.

»Wie denn, du dämliches Miststück?«

»Jana! Zieh ihr die Hose aus und schneide ihr die restlichen Sachen mit der Schere vom Leib.«

»Was soll das werden?«, rief Lea. »Ich habe keine Lust auf eine beschissene Lesbenparty!«

»Sei doch endlich still«, ermahnte sie Jana, die bereits an ihrem Gürtel nestelte.

Lea wollte widersprechen und überlegte gar, ob sie Jana als Geisel in ihre Gewalt bringen sollte, als sie im Augenwinkel bemerkte, wie ihre Widersacherin sich die Hände wusch.

Unterdessen streifte Jana ihr die Hose von den Beinen. Lea half so gut sie konnte mit.

»Schneller!«, forderte die Stimme vom Waschbecken.

Lea entdeckte den Elektroschocker in einem Regalboden. Noch stand Eva in Reichweite des Geräts.

»Ihr Höschen?«, erkundigte sich Jana.

»Alles.«

***

Gegenüber dem Gebäude parkte Leas Wagen. Das konnte kein Zufall sein. Jetzt war sich Kepplinger sicher, dass etwas vorgefallen sein musste, und er ärgerte sich, sein Bauchgefühl so lange ignoriert zu haben. Er stellte das Fahrzeug in einiger Entfernung ab und überlegte, wie er vorgehen sollte.

Er erinnerte sich an einen Vortrag am Ende des Studiums. Der Psychologe und Kybernetik-Experte hatte über das Thema »Überraschungskompetenz« gesprochen.

Mir bleibt gar nichts anderes übrig, als mich in der Kunst der Improvisation zu üben, dachte er. Und darauf zu vertrauen, dass ich während meiner Zeit beim SEK das nötige Handwerkszeug dafür erworben habe.

Es war kurz nach elf, als er im Schatten einiger Büsche über den Zaun in den Garten des Anwesens sprang, in dem aller Wahrscheinlichkeit nach eine dreifache Mörderin mit ihrer Partnerin lebte und in deren Willkür sich seine Kollegin befand. Samt ihrer Freundin, deren Namen er vergessen hatte.

***

In dem Moment, als Jana ihre Unterhose über die Ferse streifte, ergab sich die erhoffte Gelegenheit. Eva war vom Waschbecken zurückgetreten und stand jetzt neben der Badewanne, wo sie nach vorn gebeugt die Temperatur des Badewassers zu testen schien. Lea warf Jana einen vernichtenden Blick zu und drehte sich bedächtig in eine Position, von der aus ein Tritt gegen den Kehlkopf möglich war. In dem Moment, als sie die Hüfte ausdrehte und das hintere Bein streckte, vernahm sie Janas gellenden Warnschrei.

Eva schreckte aus ihrer Haltung nach oben und schnellte nach vorn. Dennoch wagte Lea einen Versuch, aber es war zu spät. Die Distanz war zu gering. Die Wucht des Tritts verpuffte an dem massigen Körper, der sich im nächsten Moment auf sie stürzte und sie zu Boden riss.

Lea hörte das hässliche Krachen einiger Rippen. Während eine Serie wütender Schläge auf sie einprasselte, rang sie verzweifelt nach Luft. Schließlich wurde sie an den Haaren gepackt und in die Badewanne geschleudert. Das Letzte, was sie wahrnahm, war die Kälte des Wassers, was sie augenblicklich an die Temperatur im Brunnen erinnerte.

***

Nachdem er das gesamte Anwesen mit Argusaugen umrundet hatte, näherte sich Kepplinger dem Haus und verschwand in der Dunkelheit eines Kellerabgangs auf der Rückseite. Dort wägte er seine Chancen ab. Im Haus brannte nur in einem Zimmer ein diffuses Licht. Er vermutete aufgrund der Ornamentverglasung, die er unter der Jalousie ausgemacht hatte, dass es sich um das Bad handelte. Ihm war auch aufgefallen, dass die Bewegungsmelder am Haus defekt oder abgeschaltet waren. Der Umstand kam ihm gelegen, andererseits war es nicht ausgeschlossen, dass es sich um eine Falle handelte.

Kepplinger war auf der Hut. Er presste sein Ohr gegen die kühle Metalltür, die mit zwei BKS-Schlössern gesichert war.

Nichts.

Er wusste, dass es ihm nicht gelingen konnte, unbemerkt ins Haus zu kommen. Alle Fenster waren geschlossen und sämtliche

Jalousien hinuntergelassen. Wahrscheinlich gab es sogar eine Alarmanlage. Die Doppelgarage schloss direkt ans Gebäude an, und er vermutete, dass es eine Verbindung ins Haus gab.

Kepplinger verließ sein Versteck und nahm das Garagentor in Augenschein. An den schweren Lamellen war keine Schließvorrichtung auszumachen. Das Tor konnte nur elektrisch geöffnet werden.

In dem Moment, als er einen Blick durch eines der Sichtfenster warf, blitzten die Scheinwerfer auf und tauchten den Innenhof in gleißendes Licht.

»Mist!«, fluchte Kepplinger und flüchtete sich in den Schatten.

Das konnte nicht unbemerkt geblieben sein. Ihm würde nichts anderes übrig bleiben, als das Überraschungsmoment aufzugeben und an der Haustür zu klingeln. Er wartete, bis die Strahler erloschen, und tastete sich anschließend, dicht an die Hauswand gedrängt, bis zur Eingangstür.

Er stutzte. Alles blieb ruhig. Sollte wirklich niemand etwas bemerkt haben?

Kepplinger hielt die Luft an. Noch einmal wog er alle Argumente gegeneinander ab und entschied, zuerst ein Ablenkungsmanöver zu riskieren, bevor er sich aus dem Dunkel wagte. Er kramte die Notiz aus seiner Jackentasche und wählte die Festnetznummer von Eva Thurig. Das Läuten des Telefons war bis vor die Tür zu hören. Nach dem siebten oder achten Klingeln sprang der Anrufbeantworter an. Kepplinger drückte die Austaste und achtete auf die Geräusche im Haus.

Es blieb still. Keine Schritte. Keine Stimmen. Nichts.

Er wagte einen weiteren Versuch, Lea auf ihrem Handy zu erreichen. Nichts.

Kepplinger war im Begriff, aus der Deckung zu treten und den Klingelknopf zu drücken, als ein markerschütternder Schrei die Stille durchbrach. Er zuckte erschrocken zurück und schlug im nächsten Moment mit der Faust gegen die Eingangstür.

»Aufmachen!«, brüllte er aus Leibeskräften. »Polizei!«

Nichts geschah.

Wieder drang ein gellender Schrei nach draußen.

Er nahm zwei Schritte Anlauf und rannte Schulter voraus gegen die Tür, die nur ein leises Klappern von sich gab, als wolle sie ihn verspotten, es auf diese Weise versucht zu haben.

Kepplinger stürzte die Treppen hinunter und rannte um das Haus herum. Als er in den Bereich der Garagen kam, flammten die beiden Strahler von Neuem auf. Beim Anblick der Sichtfenster, die in das Garagentor eingelassen waren, hatte er eine Idee. Er griff nach einem faustgroßen Stein im Vorgarten und schleuderte ihn mit voller Wucht gegen das Glas. Das Wurfgeschoss flog mitsamt der Scheibe ins Innere der Garage und prallte gegen das Heck eines roten Porsche Carrera.

Verzweifelt suchte Kepplinger nach einem Gegenstand, um die restlichen Scherben zu entfernen, die ihm wie Zähne im weit aufgerissenen Maul eines Hais den Zugang verwehrten. Schließlich stülpte er seine Jacke über die Hände und zerrte mit aller Kraft an der eingelassenen Fensterlitze, die sich mit einem Ruck löste. Mitsamt der Gummischnur stürzte er nach hinten und hatte Glück, dass ihm die daran haftenden Scherben nicht ins Gesicht peitschten.

Währenddessen ging im Nachbarhaus das Licht an. Ein älterer Mann im Pyjama riss das Fenster auf und brüllte etwas, das Kepplinger nicht verstand.

»Rufen Sie die Polizei«, rief er über den Hof.

»Was tun Sie da?«

»Sie sollen die Polizei verständigen!«, wiederholte Kepplinger. Als der Mann keine Reaktion zeigte, rief er noch einmal. »Es brennt!«

»Ich rufe die Feuerwehr«, schallte es zurück.

»Na also«, murmelte Kepplinger und zwängte sich ins Innere der Garage.

***

Sie war stark. Mächtiger als jemals zuvor.

Sie hatte die Polizistin besiegt. Ihren feigen Angriff pariert und alle Affronts an sich abprallen lassen. Jetzt war sie es, die über Leben und Tod bestimmen konnte.

Zum ersten Mal handelte sie aus freien Stücken. Die Fremde in ihr schwieg. Keine Wut oder das Gefühl, in die Enge getrieben zu sein, zwang sie dazu, zum Äußersten zu gehen. Nie war sie ihrer Vollkommenheit so nahe gewesen. Nie hatte sie das Gefühl ihrer Größe so berauscht wie in diesen Augenblicken. Einen Moment lang dachte sie daran, dass sie ihre Mutter zu diesem Schauspiel hätte einladen sollen, oder besser die ganze verlogene Gemeinde. Diese tragikomischen Figuren mit ihrem lächerlichen Glauben an einen Gott der Liebe und der Vergebung.

Ihr Blick verdunkelte sich bei dem Gedanken an die Widerwärtigkeiten, die sie erlitten, und an den Mann, der ihr das alles angetan und den sie viel zu lange für ihren leiblichen Vater gehalten hatte. Andererseits verdankte sie gerade ihm diesen Triumph. Ohne ihn, ohne die Höllenqualen, denen er sie während ihrer Kindheit ausgesetzt hatte, hätte sie niemals etwas von der Bestimmung erfahren, die ihr seit ehedem zugedacht gewesen war.

Jetzt wusste sie, dass sie zu den Auserwählten gehörte.

Ein Todesengel, der niemandem Rechenschaft schuldete.

Der einzige Schatten, der auf diesem Bild lag, war der Umstand, dass sie gerade *ihn* nicht mehr töten konnte, so wie sie es seit Langem geplant hatte. Aber auch er würde seine gerechte Strafe bekommen. Vielleicht sogar in jenem Fegefeuer, dem er zeitlebens mit seinem scheinheiligen Gottesgeschwafel versucht hatte zu entkommen.

Die Vorstellung stimmte sie heiter, obwohl sie weder an Gott noch Teufel glaubte. Den Beweis dafür hatte sie schon damals bekommen, als sie ihre Gegenspielerin während des Pokalspiels ins Jenseits befördert hatte. Verstanden hatte sie es damals nicht, aber worüber sie sich seitdem den Kopf zerbrochen hatte, lag jetzt so klar vor ihr wie eine Rechenaufgabe aus der Grundschule: Falls es so etwas wie eine höhere Macht gab, hätte dieses Wesen niemals ihre Koexistenz geduldet. Hätte niemals zugelassen, dass seine über alles geliebten Menschen durch ihren Mutwillen zu Tode kamen. Es würde auch jetzt nicht eingreifen. Die Realität schuf sie allein. Sie war Herrin über Leben und

Tod. Es würde sie nur einen Fingerzeig kosten, das Leben dieser drei kümmerlichen Gestalten zu verschonen. Und ihr eigenes. Aber sie hatte ein anderes Urteil gefällt, und niemand würde sie bei der Vollstreckung aufhalten. *Sie* war diejenige, die sämtliche Gegensätze in sich vereinte: Richter und Henker. Gott und Teufel. Feuer und Wasser, Luft und Erde.

Die Polizistin würde als Erstes sterben. Sie hatte Jana erklärt, dass sie die Verantwortung dafür trug, sie ihr aber im Gegenzug verzeihen würde. Jana hatte sie dankbar angesehen, und ihr war klar geworden, dass ihre Partnerin verstanden hatte. Danach hatten sie sich geküsst, und sie hatte gespürt, dass sich an ihren Gefühlen nichts geändert hatte. Es war ihr gelungen, Jana auf ihre Seite zu bringen. Eine Verbündete, die ihr getreu in den Tod folgen würde. Vielleicht würden sie beide im Augenblick des Todes zu einem gemeinsamen Höhepunkt kommen, stellte sie sich vor.

Angesichts dieser Inspiration empfand sie es als geradezu lästig, was sie zuvor erledigen musste. Aber beim Anblick der Polizistin, die wie ein Fisch in der Badewanne zappelte, kehrte ihre Entschlossenheit zurück. Bedächtig legte sie ihren Kimono ab und schlüpfte aus der Unterwäsche. Dann betrat sie die Wanne und kniete sich über ihr erstes Opfer.

Das kalte Wasser machte ihr nichts aus. Sie spürte es gar nicht. Schließlich packte sie das zappelnde Etwas an den Schultern und drückte es langsam unter die Wasseroberfläche.

Den gellenden Aufschrei in ihrem Rücken nahm sie nicht wahr. Der Augenblick des Todes forderte ihre ganze Aufmerksamkeit.

***

Wie vermutet existierte ein Durchgang von der weitläufigen Garage ins Haus. Zu Kepplingers Entsetzen wirkte die Brandschutztür ebenso solide wie alle anderen Zugänge. Mit herkömmlichen Methoden war diese Barriere nicht zu bezwingen. Ebenso verwarf er den Gedanken, seine Schusswaffe einzusetzen. Die 9-Millimeter-Kugeln würden das harte Stahlblech nicht durchdringen können. Stattdessen drohte die Gefahr, selbst einen Querschläger abzubekommen.

Vergeblich rüttelte er am Türknopf und stieß einen lauten Fluch aus.

Seine Gewaltstreiche hatten so viel Lärm verursacht, dass ihm keine Zeit mehr blieb, wollte er Lea und die beiden anderen Frauen vor einem Übergriff schützen. Rastlos sah er sich in der Garage um. In der hinteren Ecke bemerkte er einen bulligen Rasenmähertraktor, der ihn auf eine Idee brachte. Er nahm das Fahrzeug in Augenschein. Der Zündschlüssel steckte. Aber für sein Vorhaben benötigte er mehr Platz.

Ohne zu zögern, schnappte er sich wieder den Stein und schleuderte ihn in das Seitenfenster des Porsche, löste die Handbremse und rollte den Sportwagen so weit es ging nach vorn. Dieselbe Prozedur wiederholte er mit dem zweiten Auto, einem BMW X1.

Zwischen den Fahrzeugen und dem Tor war eine etwa zwei Meter breite Gasse entstanden, die geradewegs auf die Tür zulief. Kepplinger startete den Traktor, brachte das Gefährt in Position, schnallte den Hüftgurt um sein Becken und drückte das Gaspedal durch.

Beim dritten Anlauf gab das Türfutter nach. Kepplinger sprang vom Fahrersitz und zwängte sich mit gezogener Waffe durch die Öffnung ins Innere des Hauses.

Er warf sich auf den Boden und wartete, bis sich seine Augen an die Dunkelheit gewöhnt hatten.

Er war in einer Art Rumpelkammer gelandet. An der Decke hingen Wäscheseile. Die Wände waren mit Kartons zugestellt. Im Haus war es ruhig.

Kepplinger rechnete in jeder Sekunde mit einem Angriff. Hinter dem Türrahmen kauernd, drückte er behutsam die Klinke nach unten und spähte durch einen schmalen Schlitz. Er befand sich am Ende eines weitläufigen Flurs, an dessen gegenüberliegender Seite er die Eingangstür ausmachen konnte.

Langsam tastete er sich nach vorn. Als er einen breiten Durchgang passierte, der in einen offenen Küchen-, Ess- und Wohnzimmerbereich führte, nahm er leichten Gasgeruch und das Zischen des Herds war. Auch das noch, fluchte er, hielt den Atem an, trat an den Herd und stellte das Gas ab.

Anschließend öffnete er die großen Schiebetüren, die auf die Veranda führten, und holte tief Luft. Dann kehrte er zurück in den Flur, riss die Eingangstür auf und machte sich auf den Weg ins Obergeschoss. Als er den ersten Treppenabsatz erklommen hatte, drangen die Geräusche eines ungleichen Kampfes an sein Ohr. Augenblicklich gab er seine Defensivhaltung auf und stürmte nach oben.

Es war ein Leichtes, das Bad ausfindig zu machen. Durch den Türspalt drang ein dünner Lichtstreif. Kepplinger brachte sich vor der Tür in Position, atmete tief durch und stürmte in den Raum.

Für den Bruchteil einer Sekunde glaubte er, sein Verstand führe ihm ein Trugbild vor Augen. Doch schon gewann er wieder die Oberhand über seine Irritation und ließ seinen Blick durch das Zimmer gleiten. Sofort erkannte er die Frau von den Fotos wieder, wie sie nackt in der Badewanne kniete, furchterregende Geräusche von sich gab und sich auf etwas abzustützen schien. In der Ecke zwei Frauen, ebenfalls unbekleidet. Lea war nirgends zu sehen.

Kepplinger machte einen Schritt nach vorn, die Waffe auf Eva Thurig gerichtet.

Dann begriff er.

Ohne zu zögern, riss er die Arme nach oben und betätigte den Abzug.

Eva Thurig wurde von der Wucht des Geschosses auf die Seite katapultiert. Aus ihrem Oberarm spritzte eine Blutfontäne bis zur Decke.

Kepplinger ließ die Waffe auf den Boden fallen und zerrte Lea aus dem Wasser. »Einen Arzt«, brüllte er. »Rufen Sie einen Arzt!«

Keine der beiden Frauen reagierte auf seinen Appell. Kepplinger zerrte sein Telefon aus der Tasche, wählte die 112 und drückte den Apparat der Frau in die Hand, die ihm am nächsten saß. Anschließend kümmerte er sich wieder um Lea.

Sie atmete nicht mehr.

Kepplinger tastete nach ihrem Puls, konnte ihn aber in der Aufregung weder am Hals noch an den verschnürten Handgelenken erspüren. Schließlich legte er seine Hand auf ihre nackte Brust und glaubte, einen winzigen Herzschlag wahrzunehmen. Mit einer Nagelfeile schnitt er die Fesseln durch und drehte Lea auf den Rücken. Dann begann er mit der Reanimation.

»Sie kommen«, flüsterte es in seinem Rücken.

Kepplinger nahm den Hinweis dankbar zur Kenntnis. Erst jetzt bemerkte er, dass Leas Brustkorb kaum Widerstand bot. War es möglich, dass er ihr zu Beginn der Herzdruckmassage ein paar Rippen gebrochen hatte? Er war unschlüssig, setzte die Wiederbelebung aber in der Hoffnung fort, das Richtige zu tun.

Ihm war heiß.

Sie hingegen fühlte sich eiskalt an.

Der Schweiß floss ihm über Gesicht und Arme. Wie lange dauerte es denn noch, bis die Rettungskräfte eintrafen?

Eva Thurig lag immer noch mit schmerzverzerrtem Gesicht im Wasser, den Kopf an die Rückwand gelehnt, die Hand des unverletzten Armes auf die Wunde gepresst.

Was war hier geschehen?

Plötzlich spürte er den kalten Stahl einer Waffe im Genick.

»Lass sie sterben!«

Kepplinger traute seinen Ohren nicht. Sein Puls schnellte in die Höhe. »Sind Sie wahnsinnig? Nehmen Sie die Pistole weg!« Verzweifelt setzte er seine Wiederbelebungsversuche fort.

»Aufhören, habe ich gesagt!«

Der Druck der Mündung wurde stärker. Kepplinger ließ von Lea ab. »Ist ja gut«, sagte er leise, während er die Chancen eines Gegenangriffs abwog.

Im nächsten Moment vernahm er einen dumpfen Schlag, das Bersten eines Kieferknochens und ein knappes gurgelndes Stöhnen.

Wie vom Blitz getroffen drehte sich Kepplinger um die eigene Achse und sah, wie seine Widersacherin wie in Zeitlupe zu Boden sank. Hinter ihr die Frau, der er sein Telefon in die Hand gedrückt hatte. Zitternd nahm er seine Waffe an sich, während sich seine Verbündete über Lea beugte und die lebensrettenden Maßnahmen fortsetzte.

»Holen Sie eine Decke«, hörte er sie rufen. »Und etwas Zucker. Worauf warten Sie?«

Kepplinger beeilte sich und kehrte wenig später ins Bad zurück. »Hier!«

»Ich kümmere mich um die beiden anderen, ja?«

»Tun Sie das. Ich bin Christina. Sie müssen Moritz sein.«

»Kommt sie durch?«

»Sie war lange unter Wasser. Ich weiß es nicht.«

Wie in Trance tastete er nach den Plastikfesseln an seinem Gürtel, den Blick fest auf Lea gerichtet. Ihr bläulich verfärbtes Gesicht und den erschlafften Körper, an dem kein Lebenszeichen mehr abzulesen war.

Von unten drangen die Stimmen der Sanitäter ins Bad.

Kepplinger erhob sich stumm und machte sich auf den Weg zur Tür.

Über seine Wangen rollten bittere Tränen. Er hatte keine Kraft mehr, sich gegen irgendwas zu wehren. Die Sorge um Lea und die aufblitzende Erkenntnis seiner tödlichen Nachlässigkeit brachten ihn beinahe um den Verstand: Er war zu spät gekommen!

Eine Woche später

Lea wurde am selben Tag wie Markus Ackermann aus der Klinik entlassen. Kepplinger hatte Blumen gekauft und wartete vor ihrem Zimmer auf das Ende der Formalitäten. Schließlich trat sie auf den Flur.

Als Lea ihn bemerkte, ließ sie ihre Sporttasche fallen und fiel ihm um den Hals. Niemand sprach ein Wort. Die Pflegerinnen und ein Arzt verschwanden respektvoll hinter einer der vielen Türen.

»Das sind nur Freudentränen«, sagte sie nach einer längeren Pause, ihren Kopf immer noch fest an seine Brust gedrückt.

»Ja«, sagte Kepplinger verlegen.

»Weinst du etwa auch?«, fragte Lea.

Kepplinger schüttelte den Kopf. »Ich bin froh, dass es dir gut geht«, sagte er.

Lea löste sich langsam aus der Umarmung und sah ihn mit großen Augen an. Ihre Hände wanderten an das Revers seines Mantels. Kepplinger bemerkte, wie ihre Lippen und Nasenflügel anfingen zu beben.

»Du verrückter Kerl«, sagte sie mit kehliger Stimme und begann am ganzen Körper zu zittern. »Du gottverdammter, verrückter Kerl hast uns allen das Leben gerettet.«

Kepplinger drückte sie wieder an sich. Lea klammerte sich an ihm fest und brach erneut in Tränen aus. »Ohne dich wäre ich …«

»Schhh«, versuchte Kepplinger sie zu beruhigen. Und dann noch einmal: »Ganz ruhig!« Sachte presste er seinen Finger auf ihre Lippen. Es dauerte, bis ihre Anspannung nachließ.

Kepplinger fand keine Worte. Auch ihn verfolgten die Geschehnisse noch in seine Träume. In diesem Spiel gab es keine Sieger, sondern nur Überlebende auf beiden Seiten des Gesetzes. Eva-Maria Thurig, die sich in ihrer Untersuchungshaft hinter einer Mauer des Schweigens verschanzt hatte. Ihre Partnerin Jana, die noch immer unter Schock stehend in einer psychiatrischen Klinik am Leben gehalten wurde und deren Verhalten die behandelnden Ärzte als Stockholm-Syndrom werteten. Und Christina, Leas Zahnärztin, die drei Tage nach den Vorfällen für unbestimmte Zeit ihre Praxis geschlossen hatte und mit ihrem Mann in ihr Ferienhaus auf Rügen gereist war, um dort ihren Seelenfrieden wiederzufinden.

Er und Lea würden, so viel stand fest, bereits am kommenden Montag wieder auf die Spielfelder des Polizeidienstes zurückkehren.

Inwieweit die Ereignisse sich auf ihre Arbeit und ihr Privatleben auswirken würden, blieb abzuwarten.

»Heute ist kein Tag, an dem wir über das Sterben nachdenken sollten«, sagte Kepplinger leise.

Lea nickte. »Du hast recht. Lass uns gehen.«

Epilog

Am späten Vormittag des 23. Dezember befand sich Moritz Kepplinger mit gemischten Gefühlen auf der Fahrt nach Ulm. Am Morgen war er, obwohl er dienstfrei hatte, für ein paar Stunden ins Büro gegangen, um Ordnung in das Chaos auf seinem Schreibtisch zu bringen. Jetzt wollte er in Ruhe ein paar Einkäufe machen. Unter anderem suchte er nach einem passenden Geschenk für Lea und wollte ein Buch abholen, das er als Präsent für Markus Ackermann bestellt hatte. Gleich nachdem der sich in der Woche zuvor über den Preis empört und mit einem Anflug von Ironie angedeutet hatte, dass er dem Verlag einen gepfefferten Brief schreiben und sich den Titel auf einer illegalen Plattform herunterladen würde.

Gegen halb zehn hatte plötzlich Brandstätter in der Tür gestanden und ihn in sein Büro gebeten. »*Sie* möchte mit Ihnen sprechen.«

»Wer?«

»Eva-Maria Thurig.«

»Das kann ich nicht glauben.«

»Wenn ich es Ihnen sage.«

»Bearbeiten die Ulmer Kollegen den Fall nicht zu Ende?«

»Selbstverständlich.«

»Sie hat bislang geschwiegen.« Kepplinger schüttelte ungläubig den Kopf. »Warum sollte sie ausgerechnet jetzt das Bedürfnis haben, mit einem Polizisten zu sprechen, noch dazu mit mir?«

»Das müssen Sie dieses Ungeheuer schon selbst fragen.«

Kepplinger ignorierte die abfällige Bemerkung. »Darf ich das überhaupt? Schließlich bin ich in den Fall involviert und habe auf sie geschossen. Womöglich taucht irgendwann eine Nebenklage gegen mich auf.«

»Sie haben alles richtig gemacht, und das wissen Sie genau. Es liegt an Ihnen, Kepplinger. Unser Chef und der künftige Präsident in Ulm haben keine Einwände. Sie wollen lediglich über den Gesprächsinhalt informiert werden. Natürlich nur für den Fall, dass es zu einer Begegnung kommt.«

»Wann hat sie diesen Wunsch geäußert?«

»Vor ungefähr zwei Stunden.«

»Ich werde während der Feiertage darüber nachdenken.«

»Sie will heute mit Ihnen reden. Oder nie mehr.«

»So ein Blödsinn! Ich lasse mich doch nicht erpressen.«

»Es ist Ihre Entscheidung. Mir ist es gleich, ob Sie fahren.«

»Was, wenn ich im Urlaub oder krank wäre?«

»Dann wären Sie krank oder im Urlaub.«

»Natürlich.«

»Also?«

Um kurz vor eins bog er auf den Besucherparkplatz der Anstalt. Unentschlossen lauschte er dem R.E.M.-Song, der im Radio lief, und erinnerte sich an seinen Konzertbesuch in Stuttgart vor ein paar Jahren. An den charismatischen Sänger, bei dem er den Eindruck gewonnen hatte, er würde bei jedem Titel eine andere Stimmlage performen.

»I want the sun to shine on me
I want the truth to set me free
I wish the followers would lead
With a voice so strong it could knock me to my knees.«

Als das Lied zu Ende war, stieg er widerwillig aus dem Wagen. In der Ferne vernahm er den tiefen Signalton einer Schiffssirene. Die Donau war von dieser Stelle nicht auszumachen, obwohl der Flussverlauf nur einen Steinwurf entfernt die Grenze zum Nachbarland Bayern markierte.

Ein eiskalter Wind blies ihm um die Ohren. Kepplinger vergrub sein Gesicht unter dem Schal. Seine Mütze hatte er auf der Dienststelle vergessen.

Der Backsteinbau mit seinen vergitterten Fenstern verstärkte sein Unwohlsein. Hinter einem der Gitter entdeckte er eine junge Frau, kaum älter als zwanzig, die gleichzeitig zwei Zigaretten rauchte und ihn ununterbrochen anstarrte. Als er sich dem Gebäude näherte, hob sie unvermittelt ihr T-Shirt an. »Na, Süßer, wie wär's mit uns?«

Kepplinger wandte sich von ihr ab und beeilte sich, den Eingang zu erreichen.

»Wichser!«, rief sie ihm hinterher.

Ein Justizbeamter führte ihn nach dem üblichen Prozedere in einen Besprechungsraum.

»Das Gespräch wird nicht abgehört«, wurde Kepplinger aufgeklärt. »Wenn Sie etwas brauchen, drücken Sie auf diesen Knopf. Sie haben eine Stunde.«

Wenig später wurde Eva-Maria Thurig von zwei Wachtmeistern hereingeführt. Im ersten Moment glaubte er, dass es sich um eine Verwechslung handele. Aber dann erkannte er eine der verknorpelten Ohrmuscheln. Die schwere Metalltür fiel rasselnd ins Schloss.

Sie saßen sich schweigend gegenüber. Eva-Maria Thurig starrte verlegen auf die Metallfesseln an ihren Handgelenken. Kepplinger drückte auf den Knopf und bat darum, ihr die Schließen abzunehmen. Nachdem sie wieder allein waren, dankte sie ihm mit einem betretenen Lächeln.

Kepplinger hatte sie anders in Erinnerung. Sie hatte an Gewicht verloren. Ihre Haut wirkte blass, beinahe durchsichtig. Ihre Haare schimmerten silbergrau, und um die dunklen Augenränder hatten sich tiefe Furchen gebildet. Als ob sie durch eine Zeitmaschine gewandert und innerhalb weniger Wochen um Jahre gealtert sei.

Kepplinger verspürte weder Mitleid noch Hass. Er bereute auch nicht, dass er auf sie geschossen und sie schwer verletzt hatte, wunderte sich nur darüber, wie kalt ihn die Situation ließ und mit welch geringen Erwartungen er ihr gegenübersaß. Er rief sich ins Gedächtnis, wozu er sich während der Fahrt immer wieder ermahnt hatte. Er würde das Gespräch abbrechen, wann immer ihm danach war.

»Danke, dass Sie gekommen sind.« Ihre Stimme klang kraftlos.

Kepplinger nickte abwartend.

»Bestimmt haben Sie sich gewundert?«

»Das ist richtig«, sagte er zögerlich.

»Es soll nicht pathetisch klingen, aber ich wollte mich bei Ihnen bedanken.«

»Wofür?«

»Sie hatten das Recht und die Möglichkeit, mich zu töten.«

Kepplinger schwieg.

»Aber Sie haben es nicht getan. Ich weiß, wer Sie sind, und bin überzeugt, dass es kein Zufall war, dass Sie mir nur in den Arm geschossen haben.« Sie streckte ihren rechten Arm in die Höhe, winkelte ihn an und legte ihn anschließend zurück auf den Tisch. »Vier Tage nach der Operation konnte ich bereits wieder ein Glas halten.«

Kepplinger gab ihr mit einem Kopfnicken zu verstehen, dass er sich nicht dazu äußern wollte.

»Wie geht es Ihrer Kollegin?«

Kepplinger war im Begriff, sich zu erheben und das Gespräch zu beenden. »Hören Sie, ich weiß nicht, warum Sie mich hergebeten haben und worüber Sie mit mir sprechen möchten. Aber ich kann Ihnen versichern, dass ich nichts, aber auch gar nichts über mich und meine Kollegen oder den aktuellen Ermittlungsstand berichten werde.«

Sie zuckte zusammen und sah ihn an, als habe er ihr eine Tracht Prügel angedroht.

»Ich ziehe die Frage zurück und bitte um Verzeihung. Sie haben recht. Es war dumm, das Gespräch so zu beginnen.« Sie schüttelte hilflos den Kopf. »Ich habe mir das Hirn zermartert, wie ich anfangen könnte, aber jetzt, wo ich hier sitze …«

»Was wollen Sie von mir? Und warum sprechen Sie nicht mit den zuständigen Kollegen?«

»Die waren hier«, antwortete sie. »Ein paarmal. Ich wollte reden, das dürfen Sie mir glauben. Aber ich kam gar nicht dazu, und mir wurde bald klar, dass das, was ich zu sagen habe, weder ihre Arbeit erleichtern noch verstanden werden würde.«

»Was meinen Sie?«

Sie schnaubte laut durch die Nase. »Meine Anwälte drängen mich täglich, auf Unzurechnungsfähigkeit zu plädieren. Es gibt eine Menge Gutachten, auch ältere, und die Chancen stünden sicher gut, damit durchzukommen. Aber ich möchte das nicht.«

»Lassen Sie mich noch etwas klarstellen: Ich kann und will Ihnen nicht helfen. Ganz abgesehen davon, dass die Göppinger Kripo mit dem Fall nichts mehr zu tun hat«, sagte Kepplinger. »Vielleicht sehen wir uns vor Gericht wieder, und dann hören Sie, was sich aus meiner Sicht zugetragen hat und wie ich auf Ihre Spur gekommen bin.«

»Als Beschuldigte habe ich das Recht auf Akteneinsicht, das wissen Sie, und ich habe Ihre Stellungnahme natürlich längst gelesen.«

»Was wollen Sie dann von mir?«

Sie setzte sich gerade und massierte abwechselnd ihre Handgelenke. Kepplinger gewann den Eindruck, dass sie um Fassung rang. Eine Minute, dachte er. Ich gebe ihr noch eine Minute.

»Ich werde nach den Feiertagen ein umfassendes Geständnis ablegen«, begann sie schließlich. »Nicht vor Ihren Kollegen, bitte verstehen Sie das nicht falsch. Aber ich kann mit diesen Fragen nichts anfangen. Ich habe ständig das Gefühl, dass wir von verschiedenen Vorfällen und Akteuren sprechen. Ich werde alles aufschreiben, was Gericht und Staatsanwaltschaft benötigen, um ein gerechtes Urteil zu fällen, und diese Aufzeichnungen meinen Anwälten übergeben.«

»Das ist Ihr gutes Recht.«

»Ich habe angenommen, dass Sie sich für die Geschichte hinter der Geschichte interessieren. Für Details, die ich vor Gericht niemals ins Gespräch bringen werde, auch wenn meine Anwälte dies gern täten.«

»Warum ich?«

»Weil ich glaube, dass Sie den Fall persönlich noch nicht zu den Akten gelegt haben und ich Ihnen in gewisser Weise etwas schuldig geblieben bin.«

»Wozu soll das gut sein? Ich kann Ihnen weder helfen noch eine Lebensbeichte abnehmen.«

»Verdammt! Darum geht es nicht! Ich erwarte nichts von Ihnen, nur dass Sie mir zuhören, und dafür biete ich Ihnen Antworten. Werden Sie bleiben?«

»Ich bin aufgefordert, einen Bericht über den Inhalt dieses Gesprächs zu verfassen.«

»Das ist mir klar. Sie dürfen mit dem, was ich Ihnen erzähle, tun und lassen, was Sie wollen.«

»Einverstanden.«

»Bitte erschrecken Sie nicht.«

»Wovor sollte ich?«

»Ich weiß es nicht. Vielleicht vor meinen Reaktionen, wenn ich in die Erinnerungen eintauche. Es kann sein, dass ich wütend werde oder in Tränen ausbreche. Es ist jedes Mal anders.«

Sie fuhr mit der Zungenspitze über ihre Lippen und schien nach einem Einstieg zu suchen. Oder nach einer Treppe, kam es Kepplinger in den Sinn. Nach einem Abstieg in die dunklen Kammern ihrer Vergangenheit.

»In der Rückschau kommt es mir so vor, als hätte ich immer nur einen Menschen getötet«, sagte sie mit geschlossenen Augen. »Den Mann, von dem ich fünfzehn Jahre lang geglaubt hatte, er sei mein Vater. Sie kennen die Geschichte?«

Kepplinger nickte. »Ja.«

»Die Erinnerungen reichen bis ins Säuglingsalter zurück«, sagte sie leise.

Kepplinger bemerkte, wie ihr Atem schneller wurde.

»Bei jeder sich bietenden Gelegenheit begleitete er mich auf die Toilette, in die Dusche, in mein Kinderzimmer. Er müsse mein Pipi nach Krankheiten untersuchen, lautete eine der fadenscheinigen Begründungen. Später behauptete er, Gott habe ihm die Order erteilt, regelmäßig danach zu sehen, ob ich noch unbefleckt sei. Den Rest können Sie sich denken. Ich habe mich nie gewehrt, wofür ich mir zeitlebens Vorwürfe gemacht habe. Der Umstand, dass ich als Teenager herausbekam, wer mein wirklicher Vater ist, kam mir damals gelegen. Ich hatte einen Grund, dieses Lügennest für immer zu verlassen.«

Der Mensch ist des Menschen Wolf, dachte Kepplinger.

»Die größte Schuld gab ich meiner Mutter«, fuhr Eva Thurig fort. »Aber darüber möchte ich gar nicht sprechen.«

Sie trank einen Schluck Wasser. Dabei wirkte sie wie weggetreten. Kepplinger hatte das Gefühl, dass sie ihn überhaupt nicht mehr wahrnahm.

»Im Juli 1996 habe ich zum ersten Mal getötet«, fuhr sie fort.

Kepplinger horchte auf.

»Eine Gegenspielerin, während eines Wasserballspiels. Sie hatte mich bis aufs Blut gereizt, bis es schließlich zu einer körperlichen Auseinandersetzung gekommen war. Ich habe sie unter Wasser gedrückt. Niemand hatte etwas bemerkt. Die Ärzte gingen von Herzversagen aus. Kein Mensch wollte je etwas von mir wissen. Natürlich hatte ich zuerst Gewissensbisse, aber dann kam ich mehr und mehr zu der Überzeugung, dass es richtig war. Dass ich mich wehren durfte und widersetzen sollte, wenn mir jemand zu nahe kam. Dass ich es nicht dulden musste, wenn man mich gegen meinen Willen in die Enge trieb oder wagte, körperlich zu werden. Dieser Hass und die Angst vor solchen Situationen haben mich mein ganzes Leben begleitet. Ich wollte keinen Mann und im Grunde auch keine Frau. In den wenigen Beziehungen, die ich hatte, gab es keinerlei Berührungen, wenn Sie verstehen, was ich meine. Ich habe nie mehr jemanden an mich herangelassen. Wenn ich zum Arzt musste, war ich gezwungen, vorher Medikamente zu nehmen, um die Untersuchungen ertragen zu können. Danach ging es mir tagelang schlecht. Die Wut wurde mir zum dauerhaften Begleiter, und ich suchte stets nach einem Weg, damit umzugehen, spätestens nachdem ich verstanden hatte, dass ich sie nicht einfach abschütteln konnte. Aber mit dem Verstand war diesem Geschwür nicht beizukommen. Spätestens nachdem es ein zweites Mal passiert war, wusste ich, dass in solchen Momenten etwas oder jemand anderes die Kontrolle übernahm. Eine Fremde, die vorgab, mich beschützen zu wollen. Paradoxerweise bestärkte mich während dieser Zeit eine Seelenklempnerin in meiner Wahrnehmung.«

»Darf ich fragen, was bei diesem zweiten Mal geschehen ist?«, unterbrach Kepplinger.

»Ein brasilianischer Student. Ich kann mich nicht einmal mehr an seinen Namen erinnern. Während meines Studiums war ich für ein Praktikum in São Paulo. Wir feierten das Millennium. Gegen vier machte ich mich auf den Rückweg ins Wohnheim. Ich habe nicht bemerkt, dass er mir gefolgt ist. Mir war schlecht, und notgedrungen ging ich auf die Toilette der Metrostation. Plötzlich stand er hinter mir in der Kabine und versuchte, mich inmitten des Gestanks nach Pisse und Erbrochenem zu vergewaltigen, nachdem ich nicht auf seine Zudringlichkeiten eingegangen war. Diesmal war ich von vornherein überzeugt, keine Alternative gehabt zu haben. In gewisser Weise fühlte ich mich sogar stark. Unverwundbar. Wie eine Kriegerin, der niemand etwas anhaben konnte. Genügt das?«

Kepplinger, der sich die Situation kaum vorstellen konnte, nickte.

»Als ich wieder nach Deutschland zurückkam, gelang es mir lange, diese Wut zu zügeln. Der Grund dafür war: Ich schaffte einen hervorragenden Abschluss und konnte mir meine Arbeitgeber aussuchen. Ich verdiente Geld, war mit einem Mal unabhängig und konnte mir eine eigene Existenz aufbauen. Der andere Grund war, dass ich immer neue Pläne schmiedete, ihn zu töten. Den Mann, von dem ich meine gesamte Kindheit über geglaubt hatte, er sei mein Vater, und der mich Hunderte Male missbraucht hatte. Die Gewissheit, dass ich jederzeit dazu imstande war, genügte, meine Wutanfälle auf ein Minimum zu begrenzen und ein, wie man so schön sagt, normales Leben zu führen.«

»Und Hagen Gebhardt? Ich könnte mir vorstellen, dass Sie auf ihn ebenfalls nicht besonders gut zu sprechen waren.«

»Hagen war es nicht wert, sich auch nur eine Sekunde mit ihm zu beschäftigen. Sie kannten ihn nicht, aber er war ein pedantischer Versager, weiter nichts. Dass sich meine Mutter mit ihm eingelassen hat, habe ich nie verstanden, aber das ist ein anderes Thema. Ich wusste nichts davon, dass er mir die ganze Zeit über nachgestellt und sich nach mir erkundigt hat. Dieser Mann hatte fünfzehn Jahre lang den Freund der Familie gemimt und völlig emotionslos mit angesehen, wie ich als Kuckuckskind im fremden Nest zugrunde ging. Ich weiß nicht, ob Sie das verstehen können, aber er war mir schlicht und ergreifend egal. Ich komme gleich auf ihn zurück.«

Sie griff nach ihrem Wasserglas. Kepplinger tat es ihr nach. Er wunderte sich darüber, wie nüchtern sie über die Ereignisse berichtete. Nichts deutete darauf hin, dass sie wenigstens vier Menschen getötet hatte, und noch wusste er ja nicht, wie viele solcher Vorfälle hinzukommen würden. Etwas an dieser Freimütigkeit störte ihn, aber er konnte nicht sagen, was es war.

»Sechs Jahre nach dem Vorfall in Brasilien passierte es wieder. Zu diesem Zeitpunkt hatte ich geglaubt, dass es ein für alle Mal vorüber sei, aber ich hatte mich getäuscht. Ich hatte mir nach einem gelungenen Projektabschluss eine Urlaubsreise in ein Luxushotel gegönnt.«

»Sprechen Sie von dem Türkeiaufenthalt?«

»Sie wissen davon?«

»Ich weiß, dass Sie dort waren und ein Mann im Pool zu Tode kam.«

»Er hatte mich gefragt, ob ich Lust auf einen flotten Dreier mit seiner Lebensgefährtin hätte. Beide würden mich ›exotisch‹ finden, so hatte er sich ausgedrückt. Ich verneinte und wandte mich von ihm ab, aber er ging mir nach, erkundigte sich nach meinen sexuellen Vorlieben, berührte mich wie zufällig an den Brüsten und wurde immer zudringlicher. Schließlich beschimpfte er mich als Touristenschlampe und fasste mir in den Schritt. Ihre türkischen Kollegen hatten sich lediglich danach erkundigt, ob ich zur fraglichen Zeit im Pool gewesen sei und etwas mit diesem Mann zu tun gehabt habe. Ich räumte ein, dass er mich angesprochen habe, und nannte auch den Grund. Danach habe ich ihn aus den Augen verloren und sei auf mein Zimmer gegangen. Das war nicht einmal gelogen und reichte, dass die Ermittler nicht weiter nachgefragt haben.«

»Hat er sich nicht gewehrt?«

»Nicht, nachdem ich ihm mein Knie in den Unterleib gerammt hatte.«

»Darf ich an dieser Stelle eine indiskrete Frage stellen?«

»Nur zu. Wenn sie mir nicht gefällt, erhalten Sie keine Antwort.«

»Ihre Ohren. Wie kam es dazu?«

»Das nennen Sie indiskret?« Sie lächelte. »Haben Sie schon mal Wasserball gespielt?«

»Nur zum Spaß. Hin und wieder nach dem Schwimmtraining bei der Polizei.«

»Sehen Sie sich einmal ein Bundesligaspiel an und achten auf die Einstellungen der Unterwasserkameras, dann haben Sie Ihre Antwort.«

»So schlimm?«

»Ich habe, vom Joggen abgesehen, keine anderen Sportarten betrieben. Aber Wasserball ist eine Form von Krieg mit ein paar Regeln, an die sich niemand hält.«

»Ich verstehe.«

Ihre Augen schielten nervös zu der Uhr an der Wand. Kepplinger beobachtete, wie eine plötzliche Veränderung in ihr vorzugehen schien. Sie bemerkte seinen Blick und rang sich ein gespieltes Lächeln ab. »Ich müsste dringend auf die Toilette«, sagte sie. »Aber wir haben nur noch zwanzig Minuten. Ich will zusehen, es solange auszuhalten.«

»Wie Sie wollen«, sagte Kepplinger.

»Ich habe heute Morgen zu viel von diesem Anstaltskaffee getrunken. Er schmeckt furchtbar und zwingt einen, ständig aufs Klo zu gehen.«

»Ich könnte Ihnen anbieten, wiederzukommen, für den Fall …«, schlug Kepplinger vor.

»Das möchte ich nicht«, unterbrach sie ihn schroff.

Erneut nahm Kepplinger die Veränderung an ihr wahr.

»Ich habe Sie genug belästigt«, fuhr sie bemüht fort. »Die verbleibende Zeit sollte uns reichen.«

»In Ordnung.«

»Hagen hat Ende April zum ersten Mal Kontakt mit mir aufgenommen. Mir war völlig schleierhaft, wie er mich gefunden hatte. Meine Mutter behauptete steif und fest, dass sie ihm nichts gesagt habe, und ich habe ihr geglaubt.«

»Sie hatten ihr gedroht.«

»Was mein gutes Recht war. Jedenfalls drängte er darauf, mich zu sehen. Er sei in eine Notlage geraten und bräuchte meine Hilfe. Ich ging nicht auf ihn ein. Besorgte mir Mitte September sogar eine neue Handynummer, obwohl ich in dieser Zeit bereits ziemlich knapp bei Kasse war.«

»Sie hatten Ihren Arbeitsplatz verloren.«

»Das war eine große Ungerechtigkeit.« Ihre Stimme klang verbittert. »Aber das tut nichts zur Sache. An jenem Freitag passte mich Hagen nach einer Theatervorführung im alten E-Werk ab. Ich ließ ihn stehen, aber er ging mir hinterher. So ging das eine ganze Zeit. Er erzählte etwas von einer Geschäftspartnerin, die ihn hintergangen habe, und dass er davon Wind bekommen habe, dass sie sich mit dem gesamten Vermögen aus dem Staub machen wolle. Er redete wirres Zeugs. Dass ich nur ein einziges Mal mit ihm zu einer Bank nach Nürnberg kommen müsse und für diesen Gefallen zehntausend Euro bekäme. Er hielt mir sogar einen Pass unter die Nase, in den er mein Bild eingefügt hatte.«

»Ella Jankovic?«

»Ich glaube, ja«, antwortete sie. »Aber mir kam diese Geschichte so ungeheuerlich vor, dass ich abgelehnt habe, obwohl ich das Geld dringend hätte gebrauchen können. Ich ließ ihn stehen. Ein ums andere Mal. Kurz vor dem Park fing er plötzlich davon an, dass er wisse, dass ich mit einer Frau zusammenlebe, und er es meiner Mutter erzählen würde. Ich lachte ihn aus und sagte, dass er das gern tun dürfe. Dann fing er an, mir damit zu drohen, es meinen künftigen Arbeitgebern mitzuteilen, und dass er wisse, dass ich arbeitslos sei. Ich schrie ihn an, dass er mich endlich in Ruhe lassen solle, und wandte mich erneut von ihm ab. Er folgte mir in den Park und zog seinen letzten Trumpf aus dem Ärmel. Hagen hielt mir eine Videokassette unter die Nase und behauptete, dass er damals bei dem Wasserballspiel auf der Tribüne gesessen und alles gesehen und gefilmt habe. Wenn ich ihm nicht gefällig wäre, würde er damit zur Polizei gehen. Ich riss ihm die Kassette aus der Hand. Daraufhin wurde er grob, packte mich an den Haaren und schimpfte mich eine undankbare Tochter. Eine Mörderin und Lesbenhure. Ich wollte ihn einfach nur loswerden und griff in meine Handtasche. Zu diesem Zeitpunkt dachte ich nicht daran, ihn zu töten. Nach dem Elektroschock geriet er ins Taumeln und stürzte kopfüber in diesen Brunnen. Es sah irgendwie lächerlich aus, wie er mit dem Oberkörper über der Brüstung hing und vergeblich versuchte, sich am Beckenrand abzustützen. In dem Moment wurde mir zum ersten Mal bewusst, dass dieser heruntergekommene Versager mein leiblicher Vater sein sollte. Ich fühlte eine Mischung aus Scham und Wut. Schließlich wurde mir klar, dass mir das Schicksal die Möglichkeit bot, diesen Schandfleck ein für alle Mal aus meinem Leben zu verbannen. Dazu gesellte sich der Verdacht, dass er seine vorherigen Drohungen schon einmal wahr gemacht und ich seinetwegen meine letzte Stellung verloren hatte. Ich trat neben ihn und musste nichts weiter tun, als ihn für die Dauer einer Minute am Auftauchen zu hindern. Dann war alles vorbei. Zumindest dachte ich das«, sagte sie kopfschüttelnd. »Bis Sie ins Rennen kamen.«

»Hatten Sie die Möglichkeit herauszufinden, ob Sie mit Ihrer Vermutung richtiggelegen hatten?«

»Sie meinen, ob Hagen in meiner früheren Firma angerufen und über mein Privatleben geplaudert hatte?«

Kepplinger nickte.

»Nein.« Sie schüttelte entschieden den Kopf. »Aber jetzt, wo Sie es ansprechen. Vielleicht hatte mein Vermittler beim Arbeitsamt eine Ahnung.«

Kepplinger kramte in seiner Jackentasche nach dem Foto von der Kellerwohnung. Er reichte ihr das Bild des Märchenzimmers. »Hagen Gebhardt hatte in einem Kellerraum dieses Zimmer eingerichtet.«

»Das ist ja völlig verrückt.« Sie lächelte ungläubig. »Als ich vielleicht sieben oder acht Jahre alt war, hatte ich eine Art Fotomontage von meinem Traumzimmer erstellt, mit Bildern aus Möbel- und Spielwarenkatalogen. Das hier ist eine ziemlich gute Rekonstruktion.«

»Können wir über Raimund Vogel sprechen?«

»Die Geschichte wird Ihnen wie ein schlechter Krimi vorkommen«, sagte sie schnaubend. »Ich habe meinen Postfachschlüssel in seinem Büro verloren und kam ihm zufällig auf die Schliche, als er den Inhalt geplündert hat. Darin befanden sich neben meinen Arbeitszeugnissen auch meine privaten Tagebücher. Ich bin ihm gefolgt und habe ihn in der Unterführung zur Rede gestellt. Er wollte mich erpressen und forderte mich auf, bei seinen perversen Sexspielchen mitzumachen. Den Rest kennen Sie.«

»Wozu unterhielten Sie ein Postfach, wenn ich fragen darf?«

»Ich habe mich vor meiner beruflich weitaus erfolgreicheren Lebensgefährtin geschämt, meine Stellung verloren zu haben, und wollte, bis ich wieder in Brot und Arbeit stand, so tun, als ob alles seinen gewohnten Gang nähme. Im Nachhinein betrachtet sagt dies natürlich viel über mich und meine Beziehung zu ihr aus. Aber Jana trifft keine Schuld. Ich habe sie die ganzen Jahre über mein wahres Ich getäuscht.«

»Sagen Ihnen die Namen Holger Bahlow oder Elisabeth Schreiber etwas?«

»Nein.«

Kepplinger sah keinen Grund, ihr in dieser Hinsicht zu misstrauen. Für einen Moment dachte er an Elisabeth Schreiber, die noch immer ohne Anzeichen auf ein späteres Erwachen im Koma lag und sich gesetztenfalls (so der Tenor der behandelnden Ärzte) an nichts mehr erinnern würde. Schließlich lenkte er seine Gedanken wieder auf das Gespräch mit Eva Thurig. »Interessiert es Sie, welche Art von Geschäften Hagen Gebhardt betrieben hat?«

»Nein.«

Ein Justizbeamter streckte seinen Kopf in das Besprechungszimmer und deutete mit einem Blick auf die Uhr an, dass ihre Gesprächszeit zu Ende ging. Kepplinger bat um wenige Minuten Aufschub. Der junge Angestellte verschwand im Flur.

»Haben Sie noch Fragen?«

Kepplinger schüttelte den Kopf. Er brauchte Zeit, um über alles nachzudenken. Erst jetzt wurde ihm bewusst, wie sehr ihn ihre Geschichte in den Bann gezogen hatte. Trotz ihrer Aufrichtigkeit stellte sich bei ihm erneut das Gefühl ein, dass etwas an dieser Begegnung nicht stimmig war. Wie konkret war ihr Versprechen, nach den Feiertagen ein offizielles Geständnis vorzulegen? Warum diese plötzliche Dringlichkeit und – ihren Worten nach – einmalige Zusammenkunft? Plante sie gar, ihrem Leben vorzeitig ein Ende zu bereiten? Nichts außer diesem Unbehagen in der Magengegend, das ihn von Beginn an begleitet hatte, deutete darauf hin.

Wieder schien sie seine Gedanken lesen zu können. »Mir ist nur wichtig, dass Sie es nicht bereuen, hierhergekommen zu sein«, sagte sie selbstbewusst und stand auf.

Kepplinger gewann den Eindruck, dass sie zu ihrer anfänglichen Gelassenheit zurückgefunden hatte. »Keineswegs.«

Im Türrahmen drehte sie sich noch mal zu ihm um. Dann war sie verschwunden.

Kepplinger verharrte minutenlang reglos auf seinem Stuhl. Erst als ihm ein Angestellter der Anstalt anbot, ihm den Weg nach draußen zu zeigen, erhob er sich schwer von seinem Platz. An der Pforte bekam er seine Utensilien zurück.

Auf dem Weg zu seinem Wagen warf er einen Blick auf sein Mobiltelefon. Keine Anrufe. Das Mädchen stand noch immer in ihrem kurzen T-Shirt vor dem geöffneten Fenster. Als sie ihn bemerkte, verschwand sie aus seinem Blickfeld.

Er saß lange im Wagen. Die Verunsicherung hielt an, bis er vor Kälte anfing zu zittern. Schließlich griff er zum Telefon, wählte die Nummer der Anstalt und ließ sich mit dem stellvertretenden Direktor verbinden.

Nach dem Gespräch startete er den Motor und folgte den Beschilderungen, ohne auch nur einmal einen Blick in den Rückspiegel zu werfen. Für den Moment wollte er nur noch weg. Wünschte, niemals hierhergekommen zu sein.

Hauptsache, ihr geht es besser, dachte er verbittert. Aber mir ist es wieder einmal nicht gelungen, diesen ganzen Dreck aus der Distanz zu betrachten. Meine Haut ist dünner, als ich es mir ständig einrede. Eva-Maria Thurig ist es gelungen, mir eine Parallelwelt vor Augen zu führen, die mir jetzt wie ein Ort der Verdammnis vorkommt. Eine real existierende Hölle. Wie kann ich weiterhin Polizist sein, wenn ich derart emotional auf etwas reagiere, wovon ich seit Langem weiß, mir aber ständig einrede, dass es nicht sein darf?

Unterwegs hielt er an einem Parkplatz und leerte seine Blase. Ihm war kalt, dennoch betrachtete er einige Minuten das Spiel zweier Kinder, die vor einem Wohnmobil herumtollten. Wie sie ausgelassen mit Schneebällen warfen und sich lachend in die weiße Pracht fallen ließen, bis die Mutter sie schließlich wieder mit einem Schokoriegel in den Caravan lockte.

Ob ich selbst einmal Kinder haben werde?, fragte er sich. In der Beziehung mit Valerie waren Kinder nie ein Thema gewesen. Jetzt stellte er sich vor, dass Erziehung vor allem bedeuten musste, die Kleinen vor den zerstörerischen Einflüssen dieser

Schattenwelt zu bewahren. Vor Lüge und Hass, Mord und Totschlag. Und sie gleichzeitig auf die unabwendbaren Konfrontationen mit diesen Dämonen vorzubereiten.

Während das Wohnmobil langsam vom Parkplatz rollte, drückten die beiden Jungs ihre Nasen an der Heckscheibe platt und schnitten Grimassen. Kepplinger winkte ihnen nach und stieg lächelnd in den Wagen. Auf dem Beifahrersitz vibrierte sein Telefon. Als er die Nummer sah, durchfuhr ihn ein Schaudern.

»Herr Kepplinger?«

»Ja.«

»Wir haben Ihre Bedenken ernst genommen und sofort nachdem Sie angerufen haben, nach ihr gesehen.« Die Stimme des stellvertretenden Gefängnisdirektors klang gebrochen. »Leider sind wir zu spät gekommen.«

»Was wollen Sie damit sagen?«

»Eva-Maria Thurig hat sich das Leben genommen.«

»Wie konnte das passieren?« Kepplinger verschlug es den Atem. »In der kurzen Zeit?«

»Es sieht so aus, als habe sie sich eine Überdosis Insulin gespritzt, unmittelbar nachdem sie in ihre Zelle zurückgekehrt war. Frau Thurig war Diabetikerin.«

»Das war mir bekannt.« Kepplinger warf einen Blick auf die Uhr. Vor weniger als zwei Stunden hatten sie noch beieinandergesessen.

»Offenbar hatte sie sich in den vergangenen Wochen einen entsprechenden Vorrat an Insulin angelegt«, fuhr sein Gesprächspartner fort. »Einer der Wärter fand sie leblos in der Zelle liegend. Zwei Kanülen steckten noch in ihrer Bauchdecke. Als die Rettungskräfte eintrafen, war sie längst tot.«

»Danke, dass Sie mich angerufen haben.« Kepplinger ließ das Telefon sinken. Im Radio wurde »Jingle Bells« gespielt. Er stellte das Gerät ab und startete den Motor.

Später erinnerte er sich nicht mehr, wie er es bis in die nächstgrößere Stadt geschafft hatte. Die etwa halbstündige Fahrt hatte ohne ihn stattgefunden.

Erst als er an einer roten Ampel zum Halten gezwungen wurde, setzte seine Wahrnehmung wieder ein. Auf der gegenüberliegenden Seite bemerkte er ein Reisebüro. Aus dem Augenblick heraus lenkte er den Wagen in eine Haltebucht und erkundigte sich nach Bungalows auf den Malediven.

Die Angestellte kannte sich gut aus und bot eine fundierte Beratung. Schließlich machte sie ihn auf ein Angebot aufmerksam. Ein älteres Ehepaar hatte die Reise am Vormittag storniert. Die Unterkunft bot jeden erdenklichen Luxus, Flug erster Klasse, Mietwagen und sogar ein Tauchkurs waren im Reisepreis inbegriffen.

»Sie zahlen nur dreißig Prozent des ursprünglichen Preises und dies nur für eine Person«, klärte ihn die Reiseverkehrskauffrau auf. »Der einzige Haken an der Geschichte ist, dass Sie und Ihre Begleitperson in etwa vierzig Stunden auf dem Flughafen Köln/Bonn stehen müssen.«

»Ich nehme die Reise«, sagte Kepplinger bestimmt.

»Wollen Sie nicht Ihre Frau vorher anrufen? Ich kann das Angebot ein paar Minuten sperren.«

»Das ist nicht nötig.«

Als er wenig später mit den Reiseunterlagen zu seinem Wagen ging, empfand er so etwas wie Stolz ob seiner Spontaneität. Auf der Weiterfahrt rief er Lea an.

»Schön, dass du anrufst. Was treibt der Kommissar so alles an seinem ersten freien Tag?«

»Nichts Besonderes«, gab Kepplinger vor.

»Wenn wir verheiratet wären, würde ich nach dieser Antwort vermuten, dass du dich gerade mit einer anderen Frau getroffen hast«, sagte Lea heiter.

»Upps! Erwischt.«

»Solange du deine Verabredung für morgen Abend nicht vergisst.«

»Was war da?«

»Ich ziehe dir die Ohren lang, hörst du?«

»Jetzt, wo du mich so freundlich daran erinnerst.«

»Moritz, mit dir stimmt irgendwas nicht, habe ich recht?«

»Bei mir ist alles in bester Ordnung.«

»Wenn du meinst.«

»Soll ich nicht früher kommen und mich ein wenig nützlich machen?«

»Das brauchst du nicht, außerdem habe ich eine kleine Überraschung vorbereitet.«

»Wie lautete die Abmachung?«

»Ich sprach von einer Überraschung.«

»Überraschungen sind also erlaubt?«

»Moritz!«

»Eine kleine Aufmerksamkeit?«

»Meinetwegen. Um sechs?«

»Ich freue mich.«

Kurz vor Göppingen setzte leichter Schneefall ein, so wie es die Meteorologen für den Abend vorhergesagt hatten. Ein weißes Weihnachtsfest stand bevor. Was Lea wohl zu der Reise sagen wird?, fragte sich Kepplinger, während er über den ausgestorbenen Hof der Polizeidirektion schlenderte.

Danksagung

Mein Dank gilt wiederum dem viel zu früh verstorbenen, ehemaligen Cheflektor des Heyne-Verlags, Bernhard Matt. Unzählige Male habe ich mich beim Schreiben dieses Romans an eine Begegnung in der »L'Osteria Künstlerhaus« in München erinnert, als wir ausführlich über dieses Romanprojekt gesprochen hatten. Bernhard hörte lange zu, meinte, dass ihm Idee und Plot gefielen, und legte schließlich den Kopf etwas zur Seite (so wie er es immer getan hatte, wenn seine klugen literarischen Seismographen winzigste Erschütterungen wahrnahmen, die ein motivierter Autor niemals bemerken würde) und warnte mich davor, dass ich mir (zum wiederholten Mal) ein sehr schwieriges Thema gewählt hätte. Er kannte mich gut genug, um zu wissen, dass mich sein erhobener Zeigefinger dazu motivieren würde, alsbald in See zu stechen und mit dem Schreiben dieser Geschichte zu beginnen.

Ebenso danke ich meiner Literaturagentin Hanne Reinhardt, die, wann immer mein Schiffchen in gefährliches Fahrwasser gerät, wie von Geisterhand einen Kompass aus dem Ärmel schüttelt und mir den Weg zu einer jener Inseln im offenen Meer weist, die auf keiner Seekarte verzeichnet sind. Dorthin, wo sich die Musen in der Sonne baden.

Nicht zuletzt gilt mein Dank allen meinen Leserinnen und Lesern, die mit Eselsgeduld auf diesen Titel gewartet haben und mich in den einsamen Stunden vor den weißen Blättern beständig dazu ermutigen, am Ball zu bleiben.